UWE KLAUSNER

Die Pforten der Hölle

MORDE HINTER KLOSTERMAUERN Frühjahr 1416, wenige Tage vor Palmsonntag. Bibliothekarius Hilpert von Maulbronn trifft im Kloster Bronnbach im Taubertal ein. Als Inquisitor soll er einer geheimen Bruderschaft satanischer Novizen auf die Schliche kommen. Wie sich herausstellt, sticht Bruder Hilpert mit seinen Ermittlungen in ein wahres Wespennest aus Intrigen, Machtgier und Frömmelei. Doch damit nicht genug. Je tiefer er in den klösterlichen Sumpf vorstößt, desto nachhaltiger wird sein Glaube an seine Mission und das mönchische Ideal erschüttert. Den rätselhaften Tod des Priors der Abtei kann er indes nicht verhindern, ebenso wenig die bestialische Ermordung des Novizen Lukas. Und bald scheint es, als hinge sein eigenes Leben nur noch an einem seidenen Faden ...

Uwe Klausner wurde in Heidelberg geboren und wuchs dort auf. Sein Studium der Geschichte und Anglistik absolvierte er in Mannheim und Heidelberg, die damit verbundenen Auslandsaufenthalte an der University of Kent in Canterbury und an der University of Minnesota in Minneapolis/USA. Heute lebt Uwe Klausner mit seiner Familie in Bad Mergentheim. Neben seiner Tätigkeit als Autor hat er bereits mehrere Theaterstücke verfasst, darunter »Figaro – oder die Revolution frisst ihre Kinder«, »Prophet der letzten Tage«, »Mensch, Martin!« und erst jüngst »Anonymus«, einen Zweiakter über die Autorenschaft der Shakespeare-Dramen, der 2019 am Martin-Schleyer-Gymnasium in Lauda uraufgeführt wurde.

UWE KLAUSNER

Die Pforten der Hölle

Historischer Roman

Die automatisierte Analyse des Werkes, um daraus Informationen insbesondere über Muster, Trends und Korrelationen gemäß § 44b UrhG (»Text und Data Mining«) zu gewinnen, ist untersagt.

Bei Fragen zur Produktsicherheit gemäß der Verordnung über die allgemeine Produktsicherheit (GPSR) wenden Sie sich bitte an den Verlag.

Immer informiert

Spannung pur – mit unserem Newsletter informieren wir Sie regelmäßig über Wissenswertes aus unserer Bücherwelt.

Gefällt mir!

Facebook: @Gmeiner.Verlag
Instagram: @gmeinerverlag

© 2007 – Gmeiner-Verlag GmbH
Im Ehnried 5, 88605 Meßkirch
Telefon 07575/2095-0
info@gmeiner-verlag.de
Alle Rechte vorbehalten

Lektorat: Claudia Senghaas, Kirchardt
Umschlaggestaltung: U.O.R.G. Lutz Eberle, Stuttgart
Unter Verwendung eines Bildes von Michael Pacher
Druck: Zeitfracht Medien GmbH, Industriestraße 23,
70565 Stuttgart
Printed in Germany
ISBN 978-3-89977-729-1

Für meine Kinder

EINE DER VIELEN Anekdoten, die sich um Bernhard von Clairvaux (1090–1153) ranken, den Abt, Mystiker und eigentlichen Gründer des Zisterzienserordens, weiß zu berichten, ein junger, unerfahrener Novize habe ihm einmal folgende Frage gestellt: »Wo finden wir den Satan, Meister?«

Darauf Bernhard: »In unseren Klöstern, Bruder.«

Die folgende, im Kloster Bronnbach im Taubertal angesiedelte Geschichte greift dieses Diktum Bernhards auf und berichtet über einen fiktiven Fall von Satanismus in einer mittelalterlichen Abtei im Jahre 1416.

Und über den Satan, der in uns allen steckt.

DRAMATIS PERSONAE

HILPERT VON MAULBRONN, *Bibliothekarius und Inquisitor, von seinem Abt beauftragt, im Kloster Bronnbach nach dem Rechten zu sehen. Hochgebildeter Asket mit leichtem Hang zu Sarkasmus und Ironie.*

ALKUIN, *sein Begleiter. 15-jähriger Stallbursche aus dem Kloster Maulbronn, von Bruder Hilpert als Novize eingeschleust, um seinen vermeintlichen Widersachern auf die Spur zu kommen.*

ANGELUS, *Novize. Sohn eines wohlhabenden Weinhändlers aus Wertheim, der sich mit Alkuin anfreundet.*

BERENGAR VON GAMBURG, *raubeiniger Vogt des Grafen von Wertheim. Unverzichtbarer Helfer von Hilpert bei der Aufklärung der rätselhaften Mordserie, die das Kloster in Atem hält.*

LAETITIA, *Bauernmädchen aus dem nahen Reicholzheim, das zufällig in den Strudel der Ereignisse gerät.*

BRUDER ROBERT, *Infirmarius und damit Leiter der Krankenstation der Abtei. Jugendfreund Hilperts, der leider alles andere als eine weiße Weste besitzt.*

BRUDER ZACHARIAS, *Secretarius des verstorbenen Abtes. Zu schön, weltgewandt und intelligent, um frei von jeglicher Schuld zu sein.*

DES WEITEREN

BRUDER ADALBERT	*Kantor*
BRUDER AMBROSIUS	*Cellerarius*
BRUDER CLEMENS	*Bursarius*
GISBERT	*Kesselflicker*
BRUDER JOSEPH	*Novizenmeister*
LEANDRIUS	*Kanzleischreiber*
BRUDER LIEBETRAUT	*Granarius*
LUKAS	*Novize*
VALENTIN	*Novize*
VALENTIN VON HELFENSTEIN	*bischöflicher Visitator und Notarius*
DIE WALDEULE	*eine weise Frau*
KASPAR	*ihr Sohn*
WIELAND	*Novize*
WILDHÜTER	
BRUDER WILFRIED	*Stallmeister*
	u.v.m.

KLOSTERÄMTER

ABT	*Vorsteher*
PRIOR	*Stellvertreter des Abtes*
CELLERARIUS	*Schaffner, Kellermeister*
BURSARIUS	*Finanzverwalter*
GRANARIUS	*zuständig für Kornvorräte und Naturalabgaben*
KANTOR	*Vorleser und Chorleiter*
SAKRISTAN	*Kirchenschatz, Reliquiare und liturgische Geräte*
INFIRMARIUS	*Krankenmeister*
NOVIZENMEISTER	*Schulmeister*

KLOSTERGRUNDRISS

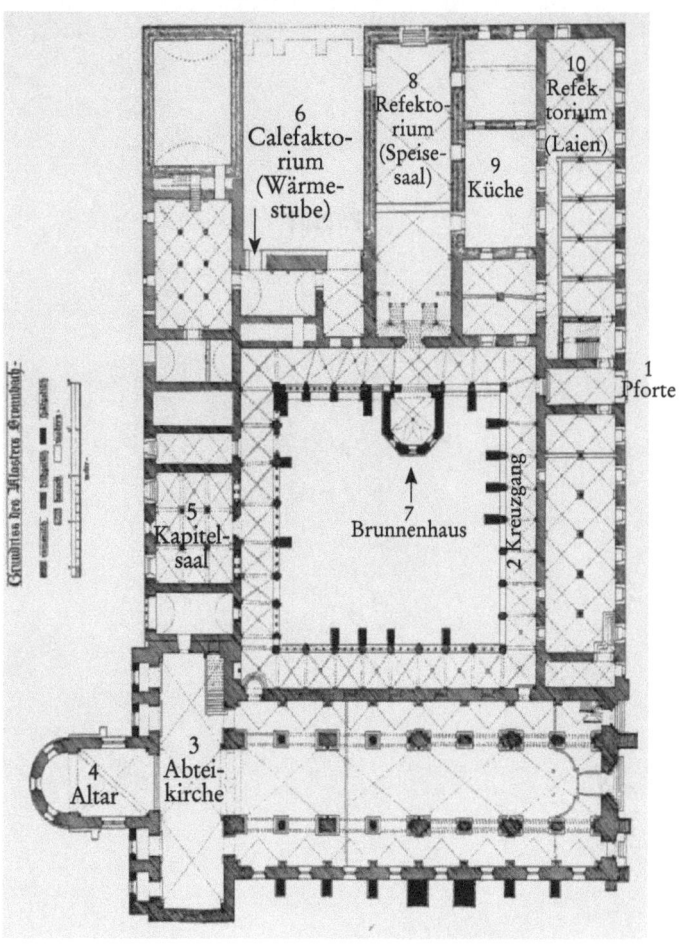

PROLOG

1

Taubertal bei Wertheim – Mittwoch vor Palmsonntag, Anno Domini 1416

»Töte ihn!«, zischte der Dämon und breitete seine Schwingen über ihm aus. »Im Namen Satans, des Allmächtigen: Töte ihn!«

Der junge Mann wirbelte herum, wurde kreidebleich und riss reflexartig die Hände vors Gesicht. Dann stieß er einen Schrei aus, so gellend, dass er das Heulen des Sturmes übertönte.

Der Dämon kümmerte sich nicht darum. Kaum war der Schrei verklungen, brach er in diabolisches Gelächter aus, erhob sich in die Lüfte und begann sein Opfer wie ein Aasgeier zu umkreisen. Der junge Mann erstarrte und ließ ihn keinen Moment aus den Augen. Obwohl der Dämon lediglich in seiner Phantasie existierte, brachte er ihn schier um den Verstand. Kaum mehr fähig, seiner Angst Herr zu werden, war die Wirklichkeit ohne Bedeutung für ihn, der Dämon aus Fleisch und Blut. Eine Ausgeburt der Hölle, gegen die es keinerlei Mittel gab. Nein, dies war kein Trugbild, davon war er felsenfest überzeugt!

Und so blieb er einfach stehen und harrte des Strafgerichts, das gleich über ihn hereinbrechen würde. An Flucht jedenfalls war nicht zu denken. Und selbst wenn – es wäre zwecklos gewesen. Der Dämon würde ihm überallhin folgen. Selbst an die entlegendsten Orte der Welt.

In seiner Verzweiflung warf sich der junge Mann schließlich auf die Knie. Doch was er auch tat und noch tun würde – es war umsonst. Der Dämon kannte kein Erbarmen. Er musste sich in sein Schicksal fügen. Sonst würde er auf ewig in der Hölle schmoren.

Kaum hatte er sich den Holzkeil zwischen die Kiefer geklemmt, kam es über ihn. Der Himmel stürzte zusammen, und die bewaldeten Bergrücken bewegten sich in rasender Geschwindigkeit auf ihn zu. Selbst der Sturm, in den er geraten war, existierte plötzlich nicht mehr. Von nun an gab es nur noch den Dämon, weit mächtiger als Schnee und Eis und die tobenden Elemente ringsumher.

Als habe ihn ein Geschoss in den Rücken getroffen, bäumte sich der junge Mann schließlich auf. Dann kippte er zur Seite und verlor die Kontrolle über sich. Gerade noch im Vollbesitz seiner Kräfte, war aus ihm ein lallendes, zuckendes, geiferndes Etwas geworden, hilfloser als ein neugeborenes Kind. Schaum quoll aus seinem Mund, und seine Pupillen drehten sich wild im Kreis. Er trat um sich, schrie, weinte, tobte – umsonst. Der Dämon war stärker. Er würde ihn bezwingen. Wie all die Male vorher. Der junge Mann sog die verpestete Luft ein, von der er sich umgeben glaubte, hörte die Stimme, die sich wie ein Stilett in seinen Gehörgang bohrte – und gab seinen Widerstand endgültig auf. Ihm blieb keine Wahl. Er würde erneut töten müssen.

Aber wer weiß – vielleicht war es das letzte Mal. Dann wäre er endlich frei und die Visionen, die ihn plagten, für immer aus seinem Gedächtnis getilgt.

Geraume Zeit später, als sein epileptischer Anfall vorüber war, rappelte sich der hochgewachsene Mann auf, klopfte den Schnee von seinem rubinroten Wams und rückte das Barett zurecht, das ihm immer wieder ins Gesicht rutschte. Dann prüfte er die Klinge des Dolches, den er am Gürtel trug. Es war immer noch empfindlich kalt, und der Wind, der von Norden her durch das Tal fegte, ließ ihn frösteln. Der junge Mann, allem Anschein nach ein Höfling, stieß eine Verwünschung aus und sah sich argwöhnisch um. Der Pfad, der sich am Fluss entlang zum Kloster schlängelte, war menschenleer, und er fragte sich, ob der Alte vielleicht doch Verdacht geschöpft und sich nicht schon längst aus dem Staube gemacht hatte.

Als der Tag anbrach, konnte er seine Ungeduld kaum noch zügeln, und er begann wie ein eingesperrtes Tier auf und ab zu gehen. Den Morast, der an seinen eng anliegenden Beinlingen klebte, nahm er kaum wahr, ebenso wenig wie den Schweiß, der sich trotz der klirrenden Kälte unter seinem Leinenhemd staute. Halb verrückt vor Ungestüm, ballte er die Linke zur Faust und rammte die Stiefelspitze derart heftig in den Boden, dass die Schlammbrocken nach allen Seiten davonwirbelten.

Doch ebenso plötzlich, wie ihn die Wut gepackt hatte, legte sie sich auch wieder. Der junge Mann atmete auf. Er würde seinen Plan ausführen, koste es, was es wolle.

Kurz darauf, als seine Augen über den nebelverhangenen Horizont wanderten, war es so weit. Kein Zweifel – bei dem sich stetig vergrößernden Punkt, der sich auf ihn zu bewegte, handelte es sich nicht um äsendes Wild, sondern um einen kräftig ausschreitenden Mann mittlerer Größe, und wenig später war die Hoffnung, die er im Stillen hegte, Wirklichkeit geworden.

Der Kesselflicker. Und weit und breit kein Mensch zu sehen.

»Töte ihn!«, flüsterte der Dämon und stieß einen Schwall pestilenzartiger Atemluft aus. »Töte ihn!«

Als er ihn entdeckte, schwenkte der Kesselflicker die Arme. Der junge Mann lächelte. Wider Erwarten war also doch alles gut gegangen. Was nichts anderes hieß, dass sein Opfer keine halbe Stunde mehr zu leben hatte.

»Ein hartes Stück Arbeit!«, war das Erste, was ihm der Alte zurief, bevor sein voluminöser Wanst zum Stehen kam. Während der Kesselflicker nach Luft rang, betrachtete ihn der junge Mann näher. »Und?«, fragte er in teilnahmslosem Ton, damit der Alte nicht auf die Idee käme, den verabredeten Lohn in die Höhe zu treiben. »Hat sich der Bruder Pförtner deiner angenommen?«

»Aber gewiss doch, Herr!«, bejahte der Kesselflicker, der eine Klappe über dem linken Auge trug. »Wenngleich ich sagen muss, dass die Sache nicht ganz so einfach war, wie –«

»– ich sie dir geschildert habe, ich weiß! Keine Sorge, dir wird reicher Lohn zuteil!«

Wie der junge Mann sehr wohl wusste, waren das genau die Worte, die der Alte zu hören hoffte, wenngleich ihm ihre Zweideutigkeit verborgen blieb. Ein breites Lächeln auf dem von Bartstoppeln übersäten Gesicht, beeilte sich der Kesselflicker denn auch, mit seinem Bericht zu beginnen: »Wie gesagt –«, stieß er seufzend hervor, »nicht gerade einfach, was Ihr mir da aufgetragen habt! Aber nach langem Hin und Her hat es ja dann doch noch geklappt.«

»Schwierigkeiten?«

»Keine – außer vielleicht mit dem Pförtner, der mich wieder wegschicken wollte.«

Der junge Mann runzelte die Stirn. »Soll das etwa heißen, dass du –«

»Keine Sorge, Herr. Ich habe dann doch noch mit ihm reden können. Unter vier Augen. Wie Ihr es mir aufgetragen habt.«

»Und wie lautet seine Antwort? Rede, du Wicht, sonst ...«

Dem jungen Mann schoss die Zornesröte ins Gesicht, und er hatte Mühe, nicht die Beherrschung zu verlieren.

»Gemach, Herr. Nur gemach.« Der Kesselflicker, ohne Gespür für die Gefahr, die ihm drohte, ließ sich mit seiner Antwort Zeit. »Was es heutzutage nicht alles gibt!«, stieß er kopfschüttelnd hervor. »Ein Bibelzitat als Nachricht, ein Bibelzitat als Antwort – recht ungewöhnlich, findet Ihr nicht auch?«

»Die Antwort! Wie lautet sie?!«

»Mal sehen, ob ich sie noch zusammenkriege. Also: ›Da zerriss der Hohepriester seine Kleider und sprach: ›Siehe, jetzt habt ihr seine Gotteslästerung gehört. Was dünkt euch? Sie antworteten und sprachen: ›Er ist –‹«

»– des Todes schuldig‹«, vollendete der junge Mann mit spürbarer Erleichterung. »Wenn das keine gute Nachricht ist!«

»Mit Verlaub, Herr, aber ich verstehe nicht so recht, was Ihr meint.«

»Nicht so wichtig. War das wirklich alles?«

»So wahr ich Gisbert der Kesselflicker bin. Wenngleich –«
Der Alte schlug die Augen nieder und scharrte verlegen mit dem Fuß.

»Wenngleich was?!«

»– ich mich frage, ob es nicht angebracht wäre – nichts für ungut, Herr! – aber seid Ihr nicht auch der Meinung, meine Dienste wären einen zusätzlichen Obolus wert?«

»Ach, darauf willst du hinaus! Wenn das alles ist – warum nicht?«

Mit einem Lächeln auf den Lippen öffnete der junge Mann die Geldkatze an seinem Gürtel und holte einen Goldgulden daraus hervor, den er dem Kesselflicker mit sichtlichem Vergnügen präsentierte. Als der Alte sah, was ihm aus der Handfläche des jungen Mannes entgegenschimmerte, hellten sich seine Züge schlagartig auf, und er hatte Mühe, die richtigen Worte zu finden. »Habt Dank, edler Herr!«, stammelte er, während sein intaktes Auge vor Habgier fast aus der Höhle sprang. »Tausend und abertausend Mal Dank! Und wenn Ihr meiner Dienste jemals wieder bedürft, dann –«

»Wohl kaum!«, flüsterte der junge Mann, aber der Kesselflicker hörte ihm schon längst nicht mehr zu, sondern beugte das Knie, um nach der Münze zu greifen, die sein Gönner aus scheinbarer Unachtsamkeit hatte fallen lassen.

Sie würde ihm keinen Nutzen mehr bringen, denn kaum hielt er den Goldgulden in der Hand, bohrte sich der Dolch des jungen Mannes so tief in sein rechtes Auge, dass er vor Schmerzen fast den Verstand verlor.

Dennoch löste sich kein Schrei von seinen Lippen, und der junge Mann, an dessen Dolch eine Mischung aus Blut, Haut und Gewebe klebte, hielt verdutzt inne. Warum in des Teufels Namen schrie der Alte nicht? Warum kam kein einziger Laut aus seinem Mund, kein Wimmern, Betteln, Flehen – nichts?

Da kam ihm eine Idee. Nein, er würde den Kesselflicker nicht töten. Noch nicht. Es würde eine letzte Frist geben. Bis

Mitternacht. Und dann, erst dann, würde er das armselige Dasein des alten Mannes beenden.

Doch zuvor, für den Fall, dass etwas schief ging, musste er dafür sorgen, dass der Alte zu dem wurde, was er in seinen Augen längst war: eine dahinvegetierende Kreatur, die für niemanden mehr von Nutzen war. Die nicht mehr preisgeben konnte, wer ihr Peiniger war.

Der junge Mann ließ seinen Dolch durch die Hände gleiten und lächelte. Dass er sich mit Blut besudelte, kümmerte ihn nicht.

Bis seine Arbeit getan war, würde noch viel mehr Blut fließen.

Wahre Ströme von Blut.

Der Dämon würde zufrieden sein.

ERSTER TAG

2

Abteikirche – Prima (8.20 Uhr)

TRÄUMTE ER, ODER lächelte ihn die Heilige Jungfrau an? Hildebrand, Prior vom Orden der Zisterzienser, stockte der Atem. Obwohl ihm Selbstbeherrschung über alles ging, konnte er keinen klaren Gedanken mehr fassen. Das Blut schoss ihm in den Kopf und aus Angst, beobachtet zu werden, sah er sich rasch nach allen Seiten um. Kein Geräusch, kein Laut – nichts! Hildebrand atmete erleichtert auf und wandte sich wieder dem Altarbild zu. Doch kaum war dies geschehen, durchflutete ihn ein Wohlgefühl, wie er es noch nie verspürt hatte. Ein Gefühl, von dem er sich nur allzu bereitwillig mitreißen ließ und das den letzten Funken von Verstand in seinem Inneren erstickte.

Nein, dies konnte, dies *durfte* kein Traum sein. Nicht einmal der schönste aller Träume hätte so etwas ersinnen können. Da war diese Frau, anmutig, hoheitsvoll und strahlend schön. Und da war ihr Gewand, das in sämtlichen Farben des Regenbogens erstrahlte. Und da war das Blau ihrer Augen, dunkel und unergründlich wie die Tiefen des Ozeans.

Kein Wunder also, dass sein Verstand wie Schnee in der Frühlingssonne dahinzuschmelzen begann. Wer, wo und was er war, kümmerte ihn nicht mehr, es gab nur noch ihn und die sich in Sehnsucht verzehrende Frau, die sich mit ausgebreiteten Armen auf ihn zu bewegte. Urplötzlich war es helllichter Tag, der Chor der Abtei zu Staub zerfallen. Und so konnte er nicht anders, als die Augen zu schließen, aber als er sie wieder öffnete, fand er sich inmitten der mannigfaltigsten Blütenpracht wieder, allein mit der Frau, die er mit jeder Faser seines Wesens begehrte. Der azurblaue Himmel über ihm war wolkenlos, doch ehe er es sich versah, nahm er die Farbe von Edelsteinen an, bald smaragdgrün, bald rubinrot oder gleißend hell wie ein Amethyst. Alles betäubende Frühlingsdüfte senkten sich auf ihn herab und die Frau, ihm nunmehr ganz nahe, verströmte den Geruch von Lavendel und Rosmarin.

»Nein, dies ist kein Traum!«, hallte es ihm aus den Tiefen seines Bewusstseins entgegen, aber als ihm die Frau ganz nah war, bereit, in seine Arme zu sinken, begann sich ihre Gestalt auf unerklärliche Weise zu verändern. Wie und warum dies geschah, war ihm ein Rätsel, doch wich er beim Anblick des Wesens, dem er sich nunmehr gegenübersah, unwillkürlich zurück. Verschwunden waren Anmut, Liebreiz und das Lächeln, das ihn so sehr in seinen Bann gezogen hatte, verschwunden die makellose Schönheit, der zu widerstehen schier unmöglich schien. Hildebrand, Prior zu Bronnbach, erschauderte, während ihm kalter Schweiß aus allen Poren brach. *Und die Frau war bekleidet mit Purpur und Scharlach und geschmückt mit Gold und Edelsteinen und Perlen und hatte einen goldenen Becher in der Hand, voll von Gräuel und Unreinheit ihrer Hurerei, und auf ihrer Stirn war geschrieben ein Name, ein Geheimnis: Das große Babylon, die Mutter der Hurerei und aller Gräuel auf Erden.* Wer war das, der da sprach? Wer in der Heiligen Namen gab ihm dies ein? Für den Bruchteil eines Augenblicks stand sein Herz still und der Atem des Mönches ging immer rascher. *Und ich sah die Frau, betrunken von dem Blut der Heiligen und von dem Blut der Zeugen Jesu.* Zum Entsetzen des Priors kam die Gestalt rasch näher. Der Himmel über ihm verdüsterte sich, der pestilenzartige Gestank, den der Wind von Osten her herantrug, raubte ihm fast den Atem. Nicht mehr fähig, zwischen Schein und Wirklichkeit zu unterscheiden, hob er abwehrend die Hände, als ihn ein stechender Schmerz in der Brust wie zu einer Salzsäule erstarren ließ. Die Drahtschlinge, die sich im gleichen Moment um seinen Hals legte, bemerkte er dagegen kaum.

Nein, dies war kein Traum, davon war er mehr denn je überzeugt. Dies war die große Hure, die ihren grell geschminkten Mund öffnete, um ihm, Hildebrand, den Todeskuss zu geben.

3

Klosterpforte – Tertia (9.20 Uhr)

»Nun macht schon auf!«, schimpfte Alkuin, ballte die Rechte zur Faust und hämmerte an das Tor der Abtei. Es war bitterkalt, und die Aussicht auf einen Platz am Kamin raubte ihm vollends die Geduld. Doch es war wie verhext. Niemand öffnete ihm.

Über Nacht war der Winter zurückgekehrt, und am östlichen Firmament war außer einem hellen, sich nur langsam vergrößernden Fleck so gut wie nichts zu sehen. Alkuin fröstelte und sein Atem zeichnete geisterhafte Figuren in die Luft. Seit seinem Aufbruch aus Maulbronn hatte er nichts Vernünftiges mehr zu essen bekommen, weshalb es in seinem Magen bedenklich zu rumoren begann. Doch dem knapp 16-jährigen Jungen schien dies nichts auszumachen. Einstweilen plagten ihn andere Sorgen, als dass er einen Gedanken an Essbares verschwendet hätte.

»Entweder haben die sich alle in Luft aufgelöst, oder der Bruder Pförtner hat einen über den Durst getrunken! Komisch – müssten doch längst wach sein!«, schimpfte er halblaut vor sich hin. Warum niemand öffnete, war ihm ein Rätsel. Schließlich war dies ein Tag wie jeder andere, der vierte vor Palmsonntag Anno Domini 1416. Alkuin runzelte die Stirn und zog seinen Umhang enger um die Schultern. Obwohl es keinerlei Anlass gab, machte sich Unruhe in ihm breit.

»Seltsam – keine Menschenseele zu sehen!« Die Stimme von Bruder Hilpert, Bibliothekarius des Klosters Maulbronn, der vom Rücken seines Esels aus über die Klostermauer spähte, schreckte Alkuin auf. Der hagere Mittdreißiger mit der ergrauten Tonsur und den asketischen Zügen, ansonsten die Ruhe selbst, konnte seine Ungeduld kaum noch zügeln. »Was in der Heiligen Jungfrau Namen mag da bloß geschehen sein?«

»Keine Ahnung, Meister!«, beeilte sich der Junge zu antworten und warf dem mehr als doppelt so alten Mann einen ratlosen Blick zu. Zwar nannte er ihn Meister, was einem elternlosen Stallburschen wie ihm eigentlich nicht zustand, aber Bruder Hilpert, in all den Jahren nicht nur Lehrer, sondern fast so etwas wie ein Vater für ihn, schien dies nicht zu stören.

»Möchte wissen, was da drinnen los ist!«, erwiderte Bruder Hilpert mit sorgenvoller Miene. »Noch eine halbe Stunde hier draußen, und ich bin –«

»Und es wurde hinausgeworfen der große Drache, die alte Schlange, die da heißt, Teufel und Satan, der die ganze Welt verführt, und er wurde auf die Erde geworfen, und seine Engel wurden mit ihm dahin geworfen!«

Die Stimme in seinem Rücken hatte etwas Furchteinflößendes an sich, und nachdem er sich umgedreht hatte, prallte Alkuin buchstäblich zurück.

Wie aus dem Nichts war vor ihm der Bruder Pförtner aufgetaucht, ein mürrischer Greis mit stechendem Blick, bei dessen Anblick es einem kalt den Rücken hinunterlief. Der Jüngling schlug die Augen nieder, was dem runzligen Alten in der weißen Tracht der Zisterzienser und dem zerschlissenen schwarzen Überwurf natürlich nicht entging. In der Absicht, Bruder Hilpert und ihn willkommen zu heißen, öffnete er schließlich den Mund, aus dem eine Reihe fauler Zähne wie die Spitzen einer Forke emporragten. Doch bevor er zu Wort kam, kam ihm Bruder Hilpert zuvor und sprach: »Und ich sah einen Engel vom Himmel herabfahren, der hatte den Schlüssel zum Abgrund und eine große Kette in seiner Hand. Und er ergriff den Drachen, die alte Schlange, das ist der Teufel und der Satan, und fesselte ihn für tausend Jahre.«

Alkuin hatte keine Ahnung, was Bruder Hilpert mit seinem Bibelzitat bezweckte, der greise Pförtner anscheinend schon. Denn als sei eine derartige Begrüßung die selbstverständlichste Sache der Welt, machte er auf dem Absatz kehrt, sperrte das Tor auf und gab Alkuin durch einen Wink zu verstehen, ihm zu folgen.

Alkuin warf seinem Meister einen verdutzten Blick zu. Für das, was hier vor sich ging, fand er keine Erklärung, und Bruder Hilpert machte keinerlei Anstalten, ihm eine zu geben. Als sich der alte Pförtner ein Stück weit entfernt hatte, raunte er ihm stattdessen zu: »Und du hast auch wirklich nicht vergessen, was ich dir eingeschärft habe?«

»Natürlich nicht, Meister!«, lautete die prompte Antwort. »Von nun an bin ich nicht mehr Alkuin, Stallbursche des Klosters, sondern –«

»Bertram von Rosenberg, Sohn des Junkers Heribert, ganz recht«, vollendete Hilpert. »Und weiter?«

»Weil ich Mönch werden möchte – wogegen mein Vater nichts einzuwenden hat, da ich der Zweitälteste unseres Hauses bin – möchte ich dem Konvent zu Bronnbach als Novize beitreten, um anschließend –«

»Ja?«

Sichtlich verlegen trat Alkuin von einem Bein auf das andere. »Meister, ich weiß, dass ich Euch für das, was Ihr für mich getan habt, großen Dank schulde«, begann er, »aber wollt Ihr mir nicht sagen, worum es hier eigentlich –«

»Nein, Alkuin, worum es bei meiner Mission geht, kann ich dir nicht sagen. Noch nicht. Alles, worum ich dich bitte, ist dies: Halte dich strikt an das, was ich dir unterwegs eingeschärft habe. Vor allem: Du hast mich gestern Abend in der Herberge zum ersten Mal gesehen, ist das klar?«

Der eindringliche Ton, in dem Bruder Hilpert zu ihm sprach, ließ Alkuin verstummen. »Ganz wie Ihr wünscht, Meister!«, antwortete er, griff nach dem Zaumzeug des Esels und steuerte auf das Hospiz der Abtei zu, wo der Pförtner bereits auf ihn wartete.

Hätte er geahnt, was ihm widerfahren würde, wäre er auf der Stelle umgekehrt, selbst auf die Gefahr hin, seinen Meister im Stich lassen zu müssen.

4

Post Tertiam

ER IST TOT. *Endlich ist er tot. Der Einzige, der mich bei dem, was mir von meinem Herren zu tun befohlen wurde, noch hätte aufhalten können. Selbst jetzt noch, in der Abgeschiedenheit meines Refugiums, da ich darangehe, meine Taten niederzuschreiben, auf dass sie dereinst, wenn die Herrschaft meines Herrn über diese erbärmliche Welt vollendet ist, Zeugnis ablegen mögen über des gefallenen Engels Macht und Herrlichkeit, überkommen mich Schauer der Erregung, wenn ich dieser meiner Tat gedenke. Mag meine Hand auch zittern, so tut sie dies nicht, weil ich Angst oder gar Reue in mir spüre, sind dies doch Regungen des Gemüts, die einer längst vergangenen Welt angehören, einer Welt, die ich für immer hinter mir gelassen habe. Nein, mag es den Schriftzügen, mit denen ich das vor mir liegende Pergament überziehe, auch an der üblichen Schärfe und Klarheit mangeln, so liegt dies viel eher daran, dass es mir bislang nicht gelungen ist, meiner Freude darüber Herr zu werden, wie leicht diese Tat zu bewerkstelligen war. Tat? Wie töricht von mir, dies Wort zu benutzen, war es doch Hildebrand, der vor den Augen meines Handlangers niedersank, bereit, vom Leben zum Tode befördert zu werden. Wer anders als Satan, mein allgewaltiger Herr, könnte dies Wunder vollbracht haben, auf dass ich mich nicht mit dem Blut eines Verräters und Christenhundes besudele.*

Und so gehe ich daran, mein Werk zu vollenden, verfüge ich doch über die unumstößliche Gewissheit, dass mich nichts und niemand von meinem Vorhaben abhalten kann.

5

Abteikirche – Tertia (9.25 Uhr)

OBWOHL BEREITS DER Morgen graute, wich die Dunkelheit nicht. Die Kerze auf dem Hochaltar, das einzige Licht weit und breit, war fast heruntergebrannt, und die klirrende Kälte setzte den Mönchen schwer zu. Dies war jedoch nicht der einzige Grund, warum sie sich wie eine Herde verängstigter Schafe um den Hochaltar scharten. Etwas Schreckliches, geradezu Ungeheuerliches war geschehen. Etwas, womit sie nicht einmal im Traum gerechnet hatten. Wenn überhaupt, sprachen sie im Flüsterton, und an ihren Gesichtern konnte man ablesen, wie tief ihnen der Schreck in den Gliedern saß. Die Frage, die sich jeder stellte, behielten sie allerdings für sich. Und als ginge von dem Toten vor dem Altar noch die gleiche Wirkung wie zu Lebzeiten aus, wahrten alle respektvollen Abstand zu ihm.

»Und was soll jetzt aus uns werden?«, brach Bruder Adalbert, der Kantor, das Schweigen, während seine mausgrauen Augen von einem Mitbruder zum anderen huschten. Der Mann mit dem ovalen Gesicht, dessen linke Gesichtshälfte auch an ruhigen Tagen von einem merkwürdigen Zucken befallen wurde, kehrte die Handflächen nach außen und hob ratlos die Schultern. »Ich meine ... jetzt, wo der ehrwürdige Vater Abt auf dem Reichstage zu Konstanz und anschließend auf dem Generalkapitel in Cîteaux ... wo wir quasi ohne –«

»– Hirte und geistlichen Beistand sind, meint Ihr?«, ergänzte Bruder Clemens, der Bursarius, mit unverhohlenem Spott. Über das Gesicht des knapp 40-jährigen, blassen und schmallippigen Mannes, an dessen Miene man ablesen konnte, wie sehr er sich dem Kantor überlegen fühlte, glitt ein hintergründiges Lächeln. Dass er nach Höherem strebte und sich durch die Wahl Hildebrands zum Prior übergangen fühlte, war allgemein bekannt. Kein Wunder, dass er in dem sich anbahnenden Disput umgehend die Initiative ergriff: »Wäre dies nicht *die* Gelegenheit – nun, sagen wir es einmal so: wäre es nicht an der Zeit, gewisse Entscheidungen des Konvents aus der Vergangenheit einer gewissenhaften Prüfung zu unterziehen?«

»Der Heilige Bernhard möge mir verzeihen, wenn ich Euren Tatendrang zum Wohle unserer Abtei ein wenig dämpfe«, wandte Bruder Liebetraut, der Granarius, mit treuherzigem Lächeln ein, wobei man nicht sicher sein konnte, ob es echter Sorge oder abgrundtiefer Bosheit entsprang, »aber meint Ihr nicht auch, dass es im Augenblick weit Dringlicheres als die Nachfolge unseres so unvermittelt aus dem Leben gerissenen Bruders Hildebrand zu bereden gibt?«

»Wenn das nicht nur Eure, sondern die Meinung aller hier versammelten Brüder ist, will ich dem nicht im Wege stehen«, gab der Bursarius mit eisiger Miene zurück.

»Dann wäre *das* also geklärt!«, konterte der Granarius und warf den Umstehenden einen vielsagenden Blick zu. »Um es auf den Punkt zu bringen: Wie sollen wir weiter verfahren? Den Vater Abt zu verständigen, halte ich für zu langwierig und im Grunde auch für unnütz. Darum schlage ich vor, sämtliche unser aller Wohl betreffenden Entscheidungen bis zur Rückkehr des ehrwürdigen Bruders Johannes dem gesamten Kapitel zu übertragen.«

»Wenn Ihr schon das Kapitel erwähnt«, meldete sich der Cellerarius zu Wort, während er mit dem Handrücken über die feuerrote Nase fuhr, die seinen feisten Zügen ihr unverwechselbares Aussehen verlieh, »können wir die ganze Angelegenheit nicht bis dahin verschieben? Ich persönlich halte es nämlich für angezeigt, dass wir uns zunächst einmal um unseren dahingegangenen Bruder –«

»– Prior kümmern, aber gewiss doch!«, kam ihm unerwarteter Weise der Bursarius zu Hilfe, ein triumphierendes Lächeln auf dem kantigen Gesicht. »Wie konnten wir das nur vergessen!«

»Recht habt Ihr: Wie konnten wir das nur vergessen!«, lautete die barsche Antwort des Infirmarius, und sein missbilligender Blick verriet, wie sehr ihm das Gezänk seiner Brüder zuwider war. Die Betroffenen jedoch focht dies nicht an. Dass Hildebrands Leiche immer noch unweit des Altars auf den kalten Steinfliesen der Klosterkirche lag, schien sie ebenfalls nicht zu stören. Der Infirmarius, dessen Tonsur von einem wild wuchernden Haarkranz umgeben war, atmete tief durch und schüttelte ungläubig den Kopf: »Möchte wissen«, hielt er seinen Ärger nur mühsam in Zaum, »weshalb wir ausgerechnet hier, im Angesicht der Heiligen Jungfrau, einen Disput vom Zaune brechen, der sämtlichen Prinzipien unseres Ordens widerspricht. Von der Art und Weise, wie mit den sterblichen Überresten eines Mitbruders umgegangen wird, gar nicht zu reden!«

»›Umgegangen wird?‹ Höre ich richtig?«, entgegnete der Bursarius mit zorniger Miene. »Wie Euch, Bruder Robert, sehr wohl bekannt sein dürfte, handelte es sich bei Bruder Hildebrand keineswegs um jemanden, der –«

»– sich allgemeiner Wertschätzung erfreute: Ist es das, was Ihr sagen wollt?«

Wie auf Kommando fuhren die Köpfe der Anwesenden herum. Selbst Bruder Robert, der sich nur selten aus der Ruhe bringen ließ, war vollkommen überrascht. »Hilpert – Ihr?«, staunte er, als er die hagere Gestalt auf der Schwelle der Mönchspforte stehen sah. Einen Augenblick wie gelähmt, ging er zögernd auf den Bibliothekarius zu.

»Ja, ich!«, bekräftigte er, »wobei ich nicht verstehen kann, weshalb dir das Du nicht mehr über die Lippen will.«

»Es ist … ist eben alles schon so lange her!«, lautete die Antwort. Doch kaum hatte er geendet, lagen sich der Infirmarius und Bruder Hilpert in den Armen.

Als Bruder Hilpert das schäbige Tuch entfernte und den Blick auf die Leiche des Priors freigab, war es totenstill. »Und wann, sagt Ihr, habt Ihr unseren heimgegangenen Bruder zum letzten Mal gesehen?« Bruder Hilpert, der mittlerweile neben der Leiche kniete, um sie eingehender zu begutachten, würdigte die Anwesenden keines Blickes. Fast schien es, als spräche er mit sich selbst.

»Was soll das heißen: ›Zum letzten Mal gesehen?‹«, blaffte der Bursarius, ohne sich um die Gebote der Höflichkeit auch nur im Geringsten zu kümmern. »Wollt Ihr etwa damit sagen, dass Bruder Hildebrand von einem der hier Anwesenden –«

»*Gar nichts* will ich damit sagen, Bruder,« entgegnete Bruder Hilpert, während ein hintergründiges Lächeln über seine bleichen Züge glitt. »Wenngleich mir die Art und Weise, wie unser Bruder in Christo offenbar zu Tode kam, nicht wenig zu denken gibt.«

»›Zu denken gibt?‹ Wie in des Heiligen Bernhards Namen meint Ihr das?«

»So, wie ich es sage!«, konterte der Bibliothekarius, während er mit der oberflächlichen Untersuchung des Leichnams fortfuhr.

Der Bursarius wurde feuerrot vor Wut. »Wer, Bruder Hilpert«, zischte er, während sich seine Augen zu schmalen Schlitzen verengten, »gibt Euch eigentlich das Recht, so mir nichts, dir nichts in unsere Abtei hereinzuplatzen und ...«

»Das Generalkapitel, werter Bruder. Und der Abt Eures Mutterklosters. Doch lest selbst.« Ohne sich seinem Kontrahenten zuzuwenden, zog Bruder Hilpert eine Pergamentrolle unter seiner Kukulle hervor und reichte sie über die Schulter hinweg nach hinten.

Der Bursarius war sprachlos, und dies kam recht selten vor. Doch dann gewann seine Neugier die Oberhand. »Inquisitor – Ihr?«, rief er überrascht aus, wobei er bei der Lektüre des Schriftstücks immer größere Augen bekam. Wachsbleich im Gesicht, war von dem als hochfahrend und eitel bekannten Mann nicht mehr viel übriggeblieben. »Inquisitor – aber warum und wozu?«

»Aus einem triftigen Grund.«

»Darf man erfahren, aus welchem?«

»Nichts lieber als das!«, antwortete der Inquisitor, schloss dem Toten die Augen und richtete sich auf. »Also: Vor genau einer Woche hat den Vater Abt zu Maulbronn eine Nachricht aus diesem Kloster erreicht, die nicht nur ihn aufs Äußerste entsetzte. Doch hört selbst!« Während er sprach, zog der Inquisitor einen Brief unter seiner Kukulle hervor, faltete ihn auseinander und begann zu lesen: »Ehrwürdiger Vater Abt, Brüder in Christo zu Maulbronn! Verzeiht, dass ich Euren klösterlichen Frieden stören muss, aber ich halte es für meine Pflicht, eben dies zu tun! Wisset denn: Seit geraumer Zeit geschehen hier Dinge, über die zu berichten mir kaum möglich erscheint. Die Feder in meiner Hand beginnt zu zittern, wenn ich mir auch nur vorstelle, in welcher Gefahr wir hier alle schweben. Da ich jedoch befürchten muss, dass dieser Brief in falsche Hände gelangt, nur so viel: *Satan ante portas!*[*] Eilt uns zu Hilfe, Brüder, sonst ist es zu spät! Säumet nicht, sonst sind wir verloren!«

»Und von wem stammt die Nachricht, wenn man fragen darf?«, fragte der Bursarius in barschem Ton.

»Das tut nichts zur Sache!«, beschied ihn der Inquisitor und ließ den Brief verschwinden, bevor ihn der Bursarius in die Hand bekam. »Viel wichtiger als das erscheint mir die Frage, ob mir einer der Anwesenden erklären kann, was der Inhalt des Briefes zu bedeuten hat!«

Noch ein wenig blasser als sonst, schüttelte der Bursarius den Kopf. »Keine Ahnung!«, stieß er unwirsch hervor.

»Soso«, entgegnete der Inquisitor und sah die Anwesenden der Reihe nach an. »Ehrlich gesagt habe ich auch mit nichts Anderem gerechnet!«

---

[*] dt.: Der Satan steht vor den Toren.

6

Stall – Sexta (11.20 Uhr)

»Benedikt – komischer Name für ein Maultier, muss ich schon sagen!«, brummte Bruder Wilfried, Stallmeister der Abtei, als er das Gatter der Eselskoppel hinter sich verriegelte. »Eine eigenartige Auffassung von Humor, muss ich schon sagen!«

Alkuin senkte verlegen den Kopf. Nicht im Traum wäre es ihm eingefallen, den Meister zu kritisieren, auch wenn er dem wettergegerbten Hünen, der sich mit verschränkten Armen vor ihm aufbaute und außer der Kutte aus grobem braunem Wollstoff nichts von einem Klosterbruder an sich hatte, im Stillen beipflichtete. Pech für ihn, dass sich der Stallmeister der Abtei von seiner Einsilbigkeit nicht im Geringsten beeindruckt zeigte. »Ich muss schon sagen – einem Maultier den Namen eines Papstes zu geben, weiß nicht, ob *das* unbedingt sein muss!«

Natürlich musste es nicht sein. Aber so war Bruder Hilpert nun mal. Eigenwillig, selbstsicher – und mit einer Spottsucht gesegnet, die schon fast an Blasphemie grenzte. Alkuin war mehr als unwohl in seiner Haut, weshalb er dem bis dahin sehr einseitigen Gespräch eine andere Richtung zu geben versuchte. »Und ... und wo werde ich schlafen?«, lautete seine unbeholfene Frage.

»Im Hospiz, wo denn sonst!«, erwiderte Bruder Wilfried barsch und schnäuzte sich in ein vergilbtes Stück Tuch, das er unter seinem Überwurf hervorgezerrt hatte. »Es sei denn, man hätte andere Pläne mit dir. Wovon ich im Augenblick aber noch nichts weiß. Und solange dies nicht der Fall ist, wird der junge Herr mit der Kargheit meines Domizils noch eine Weile vorlieb nehmen müssen.«

Alkuin wollte etwas entgegnen, beteuern, dass es ihm beileibe nichts ausmache, im Stall bei den Pferden und Mauleseln zu schlafen. Schließlich war er es ja gewohnt. Doch dann geschah es. Ohne dass er es hätte verhindern können. Tief im Inneren seines Körpers war ein lang gezogenes, nicht zu überhörendes Knurren zu hören.

Als sei dies für ihn das Zeichen, seine nur nach außen hin zur Schau getragene Griesgrämigkeit abzulegen, hellte sich Bruder Wilfrieds Miene schlagartig auf und ein breites Grinsen huschte über sein pausbäckiges Gesicht. »Zeit zu tafeln, junger Herr, nicht wahr?«

Erst jetzt, da sich ihm der bärenstarke, fast sechs Fuß große Mann auf Armeslänge genähert hatte, wagte Alkuin einen schüchternen Blick. Und sah sich einem wahren Muskelpaket von Mann gegenüber, der Gutmütigkeit und Hilfsbereitschaft nur mühsam unter der Schale aufgesetzter Grobschlächtigkeit zu verbergen trachtete. »Nicht so schlimm, ich ...«, wagte er einen schüchternen Einwand.

»Papperlapapp!«, lautete die entschlossene Antwort, bevor sich ein muskelbepackter Arm auf die Schulter des Jungen herabsenkte.

⁂

»Nur keine falsche Bescheidenheit, greif zu!« Bruder Wilfried, der es tatsächlich geschafft hatte, seinen massigen Körper auf einem Melkschemel zu platzieren, deutete auf das Bündel, das auf dem Boden des Pferdestalles ausgebreitet war. Beim Anblick von Schafskäse, Butter und frischem Brot lief Alkuin förmlich das Wasser im Munde zusammen. Trotzdem zögerte er. »Ich weiß nicht, am frühen Morgen, wo wir doch gerade Fastenzeit ...«

Doch da war wieder dieser muskulöse Arm, der keinen Widerspruch zu dulden und jegliche Einwände im Keim zu ersticken schien. Nichts zu machen. Alkuin ließ sich zu Füßen des Stallmeisters nieder. Ein weiterer schüchterner Blick, dann griff er beherzt zu.

Bruder Wilfried lächelte. »Nichts wie runter damit, bevor du Novize wirst!«, witzelte er. »Fasten musst du dann nämlich noch genug!«

»*Cuculla non facit monachum**, ich weiß.«

»Umso besser. Wir Laienbrüder haben es allerdings auch nicht leicht. Säen, pflügen, ernten, dreschen, Getreide mahlen, Brot backen, Kühe melken, Fische fangen, Wein anbauen, Bäume fällen, Dächer ausbessern, Werkzeug schmieden, Pferde beschlagen und dergleichen mehr – und das bei nur einer Mahlzeit am Tag? Kaum auszudenken, wenn uns *das* blühte! Würde keine drei Tage lang gut gehen! Wenn überhaupt, dann bei den hochwohlgeborenen Fratres drüben in der Klausur!«

»Und was sagt Euer Vater Abt dazu?«, warf Alkuin zwischen zwei kräftigen Bissen ein. »Ich meine, dass Ihr ein wenig mehr wie die Fratres –«

»Der hat gegen ein wenig zusätzliche Stärkung nichts einzuwenden. Nach außen hin tut er natürlich so, als habe er keine Ahnung davon. Aber schließlich hat ja sogar der Heilige Bernhard den Vorrang der rein körperlichen vor der geistigen Tätigkeit ausdrücklich hervorgehoben. Oder um mit dem heiligen Benedikt zu reden: Ora *et* labora!« Bruder Wilfried nahm einen kräftigen Schluck, bevor er schmunzelnd hinzufügte: »Ein halbvoller Mehlsack kann nun mal nicht richtig stehen!«

»Verständnisvoll, Euer Vater Abt, das muss man ihm lassen.«

»Ist er. Ist er. Solange es uns um unser leibliches Wohl zu tun ist. Und wenn unser hochgeschätzter Prior nicht gerade den Ohrenbläser spielt. Oder vielmehr *spielte*.«

»War wohl nicht sehr beliebt, wie mir scheint.«

»Nein. Das kann man nun wirklich nicht behaupten.« Bruder Wilfrieds Miene verfinsterte sich. »Einer von den ganz Eif-

---

* dt.: Eine Kukulle macht noch lange keinen Mönch.

rigen. Musste seine Nase in alles hineinstecken. Auch und vor allem in Dinge, die ihn nichts angingen. Oder von denen er nichts verstand. Ohne Übertreibung der unbeliebteste unter den Brüdern unserer Abtei.«

»Unbeliebt genug, um ihn zu …?« Kaum waren ihm die Worte über die Lippen, als Alkuin auch schon bereute, was er gesagt hatte.

Bruder Wilfried stellte seinen Bierhumpen beiseite, wischte den Mund ab und sah Alkuin mit ernstem Gesichtsausdruck an. »Wenn ich dir und diesem Hilpert einen guten Rat geben darf«, begann er, wobei sein dröhnender Bass zu einem halblauten Flüstern herabsank, »dann diesen: Nehmt euch um Gottes willen in Acht! In dieser Abtei geschehen Dinge, von denen dieser hochgelehrte Bücherwurm und du nicht die geringste Ahnung habt. Dinge, über die in der Bibliothek zu Maulbronn nichts geschrieben steht. Dinge, die einen glatt um den Verstand bringen. Selbst wenn man nicht so viel davon besitzt wie Bruder Hilpert. Darum nochmals: Vorsicht! Vor allem, wenn du hier Novize wirst. Besser noch: Kehre diesem Ort den Rücken, solange noch Zeit ist!«

7

Spital, zur gleichen Zeit

»Nur hereinspaziert in meine Giftküche!«, lud der Infirmarius Bruder Hilpert ein, ließ ihm den Vortritt und schloss die Tür.

Einmal in der nur etwa fünf Schritt im Quadrat großen Zelle, brauchte Bruder Hilpert einige Zeit, um sich an das Halbdunkel zu gewöhnen. Die Nervosität, die sein Jugendfreund seit geraumer Zeit an den Tag legte, entging ihm jedoch nicht. Sie ging so weit, dass es Bruder Robert erst beim dritten Versuch glückte, die Kerze auf dem Stehpult neben der Tür zu entzünden.

»Kein Schloss, kein Riegel – nichts?«, registrierte der Inquisitor erstaunt. »Soll das etwa heißen, du schließt hier nicht ab?«

»Warum sollte ich?«, antwortete der Infirmarius. »Seit ich hier bin, ist mir noch nie etwas abhanden gekommen.« Bruder Roberts Antwort hörte sich alles andere als überzeugend an, und das leichte Erröten in seinem Gesicht sprach Bände.

Bruder Hilpert tat, als habe er es nicht bemerkt, und wechselte rasch das Thema. »Hier also bist du zu Hause!«, sprach er in freundlichem Ton, nicht zuletzt um das Unbehagen, das ihn beim Anblick des heillosen Durcheinanders in der Zelle des Infirmarius beschlich, zu verbergen. Am schlimmsten sah es auf dem Tisch unter der schmalen Fensteröffnung aus. Verstaubte Folianten, Pergamentrollen, Schreibfedern, ein Tintenfass, dazu Flaschen, Phiolen und gläserne Behälter in jeder nur erdenklichen Form – fast schien es, als sei ein Orkan durch die Stube gefegt. Doch damit nicht genug. Wie um ihrem Benutzer auch noch den letzten Rest an Bewegungsfreiheit zu nehmen, waren die Wände von Bruder Roberts Zelle ringsum von Bücherregalen gesäumt, auf denen ohne erkennbare Ordnung weitere Folianten, Pergamentrollen und Blätter lagen. Die Decke, von der Dutzende getrockneter Kräuterbüschel herabhingen, nicht zu vergessen.

»Du kennst mich ja – ich bin eben ein richtiges Schwein!«, erriet der blasse und fahrig wirkende Infirmarius die Gedanken seines Freundes. Keine Spur mehr von der Entschlossenheit, mit der er dem Bursarius gegenübergetreten war. »Aber lassen wir das, reden wir darüber, was dich zu uns führt.«

»Was mich zu euch führt? Kannst du dir das wirklich nicht vorstellen?«

»Wenn ich ehrlich bin – nein.«

Bruder Hilperts Miene verfinsterte sich, und er warf dem Infirmarius einen missbilligenden Blick zu. »Lieber Freund«, fuhr er fort, bemüht, seine Worte möglichst sorgfältig zu wählen, »in dieser Abtei sind offenbar Kräfte am Werk, die mit einem Leben in christlicher Demut nicht das Geringste zu tun haben. Kräfte, deren Namen auszusprechen mir auf das Äußerste zuwider ist. Kräfte, die schon lange vor Bruder Hildebrands Tod entfesselt wurden und vom Angesicht der Erde getilgt werden müssen. Und zwar schnell.«

»Du sprichst in Rätseln. Auf die Gefahr hin, deinen Zorn zu erregen: Ich habe nicht die leiseste Ahnung, wovon du sprichst.«

»Woher solltest du auch.«

Im Begriff, die Unordnung auf seinem Schreibtisch zu beseitigen, wirbelte Bruder Robert herum. Die Zornesröte stieg ihm ins Gesicht, und seine Stimme begann hörbar zu vibrieren. »Stimmt!«, giftete er den um fast zwei Fuß größeren Inquisitor an, wobei er die Hände gegen die gut gepolsterten Hüften stemmte. »Woher sollte ich auch! Wie konnte ich es in all den Jahren auch vergessen! Hilpert, das einsame Genie der Klosterschule! Der die sieben freien Künste schon mit der Muttermilch eingesogen hatte! Für den Grammatik, Dialektik und Rhetorik bloße Spielereien waren, wo sich andere, per exemplum meine Wenigkeit, stundenlang in der Bibliothek abrackern mussten! Von seinen herausragenden Leistungen in den übrigen *Artes Liberales** gar nicht zu reden! Und dann erst die Universität: Heidelberg, Rom, Paris und wer weiß, wo du dich überall herumgetrieben –«

Doch so schnell der Zornesausbruch des Infirmarius gekommen war, so schnell legte er sich auch wieder. Mehr noch, Bruder Robert schien er ausgesprochen peinlich zu sein. »Verzeih!«, stieß er mit bebender Stimme hervor, während er um Fassung rang. »Ich ... ich weiß wirklich nicht, was in mich gefahren ist.«

»Schon gut, mein Freund, schon gut.«

»Nichts ist gut.«

Unschlüssig, was er tun oder sagen sollte, stand Bruder Robert dem Inquisitor eine Weile schweigend gegenüber. Dann drehte er sich abrupt um, griff nach einer Phiole, in der sich eine undefinierbare Flüssigkeit befand, und spülte ihren Inhalt in einem Zug hinunter. Kurz darauf entspannten sich seine Züge, und er schien wieder ganz der Alte.

Das Unbehagen, mit dem Bruder Hilpert den Vorgang beobachtet hatte, war ihm deutlich anzumerken. Trotzdem war er bemüht, sich möglichst taktvoll auszudrücken: »Wie ich sehe, fühlst du dich nicht wohl«, sagte er mit besorgter Stimme.

»Mohnsaft, mein lieber Hilpert, Mohnsaft!«, lautete die überraschende Antwort. Der Infirmarius schien sich am ungläubigen Staunen seines Gastes förmlich zu weiden. »Viel köstlicher als Mohnsamen, wie du und ich ihn mit Honig vermischt zum Nachtisch gegessen haben. Oder Mohnöl.« Über Bruder Roberts Gesicht huschte ein schelmisches Grinsen. »Handelt es sich doch beim Saft der Mohnpflanze um eine Flüssigkeit«, dozierte er, »die aus den angeritzten, grünen Mohnkapseln fließt, eine Flüssigkeit, die –«

»Die Wirkung von Opium ist mir bestens bekannt. Spätestens seit ich die Schriften des Plinius studiert habe.« Von einem Augenblick auf den anderen hatte Bruder Hilperts Stimme

---
* dt.: Freie Künste

einen harten, geradezu unbarmherzigen Klang angenommen. Bruder Robert indes schien dies vollends entgangen zu sein.

»Ach ja, der gute alte Plinius. Wollen sehen, ob ich ihn noch beherrsche: ›Der Milchsaft beschwichtigt Schmerzen, bringt Schlaf, fördert die Verdauung –‹«

»›In größerer Gabe ist er gefährlich und kann Schlafsucht und Tod bewirken‹«, vollendete Hilpert. »Was in der Heiligen Jungfrau Namen ist denn eigentlich mit dir los?«

»Was mit mir los ist, fragst du? Das müsstest du doch am allerbesten wissen! Oder hast du schon vergessen, was der Novizenmeister damals auf der Latrine mit mir angestellt hat? Mit einem Knaben, der sich nicht einmal hat wehren können?«

Auf einen Schlag herrschte Totenstille im Raum. Keiner der beiden Freunde sprach ein Wort. Schließlich war es Hilpert, der wieder das Wort ergriff: »Gott hat ihn seiner gerechten Strafe zugeführt«, sagte er mit leiser Stimme.

Aus dem Blick, mit dem ihn Bruder Robert bedachte, waren sowohl Befriedigung wie auch Zweifel abzulesen. »Das hat er«, gab der Infirmarius zur Antwort. »Wobei ich mir immer noch nicht im Klaren bin, welche Rolle du beim Freitod dieses Scheusals gespielt hast.«

»Besser für dich, dir diese Frage nicht allzu häufig zu stellen.«

»Du bist nicht Gott, Hilpert, vergiss das nie.«

»Aber sein gehorsamer Diener, dem es obliegt, die Kräfte des Bösen vom Angesicht der Erde zu tilgen.«

»Amen.« Erneutes Schweigen, bevor sich Bruder Robert verlegen räusperte und scheinbar gelassen fortfuhr: »Wo waren wir stehen geblieben, ach ja, beim Zweck deines Besuches, nicht wahr?«

»Das waren wir«, erwiderte Bruder Hilpert mit besorgter Miene. »Und so, wie die Dinge liegen, wird er länger dauern als geplant.«

8

Offizium des Cellerarius – Nona (13.20 Uhr)

BRUDER AMBROSIUS, DEM Cellerarius, fiel es schwerer als sonst, sich auf seine Kontorbücher zu konzentrieren. Unter den Patres des Konvents genoss er zwar den Ruf, die Ruhe selbst zu sein, was nicht zuletzt seinem enormen Körpergewicht zuzuschreiben war, über das allerlei Gerüchte und lose Witze kursierten, aber je verbissener er sich am heutigen Tage mühte, Ordnung in seine Bilanzen zu bringen, umso nervöser wurde er.

»Dann eben noch einmal von vorn!«, stieß er zähneknirschend hervor, während Daumen und Zeigefinger seiner linken Hand den Federkiel fast zerquetschten. »Damit dieses ver... – Heiliger Bernhard, hab Mitleid mit einem armen Sünder! – damit dieses leidige Geschäft endlich erledigt ist!«

Und siehe da – die Verbissenheit, mit welcher der Cellerarius zu Werke ging, trug allmählich Früchte, und nach einer Weile war Bruder Ambrosius schon fast wieder der Alte. Über das aufgedunsene Gesicht, dessen hervorstechendes Merkmal, die feuerrote Nase, nur noch von einer hässlichen Warze auf der rechten Wange übertroffen wurde, glitt ein selbstzufriedenes Lächeln. Entgegen seinen Befürchtungen hatte die Inventur der Kornspeicher und Vorratskammern nämlich zu einem befriedigenden Resultat geführt: »Na also!«, brummte der Cellerarius, als er die nach jedem Quartal fällige Bestandsaufnahme überflog. »746 Malter Korn, sechs Malter Erbsen, zwei Malter Dinkel, 121 Fuder und fünfundeinhalb Eimer Wein – sieht doch gar nicht so schlecht aus!« Der Cellerarius atmete hörbar durch. Ein Grund mehr, Ruhe zu bewahren und sich vor dem Inquisitor nicht allzu sehr zu ängstigen!

»Zufrieden?«
Zu Tode erschrocken fuhr Bruder Ambrosius herum. Er tat dies so rasch, dass er sein linkes Knie am Stehpult stieß, auf das er seinen massigen Körper, der auf zwei spindeldürren Storchenbeinen ruhte, gestützt hatte. »Ach, Ihr seid es, Bruder!«, stieß er mit zusammengebissenen Zähnen hervor, als er die hagere Gestalt des Bursarius im Türrahmen stehen sah. »Habt Ihr mich vielleicht erschreckt!«
»So, habe ich das?«, gab Bruder Clemens spitz zurück. Über die hohlwangigen Züge des Bursarius huschte ein zynisches Lächeln. »Wo Ihr doch ein reines Gewissen und nicht den geringsten Anlass habt, Euch zu ängstigen!«
»Wie meint Ihr das?«
»Wie ich es sage. Aber grämt Euch nicht, Bruder. Euer kleines Geheimnis ist bei mir bestens aufgehoben.«
»Mein –«
»Jetzt spielt nicht den Ahnungslosen. Wenn Ihr glaubt, es mit einem unserer Laienbrüder zu tun zu haben, irrt Ihr Euch gewaltig!«
»Ich weiß wirklich nicht, wovon Ihr sprecht.«
»Ach nein? Dann will ich Eurem Gedächtnis mal ein wenig nachhelfen«, zischte der Bursarius und baute sich vor dem wie ein in die Enge getriebenes Schwein wirkenden Cellerarius auf. »Also: Könnte es nicht sein – theoretisch gesprochen, versteht sich – könnte es nicht sein, dass aus den Euch unterstehenden Kornspeichern und Vorratskammern hin und wieder auf höchst mysteriöse Art und Weise kleinere Mengen an –«
»Worauf wollt Ihr hinaus?«
»Auf gar nichts. Meiner Diskretion könnt Ihr Euch wie gesagt sicher sein. Vorausgesetzt, Ihr erweist mir einen brüderlichen Dienst.«
»Und der wäre?«, quiekte Ambrosius kleinlaut und zog unter seiner Kukulle ein Schweißtuch hervor, mit dem er seine feuchtglänzende Stirn betupfte.

»Mir bei der anstehenden Wahl zum Prior Eure Stimme zu leihen. Ein geringes Entgelt angesichts dessen, was Ihr auf dem Kerbholz habt. *Manus manum lavat.*«*

Angesichts der Arroganz, mit der ihn der Bursarius behandelte, stieg dem schwergewichtigen Cellerarius die Galle empor: »Seid Ihr da nicht ein wenig voreilig?«, brachte er es nur mit Mühe fertig, seine Wut zu bändigen, während sich sein voluminöser Rumpf deutlich hob und senkte. »Vater Abt auf dem Reichstag, Bruder Hildebrand erst ein paar Stunden tot, wobei noch nicht einmal geklärt ist, ob er nicht –«

»Ob er was?!«

Einmal in Fahrt, gab es für Bruder Ambrosius nun kein Halten mehr: »Könnte es nicht sein«, ahmte er den Bursarius mit sichtlichem Vergnügen nach, »– theoretisch gesprochen, versteht sich – dass Ihr am Tode unseres allseits geschätzten Priors ein ganz persönliches Interesse gehabt habt?«

»Du gerissenes fettes Dreckschwein, wenn du glaubst, du –«

»Aber, aber!«, fiel Ambrosius dem Bursarius ins Wort und hielt ihn sich mit ausgestreckten Armen vom Leib. »Wir wollen doch jetzt nicht persönlich werden!« Dann wandte er sich wieder seinem Kontorbuch zu und fuhr den Bursarius an: »Und jetzt raus hier, wenns beliebt, ich habe zu tun!«

---

*dt.: Eine Hand wäscht die andere.

9

Klosterpforte – Vesper (15.30 Uhr)

EIN FLAUES GEFÜHL im Magen, sah sich Alkuin Hilfe suchend nach Bruder Wilfried um. Als dieser ihm aufmunternd zunickte, nahm er all seinen Mut zusammen, umklammerte den eisernen Ring und klopfte an die Pforte der Klausur.

»*Deo gratias!*«*, drang es gedämpft an sein Ohr, bevor sich das vergitterte Schiebefenster öffnete. Das Gesicht hinter dem Sehschlitz war Alkuin wohlbekannt. Im Vergleich zum Morgen schien es jedoch um etliche Jahre gealtert zu sein, und dass der Pförtner dieses Mal keine Bibelsprüche zitierte, trug kaum zu seiner Beruhigung bei.

»Ich begehre Einlass in Euer Kloster«, antwortete Alkuin, bemüht, seiner Stimme ein wenig Festigkeit zu verleihen.

»Zu welchem Zweck?«

»Um Gott dem Herrn zu dienen und Novize des Zisterzienserordens zu werden.«

»*Benedicite!*«**, erwiderte der Alte mit spürbarem Unbehagen und öffnete kurz darauf die Tür.

Alkuin holte tief Luft und folgte dem Alten auf dem Fuße. Kurz darauf fand er sich in einem kleinen, gewölbeartigen Raum wieder, in dem sich Tisch, Hocker und eine eisenbeschlagene Truhe befanden. Ansonsten war die Stube völlig leer und so feucht, dass Alkuin unversehens fröstelte. Wäre der Lichtstrahl nicht gewesen, der durch ein vergittertes Fenster sickerte und die Umrisse seines um ein Vielfaches vergrößerten Körpers auf die gegenüberliegende Wand warf, hätte Alkuin geglaubt, er befände sich in einem Kerker.

Obwohl dies nicht der Fall war, wurde er ein ungutes Gefühl nicht los. Es gab jetzt kein Zurück mehr für ihn. Alkuin dachte

---
*dt.: Gott sei Dank!
**dt.: Gesegnet seist du!

an das Versprechen, das er Bruder Hilpert gegeben hatte, und ein Ruck ging durch seinen Körper. Komme, was mag: Den Plan, den er mit ihm geschmiedet hatte, galt es nun auszuführen. Dies war er dem Mann, dem er so viel zu verdanken hatte, einfach schuldig, wenngleich er immer noch nicht wusste, was der Meister eigentlich damit bezweckte.

»Warte hier!«, riss ihn die krächzende Stimme des Alten aus seinen Gedanken. Alkuin wollte etwas entgegnen, aber bevor er dazu kam, war die Tür hinter ihm ins Schloss gefallen. Ein kurzes, verächtliches Schnauben, das Geklapper eines Gehstocks, der auf den Steinfliesen widerhallte – und von dem Pförtner war nichts mehr zu sehen und zu hören. Alkuin war allein.

Die Gedanken an das, was ihm bevorstand, wurde er trotzdem nicht los. »Das Ganze noch einmal von vorn!«, zwang ihn eine unsichtbare Stimme zur Konzentration, worauf er halblaut vor sich hinmurmelte: »Also: Ich bin nicht, der ich bin, sondern Bertram von Rosenberg, nachgeborener Sohn des Junkers Heribert, dessen Wunsch, ich möge dem geistlichen Stande beitreten, ich nachzukommen gedenke. Von Vater Benedikt, unserem Burgkaplan, habe ich Schreiben, Lesen und ein wenig Latein gelernt, weswegen ich in der Klosterschule keinerlei Schwierigkeiten –«

»Selbstgespräche oder Zwiesprache mit dem Satan, das ist hier die Frage!«

Wie vom Blitz getroffen wirbelte Alkuin herum. Den hageren Mönch, dessen Blicke zwischen Geringschätzung und Skepsis schwankten, hatte er nicht kommen hören. Dass er vor ihm auf der Hut sein musste, war ihm aber sofort klar. »Antworte, oder hat es dir etwa die Sprache verschlagen?«, bellte er, als Alkuin nicht auf Anhieb die richtigen Worte fand.

»Ich begehre Einlass in Euer Kloster, um dem Orden der Zisterzienser hinfort als Novize –«, lautete die zaghaft klingende Erwiderung, aber sofort schnitt ihm der Mönch das Wort ab.

»Das wollen viele!«, sprach er mit hochnäsiger Miene, ohne Alkuin eines Blickes zu würdigen, »wiewohl die wenigsten dazu geeignet sind.«

»Bei allem gebotenen Respekt: *Ich* bin es.«

»Hört, hört! Und warum, wenn man fragen darf? Wo es dir doch an Demut und Bescheidenheit in nicht geringem Umfang zu mangeln scheint?«

Im Begriff zu antworten und sich so gut es ging seiner Haut zu erwehren, holte Alkuin tief Luft – doch blieb ihm die Zunge derart hartnäckig am Gaumen kleben, dass außer einem erstickten Gurgeln kein Wort aus seinem Munde drang. Sichtlich irritiert senkte er daraufhin den Blick.

Dem Mönch, dessen linker Mundwinkel verächtlich zuckte, war dies nicht entgangen. Instinktiv wurde Alkuin bewusst, dass er mit seinem herrischen Gebaren denn auch nur eines bezweckte: Respekt einzuflößen und ihn fürs Erste mundtot zu machen.

Nachdem er dies offenbar erreicht und den Jungen entsprechend eingeschüchtert zu haben schien, verschränkte er die Hände auf dem Rücken und durchmaß mit demonstrativer Gelassenheit den Raum. Scheinbar in Gedanken, würdigte er Alkuin zunächst keines Blickes, um ihn nach längerem Schweigen anzuherrschen: »Und deine Eltern – wer sind sie und woher kommen sie?«

»Ich bin Bertram, 15 Jahre alt, aufgewachsen auf der Burg –«

»Wer deine Eltern sind, möchte ich wissen. Du und deine Person sind von untergeordneter Bedeutung. Als angehender Novize solltest du das eigentlich wissen.«

»Heribert von Rosenberg und Friedelinde, dessen verstorbene Frau.«

Der Mönch drehte sich auf dem Absatz um und warf Alkuin einen prüfenden Blick zu. »Der Herr von Rosenberg«, näselte er, »– soso. Dass er außer seinem Ältesten noch einen Sohn hat, war mir offen gestanden nicht bekannt.«

Alkuin hielt den Atem an, während sich winzige Schweißperlen auf seiner Stirn sammelten. Eine Falle – oder die reine Wahrheit, das war die Frage! Bemüht, nicht noch mehr Argwohn zu erwecken, antwortete er deshalb mit demutsvoll gesenktem Blick: »Und doch ist dem so.«

Im Gesicht des Bursarius zuckte es, ließ Alkuins Replik doch immer noch eine Spur von Widerborstigkeit erkennen. Aus einem unerfindlichen Grund fiel seine Antwort dennoch maßvoller aus als zuvor. »Nun gut, mag sein«, sprach er in barschem Ton. »Und weiter?«

Alkuin atmete kaum hörbar durch, um mit gespielter Aufrichtigkeit fortzufahren: »Dass ich dem geistlichen Stande beitreten möge, ist meines geliebten Vaters sehnlichster Wunsch. Auch und gerade deshalb, weil er damit dem letzten Wunsch meiner Mutter Folge leisten möchte.«

»Dein Empfehlungsschreiben?«

Wie in Trance griff Alkuin in sein Wams, holte eine verschnürte Pergamentrolle daraus hervor und reichte sie dem nur um wenige Zoll größeren Mönch. Der anzügliche Blick, mit dem er ihn bedachte, ließ Alkuin zurückweichen, und plötzlich keimte ein ganz bestimmter Verdacht in ihm empor. Alkuin wurde regelrecht schlecht, und seine Furcht vor dem Bursarius begann sich in Ekel zu verwandeln.

Dem Mönch indes schien die Änderung in seinem Verhalten verborgen geblieben zu sein. »Der Herr von Rosenberg, soso!«, wiederholte er süffisant, während er den Pergamentbogen mit scheinbarer Gelassenheit entrollte. »Dann wollen wir einmal sehen.«

Kalt und starr, geriet der Blick des Bursarius alsbald in Bewegung und tanzte wie ein Irrlicht über das voll geschriebene Blatt. Währenddessen drohte Alkuins Herz vor Aufregung fast zu zerspringen. Wahre Schweißbäche ergossen sich über seinen Körper, und er warf einen verstohlenen Blick zur Tür.

Und was, wenn jetzt alles aufflog? Wenn der Mönch auf den Schwindel nicht hereinfiel und seine wahre Identität enthüllte? Nicht auszudenken, was dann mit ihm passieren würde!

»Sieht mir eher wie die Schrift eines Klosterbruders als die eines Burgherren aus.«

»Wie meint Ihr das?«, gab Alkuin zurück, mittlerweile auf alles gefasst.

»Wie ich es sage«, sprach der Mönch mit hämischem Grinsen, das den Blick auf eine Reihe gelblich schimmernder Zähne freigab. »Wie ich –«

Noch ehe er seine Replik wiederholen konnte, öffnete sich zu Alkuins großer Erleichterung die Tür. Ein mittelgroßer Klosterbruder mit schlohweißem Haar betrat den Raum. »Verzeiht, Bruder, wenn ich störe«, begann er und setzte eine treuherzige Miene auf. »Wie ich höre, wird es in Kürze einen weiteren Novizen in unseren Reihen geben, nicht wahr?«

Aus den Augen des Bursarius schossen Blitze, aber die gespielte Höflichkeit, mit der ihn der Novizenmeister der Abtei umgarnte, war so entwaffnend, dass er auf der Stelle den Rückzug antrat. Alkuin kam dies mehr als gelegen, doch die Worte, mit denen sich der Bursarius verabschiedete, wirkten wie eine Drohung an ihn: »Wenn mich nicht alles täuscht, werden sich unsere Wege noch öfter kreuzen!«, stieß er zähneknirschend hervor, bevor die Tür hinter ihm ins Schloss fiel.

10

Spitalbau, zur gleichen Zeit

»Und du hast nichts Verdächtiges bemerkt? Keine Spuren, nichts?« Am Blick, den Bruder Hilpert dem Infirmarius zuwarf, konnte man ablesen, wie viel Kopfzerbrechen ihm der Tod des Priors nach wie vor bereitete. »Alles, selbst das kleinste Detail, könnte in diesem Zusammenhang von Bedeutung sein.«

»Wenn ich es dir doch sage – nein!«

»Dann eben das Ganze noch einmal von vorn!«

»Hilpert – bitte!«, stöhnte Bruder Robert und fuhr mit der Handfläche über die Stirn. »Sind wir nicht alles schon ein Dutzend Mal –«

»– sind wir, Bruder in Christo, sind wir!«, warf der Inquisitor ein. »Anscheinend aber nicht oft genug. Wer, wenn nicht du, könnte mir weiterhelfen? Warst ja schließlich der Letzte, der Bruder Hildebrand lebend gesehen hat – was ein Gespräch mit dir zu einem äußerst lohnenswerten Unterfangen macht.«

»Was willst du damit sagen?«

»Nichts, mein Freund, rein gar nichts.« Bruder Hilpert zog die Augenbrauen in die Höhe, während er seine feingliedrige Hand begutachtete und Daumen und Fingerkuppen aneinander rieb. »Ich sagte Gespräch und nicht Verhör, wenn du verstehst, was ich meine.«

In die Augen des Infirmarius trat ein nervöses Flackern. Wie sehr es ihm widerstrebte, die Ereignisse des Morgens erneut zu schildern, war ihm deutlich anzumerken: »Wie bereits erwähnt«, konnte er sich einen Seitenhieb auf Bruder Hilpert nicht verkneifen, »waren wir während des Kapitels noch vollzählig –«

»Das heißt, wie viele Brüder nahmen an der Sitzung teil?«

Bis dahin von einer Farbe, die vergilbtem Pergament nicht unähnlich war, wurde das Gesicht des Infirmarius auf einen Schlag feuerrot. »In der Heiligen Jungfrau Namen, Hilpert«, bebte er förmlich vor unterdrücktem Zorn, »willst du mich eigentlich zum Narren halten? Zum letzten Mal: Wir waren vollzählig, folglich waren 36 Brüder anwesend! 36 – nicht mehr und nicht weniger!«

»Und dann?«

»Was heißt hier ›Und dann‹? Dann war – wie einer der führenden Köpfe des Ordens eigentlich wissen sollte – etwas mehr als eine Stunde Zeit bis zur Terz. Zeit, welche unsere Brüder auf verschiedene Art und Weise zu nutzen gewohnt sind. Per exemplum zur Meditation, zur Buchlektüre, zum –«

»– Beten, ich weiß. Wie zum Beispiel der Bruder Prior, der sich unmittelbar nach der Kapitelsitzung in die Kirche begab.«

Bruder Robert funkelte den Inquisitor wütend an. »Ich weiß wirklich nicht, was das Ganze soll!«, grollte er. »Wo wir dies alles doch schon ein paar Mal durchgekaut haben.«

Bruder Hilpert indessen schien die Aufgebrachtheit des Freundes nicht im Geringsten zu stören. »Und weiter?«, lautete die bohrende Frage.

»Das Wort ›begab‹ gibt, wie du weißt, den wahren Sachverhalt nicht korrekt wider«, fuhr Bruder Robert maliziös grinsend fort. »Wie bereits mehrfach betont, hatte sich der Bruder Prior während der Abwesenheit unseres Abtes das Recht ausbedungen – oder sollte ich sagen angemaßt – zwischen Prim und Terz *alleine* in der Klosterkirche zu beten. Auf dass die Zwiesprache mit ihm und dem Herrn durch minderwertige Kreaturen wie mich nicht gestört werde. Und genau darum ist es in dem Disput gegangen, den wir nach der Kapitelsitzung hatten. Bevor mich Eminenz an der Mönchpforte wie einen Novizen abgekanzelt und die Kirche für sich in Beschlag genommen hat.«

»Wie man sieht, hattest du für den Heimgegangenen nicht viel übrig.«

»Was man von fast *allen* Brüdern des hiesigen Konvents sagen kann.«

»Ich weiß, ich weiß.« Bruder Hilpert schloss die Augen und ließ die Handfläche über die von tiefen Furchen durchzogene Stirn gleiten. »Man fragt sich nur, warum.«

»Weil er neugierig war und seine Nase ständig in anderer Brüder Angelegenheiten stecken musste, darum.«

»Aber steht ihm das als zweitwichtigstem Mann nach dem Vater Abt nicht zu?«

»Schon – aber nicht in der Art und Weise, wie er zu Werke ging.«

»Und wie war sie?«

»Seine Art, meinst du?« Über Bruder Roberts Gesicht huschte ein abfälliges Grinsen. »Herrisch, gebieterisch, besserwisserisch – und hochfahrend wie die eines Kardinals aus Rom.« Bruder Robert lachte leise in sich hinein. »Hinzu kommt, dass er geradezu versessen auf Visionen war, wenn du verstehst, was ich meine.«

»Leider nicht ganz.«

»Nun, wie soll ich das sagen ... er war eben keiner von uns!« Der Infirmarius fingerte verlegen an seiner Tunika herum, bevor er fortfuhr: »Gott dienen und seine Werke preisen – das war ihm zu wenig. Er wollte Gott *schauen* – und zwar nicht erst am Jüngsten Tag. Und wenn nicht ihn, dann eben die Heilige Jungfrau höchstselbst. Und darum hat er stundenlang vor dem Altar gebetet und gefastet und sich wie ein Besessener kasteit. Will heißen: Jeden, der ihm nicht nachzueifern gewillt war – und das war so gut wie jeder – hat er mit Missachtung gestraft, schikaniert, wo es nur ging. Kein Wunder, dass ihm niemand eine Träne nachweint.«

»Nun gut.« Während er das Tuch entfernte, unter dem sich die hageren Umrisse des Priors abzeichneten, ging ein Ruck durch Bruder Hilperts Körper. Auf den Infirmarius, der sich betont gelassen gab, schien der Anblick des Leichnams indessen keinerlei Wirkung auszuüben. Dass dem nicht so war, wurde dem Inquisitor klar, als er ihn aus dem Augenwinkel beobachtete: Bruder Roberts Atem ging rascher, und nach einem flüchtigen Blick auf den Toten schlug er die Augen nieder.

Bruder Hilpert, den diese Reaktion mit mehr als nur Argwohn erfüllte, tat indessen so, als habe er sie nicht bemerkt und sprach in beiläufigem Ton: »Wie gesagt: Wenn du mir noch etwas zu berichten hast, mein Freund, dann wäre jetzt der richtige Moment dafür.«

Wie aus dem Tiefschlaf gerissen starrte Bruder Robert daraufhin den Inquisitor an. »Was ... was hast du da eben gesagt?«, stammelte er.

Bruder Hilpert legte die Stirn in Falten und schüttelte kaum merklich den Kopf. »Nichts von Bedeutung!«, wiegelte er ab, als der verwirrte Blick des Infirmarius den seinen traf. »Aber wenn es dir nichts ausmacht, könntest du mir ein wenig zur Hand gehen. Bei dem, was mir nun zu tun obliegt, käme mir dein fachlicher Rat nämlich sehr gelegen.«

»Zur – aber ja doch, gewiss!«, beeilte sich der Infirmarius zu entgegnen, aber ein rascher Blick in Richtung seines Freundes machte Hilpert klar, wie sehr dieser immer noch um Fassung rang. Ein Grund, weshalb er sich umso kühler und gelassener gab: »Wie du weißt, ist der Wärmeverlust des Gehirns ein klares Indiz, wie viel Zeit seit dem Tod eines Menschen verstrichen ist«, begann der Inquisitor, als er sich über den Leichnam des Priors beugte, um ihn näher in Augenschein zu nehmen.

»Ist mir klar, wenn auch nicht, was du damit sagen willst«, antwortete der Infirmarius, nicht ahnend, dass Bruder Hilperts Bemerkung nur ein Ablenkungsmanöver war.

»Nichts – außer dass der Bruder Prior seit ziemlich genau sieben Stunden tot sein muss«, entgegnete der Inquisitor, während er an das Kopfende der Bahre trat, um den Unterkiefer des Toten zu untersuchen. »Na also, wie ich gesagt habe!«, murmelte er scheinbar zufrieden vor sich hin, als er ihn mit den Fingerkuppen betastete. »Die Leichenstarre hat bereits eingesetzt! Will heißen: Er ist seit Längerem tot.«

»Das sagtest du bereits.«

»Wirklich?«, gab sich Hilpert betont ahnungslos und warf Bruder Robert einen verstörten Blick zu. »Verzeih – aber das ist mir völlig entgangen.«

Einmal mehr unsicher, worauf der Inquisitor hinauswollte, murmelte Bruder Robert ein paar unverständliche Worte vor sich hin und trat nervös auf der Stelle. Ansonsten aber blieb er stumm, wenn auch zusehends skeptisch gegenüber dem Verhalten, das Bruder Hilpert an den Tag legte.

»So – das hätten wir.« Nachdem er die Untersuchung des Leichnams beendet hatte, richtete sich der Inquisitor auf und warf seinem Freund, der immer noch deutliche Distanz zum Toten wahrte, einen triumphierenden Blick zu.

»Klingt so, als hättest du ein Rätsel gelöst. Wo es doch überhaupt keines zu lösen gibt. Bruder Hildebrand ist tot – das ist alles.«

»Leider nicht. Oder zumindest nicht ganz.«

Bruder Roberts und des Inquisitors Blicke trafen sich. Bevor der Infirmarius jedoch den Mund öffnen konnte, kam ihm Bruder Hilpert zuvor, wobei seine Worte in dem kahlen, gewölbeartigen Raum wie Donnerschläge widerhallten: »Unser Bruder in Christo ist ermordet worden, auf heimtückische Weise ermordet.«

»Und ... und wie?«, stammelte der Infirmarius und fuhr mit der Hand über die schweißnasse Schläfe.

»Erdrosselt. Heimtückisch erdrosselt.«

Die auf Hilperts Worte folgende Stille hätte man mit Händen greifen können. Hatte dieser damit gerechnet, der Infirmarius werde ein wenig Licht ins Dunkel bringen, das den Tod von Prior Hildebrand umgab, sah er sich jedoch getäuscht. Wider Erwarten reagierte Bruder Robert nämlich in einer Weise, die in krassem Gegensatz zu seinem bisherigen Verhalten stand: »Er ... erdrosselt, sagst du?«, gluckste der Infirmarius, kaum in der Lage, einen Anflug von Heiterkeit zu unterdrücken. »Ist sich der hochwohllöbliche Herr Inquisitor dessen auch ganz sicher?«

»Vollkommen!«, gab Hilpert unbeirrt zurück. »Zweifel sind so gut wie ausgeschlossen.«

»Und was macht dich so sicher?«, konterte Bruder Robert in einem Tonfall, aus dem sowohl Skepsis als auch ein Hauch von Spott herauszuhören waren.

»Dies hier!«, herrschte der Inquisitor den Infirmarius an, und nachdem dieser näher getreten war, konnte auch er die hauchdünne, bläulichrote Linie erkennen, welche die Kehle des Opfers wie ein Halsband umschloss. Aus ein paar Schritt Entfernung kaum mehr zu erkennen, schien sie keine andere als die von Hilpert geäußerte Schlussfolgerung zuzulassen. »Und sieh ihn dir genau an!«, fügte der Inquisitor barsch hinzu. »Und damit du Bescheid weißt: Wenn du jetzt nicht mit der Wahrheit herausrückst, Bruder, dann kann selbst ich als dein Freund dir nicht mehr helfen! Dann bist du ein Fall für die Heilige Inquisition!«

11

Klosterkirche – Komplet (15.55 Uhr)

»Sei nicht ferne von mir, denn Angst ist nahe; / denn es ist hier kein Helfer.« Alkuin hob vorsichtig den Kopf. Der Psalter in seiner Hand begann leicht zu vibrieren, und das nicht nur der Kälte wegen, die in der Klosterkirche herrschte. Mit jedem Augenblick, den er hier verbrachte, wuchs die Angst, die sich wie ein Würgegriff um seine Kehle legte. Und überhaupt – wo war denn eigentlich Bruder Hilpert geblieben? Zum wiederholten Male ließ Alkuin den Blick über die im Chorgestühl aufgereihten Mönche gleiten. Kaum zu glauben, dass er ihn einfach im Stich ließ!

Über das Chorgestühl, von einem Paar Öllampen nur notdürftig erhellt, senkte sich allmählich die Dunkelheit herab. Die Kapuzen tief im Gesicht, waren die Mönche nur mehr schemenhaft zu erkennen, und obwohl sie ihn keines Blickes würdigten, kam sich Alkuin ständig beobachtet vor. »Denn Hunde haben mich umgeben, und der Bösen Rotte hat mich umringt; sie haben meine Hände und Füße durchgraben.« Alkuin lief es eiskalt den Rücken hinunter. An Flucht war nicht zu denken, und als er den Blick des Bursarius auf sich ruhen fühlte, wäre er beinahe in Panik geraten.

»Nur ruhig Blut. Das macht der immer so. Wir Novizen haben es ihm angetan.« Zu Tode erschrocken wandte Alkuin den Blick zur Seite. Schließlich war Schweigen oberstes Gebot, die wichtigste Regel, die es zu beachten galt. ›Kein Wort zu den anderen Novizen, nur dann, wenn es erlaubt ist!‹, hatte ihm Bruder Joseph auf dem Weg zur Komplet eingeschärft, der Grund, weshalb er mit den zukünftigen Gefährten noch kein einziges Wort hatte wechseln können.

»Keine Angst – Hunde, die bellen, beißen nicht. Und schon gar nicht, wenn ihnen der Sinn nach hübschen Knaben steht!« Der Novize, auf den Alkuins betroffener Blick fiel, mochte etwa ein Jahr älter sein als er. Als dieser bemerkte, dass sein beißender Spott auf wenig Resonanz stieß, glitt ein süffisantes Lächeln über sein Gesicht. Nicht viel größer als Alkuin, kam er ihm dennoch fast wie ein Erwachsener vor. Hoch aufgeschossen, von blasser, leicht kränklicher Gesichtsfarbe, die in auffallendem Kontrast zu seinen langen dunklen Haaren stand, hob er sich von den übrigen Novizen allein schon seiner Körpergröße wegen ab – von seinem respektlosen Verhalten ganz zu schweigen. »Ich bin Lukas«, fügte er nach einer Weile hinzu, wohl wissend, wie peinlich sein provozierendes Auftreten Alkuin war. »Und wie heißt du?«

»A... Alkuin!«, hauchte der Angesprochene, fast ohne die Lippen zu bewegen. Aus Angst, vom Novizenmeister getadelt zu werden, neigte er den Kopf dabei so weit wie möglich nach vorn.

»Alkuin, soso.« Der Blick des Novizen wechselte zwischen dem Bursarius und Alkuin hin und her. Dass er damit erst recht auf sich aufmerksam machte und eine Bestrafung geradezu provozierte, machte ihm anscheinend nichts aus. »Und woher kommst –«

»Silentium!« Wie nicht anders zu erwarten, war Bruder Joseph, der Novizenmeister, mittlerweile auf Lukas aufmerksam geworden, und der Blick, den er ihm zuwarf, sprach Bände. Auf den Angesprochenen indes schien der harsche Ton und die nach der Komplet zu erwartende Züchtigung keinerlei Wirkung zu haben. Als sei nichts geschehen, blieb sein Blick weiter an dem Bursarius haften, der ihn mit einer Mischung aus Zorn und Verblüffung erwiderte. Alkuin hielt den Atem an. Wenn Lukas jetzt nicht klein beigab, wäre es mit den üblichen Strafen wahrscheinlich nicht getan. Dann würde etwas weit Schlimmeres passieren.

»Wo waren wir stehen geblieben – ach ja, woher du kommst,

hab ich recht? Dürfte aber kaum von Belang sein, so, wie ich den Bursarius kenne.«

Alkuin errötete bis in die Haarspitzen. Unter falschem Namen in der Abtei – und dann dies! Vor Scham und Panik wäre er am liebsten im Boden versunken. Worauf Lukas hinauswollte, war ihm nicht klar, eines aber umso mehr: Wenn er sich nicht vorsah, würde man ihn womöglich wieder vor die Tür setzen, und daran, was Bruder Hilpert dazu sagen würde, wagte er nicht einmal zu denken. Darum schluckte er den Kloß in seinem Hals hinunter, holte tief Luft und flüsterte seinem Nachbarn zu: »Ich glaube, es ist besser, wenn du jetzt –«

»– Ruhe gibst, meinst du?« Der starre Blick des Novizen schien sich förmlich in die entgeisterten Züge des Bursarius zu bohren. Von dem Hochmut, den dieser gewöhnlich an den Tag legte, war jetzt nichts mehr zu spüren. »Nein, dazu ist es jetzt zu spät!«, fuhr Lukas entschlossen fort. »Und zwar endgültig. Heute ist der Tag. Heute wird alles ans Licht kommen. Damit es diesem Scheusal und dem, der sich seiner bedient, endlich an den Kragen –«

»Seht doch nur!« In dem Getümmel, das nun ausbrach, ging die Hasstirade des Novizen völlig unter. Wer es war, der das Blut auf dem Altarkreuz als Erster bemerkte, war kaum mehr auszumachen. Fest stand nur eines: der Körper des Gemarterten war voller Blut.

Blut, das sich in Strömen über seinen ausgemergelten Körper ergoss.

Alkuin rieb sich die Augen, nicht sicher, ob er einer Sinnestäuschung erlegen war. Bruder Joseph, für den der sich anbahnende Disput mit Lukas nunmehr ohne Bedeutung war, schien es ähnlich zu ergehen wie ihm. »Das ... das kann doch nicht wahr sein!«, stammelte er und sprach damit aus, was die meisten Mönche dachten. »Und wenn – dann ... dann kann es sich hier nur um ein Wunder handeln.«

Aber dies war denn auch alles, was Alkuin von der Reaktion des Novizenmeisters mitbekam, denn das Chaos, das nun ausbrach, war so groß, das niemand mehr auf den anderen achtete. Mit Ausnahme von Lukas, der immer noch stocksteif in der Novizenbank verharrte, drängte es jeden der Anwesenden nach vorn. Da niemand zugegen war, der Ordnung in das Durcheinander brachte, ging das Raunen, Flüstern und Murmeln, das den Chor erfüllte, bald in ein wüstes Stimmengewirr über, in das sich vereinzelte Schreie des Entzückens mischten. Das Gedränge vor dem Altar war bald so groß, dass einige Brüder von ihren Ellbogen Gebrauch machten, um sich der Nachdrängenden zu erwehren. Kaum einer, der das Wunder nicht aus der Nähe sehen, der nicht an ein Zeichen des Himmels glauben wollte. »*Dies irae, dies illa, solvet saeculum in favilla, teste David et Sibylla*«[*], konnte man gar den Kantor rezitieren hören, dessen Vision vom Jüngsten Gericht sich aber niemand anschließen wollte. Stattdessen fiel bald einer nach dem anderen auf die Knie, bekreuzigte sich und begann in hysterischer Manier Gebete zu murmeln.

Alkuin, dem das Spektakel nicht ganz geheuer war, zählte zu den Letzten, die hinzudrängten, um das vermeintliche Wunder zu schauen. Bei näherem Hinsehen konnte es jedoch kaum noch einen Zweifel daran geben. Im Schein der beiden Kerzen, die den Altarraum in ein rätselhaftes Zwielicht tauchten, während es draußen längst dunkel geworden war, konnte er den Gekreuzigten tatsächlich bluten sehen, auch dann noch, als sich die Aufregung zu legen und allmählich wieder Ruhe einzukehren begann.

Alkuin atmete tief durch und sah sich vorsichtig um. Doch der, den er suchte, war und blieb verschwunden.

Fast schien es, als habe es den geheimnisvollen Novizen nie gegeben.

---

[*] dt.: Tag des Zorns, jener Tag, auflösen wird er das All in Staub, wie bezeugt von David und Sibylla.

12

Aus der Hölle

ERLÖSERBLUT – DASS ICH *nicht lache! Wenn die hochgelehrten Fratres wüssten, von wem das Blut stammt, das ich für mein kleines Wunder benötigte, kämen sie aus dem Staunen nicht mehr heraus. Oder es würde ihnen vor Empörung glatt die Sprache verschlagen! Den herumstreunenden alten Kesselflicker wird jedenfalls so schnell niemand vermissen.*

Und wiederum, oh Leser, der du dereinst diese Zeilen studierst, war nicht ich es, der Hand an diese armselige Kreatur gelegt und ihr schäbiges Dasein für immer beendet hat. An Handlangern, die mir blind gehorchen, herrscht wahrlich kein Mangel, weshalb ich das mir dargebotene Schauspiel auch in aller Ruhe genießen konnte – ohne mir die Hände mit Christenblut zu besudeln.

Genießen? Nun, wenn ich mich der letzten paar Stunden entsinne, kann ich nicht behaupten, dass es mir Vergnügen bereitet hat, Zeuge der Marter des Kesselflickers zu sein. Der Marter dieser leise wimmernden Kreatur, die, wie ein Tierkadaver am Ast einer Eiche hängend, mit dem Kopf nach unten den Gnadenstoß erwartete. Alt, gebrechlich, mit einer Haut, die sich wie brüchiges Pergament anfühlte, erweckte er nichts als Ekel in mir – vor allem, als ich das Zeichen meines Herrn auf seiner Brust einritzen ließ. Dass er nur ein klägliches Wimmern von sich gab, wo er doch vor Schmerzen hätte laut aufheulen müssen, trieb mich fast zur Weißglut, und als einen Wimpernschlag lang kein Blut aus seinem Körper drang, verlor ich fast den Verstand.

Alles, was ich benötigte, war schließlich sein Blut – welches auch reichlich zu fließen begann, nachdem er wie ein Stück Schlachtvieh der Länge nach aufgeschlitzt worden war. Nicht, dass mir die Prozedur Freude bereitete – muss ich doch gestehen, dass ich erleichtert war, als sich das kümmerliche Dasein des Kesselflickers dem Ende zuneigte.

Nur noch ein paar Stunden, und der letzte, alles entscheidende Moment ist gekommen. Dass ich es bin, dem es obliegt, die Salbung meiner Brüder zu vollziehen, erfüllt mich mit unbändigem Stolz, wenn auch der Ekel, den ich vor dem noch warmen Blut des Alten empfand, immer noch nicht von mir gewichen ist. Doch werde ich mir nichts anmerken lassen, wenn ich die Stirn der Gefährten beträufele, so wahr ich der Diener meines Herren bin.

Ein jeder wird mir gehorchen, ein jeder, nur nicht Lukas, Verräter, der er nun einmal ist!

Überhaupt – Lukas! Ihn unschädlich zu machen ist mir über die Maßen zuwider, war er doch derjenige unter meinen Jüngern, der mir wie kaum ein anderer nahe stand. Daran, was aus ihm hätte werden können, wenn mein Herr erst einmal diese Welt beherrscht, wage ich nicht zu denken! Seis drum – er wandelt auf den Pfaden des Verrates, ein Grund mehr, ihn vom Angesicht der Erde zu tilgen.

Niemand, auch nicht der fremde Inquisitor, der wie ein Spürhund hier herumschnüffelt, wird –

13

Kapitelsaal, zwei Stunden nach Sonnenuntergang

»Und wozu die Geheimniskrämerei, wenn man fragen darf?«

Am Gesicht des Kantors konnte man ablesen, wie unbehaglich ihm zumute war, als sich die Tür des Kapitelsaales hinter ihm schloss. Prompt stellte sich denn auch das Zucken ein, das seine linke Gesichtshälfte immer genau dann befiel, wenn ihm nicht wohl oder etwas nicht ganz geheuer war. Den drei Brüdern, die ihm auf dem Fuße folgten, erging es nicht anders.

Abgesehen von dem Lichtkegel, den die Fackel des Bursarius in die Mitte des Raumes warf, war es finstere Nacht. Aus Angst, ertappt zu werden, hüllten sich die fünf Männer zunächst in Schweigen. In der Mitte des Raumes, zwischen den vier Säulen, auf denen die Decke des Saales ruhte, blieben sie schließlich stehen. Keiner der vier Brüder, die der Verabredung mit dem Bursarius gefolgt waren, sprach ein Wort. Dass sie nicht freiwillig hier waren, konnte man deutlich spüren. Trotz alledem erhob sich kein Wort des Widerspruchs, ein Umstand, den der Bursarius auszunutzen gedachte. »Wozu dies alles gut sein soll, wollt Ihr wissen?« Noch ganz unter dem Eindruck, den die unliebsame Begegnung mit dem Novizen bei ihm hinterlassen hatte, gab sich Bruder Clemens nach außen hin gewohnt kühl, obwohl ihn das Aufeinandertreffen bis in die Grundfesten erschüttert hatte. »Nun, ich will es euch sagen.«

»Warum gerade uns, wenn die Frage gestattet ist?«

Was als harmlose Frage gedacht war und auch so klang, brachte Bruder Thomas, dem Sakristan, sofort einen missbilligenden Blick ein. »Immer hübsch der Reihe nach, Bruder!«, konnte der Bursarius seinen Unmut nur mühsam unterdrücken. »Damit das Wesentliche nicht außer Acht gerät.«

»Womit wir denn auch gleich auf das Blutwunder zu sprechen kämen.«

»Wie recht Ihr doch habt, Granarius! Den anderen immer ein Stück voraus, weiter so!« Am Mienenspiel des Bursarius konnte man ablesen, wie ungelegen ihm die Replik von Bruder Liebetraut kam, doch zwang er sich zur Mäßigung, und dies, wie dessen Ausführungen zeigen sollten, nicht ohne Grund: »Wie Ihr in geradezu unnachahmlicher Weise zu folgern geruhtet«, begann er und warf dem Granarius einen ironischen Seitenblick zu, »habe ich euch, Brüder in Christo, hier zusammengerufen, um darüber zu beraten, wie es in Zukunft um unsere Abtei bestellt sein wird.«

»Und was hat das mit dem Blutwunder zu tun?«, winselte der Sakristan, der seine zur Unzeit gestellte Frage denn auch sofort bereute. Kaum gestellt, brachte sie ihm prompt den zweiten Tadel ein: »Mitdenken scheint nicht gerade eine Eurer Stärken zu sein, Bruder!«, fauchte ihn der Bursarius an. »Wäre dem nicht so, hättet Ihr mir die Frage nämlich gar nicht erst zu stellen brauchen.«

»Zur Sache.« Bruder Johannes, ein hagerer Mittvierziger mit Doppelkinn, zu dessen hervorstechendsten Eigenschaften die Fähigkeit zählte, mit wenigen Worten die größtmögliche Wirkung zu erzielen, gab sich betont gelassen und trat dem Bursarius von Angesicht zu Angesicht gegenüber. »Worum es Euch, Bruder, offenbar geht, ist die Frage, wie wir aus dem Blutwunder möglichst viel Kapital schlagen können, habe ich recht?«

»Wenn es sich denn überhaupt um eines handelt.«

Kurz davor, die Beherrschung zu verlieren, warf der Bursarius dem Sakristan einen wütenden Blick zu. »Bruder«, begann er, in der Absicht, dem treuherzig dreinblickenden Sakristan ein für allemal klarzumachen, wer hier das Sagen hatte, »ich verstehe nicht, wie Ihr auf die Idee kommt, bei dem, was sich während der Komplet zugetragen hat, könne es nicht mit rechten Dingen –«

»Zur Sache – wenns beliebt.«

Puterrot im Gesicht, konnte der Bursarius seinen Zorn offenbar gerade noch zügeln, bevor er sich über dem unglückseligen Sakristan entlud. »Wie immer ist mir Euer Wunsch Befehl, Granarius«, heuchelte er unter Aufbietung aller Reserven an Selbstbeherrschung, über die er verfügte.

»Wir sind ganz Ohr.«

»Wie gesagt: Meiner Meinung nach versetzt uns das Blutwunder – ein wahrhaftiger Fingerzeig des Herrn – in die glückliche Lage, mehr zum Ruhm und Ansehen unserer Abtei beizutragen, als dies jemals der Fall war. Wenn wir die einmalige Chance, die sich uns durch diese göttliche Fügung bietet, nicht ungenutzt verstreichen lassen.«

»Will heißen: Wenn wir nicht fähig und willens sind, Kapital daraus zu schlagen«, konterte Liebetraut.

Der Bursarius grinste maliziös. »Euer Hang zu weltlicher Denkweise in allen Ehren, Granarius«, entgegnete er und setzte eine Unschuldsmiene auf, »aber seid Ihr nicht auch der Meinung, dass Ihr die Dinge aus einem allzu profanen Blickwinkel betrachtet?«

»Selbst wenn – dann wäre es an Euch, uns alle eines Besseren zu belehren.«

»Was ich mit Freuden tun werde.«

»Gut zu wissen.«

Die Augen des Bursarius verengten sich zu schmalen Schlitzen, was ihm im Fackelschein, der seine um ein Vielfaches vergrößerte Gestalt an die gegenüberliegende Wand warf, ein geradezu dämonisches Aussehen verlieh. »Kapital oder nicht«, begann er und fixierte die drei Brüder mit starrem Blick, »wir sollten – wie gesagt – an die Zukunft unserer Abtei denken. Und an das, was wir unserem Orden schuldig sind.«

»Amen.«

»Gut zu hören, dass wir einer Meinung sind, Granarius. Seien wir einmal ehrlich: Dies Blutwunder dem gemeinen Manne vorzuenthalten käme doch einer schweren Sünde gleich, oder? Haben wir nicht vielmehr die Pflicht, des Herren frohe Botschaft unter das Volk zu tragen? Dass dieser Ort noch vor allen anderen im Lande dazu auserkoren ist, zu einer Stätte der Andacht und frommer Einkehr zu werden, steht seit dem heutigen Tage doch wohl zweifelsfrei fest!«

»Ihr vergesst, dass wir ein Kloster und keine Herberge für Hunderte von Wallfahrern sind.«

»Wohl gesprochen, Bruder Thomas, aber das eine schließt nun einmal das andere nicht aus.«

»Und warum nicht?«

»Darum, lieber Sakristan, weil der Bau einer Kapelle vor den Toren des Klosters uns nicht viel kosten, aber umso mehr einbringen könnte. Das wundertätige Kruzifix wäre dort sicherlich gut aufgehoben. Eine geradezu einmalige Gelegenheit, die sich uns bietet! Wie viele Wallfahrer hierher pilgern und was sie an milden Gaben zum Wohle unserer Abtei und der Muttergottes spenden würden – daran wage ich nicht einmal zu denken!«

»Gut zu wissen, welche Prioritäten Ihr setzt. Zuerst die Abtei – und dann die Muttergottes. Ich kann mir nicht helfen – aber Eure Pläne sind mir äußerst suspekt. Und von Herzen zuwider, wenn ich ehrlich bin.«

Im Gesicht des Bursarius, aus dem jegliche Farbe gewichen war, zuckte es, und hätte es keine Zeugen gegeben, wäre er auf der Stelle handgreiflich geworden. So aber beherrschte er sich ein letztes Mal, wenn auch die Worte, die er an die Adresse seiner Mitbrüder richtete, an Deutlichkeit nichts zu wünschen übrig ließen: »Ganz wie Ihr wollt, Bruder Johannes«, zischte er und setzte eine eisige Miene auf. »Dann habe ich mich eben in Euch getäuscht. Und auch in euch, Brüder, deren Integrität zu bezweifeln mir nie und nimmer in den Sinn gekommen wäre.« Der Bursarius holte tief Luft, bevor er, an den Granarius gewandt, fortfuhr: »Ihr werdet verstehen, dass ich mein Vorhaben auch ohne eure Mithilfe weiter vorantreiben werde. Jeder, der mir dabei im Wege steht, sollte die Konsequenzen bedenken, die seine Verstocktheit unweigerlich nach sich zieht.

Auf meinem Wege, Ruhm und Ansehen der Abtei zu mehren, werde ich vor nichts und niemandem Halt machen, dessen seid gewiss! Darum noch einmal: Wer sich mir widersetzt, wird es bitter bereuen!« Der Bursarius lächelte. »Und da ich mir nicht vorstellen kann, dass dies der Fall sein wird, bin ich geneigt, euch, die ihr hier vor mir steht, eine Frist von 24 Stunden einzuräumen. Kehrt um und bedenkt, was ihr diesem unserem Orden schuldig seid. Einen Tag – und keine Stunde länger!«

14

Dormitorium der Novizen, zur gleichen Zeit

»KEINE SPUR VON ihm, Vater!«, sprudelte es aus dem schmächtigeren der beiden Novizen hervor, die nacheinander in den Schlafsaal stürmten. »Sieht ganz danach aus, als habe er sich in Luft aufgelöst!«

Bruder Joseph, der mit hängendem Kopf auf einem Schemel saß, stützte das Kinn auf die Handballen und stierte ratlos vor sich hin. »Nichts Besseres im Sinn, als den Gottesdienst mit seinem eitlen Geschwätz zu stören – und dann dies! Möchte wissen, was in den Jungen gefahren ist!«

Da der Novizenmeister auszusprechen schien, was seine Zöglinge dachten, gab es niemanden, der dem etwas hinzuzufügen hatte. In der Absicht, den Blick ihres Lehrers zu meiden, scharrte ein Teil der Novizen vor Verlegenheit mit den Füßen, während der Rest die Augen niederschlug. Wer hier was verheimlichte oder in die Pläne des Verschwundenen eingeweiht war, konnte Alkuin nicht mit Bestimmtheit sagen – nur so viel, dass seine sieben Mitschüler offenbar mehr über Lukas wussten, als sie zugaben.

»Seid bedankt, Angelus und Wieland. Das ist einstweilen alles.« Bruder Joseph, nicht mehr der Allerjüngste, gab sich einen Ruck und erhob sich leise seufzend von seinem Schemel. Ohne auf die fragenden Blicke seiner Zöglinge zu achten, trat er ans Fenster und sah in die Nacht hinaus.

Von den Knaben, die einander ratlose Blicke zuwarfen, waren es besonders die neu Hinzugekommenen, die Alkuins Aufmerksamkeit erregten. Wieland, ein wahrer Koloss, groß, grobschlächtig und allem Anschein nach nicht mit allzu viel Verstand gesegnet, war ihm während der Komplet allein schon wegen seiner Körpergröße aufgefallen. Wie er ihn so im Schein der Laterne betrachtete, die sein Begleiter in der Hand hielt, spürte er instinktiv, dass er vor ihm auf der Hut sein musste – was auf den knapp 16-jährigen Jüngling an seiner Seite nicht zutraf. Blond, blauäugig und von eher schmächtiger Statur, haftete ihm fast etwas Feminines an, ein Eindruck, der durch den Klang seiner Stimme noch verstärkt wurde. Alkuin war sich sicher: Wäre er Modell gestanden, hätte jeder Altarmaler seine helle Freude an dem Novizen gehabt. Dass er Angelus hieß, gab den Eindruck, den er erweckte, jedenfalls treffend wieder.

Als erahne er Alkuins Gedanken, lächelte ihn der Novize über die Köpfe der Gefährten hinweg freundlich an, nur um sich sofort wieder Bruder Joseph zuzuwenden, der immer noch mit nachdenklicher Miene aus dem Fenster starrte.

»Und was nun?«, brummte Wieland, dem es anscheinend völlig an Respekt gegenüber dem Novizenmeister fehlte, vor sich hin. »Sollen wir etwa die ganze Nacht –«

»– und selbst wenn: wirst schon nicht verhungern dabei.«

Am Gelächter, das von den Wänden des Schlafsaales widerhallte, war zu erkennen, dass Angelus mit seiner Bemerkung ins Schwarze getroffen hatte. Wieland, Ziel seiner Attacke, nahm sie dagegen mit derart stoischer Gelassenheit hin, dass Alkuin sich unwillkürlich fragte, warum der fast einen Fuß größere und um ein Vielfaches kräftigere der beiden Novizen dies einfach über sich ergehen ließ. Ganz ohne Zweifel musste es einen Grund dafür geben – aber welchen?

Damit die Wogen der Heiterkeit nicht zu hoch schlugen, schritt Bruder Joseph ein, um sie wieder zu glätten: »Silentium, discipuli, silentium!«, mahnte er mit erhobenen Händen, in der Absicht, jedwede weitere Hänselei zu unterbinden, »solange ihr nicht wieder vollzählig seid, sind frivole Tändeleien völlig fehl am Platze!«

»Korrigiert mich, hochverehrter Meister!«, meldete sich ein spindeldürrer Novize mit Hakennase zu Wort, wobei der gutmütige Spott, mit dem er Bruder Joseph begegnete, nicht zu überhören war, »aber wenn mich meine Kenntnisse in höherer Mathematik nicht völlig im Stich lassen, sind wir acht an der Zahl, meint Ihr nicht auch? Womit wir durchaus vollzählig wären!«

Mit der Absicht, Angelus' Spöttelei noch an Witz zu überbieten, traf der Novize allerdings nicht auf das erhoffte Publikum. Betretenes Schweigen machte sich breit, selbst Bruder Joseph, ansonsten die Güte in Person, strafte seinen Schüler mit grimmigem Blick. Bevor er ihn jedoch wegen seiner vorlauten Bemerkung tadeln konnte, war es wiederum Angelus, welcher der Situation die Schärfe nahm: »Verzeiht, Meister«, wandte er mit süßlicher Stimme ein, die ihre Wirkung denn auch nicht verfehlte, »aber könnte es nicht sein, dass Bruder Valentin mit seiner unbedachten Äußerung lediglich zum Ausdruck bringen wollte, es sei an der Zeit, unseren neuen Gefährten näher kennenzulernen?«

Auf den Gesichtern der Anwesenden war deutlich zu erkennen, wie sehr sie das Spiel genossen, welches Angelus mit dem Novizenmeister trieb. Der Einzige, der offensichtlich nicht in der Lage war, es zu durchschauen, war Bruder Joseph selbst. Und so fiel seine Replik denn mehr als kläglich aus: »Nun denn!«, rang er nach Worten, »wenn ... nun, wenn das euer Begehr ist, so kann ihm durchaus abgeholfen werden.« Worauf er mit salbungsvoller Stimme hinzufügte: »Discipuli vom Orden der Zisterzienser! Dies mag zwar nicht der rechte Moment dafür sein, aber bevor ihr euch zur Nachtruhe begebt, die, so Gott der Herr will, ungestört verlaufen möge, möchte ich unser Beisammensein zum Anlass nehmen, euch –«

»*Ad rem, stultus!*«*

Von wem die beleidigenden Worte stammten, die dazu führten, dass Bruder Josephs Rede unvermittelt abbrach, konnte Alkuin nicht erkennen. Dem Novizenmeister, kaum mehr Herr seiner selbst, erging es nicht anders. Es war so still, dass man eine Stecknadel hätte zu Boden fallen hören können, und nicht nur Alkuin hielt den Atem an.

---

* dt. (frei): Zur Sache, du Blödmann!

Bezeichnenderweise war es wiederum Angelus, der es verstand, die bis zum Zerreißen gespannte Atmosphäre zu entschärfen: »Dass jetzt nicht die Zeit für Scherze ist, sollte eigentlich jeder begriffen haben!«, warf er eher beiläufig ein, ohne sich an einen bestimmten Adressaten zu wenden. »Von dem Respekt, den wir unserem Meister schuldig sind, gar nicht zu reden.«

Obwohl es sich so anhörte, als sei der Tadel ernst gemeint, hätte dies keiner der Anwesenden mit Bestimmtheit sagen können. Eigenartigerweise schien Bruder Joseph aber auch diesmal nicht den geringsten Zweifel an der Aufrichtigkeit des Novizen zu hegen, was ihn in den Augen seiner Zöglinge umso lächerlicher erscheinen ließ. Zu Alkuins Erstaunen fand er sogar noch Worte des Dankes, um die erlittene Demütigung zu beschönigen: »Dank dir, Angelus, für dein vorbildliches Verhalten, an dem es dem einen oder anderen in diesem Raum leider zu mangeln scheint.« Alkuin stutzte: Wie konnte es sein, dass sich der Novizenmeister einer Abtei derart vorführen ließ? War Bruder Joseph wirklich so naiv, wie es sein Verhalten nahe legte? Oder steckte etwas anderes dahinter?

Über eine Antwort auf diese Fragen nachzudenken blieb Alkuin allerdings keine Zeit. Denn als sei nichts gewesen, gab Bruder Joseph ein weithin hörbares Räuspern von sich und fuhr mit seiner Ansprache fort: »Wie gesagt, Discipuli, weilt seit heute ein neuer Novize in unseren Reihen. Getreu den Regeln unseres Ordens, denen nachzueifern wir alle verpflichtet sind, wird er von Stund an –«

»Bei allem gebührenden Respekt, Meister, aber wie ist sein Name?«

»Sein Name, Angelus? Habe ich das nicht schon gesagt?«

»Nein, Meister.«

»Nun denn – er nennt sich Bertram. Bertram von Rosenberg.«

15

Klosterkirche, zwei Stunden vor Mitternacht

»Zu dir, oh Herr, erhebe ich mein Antlitz, auf dass du mir beistehst in den Stunden der Gefahr. Ich bitte dich, oh Herr: Erhöre mein Flehen und weiche nicht von mir, bis die Mission, mit der ich, Hilpert, betraut worden bin, erfüllt sein wird. Hilf mir, das Böse aus diesen Mauern zu verbannen und diesen Ort wieder zu dem zu machen, was er dereinst war – ein Haus Gottes, würdig dem, in dessen Namen es erbaut worden war. Hilf mir, die Heerscharen Luzifers, die von dieser Stätte Besitz ergriffen haben, wieder in den Schoß der Erde zurückzutreiben, auf dass sie nimmermehr unter deinen Dienern wandeln. Hilf mir, den mir erteilten Auftrag zu erfüllen – auch wenn es mich das Leben kostet.

Ich habe Angst, oh Herr, große Angst, denn ich spüre, dass der Engel des Todes über meinem Haupte kreist. Die siebenköpfige Bestie ist dem Meer entstiegen, die Hörner rot von Blut. Schließe ich die Augen, sehe ich sie direkt vor mir, und mir graut vor den Bärenklauen, die mich zu zermalmen drohen. Satan ist losgelassen aus seinem Gefängnis, zu verführen die Völker und sie unter sein Joch zu beugen. Schon bebt die Erde unter den Hufen seiner Rotte, und es nahet das letzte Gefecht. Gib mir Kraft, oh Herr, damit mir das Schwert des Glaubens nicht aus den Händen gleitet, wenn der große Drache herniederfährt, um mich zu verschlingen.

Um ein Weiteres möchte ich bitten, oh Herr: Beschütze den Jungen, denn er steht meinem Herzen sehr nahe. Verzeih, dass ich ihn großer Gefahr aussetze, verzeih mir, aber ich wusste keinen anderen Weg. Amen.«

16

Dormitorium der Novizen, eine Stunde vor Mitternacht

»Keine Angst, der kommt so schnell nicht wieder.«

Als sei überhaupt nichts dabei, die Nachtruhe zu missachten, hatte sich Angelus auf Alkuins Bettkante gesetzt und unterhielt sich mit ihm. Froh darüber, dass es jemanden gab, der sich um ihn kümmerte, fiel es ihm dadurch viel leichter, sich an die neue Umgebung zu gewöhnen. Die Dunkelheit ringsum verlor ihre Schrecken, und das Schnarchen der übrigen Gefährten hatte fast schon etwas Beruhigendes an sich. Die Tatsache, dass er auf einer massiven, mit Strohsäcken gepolsterten Bettstatt schlafen durfte, war ebenfalls nicht zu verachten, weshalb seine trübsinnige Stimmung denn auch rasch verflog.

»Warum so schweigsam?« Im Licht des Mondes, der durch das gegenüberliegende Fenster fiel, haftete der Silhouette des Novizen etwas Kindliches, geradezu Hilfsbedürftiges an, und Alkuin fragte sich allen Ernstes, ob dies der gleiche junge Mann war, der den Novizenmeister nach allen Regeln der Kunst an der Nase herumgeführt hatte.

»Redest wohl nicht mit jedem, was?«

»Verzeih, aber ich war in Gedanken.«

Für den Bruchteil eines Augenblickes hatte die ansonsten samtweiche und wohlklingende Stimme einen härteren, fast unwirschen Klang angenommen, und es dauerte einige Zeit, bis sie wieder in den alten Tonfall zurückfand. »Schon gut, weiß ja selbst, was einem in der ersten Nacht hier so alles durch den Kopf geht.«

»Wie lange bist du schon hier?«, fragte Alkuin und warf einen ängstlichen Blick zur Tür.

»Fast ein Jahr«, lautete die Antwort, bevor Angelus die Gedanken des Gefährten erriet und beschwichtigend fortfuhr: »Wie gesagt – wegen Bruder Joseph mach dir mal keine Gedanken. Ist noch mal runter in die Kirche. Zur Andacht.« Der Novize schmunzelte. »Vor Mitternacht lässt sich der hier nicht wieder blicken. Wenn überhaupt. Und schließlich ist da ja auch noch Wieland, der draußen auf dem Gang Schmiere steht.«

»Und woher kommst du?«

»Komisch – aber das Gleiche wollte ich gerade *dich* fragen.« Wieder dieser Ton, der so gar nichts von der demonstrativen Herzlichkeit an sich hatte, mit der sich Angelus seiner angenommen hatte. Aus Angst, den neuen Mitschüler zu verärgern, beeilte sich Alkuin, möglichst rasch zu antworten – nicht zuletzt deshalb, um Zweifel an seiner Identität gar nicht erst aufkommen zu lassen: »Wie gesagt – ich bin Bertram von Rosenberg, zweiter Sohn meiner Eltern«, mühte er sich, möglichst forsch und offen zu wirken, »dazu auserkoren, dem geistlichen Stande beizutreten. Meiner Mutter letzter Wille, um es genauer zu sagen. Sie ist letztes Jahr gestorben.«

»Meine auch.«

»Deine auch? Dann sind wir ja so etwas wie –«

»– Brüder, wenn es das ist, was du sagen wolltest. Ja, das sind wir ganz gewiss. Oder werden es zumindest bald sein.«

Der Dunkelheit wegen konnte Alkuin das Gesicht des Gefährten nicht erkennen. Dies war aber auch nicht nötig, denn der Klang seiner Worte, die jeglicher Wärme entbehrten, ließen ihn frösteln. Trotzdem mühte er sich weiter, einen möglichst unbeschwerten Eindruck zu erwecken: »Wie gesagt«, fuhr er daher so gelöst wie möglich fort, »wie gesagt, war meiner Mutter letzter Wille dem Vater Befehl, weshalb er sich entschieden hat, mich der Obhut der Zisterzienser anzuvertrauen.«

»Eine gute Wahl.« Das Lächeln, das über die Züge seines Gesprächspartners glitt, konnte Alkuin trotz der Dunkelheit erahnen.

»Wie meinst du das?«

»So, wie ich es sage«, lautete die barsche Antwort. »Aber lassen wir das!« Die Art und Weise, wie die Stimmungen des Novizen wechselten, setzte Alkuin erneut in Erstaunen, und nach außen hin Ruhe zu bewahren fiel ihm schwer. »Und dein Vater?«, fragte er daher in unbeholfener Manier.

»Mein Vater?« Erneut dieses Lächeln, das selbst die schwärzeste Dunkelheit durchdrang. »Mein Vater ist ein Mann, über den zu reden sich nicht lohnt. Wenn du es genau wissen willst: Ich will nichts mehr mit ihm zu tun haben.« Angelus pausierte, um danach abrupt das Thema zu wechseln: »Und dein Gefährte?«, fragte er abrupt und wandte sich Alkuin zu.

»Welcher Gefährte?«

»Na der, mit dem du heute Morgen hier angekommen bist.«

»Ach der!«, gab sich Alkuin betont ahnungslos. »Keine Ahnung, wer er ist. Habe ihn unterwegs kennengelernt. Zisterzienser, nach allem, was ich weiß.«

»Was du nicht sagst«, gab Angelus zur Antwort, erhob sich und begab sich zu seiner Bettstatt, die am anderen Ende des Saales lag.

Ein halblaut gemurmelter Gruß, Schritte, die sich allenfalls erahnen ließen – und die Silhouette des Novizen war in der Dunkelheit verschwunden.

17

Dormitorium der Novizen, Mitternacht

Die Traumbilder, die ihn quälten, waren stets die gleichen. Da war dieses leinenumwickelte Etwas, mutterseelenallein, ohne Gesicht. Und da war sein Impuls, es aus der Nähe zu betrachten. Ein Impuls, so unerträglich, dass er ihm körperliche Schmerzen zufügte.

Die Regelmäßigkeit, mit der ihn der Albtraum befiel, erschreckte ihn, und je verzweifelter er versuchte, das wirre Dickicht seiner Bilder zu durchdringen, umso hilfloser kam er sich vor. Mit der Zeit wurde ihm bewusst, dass sich das, was sich vor seinem inneren Auge abspielte, immer nach dem gleichen Schema verlief, eine Erkenntnis, die seine Irritation nur noch steigerte: Hier er, Alkuin, verzweifelt bemüht, seinem Ziel wenigstens ein paar Zoll näherzukommen, dort das Leinenbündel, das ihn auf geradezu magische Weise in seinen Bann zog.

Als Nächstes mussten die beiden Hände kommen. Ein Paar Hände, die sich unter das Bündel schoben, um es sanft emporzuheben. Der Punkt, an dem der Albtraum vorüber war. Doch aus einem unerfindlichen Grunde war heute alles anders. Das Bündel blieb einfach liegen. Niemand kümmerte sich darum.

Stattdessen tauchte aus dem Abgrund seiner Fantasie ein Wesen auf, wie es nicht einmal die Offenbarung des Johannes hätte ersinnen können. Kalkweiß im Gesicht, hing ihm die Haut in Fetzen vom Leib, und mit jedem Schritt, das es in seine Richtung tat, erhöhte sich das Grauen, das ihn befiel. Halb Kadaver, halb verwesender Leichnam, mit einem Paar Augen, die wie Kohlen glühten, brachte ihn sein Anblick fast um den Verstand.

Ein Schritt, vielleicht zwei, und es wäre um ihn geschehen. Alkuin würgte, aber der Schrei, den er ausstoßen wollte, kam ihm nicht über die Lippen. Er lag da wie gelähmt, und das Grinsen, das über die skelettierten Züge des Schattenwesens glitt, war so grauenerregend, dass ihm das Blut in den Adern gefror.

Plötzlich tauchten zwei Hände auf, weiß, verkrümmt, mit einer Haut wie Pergament. Wahre Klauen, die sich mechanisch in Richtung seines Halses bewegten und ihn wie einen Schraubstock umschlossen.

Hände so kalt wie Eis.

Die Umklammerung des Schraubstocks wurde enger. Alkuin begann zu röcheln. Schreien hatte jetzt keinen Sinn mehr. Und Denken auch nicht. Aber andererseits: War dies denn nicht ein Albtraum? Und wenn ja: Warum kam das Ende nicht? Warum in aller Welt lag er einfach nur so da und ließ alles über sich ...

»Nein!«

Alkuin schlug die Augen auf. Wenn der Schrei, den er ausgestoßen hatte, Wirklichkeit war, warum rührte sich dann nichts? Warum war alles so ruhig wie zuvor? Auf die Ellbogen gestützt, ließ er den Blick im Schlafsaal hin und her wandern. Dunkelheit, nicht das leiseste Geräusch. Alles so wie zuvor. Ein Albtraum also, nichts weiter.

Die behandschuhte Pranke, die urplötzlich auftauchte und sich in sein Blickfeld schob, war so riesig, dass er die Gestalt, der sie angehörte, nicht sah. Alles geschah so schnell, dass er sich nicht rühren, geschweige denn seiner Haut hätte wehren können. Er wollte nach Luft schnappen, schreien, sich von seinem Lager erheben – vergebens. Mit einer Schnelligkeit, die ihm kaum Zeit zum Denken ließ, senkte sich die Hand auf seinen Mund herab und drückte zu.

Nein, dies kann kein Albtraum sein!, schoss es ihm durch den Kopf, als er sich keuchend und nach Luft schnappend auf seinem Lager wälzte. Doch was er auch tat und wie heftig er sich zur Wehr setzte – es zeigte keine Wirkung. Alkuin begann zu resignieren. Der ihm nach dem Leben trachtete, musste über Kräfte verfügen, denen er nicht gewachsen war.

Schon wollte er aufgeben, als er nur wenige Zoll von seinem Ohr entfernt den Klang einer Stimme vernahm. Dass er sie kannte oder doch zu kennen glaubte, überraschte ihn. Doch da war auch schon dieser Geruch, der in seine Nase strömte. Ein Geruch, der von dem feuchten Tuchfetzen herrührte, den ihm der nächtliche Besucher mit unverminderter Heftigkeit gegen den Mund presste.

Zu spät. Dunkelheit umfing ihn, und er stürzte in einen finsteren, nicht enden wollenden Abgrund hinab.

ZWEITER TAG

18

Wald in der Nähe von Wertheim, bei Tagesanbruch

»HIER DRÜBEN, HERR!« Der Wildhüter des Grafen, ein vierschrötiger Geselle mit dem Gesicht eines Strauchdiebes, schob ein paar Zweige beiseite und deutete auf eine Stelle, die vom Hohlweg aus nur schwer auszumachen war. Berengar, Vogt des Grafen von Wertheim, stöhnte innerlich auf. Ein Leichenfund, und das ausgerechnet dann, wenn ihm der Schädel dröhnte wie beim Jüngsten Tag! Der kräftige Mann mit dem schulterlangen Haar, dessen Atem unmissverständlich klar machte, wie ausgiebig er am Abend zuvor dem Wein zugesprochen hatte, fuhr mit der Hand über den dunklen Vollbart und gab einen derart lästerlichen Fluch von sich, dass sich der Wildhüter, selbst kein Kind von Traurigkeit, ein verlegenes Grinsen nicht verkneifen konnte. Aber alles Fluchen half nicht: um die Leiche aus der Nähe zu betrachten, musste er durch das regennasse Dickicht kriechen – Brummschädel hin oder her!

Nach weiteren Flüchen, etlichen Hindernissen und dem Schwur, dem Weingenuss in Zukunft den Kampf anzusagen, kam der Vogt schließlich ans Ziel. Triefend vor Nässe, schenkte er Stiefeln, Wams und Leinenhemd einen mitleidigen Blick – und gab einen neuerlichen Fluch von sich, bevor er sich dem verkrümmten Etwas zuwandte, dessen Umrisse nur wenige Schritte entfernt durch das kniehohe Gras schimmerten. Der Wildhüter, der dem, was nun unweigerlich folgen musste, mit gemischten Gefühlen entgegensah, ließ Berengar den Vortritt. »Bringen wirs hinter uns«, murmelte dieser schließlich vor sich hin, bevor er die letzte Strecke Weges zurücklegte.

In den nunmehr 30 Jahren, da er auf Gottes Erdboden weilte, hatte Berengar viel erlebt – auch Dinge, an die er sich lieber nicht erinnerte. Er hatte alle Arten von Getöteten gesehen: Opfer von Messerstechereien, Kaufleute, von Wegelagerern massakriert, Kriegsknechte, denen alle nur erdenklichen Wunden zugefügt worden waren. Ein Blick jedoch genügte, um ihm klarzumachen, dass er sich an den verstümmelten Fleischklumpen, der vor ihm im Gras lag, ein Lebtag lang erinnern würde – so schrecklich war der Anblick, der sich ihm bot.

Keiner der beiden Männer sprach ein Wort, und plötzlich wurde Berengar speiübel. Als Erstes war es der Wildhüter, der das Wort ergriff, auch wenn es nur ein einziges war: »Dreckskerle.«

Der Vogt gab ein zustimmendes Nicken von sich. »Recht hast!«, fügte er bekräftigend hinzu, er, der ansonsten verschlossen und wortkarg wirkte. Doch war dies kein Tag und schon gar kein Fall wie jeder andere, weshalb er mit zusammengepressten Lippen hinzufügte: »Wobei ich mich frage, wie ein Mensch überhaupt so etwas tun kann.«

»Vielleicht war es ja gar keiner.«

Der Vogt stutzte und warf dem Wildhüter einen fragenden Blick zu. »Wie kommst denn darauf?«

»Ach, nur so. Der Länge nach aufgeschlitzt, die Augen ausgestochen, keine Ohren mehr, ohne Zunge – kann mir nicht vorstellen, dass *das* Menschen waren. Ein braver Christenmensch tut so was nicht.«

Trotz der Erfahrungen, die er als Hüter der öffentlichen Ordnung gemacht hatte, war Berengar entschlossen, das eher positive Menschenbild des Wildhüters einstweilen nicht zu korrigieren, sondern wandte sich dem Leichnam zu, um ihn näher in Augenschein zu nehmen.

Ein Mann, so viel stand wenigstens fest. Aber woher? Und wie alt? Berengar kratzte sich am Hinterkopf und verzog das Gesicht. Erneut begann es zu regnen, und er fragte sich, wie lange der Leichnam des unbekanntes Mannes wohl schon auf der einsamen Waldlichtung unter den drei Eichen liegen mochte.

»Hier drüben, Herr! Seht Euch das mal an!« Von Berengar unbemerkt, hatte sich der Wildhüter einige Schritt weit vom

Ort des Geschehens entfernt und war auf eine frisch ausgehobene, etwa zwei Schritt im Quadrat große und knapp zwei Fuß tiefe Grube gestoßen. »Und erst das da!«

Kurz davor, sich seines Mageninhaltes zu entledigen, geriet Berengar einen Moment lang ins Taumeln, bevor er sich auf den Weg zu dem neuerlichen Fundort machte. Der Regen nahm an Stärke zu und fiel in dicken Tropfen vom bleigrauen Himmel herab.

»Beim Phallus Satans!«, stieß der Vogt des Grafen halblaut hervor, als sein Blick auf den Spaten fiel, der unweit der Grube im hüfthohen Gras lag. »Sieht ganz danach aus, als sei hier jemand bei der Arbeit gestört worden.«

»Nicht schwer zu erraten, wer dieser Jemand war.«

»In der Tat.« Berengar, dem das Imponiergehabe des Wildhüters gewaltig auf die Nerven ging, stemmte die Hände in die Hüften und spie verächtlich aus. »Und wer hat ihn gefunden?«, fügte er unwirsch hinzu.

»Die Waldeule.«

Als er den Namen der schon seit Menschengedenken in den umliegenden Wäldern hausenden Frau vernahm, horchte Berengar unwillkürlich auf. »Was du nicht sagst!«, stieß er in einer Mischung aus Neugier und Skepsis hervor. »Und wann?«

»Gestern Abend.«

»Und warum zum Teufel hast du mir dann nicht eher Bescheid –«

»Weil Ihr nicht ansprechbar wart, darum.«

Berengar gab ein verlegenes Räuspern von sich und trat unschlüssig auf der Stelle. »Will heißen, der arme Teufel dort drüben ist bereits seit längerer Zeit tot«, lenkte er schließlich in wenig überzeugender Manier von seinen nächtlichen Eskapaden ab.

Der Wildhüter nickte, zog es aber angesichts der Übellaunigkeit des Vogtes vor zu schweigen.

»Die Waldeule, soso«, brummte Berengar und bückte sich nach dem Spaten. »Höchste Zeit, ihr einen Besuch abzustatten.«

»Nicht nötig«, antwortete der Wildhüter und wies mit ausgestrecktem Zeigefinger in die Richtung, aus der er gekommen war. »Man kommt uns zuvor.«

Für den Bruchteil eines Augenblicks glaubte Berengar, er träume. Aber dann, in der Erkenntnis, dass das Wesen, das sich ihm mit schleppenden Schritten näherte, alles andere als eine Geistererscheinung war, straffte sich sein Körper und er ließ den Blick über die steinalte, mit Hilfe eines Gehstocks durch das Gras stapfende Frau gleiten.

»Sieh an, der Herr Vogt!«, krächzte die Alte schon von Weitem. »Wenn das keine Überraschung ist!«

»Das Vergnügen ist ganz auf meiner Seite!«, witzelte Berengar, der die Alte mit einer Mischung aus Argwohn und Sympathie fixierte, eine Regung, die er an sich recht selten verspürte. »Wohin des Wegs, wenn die Frage gestattet ist?«

»Überall hin. Wie das beim Kräutersammeln eben so ist.«

Der Vogt verzog den Mund zu einem schiefen Lächeln und betrachtete die Alte aus der Nähe. Am Ort des Geschehens angelangt, schien sie völlig außer Atem, weshalb sie sich schwer atmend auf ihren Gehstock stützte, bevor sie mit der für sie typischen Reibeisenstimme fortfuhr: »Ein Tränklein hier, ein Tränklein da – Ihr wisst schon. Nicht einfach, die Leute zu kurieren. Oder die Leiber der Frauen vor Fruchtbarkeit zu schützen.«

Wohl wissend, dass sie ihr an anderer Stelle zum Verhängnis werden konnte, tat Berengar so, als habe er die letzte Bemerkung der Alten überhört. Wie viele Sommer sie schon ins Land hatte gehen sehen, konnte man allenfalls erahnen, denn ihr von tiefen Furchen durchzogenes Gesicht wurde fast vollständig von grauweißen Haarsträhnen verdeckt.

»Oder um noch einmal einen Blick auf die armselige Kreatur dort drüben im Gras zu werfen?«

»Kreatur? Welche Kreatur? Ach ja – jetzt entsinne ich mich!«

Im Gesicht der Alten zuckte es, während sie dem Blick Berengars folgte. Dann packte sie ihn ohne Vorwarnung am

Wams und zog den fast sechs Fuß großen Hünen bis auf Augenhöhe zu sich heran. »Macht, dass Ihr von hier fortkommt, Hochwohlgeboren!«, nuschelte sie und sah sich argwöhnisch um. »Dies hier ist ein verwunschener Ort. Ein Ort, um den man einen Bogen machen sollte. Über den zu reden sich nicht ziemt. Über den die Mächte der Finsternis gebieten. An dem die abscheulichsten Dinge –«

»Was sagst du da?« Mit einem Ruck hatte sich Berengar aus den Klauen der Alten befreit. »Was ist hier geschehen – raus mit der Sprache!«

»Nichts, Hochwohlgeboren, nichts.«

»Rede, Weib, sonst lasse ich dich unter Mordanklage stellen und in den Kerker werfen!«

»Aber, aber, Herr Vogt!« Die Alte neigte den Kopf zur Seite und setzte eine Unschuldsmiene auf. »Ihr wisst doch ebenso gut wie ich, dass ich höchstens noch zum Kräuterpflücken tauge. Zum Kräuterpflücken und nicht mehr. Da müsst Ihr Euch schon einen anderen Sündenbock suchen.«

»Und wen?« Sichtlich in Harnisch, hatte sich Berengar der Alten wieder auf Armlänge genähert. »Wie die Dinge nun einmal liegen, weißt du über das, was hier vor sich geht, genauestens Bescheid. Darum noch einmal: Wenn du dich weiter verstockt zeigst, kann es leicht passieren, dass du auf Nimmerwiedersehen im Burgverlies verschwindest! Darauf gebe ich dir mein Wort!«

»Nur zu, nur zu! Wäre mir ein Vergnügen, den armen Teufeln auf der Burg Gesellschaft zu leisten. Denn wisst Ihr was, Vogt?« Die Alte reckte den Kopf zu Berengar empor und entblößte ihr nur noch lückenhaft vorhandenes Gebiss. »Verglichen mit dem, was mir blüht, wenn ich sage, was ich weiß, kommt mir der Kerker wie das Schlafgemach des Herrn Grafen vor!«

»Fertig, Federfuchser?«, raunzte der Vogt den Mann im abgenutzten Talar und der eng anliegenden Kappe an.

»Aber gewiss doch«, beeilte sich der gräfliche Kanzleischreiber zu antworten, der in geradezu fataler Weise an eine Krähe erinnerte.

»Dann lass Er noch einmal hören!«

»Also«, deklamierte der Schreiber in gespreiztem Ton, während er das auf einem Bauchladen befestigte Blatt überflog. »Männliche Leiche, fünf Fuß, Alter, Name und Herkunft unbekannt. Tiefe Schnittwunde. Ohne Augen, Zunge und Ohren. Spärlicher Haarkranz, ansonsten kahl. Keinerlei Bekleidung.«

»Das wars?«, fragte der Vogt, in dessen Magen es heftig zu brodeln begann.

»Ich denke schon!«, erwiderte die Krähe und rümpfte die Nase, als ihr klar wurde, wonach der Atem des Gesetzeshüters roch. »Fragt sich nur, was wir mit der Leiche anfangen –«

»Ich hab etwas gefunden, Herr!«, platzte der Wildhüter mitten in die Unterredung hinein, was ihm einen strafenden Blick des Schreibers einbrachte.

»Und wo?« Berengar legte die Hände an die Schläfen und schloss die Augen, eine Geste, die den Wildhüter dazu brachte, seine Stimme umgehend zu senken.

»Dort drüben – keine 100 Schritte von hier!«, flüsterte er dem Vogt grinsend zu.

»Na immerhin. Und was? Jetzt lass Er sich doch nicht jedes Wort aus der Nase ziehen!«

»Seine Kleider«, mimte der Wildhüter den Unterwürfigen. »Oder besser gesagt das, was von ihnen übrig blieb.«

Von den Kleidern, die der Tote trug, war in der Tat wenig übrig geblieben. Außer einer Bronzefibel und dem, was anscheinend einmal eine Gürtelschnalle gewesen war, fand sich nichts, was Berengar auf Anhieb weitergeholfen hätte. Dementsprechend schlecht war und blieb seine Laune, was die Krähe mit indigniertem Schweigen, der Wildhüter dagegen mit heimlicher Schadenfreude quittierte. »Wie viele Leute hast du zur Verfügung?«, fragte er den Wildhüter, während er mit einem Ast in der erkalteten Asche herumstocherte.

»10«, gab der Wildhüter zur Antwort.

»Viel zu wenig!«, murrte der Vogt. »Ich lasse dir noch mindestens ein Dutzend schicken. Und dann kämmt ihr mir jede verfluchte Elle von diesem dreimal vermaledeiten Wald durch, ist das klar?!«

Angesichts des Wortschatzes, dessen sich der Vogt bediente, schüttelte sich die Krähe vor Entsetzen, während sich der Wildhüter mit einem knappen »Geht in Ordnung, Herr!« empfahl und schleunigst im Unterholz verschwand.

»Bronzefibel, Gürtelschnalle – nicht eben viel«, konnte sich der Schreiber des Grafen eine gewisse Häme nicht verkneifen.

»Ihr habt das da vergessen!« Erst jetzt, da sich sein Magen etwas zu beruhigen begann, fiel Berengar der Spaten wieder ein, den er die ganze Zeit über mit sich herumgetragen hatte.

»Den gibt es hundertfach.«

»Da mögt Ihr recht haben«, mühte sich der Vogt, den Impuls, die verhasste Kreatur von einem Schreiber mit einem gezielten Fausthieb niederzustrecken, nach Kräften zu unterdrücken. Um dieses Wunder zu vollbringen, nahm er den Spaten fest in beide Hände und betrachtete ihn näher. »Sieh mal einer an!«, murmelte er nach längerem Schweigen, nachdem seine Übellaunigkeit anscheinend verflogen war.

»Irgendwelche neuen Erkenntnisse?«

›Ja, du krähenköpfiger Tor!‹, hatte Berengar eine ganz besonders brüske Antwort parat, die er sich in einem neuerlichen Anfall von Selbstbeherrschung verkniff. Sonstigen Gewohnheiten zum Trotz gab er sich denn auch betont gelassen: »Eine Eingravierung am Griff!«, sprach er zu sich, »hätte mir auch schon früher auffallen können!«

›Wenn es den Wein nicht gäbe – bestimmt!‹, dachte die Krähe, zog es jedoch aus naheliegenden Gründen vor zu schweigen.

»MB und ein Kreuz – was das wohl bedeuten mag?« Der Vogt kratzte sich an der Wange und machte ein nachdenkliches Gesicht. Der Regen hatte weiter zugenommen und prasselte in dicken Tropfen vom Himmel herab. Berengar, in Gedanken bei der Eingravierung, schien dies nicht im Geringsten zu kümmern, während der Schreiber, wenig erbaut ob der Nässe, die seinen Talar völlig zu durchweichen drohte, von einem Bein auf das andere trat.

»Herr, wäre es nicht besser, wenn wir jetzt –«

»Einen Moment noch.«

Mit jedem Tropfen, der vom Himmel fiel, ein wenig schlechter gestimmt, machte der Schreiber gute Miene und verbeugte sich knapp. Kurz darauf wurde er jedoch von seinen Leiden erlöst, denn die Miene des Vogtes hellte sich schlagartig auf. Verschwunden war seine Verdrossenheit, verflogen auch die Nachwirkungen des nächtlichen Trinkgelages, die ihn fest ihm Griff zu haben schienen.

»Ich habs!«, rief Berengar aus und schlug die Handfläche gegen die Stirn. »Dass ich nicht früher drauf gekommen bin!«

»Worauf denn?«

»Darauf, Meister Federfuchser, was die Eingravierung bedeuten könnte!«

»Und welcher Sinn steckt Eurer Meinung nach dahinter?«

Zum Leidwesen des Schreibers blieb ihm Berengar die Antwort schuldig. Denn kaum hatte er seine Andeutung gemacht, war der Vogt auf dem Weg zu den Pferden, schwang sich in den Sattel und galoppierte in Windeseile zur Burg zurück.

19

Tauber bei Reicholzheim, zur gleichen Zeit

Eigentlich hiess sie Laetitia, aber alle im Dorf nannten sie nur ›das Mädchen‹. Und das schon volle 15 Jahre lang. Fast schien es, als habe sie nie einen richtigen Namen besessen.

Doch so sehr sie es auch hasste, nicht beim Vornamen gerufen zu werden – sie musste dankbar sein. Dankbar, dass sie nach dem Tod der Mutter von deren Schwester aufgenommen worden war. Dankbar, dass es ein Dach über dem Kopf und einen Platz zum Schlafen für sie gab. Dankbar, dass es ihr besser ging als manch anderem im Dorf.

Trotzdem wurde ihr nichts geschenkt, sie war von früh bis spät auf den Beinen. Dafür sorgte allein schon ihre Tante, der die Mönche ein paar Tagwerk Land zur Bewirtschaftung überlassen hatten. Viel zu wenig, um sieben hungrige Mäuler zu stopfen, und so musste der Oheim noch zusätzlich als Handlanger für die Laienbrüder auf dem Schafhof arbeiten – wenn er gerade einmal nüchtern war.

Laetitia seufzte und starrte in die Fluten, die sich langsam talwärts wälzten. Der Platz unter der Weide, deren Zweige die smaragdgrünen Fluten der Tauber sanft liebkosten, war so etwas wie eine Fluchtburg für sie. Immer dann, wenn sie Sorgen hatte oder allein sein wollte, kam sie hierher. Im Sommer bot die Weide Schatten, vor neun Tagen hingegen, als sie sich mit Lukas hierher geflüchtet hatte, die Gewähr, dass keiner ihrer Vettern sie entdeckte.

Lukas war der einzige Mensch gewesen, der sie beim Vornamen genannt hatte. Und sie die Erste, die ihm über den Weg gelaufen war, als er den Hof der Pflegeeltern betrat, um im Auftrag des Bursarius den Zins einzutreiben. Ein wenig blass zwar, aber groß und schlank, fühlte sie sich auf Anhieb zu ihm hingezogen. Lukas war ein sanfter Mensch, zurückhaltend bis hin zur Schüchternheit, und vielleicht war es gerade das, was ihr so sehr an ihm gefiel. Oder waren es die dunkelgrünen Augen, die Stimme, die höfliche, rücksichtsvolle Art, mit der er ihr begegnete? Sie vermochte es nicht zu sagen, und es war auch nicht wichtig. Wichtig war nur, dass es diesen schüchternen jungen Novizen überhaupt gab, den ersten Menschen, der ihr wirklich etwas bedeutete. Bisher war ein Tag wie der andere gewesen, aber von nun an war alles anders. Von nun an zählte sie die Stunden bis zum nächsten Wiedersehen.

Und wenn er nun nicht mehr kam? Daran wagte sie gar nicht erst zu denken. Bei ihrem letzten Zusammensein war Lukas ungewöhnlich schweigsam gewesen, und sie wurde den Verdacht nicht los, dass ihn irgendetwas bedrückte. Auf ihre Frage, was mit ihm los sei, hatte er eine ausweichende Antwort gegeben, aber dann hatte er ihren Kopf zwischen die Handflächen genommen und sie sanft auf die Stirn geküsst. So sanft, dass ihr fast schwindlig wurde vor lauter Glück. »Keine Angst! Wird schon alles wieder gut!«, hatte er beim Abschied gesagt – allerdings nicht, was seine Bemerkung zu bedeuten hatte.

Sechs Tage später hatte Lukas wieder hier sein wollen, aber zu ihrem Kummer war nichts daraus geworden. Und so saß sie nun schon den vierten Tag hintereinander hier draußen, und mit jeder Stunde, in der sie ohne Nachricht blieb, war ihr elender zumute. Laetitia hob den Kopf und besah sich ihr Spiegelbild, das wie ein Stück Treibgut auf der Oberfläche der Tauber trieb. Traurig sah sie aus, traurig und ein wenig blass, der Grund, weshalb ihr langes blondes Haar und die hellblau schimmernden Augen am heutigen Tage nicht recht zur Geltung kamen. Laetitia nahm den Kopf zwischen die Handflächen und seufzte. Wie sie so dasaß und in die vorbeitreibenden Fluten starrte, kam sie sich mit einem Male so hässlich vor, dass sie einen Stein aufhob und nach ihrem Konterfei zielte.

Zum Werfen kam sie allerdings nicht. »He, Schafskopf! Wo steckst du denn?«, tönte es aus allernächster Nähe. »Komm raus, sonst legt dich der Alte übers Knie!« ›Schafskopf‹ – noch so ein Name, der ihr nicht behagte! Anmerken ließ sie es sich freilich nicht, denn sonst wäre sie von ihren Vettern umso öfter gehänselt worden. Nicht beim Namen genannt zu werden, war schon schlimm genug.

»He, Schafskopf, wo hast du dich versteckt?« Der Stimme nach zu urteilen handelte es sich um Heiner, Jüngster von einem halben Dutzend Vettern und Basen, mit dem die armselige Kate der Tante gesegnet worden war. »Komm jetzt endlich raus!«

»Ist ja schon gut!«

Laetitia erhob sich und trat aus ihrem Versteck. Als sie den mit Sommersprossen übersäten Lockenkopf ihres jüngsten Vetters entdeckte, fiel ihr der Stein wieder ein, den die Finger ihrer rechten Hand immer noch umschlossen. Glück für ihn, dass sie den wieselflinken Feuerkopf, der ihr ständig Schereien bereitete, im Grunde mochte, denn sonst wäre ihm eine unwillkommene Lektion wohl nicht erspart geblieben.

»Mich ohne Grund an der Nase herumzuführen – ich muss schon sagen!«

Laetitia beschloss, die wenig einfühlsame Bemerkung ihres Vetters zu übergehen, schob ihn beiseite und machte sich auf den Weg zurück ins Dorf. Ihr war kalt, und das trotz des Schaffellmantels, den sie über dem Kleid aus grobem Wollstoff trug. Als sie die Umfriedung erreichte, die das gute Dutzend ärmlicher Häuser umgab, stand ihr Entschluss fest.

Alles Warten hatte jetzt keinen Sinn mehr. Sie musste herausfinden, was mit Lukas geschehen war. Und das so bald wie möglich.

20

Tauberbrücke – Prima (8.00 Uhr)

Der Nebel war einfach überall. So dicht, dass man die Hand vor Augen nicht sah. Dicht und undurchdringlich. Allgegenwärtig. Ein Bahrtuch, das alles bedeckte. Bäume, Sträucher, Wiesen. Einfach alles.

Nur wenige Schritte vom Tor entfernt war von der Abtei nichts mehr zu sehen. Fast schien es, als habe es sie niemals gegeben. Totenstille schwebte über dem Tal wie am Morgen nach dem Jüngsten Gericht. Alles, was auf die Existenz von Leben schließen ließ, war wie vom Erdboden verschluckt. Kein Lüftchen regte sich, kein Geräusch, keines Menschen Stimme war zu hören. Wohin man auch sah – nichts als der grauweiße Schleier, der einem die Sicht nahm und sich wie Blei auf die Lungen legte.

»Na, wieder bei Kräften?« Wäre die Glocke der Klosterkirche nicht gewesen, deren dumpfer Schlag die Stille durchbrach, hätte man die Stimme von Bruder Wilfried nicht für real, sondern pure Einbildung halten können.

»Gewiss doch.« Alkuin, damit beschäftigt, ein Reisigbündel zu verschnüren, um es anschließend auf dem Rücken zum Kloster zu tragen, richtete sich unvermittelt auf und warf dem stämmigen Laienbruder einen verstohlenen Blick zu. »Wobei ich bei dem, was sich gestern Abend zugetragen hat, zwischen Traum und Wirklichkeit immer noch nicht unterscheiden kann.«

»Ist vielleicht ganz gut so.« Bruder Wilfried legte die Stirn in Falten und brach einen Ast entzwei. »Über alles Bescheid zu wissen, muss nicht immer von Vorteil sein.«

Alkuin griff nach dem Reisigbündel und hievte es auf den Rücken. Im Gegensatz zur Abtei ließ es sich hier draußen im

Wald gut leben, und dank Bruder Wilfried hatte er wieder frischen Mut gefasst. Am liebsten wäre er überhaupt nicht mehr zurückgekehrt, aber eine innere Stimme drängte ihn, die Angst, die ihm noch vom Vorabend in den Knochen saß, zu überwinden: Wenn schon nicht aus Überzeugung, dann wenigstens Bruder Hilpert zuliebe, den er nicht so einfach im Stich lassen konnte. »Da habt Ihr womöglich recht«, gab er deshalb zur Antwort. »Und trotzdem: Ich möchte wissen, was gestern Abend –«

»Ganz wie du willst.« Bruder Wilfried stemmte die Arme in die Hüften und fuhr mit dem Handrücken über die schweißtriefende Stirn. »Was willst du wissen?«

»Wie sich alles zugetragen und wer mir nach dem Leben getrachtet hat.«

»Aber das habe ich dir doch schon –«

»Nicht im Detail.«

Ein halb gequältes, halb resigniertes Lächeln flog über Bruder Wilfrieds Gesicht. Dann begann er zu erzählen: »Wie bereits erwähnt«, begann er und schnäuzte sich verlegen in sein Tuch, »hat mich dein Herr und Meister gebeten, ein Auge auf dich zu werfen. Und siehe da – ich kam gerade richtig. Leider aber nicht schnell genug. Man ist eben nicht mehr der Jüngste.«

»Woher wusstet Ihr überhaupt, dass ich in Gefahr war?«

»Purer Instinkt. Eine bloße Ahnung, nicht mehr.«

»Und weiter?«

»Tja, wie gesagt: Es war höchste Zeit. Ein paar Augenblicke später, und der Kerl hätte dich erwürgt. Leider habe ich ihn im Dunkeln nicht mehr zu fassen gekriegt. Sonst –«

Bruder Wilfried fuhr mit der Handkante über die Kehle. Alkuin verstand. »Seltsam, dass von den anderen keiner etwas mitkommen hat. Und überhaupt: Warum gerade ich?«, sinnierte er.

»Warum gerade du? Wer weiß – vielleicht haben der Täter und seine Ohrenbläser Wind davon gekriegt, dass zwischen dir und Bruder Hilpert eine Verbindung besteht. Und daraus den Schluss gezogen, dass du als Lockvogel benutzt wirst. Was wiederum einen bestimmten Verdacht nahe legt.« Bruder Wilfrieds Miene verfinsterte sich. »War eben ein Fehler!«, sprach er in missbilligendem Ton.

»Was denn?«

»Die Annahme, dass du bei den Novizen gut aufgehoben bist. Ist mir ehrlich gesagt ein Rätsel, warum dich dein Meister überhaupt auf eine so heikle Mission mitgenommen hat.«

Fest entschlossen, Bruder Hilperts Vorgehensweise nicht in Zweifel zu ziehen, wechselte Alkuin rasch das Thema: »Das heißt, Ihr habt bereits einen Verdacht?«

»Schon möglich. Na ja – jedenfalls keinen konkreten. Seit letzter Nacht wissen wir nur eines: Dass selbst du hier nicht mehr sicher bist.«

Alkuin lächelte. »Keine Sorge«, machte er sich selbst Mut, »ich habe keine Angst. Bruder Hilpert wird schon etwas einfallen.«

»Und wenn nicht, bricht das Unheil über uns alle herein!«, antwortete Bruder Wilfried und wandte sich zum Gehen.

∞

»Wie habt Ihr überhaupt davon erfahren? Dass es im Kloster nicht mit rechten Dingen zugeht, meine ich.« Auf dem Weg hinunter ins Tal legte Alkuin eine kurze Verschnaufpause ein und sah Bruder Wilfried fragend an.

»Nun – zuerst waren da nur Gerüchte. Gerüchte, aber keine Namen. Das Gerede allein aber war schon schlimm genug. Kurzum: Es hieß, einige unserer Brüder hätten sich dem Satan verschrieben. Ich musste einfach etwas tun. Der Abt auf Reisen, der Prior ausschließlich mit sich und seiner Eitelkeit beschäftigt – in meiner Not wusste ich keinen anderen Rat, als mich jemandem zu offenbaren.«

»Bruder Jakobus, der Pförtner?«

»Bruder Hilperts Beichtvater aus Maulbronner Tagen –

genau. Er war es, der den Brief verfasst und ihn dem Vater Abt zu Maulbronn auf allerlei Umwegen zukommen ließ.«

»Ich verstehe.« Alkuin nickte und setzte seinen Weg fort. Vom dicht bewaldeten Bergrücken aus, den er und Bruder Wilfried hinabstiegen, war außer dem Dachreiter auf dem Giebel der Klosterkirche nichts von der Abtei zu sehen. Noch immer hatte sich der Nebel nicht verflüchtigt, und je näher sie der Tauberbrücke kamen, umso dichter wurde er. Alkuin verlangsamte seinen Schritt, und die Beherztheit, mit der er Bruder Wilfried zur Hand gegangen war, verflog im Nu.

»Nur Mut!«, erriet der Laienbruder seine Gedanken, als sie sich im dichten Nebel der Brücke näherten. »Bruder Hilpert und ich werden schon auf dich auf ...«

»Da!«

Wie zu einer Salzsäule erstarrt blieb Alkuin stehen. Noch konnte er nicht erkennen, wer sich ihm vom Kloster her näherte, aber sein Instinkt riet ihm zur Vorsicht. Inzwischen war auch Bruder Wilfried stehen geblieben und versuchte die grauweißen Dunstschleier mit seinem Blick zu durchdringen.

Ganz ohne Zweifel war es ein Mönch, der raschen Schrittes der Brücke zustrebte. Die Kapuze tief im Gesicht, sah er weder nach rechts noch nach links und ließ seinen Gehstock in ruckartigen Stößen auf und nieder tanzen. Lange bevor ihn Alkuin erkannte, fiel ihm die wutverzerrte Fratze auf, die so gar nicht zu einem Ordensbruder passen wollte.

Bis dato völlig in Gedanken, blieb die leicht gebeugt gehende Gestalt plötzlich stehen. Ein älterer Mönch, fuhr es Alkuin durch den Sinn. Erst dann erkannte er ihn.

Der Mann, dessen grimmiger Gesichtausdruck urplötzlich heiterer Gelassenheit wich, war Bruder Joseph, Novizenmeister der Abtei. »Bruder Joseph – Ihr?«, war es Wilfried, der die allseitige Verblüffung als Erster durchbrach.

»Ich denke schon!«, lautete die Antwort, während ein Lächeln über die Züge des Novizenmeisters huschte, das Alkuin nicht so recht einzuschätzen wusste. »Eure Vatergefühle in Ehren, Bruder – aber haltet Ihr es für richtig, Novizen von ihren Pflichten fernzuhalten?«

»*Ich* war es, der Bruder Wilfried aufgesucht hat. Er hat nichts damit zu tun.«

»Soso!«, säuselte Bruder Joseph in einem Ton, der Alkuin erst recht stutzig machte.

Jetzt war die Reihe an Bruder Wilfried, das Wort zu ergreifen: »Wenn nötig, korrigiert mich, Bruder – aber gehe ich recht in der Annahme, dass der Unterricht erst in gut einer halben Stunde beginnt?«

»Wann der Unterricht beginnt, bestimme ganz allein ich!«, erwiderte der Novizenmeister und schmetterte seinen Gehstock so heftig auf das Pflaster, dass Alkuin unwillkürlich zusammenzuckte. Dann machte er auf dem Absatz kehrt und gab Alkuin durch einen Wink zu verstehen, er möge ihm folgen.

21

Kapitelsaal, eine halbe Stunde später

»Blutwunder, Wallfahrer, Ablassbriefe – als ob es im Augenblick nichts Wichtigeres zu besprechen gäbe!«, wies Bruder Hilpert den verdutzten Kantor zurecht.

»Wenn dem so ist – lasst hören!«, mischte sich der Sakristan ein.

»Exakt!«, pflichtete ihm der schwergewichtige Cellerarius bei. »Etwas Bedeutsameres als das Blutwunder kann es im Augenblick doch wohl nicht geben.«

»Und ob. Oder haltet Ihr die Tatsache, dass Bruder Hildebrand ermordet worden ist, etwa für eine Bagatelle?«

»Ermordet? Das kann doch wohl nicht Euer Ernst sein!«

»Ist es aber.« Ohne sich dem Sakristan zuzuwenden, aus dessen Blick das blanke Entsetzen sprach, sah sich Bruder Hilpert die Gesichter der um den Tisch versammelten Ordensbrüder der Reihe nach an. Als ginge sie das Ganze überhaupt nichts an, starrten die meisten ins Leere, nur ganz wenige, unter ihnen der Bursarius, erwiderten seinen Blick. Im Kapitelsaal herrschte eisige Kälte, und in einem Anflug von Wehmut kamen Hilpert Zweifel, ob es denn je Frühling werden würde.

Dies waren jedoch beileibe nicht die einzigen Zweifel, die ihn an jenem Morgen plagten. Der Prior ermordet, ein Novize verschwunden: und das alles innerhalb von gerade einmal 24 Stunden. Nicht gerade ermutigend, wenn man in Betracht zog, dass es nicht die geringste Spur, geschweige denn konkrete Verdachtsmomente gab. Hilpert stöhnte leise auf. Nach wie vor war er von einer Mauer des Schweigens umgeben, und er fragte sich, ob er sie denn je werde überwinden können.

»Seid Ihr Euch dessen auch ganz sicher?«

Der Stakkatotenor des Bursarius, der die angespannte Stille

durchbrach, hatte etwas Provozierendes an sich, ein Grund mehr, weshalb Bruder Hilpert aus der Lethargie, die ihn angesichts des wenig auskunftsfreudigen Konvents befiel, mit einem Schlag herausgerissen wurde. »Absolut!«, gab er entschlossen zur Antwort und ließ die versammelten Brüder dabei nicht aus den Augen. »Wobei es freilich eine Sache gibt, derer ich mir noch sicherer bin.«

»Und die wäre?«

»Die Gewissheit, den- oder diejenigen, die für den Tod Bruder Hildebrands verantwortlich sind, ihrer gerechten Strafe zuzuführen, koste es, was es wolle.«

Angesichts der Bestimmtheit, mit der Bruder Hilpert dem Bursarius gegenübergetreten war, gab dieser fürs Erste klein bei und begnügte sich damit, eine Miene demonstrativer Gleichgültigkeit aufzusetzen, nicht ahnend, dass es das Falscheste war, was er hätte tun können. »Doch nun zu uns, vielmehr zu Euch, Bursarius«, fuhr Bruder Hilpert fort. »Wenn die Frage erlaubt ist: Könnt Ihr mir sagen, wo Ihr Euch aufgehalten habt, als Bruder Hildebrand ermordet wurde?«

Im Gesicht des Bursarius, aus dem jeglicher Hochmut gewichen und innerhalb kürzester Zeit eine wutverzerrte Fratze geworden war, zuckte und bebte es. Doch so schnell die schwarze Galle in ihm emporgestiegen war, so schnell schien er sich auch wieder beruhigt zu haben. »Dass wir hier alle vor einem Tribunal stehen, war mir bislang nicht bekannt«, konterte er in gewohnt selbstgefälliger Manier, wobei Hilpert das leichte Vibrieren im ansonsten selbstsicheren Tonfall des Bursarius nicht entging.

»In diesem Punkt habt Ihr zweifellos recht!«, antwortete der Inquisitor kühl. »Aber um es mit dem altbekannten Sprichwort zu sagen: ›Was nicht ist, kann ja noch werden.‹ Will heißen: Wenn Ihr und die versammelten Brüder euch weiterhin verstockt zeigt, werde ich andere Mittel der Wahrheitsfindung anwenden müssen.«

Die unausgesprochene Drohung, die hinter Hilperts Worten

steckte, zeigte umgehend Wirkung. »Also gut«, gab sich Bruder Liebetraut betont kompromissbereit, »was wollt Ihr wissen?«

»Im Grunde nur das Eine: Wer war der Letzte, der Bruder Hildebrand am gestrigen Morgen lebend gesehen hat?«

»Bruder Robert, Euer Intimus, wenn ich mich nicht irre.«

»Euren Hang zur Ironie in Ehren, Bruder«, erwiderte Hilpert ungerührt, »aber die langjährige Freundschaft, die mich mit Bruder Robert verbindet, steht hier nicht zur Diskussion. Wenn es unter den Anwesenden jemanden gibt, dem ich vertraue, dann ihm. Mit anderen Worten: Solange Ihr, Bruder Liebetraut, und die übrigen hier versammelten Brüder weiterhin so tut, als wüsstet ihr von nichts, stehen *alle* Mitglieder des Konvents unter Verdacht. Alle – ohne Ausnahme!«

»Wie könnt Ihr es –«, ließ der Bursarius seinen aufgestauten Zorn freien Lauf, bevor ihn Bruder Robert, der bis dahin lässig an einer der vier Säulen aus Muschelkalk lehnte, welche das Kreuzgewölbe des Saales trugen, mit sanfter Gewalt in seinen Lehnstuhl zurückdrückte. Dass er dies nicht gerade ungern tat, konnte man an seinem breiten Grinsen mehr als deutlich erkennen.

Selbst jetzt, da sich Unruhe unter den Mönchen breit machte, ließ sich der Inquisitor jedoch nicht aus der Ruhe bringen: »Dann eben noch einmal von vorn!«, sprach er in scheinbar gelangweiltem Tonfall und sah die um den hufeisenförmigen Tisch versammelten Ordensbrüder der Reihe nach an. »Mag sein, es gelingt uns, die eine oder andere Gedächtnislücke auf diesem Wege zu schließen. Also: Wer der hier Anwesenden hat gestern morgen mit Bruder Hildebrand gesprochen oder Beobachtungen gemacht, die mit seinem Tod in Verbindung stehen könnten? Und vor allem: Wer war der Letzte, der ihn lebend gesehen hat?«

»Gesehen haben wir ihn natürlich alle«, warf der Kantor kleinlaut ein.

»Aber kaum ein Wort mit ihm gewechselt, weil er zu Hochmut und Überheblichkeit neigte – ich weiß.«

»Nicht zu vergessen, dass er seine Nase gern in anderer Leute Angelegenheiten zu stecken pflegte, Bruder.«

»Habt Dank, Granarius – das bringt uns wirklich weiter!«, ging Hilpert über Bruder Liebetrauts Bemerkung einfach hinweg. »Nun denn – auf ein Neues: Wer hat an Bruder Hildebrands Verhalten etwas Ungewöhnliches oder gar Verdächtiges bemerkt?«

»Das Einzige, was mir an ihm auffiel«, meldete sich der Sakristan zu Wort, »war seine gute Laune – und das sagt ja eigentlich schon alles.«

»Mit anderen Worten: keinerlei Indizien, die auf Konflikte oder Zwistigkeiten schließen ließen.«

»Ganz recht, Bruder Hilpert. Keinerlei Zwistigkeiten und Konflikte. Keine Reibereien. Eitel Sonnenschein. Das reinste Paradies.«

»Habt Dank, Bruder Thomas«, antwortete der Inquisitor. »Das ist ja immerhin etwas. Wenn auch immer noch nicht genug.« Hilpert lächelte schief. »Wenn ich Euch also richtig verstehe, ging am gestrigen Morgen alles seinen gewohnten Gang. Wecken, Laudes, Prim, Kapitelsitzung –«

»Bei allem gebotenen Respekt, Bruder Hilpert«, mischte sich der Bursarius ein, »denkt Ihr nicht, dass wir mit dem Tagesablauf in unserem Kloster bestens vertraut sind?«

»Wenn dem so ist«, konterte Hilpert, »dann kommen mir die bislang gemachten Aussagen ziemlich lückenhaft – um nicht zu sagen dürftig – vor.«

»Apropos ›lückenhaft‹: Haltet Ihr es nicht für angezeigt, uns mitzuteilen, *wie* Bruder Hildebrand ermordet worden ist? Immer vorausgesetzt, Eure These träfe zu.«

»Aber gewiss doch – wie konnte ich das nur vergessen!« Der Inquisitor warf einen Blick in die Runde, bevor er fortfuhr: »Er ist erdrosselt worden, das hat die Untersuchung seiner Leiche zweifelsfrei ergeben.«

»Und wenn Ihr Euch irrt?«

»Wie meinen?«

»Was, wenn Euch ein Irrtum unterlaufen ist – eine Möglichkeit, die man doch wohl nicht völlig ausschließen kann, oder? Bruder Hildebrand zu erdrosseln dürfte meines Erachtens nicht gerade leicht gewesen sein. Ein Mann in der Blüte seiner Jahre, groß, kräftig – um ihn vom Leben zum Tode zu befördern, hätte es schon eines starken und überaus gewandten Mannes bedurft, meint Ihr nicht auch? Nicht gerade ein Kinderspiel, sich ihm während des Gebetes unbemerkt von hinten –«

»Wer sagt Euch, dass er zu Tode kam, während er betete, Bursarius?«

»Ich ... äh ... so habe ich das nicht gemeint ... was ich sagen wollte, war ...« Der Hieb saß. In der Konfusion, die ihm Bruder Hilperts Attacke beschert hatte, rang der Bursarius nach Worten. Ein Unterfangen, das ihm allerdings mehr schlecht als recht gelang.

Bruder Hilpert indessen ließ nicht locker. »Erlaubt, dass ich meine Frage präzisiere«, hakte er unbarmherzig nach. »Könnte es nicht sein, dass Bruder Hildebrand nicht dort getötet wurde, wo man ihn fand? Warum ausgerechnet in der Kirche, direkt vor dem Altar?«

»Aber welchen Sinn sollte das ergeben ... ich meine, ihn anderswo zu töten und ihn anschließend in die –«

»– Kirche zu schaffen, genau! Folglich müssen wir in Ermangelung von Indizien davon ausgehen, dass der Mord in der Kirche stattfand. Was uns zu der Frage bringt, die Ihr so trefflich zu formulieren geruhtet: Warum ihn erdrosseln? Und vor allem wie? Einen kräftigen Mann, an dem keinerlei Anzeichen nahenden Alters zu erkennen waren? Gebet hin oder her – sich ihm unbemerkt zu nähern dürfte mithin das Schwierigste an dem ganzen Unterfangen gewesen sein – da muss ich Euch recht geben! Bruder Clemens? Hört Ihr mir überhaupt zu?«

»Was habt Ihr ... gewiss!«

»Es sei denn ...«

»Es sei denn?«

»... Bruder Hildebrand war überhaupt nicht in der Lage, sich seiner Haut zu wehren.«

»Und aus welchem Grund?«

»Kompliment, Bursarius. Nach den Gesetzen der Logik zu verfahren fällt Euch offenbar nicht schwer.«

»Was aber nichts daran ändert, dass wir uns auf dem Boden von Spekulationen bewegen.«

»Wohl gesprochen. Deshalb nur noch eine Frage: Wie konnte der Mörder in die Kirche gelangen, wenn alle –«

»– drei –«

»– genau: wenn alle drei Eingänge verschlossen waren?«

»Ganz einfach: Er befand sich bereits dort, bevor Bruder Hildebrand die Kirche betrat.«

»Verzeiht, Bruder Hilpert, wenn ich mich einmische.«

»Nur zu, Bruder Thomas – ich bin ganz Ohr.«

»Wie Ihr wisst, ist es der Sakristan, dem es obliegt, noch einmal nach dem Rechten zu schauen, wenn die Andacht vorüber ist.«

»Was Ihr gestern morgen wie an allen Tagen zuvor getan habt.«

»Exakt.«

»Ohne dass Euch etwas Besonderes – beziehungsweise etwas Verdächtiges – aufgefallen ist.«

»Exakt.«

»Will heißen, Ihr wart der Letzte, der die Kirche durch die Mönchspforte verlassen und diese anschließend verschlossen hat.«

»Gewiss.«

»Seid Ihr Euch dessen auch ganz sicher?«

»So sicher wie der Auferstehung nach dem Tode.«

»Und die Pforte für die Laienbrüder –«

»– habe ich von Innen verriegelt, weil nach der Prim alle miteinander zur Arbeit gegangen sind. Das Hauptportal bleibt ohnehin geschlossen.«

»Ich verstehe.« Bruder Hilpert ließ den Zeigefinger über die schmalen Lippen gleiten und blickte nachdenklich vor sich hin. »Und da der Konvent beim Kapitel vollständig anwesend war, habt Ihr keinerlei Verdacht geschöpft.«

»Ihr sagt es.«

»Eine Frage noch, Sakristan: Seid Ihr der Einzige, der im Besitz von Schlüsseln für die Abteikirche ist?«

»Ja. Und ich trage sie immer bei mir.«

»Auch dann, wenn Ihr Euch zur Ruhe begebt?«

»Auch dann.«

»Pflichterfüllung rund um die Uhr – mein Kompliment.« Der Inquisitor fuhr mit Daumen und Zeigefinger über das Kinn und atmete laut und vernehmlich durch. »*Repetitio est mater studiorum!*«*, sprach er schließlich wie zu sich selbst. »Nach der Prim haben die hier anwesenden Brüder die Kirche verlassen – und sie vor der Terz nicht wieder betreten. Einzige Ausnahme: Bruder Hildebrand, dem Ihr, Sakristan, im Anschluss an die Kapitelsitzung wieder Zugang verschafft habt, nachdem Ihr unfreiwilliger Zeuge des Disputes zwischen ihm und Bruder Robert gewesen wart.«

»Nicht wirklich.«

»Wie darf ich das verstehen?«

»Ich stand vor der Mönchspforte, Bruder Robert und der Prior vor dem Eingang zum Kapitelsaal. Von einem Disput habe ich nichts mitbekommen.«

»Woraus folgt, dass Ihr der Letzte wart, der Bruder Hildebrand lebend zu Gesicht bekommen hat.« Der Inquisitor lächelte. »Wie lange hat sie eigentlich gedauert?«

»Die Sitzung? Nicht viel länger als eine Viertelstunde.«

»Will heißen: Nach dem Kapitel blieb den Brüdern noch etwa eine Dreiviertelstunde Zeit, sich in ihre Gebete oder fromme Meditation zu versenken.«

»Kompliment, Bruder. Nach den Gesetzen der Logik zu verfahren fällt Euch offenbar nicht schwer.«

---
*dt.: Wiederholung ist die Grundlage des Studierens.

Noch nachdenklicher als zuvor, nahm Bruder Hilpert den Seitenhieb des Bursarius kaum zur Kenntnis. »Der Regel zufolge, die einzuhalten wir alle verpflichtet sind, ist es Brauch, sich während dieser Zeit aus dem Kreuzgang nicht zu entfernen und auch keinerlei Konversation zu pflegen.«

»Und soweit bekannt, hat am gestrigen Morgen auch keiner der Brüder gegen besagte Regel verstoßen. Wobei wir uns der grimmigen Kälte wegen in die Wärmestube und nicht, wie sonst üblich, in den Kreuzgang begeben haben. Alle, ohne Ausnahme.« Der Bursarius warf einen Blick in die Runde. »Worauf wollt Ihr eigentlich hinaus?«

»Worauf ich hinauswill, Bursarius? Nach der Kapitelsitzung blieb dem Mörder fast eine Dreiviertelstunde, seine verabscheuungswürdige Tat zu begehen. Reichlich Zeit, findet Ihr nicht auch?«

»Aber ich habe Euch doch gesagt, dass sämtliche Zugänge der Kirche –«

Der Sakristan kam nicht mehr dazu, seinen Satz zu vollenden. Mit einer Heftigkeit, die nichts Gutes erahnen ließ, wurde die Tür zum Kapitelsaal plötzlich aufgerissen und Andreas, einer der Laienbrüder, stürmte in den Raum.

»Bruder Joseph, Bruder Joseph!«, stieß er keuchend hervor, nachdem er den Novizenmeister, der dem Geschehen mit teilnahmsloser Miene gefolgt war, unter den Mönchen entdeckt hatte. »Sie haben ihn gefunden!«

»Gefunden? Wen?« Auf seinen Gehstock gestützt, hatte sich der grauhaarige alte Mann langsam aus dem Lehnstuhl erhoben und starrte den Laienbruder mit zusammengekniffenen Augen an.

Völlig außer Atem, holte dieser zunächst tief Luft. In der Zwischenzeit taten es ihm die anderen Mönche gleich und richteten den Blick zur Tür. Dann, in die lastende Stille hinein, kam die Antwort, die niemanden mehr zu erstaunen schien: »Lukas, Bruder! Er ist … ich glaube, er ist tot!«

22

Klosterwald, kurz darauf

DURCH DAS BLATTWERK des Waldes, von dessen feuchtem Boden der Nebel aufstieg, fielen die ersten Strahlen der Sonne, als Alkuin inmitten einer aufgeregten Schar von Mönchen bergauf stürmte. Der Pfad, der in zahlreichen Windungen durch die Weinberge der Abtei und von dort aus in den Wald führte, war überaus steil, weshalb einige der Ordensbrüder und Novizen recht schnell außer Atem gerieten. Nicht so Alkuin, der an der Spitze der illustren Schar den Abhang hinaufstürmte und im Stillen immer noch darauf hoffte, die Nachricht vom Tode des Gefährten sei nichts als ein übler Scherz gewesen.

Als er sich inmitten einer Gruppe von Novizen, zu der unter anderem auch Angelus gehörte, einer von Brombeerhecken, Gestrüpp und Farnkraut gesäumten Lichtung näherte, verlangsamte sich sein Schritt. Aus der Ferne war ein Gewirr von Stimmen zu hören, aber die Tatsache, dass er Bruder Hilpert heraushören konnte, trug nur wenig zu seiner Beruhigung bei. Unruhe ergriff ihn, und mit jedem Schritt, den er tat, verringerte sich die Hoffnung, dass Lukas noch am Leben war.

Schließlich hatte Alkuin den Ort des Geschehens erreicht. Der Nebel begann sich zu verflüchtigen und gab den Blick auf die Mitte der Lichtung frei.

Im Gegensatz zu seinen Mitschülern, die wie eine wilde Horde an ihm vorbeistürmten, blieb Alkuin abrupt stehen. Aufgrund der Gaffer, welche den vermeintlichen Tatort in dichtem Pulk umlagerten, konnte er zunächst nichts sehen, und er war sich auch nicht sicher, ob er das, was dort auf ihn wartete, wirklich sehen wollte. Aber dann war da dieser unwiderstehliche Drang, der dafür sorgte, dass sich seine wie Blei anfühlenden Beine wieder in Bewegung setzten. Wenig später hatte er die Mitte der Lichtung erreicht, auf der eine knorrige Eiche aus einem Meer wild wuchernden Grases in den Himmel ragte.

Das Stimmengewirr hatte sich gelegt, und es herrschte beklommene Stille. Einer nach dem anderen fielen Mönche und Novizen betend auf die Knie, nicht wenige wandten sich schaudernd ab. Unter denen, die zunächst stehen blieben, war auch Bruder Hilpert, der sich dem an einem Ast hängenden Kadaver mit versteinerter Miene näherte.

Kadaver: Wenn es ein Wort gab, das den wie ein Stück Schlachtvieh an den Beinen aufgehängten Leichnam treffend umschrieb – dann dieses. Völlig nackt, mit dürren, schlaff herabhängenden Armen und dunklem Haar, das in langen Strähnen bis ins morgenfeuchte Gras hinabreichte, bot er ein wahrhaftiges Bild des Schreckens. Auf den ersten Blick schien der Körper des Jünglings, der einmal den Namen Lukas getragen hatte, unversehrt, doch bei näherem Hinsehen konnte man über dem Herzen ein in die Haut eingeritztes Symbol entdecken, das in etwa die gleiche Fläche wie ein Goldgulden besaß. Die Haut des Toten war mehlig weiß, der Blick aus den weit aufgerissenen Augen so schreckerfüllt, dass es keiner großen Phantasie bedurfte, um sich auszumalen, was auf der einsamen Waldlichtung geschehen war.

Blieb die Frage, auf welche Weise Lukas vom Leben zum Tode befördert worden war, eine Frage, die sich angesichts der deutlich erkennbaren Würgemale am Hals fast von selbst beantwortete. Alkuins Atem ging rascher, und auf einen Schlag wurde ihm speiübel. Um nicht die Kontrolle über sich zu verlieren, versuchte er sich deshalb ganz auf Bruder Hilpert zu konzentrieren, der gerade im Begriff war, dem Toten die Augen zu schließen. Kurz davor, die Lider zu berühren, ließ er jedoch plötzlich von diesem Unterfangen ab und zog aus dem halb geöffneten Rachen des Novizen eine Silbermünze hervor.

»Er redete aber von dem Judas, Simons Sohn, Ischarioth;

derselbige verriet ihn hernach, und war der Zwölfe einer.«
Die Stimme, die so unerwartet in Alkuins Ohr drang, dass er erschrocken zusammenzuckte, schien aus weiter Ferne zu kommen. Als er herumwirbelte, traf sein Blick auf Angelus, der ihn kalt lächelnd ansah. »Was hast du da eben gesagt?!«, fuhr Alkuin den Novizen an. Und als dieser scheinbar indigniert die Augenbrauen hob, wiederholte er: »Was du da eben gesagt hast, will ich wissen, raus mit der Sprache!«

Angelus schien dies jedoch völlig kalt zu lassen. »Psst!«, war alles, zu was er sich als Antwort herabließ, während er den Zeigefinger vor den Mund hielt, um Alkuin den Wind aus den Segeln zu nehmen. »Oder willst du etwa demnächst zu Kreuze kriechen?«

»Will ich nicht – es sei denn, du gibst mir nicht weiter Rätsel auf.«

»Rätsel? War das, was ich eben gesagt habe, etwa nicht deutlich genug?«

»War es – vorausgesetzt, ich deute deine Worte richtig.«

»Was diesen Punkt angeht, habe ich vollstes Vertrauen zu dir.«

Alkuin wollte etwas erwidern, aber seine Zunge versagte den Dienst. Was sein Mitschüler angedeutet hatte, schien so ungeheuerlich, dass es ihm eiskalt den Rücken hinunterlief. Lukas – ein Verräter? Und wenn ja: Wen oder was hatte er verraten wollen? Alkuin stockte der Atem. An die Szene, die sich am Abend zuvor in der Kirche abgespielt hatte, konnte er sich noch gut erinnern. Was war es, das wie ein Albdruck auf dem Novizen lastete, und zwar so sehr, dass er sich vor aller Augen und Ohren hatte offenbaren wollen? Wer war es, dem er dadurch hätte gefährlich werden können? Etwa die Jünger Luzifers, denen Bruder Hilpert auf der Spur war? Die Männer, die auch ihm nach dem Leben trachteten? Wer verbarg sich hinter alldem Unheil, das in letzter Zeit über die Abtei hereingebrochen war? Fragen über Fragen – aber keine, auf die es eine Antwort zu geben schien.

Immer noch sprachlos, legte Alkuin die Stirn in Falten und seufzte. Angelus, der ihn aus dem Augenwinkel beobachtete, ohne das Geschehen auf der Lichtung auch nur einen Moment lang aus den Augen zu lassen, quittierte dies mit einem rätselhaften Lächeln. »Ich sehe, du hast mich verstanden!«, flüsterte er und fuhr mit der Hand durch das dichte blonde Haar. »Welche Schlüsse du jetzt ziehst, ist natürlich allein deine –«

Der Novize kam nicht mehr dazu, den Satz zu vollenden, denn einmal mehr war es der Bursarius, der das Wort ergriff: »So schneidet ihn doch endlich ab, Bruder!«, fuhr er Bruder Hilpert an, der die Silbermünze in seiner Hand mit nachdenklicher Miene betrachtete. »Man kann ihn doch dort droben nicht so einfach hängen lassen!«

»Doch, kann man!«

»Wie könnt Ihr es wagen ...«, giftete der Bursarius und machte einen Schritt nach vorn – eine Reaktion, die er umgehend bereuen sollte.

»Keinen Schritt weiter!«, herrschte ihn der Inquisitor an und trat ihm in den Weg.

»Wie könnt Ihr ...«

»Ich sagte: ›Keinen Schritt weiter!‹«

»... es wagen, Mönchlein, mir in den Weg zu treten!«

»Nun gut – Ihr habt es nicht anders gewollt! Bursarius: Ihr steht in dringendem Verdacht, sowohl Bruder Hildebrand als auch diese armselige Kreatur hier auf barbarische Weise vom Leben zum Tode befördert zu haben. Ob allein oder mit wessen Hilfe, wäre noch zu klären. Kraft der mir durch den Vater Abt zu Maulbronn und das Generalkapitel des Zisterzienserordens verliehenen Autorität ordne ich daher an, dass Ihr bis zur entgültigen Aufklärung der Euch zur Last gelegten Verbrechen in die Arrestzelle des hiesigen Klosters verbracht werdet. Dort werdet Ihr zumindest so lange bleiben, bis der Vater Abt zu Bronnbach von seiner Reise ...«

»Ich habe ein Alibi! Habt Ihr das etwa vergessen? Das ... das könnt Ihr doch nicht mit mir machen!«

»Und ob! Darum noch einmal: Sollte es Euch nicht gelingen, die gegen Euch erhobene Mordanklage zu entkräften, wird der Vater Abt des hiesigen Klosters nach seiner Rückkehr –«

»Lasst mich durch, so lasst mich doch endlich durch!«

Völlig außer Atem, versuchte sich Bruder Hilarius, der Hilfspförtner, eine Gasse durch die dichtgedrängte Gruppe von Mönchen zu bahnen. Korpulent, mittelgroß und nicht mehr der Allerjüngste, schien ihm der steile Pfad ordentlich zugesetzt zu haben. Dies war der Grund, weshalb es einige Zeit dauerte, bis er neuen Atem geschöpft hatte.

»Was gibt es?!«, stieß Bruder Hilpert ungehalten hervor, in der Hoffnung, eine weitere Hiobsbotschaft möge ihm erspart bleiben. »Was gibt es, das so dringlich ist, dass es nicht noch eine Weile warten kann?«

»Bei allem gebührenden Respekt, Bruder!«, stieß der Hilfspförtner keuchend hervor, »ich kann mir im Augenblick nichts Dringenderes vorstellen.«

»So? Dann heraus damit!«

»Es ... es ist ... Gott der Herr stehe uns bei! ... es ist etwas ganz Schreckliches passiert!«, sprudelte es aus dem sowohl nach Luft schnappenden wie auch um Fassung ringenden Ordensbruder heraus.

»Was denn? So redet doch endlich!«, entgegnete Bruder Hilpert mit erzürnter Miene.

»Bruder Zacharias ist wieder zurück, Bruder!«, wimmerte der Hilfspförtner. »Er ... er bringt schlimme Kunde.«

»Und welche?!«

»Vater Johannes, Bruder, unser Abt: Er ist tot!«

23

Hospiz – Tertia (9.20 Uhr)

DER ORDENSBRUDER, DER Bruder Hilpert gegenübersaß, war etwa 20 Jahre alt, eloquent und machte einen ausgesprochen sympathischen Eindruck auf ihn. Geradezu ein Bild von einem Mann, sah er wie die Marmorbüste eines italienischen Meisters aus. Einzig das Muttermal an seiner rechten Schläfe schien dem Eindruck äußerlicher Vollkommenheit ein wenig im Wege zu stehen.

Wie der Inquisitor auf Anhieb erkannte, war sich Bruder Zacharias seiner Vorzüge wohl bewusst, legte es jedoch darauf an, einen zurückhaltenden, um nicht zu sagen demütigen Eindruck zu hinterlassen. Wie er ihn so über den Rand seines Zinnbechers hinweg beobachtete, fiel dem Inquisitor jedenfalls nichts Negatives an ihm auf, allenfalls der Wohlgeruch, der vom Gebrauch eines französischen Duftwassers herzurühren schien. Da er momentan jedoch andere Sorgen hatte, verzichtete Hilpert darauf, den Secretarius des Abtes seiner Eitelkeit wegen zu tadeln.

»Noch einen Schluck Wein?«
»Habt Dank, Bruder, aber ein Becher ist mehr als genug!«
»Ganz wie Ihr wollt!«

Wider die Gewohnheit, tagsüber keinen Wein zu trinken, nahm Bruder Hilpert einen weiteren Schluck, wischte sich mit dem Handrücken den Mund ab und nahm den Gesprächsfaden wieder auf: »Und wann, sagt Ihr, wurde der ehrwürdige Vater Johannes zu Gott berufen?«, sprach er mit lauernder Stimme.

»Acht Tage nach Aschermittwoch. Am Zwölften im Monat März.«
»In unser aller Mutterkloster zu Cîteaux?«
»Gott seis geklagt – ja.«
»Und die Todesursache?«

»Wie belieben?«
»Woran er starb, möchte ich wissen.«
»An einem Fieber.«
»Ich verstehe.«
Der Secretarius runzelte die Stirn. »Verzeiht, Bruder«, erwiderte er mit einem Hauch von Missmut in der Stimme, den er mit einem Lächeln zu überspielen versuchte, »aber mir ist nicht ganz klar, was es bei der ganzen Angelegenheit –«
»– zu verstehen gibt? Nichts, Bruder, eigentlich nichts«, wiegelte Hilpert rasch ab. »Und weiter?«
Der Secretarius schlug die Augen nieder und rutschte auf seinem Stuhl hin und her. »Ansonsten ging alles seinen gewohnten Gang«, antwortete er. »Dem letzten Wunsche des Vater Abtes entsprechend machten sich die Brüder zu Cîteaux alsbald daran, seine Leiche – seine sterbliche Hülle, meine ich – entsprechend zu präparieren, auf dass sie im Kapitelsaal dieser Abtei zur letzten Ruhe gebettet werde.«
»Ich verstehe.« Bruder Hilpert erhob sich und durchmaß den mit Bettstatt, Truhe, Tisch und zwei Stühlen eher kärglich ausstaffierten Raum. Am Fenster, durch dessen in Blei gefasste Scheiben man den Hof der Abtei überblicken konnte, blieb er mit dem Rücken zum Secretarius stehen. »Das heißt, dem Leichnam wurden Herz und Eingeweide entnommen, um sie in getrennten Behältern zu verwahren.«
»So ist es.« Den Blick, mit dem ihn der verdutzte Secretarius bedachte, konnte Bruder Hilpert förmlich spüren. »Wie sonst auch hätte er die lange Reise …«
»Eure Reise – gut, dass Ihr sie erwähnt, Bruder. Dem Vernehmen nach ging sie ohne größeres Missgeschick vonstatten, nicht wahr?«
»Dank der drei Reisigen, die uns der Graf von Wertheim zur Verfügung zu stellen geruhte – ja.«
»Ein Wunder angesichts der Räuber, Wegelagerer und Beutelschneider, die des Reiches Straßen zu Hunderten bevölkern.«
»Kein Wunder, wenn man den Schutz des Herrn genießt.«

Der Inquisitor drehte sich auf dem Absatz um und sah den Secretarius des Abtes lächelnd an. »Wohl gesprochen«, entgegnete er und fuhr mit Daumen und Zeigefinger über das glattrasierte Kinn. Dennoch ließ er nicht locker: »Nur noch eine Frage, wenn Ihr gestattet.«

»Und die wäre?«

»Wann seid Ihr von Cîteaux aus aufgebrochen?«

»Vier Tage später – am 16.«, antwortete der Secretarius, ohne zu zögern.

»Am Sonntag vor dem Heiligen Benedikt Tag.«

»Ihr sagt es.«

»Drei Wochen – nicht schlecht.«

»Wie belieben?«

»Von Cîteaux bis hierher in nur drei Wochen – Ihr schient es wirklich eilig zu haben.«

»Gerade einmal so eilig, wie es mir angesichts der Nachricht, die ich zu überbringen hatte, angemessen schien.«

»Wohl gesprochen – und das bereits zum zweiten Mal.«

»Bei allem gebührenden Respekt, Bruder – aber ich verstehe nicht ganz, wozu Eure Fragen …«

»Schon gut, Bruder Zacharias. Schon gut.« Bruder Hilpert nahm den Weinkrug zur Hand, den ihm der Cellerarius hatte bringen lassen, und füllte seinen Becher. »Für den Moment wäre das wirklich al…«

»Wenn Ihr erlaubt, Bruder: Aber unter den gegebenen Umständen würde ich meinen Mitmenschen nicht so viel Vertrauen entgegenbringen, wie Ihr es offenbar tut.«

Im Begriff, den Becher zu füllen, ließ der Inquisitor von seinem Unterfangen ab und sah den Secretarius verblüfft an. »Was wollt Ihr damit sagen?«, fragte er mit einer Stimme, die fast schon ein Flüstern war.

»Nun«, sprach Bruder Zacharias gedehnt, woraufhin sich das Unbehagen, das Bruder Hilpert beim Anblick der ebenmäßigen Züge seines Gegenübers empfand, auf einen Schlag um ein Vielfaches verstärkte, »wenn ich an Eurer Stelle wäre, würde ich einfach etwas mehr Vorsicht walten lassen. Bedenkt: der Vater Abt – tot. Bruder Prior – ermordet. Ein Novize – ebenfalls tot. Von unserem hochverehrten Bursarius, der in der Arrestzelle des Klosters schmachtet, gar nicht zu reden. Da könnte es leicht passieren, dass auch Ihr einmal an der Reihe seid. Weshalb es sich ziemt, etwas mehr Vorsicht walten zu lassen. Um Euretwillen.«

In der Absicht, seine Worte sorgsam zu wählen, verkniff sich Bruder Hilpert eine Antwort und warf dem jungen Ordensbruder einen nachdenklichen Blick zu. Doch bevor er überhaupt zu Wort kam, hatte sich Bruder Zacharias erhoben und reichte ihm die Hand. »Nichts für ungut, Bruder: Man macht sich eben so seine Gedanken. Darum seid auf der Hut – und Gott befohlen.«

»Gott befohlen, Bruder! Und hütet Euch vor dem Bösen, denn es lauert überall.«

Die Türklinke in der Hand, drehte sich der Secretarius auf dem Absatz um. Von der devoten Art und Weise, mit der er dem Inquisitor anfangs gegenübergetreten war, konnte Bruder Hilpert nichts mehr entdecken. Stattdessen trat ein unruhiges Flackern in seine Züge, unschwer zu erkennen, wie er um Fassung rang. »Wie meint Ihr das?«, war nunmehr die Reihe an ihm, verblüfft zu sein.

»So, wie ich es sage. Und darum: Gott befohlen!«

24

Tor der Abtei, eine Dreiviertelstunde später

BEIM ANBLICK DER Abtei, die sich wie ein Trugbild aus dem Morgennebel erhob, verließ Laetitia der Mut. Wenn auch ihr Heimatdorf nur eine Wegstunde entfernt war, fühlte sie sich trotzdem wie in einer anderen Welt. Ein Gefühl, das sich mit jedem Schritt noch verstärkte. Und dann diese Kälte! Laetitia fröstelte und zog ihren Umhang noch enger um die Schultern. Auf den Feldern, hie und da noch mit Schnee bedeckt, war keine Menschenseele zu sehen, nur eine kohlrabenschwarze alte Krähe, deren Blick sie erneut frösteln ließ. Selbst die Laienbrüder, um diese Tageszeit längst bei der Arbeit, waren wie vom Erdboden verschluckt.

Noch etwa hundert Schritte, dann war es geschafft. Abgesehen von dem Ordensbruder, der vor einer halben Stunde an ihr vorübergeprescht war, hatte sie niemanden zu Gesicht bekommen, und nicht nur einmal hatte sie sich gefragt, ob sie den Mut aufbringen würde, nach Lukas zu fragen. Aber dann war er vor ihrem inneren Auge erschienen, ein wenig blass zwar, dafür aber so warmherzig wie kaum ein anderer Mensch in ihrem Leben. Und von diesem Moment an hatte es für sie nicht mehr den leisesten Zweifel gegeben.

»Heilige Jungfrau, hilf!«, flüsterte Laetitia, als sie sich dem Tor der Abtei näherte. Und just in diesem Moment brach durch den Nebel, der sich wie ein Leichentuch über dem Tal ausgebreitet und scheinbar alles Leben unter sich erstickt hatte, die Sonne hindurch. Laetitia konnte nicht anders als die Augen schließen, so gleißend hell war das Licht, das auf sie herniederschien. Wie lange sie einfach so dagestanden hatte, vermochte sie nicht zu sagen, aber als sie die Augen aufschlug, hatte sie wieder frischen Mut gefasst und steuerte mit entschlossener Miene auf das Tor des Klosters zu.

Laetitia brauchte nicht anzuklopfen, denn als habe man sie bereits erwartet, öffnete sich die kleine, in das Tor eingelassene Pforte. Ein steinalter Mönch, offenbar alles andere als erfreut, trat ihr in den Weg und fragte in barschem Ton: »Was ist dein Begehr?«

Laetitia erschrak fast zu Tode und wich instinktiv zurück. Fast wäre sie ins Stolpern geraten, so groß war die Angst vor dem Alten, der in den hintersten Winkel ihrer Seele zu blicken schien. »Spute dich, ich habe nicht den ganzen Tag lang Zeit!«

»Ich ... ich wollte, nun, es ist so, dass ...«

»Wenn du eine Botschaft überbringen oder um Almosen bitten willst ...«

»Nein, das ist es nicht.« Laetitia, die dem Blick des Mönches bislang ausgewichen war, nahm ihren ganzen Mut zusammen und sah ihm direkt in die Augen. Während sich ihre Blicke kreuzten, lief ihr ein kalter Schauer über den Rücken, und ihr war, als erahne der Greis mit den Falkenaugen all ihre Gedanken.

»Was dann?«

Täuschte sie sich, oder hatte der barsche Tonfall des Zisterzienserbruders einen deutlich milderen Klang angenommen? Seis drum, dachte Laetitia bei sich, strich ihr Haar aus dem Gesicht und sprach: »Ich bin auf der Suche nach einem Novizen. Einem Novizen aus Eurem Kloster.«

Kaum waren ihr die Worte über die Lippen, bereute Laetitia auch schon, den Mönch ins Vertrauen gezogen zu haben. Als sei ihm eine Horde Dämonen auf den Fersen, sah er sich rasch nach allen Seiten um, und das Flackern in seinen Augen machte ihr Angst. Wäre der knorrige Gehstock nicht gewesen, auf den sich der Alte stützte, hätte er sie wahrscheinlich am Kragen gepackt. »Was hast du da eben gesagt?«, zischte der Mönch, allem Anschein nach im Glauben, er habe sich verhört. »Raus mit der Sprache, aber schnell!«

Laetitia traten die Tränen in die Augen, und sie musste ihre ganze Beherrschung aufbieten, um nicht auf der Stelle loszuweinen. »Dass ich auf der Suche nach einem Novizen bin«, antwortete sie mit bebender Stimme und wich in der Erwartung eines weiteren Zornausbruches zurück.

»Nach einem Novizen, der Lukas heißt?«

Laetitia blieb wie angewurzelt stehen und starrte den Mönch ungläubig an. »Woher wisst Ihr das?«, war alles, was ihr zu sagen einfiel.

»Eine Vermutung. Nichts weiter!«, gab sich der Mönch betont wortkarg, während er einen Blick über die Schulter warf. »Oder liege ich etwa falsch?«

»Keineswegs.«

»Darf man fragen, warum?«

»Verzeiht, aber ...«

»Warum du nach ihm suchst, möchte ich wissen.«

Laetitia errötete und schlug die Augen nieder. Mit der Wahrheit herauszurücken traute sie sich nicht, aber auch sonst fiel ihr keine passende Ausrede ein. »Das ... das kann ich nicht sagen«, stammelte sie nach einer Weile und traute sich dabei kaum, dem Pförtner in die Augen zu schauen.

»Ist er ein Verwandter von dir – oder ein Freund?«, brach der Alte schließlich das Schweigen.

»Eher das Letztere.« Für die Unbeholfenheit, mit der Laetitia dem Ordensbruder gegenübertrat, hätte sie sich glatt ohrfeigen können, wenngleich sie den Eindruck hatte, der Zorn des Alten habe sich ein wenig gelegt.

»Ich verstehe.«

Laetitia blickte überrascht auf. Was in der Heiligen Jungfrau Namen gab es denn hier zu verstehen? Konnte der Alte etwa Gedanken lesen? Einmal mehr war ihr äußerst unbehaglich zumute.

Zu ihrer Überraschung erging es dem Pförtner der Abtei anscheinend nicht anders. Der Gesichtsausdruck, mit dem er sie musterte, hatte sich merklich entspannt. Er schien über etwas nachzudenken. »Und woher kommst du, wenn man fragen darf?«, hörte sich der Alte daher wesentlich maßvoller, wenn auch noch keineswegs freundlich an.

Laetitia nannte den Namen des Dorfes, aus dem sie kam, was der Alte mit nachdenklichem Schweigen quittierte. Kurz darauf hellte sich seine Miene jedoch ein wenig auf, und nach einem weiteren Blick in die Runde winkte er sie mit dem Zeigefinger zu sich heran und sprach: »Was auch geschieht – gelobst du über das, was dir widerfahren und zu Ohren kommen wird, Stillschweigen zu bewahren?«

Laetitia konnte nur nicken, denn der Kloß in ihrem Hals saß so fest, dass ihr kein Wort über die Lippen kam.

»Selbst dann, wenn du nicht erreichst, was du dir vorgenommen hast?«

Laetitia horchte auf. Aus dem Ordensbruder schlau zu werden war wirklich nicht leicht. Doch die Scheu, ihn nach dem Sinn seiner Worte zu fragen, überwog, und so ließ sie es bei einem weiteren Nicken bewenden.

»Dann warte hier!«, wies sie der Mönch an, wandte sich zum Gehen, um ihr fast im gleichen Moment über die Schulter zuzuraunen: »Und was immer geschieht – zu keinem Menschen ein Wort!«

Noch ehe Laetitia ein Wort des Dankes sagen konnte, war der Alte verschwunden und die Pforte wieder verschlossen.

25

Novizenbau, zur gleichen Zeit

ALKUIN HOB DIE Hand vor den Mund und gähnte. Obwohl seit Beginn des Unterrichts nicht einmal eine halbe Stunde verstrichen war, kämpfte er bereits jetzt mit dem Schlaf. Er war müde, ausgelaugt, am Ende. Die Ereignisse der letzten 24 Stunden, vor allem der grausame Tod seines Mitschülers, hatten deutliche Spuren hinterlassen.

Die Tatsache, dass Bruder Joseph den Ermordeten mit keiner Silbe erwähnt, geschweige denn im Kreise der Novizen irgendwelche Nachforschungen angestellt hatte, gab ihm allerdings zu denken. Alles ging seinen gewohnten Gang, gerade so, als wäre nichts geschehen.

Der Hörsaal der Novizen war erst recht nicht dazu angetan, Alkuins Stimmung zu verbessern. Er wirkte trist, die weiß getünchten Wände, von denen sich hie und da bereits der Verputz löste, eher grau. Die Luft war muffig und schal, Mobiliar so gut wie nicht vorhanden – außer einem Regal, Sitzbänken und einem Stehpult, von dem aus Bruder Joseph wie Gottvater zu dozieren pflegte.

»Und das siebte Kapitel – welchen Titel trägt es?« Der Blick des Novizenmeisters, dessen Lektionen aus einer zähen Litanei von Frage und Antwort bestanden, streifte die Gesichter seiner Schäflein, in denen außer dumpfer Langeweile keinerlei Gefühlsregung zu erkennen war. Als sich keiner der Novizen zu einer Antwort herabließ, war die Reihe an Martin, Sohn eines Zunftmeisters, dem Novizenmeister aus der Klemme zu helfen. »Die Demut!«, presste der bleichgesichtige Rotschopf hervor, wobei es ihm nur mit Mühe gelang, ein Gähnen zu unterdrücken.

»Korrekt!« Der Novizenmeister, durch das Desinteresse seiner Schützlinge keineswegs irritiert, setzte seinen Unterricht über die Regel des Heiligen Benedikt unbeirrt fort. »Die erste Stufe der Demut?«, nuschelte er, während ein hörbares Stöhnen durch die Reihen ging.

Erhard, ein Pfiffikus aus niederadeligem Hause, erhob sich und deklamierte in feierlicher Manier: »Der Mensch achte stets auf die Gottesfurcht und hüte sich, Gott je zu vergessen.« Sichtlich erleichtert, nahm der pausbäckige Schwabe daraufhin wieder Platz.

»Korrekt!« Valentin, als Spaßvogel von geradezu unschätzbarem Wert, drehte sich um und schnitt eine Grimasse, nicht die erste Disziplinlosigkeit am heutigen Tag. Zu Alkuins Erstaunen ließ Bruder Joseph jedoch auch diesmal keinerlei Anzeichen von Unmut erkennen.

»Die zweite Stufe der Demut?« Alkuin atmete tief durch, und die Augenlider wurden ihm schwer. Die Luft roch nach Schweiß, Staub und vermodertem Pergament, und da die Fenster der Kälte wegen geschlossen blieben, war seine Aufmerksamkeit endgültig dahin. Es bedurfte eines kräftigen Rippenstoßes, um ihm klarzumachen, dass er an der Reihe war: »Die dritte Stufe?« Aller Augen waren jetzt auf Alkuin gerichtet, der wie von einem Insekt gestochen in die Höhe schoss. Bruder Joseph, bis dahin auf sein Stehpult gestützt, richtete sich zu voller Größe auf, kniff die Augen zusammen und wiederholte: »Die dritte Stufe?«

»Aus Liebe zu Gott unterwirft sich der Mönch dem Oberen ... dem Oberen ...« Mitten in der Antwort versagte Alkuin die Sprache, obwohl es in diesem Moment nur ihn und die bläulich schimmernden Triefaugen des Novizenmeisters gab, die ihn mit einer Mischung aus Häme und Verachtung fixierten. Aschfahl im Gesicht, konnte er förmlich spüren, wie die Augen aller Anwesenden auf ihm ruhten. Bruder Joseph, ansonsten die Güte in Person, hatte sich von einem auf den anderen Moment in einen übellaunigen alten Schulmeister verwandelt, nur darauf aus, seinem Opfer eine Lektion zu erteilen, die es so schnell nicht vergaß.

»– in vollem Gehorsam.« Die Worte des Novizenmeisters hallten wie Peitschenhiebe in die anhaltende Stille. Die Novizen hielten den Atem an. Feuerrot vor Scham, senkte Alkuin den Blick und schwieg.

»Das war noch nicht alles.«

»Ich weiß.«

»Dann weißt du auch sicher, wie es weitergeht.«

Immer noch unter Schock, brauchte Alkuin einige Zeit, um sich wieder zu konzentrieren. Aber dann war es geschafft, und die fehlenden Worte kamen ihm scheinbar mühelos über die Lippen: »So ahmt er den Herrn nach, von dem der Apostel sagt: ›Er war –‹«

»– gehorsam bis in den Tod.« Es war nicht etwa die Tatsache, dass ihn Bruder Joseph unterbrach, in der offenkundigen Absicht, ihn mehr als nötig bloßzustellen. Es war die Art und Weise, *wie* er es tat, die Alkuin schaudern ließ: Den Stock in der Rechten, war er hinter seinem Stehpult hervorgetreten und bewegte sich mit schlurfendem Schritt auf Alkuin zu. Und als reiche diese Drohgebärde nicht aus, betonte er das Wort »Tod« in einer Weise, dass es nicht nur Alkuin eiskalt den Rücken hinunterlief.

»Wer war eigentlich dein Lehrer, von Rosenberg?«

»Bruder Hil... äh, ich meine, Vater Hilmar, unser Burgkaplan.«

»Vater Hilmar, soso. Zu dumm, dass er mir gänzlich unbekannt ist.« Im Blick des Novizenmeisters, dessen Augen sich wie Pfeile in sein Gehirn bohrten, brach Alkuin der kalte Schweiß aus. Und dann noch dieser Versprecher, der ihm um ein Haar unterlaufen wäre! Alkuins Hand fuhr an die schweißnasse Kehle. Nicht auszudenken, welche Folgen er für ihn und Bruder Hilperts Mission hätte haben können!

»Nun gut – wer immer dieser Vater Hilmar auch sein mag: Mit seiner Gelehrsamkeit scheint es nicht allzu weit her zu sein!«

Alkuin senkte den Kopf – und hielt es für das Beste, zu schweigen. Bruder Joseph, immer noch misstrauisch, aber sichtlich zufrieden, ihm eine Lektion erteilt zu haben, schnaubte verächtlich und schlurfte wieder zu seinem Pult zurück. Alkuin atmete befreit auf, doch im gleichen Augenblick wandte sich der Novizenmeister seinen Schülern zu und sprach: »Mir scheint, euer neuer Gefährte nimmt es mit den Regeln klösterlichen Lebens nicht sonderlich genau. Aus diesem Grund, nicht zuletzt auch als Mahnung an alle, denen es an Fleiß und Disziplin mangelt, wird er als Strafe ...«

»Bruder Joseph – da!« Ohne der salbungsvollen Rede seines Lehrmeisters Beachtung zu schenken, war Angelus aufgesprungen und richtete den Zeigefinger auf das Podest, auf dem das Stehpult des Novizenmeisters stand. Wie auf Kommando taten es ihm die übrigen Novizen gleich und Bruder Josephs Worte gingen in dem nun folgenden Getümmel unter.

Als Alkuin den Grund für die allgemeine Aufregung entdeckte, konnte er sich ein Schmunzeln nicht verkneifen, umso mehr, als Bruder Joseph einen gellenden Schrei ausstieß und mit einer Geschwindigkeit, die man ihm nie und nimmer zugetraut hätte, Richtung Tür stürmte und den Raum verließ.

Eine Feldmaus, von der Heiterkeit, die sie hervorrief, sichtlich irritiert, schaffte es trotzdem, der Jagdlust der Klosterschüler zu entgehen und verschwand so schnell, wie sie gekommen war. Dem übermütigen Treiben tat dies jedoch keinen Abbruch. »Die 10. Stufe der Demut?«, deklamierte Valentin, der Bruder Josephs Platz hinter dem Stehpult einnahm und zum Gaudium der Novizen jede nur erdenkliche Pose des Novizenmeisters imitierte. »Ja – Angelus?«

»*Decimus humilitatis gradus est si non sit facilis ac promptis in risu, quia scriptum est: ›Stultus exaltat in risu vocem suam‹.*«*
Kaum hatte Angelus geendet, kehrte auf einen Schlag Ruhe ein, und die Novizen schlichen wie geprügelte Hunde zu ihren Plätzen zurück.

---

*dt.: Die zehnte Stufe der Demut: Der Mönch ist nicht leicht und schnell zum Lachen bereit, steht doch geschrieben: ›Der Tor bricht in schallendes Gelächter aus‹.

26

Klosterkirche – Sexta (11.20 Uhr)

»Und nun, Sakristan – waltet Eures Amtes!«

In die Ansammlung von Mönchen, die das Altarkreuz umlagerten, kam Bewegung, als Bruder Thomas die beiden Kerzen entzündete. Die Skepsis auf den Gesichtern der Anwesenden überwog, wovon sich Bruder Hilpert jedoch nicht im Geringsten beeindruckt zeigte.

Und siehe da – kaum loderte am Docht beider Kerzen eine hauchdünne Flamme empor, trat das ein, was der Inquisitor prophezeit hatte: Der Gekreuzigte vergoss sein eigenes Blut, das sich in Strömen über seinen ausgemergelten Körper ergoss.

Aber noch immer überwog die Skepsis, und man konnte den Brüdern ansehen, dass sie sich nur widerwillig damit abfinden konnten, einem Fall von handfestem Betrug aufgesessen zu sein. Kaum hatte sich diese Erkenntnis durchgesetzt, nahm der Inquisitor das Altarkreuz in die Hand und hielt es den wie vom Donner gerührten Mönchen vor die Nase: »Wie gesagt – es ist alles ganz einfach«, bemühte sich Bruder Hilpert um einen sachlichen Ton. »Betrachtet man die Wunden, lassen sich bei näherem Hinsehen überall sehr feine Löcher erkennen. Löcher, die mit einem zwar dünnen, aber dennoch spitzen Gegenstand in die Wunden gebohrt worden waren. Aus Gründen der Pietät habe ich das Corpus Delicti – der Heilige Bernhard möge mir den Ausdruck verzeihen! – zwar noch keiner genaueren Untersuchung unterzogen, aber es steht zu vermuten, dass sich in seinem Inneren winzige Hohlräume befinden.«

»Und wozu?«

»Wozu, Bruder Thomas?« Bruder Hilpert holte tief Luft, bevor er fortfuhr. »Nun – ich will es Euch erklären! Seht her:

Da die Löcher mit Wachs verstopft waren, wäre kaum jemand darauf gekommen, dass sich an dieser Stelle Löcher befinden könnten. Aber genau das war der Fall! Und im Inneren? Da befand sich Blut, das, wie Euch mein Freund Bruder Robert bestätigen kann, mit einem bestimmten Elixier gegen frühzeitige Verdunstung geschützt werden kann. Was mich nunmehr zum Kern der ganzen Angelegenheit bringt.« Der Inquisitor sah die Angehörigen des Konvents der Reihe nach an. Auf den meisten Gesichtern war ungläubiges Staunen, mitunter auch Entsetzen zu erkennen.

»Höre ich richtig – Blut?«, warf Bruder Adalbert ein, vergeblich bemüht, seiner nervösen Zuckungen Herr zu werden.

»In der Tat, Bruder Adalbert«, antwortete der Inquisitor mit gedämpfter Stimme. »Und das Verwerfliche daran ist, dass es sich um das Blut eines Menschen handelt.«

Der Tumult, der nun losbrach, übertraf den vom Vorabend bei Weitem, und es dauerte einige Zeit, bis sich die allgemeine Aufregung gelegt hatte.

»Menschenblut – aber das ist ... aber das ist ja ...«

»Genau, Bruder Ambrosius: Das ist das Diabolischste, was man sich überhaupt vorstellen kann. Vor allem, wenn man bedenkt, dass wir uns im Hause Gottes befinden.«

»Und was nun? Ich meine: Wie war es überhaupt möglich, dass die Wunden zu bluten anfingen?« Bruder Johannes, sachlich wie immer, sah Bruder Hilpert mit regungsloser Miene an.

»Nichts leichter als das, Bruder!«, entgegnete der Inquisitor und zog die Augenbrauen in die Höhe. »Die Wärme der Kerzen, die sich auf gleicher Höhe mit dem Gekreuzigten befinden, brachte das Wachs zum Schmelzen. Und der Rest dürfte jedermann bekannt sein.«

»Aber das Blut, Bruder Hilpert«, stammelte der Kantor mit brüchiger Stimme. »Wenn es stimmt, was Ihr sagt, dann ... dann muss um dieses Betruges willen ein Mensch getötet worden sein, oder nicht?«

»Schon möglich!«, pflichtete ihm der Inquisitor bei und ließ seinen Blick über die Gesichter der Versammelten schweifen. »Wiewohl man auch andere Erklärungsmöglichkeiten nicht außer Acht lassen sollte.«

»Und dass der, den Ihr sowohl des Mordes an Bruder Prior als auch an jenem unglücklichen Novizen überführt habt, für eine weitere Bluttat in Frage käme, schließt Ihr von vornherein aus?«

Mit einem Blick, in den sich Unmut und Verblüffung mischten, wandte sich der Inquisitor dem Secretarius, Urheber der an ihn gestellten Frage, zu. »Nicht so geschwind, Bruder Zacharias!«, wehrte er mit erhobenen Händen ab. »Der Bursarius steht lediglich unter Verdacht, nichts weiter.«

»Soll das etwa heißen, dass Ihr keine Beweise gegen ihn habt?!«

»Das soll überhaupt nichts heißen, Bruder!«, herrschte Bruder Hilpert den Secretarius an, der diesen Anflug von Zorn mit ausdrucksloser Miene quittierte. »Sobald meine Untersuchungen abgeschlossen sind, werde ich sie dem Kapitel mitteilen. Bis dahin bleibt es sämtlichen Angehörigen dieses Konventes untersagt, das Kloster ohne meine Genehmigung zu verlassen. Und nun – Gott befohlen!«

⁂

»Bruder Thomas – auf ein Wort!«

Unter den Ersten, welche die Abteikirche verließen, fuhr der Sakristan erschrocken zusammen, als ihn Bruder Hilpert auf die Seite nahm. »Was … worum dreht es sich?«, flüsterte er mit Blick auf den Strom der Ordensbrüder, der sich durch die Mönchspforte in den Kreuzgang ergoss.

»Ein, zwei Fragen, nichts weiter.« Die Schreckhaftigkeit, mit welcher der Sakristan auf seine Bitte reagiert hatte, entging Bruder Hilpert nicht, wenngleich er alles tat, zurückhaltend und höflich zu erscheinen.

»Damit Ihr es gleich wisst – ich habe mit der ganzen Sache

nicht das Geringste zu tun!«, widersetzte sich der Sakristan auf das Entschiedenste und warf einen hastigen Blick zur Tür.

Bruder Hilpert verstand. »Bruder Robert – würdet Ihr uns wohl einen Moment alleine lassen? Und dafür sorgen, dass wir nicht gestört werden?« Der Infirmarius, bis dahin an Bruder Hilperts Seite, kam dem Wunsch des Freundes nach und entfernte sich. Kurz darauf fiel die Mönchspforte hinter ihm ins Schloss.

Doch selbst unter vier Augen legte der Sakristan seine Befangenheit nicht ab, und Hilpert fragte sich, was wohl der Grund hierfür war. Trotzdem kam er umgehend zur Sache. »Womit habt Ihr nichts zu tun?«, griff er die Bemerkung des Sakristans wieder auf.

»Bedaure – aber ich kann Euch nicht ganz folgen.«

»Und ob Ihr das könnt. Ihr sagtet, Ihr hättet mit der ganzen Sache nichts zu tun. Um Euch und mir unnötigen Verdruss zu ersparen, hätte ich gerne gewusst, wie Eure Worte zu verstehen sind. Darum kommt endlich zur Sache und redet nicht weiter um den heißen Brei herum!«

Der Sakristan antwortete nicht sofort, aber ein rascher Blick überzeugte ihn, dass mit dem Inquisitor offenbar nicht zu spaßen war. Und so sprudelte es nach anfänglichem Zögern förmlich aus ihm heraus: »Ich bin kein Betrüger. Nie und nimmer. Allein schon der Gedanke, die Brüder hinters Licht zu führen, brächte mich glatt um.«

»Wenn nicht Ihr – wer dann?«

»Ehrlich gesagt: Ich weiß es nicht. Keine Ahnung, wer dahintersteckt. Eines aber weiß ich ganz genau: Dass der Bursarius ganz versessen darauf war, Kapital aus dem Blutwunder zu schlagen.«

»Der Bursarius?!« Der Inquisitor horchte auf. »Das müsst Ihr mir schon etwas genauer erklären!«

Der Sakristan bekreuzigte sich, bevor er fortfuhr. »Bruder Clemens, in der Tat!«, bekräftigte er und nickte nervös. »Es war gestern Abend, kurz vor dem Zubettgehen. Da hat er mich zur Seite genommen und um Mitternacht in den Kapitelsaal bestellt. Der Kantor, der Granarius und Bruder Johannes waren mit von der Partie.«

»Und die Nachtwache hat nichts davon bemerkt?«

»Wie sollte sie auch – war ja schließlich mit eingeweiht.«

»Der Kantor?«

Der Sakristan nickte. »Ein wahrhaft treuer Diener seines Herrn.«

»Wie praktisch.« Den Zeigefinger auf den Lippen, begann Bruder Hilpert auf und ab zu gehen. »Und weiter?«, forderte er den Sakristan auf, ohne ihn dabei anzusehen.

»Nun ja, was soll ich sagen? Das Treffen kam wie geplant zustande. Wie nicht anders zu erwarten, hat Bruder Clemens sofort das Wort ergriffen. Und uns gehörig unter Druck zu setzen versucht.«

»In welcher Beziehung?«

»Er war der Meinung, man müsse die Gelegenheit beim Schopf packen und das Blutwunder zu unseren Gunsten ausnutzen. Kapital daraus schlagen. Die zu erwartenden Pilger zur Kasse bitten. Ablässe gewähren. Das Übliche. Wäre es nach ihm gegangen, hätte sich unsere Abtei binnen Jahresfrist in einen Jahrmarkt verwandelt.«

»Hätte? Was soll das heißen?«

»Das soll heißen, dass unsere Reaktion wohl nicht so ausfiel, wie er es sich erhofft hatte. Insbesondere Bruder Liebetraut war alles andere als angetan von der Idee. Kurzum: Als er auf taube Ohren stieß, hat er uns gedroht.«

»Gedroht? Womit?«

»Nichts Konkretes. Er hat uns eine Frist gesetzt. Nicht mehr. Eine Frist von 24 Stunden.«

»Interessant.« Bruder Hilpert setzte eine nachdenkliche Miene auf und verfiel in tiefes Brüten. Erst ein nervöses Räuspern seines Gesprächspartners holte ihn wieder in die Gegenwart zurück.

»Das ist alles, was ich Euch sagen kann!«, fügte der Sakristan, nunmehr sichtlich erleichtert, hinzu. »Kann ich jetzt gehen?«

»Eine Frage noch.«

»Und die wäre?«

»Was ist nach der – wie drücke ich mich jetzt aus? – was ist nach der Unterredung mit dem Bursarius geschehen?«

»Nun, wir sind zurück ins Dormitorium. Alle fünf.«

»Ohne Ausnahme?«

»Gewiss.« Am Blick, mit dem ihn der Sakristan streifte, konnte der Inquisitor ganz deutlich dessen Ratlosigkeit erkennen. »Wieso fragt Ihr?«

»Aus einem ganz bestimmten Grund.«

»Und der wäre?«

»Bruder Thomas«, redete der Inquisitor sein Gegenüber zum zweiten Mal mit dem Vornamen an, »könnt Ihr bezeugen, dass sich der Bursarius die ganze Nacht über im Dormitorium oder in Eurer Gesellschaft befand?«

»Ja, kann ich«, antwortete der Sakristan, ohne zu zögern. »Nach der Komplet haben wir uns gemeinsam ins Dormitorium begeben. Und danach in den Kapitelsaal. Soweit ich es sagen kann, hat von unserem Ausflug niemand etwas mitbekommen.«

»Will heißen, Bruder Clemens hätte sich zu keiner Zeit unbemerkt entfernen können?«

»Zu keiner Zeit. Zumal ich vor lauter Aufregung bis zu den Vigilien nicht habe einschlafen können. Wenn der Bursarius verschwunden wäre, hätte ich es sicher gemerkt. Unsere Zellen liegen nämlich direkt nebeneinander. Und wie Ihr wisst, müssen die Türen stets offen bleiben. Nein!«, entschied der Sakristan kategorisch. »Bruder Clemens hielt sich die ganze Nacht über in seiner Zelle auf.«

»Ich verstehe. Und nun zu meiner eigentlichen Frage, Sakristan.«

Bruder Thomas runzelte die Stirn, sagte aber nichts.

»Wie allgemein bekannt, sind Euch sämtliche Schlüssel der Abtei anvertraut.«

»Gewiss.«

»Wie verhält es sich mit der Kirche?«
»Mit der Kirche?«
»Ja, Ihr habt richtig gehört. Bleibt sie während der Nacht verschlossen?«
»Natürlich nicht!«, antwortete der Sakristan mit verständnislosem Blick.
»Zu dumm!«
»Ihr sprecht in Rätseln«, erwiderte der Sakristan, noch eine Spur ratloser als zuvor.
»Solange das Rätsel um dieses sogenannte Blutwunder nicht gelöst ist, wird mir, fürchte ich, auch nichts anderes übrig bleiben!«, konterte Bruder Hilpert und begleitete den Sakristan zur Tür.

∽⧼∾

»Und? Etwas erreicht?« Den Blick starr geradeaus gerichtet, war Bruder Hilpert darauf bedacht, unnötiges Aufsehen zu vermeiden, als sich ihm Bruder Robert auf seinem Weg zur Arrestzelle anschloss.

»Nicht viel«, gab ihm der Freund mit gedämpfter Stimme zu verstehen, während er sich nach unerwünschten Lauschern umsah. »Aber immerhin genug, um das, was dir der Sakristan anvertraut hat, in allen Punkten zu bestätigen.« Der Infirmarius warf einen weiteren Blick über die Schulter, doch der Kreuzgang war menschenleer. Nach einem kurzen Räuspern fuhr er deshalb umso eindringlicher fort: »Er hat ein Alibi, Hilpert! Und zwar nicht nur für den Zeitpunkt, als Bruder Prior umgebracht wurde, sondern auch für die ganze vergangene Nacht! Völlig ausgeschlossen, dass er die Morde begangen hat! Du riskierst Kopf und Kragen, wenn du ihn nicht auf der Stelle laufen lässt! Er kann es nicht gewesen sein, Hilpert, hörst du?«

»Noch ein wenig lauter, und wir können aus unserem Gespräch einen öffentlichen Disput machen.«

Aus Angst vor den Konsequenzen, welche die Halsstarrigkeit des Inquisitors unweigerlich nach sich ziehen musste, standen dem Infirmarius fast die Haare zu Berge. Was Hilpert tat, ergab für ihn keinen Sinn. »Ich bitte um Verzeihung, Eminenz!«, erwiderte er in sarkastischem Ton.

»Deine Ironie kannst du dir sparen.«

»Und du dir deine Ignoranz.«

Vor der Arrestzelle angekommen, zog es der Inquisitor vor, den Disput mit dem Infirmarius nicht auf die Spitze zu treiben, und wechselte rasch das Thema. »Was die drei Zeugen angeht – hast du getan, was ich dir aufgetragen habe?«

Obwohl ihm der hochfahrende Ton seines Freundes nicht behagte, konnte sich der Infirmarius eine weitere ironische Bemerkung gerade noch verkneifen und nickte.

»Dann lass uns unsere Pflicht tun!«, sprach Bruder Hilpert mit ernster Miene und sperrte die Tür der Arrestzelle auf.

∞

»Ein Fall von Betrug – na schön. Bedauerlicherweise habe ich nicht das Geringste damit zu tun.«

Hochnäsig wie eh und je, gab sich der Bursarius keinerlei Mühe, seinen Groll gegenüber dem Inquisitor zu verbergen.

»Ihr lügt.«

»*Quod erat demonstrandum.*«[*]

»Ich werde es Euch beweisen, keine Sorge.« Bruder Hilpert wandte sich ab und trat unter das Fenster. Es war klein, vergittert und so schmal, dass von draußen her kaum Licht in die Zelle drang.

»Und wie, wenn man fragen darf?« Der Bursarius, der den Inquisitor bislang keines Blickes gewürdigt hatte, erhob sich von der Pritsche, auf der er es sich bequem gemacht hatte, und stolzierte auf seinen Kontrahenten zu.

»Ein wenig Geduld, wenn ich bitten darf.« Der Inquisitor stützte den Ellbogen auf die Fläche der linken Hand, setzte

---
[*] dt.: Was zu beweisen wäre.

eine nachdenkliche Miene auf und drehte sich langsam um.
»Zurück zu gestern Abend!«, wechselte er abrupt das Thema, »und dem Eklat, der um ein Haar entstanden wäre.«

»Eklat? Offen gestanden habe ich nicht die geringste Ahnung, wovon Ihr sprecht.«

»Wie bedauerlich. Und darum an der Zeit, Eurem Erinnerungsvermögen ein wenig auf die Sprünge zu helfen.«

Der Bursarius, auf Augenhöhe mit dem Inquisitor, dessen Blick er ungeniert erwiderte, konnte seinen Unmut kaum noch im Zaum halten. Puterrot vor Zorn, baute er sich mit geballter Faust vor Bruder Hilpert auf. »Jetzt hört mir mal zu!«, giftete er. »Wie Euch schwerlich entgangen sein dürfte, habt Ihr nicht das Geringste gegen mich in der Hand! Darum noch einmal: Sowohl für den Zeitraum, in dem Bruder Prior zu Tode kam – Gott nehme ihn zu sich in seiner Gnade! –, als auch für die *gesamte* gestrige Nacht, als dieser Novize – wie hieß er doch gleich? Ach ja, Lukas! Natürlich! Lukas! – ermordet wurde, habe ich ein Alibi! Und zwar ein lückenloses. Was Euch Euer Freund und Adlatus bestätigt haben dürfte.«

»Eure Überheblichkeit widert mich geradezu an.«

Der Bursarius starrte den Inquisitor mit offenem Mund an. Der harsche Ton, den Bruder Hilpert anschlug, traf ihn völlig unvorbereitet, und einen Moment lang verschlug es ihm die Sprache. Der Inquisitor, der nur darauf gewartet hatte, ging nun seinerseits zum Angriff über: »Wenn ich Euch richtig verstehe, behauptet Ihr, sowohl mit dem sogenannten Blutwunder als auch mit den beiden Morden nicht das Geringste zu tun zu haben.«

Für den Bruchteil eines Augenblicks sah es so aus, als wollte der Bursarius den Disput auf die Spitze treiben, aber er besann sich und zog es vor, sich mit einem trotzigen Nicken zu begnügen. Bruder Hilpert, der darin ein Indiz sah, dass er etwas zu verbergen hatte, wandte sich Bruder Robert zu und sprach: »Die Zeugen bitte, aber der Reihe nach.«

Im Gesicht des Bursarius, der sich auf dem Rand der Bettstatt niedergelassen hatte, spiegelte sich das Unbehagen, das er empfand, und seine Züge nahmen einen fragenden Ausdruck an. Bruder Hilpert tat so, als bemerke er es nicht, stellte aber mit Befriedigung fest, dass die Handbewegungen, mit denen der Bursarius sein Habit zurechtzupfte, immer fahriger und nervöser wurden.

»Der Novize, Bruder!«, schlug der Infirmarius einen förmlichen Tonfall an, als die Tür der Arrestzelle hinter ihm ins Schloss fiel.

»Habt Dank.«

Eher gelangweilt ließ der Bursarius von seinem Zeitvertreib ab und warf Alkuin einen kurzen Blick zu. Noch während er dies tat, trat ein unruhiges Flackern in seine Augen, aber kurz darauf hatte er sich wieder im Griff und stellte die gewohnte Arroganz zur Schau.

»Alles, was Ihr aussagt, wird von Bruder Robert protokolliert werden.«

›Na wenn schon!‹, drückte das Gesicht des Bursarius aus, wovon sich Bruder Hilpert jedoch nicht beeindrucken ließ. »Ist Euch der hier anwesende Novize bekannt?«, fragte er.

Der Bursarius stieß eine halblaute Verwünschung aus.

»Ist er Euch bekannt, Bursarius, ja oder nein?«

»Ja!«

»Und woher?«

Der Bursarius funkelte den Inquisitor wütend an. »Könnt Ihr mir sagen, was das Ganze soll?«, grollte er, vergeblich bemüht, seinen Unmut im Zaum zu halten. »Ihr wisst doch ebenso gut wie ich, dass er erst gestern Mittag hier –«

»*Ich* bin es, der hier die Fragen stellt, Bursarius, nicht Ihr.«

Über den Ton, den sein Kontrahent anschlug, einmal mehr verblüfft, wandte sich der Bursarius abrupt ab und starrte ins Leere.

»Also: Wann habt Ihr den hier anwesenden Novizen zum ersten Mal gesehen?«

»Am gestrigen Tag.«

»Und wann?«

»Nach der Vesper. Im Sprechzimmer neben der Klausur.«
»Und warum gerade da?«
»Weil mich der Bruder Pförtner in meiner Eigenschaft als Subprior von der Ankunft eines neuen Novizen in Kenntnis zu setzen geruhte.«
»Ich verstehe.« Bruder Hilpert ließ sich Zeit, bevor er die nächste Frage stellte, den ersten wirklichen Streich, den er zu führen gedachte. »Subprior, soso!«, murmelte er nachdenklich vor sich hin. »Würde es Euch da nicht reizen – besonders jetzt, da Bruder Prior und der Vater Abt zu Gott befohlen wurden – demnächst selbst Abt zu werden?«
»Ich wüsste nicht, dass dies hierher gehört.«
Wiederum hätte nicht viel gefehlt, und der Befragte hätte die Beherrschung verloren. Doch bevor dies geschah, schaltete sich Bruder Hilpert ein. »Ihr habt recht, lassen wir das!«, stimmte er dem Bursarius zu. »Dafür ist später noch Zeit genug.«
Der Bursarius ballte die Rechte zur Faust, sagte aber nichts.
»Zurück zum Thema!«, warf Bruder Hilpert ein. »Von Eurer ersten Begegnung einmal abgesehen – wann habt Ihr den hier anwesenden Novizen das nächste Mal gesehen?«
»Nach der Vesper – wann denn sonst?«
»Und?«
»Und was?«
»Ist Euch an ihm etwas Besonderes aufgefallen?«
»Nein, nichts. Außer dass –«
»– sein Nachbar zur Rechten, Lukas mit Namen, das Schweigegebot in unziemlicher Weise missachtete, nicht wahr?«
Obwohl er den Anschein zu erwecken suchte, als ginge ihn die ganze Angelegenheit nichts an, begann die Stimme des Bursarius merklich zu zittern. »Worauf wollt Ihr eigentlich hinaus?«, zischte er. »Dass dieser – wie heißt er doch gleich? Ach ja, Lukas! –, dass dieser junge Flegel gegen die Ordensregel verstieß, dürfte doch nun wirklich niemandem verborgen geblieben sein!«
»In der Tat!«, versetzte der Inquisitor kühl. »Wobei mich

vor allem der Grund interessiert, *warum* er dies tat. Habt Ihr vielleicht eine Ahnung?«

»Woher sollte ich!«

»Ihr habt recht. Wieso solltet Ihr!« Bruder Hilpert, für den die Antwort keinesfalls überraschend kam, sah den Bursarius verächtlich an. »Wenn dem so ist, habt Ihr sicherlich nichts dagegen, wenn ich den Versuch unternehme, Euer Gedächtnis ein wenig aufzufrischen.«

»Tut, was Ihr nicht lassen könnt.«

»Nun gut – Ihr habt es nicht anders gewollt!«, brach der Inquisitor den Dialog ab und wandte sich dem hinter einem Stehpult postierten Infirmarius zu, der beim Protokollieren des Gespräches sichtlich ins Schwitzen geraten war. »Bruder Robert?«

»Was steht zu Diensten?«, antwortete der Infirmarius und legte die Feder beiseite.

»Habt die Güte und führt die Zeugin herein.«

»Zeugin – höre ich richtig?«

»In der Tat.«

»Darf man fragen, wie Ihr dazu kommt, mit den heiligsten Regeln unseres Ordens zu brechen und eine Frau –«

»Ein Mädchen, Bursarius – keine Frau. Und wie schon gesagt: *Ich* bin es, der hier die Fragen stellt. Nicht Ihr.«

»Und was hat das alles mit mir zu tun?«

»Nur Geduld. Das werdet Ihr gleich sehen.«

※

Aus, alles aus. Aus, vorüber und vorbei.

Immer noch wie betäubt, kauerte Laetitia vor der Pforte der Klausur und starrte gedankenverloren vor sich hin. Nun wusste sie also Beschied. Lukas war tot. Ermordet. Aber von wem? Wer in der Heiligen Jungfrau Namen war zu so etwas fähig? Leise schluchzend wischte sich das Mädchen die Tränen aus dem Gesicht und zog ihre Beine ganz nahe zu sich heran. Da saß sie nun – das Kinn auf die Knie gestützt, traurig, hilflos, die Augen rot vom nicht enden wollenden Strom ihrer Tränen.

Zuerst wollte sie nur nach Hause. Einfach weg. Als könne sie das, was ihr widerfahren war, ungeschehen machen. Aber dann war die Trauer gekommen, gefolgt von Zorn und ohnmächtiger Wut. Und die Tränen. Immer neue Tränen. Und mitten in diesem Wirrwarr der Gefühle, dessentwegen sie fast den Verstand verlor, die Erkenntnis, dass es mit Davonlaufen nicht getan war. Was sie auch tat, sie würde Lukas nicht vergessen können. Sie musste stark bleiben. Sie musste herausfinden, wer ihn getötet hatte. Erst wenn die Schuldigen gefunden wären, würde sie ihre Ruhe finden.

Bis dahin war es jedoch noch ein weiter Weg. Das hatte ihr auch der freundliche Mönch gesagt, zu dem sie der Pförtner geführt hatte. Zwar wusste sie nicht so recht, was ein Inquisitor war, und im Grunde genommen war es ihr auch egal. Aber sie hatte auf Anhieb Vertrauen zu ihm gefasst. Und ihm alles erzählt, was sie wusste. Hauptsache, der oder die Mörder von Lukas wurden gefasst. Wenn es überhaupt jemanden gab, der dazu in der Lage war, dann dieser kluge und rücksichtsvolle Mann – davon war sie felsenfest überzeugt.

Aus diesem Grunde war sie immer noch hier. Laetitia runzelte besorgt die Stirn. Bestimmt würden sie sich zu Hause schon Sorgen machen! Seis drum, dachte sie, das hat auch noch bis später Zeit! Zuerst musste sie tun, worum sie der freundliche Mönch gebeten hatte. Lukas zuliebe, dessen Andenken ihr über alles ging. Und Bruder Hilpert zuliebe.

Weil er sie beim richtigen Namen genannt hatte.

❦

»Die Zeugin!«, verkündete der Infirmarius mit ernster Miene. Im gleichen Moment öffnete sich die Tür und eine zierliche, von einem Schleier verhüllte Gestalt betrat den Raum. Alkuin hielt den Atem an. Was in aller Welt hatte Bruder Hilpert nur vor?, rätselte er, bemüht, nach außen hin Ruhe zu bewahren.

»Sehr gut!«, antwortete der Inquisitor, während er dem Freund einen Wink gab, und dieser sich prompt hinter das Stehpult zurückzog. »Dann wären wir ja fast komplett.«

Der Bursarius, außerstande das Spiel seines Kontrahenten zu durchschauen, mimte den Gelangweilten und sein Blick schweifte ziellos hin und her. »Kompliment, Bruder!«, spottete er. »Zu meiner Zerstreuung habt Ihr Euch anscheinend einiges einfallen lassen!«

»Wollen hoffen, dass Euch das Lachen nicht vergeht.«

»Eine Hoffnung, die sich als überflüssig erweisen dürfte.«

»Umso besser!«, konterte Bruder Hilpert kühl. Dann wandte er sich der Verschleierten zu und sprach in freundlichem Ton: »Höchste Zeit, dein Geheimnis zu lüften, Kind! Darum sei so gut und gib dich dem Herrn Bursarius zu erkennen! Er brennt sicher schon darauf, dich näher kennenzulernen!«

Der Bursarius sah überrascht auf, sagte jedoch nichts. Seiner Sache mehr als sicher, wirkte er wie die Lässigkeit in Person. Dies sollte sich jedoch ändern, als Laetitia in die Mitte der Arrestzelle trat und nach kurzem Zögern ihren Schleier hob.

Die Wirkung, die das Mädchen erzielte, hätte überraschender nicht sein können. Denn kaum war ihr Gesicht für jedermann zu erkennen, war der Bursarius mit einem Satz auf den Beinen. Für die Anwesenden, insbesondere Alkuin, kaum wiederzuerkennen, schien er innerlich zu beben, während sich sein Gesicht dunkelrot zu verfärben begann.

»Du? Was zum ... was in aller Welt hast du hier zu suchen?«, stieß er mit heiserem Röcheln hervor, während sich seine Stimme fast überschlug.

Bruder Hilpert lachte zufrieden in sich hinein, und er hatte Mühe, dies nicht allzu offen zu zeigen. »Wie ich sehe, ist Euch Laetitia bestens bekannt«, nahm er sogleich das Heft in die Hand. »Darf man fragen, woher?«

»Wozu eine Antwort geben, wenn Ihr sie schon längst kennt?«

»Ihr habt recht«, pflichtete Bruder Hilpert dem Bursarius bei. »Machen wir es doch einfach so: Ich werde über das, was ich aus Laetitias Mund erfahren habe, kurz berichten. Korrigiert mich, wenn ich im Irrtum bin!«

»Nur zu.«

»Schön, dass Ihr so entgegenkommend seid! Also: Am Ersten dieses Monats kommt Ihr in Eurer Eigenschaft als Bursarius dieser Abtei in Laetitias Heimatdorf, um die fälligen Steuern und Abgaben persönlich einzutreiben.«

»Stimmt genau.«

»Nicht alleine, sondern in Begleitung von Lukas, dem Ermordeten, der Euch bei dieser Gelegenheit zur Hand ging.«

»Richtig.«

»Alles läuft wie gewohnt, bis Laetitias Tante an der Reihe ist. Weil ihr zwei Stück Vieh weggestorben und im Verlauf des Winters ein halbes Dutzend Mutterschafe von Wölfen gerissen worden sind, kann sie ihre Abgaben nicht in der vollen Höhe bezahlen. Hinzu kommt, dass ihr Mann, Laetitias Onkel, fast den gesamten Pachtzins ins Wirtshaus getragen hat. Deshalb bittet sie Euch, die Steuern entsprechend zu senken und den Pachtzins einen Monat später nachzahlen zu dürfen.« Bruder Hilpert warf dem Bursarius einen messerscharfen Blick zu. »Richtig?«, äffte er ihn mit sichtlichem Vergnügen nach.

Der Bursarius schluckte und umklammerte seine schweißnasse Kehle. Eine Antwort blieb er allerdings schuldig.

Völlig unbeeindruckt fuhr Bruder Hilpert deshalb fort: »Es gibt einen hitzigen Wortwechsel, weil Ihr – zu Unrecht, wie sich später erweisen sollte – der Meinung seid, Laetitias Tante wolle Euch hintergehen. Um sie zu überführen – ein sinnloses Unterfangen, gibt es doch Nachbarn, die bezeugen können, dass sie die Wahrheit sagt –, schickt Ihr den Novizen Lukas in Begleitung von Laetitia zu ihrem Hof, um den Viehbestand genauestens zu kontrollieren. So richtig, Laetitia?«

Das Mädchen nickte, kaum imstande, ihre Tränen zu unterdrücken. Bruder Hilpert sah sie mitfühlend an, fuhr aber unbeirrt fort: »Lukas begibt sich also in den Stall, nur um festzustellen, dass die von Laetitias Tante gemachten Angaben der Wahrheit entsprechen. Angaben, die – um es noch einmal zu betonen – von den Nachbarn bestätigt werden. Dann geht es zur Schafweide. Ein Fall von Betrug? Fehlanzeige. Exakt sechs Mutterschafe fehlen. Und Lukas? Nun – da er Gefallen an Laetitia findet, hat er es begreiflicherweise nicht eilig, Euch die frohe Kunde zu überbringen. Stattdessen geht er mit Laetitia zum Fluss, um eine Weile mit ihr zu plaudern.« Am Höhepunkt seiner Erzählung angelangt, atmete Bruder Hilpert noch einmal kräftig durch. Dann sagte er, ein mildes Lächeln auf den Lippen: »Wie das bei jungen Leuten eben der Fall ist – und ein Klosterschüler macht da gewiss keine Ausnahme –, vergessen die beiden die Zeit. Will heißen: Es vergeht eine volle Stunde, bis sie sich wieder auf dem Hof blicken lassen. Zu diesem Zeitpunkt seid Ihr, Bursarius, mit dem Eintreiben der übrigen Steuern längst fertig und bereitet Eurem Gehilfen nicht gerade das, was man als freundlichen Empfang zu bezeichnen pflegt. Mit anderen Worten: Als Lukas die Angaben von Laetitias Tante bestätigt, seid Ihr außer Euch vor Zorn. Ihr schickt Laetitia aus dem Stall, damit sie nicht Zeugin der nun folgenden Auseinandersetzung werde. Richtig?«

»Richtig. Und weil dem so ist, gleich eine Frage: Was in der Heiligen Jungfrau Namen werft Ihr mir eigentlich vor? *Errare humanum est*[*], oder etwa nicht?«

»Wie könnt Ihr es wagen!«, zischte der Inquisitor und kam seinem Kontrahenten bedrohlich nahe. »Wie könnt Ihr es wagen, im Namen der Heiligen Jungfrau zu sprechen! Ausgerechnet Ihr! Habt Ihr denn keinen Funken Anstand im Leib? Kein Ehrgefühl, keine –«

»Hilpert – bitte. Beruhige dich.« Um Schlimmeres zu verhüten, war der Infirmarius seinem Freund in den Arm gefal-

---
[*] dt.: Irren ist menschlich.

len und schob ihn behutsam zur Seite. »Es ist wohl das Beste, du überlässt den Herrn Bursarius für eine Weile mir.«

»Ich wüsste nicht, was es mit Euch zu –«

»Aber ich!«, schnitt Bruder Robert dem Angeklagten brüsk das Wort ab. »Zurück zum Thema, wenns beliebt.«

»Wollt Ihr mir etwa das Recht streitig machen, einen unbotmäßigen Novizen zurechtzuweisen?«

»Kommt ganz darauf an, was Ihr unter unbotmäßig versteht.«

»Sich mit einem Mädchen die Zeit zu vertreiben, anstatt mir zur Hand zu gehen – ist das etwa nichts?«

»Eifersüchtig?!«

Auf einen Schlag war es totenstill im Raum. Keiner der Anwesenden rührte sich von der Stelle. Der Bursarius war wie vom Donner gerührt, den Mund sperrangelweit offen, aus dem sich winzige Speichelfäden lösten und auf sein Habit tropften.

Dies war der Moment, auf den Bruder Robert gewartet zu haben schien. »Wenn ich Euch einen Rat geben darf, Bruder«, führte er das Verhör in einem Tonfall fort, den man von ihm nicht gewohnt war, »dann diesen: Gebt Euer Versteckspiel auf! Wenn nicht, macht Ihr alles nur noch schlimmer! Und nun meine Frage: Habt Ihr an dem Novizen Lukas in einer Weise Gefallen gefunden, welche die Grenzen der Brüderlichkeit bei Weitem überschreitet, ja oder nein?«

»Wie könnt Ihr es wagen ...«

»Schade. Dann muss ich eben noch deutlicher werden.« Bruder Roberts Mund gefror zu einem eisigen Lächeln. »Es mag Euch überraschen – aber für Eure Auseinandersetzung mit Lukas gibt es eine Zeugin. Und zwar dieses Mädchen hier. Wie bereits erwähnt, hattet ihr Laetitia die Tür gewiesen und sie vorsichtshalber von innen verriegelt. Wider Erwarten kümmerte sie sich jedoch nicht darum, rannte ums Haus und schlich sich durch eine Seitentür wieder in den Stall. Nicht aus Neugier, sondern weil sie ihr Gewissen plagte. Sie wollte Lukas in Schutz nehmen, mehr nicht. Leider kamen ihr dabei

Dinge zu Ohren, die mit anzuhören ihr besser erspart geblieben wären. Worte, an die Ihr Euch bestimmt erinnert. Die an Deutlichkeit nichts zu wünschen übrig lassen.«

»Ihr sprecht in Rätseln.«

»Eure Schauspielerei wird Euch nichts nützen!«, fauchte Bruder Robert den Bursarius an. »Ihr seid am Ende, und Ihr wisst es genau. Vertuschen und Leugnen ist hier fehl am Platz. Ihr habt den Novizen zu erpressen versucht. Keine Strafe für Pflichtvergessenheit – und im Gegenzug hie und da eine kleine Gefälligkeit. Ein Ansinnen, das Lukas brüsk zurückgewiesen hat, habe ich recht? Antwortet, habe ich recht?!«

»Nichts könnt Ihr mir beweisen, gar nichts!«

»Laetitia, hat sich alles so abgespielt, wie ich es geschildert habe?«

»Ja, Bruder.«

»Hat der Bursarius Lukas zu erpressen versucht, ja oder nein?«

»Ja, Bruder, das hat er!«, stieß das Mädchen schluchzend hervor.

»Sie lügt. Und Ihr wisst es genau. Sie will sich an mir rächen. Weil ich mich auf die Lügengeschichten ihrer Tante nicht einlassen wollte.«

»Wenn hier jemand lügt, dann Ihr. Oder wie ist es zu erklären, dass Ihr nach Eurer Rückkehr in die Abtei die Geschehnisse mit keinem Wort erwähntet? Doch wohl nur, weil Ihr Angst hattet, die Angelegenheit würde ans Licht kommen, hab ich recht?«

»Beweist es.«

»Nichts leichter als das.« Mit einem Blick, der nichts Gutes verhieß, schaltete sich Bruder Hilpert wieder in das Verhör mit ein. »Bertram von Rosenberg – tretet vor!«, fügte er mit schneidender Stimme hinzu.

Mit vor Aufregung weichen Knien kam Alkuin der Anordnung des Inquisitors nach.

»Berichtet über den Vorfall, zu dessen unfreiwilligem Zeugen Ihr während des gestrigen Vespergottesdienstes geworden seid.«

»Er war wütend, schrecklich wütend«, lautete die zögerliche Antwort.

»Wer? Sprecht lauter, damit wir es alle verstehen!«

»Lukas«, antwortete Alkuin und errötete vor Scham.

»Und auf wen?«

»Auf den Bursarius.«

»Warum?«

»Das ... das war mir anfangs nicht ganz klar.«

»Jetzt aber umso mehr?«

»Jetzt schon«, antwortete Alkuin und schluckte.

»Was genau waren seine Worte?«

»Ich weiß nicht recht, ob ich mich genau daran ...«

»Nur Mut, mein Sohn. Bei dem, worüber wir zu sprechen gezwungen sind, handelt es sich zwar um eine der abscheulichsten Sünden, derer sich ein Mitglied unseres Ordens schuldig machen kann, aber immerhin geht es hier um die Aufklärung eines Verbrechens. Das solltest du nicht vergessen.«

»Nein, Bruder.«

»Also?«

»Wie gesagt – er war schrecklich wütend. Mir selbst war das alles unheimlich peinlich. Wie er den Bursarius anstierte – so richtig zum Fürchten.«

»Hat sonst irgendwer etwas von eurem Wortwechsel mitbekommen?«

»Soweit ich das sagen kann – nein.«

»Und warum nicht?«

»Lukas stand rechts von mir. Ich war der Letzte in der Reihe.«

»Und was genau hat er nun gesagt?«

Alkuin räusperte sich, und seine Verlegenheit war ihm deutlich anzumerken. »Alles würde ans Licht kommen. Und dass der Bursarius ... dass er ...«

»Nur heraus damit. Du hast nichts zu befürchten.«

»Dass er ein Scheusal sei.«
»Noch etwas?«
»Er sagte, es gäbe jemanden, der den Bursarius lenkt.«
»Sehr interessant. Und um wen handelt es sich?«
»Ich weiß es nicht!«, gestand Alkuin achselzuckend ein.
»Und warum nicht?«
»Plötzlich gab es einen Heidenlärm. Alles ging drunter und drüber. Das Blutwunder – Ihr versteht.«
»In der Tat. Sonst noch etwas?«
»Ja. Lukas sagte ... nun, er ...« Alkuin schlug die Augen nieder. »Er sagte so etwas wie: ›Novizen haben es ihm angetan.‹ Und dass dem Bursarius der Sinn nach hübschen Knaben stehe.«
»Das war alles?«
Alkuin nickte. »Als sich die ganze Aufregung gelegt hatte, war er verschwunden. Von da an habe ich ihn nicht mehr gesehen.«
»Ich denke, das genügt. Habt Dank.« Ohne sich weiter um Alkuin zu kümmern, wandte sich Bruder Hilpert wieder dem Bursarius zu. »Habt Ihr dem Gesagten noch irgendetwas hinzuzufügen?«, fragte er.
Der Angeklagte machte eine wegwerfende Handbewegung, setzte sich und starrte ins Leere. »Ihr habt nichts gegen mich in der Hand«, stieß er mürrisch hervor.
»Aber nur, was die beiden Morde angeht.«
»Darum geht es doch wohl, oder?«
»Nicht ganz.«
»Sondern?«
»Bevor ich Eure Frage beantworte, erlaubt, dass ich die Geschehnisse nochmals rekapituliere.«
»Tut, was Ihr nicht lassen könnt.«
»Zu gütig«, höhnte Bruder Hilpert und verneigte sich. »Ich mache es kurz – mein Wort darauf! Also: Bei Eurer Rückkehr ins Kloster lasst Ihr von den Geschehnissen in Laetitias Heimatdorf kein Sterbenswörtlein verlauten. Keine Beschwerde, kein Aufsehen – nichts. Wann immer er kann, geht Lukas Euch

aus dem Weg. Keine Frage, dass Euch das wütend macht. Und Euer sündhaftes Verlangen bis zur Unerträglichkeit steigert.« Bruder Hilpert holte tief Luft, fuhr dann aber umso konzentrierter fort: »Dann aber geschieht etwas Eigenartiges. Urplötzlich – vor zwei Tagen, um genau zu sein – ändert sich das Verhalten des Ermordeten auf geradezu dramatische Weise. Er gibt seinen Widerstand auf. Und Ihr nutzt dies auf schamlose Weise aus.«

»Hirngespinste – nichts weiter.«

»Pure Logik, Bursarius«, konterte der Inquisitor. »Doch hört weiter! Wie wir von Laetitia erfuhren, wollte sich Lukas vor drei Tagen – also am Montag, dem Tag, an dem er Nachtwache hatte – wieder mit ihr treffen. Aber er kam nicht, und sie hat ihn nicht wiedergesehen. Und dies hat auch einen Grund.«

»Und welchen?«

»Dass er beim Versuch, sich im Schutze der Nacht aus dem Kloster zu schleichen, ertappt wurde.«

»Wenn überhaupt – dann nicht von mir.«

»Richtig. Wie mir Bruder Robert, der von Montag auf Dienstag Nachtwache hatte, versichert hat, habt Ihr das Dormitorium während der fraglichen Zeit nicht verlassen.«

»Was also werft Ihr mir vor?«

»Unzucht, Bursarius. Unzucht in ihrer widerwärtigsten Form. Lukas wurde ertappt – und damit erpresst. Wäre sein Fluchtversuch bekannt geworden, hätte dies mit Sicherheit Konsequenzen gehabt. Ernsthafte Konsequenzen. Wie zum Beispiel den Ausschluss aus dem Orden. Wie wir aber von Laetitia wissen, war er dem Studium mit Leib und Seele zugetan. Bücher gingen ihm über alles. Er wollte lernen, Schreiber werden. Vielleicht sogar Advokat. Wie sein Vater, den er im Alter von sechs verlor. Ein Hinauswurf wäre eine Katastrophe für ihn gewesen. Und genau deshalb hat er sich erpressen lassen. Weil er das, was ihm – Laetitia ausgenommen – am meisten bedeutete, nicht hat verlieren wollen: seine Bücher, der Zugang zu einer anderen, einer besseren Welt. Einer Welt, die er in dieser Abtei vorzufinden hoffte – aber leider nicht fand.«

»Eine rührende Geschichte.«

»Was Lukas angeht, mögt Ihr sogar recht haben. Eure Rolle in dieser Geschichte wirkt dagegen umso schäbiger. Denn um den Begierden Eures Fleisches zu frönen, habt Ihr nicht nur von einer Erpressung profitiert, sondern Euch selbst der Erpressung ausgesetzt. Was durchaus im Sinne desjenigen war, der Euch Lukas zuführen half. Er muss Euch gut gekannt haben, soviel steht fest. Euch und Euren krankhaften Ehrgeiz. Über Eure Pläne, Prior zu werden, wusste er bestens Bescheid. Begreift Ihr denn nicht? Der Tod von Vater Abt, dann der von Bruder Hildebrand – und zu guter Letzt Ihr, am Ziel Eurer Wünsche: Abt, Strohmann, Handlanger und jederzeit erpressbar. Und das alles nur, weil Ihr des Teufels in Euch nicht Herr werden konntet. Wer weiß – eines Tages, wenn Ihr Eure Schuldigkeit getan hättet, wäre Euch womöglich das gleiche Schicksal zuteil geworden. Und kein Mensch hätte sich darum gekümmert. Weil der, mit dem Ihr Euch eingelassen habt, schon längst Herr dieser Abtei gewesen wäre.«

»Was meint Ihr damit?«

»Was ich damit meine?«, fragte Bruder Hilpert voller Grimm. »Seid Ihr wirklich so naiv, wie es den Anschein hat? Wenn ja, stellt Ihr Euch ein wahrhaft vernichtendes Zeugnis aus! Bruder Clemens: In dieser Abtei, direkt vor Euren Augen, geht das Böse um. Wer und wie viele Brüder davon infiziert sind, wer sich zu den Jüngern Satans zählt, die dem Herrn der Finsternis den Treueid schworen, vermag ich nicht zu sagen. Noch nicht. Aber eines garantiere ich Euch: Ich werde weder rasten noch ruhen, bis die Brut, für deren Zwecke Ihr Euch habt einspannen lassen, vom Angesicht der Erde getilgt ist! Darauf mein Wort! Wenn Ihr also Eure Haut retten wollt, rückt endlich mit der Sprache heraus! Wer sind die, von denen ich eben sprach? Wer hat Lukas erpresst? Wer hat ihn Euch zugeführt, wohl wissend, dass Euer fleischliches Verlangen jegliche

Vernunft im Keim ersticken würde? Wer hat Euch benutzt – oder hatte es zumindest vor? Redet, bevor ich mich vergesse!«
»Ich kann nicht.«
»Wie – Ihr könnt nicht? Anscheinend habt Ihr immer noch nicht begriffen, was für Euch auf dem Spiel steht! Bruder Clemens: Draußen auf dem Hof befinden sich vier Reisigen des Grafen. Hier, unter meiner Kukulle, befindet sich eine Vollmacht des Vater Abtes zu Maulbronn. Solltet Ihr Euch weiter verstockt zeigen, kann dies – wie Ihr wisst – nur eines zur Folge haben: Dass mir nichts anderes übrig bleibt, als Euch dem weltlichen Arm zu übergeben. Damit er Euch zwingt, die Wahrheit zu sagen. Und zwar mit allen Mitteln. Und mit Methoden, die mir dank meines Gelübdes nicht zu Gebote stehen. Habe ich mich klar genug ausgedrückt?!«

27

Sub terram – Nona (14.50 Uhr)

HERBEI, IHR DÄMONEN, *Ungeheuer, siebenköpfigen Kreaturen, deren Rachen der Atem des Todes entsteigt! Herbei, ihr Vipern, Nattern und Skorpione, auf dass ihr mit eurem Biss all jene tötet, die sich erdreisten, Euch, oh Satan, meinem Herrn und Meister, in den Weg zu treten! Herbei, ihr Schattenwesen, die ihr im Reiche meines Herren wandelt, auf dass ihr Zeugnis ablegt von Seiner Macht und Herrlichkeit! Herbei, alle herbei, nicht mehr lange wird es dauern, bis der Verräter seinen gerechten Lohn empfängt! Denn Dein, oh Satan, ist die Kraft und die Herrlichkeit, die Macht zu richten und die Abtrünnigen zu strafen, auf dass dies Kloster in nicht allzu ferner Zeit zu einem Ort werde, an dem wir, Deine gehorsamen Diener, Dich verehren und lobpreisen immerdar. Und darum bitte ich Dich, oh Herr: Lenke die Unentschlossenen, sprich all jenen, die da an Dich glauben, Mut zu und vernichte den, der sich Deinem Bann durch schmählichen Verrat zu entziehen versucht. Vernichte ihn, und das letzte Hindernis, welches uns, Deinen Jüngern, noch im Wege steht, wird für immer beseitigt sein! Vernichte auch den, der sich erdreistete, Dich, oh Herr, auf eine Weise herauszufordern, die ihn zu einem würdigen Opfer Deines Zornes machen muss: Peinige ihn, quäle ihn, zermalme ihn – auf dass nicht einmal mehr ein Staubkorn von ihm übrig bleibe! Vernichte Hilpert – und Dein ist das Reich und die Kraft und die Herrlichkeit! In Ewigkeit, oh Du mein gestrenger Herr!*

28

Wald bei Wertheim, zur gleichen Zeit

Sie würde ihn nicht im Stich lassen. Nie und nimmer würde sie das tun. Wenn er sie brauchte, war sie für ihn da. Sie würde zurückkommen. Heute noch.

»Wird nicht lange dauern!«, hatte sie gesagt, als der Vogt des Grafen sie holen kam. Und er hatte ihr geglaubt. Seither waren Stunden vergangen. Fast ein ganzer Tag. Und weit und breit nichts von ihr zu sehen.

Durch das Blattwerk der Bäume, deren Äste die verräucherte Lehmhütte inmitten des Waldes überragten, tropfte der Regen. Einfach nur dasitzen konnte er nicht, und so war er schon längst nach draußen gegangen und lief ruhelos hin und her. Bald war er völlig durchnässt, und ihn fror so sehr, dass er die Hände übereinander schlug und an den muskelbepackten Oberarmen rieb. In den Schutz seines schäbigen Domizils zurückzukehren kam ihm dennoch nicht in den Sinn. Er würde auf sie warten. Hier draußen. Bis seine Mutter wiederkam.

Irgendwo jenseits des Gestrüpps, das die verlassene Köhlerhütte wie ein Schutzwall umgab, war das leise Knacken eines Zweiges zu hören. Der hünenhafte, mehr als sechs Fuß große Mann horchte auf, während ein Lächeln über seine entstellten Züge glitt. Die klobige Nase, die wie ein Stachel inmitten eines von Pusteln, Beulen und Narben verunstalteten Gesichtes saß, nahezu senkrecht in die Höhe gereckt, sackte er jedoch alsbald wieder in sich zusammen und nahm die Wanderung vor seinem schäbigen Domizil wieder auf. Immer noch nichts! Wo in aller Welt sie bloß blieb!

Zeit seines Lebens hatte er das schützende Dach des Waldes so gut wie nie verlassen. Die Menschen fürchteten sich vor ihm, schimpften, warfen mit Steinen, wenn er sich ihnen nur auf Rufweite näherte. Sie nannten ihn den Hexenbalg, Ungeheuer, Teufelsbastard – dabei wusste er nicht einmal, was diese Worte bedeuteten. Alles, was er wusste, war, dass ihn jedermann zu hassen schien, wiewohl er den Grund dafür lange Zeit nicht kannte. Bis zu dem Tag, an dem er sich zum Fluss hinunterstahl und sein Spiegelbild auf der Oberfläche dahintreiben sah. An diesem Tag wurde ihm alles klar, und deshalb ließ er sich im Land der Menschen nie wieder sehen.

Aber solange Mutter bei ihm weilte, war alles gut. Sie sorgte für ihn, kochte, pflegte ihn, wenn er krank war. Half ihm, wo sie nur konnte.

Und wenn sie nun nicht mehr wiederkam? Heute nicht, morgen nicht, nie mehr? Dann wäre er verloren. Ohne sie hielte er es keine Nacht mehr hier draußen aus. Denn er hatte Angst. Große Angst. Das war zwar nicht immer so gewesen, aber seit die bösen Männer in den weißen Gewändern und dunklen Kapuzen aufgetaucht waren, war nichts mehr so wie früher. Wenn der volle Mond am Himmel stand, waren unheimliche Geräusche zu hören, Rufe, Schreie, und der Wind trug den Geruch von Blut zu ihm herüber. Das Blut von Tieren. Aber manchmal auch das von Menschen.

In einer Geste der Verzweiflung schlug der Koloss die unförmigen Pranken, die man andernorts als Hände zu bezeichnen pflegte, vors Gesicht und blieb eine Weile regungslos stehen. Was, wenn die bösen Männer ausgerechnet heute Nacht wiederkämen? Wenn sie sein Versteck entdeckten? Wenn ihm das, was er gestern hatte mit ansehen müssen, am eigenen Leibe widerfuhr?

Ein kalter Schauer des Entsetzens lief ihm über den gekrümmten Rücken, und noch während dies geschah, drehte sich der Koloss auf dem Absatz um, packte den klobigen Gehstock, der an der Außenwand der Hütte lehnte, und strebte mit Riesenschritten dem Hohlweg zu, der zur Burg hinunterführte.

Er musste seine Mutter finden. Und zwar heute noch.

29

Klosterpforte – Vesper (15.30 Uhr)

»MB: ›MONASTERIUM BRUNEBACHIENSIS‹* – einfach genial, muss ich schon sagen!«
»Ach, halt Er doch sein gottverdammtes Maul!«
»Der hochwohlgeborene Herr Vogt sollten bedenken, dass wir uns vor der Pforte eines Klosters …«
Zur großen Erleichterung von Berengar, Vogt des Grafen von Wertheim, brach die Rede des gräflichen Schreibers mitten im Satz ab, während sein verdutzter Blick an dem hageren Hilfspförtner haften blieb, der die ungleichen Neuankömmlinge mit versteinerter Miene empfing. »Ich bin Bruder Johannes. Was ist Euer Begehr?«
»Berengar, Vogt des Grafen. Leandrius – sein Kanzleischreiber«, gab der Gesetzeshüter zur Antwort, während er die kümmerliche Figur an seiner Seite mit einer wegwerfenden Gebärde bedachte. »Wenn es keine Umstände bereitet, möchten wir mit dem Vater Abt sprechen. Am besten sofort.«
»Ich fürchte, das wird nicht möglich sein.«
»Und warum nicht, wenn man fragen darf?!«
Noch eine Spur abweisender als bisher, starrte der Hilfspförtner die beiden Bittsteller an. »Ja … ja wisst Ihr denn nicht, was geschehen ist, Herr?«, fragte er, während sein Blick zwischen Vogt und Schreiber hin und her irrte.
»Was soll denn geschehen sein?«, gab Berengar ahnungslos zurück.
»Der ehrwürdige Vater Abt ist tot.«
»Tot – wie denn das?«, entfuhr es dem überraschten Vogt, der sich seiner törichten Frage wegen selbst hätte ohrfeigen können. Denn wie jedermann wusste, war der ehrwürdige Vater Abt zu

---
* dt.: Kloster Bronnbach

Bronnbach nicht mehr der Allerjüngste – und nach allem, was man am Hof des Grafen munkelte, nicht eben der Gesündeste.

»Ich ... ich verstehe nicht ganz, was Ihr meint, Herr«, wisperte der Mönch und sah sich blitzartig um. Berengar entging dies nicht, und er nahm sich vor, dem Pförtner, dem der Gegenstand des Gespräches mehr als peinlich zu sein schien, bei Gelegenheit etwas genauer auf den Zahn zu fühlen. Einstweilen hielt er es für besser, rasch das Thema zu wechseln: »Habt die Güte, Bruder –«

»Johannes.«

»Verzeiht die unziemliche Neugier, Bruder Johannes, und habt die Güte, dem ehrwürdigen Bruder Prior mein tiefempfundenes –«

»Bruder Prior ist ebenfalls tot.«

»– Mitgefühl zu übermitteln ... was sagt Ihr da?!« Berengar glaubte seinen Ohren nicht zu trauen, und der Schreiber, dessen Augen fast aus den Höhlen sprangen, starrte den Ordensbruder konsterniert an. »Sagt das noch einmal!«, war alles, das dem Vogt des Grafen zu sagen einfiel.

»Ihr habt richtig gehört, Herr: ›Tot‹. Schlimmer noch: Bruder Hildebrand wurde ermordet.«

»Das gibts doch nicht!«

»Und ob es das gibt. Aber leider – dem Heiligen Bernhard seis geklagt – ist das längst noch nicht alles.«

»Noch nicht alles? Was soll das heißen?«

»Das soll heißen, dass es noch einen weiteren Todesfall gab. Ebenfalls Mord. Ein Novize. Gerade einmal 16 Jahre alt.« Der junge Ordensbruder kam einen Schritt näher, senkte die Stimme und fügte mit Verschwörermiene hinzu: »Bruder Clemens, der Subprior, soll die Tat begangen haben. Man hat ihn in die Arrestzelle gesperrt. Gut möglich, dass ihm demnächst der Prozess gemacht wird.«

»Schöner Schlamassel!«, polterte Berengar in der für ihn typischen Weise drauflos, ein Fazit, das der Schreiber, mehr denn je einer Krähe ähnelnd, mit einem indignierten Stirnrunzeln quittierte. Der Vogt schien es nicht zu bemerken, regte sich in ihm doch der dringende Wunsch nach einem Becher Wein, allen Schwüren der Abstinenz zum Trotz.

»Dann kommen wir ja gerade richtig.«

»Wie meint Ihr das, Herr?«

»Wie ich es sage!«, gab Berengar zur Antwort, warf dem Schreiber die Zügel seines Rappen zu und bedeutete dem Hilfspförtner, ihm zu dem Fuhrwerk zu folgen, das sich nur wenige Schritt entfernt befand. Der Kutscher, ein vierschrötiger Geselle mit Schweinsohren, grinste scheel, als der Ordensbruder, nichts Böses ahnend, näher trat.

»Ein Präsent des Herrn Grafen?«, fragte der Mönch, verwarf den Gedanken aber wieder, als sein Blick auf die versteinerte Miene Berengars traf.

»Weit gefehlt.« Die Stimme des Vogtes hörte sich rau, geradezu unmenschlich an.

»Was dann?«

»Wenn es keine allzu großen Umstände bereitet, möchte ich Euch darum bitten, jemanden zu identifizieren.«

»Jemanden zu …«

»Ihr habt richtig gehört!«, äffte Berengar den näselnden Ton des Hilfspförtners nach. »Ihr sollt – wie drückt man sich doch gleich in Euren weltfernen Gefilden aus? – Euch die sterbliche Hülle eines meuchlings Gemordeten etwas genauer anschauen! Und zwar gründlich, wenns beliebt!« Berengar, dessen Kehle sich wie ein ausgetrockneter Gebirgsbach anfühlte, machte sich wegen seines ruppigen Tonfalls zwar Vorwürfe, hielt es aber nicht für nötig, ihn zu ändern. Schließlich ging es hier um Mord, und um einen äußerst bestialischen noch dazu.

»Ich wüsste nicht, was Euch das nützen könnte.«

»Unter Umständen eine Menge. Vorausgesetzt, Ihr habt den Toten schon einmal gesehen. Oder kennt ihn.«

»Woher sollte ich …«

»Das werden wir schon sehen!«, fiel der Vogt dem Hilfspförtner ins Wort, als sie die von zwei Reisigen eskortierte Ladefläche des Gespanns erreichten. »Einstweilen nur eine Frage: Habt Ihr den Toten irgendwo schon einmal gesehen? Und wenn ja – wann?«

Bevor der Ordensbruder antworten konnte, hatte der Vogt die Plane, welche den leblosen Körper bedeckte, mit einer reflexartigen Bewegung zur Seite geschlagen.

Kaum war dies geschehen, begann Bruder Johannes heftig zu atmen, während sein Gesicht die Farbe von ausgebleichtem Pergament annahm. Der Schock, der ihn beim Anblick des geschändeten Leichnams überkam, war nicht zu übersehen, und kurze Zeit sah es so aus, als ließen ihn seine Beine im Stich. Um dies zu verhindern, nicht zuletzt auch deshalb, um die momentane Schwäche des Hilfspförtners auszunutzen, trat der Vogt dicht neben ihn und fügte in ausgesprochen versöhnlichem Tonfall hinzu: »Versucht Euch zu erinnern, Bruder. Habt Ihr diesen Mann hier oder andernorts schon einmal gesehen? Möglicherweise sogar innerhalb dieser Mauern? Wie viel davon abhängt, dass Ihr Euch besinnt, brauche ich wohl nicht zu sagen.«

Der Ordensbruder gab keine Antwort, sondern stand wie erstarrt. Einer Ohnmacht nahe, krallte er sich am Geländer des Fuhrwerks fest, unfähig, auch nur ein Wort zu sagen. Viel später erst, als Berengar bereits die Geduld verlor, brach er sein Schweigen und fügte mit brüchiger Stimme hinzu: »Tut mir leid, Herr Vogt, aber so sehr mich der Anblick dieses ... dieses Gemarterten schmerzt, ich kann mich seiner beim besten Willen nicht entsinnen.«

»Euer letztes Wort?«

»Mein letztes, so wahr mir Gott helfe.«

Berengar, Vogt des Grafen von Wertheim, äußerst skeptisch, wenn es um die Wirksamkeit himmlischen Beistandes ging, nickte stumm und breitete die Plane erneut über dem Leichnam aus. Im Grunde hatte er nichts anderes erwartet, wenn er auch kein Wort von dem, was der Hilfspförtner gesagt hatte, glaubte. Dafür war seine Skepsis dem Pfaffen gegenüber einfach zu groß.

Nicht ganz zu Unrecht, wie die folgenden Tage zeigen sollten.

～

»Warum ich nicht zurück an die Arbeit muss?«, fragte Alkuin und bemühte sich, möglichst gleichgültig zu klingen. »Weil mir Bruder Hilpert aufgetragen hat, mich um dich zu kümmern.«

»Kann ich ganz gut alleine!«, erwiderte das Mädchen ein wenig spitz. »Und außerdem: *Wer* sollte denn etwas von *mir* wollen?«

Die Antwort, die ihm auf der Zunge lag, behielt Alkuin lieber für sich, ganz zu schweigen von dem, was ihm in der vergangenen Nacht widerfahren war. Und so stand er einfach nur da, errötete und brachte vor lauter Verlegenheit kein Wort mehr hervor. Wie die Dinge nun einmal lagen, brauchte das Mädchen einen Beschützer, selbst auf die Gefahr hin, dass es jegliche Hilfe von sich zu weisen schien.

»Du hast ihn also gekannt«, brach Laetitia schließlich ihr Schweigen, während sie von der Fensternische aus in den Hof hinunterschaute.

»Lukas? Wie mans nimmt.« Alkuin nahm auf einem Schemel Platz, neben Tisch, Stuhl und Bett einzigstes Requisit in dem ansonsten völlig kahlen, weißgetünchten Raum. »Richtig unterhalten können – wenn man das überhaupt so nennen kann – habe ich mich mit ihm nur ein einziges Mal. Worüber wir sprachen, weißt du ja schon.«

»Was glaubst du – hat er es getan?«

»Der Bursarius? Schon möglich.«

»Und warum lässt mich Bruder Hilpert dann nicht wieder gehen?«

»Keine Ahnung!«, gestand Alkuin achselzuckend ein. »Vielleicht, weil dem Bursarius bald der Prozess gemacht wird.«

»Das will ich auch hoffen.«

»Geht mir genauso.« Die Handflächen auf seine Beine gestützt, richtete sich Alkuin auf und sah das Kruzifix am anderen Ende der Kammer nachdenklich an. »Er wird seine Strafe bekommen, da bin ich mir sicher.«

»Und wann werdet ihr ihn begraben?«, fragte Laetitia, während sich ihre Augen mit Tränen füllten.

»Recht bald, denke ich.«

»Meinst du, ich kann mit dabei sein?«

Alkuin zögerte, wusste er doch, dass dies so gut wie unmöglich war. Laetitia entging dies nicht. »Sehr gesprächig scheinst du mir ja nicht gerade zu sein«, tadelte sie ihn, während sie ihre Zurückhaltung allmählich abzulegen begann.

Alkuin lächelte schwach. »Mag schon sein«, erwiderte er. »Kein Wunder aber auch, bei allem, was in den letzten zwei Tagen los war.«

»Was hast du eigentlich vor – ich meine, man geht doch nicht freiwillig in ein Kloster … oder etwa doch?«

Alkuin erschrak, erinnerte ihn Laetitias abrupter Themenwechsel doch daran, dass er nicht der war, für den sie ihn hielt.

»Doch. Warum nicht?«, antwortete er reserviert.

»Hört sich nicht gerade überzeugend an.«

Alkuin blickte überrascht auf. Der Drang, sich Laetitia zu offenbaren, war ungemein groß, so groß, dass er sich seiner Zurückhaltung zu schämen begann. Selten zuvor war er jemandem begegnet, dem er auf Anhieb so sehr vertraute wie ihr. »Ist es aber!«, hörte er sich sagen, kaum in der Lage, Laetitia in die Augen zu schauen.

»Soso. Und deine Eltern?«

»Mein Vater ist der Herr von Rosenberg, und ich, Bertram, sein nachgeborener Sohn –«

»Bertram von Rosenberg? Passt überhaupt nicht zu dir, finde ich.«

Alkuins Mund stand sperrangelweit offen. Kaum in der Lage, seiner Verblüffung Herr zu werden, starrte er Laetitia an. »Wie ... wie kommst du darauf?«, machte er eine mehr als klägliche Figur.

»Ach, nur so!« Auf Laetitias Mund tauchte ein hintergründiges Lächeln auf. »Ist aber nicht so wichtig.«

»Soll das etwa heißen, dass du mir nicht glaubst?«

»Natürlich glaube ich dir, es ist nur so, dass ...«

Vom Hof drangen Hufgetrappel und das Holpern von Rädern zu Laetitia hinauf, der Grund, weshalb der Wortwechsel zwischen ihr und Alkuin ein abruptes Ende fand. »Sieh mal einer an, der Herr Vogt!«, machte sie aus ihrer Überraschung keinen Hehl, als sie den kräftigen, dunkelhaarigen Hünen aus dem Sattel springen sah. »Und der Herr Schreiber! Möchte wissen, was die alte Krähe hier zu suchen hat!«

»Du kennst die beiden?« Alkuin trat ans Fenster und folgte ihrem Blick.

»Wer kennt sie nicht!«, gab Laetitia zur Antwort, während sich ihr Körper merklich straffte.

»Soll das etwa heißen, der Vogt ist hinter dir her? Weil du von zu Hause ausgerissen bist?«

»Hinter mir her? Der Vogt? Wo denkst du hin!«, winkte Laetitia resigniert lächelnd ab. »Dazu bin ich wirklich nicht wichtig genug! Und außerdem ist unser Dorf dem Kloster untertan. Und nicht dem Grafen von Wertheim. Was bedeutet, dass der Herr Vogt dort nichts zu melden hat!«

»Und deine ... deine Familie? Vielleicht vermissen sie dich.«

»Die am allerwenigsten! Wir sind zu siebt, musst du wissen. Da kann es schon mal vorkommen, dass einer übersehen wird.«

»Ich verstehe.«

»Wohl kaum!«, gab Laetitia zur Antwort und fügte ergänzend hinzu: »Meine Mutter ist tot. Mein Vater ... na ja, keine Ahnung, wer er eigentlich war! Meine Tante hat mich bei sich aufgenommen. Sieben Kinder – nicht leicht, uns alle satt zu kriegen!«

Alkuin holte tief Luft. Es fehlte nicht viel, und er hätte sein Geheimnis verraten. Allein die Tatsache, dass er Bruder Hilpert sein Wort gegeben hatte, hielt ihn davon ab. Seltsamerweise kam er sich dabei wie ein Verräter vor, und vor lauter Scham wurde er feuerrot im Gesicht.

»Was hast du denn?«, fragte Laetitia und sah ihn neugierig an.

»Nichts weiter«, antwortete Alkuin. »Ehrlich gesagt kommt mir die Sache mit dem Vogt und den Kriegsknechten ein bisschen seltsam vor.«

»Und warum?«

»Weil ich befürchte, dass so viele Reisigen auf einem Haufen nichts Gutes zu bedeuten haben.«

30

Spitalbau – Komplet (15.55 Uhr)

ES GAB TAGE im Leben, an denen sich Bruder Hilpert wünschte, es hätte sie nie gegeben. Heute war so ein Tag, und im Gegensatz zu früher wollte sich die Zuversicht, die ihn selbst im Angesicht nahen Todes nie verließ, nicht so recht einstellen. Mehr denn je überzeugt, dass es die Hölle bereits auf Erden gab und man sich nicht groß anstrengen musste, sie zu finden, widerte ihn das Menschengeschlecht und sein Treiben regelrecht an. Selbst hier, in einem Konvent der Zisterzienser, Hort des Friedens und der Kontemplation, hatte der Leibhaftige seine Fallstricke ausgelegt, hatte es innerhalb eines Tages zwei Morde gegeben, waren Lüge, Verrat und Heimtücke in einem Ausmaß vorhanden, dass man an Gott und seiner Allmacht glatt hätte verzweifeln können.

Kaum war Hilpert der Gedanke gekommen, machte er sich schon Vorwürfe, und er schwor sich, beizeiten Buße dafür zu tun. Doch war dies nicht der Ort und die Zeit dafür, und er wandte sich wieder der Tätigkeit zu, die ihn seit einer knappen halben Stunde in Atem hielt.

Im Dormitorium des Spitals, wo der unbekannte Leichnam aufgebahrt war, herrschte Totenstille. Draußen im Hof wurde es dunkel, und die Gestalten der vier anwesenden Männer, ins unstete Licht zweier Fackeln getaucht, warfen lange Schatten. Jenseits des Vorhanges, der sie vom Rest des Schlafsaales trennte, war das dumpfe Gemurmel der Aussätzigen, Gichtkranken und Krüppel zu hören, denen die Abtei eine Heimstatt bot. Dies änderte jedoch nichts am Gefühl der Leere, das auf Hilpert lastete, und obwohl er sich in der Gesellschaft von Bruder Robert, des Vogtes und Schreibers sicher fühlte, kam er sich ständig beobachtet vor. Angst hatte er zwar keine, aber je häufiger er durch die Spitzbogenfenster nach draußen blickte, umso unruhiger wurde er.

»Barbarei. Reine Barbarei.« Im Angesicht des Leichnams, dem ein moderiger, wie der Atem des Todes anmutender Geruch entstieg, hatte es den vier Männern buchstäblich die Sprache verschlagen. Die Luft ringsum schien wie trunken von Blut, Fäulnis und vorzeitiger Verwesung, und es dauerte lange, bis der Infirmarius das Wort ergriff. Bruder Hilpert, der sich den Ärmel vor die Nase hielt, um dem penetranten Geruch wenigstens zeitweilig zu entgehen, pflichtete ihm bei, während der Schreiber, noch bleicher als sonst, den Anblick des Toten so gut es ging zu meiden versuchte. Einzig Berengar, dem Schragentisch am nächsten, auf dem der Leichnam lag, zeigte keinerlei Regung, wenngleich es in seinem Inneren derart heftig brodelte, dass er sich schwor, denjenigen zur Strecke zu bringen, der den Unbekannten wie ein Stück Vieh abgeschlachtet hatte.

»Möchte wissen, wer so etwas tut.« Der Vogt schüttelte den Kopf und sah Bruder Hilpert fragend an.

»Ich weiß es nicht. *Noch* nicht!«, gab dieser entschlossen zurück, während er den Blick über den verstümmelten Körper wandern ließ. »Wer hat ihn eigentlich gefunden?«

»Die Waldeule.« Als der Inquisitor fragend den Blick hob, fügte Berengar erklärend hinzu: »Eine Art Kräuterweib. Lebt droben im Wald. Mit ihrem Bastard.«

»Ihrem …?«

»Verzeihung! Mit ihrem Sohn. Muss schon an die vierzig sein. Oder noch älter. Eine Art Missgeburt. Armer Kerl.«

»Diese – wie nanntet Ihr sie doch gleich? – diese Waldeule: Habt Ihr sie befragt?«

»Nur oberflächlich.«

»Was soll das heißen?«

»Das soll heißen, dass meine Knechte zur Stunde damit beschäftigt sind, sich eingehender mit ihr zu befassen.«

»Hochnotpeinlich?«

»Nur dann, wenn es nicht anders geht.«

Bruder Hilpert runzelte die Stirn, zog es aber vor, mit seiner Meinung hinterm Berg zu halten, wenngleich er nichts als Abscheu für die Folter empfand. »Fassen wir also zusammen, worüber wir Bescheid wissen!«, gab er sich stattdessen betont kühl. »Also: männliche Leiche, fünf Fuß, Alter, Name und Herkunft unbekannt. Tiefe Schnittwunde. Augäpfel: nicht vorhanden. Ohren und Zunge ebenfalls nicht. Hände: abgetrennt. Nackt, nahezu kahl. Von kräftiger, um nicht zu sagen feister Statur. Zeitpunkt des Todes: unbekannt. Mit hoher Wahrscheinlichkeit jedoch während der letzten zwei Tage.«

»Irgendeine Spur muss es doch geben.«

»Die gibt es immer, Vogt. Die Frage ist nur, ob wir sie finden.«

Berengar ließ den Kopf zwischen die Schultern sacken und atmete tief durch. »Ehrlich gesagt habe ich da so meine Zweifel«, ließ er kleinlaut verlauten.

»Ich weniger.« Wie auf Kommando fuhren die Köpfe der Anwesenden herum. Bruder Robert, das Objekt ihrer Aufmerksamkeit, war gerade damit beschäftigt, seine blutverschmierten Hände in einem Wassereimer zu säubern, und ließ sich mit seiner Antwort Zeit.

»Und warum, wenn man fragen darf?«, fragte Berengar leicht gereizt.

»Weil uns die Art der Verletzungen einiges darüber verrät, wie diese unglückliche Kreatur zu Tode kam. Und es uns damit ermöglicht, die Fährte der Bestie aufzunehmen, die sie zu Tode gefoltert hat.«

»Gefoltert?«

»Ihr habt richtig gehört, Vogt«, antwortete Bruder Robert, während er sich die Hände trockenrieb. »Gefoltert. Wer immer dies getan hat, hat alles daran gesetzt, dass dieser Mann noch möglichst lange lebt.«

»Und wie lange?«

»Kann ich dir nicht genau sagen, Hilpert. Fünf, sechs Stunden – vielleicht sogar mehr.«

»Und wie ist der Täter deiner Meinung nach vorgegangen?«

»Zuerst hat er ihm die Gliedmaßen gebrochen. Arme, Beine – womöglich auch die Hände. Um sie anschließend mit einem spitzen Gegenstand – Messer, Dolch, was auch immer – der Länge nach aufzuschlitzen. Der arme Kerl muss Höllenqualen gelitten haben. Und das bei vollem Bewusstsein.«

»Und dann?«

»Dann kam der weit schlimmere Teil. Die Amputation der Hände. Das Herausschneiden der Zunge. Abtrennen der Ohren. Ausstechen der Augen. Und dann hat er ihn an den Füßen aufgehängt. Wie ein Stück Vieh. Zu guter Letzt – der Heilige Bernhard nehme ihn zu sich in seiner Gnade – der Schnitt, der vom Adamsapfel bis knapp oberhalb seines Geschlechtes reicht.«

»Aufgehängt? Woher wollt Ihr das wissen?«

»Wissen? Es gibt nur einen, verehrter Vogt, der wirklich weiß, was geschehen ist«, erwiderte Bruder Robert trocken, »und der weilt bekanntlich nicht unter uns! Wenn Ihr aber geruht, einen Blick auf die Partie oberhalb seines Knöchels zu werfen, werdet Ihr Abschürfungen entdecken. Und zwar an beiden Beinen. Wenn nicht durch Seil, Fessel oder Strick – wovon sonst sollten sie verursacht worden sein!?«

»Gehen wir einmal davon aus, dass sich alles so abgespielt hat, wie du vermutest«, versuchte Bruder Hilpert dem Wortwechsel zwischen dem Infirmarius und Berengar die Schärfe zu nehmen, »dann gäbe es eine Verbindung zwischen dem Mord an diesem Mann und demjenigen an –«

»– Lukas. Ganz genau, Hilpert!«

»Was bedeutet, dass der oder die Täter dem gleichen Personenkreis angehören könnten.«

»Ihr sagt es, Vogt.«

»Was wisst Ihr über Satanismus, Vogt?«

»Nicht viel. Andeutungen. Vermutungen. Verleumdungen.« Berengar pausierte und sah Bruder Hilpert schelmisch grinsend an. »Ihr wisst schon: Wenn die Leute sich gegenseitig durch den Dreck ziehen, kommt meistens der Leibhaftige ins Spiel. Hat schließlich die größte Erfahrung in solchen Sachen.«

»Das meine ich nicht.«

»Was dann?«

»Teufelsbruderschaften, Blutopfer, schwarze Messen – ist Euch diesbezüglich irgendetwas bekannt?«

»Ach, daher weht der Wind.« Berengar fuhr mit den Fingerspitzen übers Gesicht und dachte angestrengt nach. »Wenn ich mich recht entsinne ... ja – könnte gut sein ... die Waldeule hat etwas in der Richtung erwähnt.«

»Und was?«

»Dass der Ort, an dem die Leiche gefunden wurde, verwunschen sei. Dass die Mächte der Finsternis darüber gebieten. Auf jeden Fall hatte sie eine Heidenangst.«

»Und vor wem?«

»Gute Frage.« Berengar legte die Stirn in Falten und ließ sich mit seiner Antwort Zeit. Dann sagte er: »Vielleicht nicht viel mehr als das übliche Geschwätz. Aberglaube. Ihr wisst ja, wie die Leute so sind. Herausrücken mit der Sprache wollte sie jedenfalls nicht. Nicht zuletzt deswegen habe ich sie ja auf die Burg bringen lassen.«

»Meint Ihr nicht auch, es ist an der Zeit, dass wir beide uns ein wenig mit ihr unterhalten?«

Der Vogt nickte. »Einverstanden«, sagte er. »Wenn sie uns weiterhelfen kann.«

»Wenn nicht sie, wer sonst?« Bruder Hilpert trat ans Fenster und starrte in die Dunkelheit hinaus. »Vier Tote innerhalb von nicht einmal zwei Tagen!«, murmelte er. »Vater Abt, Bruder Prior, der Unbekannte, Lukas ... Heilige Muttergottes!«

»In Gottes Namen, Hilpert, was hast du denn?« Im Begriff, die Füße des Toten eingehender zu betrachten, fuhr Bruder Robert in die Höhe und sah seinen Freund erschrocken an.

»Dass ich nicht früher darauf gekommen bin!«, rief der Inquisitor aus und schlug mit der flachen Hand gegen die Stirn.

»Worauf denn, Hilpert? Was ist denn auf einmal mit dir los?«

»Hoffentlich ist es nicht schon zu spät.«

»Wofür denn? Im Namen der Dreifaltigkeit – rede!«

Erst jetzt, im Angesicht des Freundes, der sich ihm langsam näherte, kam Bruder Hilpert wieder zu sich und rief den drei Männern in Panik zu: »Los, schnell! Wir müssen uns beeilen! Folgt mir, damit es nicht noch einen Toten gibt!«

»Was in aller Welt –« Berengar kam nicht dazu, den Satz zu vollenden, denn ohne eine Erklärung abzugeben, hastete Bruder Hilpert an ihm vorbei zur Tür. Kurz darauf war er in der Dunkelheit verschwunden.

⁓⁕⁓

Was du auch tust, Hilpert, der du dich schlau und überlegen dünkst, wohin du dich auch wenden magst, um Satan, meinem Herrn und Meister zu schaden – du kommst zu spät! Welch eitel Unterfangen, mich, dem die Mächte der Finsternis zu Gebote stehen, mich, des gefallenen Engels Stecken und Stab, mich, der ich dir an Schläue, List und Tücke überlegen bin, zur Strecke bringen zu wollen! Darum sei versichert: Was immer du tust und welche Ränke du auch schmieden magst – ich werde jeden Hieb von dir parieren! Ich werde dir auf den Fersen bleiben, wohin du auch gehst. Ich werde stets in deiner Nähe sein. Und dann, wenn die Zeit reif ist, werde ich dich töten, so wahr mir Satan, mein Herr und Gebieter, helfe!

Darum eile nur, spute dich, lauf, so schnell du kannst – es wird dir nichts nützen! Hat doch der, um dessen Leben dir zu tun ist, diese armselige Welt schon längst verlassen, dazu bestimmt, in meines Herren Feuerofen zu braten, bis dass er ihn erlöse von seiner Tortur!

Und noch etwas: Nicht ich war es, der den, um dessen Wohl-

ergehen du dich überflüssigerweise sorgst, zur Strecke gebracht hat! Weder ich noch diejenigen, über welche ich gebiete! Oh Ahnungsloser, Einfältiger, blind für die Fallstricke, die man dir legt! Denn siehe, das Böse ist dir ganz nahe, auch jetzt, wo du dich sicher und geborgen wähnst!

Darum sei auf der Hut! Der Tag, an dem auch deine Stunde schlagen wird, ist nicht mehr fern, und ehe du stirbst, wirst du mein Antlitz schauen, wirst du bereuen, was du getan, dafür bezahlen, was du mir schuldest, verfluchen all die, welche dich schmählich im Stiche ließen! Denn wisse: Allmächtig ist Satan, mein Herr, Beherrscher der Welten, Herr des Universums, von nun an bis in alle Ewigkeit!

31

Novizenbau, eine Viertelstunde später

»Wo du dich herumgetrieben hast, will ich wissen!« Bruder Joseph kochte vor Wut, und das einzig und allein wegen ihm. Alkuin senkte den Kopf und schwieg. Nur die Andeutung eines Widerspruchs, und er würde eine Strafe bekommen, die sich gewaschen hatte. »Wo bist du gewesen, will ich wissen! Antworte, Elender, oder hat es dir etwa die Sprache verschlagen?!«

»Bruder Hil... äh ... der Inquisitor ließ nach mir schicken. Einer Aussage wegen.«

»Aussagen? Du? Und worüber?«

»Über das, worüber ich mit Lukas sprach, bevor er ... bevor man ihn ...«

»Bevor man was?!«, giftete der Novizenmeister mit hochrotem Kopf, während er sich anschickte, die Hand gegen Alkuin zu erheben. Erst im letzten Moment, als dieser in Erwartung einer saftigen Ohrfeige bereits die Augen schloss, zuckte der Alte zurück, kaum fähig, seinem Jähzorn Einhalt zu gebieten.

»Bevor er verschwand, wollte ich sagen.«

»So, wolltest du.« Der Novizenmeister neigte den Kopf zur Seite und sah Alkuin prüfend an. Man musste kein Prophet sein, um zu erkennen, dass er ihm zutiefst misstraute. Während sich ihre Blicke trafen, begannen sich Bruder Josephs Züge jedoch allmählich zu entspannen, wenn auch seine Stimme ihren bedrohlichen Unterton nicht verlor. »Und was«, fügte der Novizenmeister lauernd hinzu, »hast du dem Inquisitor gesagt?«

»Die Wahrheit.«

Wieder ein Lächeln, aber eines, bei dessen Anblick einem das Blut in den Adern gefror. Alkuin schwante nichts Gutes, und er hätte zu gern gewusst, was der Novizenmeister im Schilde führte. Seltsamerweise fand sich unter den Novizen nicht einer, der für ihn Partei ergriff. Im Gegenteil. Alkuin wurde das Gefühl nicht los, dass es zwischen Bruder Joseph und seinen Zöglingen eine stillschweigende Übereinkunft gab, weshalb und zu welchem Zweck, wurde ihm jedoch nicht klar.

»Und die wäre?«

»Verzeiht, Bruder, aber ich verstehe nicht, was –«

»– ich damit sagen will?« In Bruder Josephs Mundwinkel zuckte es, ein untrügliches Zeichen, wie sehr er immer noch um Fassung rang. »Ganz einfach: Ich, dein Lehrer, dem du bekanntermaßen Gehorsam schuldest, möchte wissen, was du diesem Hilpert über dein Gespräch mit deinem so unvermutet aus dem Leben gerissenen Gefährten berichtet hast. Nicht mehr, aber auch nicht weniger.«

»Das kann ich Euch nicht sagen.«

»Und warum nicht?«, zischte Bruder Joseph, während sich der Griff um seinen Gehstock merklich verfestigte.

»Weil mir befohlen wurde zu schweigen.«

Im Dormitorium war es jetzt ganz still. Die Novizen, allen voran Wieland, der direkt neben ihm stand, schielten zu Bruder Joseph hinüber. Doch wenn sie eine entsprechende Antwort erwartet hatten, so blieb sie unerklärlicherweise aus. Unruhe machte sich breit, und die Anwesenden wechselten erstaunte Blicke. Doch fast ebenso schnell, wie es begonnen hatte, erstarb das Getuschel auch wieder. Wieder ganz der Alte, umklammerte Bruder Joseph seinen Stock, holte aus und ließ ihn wie ein Zeremonienmeister auf die Dielenbretter des Dormitoriums niederfahren. Dann räusperte er sich, sah sich gebieterisch um und rief: »Silentium! Und zwar sofort! Ab in die Betten! Marsch!«

Alkuin traute seinen Ohren nicht. Keine Strafe, Bußübungen, Hiebe – nichts? Nachdem ihn der Novizenmeister einfach stehen gelassen hatte, war er so perplex, dass er sich nicht von der Stelle zu rühren wagte. Erst als ihm Angelus von der anderen Seite des Schlafsaales aus ein Zeichen gab, trottete er schließlich davon. Kaum in Sicherheit, ließ ihm jedoch die wohlvertraute, immer noch zornige Stimme in seinem Rücken das Blut buchstäblich in den Adern gefrieren: »Von Rosenberg?!«, schnarrte der Novizenmeister, sodass Alkuin unwillkürlich erstarrte.

»Ja, Meister?«

»Das ist doch dein Name, oder?« Bruder Joseph öffnete den Mund und entblößte eine Reihe fauler Zähne, die er wie eine Harke die Unterlippe durchpflügen ließ.

»Gewiss doch – warum fragt Ihr?«

»Es ist nicht an dir, Fragen zu stellen. Antworte mit Ja oder Nein, mehr nicht.«

»Aber das habe ich doch bereits getan.«

Ein feines Lächeln umspielte den Mund des Alten, bevor er süffisant erwiderte: »Das hast du, gewiss – die Frage ist nur, ob ich dir trauen kann.«

Alkuin wurde aschfahl, und als der Novizenmeister den Knauf seines Gehstockes unter sein Kinn schob, um ihm in die Augen zu sehen, versagte ihm die Sprache. »Du bist ja auf einmal so blass –«, heuchelte Bruder Joseph mit besorgter Miene. »Ist dir nicht wohl?«

»Kopfschmerzen – nichts weiter.«

»Kopfschmerzen, soso.« Der Novizenmeister schnaubte verächtlich, lächelte ihn aber sogleich wieder freundlich an: »Dem Manne kann geholfen werden!«, fügte er mit honigsüßer Stimme hinzu, was Alkuins Misstrauen nur noch verstärkte. »Angelus?«

»Ja, Meister?«

»Bitte sei so gut und lasse dir vom Küchenmeister einen Kräutersud brauen, auf dass der junge Herr von Rosenberg von seinen Schmerzen kuriert werde. Und zwar rasch.«

»Wie Ihr wünscht, Meister!«, gab Angelus zur Antwort und entfernte sich, während Alkuin Worte des Dankes stammelte.

Der Novizenmeister zwang sich zu einem Lächeln. »*Ich*

habe zu danken, von Rosenberg!«, antwortete er, bevor er sich abwandte, um die Inspektion des Schlafsaales zu beenden.

⁂

»Wenn du nicht der bist, für den wir dich halten, wer bist du dann?«, flüsterte Angelus, der auf einem Schemel neben dem Schlafplatz seines Gefährten saß.

Alkuin stieg die Schamröte ins Gesicht, und er hoffte, dass es Angelus nicht bemerken würde. Der aber ließ sich nicht täuschen und hakte unbarmherzig nach: »Heraus mit der Sprache – wer bist du wirklich?«, beharrte er, wobei seine Frage fast wie eine Drohung klang.

»Bevor ich dir sage, wer ich bin, bist zunächst einmal du an der Reihe.«

Trotz der Dunkelheit, die im Dormitorium herrschte, konnte Alkuin spüren, wie sehr seine Antwort Angelus irritierte. Einige Zeit verging, während der die beiden Novizen einander schweigend gegenübersaßen. Aus irgendeinem Grunde schien es Angelus große Überwindung zu kosten, die an sich harmlose Frage zu beantworten. Er schien über etwas nachzudenken, und Alkuin hatte das Gefühl, dass der Novize genauso verlegen war wie er. »Nun gut«, brach er schließlich sein Schweigen, und am Widerwillen, der in seinem Tonfall lag, konnte Alkuin erkennen, wie schwer ihm die nun folgende Frage über die Lippen kam: »Was willst du wissen?«

»Wer dein Vater ist.«

»Ein Kaufmann aus Wertheim.«

»Und weiter?«, bohrte Alkuin, nicht willens, sich mit einer derart knappen Auskunft zu begnügen.

»Was weiter?!«, blaffte Angelus, den Alkuins Frage in große Verlegenheit zu stürzen schien.

»Wer deine Mutter ist, wollte ich wissen.«

»Eine lange Geschichte.«

»Macht nichts, wir haben ja Zeit.«

Wie sehr sich Angelus überwinden musste, war deutlich zu spüren, trotzdem gab er sich einen Ruck und ergänzte: »Eine ebenso schöne wie kluge Frau. Mit meinem Vater nicht im Mindesten zu vergleichen. Was freilich nichts daran ändert, dass er ihr buchstäblich zu Füßen lag.«

»Du sagtest lag?«

»Sie ist vor etwas mehr als einem halben Jahr gestorben.«

»Das tut mir leid.«

Angelus gab keine Antwort. Erst nach längerem Schweigen fuhr er schließlich fort: »Wie gesagt – er lag ihr zu Füßen«, sprach er nicht ohne Groll, wie Alkuin überrascht feststellte. »Und ich ebenso. Ihr Tod hat mich … ihr Tod hat alles kaputtgemacht.«

»Das tut er immer.«

»Nein, nein, nicht so, wie du meinst. Es war natürlich ein Schlag für mich, sie so plötzlich an einem Fieber sterben zu sehen. Aber was danach kam, war noch viel schlimmer.« Angelus holte tief Luft, bevor er fortfuhr, und Alkuin hütete sich, das Vertrauen, das ihm der Gefährte entgegenzubringen schien, durch eine überflüssige Bemerkung zu stören. »Was danach kam, war das Schlimmste, was mir im Leben widerfahren ist«, sagte Angelus mit brüchiger Stimme. »Als klar war, dass sie den Tag nicht überleben würde, wurde ich ans Bett meiner Mutter gerufen. Ich weiß nicht einmal mehr, was sie mir sagte, nur, dass ich wie von Sinnen war vor Schmerz. Ich war ihr einziges Kind geboren, als sie schon über 30 war. Keiner, nicht einmal meine Mutter, hat damit gerechnet, dass ihr Leib noch fruchtbar würde. Daher auch mein Name: Angelus, der Engel.«

»Und dann?«

»Dann hieß es Abschied nehmen. Mitsamt Priester und dem ganzen Drum und Dran. Am Schluss hat mich der Vater vor die Tür geschickt. Wie es eben so üblich ist. Aber ich habe ihm nicht gehorcht. Das heißt – vor die Tür gegangen bin ich schon. Aber dann habe ich gelauscht. Und alles mitbekommen. Wort für Wort.« Die Rede des Novizen geriet ins Stocken, und Alkuin konnte spüren, dass er vor Aufregung bebte: »Ich glaubte, ich traue meinen Ohren nicht. Da war die Frau, die ich für meine Mutter hielt, und was glaubst du, hat sie getan? Na? Keine Ahnung?! Dann will ich es dir sagen: Fast mit dem letzten Atemzug, den sie auf Erden tat, hat sie ihrem Mann gebeichtet, dass er nicht mein richtiger Vater ist, und ihm den Namen meines wahren Erzeugers genannt. Ein Pfaffenknecht, was denn sonst! Späte Reue, aber immerhin. Und warum das Ganze? Was weiß ich – vielleicht hat sie Angst vorm Fegefeuer gehabt! War ja schließlich eine gottesfürchtige Frau. Hölle hin oder her – ich war jedenfalls am Boden zerstört. Aber das Schlimmste sollte noch kommen.« Angelus wischte sich den Schweiß von der Stirn, bevor er weitersprach: »Sie hat dem Vater das Versprechen abgenommen, weiter für mich zu sorgen. Mich nicht wegzugeben. Versteh mich nicht falsch: Ich hatte den Alten gern. Obwohl er nur ein einfältiger neureicher Weinhändler war. Aber was dann kam, was er dann gemacht hat: Ich werde es ihm nie verzeihen. Nie.«

»Und was ... was ist dann passiert?«

»Kaum war die Mutter unter der Erde, hat er sein Versprechen gebrochen. Und mich in dieses Kloster geschickt. Und das, obwohl er wusste, wie verhasst mir die Pfaffen sind.«

Alkuin fuhr erschrocken zusammen, und er flüsterte: »Meinst du nicht, du solltest mit dem, was du sagst, ein wenig –«

»– vorsichtiger sein?! Ist es das, was du sagen wolltest?« Angelus war ihm jetzt so nahe, dass er sein Gesicht sehen konnte. Was er darin las, ließ ihn augenblicklich verstummen. Dies war nicht der Gefährte, den er kannte, dies war eine von Hass, Wut und Enttäuschung verzerrte Fratze. Obwohl er für ihn mehr als nur Mitleid empfand, begann sich Alkuin vor dem Novizen zu fürchten. »So nimm doch Vernunft an!«, beschwor er ihn. »Wenn Bruder Joseph –«

Angelus grinste verächtlich. »Bruder Joseph?«, entgegnete

er, kaum fähig, einen Anflug von Heiterkeit zu unterdrücken. »Um *den* mach dir mal keine Sorgen!«

»Aber wenn –«

»Lassen wir das!«, schnitt ihm Angelus das Wort ab, während Alkuin zur Tür des Schlafsaales schielte. »Und wenden uns deiner Wenigkeit zu!«

Der entscheidende Moment war gekommen. Alkuin zögerte. Die Scheu, die ihn in der Gegenwart des Gefährten befiel, saß tief, zu tief, als dass er sie hätte überwinden können. Oder war es Misstrauen? Angst? Den Blick des Novizen meidend, schlug Alkuin die Augen nieder und schwieg.

»Ich verstehe.« Wenn er einen Zornausbruch erwartet hatte, sah sich Alkuin getäuscht. Angelus blieb ruhig, wirkte geradezu erleichtert. Und fügte hinzu: »Du bist nicht der, den zu sein du vorgibst. Das genügt.« Dann nahm er den Becher, den er in der Hand hielt, lächelte und führte ihn Alkuin an die Lippen: »Der Trank, den dir Bruder Joseph verordnet hat«, flüsterte er dem Gefährten zu. »Er wird dich kurieren – für immer.«

32

Arrestzelle, zur gleichen Zeit

AUF DEN ERSTEN Blick erweckte der Bursarius den Eindruck eines Schlafenden. Bruder Hilpert wusste es jedoch besser. Die schlaff herabhängende Hand, von der sich Blutstropfen um Blutstropfen löste, sprach eine deutliche Sprache. Bruder Roberts Laterne tauchte die Arrestzelle in ein gespenstisches Licht, und als ihr Lichtkegel auf die bleichen Züge des Subpriors fiel, schlug Hilpert ein Kreuz, fuhr mit der Handfläche über die Stirn und stieß einen gequälten Seufzer aus.

»Aber ... aber das ist doch nicht möglich!«, stammelte Leandrius, seines Zeichens gräflicher Schreiber, und das gleich mehrfach hintereinander. Die Reaktion Berengars ließ denn auch nicht lange auf sich warten: »Anscheinend doch, Schreiber, auch wenn Er es partout nicht einsehen will!«, fuhr er seinen Untergebenen an, schüttelte den Kopf und murmelte verdrossen: »Für mich ist das Ganze ein echtes Rätsel!«

Bruder Hilpert blickte kurz auf, wandte sich aber sogleich wieder dem Toten zu. »Da muss ich Euch recht geben, Vogt«, antwortete er in entschiedenem Ton. »Aber eines, das ich zu lösen gedenke! So wahr mein Name Hilpert ist.«

»Deine Zuversicht in Ehren, Hilpert, aber glaubst du, dass es hier wirklich etwas zu lö...«

Der Inquisitor hob gebieterisch die Hand, und als sich die Blicke der beiden Freunde trafen, brach Bruder Roberts Rede unvermittelt ab. Doch damit nicht genug. Bruder Hilpert, der anders als sonst auf die Meinung des Infirmarius überhaupt keinen Wert zu legen schien, ging mit ein, zwei raschen Schritten auf ihn zu, funkelte ihn an und riss ihm die Laterne förmlich aus der Hand. Berengar stutzte, sagte jedoch nichts.

»Keine Spur von Gewalteinwirkung, keine Blessuren, Prellungen – nichts!« Bruder Hilpert schlug die Decke zurück und betrachtete den Toten näher. Fast automatisch kamen ihm dabei die Grabmäler der Abteikirche in den Sinn, wenn auch ohne ersichtlichen Grund.

Doch plötzlich fiel es ihm wie Schuppen von den Augen. Dem Anblick des Leichnams haftete etwas Gekünsteltes, geradezu Widernatürliches an. Er lag da wie aufgebahrt, als habe er sich lediglich schlafen gelegt.

In der Absicht, die Untersuchung des Leichnams nicht zu stören, hatte sich Berengar inzwischen ein wenig umgesehen. Die Zelle war nicht sehr geräumig, nur etwa acht auf sechs Schritt groß. Außer der Latrine und der Pritsche, auf welcher der Tote lag, war es insbesondere das auf einem Schemel platzierte Essgeschirr, das seine Aufmerksamkeit auf sich zog. Der Teller war aus Holz, der Becher aus Zinn, und außer ein paar Brotkrumen war von der anscheinend recht kargen Mahlzeit nicht viel übriggeblieben. Alles machte einen wohlgeordneten Eindruck, bis auf das Messer, auf dessen Klinge Spuren von getrocknetem Blut zu erkennen waren. Berengar fuhr mit der Hand über die Bartstoppeln und gab ein verlegenes Räuspern von sich. Einmal mehr gab ihm das Verhalten des Inquisitors Rätsel auf, lag doch der Kasus sozusagen auf der Hand: Der Tote war von eigener und nicht von fremder Hand gestorben.

»Ein klarer Fall, wenn Ihr mich fragt!«, machte der Vogt aus seiner Meinung keinen Hehl, als er dem Inquisitor Auge in Auge gegenüberstand.

»Und wieso?« Die Zweifel in Hilperts Stimme waren kaum zu überhören, ein sicheres Indiz, dass er Berengars Meinung nicht zu teilen schien. Ein wenig perplex, fing sich der Vogt jedoch rasch wieder. »Wieso?«, wiederholte er, während seine Hand über die raue Kehle fuhr, auf der sich zu seiner Verwunderung kleine Schweißperlen bildeten. »Nun – die Antwort liegt doch auf der Hand, oder etwa nicht?«

»Euer Scharfsinn in Ehren, Vogt, aber ich muss gestehen, dass mir der Kasus nicht ganz so einfach vorkommt wie Euch.«

»Und warum nicht?«, erwiderte Berengar mit einem Anflug von Groll. Der Inquisitor, an sich kein unsympathischer Mensch, kam ihm bisweilen schon ein wenig überheblich vor. »Er hatte eben Angst. Angst vor Euch. Oder einem Prozess. Vor der Schande, die ein Hinauswurf aus dem Orden unweigerlich mit sich bringen würde.«

»Wollt Ihr etwa damit sagen, ich sei mitschuldig an seinem Tod?«

Berengar holte tief Luft. »Natürlich nicht!«, erwiderte er in aufbrausendem Ton. »Schließlich liegt seine Schuld klar und deutlich und vor aller Welt zutage. Daran gibt es nichts zu rütteln.«

»Aber?«

»Aber nichts! Er hat sich umgebracht. Woran meiner Meinung nach niemand in diesem Kloster die Schuld trägt.«

»Was macht Euch so sicher?«

»Was mich so … Moment mal, wollt Ihr etwa damit sagen, dass –«

»– nicht ich es war, vor dem er Angst hatte, sondern diejenigen, an deren Gängelband er sich offenbar befand. Und zwar in einer Weise, dass ihm der Freitod als der einzig mögliche Ausweg erschien. Denkt doch einmal nach: Sie mussten befürchten, dass er mir gegenüber oder während eines Prozesses seine Haut würde retten wollen. Unter der Folter haben bekanntlich schon weit Hartgesottenere als er geredet! Will sagen: *Sie* waren es, die Angst hatten. Angst, dass er auspacken und sie damit dem Henker preisgeben würde.« Bruder Hilpert hielt seufzend inne. »Fragt sich nur, wer *die* überhaupt sind. Ich fürchte, in diesem Punkt sind wir noch keinen einzigen Schritt weitergekommen.«

»Stimmt genau.« Der Geruch nach Schweiß, Notdurft und verfaultem Stroh, der die Zelle erfüllte, setzte Berengar ordentlich zu, und er begann wie ein eingesperrtes Tier auf und ab zu gehen. Doch plötzlich hielt er abrupt inne. »Na so was!«, rief er überrascht aus, bückte sich und hob einen Pergamentfetzen auf, den er ans Licht hob und eingehend betrachtete. »Wenn mich nicht alles täuscht, ist das die Spur, nach der wir suchen.«

Bruder Hilpert, der den Enthusiasmus des Vogtes nicht zu teilen schien, zog die Augenbrauen in die Höhe und trat zögernd näher. Die letzten beiden Tage hatten deutliche Spuren in seinem Gesicht hinterlassen, und als er das Fundstück einer näheren Betrachtung unterzog, begannen seine Hände leicht zu zittern.

Der Pergamentfetzen war nicht sehr groß, allenfalls vier bis fünf Zoll im Quadrat, und als ihn Hilpert ins Licht der Laterne hob, bemerkte er, dass er brüchig und fast durchsichtig war. Dies änderte jedoch nichts daran, dass es Hilpert wenig Mühe bereitete, die Worte auf dem Pergamentfetzen zu entziffern: »*Satanus veniet super te*«[*], murmelte der Inquisitor halblaut vor sich hin, als er den Blick über die gestochen scharfen, mit schwarzer Tinte geschriebenen Buchstaben wandern ließ. »Eine Botschaft, die an Deutlichkeit nichts zu wünschen übrig lässt!«

»Und was hat sie deiner Meinung nach zu bedeuten?«, gab sich Bruder Robert betont ahnungslos.

Für den Bruchteil eines Augenblicks wirkte der Inquisitor verblüfft, dann aber geradezu zornig, und offenbar kostete es ihn große Überwindung, dem Infirmarius gegenüber nicht grob zu werden. Das Zittern seiner Hand wurde heftiger, und erst als Berengar den Pergamentfetzen wieder in die Hand nahm, schien er sich wieder zu beruhigen.

»Und von wem, glaubt Ihr, könnte diese Botschaft stammen?« Berengar, der die Regungen von Bruder Hilperts Gemüt mit wachsender Befremdung zur Kenntnis nahm und das Gespräch zwischen ihm und dem Infirmarius in friedliche Bahnen zu lenken versuchte, sah den Inquisitor neugierig an. »Dem Anschein nach doch wohl von einem gebildeten Menschen, meint Ihr nicht auch?«

»Ganz ohne Zweifel!«, erwiderte Bruder Hilpert mit matter Stimme, während eine bleierne Müdigkeit sich seiner bemäch-

---
[*] dt.: Der Satan wird über dich kommen.

tigte und alle übrigen Sinne zu lähmen schien. »Fragt sich nur, von wem!«

»Das liegt – mit Verlaub – doch wohl auf der Hand!«

»Soso«, witzelte Berengar, obwohl ihm alles andere als nach Scherzen zumute war. Aber wie fast immer, wenn der Schreiber das Wort ergriff, nahm er ihn umgehend aufs Korn: »Dann lass Er uns an seinem Scharfsinn Anteil haben, wenns beliebt!«

Fast schon aus Gewohnheit machte Leandrius auch diesmal gute Miene zum bösen Spiel, ließ sich nicht anmerken, wie sehr ihn der Spott des Vogtes kränkte und antwortete prompt: »Wie Ihr bereits zu folgern geruhtet, Herr, hatte der Bursarius Angst. Angst vor einem Prozess, Angst aber auch vor denen, die er durch eine Aussage an den Galgen hätte bringen können. Um dem zuvorzukommen, beschlossen sie, ihn einzuschüchtern, drohten damit, der Leibhaftige werde über ihn kommen.« An dieser Stelle schüttelte sich der Schreiber förmlich vor Entsetzen, und er schlug rasch ein Kreuz, als glaube er allen Ernstes, das Böse damit bannen zu können. »Woraufhin«, fuhr er mit gönnerhafter Geste fort, »woraufhin sich der Bursarius derart in die Enge getrieben sah, dass er Hand an sich legte, um nicht von Mörderhand zu sterben.«

»Nicht schlecht«, räumte Berengar widerwillig ein, nur um kurz darauf an die Adresse des Inquisitors hinzuzufügen: »Und was meint Ihr?«

Dieser zögerte mit einer Antwort, sah bald hierhin, bald dorthin, wobei er es vermied, den Anwesenden in die Augen zu schauen. »Ich gebe zu«, brachte er schließlich stockend hervor, »dass die Art und Weise, wie der Schreiber uns den Tathergang dargelegt hat, durchaus etwas für sich haben mag. Mehr noch, es könnte sich tatsächlich alles so zugetragen haben.«

»Aber?«, schaltete sich Bruder Robert unvermittelt ein, besser als jeder andere mit den Gedankengängen Hilperts vertraut.

»Aber dennoch stellt sie eben nur *eine* mögliche Erklärung dar. Eine unter vielen. Eine Hypothese. Für deren Untermauerung uns der Beweis ihrer Richtigkeit fehlt.«

»Aber ... aber ist dieser Pergamentfetzen denn nicht Beweis genug?«

»Mag sein, Robert. Mag sein, dass sich alles so zugetragen hat, wie die Herren glauben. Trotzdem kommt mir die Sache nicht ganz geheuer vor.«

»Und warum nicht, Hochwohlgeboren?«, fragte Bruder Robert in gereiztem Ton.

Der Inquisitor antwortete nicht sofort, sah den Freund aber in einer Weise an, dass diesem die Lust auf einen Disput sofort verging. Dann wandte er sich abrupt ab, stemmte die Hände in die Hüften und schüttelte bedächtig den Kopf. »Weil hier irgendetwas nicht stimmt!«, antwortete er, wobei sein Mienenspiel verriet, wie wenig er an einen Selbstmord des Bursarius glaubte. »Weil sich alles so hübsch zusammenzufügen scheint. Und weil ich so wütend bin wie schon lange nicht mehr.«

33

Hospiz, eine Dreiviertelstunde später

ALS SICH DIE Tür mit dem vergitterten Sehschlitz hinter ihr schloss, kam sich Laetitia wie in einem Gefängnis vor. Ein kahler, fensterloser Raum, aufgeschüttetes Stroh, eine Decke – das war alles. Nicht eben viel, aber schließlich war sie es ja auch nicht anders gewohnt.

In die Ecke gekauert, zog Laetitia die Beine zu sich heran und stützte das Kinn auf ihre Knie. Wenigstens gab die Decke einigermaßen warm, ihr einziger Trost seit Langem. Einschlafen konnte sie aber trotzdem nicht. Die Öllampe neben ihrem Lager, einziger Luxus in dem ansonsten trostlosen Quartier, spendete mattes Licht, und das Mädchen fragte sich, wie sie es alleine hier aushalten sollte.

Während sie so dasaß und nachdachte, nickte sie ein wenig ein. Plötzlich war sie jedoch hellwach. Inzwischen war es dunkel geworden, die Öllampe neben ihr erloschen.

Draußen auf dem Flur waren leise Schritte zu hören. Je näher sie kamen, umso hellhöriger wurde sie. Die Dielenbretter knarzten und knarrten, und als der Unbekannte die Tür ihrer Kammer erreichte, blieb er stehen.

Laetitia gefror das Blut in den Adern. Einen Moment wie erstarrt, reagierte sie dennoch blitzschnell. Bevor die Hand des nächtlichen Besuchers die Türklinke berührte, war sie auf den Beinen, warf sich gegen die Tür und schob hastig den Riegel vor.

Ein Atemzug, vielleicht zwei – und schon bewegte sich die Klinke nach unten. Während sie hinter der Tür kauerte, hielt Laetitia den Atem an. Ihr Herz klopfte wie wild, wiewohl ihr der Gedanke, man könne ihr nach dem Leben trachten, mehr als absurd vorkam.

Kurz darauf, während ihr der Schweiß in Bächen über den Körper rann, ließ der Unbekannte die Klinke los. Laetitia atmete auf, wenn auch viel zu früh. Denn kaum ruhte die Klinke wieder in ihrer ursprünglichen Position, erhellte ein schmaler Lichtstreif den Raum. Wer immer vor ihrer Tür stand, hielt offenbar eine Laterne in der Hand, mit deren Hilfe er durch den Sehschlitz spähte. Entdecken konnte er freilich nichts, aber wenn Laetitia glaubte, der Gefahr entronnen zu sein, sah sie sich getäuscht.

»Ich weiß genau, dass du da drin bist!«, hörte sie eine Stimme sagen, und war sie trotz allem ruhig geblieben, sollte sich dies jetzt ändern. Beim bloßen Klang der Stimme, weich wie Samt, seltsam einschmeichelnd und bedrohlich zugleich, lief es ihr eiskalt über den Rücken. Schon wollte sie um Hilfe rufen, als der Unbekannte säuselte: »Öffne, und du wirst erfahren, wer die Mörder deines Freundes sind!«

Laetitia durchfuhr es wie der Blitz. Nicht viel hätte gefehlt, und sie hätte getan, was der Mann auf dem Flur verlangte. Zu groß war die Versuchung, zu tief der Schmerz, den sie immer noch empfand. Doch dann, nach kurzem Nachdenken, setzte sich die Vernunft in ihr durch.

»Nun mach schon auf!« Heilfroh, dem Drängen des Fremden nicht nachgegeben zu haben, war Laetitia der wachsende Unmut in seiner Stimme nicht entgangen. Der nächtliche Besucher atmete schwer. »Mach auf, du dreckige kleine Metze, sonst wird dich bald der …«

Bevor er vollenden konnte, war irgendwo in der Nähe das Geräusch von Schritten zu hören. Wer immer es war – er kam im rechten Moment. Denn als sei alles nur ein Spuk gewesen, erlosch das Licht vor der Tür und der Unbekannte verschwand so lautlos, wie er gekommen war.

34

Hospiz, zur gleichen Zeit

»Einmal angenommen, Ihr habt recht und der Bursarius ist ermordet worden«, brummte Berengar und stierte missmutig vor sich hin. »Wenn dem so ist, wo sind dann die –«

»– Beweise, schon gut, ich weiß, was Ihr sagen wollt!« Der Inquisitor stützte den Ellbogen in die Fläche seiner Hand, führte den Zeigefinger an die Lippen und dachte angestrengt nach. Ein dunkler Schatten lag über seinem Blick, und er sah müde und übernächtigt aus. »Genau das ist eben der Punkt!«

Mit Rücksicht auf den Inquisitor verkniff sich der Vogt jeden weiteren Kommentar und wandte sich seinem Nachtmahl zu. Er hatte einen Bärenhunger, vom Durst, der ihn seit geraumer Zeit plagte, ganz zu schweigen. Aus dem ersehnten Genuss wurde allerdings nichts. Gerade wollte er sich eingießen, als ihm Hilpert in den Arm fiel und mit besorgter Stimme riet: »An Eurer Stelle würde ich das nicht tun!«

»Was denn?«

»Von dem Wein kosten.«

»Und wieso nicht?«

»Wie die Dinge nun einmal liegen, müssen wir damit rechnen, dass man uns nach dem Leben trachtet. Nichts einfacher, als Euch Gift in den Wein zu träufeln, meint Ihr nicht auch?«

Berengar fiel es sichtlich schwer, auf seinen Schlummertrunk zu verzichten, aber dann schob er den Krug doch beiseite. »Meint Ihr wirklich, die würden so etwas tun?«, sprach er, während sich seine Miene immer mehr verfinsterte.

»Nach allem, was bislang passiert ist – ja.«

»Wenn dem so wäre, würde das bedeuten, dass wir ihnen dicht auf den Fersen sind.«

»Mag sein.« Hilpert unterbrach seine Wanderung durch

Berengars Kammer, trat ans Fenster und starrte in die Dunkelheit hinaus. »In der Tat: Was uns fehlt, ist ein Hinweis. Irgendeine Spur. Allein darauf kommt es an. Mit Rätselraten kommen wir einfach nicht weiter.«

»Ganz meiner Meinung.«

Hilpert atmete tief durch und fuhr mit den Handflächen an der Schläfe entlang. Sie fühlte sich warm und fiebrig an, schien förmlich zu glühen. »Ich kann mir nicht helfen«, murmelte er kopfschüttelnd vor sich hin, »aber irgendetwas passt bei der ganzen Angelegenheit nicht zusammen.«

»Und das wäre?«

»Das wäre vor allem die Tatsache, dass unsere drei Brüder auf höchst unterschiedliche Weise zu Tode gekommen sind. Wenn man einmal davon ausgeht, dass sich der Bursarius nicht selbst gerichtet hat.«

»Was zu beweisen wäre.«

»Nichts leichter als das.«

Berengar horchte auf, nicht sicher, ob in diesem Falle nicht der Wunsch Vater des Gedankens war. Doch war er ein zu schlechter Schauspieler, als dass er seine Zweifel hätte verbergen können.

»Ich sehe, Ihr schenkt mir keinen Glauben.«

»Zugegeben – es fällt mir schwer.«

»Verständlich.« Woher der Inquisitor seine plötzliche Zuversicht nahm, war Berengar ein Rätsel. »Und was – wenn die Frage gestattet ist – ist Eurer Meinung nach geschehen?«, hörte er sich denn auch nicht gerade zuversichtlich an.

Trotz der Anspannung, unter der er stand, konnte sich Bruder Hilpert ein Lächeln nicht verkneifen. Aber es war ein resigniertes Lächeln, und ehe es Berengar wahrnahm, verschwand es auch schon wieder. »Wie Ihr selbst zu bemerken geruhtet, Vogt«, begann er mit tonloser Stimme, in die sich, unüberhörbar, viel Bitterkeit mischte, »hattet Ihr zwei Eurer Kriegsknechte mit der Bewachung der Arrestzelle betraut.«

»Das stimmt.«

»Folglich konnte niemand, der nicht in Besitz des Schlüssels war, dorthin gelangen, habe ich recht?«

Der Vogt nickte stumm.

»Will heißen: Da nicht einmal die Wachposten im Besitz desselben waren, kommt – rein theoretisch, muss ich betonen – eigentlich nur derjenige in Frage, der Zugang zur Arrestzelle besaß.«

Der Vogt horchte auf und wandte sich Bruder Hilpert zu. »Aber das wart doch Ihr!«, machte er aus seiner momentanen Verwirrung keinen Hehl, während sein fragender Blick den Inquisitor traf. Dieser wiederum rang nach Worten und sah mit unbewegter Miene in die Nacht hinaus. Die Hände auf dem Sims, wirkte er müde, fast krank. Keine Spur mehr von der Entschlossenheit, die er soeben noch an den Tag gelegt hatte. »Nicht nur!«, gab er dem Vogt reumütig zu verstehen, während sein Kopf zwischen die hochgezogenen Schultern sackte.

»Aber ... aber warum denn nicht?« Berengar, dem sein Gegenüber einmal mehr ein Rätsel war, verstand jetzt überhaupt nichts mehr.

»Weil mir der, dem ich den Ersatzschlüssel anvertraute, nachdem ich ihn mir vom Sakristan aushändigen ließ, über die Maßen vertrauenswürdig erschien. Und mein Vertrauen schmählich missbraucht hat.« In Bruder Hilperts Stimme mischte sich ein deutliches Zittern, sein Gesicht wurde aschfahl. »Und wisst Ihr was, Vogt?«, richtete er das Wort jetzt an Berengar, dessen Miene zwischen Unverständnis und Neugier schwankte. »Ich bin selbst schuld daran. Oder anders gesagt: Ich hätte wissen müssen, was ich tat. Und zwar von Anfang an. Ich, reiner Tor, der ich nun einmal bin!«

»Will heißen: Derjenige, dem Ihr den Ersatzschlüssel übergeben habt, verschaffte sich Zugang zur Zelle, mit dem Ziel, den Bursarius zu ermorden. Und da weder an seinem Körper noch sonst irgendwo Spuren von Gewaltanwendung zu erkennen waren, ist dies vermutlich mittels Gift geschehen. Gift, das man in seinen Trank gemischt hat. Um von sich abzulenken, hat es der Mörder dann wie Selbstmord aussehen lassen und seinem Opfer die Pulsadern geöffnet. Das Brotmesser kam ihm zu diesem Zweck wie gerufen.«

Bruder Hilperts Mund, fast ein Strich, verzog sich zu einem gequälten Lächeln. »Kompliment, Vogt«, sprach er leise, »ich freue mich, in Euch einen würdigen Gefährten gefunden zu haben.«

Berengar, kein Freund von Ironie, besonders dann, wenn sie gegen ihn selbst gerichtet war, verzog keine Miene, sondern sah den Inquisitor ausdruckslos an. »Und wem habt Ihr den Schlüssel übergeben?« Bevor er die Frage stellte, hatte der Vogt reichlich Zeit verstreichen lassen, Zeit, die er brauchte, um das für ihn Unbegreifliche zu verstehen.

»Das kann ich Euch nicht sagen. Zumindest nicht zum jetzigen Zeitpunkt.«

»Wie bitte?!« Durch den Körper des Vogtes ging ein Ruck, während er seine Stirn, auf der sich ein heftiges Unwetter zusammenzubrauen begann, dem Inquisitor wie einen Rammbock entgegenreckte. »Habe ich da eben richtig gehört? Ihr kennt den Mörder, wollt seinen Namen aber nicht preisgeben, weil ... weil ... ich muss sagen, mir fehlen einfach die Worte!«

»Schon gut, schon gut, erhitzt Euch nicht.« In einem Anflug von Vertraulichkeit, eine Geste, über die er sich selbst am meisten zu wundern schien, legte Bruder Hilpert dem Vogt die Hand auf die Schulter und ließ sie dort eine Zeitlang ruhen. »Worum ich Euch bitte, ist ein wenig Aufschub. Sagen wir 24 Stunden. Hat er sich bis dahin nicht zu seiner Tat bekannt und aus tiefster Seele bereut, soll ihn die ganze Härte des Gesetzes treffen. Dann kann ich nichts mehr für ihn tun.«

»Ich verstehe nicht, wie es kommt, dass Ihr mit einem kaltblütigen Mörder auch noch Mitleid –«

»Einen Tag, Vogt, und Ihr werdet verstehen.«

Der Vogt schüttelte den Kopf, und man konnte erkennen, wie schwer ihm die nun folgende Antwort fiel: »Also gut!«, antwortete er mit rauer Stimme. »Einen Tag. Und keine Stunde mehr. Aber wenn ich morgen Abend zurück bin und der Kerl läuft immer noch frei herum, dann ...«

»Ihr wollt zurück auf die Burg?«

»So schnell wie möglich. Mal sehen, was aus der Waldeule alles herauszukriegen ist.« Berengar lächelte. »Aber keine Angst: Ein paar Reisigen lasse ich Euch da.«

»Nicht nötig.«

»Ganz wie Ihr wollt.« Berengar war jetzt wirklich verstimmt und begann allmählich, an Bruder Hilperts Verstand zu zweifeln. »Damit aber eines ganz klar ist: Ihr bürgt mir für ihn! Und wenn sich der Kerl morgen Abend immer noch auf freiem Fuß befindet, dann –«

»So, wie ich ihn kenne, könnt Ihr Euch die Mühe sparen, Vogt!«, entgegnete Hilpert kurz angebunden, machte auf dem Absatz kehrt und wandte sich grußlos zum Gehen.

35

Spital, zwei Stunden vor Mitternacht

ER HÄTTE ES wissen müssen. Hilpert von Maulbronn, Großinquisitor der Zisterzienser, würde sich nicht hinters Licht führen lassen. Und schon gar nicht von ihm.

Innerhalb der nächsten Stunden, vielleicht schon vor den Vigilien, würden sie kommen und ihn holen. Hilperts Scharfsinn, um den er ihn immer beneidet hatte, würde ihm früher oder später zum Verhängnis werden. Wie wenig er an einen Selbstmord des Bursarius glaubte, war ihm deutlich anzumerken gewesen. Dies vorausgesetzt, war der Weg zu ihm nicht mehr weit.

Wahrhaftig, er hätte es wissen müssen. Aber wenn er wusste, dass seine Tat nicht ungesühnt bleiben würde, warum hatte er sich dann zu ihr verleiten lassen? Und damit nicht nur gegen sein Gelübde, sondern gegen alles verstoßen, woran er glaubte?

Die Antwort war denkbar einfach, zumindest auf den ersten Blick. Er hatte Rache nehmen wollen. Rache für Lukas, Rache für das, was man ihm angetan hatte. Dass nicht er, sondern ein blutjunger Novize das Opfer war, spielte keine Rolle. Er wollte Rache. Und hatte sie bekommen.

Zuerst hatte er geglaubt, es ginge ihn alles nichts an. Viel zu lange her. Die Zeit heilt alle Wunden. Selbst die seinen. Aber er sah sich getäuscht. Im Verlauf des Verhörs, als ans Licht kam, was er eigentlich hätte wissen oder doch zumindest hätte erahnen können, war er plötzlich wieder jung. Ein Novize von gerade einmal 16 Jahren. An dem sich der Novizenmeister auf das Scheußlichste verging. Ein Schock, von dem er ein Lebtag gezeichnet sein und sich nie mehr erholen sollte.

Auch damals war Rache geübt worden. Wenn auch die Umstände, unter denen der Novizenmeister ums Leben gekommen war, nie richtig geklärt worden waren. Wahrscheinlich sollten sie es auch nicht. Nur so war es nämlich zu erklären, dass Hilpert, dem man nachsagte, er habe die Tat begangen, noch nicht einmal verhört, geschweige denn zu irgendeiner Form von Buße oder gar zum Ausschluss aus dem Orden verurteilt worden war. Wahrscheinlich lag es daran, dass er viel umsichtiger vorgegangen war als er. Er war halt schon immer klüger gewesen als er, ein Makel, dessen er sich nicht selten schämte.

Aber damit war jetzt Schluss. Für immer. Bruder Robert legte die Feder beiseite und atmete erleichtert auf. Es war besser so. Allemal besser, als auf dem Schafott zu sterben. Und vielleicht *wollte* er ja auch sterben. Weil ihm das Leben schon lange zur Hölle geworden war.

Ohne ein Zeichen von Angst vor dem, was vor ihm lag, griff Bruder Robert nach dem Papierbogen auf seinem Pult, faltete ihn und versiegelte ihn mit flüssigem Wachs. Er tat dies mit großer Sorgfalt, als handele es sich um eines seiner naturkundlichen Traktate, das er irgendwohin zu verschicken gedachte. Nach getaner Arbeit deponierte er ihn auf seinem Pult, in der Hoffnung, er möge in die richtigen, nämlich Hilperts, Hände fallen.

Aber im Grunde zählte auch das nicht mehr. Alles, was zählte, war, dass er mit seinem Gott ins Reine kam. Mit der Frage, was ihm nach dem Tode widerfuhr, mochte er sich nicht beschäftigen, wichtig war allein, dass Gott der Herr ihm verzieh, ihm, der seine Gebote gebrochen und von daher kaum so etwas wie Gnade zu erwarten hatte. Trotz alledem war er unverzagt, fast heiter, und nicht viel hätte gefehlt, und er hätte einen Choral angestimmt, um Gott und des Himmels Mächte zu loben und zu preisen.

Doch dann schlug die Glocke und riss ihn aus seinen Träumereien. Wenn es getan werden muss, dann jetzt, machte er sich selbst Mut und kniete, die Ellbogen auf sein Lager gestützt, nieder. »Vater«, flüsterte er, als seine Andacht zu Ende war,

»in deine Hände befehle ich meinen Geist!« Sich seiner Worte zu schämen, kam ihm dabei nicht in den Sinn, und als er nach dem Becher griff, in dem sich das Elixier befand, mit dem er sich selbst zu richten gedachte, blieb seine Hand vollkommen ruhig. Noch einmal, ein letztes Mal, holte er das kleine silberne Kruzifix hervor, das ihn all die Jahre über begleitet hatte, betrachtete es und führte es bedächtig zum Mund. Dann löschte er die Kerze auf seinem Pult und stürzte den Inhalt des Bechers in einem Zug hinunter.

Er spürte keinen Schmerz, kein Brennen in der Kehle. Schierling, vermischt mit Opium und Schweinsblasen – es würde ein sanfter Tod werden. Kein plötzlicher, quälender, bei dem er verenden würde wie ein Tier. Er hatte vorgesorgt. Und so begab es sich, dass Robert, Bruder vom Orden der Zisterzienser, sich auf seinem Lager niederließ wie an jedem anderen Abend auch. Das leichte Kribbeln, das er an den Füßen verspürte, bemerkte er zunächst kaum, erst später, als ihm seine Beine nicht mehr gehorchten und er sie bald darauf nicht mehr spürte, wusste er, dass seine Zeit gekommen war. Daraufhin faltete er seine Hände, sprach ein kurzes Gebet – und schlief ein.

36

Novizenbau, eine halbe Stunde vor Mitternacht

Es war der Durst, der bis in die Tiefen seines Schlafes drang, aber so sehr er ihn auch quälte – Alkuin wurde nicht wach. Er befand sich in einem Niemandsland, irgendwo zwischen Tag und Traum. Das Brennen in seiner Kehle wuchs, ebenso wie das Rauschen in seinen Ohren, dessen Ursprung zu ergründen, er nicht in der Lage war.

Mit letzter Kraft setzte er sich schließlich auf. Das Rauschen war verschwunden, sein Durst quälender als zuvor. Als er die Augen öffnete, schwankte der Schlafsaal vor seinen Augen, und Alkuin konnte nicht anders, als sie erneut zu schließen. Irgendetwas stimmte nicht, das war klar.

Aber was?

Klar zu denken fiel ihm schwer, und so drehte sich Alkuin zur Seite und ließ die Beine über den Rand seines Bettes baumeln. Das Brennen in seiner Kehle war jetzt kaum mehr zu ertragen, in seinem Magen gärte und brodelte es. Obwohl er sich schlapp und elend fühlte, rappelte er sich schließlich auf.

Die übrigen Novizen schliefen tief und fest. Alkuin steuerte auf das Fenster zu und öffnete es. Frische Luft strömte in den Raum. Sie tat ihm gut, wenn auch sein Durst der gleiche blieb. Eine Weile stand er einfach so da, den kühlen Nachtwind im Gesicht.

Plötzlich horchte er auf. Irgendwo in der Ferne war ein Geräusch zu hören. Alkuin rieb sich die Augen, und seine Übelkeit verschwand im Nu. Der Mond verbarg sich hinter den Wolken, und er konnte nicht viel sehen. Aber was er sah, trieb ihm den Angstschweiß auf die Stirn.

Die Kapuzenmänner, die den Weg zum Mönchsfriedhof einschlugen, bewegten sich völlig lautlos. Von Osten her wehte eine leichte Brise, und das Licht ihrer Fackeln tanzte unruhig im Wind. Alkuin stockte der Atem, und er wollte schreien. Aber der Kloß in seinem Hals saß so fest, dass ihm die Stimme versagte.

»He, von Rosenberg, was machst du denn da?«, fuhr ihn Wieland plötzlich an. »Willst du, dass wir alle zu Kreuze kriechen?« Alkuin wirbelte herum. Auf die Ellbogen gestützt, stierte ihn der Koloss argwöhnisch an. In der Absicht, seine Beobachtungen zu schildern, öffnete Alkuin den Mund. Aus einem Grund, den er selbst nicht hätte nennen können, überlegte er es sich jedoch anders, schloss das Fenster und ging wieder zu Bett.

In der Tat, irgendetwas stimmte hier nicht.

37

Hospiz, zur gleichen Zeit

Der Landstrich, durch den ihn sein Weg führte, war wüst und leer, er der einzige Mensch weit und breit. Aus den tief liegenden Wolken schossen Blitze, Donnergrollen erfüllte die Luft. Obwohl er sich vor Müdigkeit kaum noch auf den Beinen halten konnte, trieb es ihn immer weiter voran, und mit jedem Schritt, den er auf dem staubigen Pfad zurücklegte, wuchs die Beklommenheit, die sich wie ein Würgeeisen um seine Kehle legte.

Stunden später, als ihm die Beine den Dienst zu versagen drohten, tauchten am Horizont zwei Granitfelsen auf. Um einen der beiden kreiste ein Schwarm Raben, die ersten Lebewesen, die er zu sehen bekam. Beim Näherkommen bemerkte er, dass seltsame Zeichen in den Stein gemeißelt waren, aber da er sie nicht entziffern konnte, schleppte er sich weiter. Am Rande eines Abgrundes, über den weder Steg noch Brücke führte, war der Pfad schließlich zu Ende.

Als er sich ihm näherte, schossen giftgelbe Fontänen zum Himmel, die sich unweit von ihm zu einem übelriechenden Brodem vereinten. Aasgeruch lag in der Luft, trotzdem zwang er sich weiterzugehen. Obgleich ihn schwindelte, zog ihn der Abgrund magisch an. Hinunterzuschauen fiel ihm schwer, doch als er sich überwand, fiel sein Blick in einen endlos tiefen Schlund, tiefer als alle Täler, Klüfte und Schluchten auf Erden. Der Geruch, der ihm entströmte, raubte ihm schier den Atem. Dennoch wandte er den Blick nicht ab. Je länger er dastand und in den weit geöffneten Rachen stierte, der geradewegs ins Herz der Erde zu führen schien, desto mehr regte sich in ihm das Gefühl, jetzt und hier, inmitten dieser trostlosen Einöde, wo keines Menschen Seele je verweilt, seinem kümmerlichen Dasein

ein Ende zu setzen. Dazu bedurfte es keiner großen Mühe, er musste sich einfach fallen lassen, eintauchen in die Finsternis, die ihn mit unwiderstehlicher Kraft hinabzuziehen schien. Doch plötzlich, ehe er sich in sein Schicksal ergab, teilte sich das dichte Gewölk, das über dem Abgrund hing. Die Giftwolke verschwand, die Dunkelheit ebenso. Auf einmal erstrahlte die Welt in hellem Glanz, und als Hilpert den Blick himmelwärts richtete, glitt von hoch droben ein Engel herab. »Wo bin ich?«, stammelte der Inquisitor, als der Engel mit weit ausgebreiteten Schwingen über den Abgrund schwebte. »An den Pforten der Hölle!«, lautete die Antwort. »Und ich bin Gabriel, ausgesandt, mich deiner anzunehmen, bevor es die Mächte der Finsternis tun!« Da warf sich Hilpert auf die Knie, aber kaum war dies geschehen, spürte er ein leises Zittern, das aus dem Inneren der Erde zu ihm drang. Doch damit nicht genug. Aus dem Zittern wurde ein Vibrieren, dann ein Rumoren, gefolgt von einem Beben, das ihn gänzlich zu Boden riss. Sonne und Mond verschwanden, und Finsternis kam über das Land. Erdspalten taten sich auf, mit einem Mal schien alles in Bewegung. Hilpert wollte schreien, aber im Angesicht des Infernos, das ringsum tobte, kam kein Laut über seine Lippen. »Flieh, du Tor, flieh, so lange du kannst!«, rief ihm der Erzengel zu, doch bevor er gehorchen konnte, erstarrte Hilpert vor Schreck. Aus dem Abgrund, dem er immer noch bedrohlich nahe war, stieg eine Kreatur empor, schlimmer als alles, was menschliche Fantasie je hätte ersinnen können. Ihr Kopf glich dem eines Löwen, ihre Pranken denen eines Bären. Feuergarben schossen aus ihrem Mund, während die Hörner, die ihr Haupt überragten, im Sturmwind hin und her wogten. Ein Paar bösartiger Augen, bei deren Anblick ihm das Blut in den Adern gefror, starrte ihn aus tiefen Höhlen an. Sie lähmten seine Gedanken, nagelten ihn regelrecht am Boden fest. Hilperts Verzweiflung kannte keine Grenzen, vor allem, als die Bestie, auf der eine schwarz gekleidete Gestalt mit dunkler Kapuze thronte, sich mit Riesenschritten auf ihn zu zu bewegen begann.

Doch da zückte der Engel sein Schwert, ließ es über dem Haupt der Bestie kreisen und stieß es so tief in ihren Schuppenpanzer, dass es bis auf den Knauf darin verschwand. Ein ohrenbetäubendes Brüllen ließ die Erde erzittern, ein Schwall Blut schoss empor, doch gab sich die Kreatur deswegen noch nicht geschlagen. Mit der dunklen Gestalt, welche die Bestie erbarmungslos vorantrieb, verhielt es sich ebenso, und so bewegte sie sich Zoll um Zoll auf Hilpert zu. Außerstande, sich zu rühren, erwartete er sein Schicksal. Das Höllenwesen kam immer näher. Der Atem, der aus seinen Nüstern drang, ließ ihn fast die Besinnung verlieren. Und dann war seine Stunde gekommen. Die Kreatur erhob sich auf die Hinterfüße, riss den Rachen auf, stieß einen markerschütternden Schrei aus und –.

»Nein!« Ein ohrenbetäubendes Klirren, so laut, dass es seine Traumgesichte im Nu zerplatzen ließ, riss Bruder Hilpert aus dem Schlaf. Von seiner Stirn tropfte der Schweiß, und sein Herzschlag fühlte sich wie der Klang eines Schmiedehammers an. Bis er sich zurechtfand, verging unendlich viel Zeit, und als er sich aufsetzte, durchfuhr ihn ein stechender Schmerz. Immer noch schlaftrunken, tappte er schließlich zur Tür, um die dort hängende Lampe zu entzünden.

Die Steinfliesen seines Domizils waren mit Glassplittern übersät, und im Fenster klaffte ein riesiges Loch. Der Urheber des Lärms, ein faustdicker, mit einem Pergamentfetzen umwickelter Stein, war schnell gefunden: ›Begib dich in die Kirche‹, war auf dem Pergament zu lesen, ›und du wirst derer habhaft werden, nach denen du suchst. Tue dies heimlich, sonst ist das Leben deines Gefährten verwirkt.‹

Gefährte? Hilpert schlug entsetzt die Hand vor den Mund. Bedeutete dies etwa, dass Alkuin …? Ein Zittern der Erregung lief durch seinen Körper, und ohne einen Gedanken an mögliche Gefahren zu verschwenden, riss er die Laterne an sich und verließ eilig den Raum.

Als er den Hof überquerte, stand die volle Scheibe des Mondes am Himmel, und es war fast taghell. Wie nicht anders zu erwarten, war das Tor der Abteikirche verschlossen. Hilpert hastete weiter. Vor der Klausurpforte angekommen, zog er an der Klingelschnur, erhielt aber keine Antwort. Hilpert wurde wütend. Wenn er etwas hasste, dann die Pflichtvergessenheit, mit der manche Brüder ihr Amt versahen. Eher aus Verlegenheit drückte er schließlich die Klinke herunter – und stellte fest, dass die Pforte nicht verschlossen war.

Vom Pförtner war weit und breit nichts zu sehen. Hilpert schüttelte ungläubig den Kopf, und der Unmut, der ihn beim Anblick der leeren Kammer beschlich, machte wachsendem Unbehagen Platz. Er nahm sich vor, den Betreffenden bei Gelegenheit zur Rede zu stellen, da er im Augenblick aber weit Wichtigeres zu tun hatte, verschloss er die Pforte und ging weiter.

Im Kreuzgang war es merkwürdig still. Durch die bemalten Bogenfenster, die vom Leben der Heiligen kündeten, sickerte das Licht des Mondes und tauchte den Südflügel, den Hilpert eilig durchquerte, in ein gespenstisches Licht. Das Klappern seiner Holzpantinen hallte von den Wänden wider, aber der Inquisitor nahm kaum Notiz davon. In Gedanken bei dem, was ihn in der Klosterkirche erwartete, hielt er den Blick gesenkt, weshalb er den Schatten, der sich aus der Tür des Refektoriums löste und klammheimlich an seine Fersen heftete, nicht bemerkte.

Als er die Kirche durch die Mönchspforte betrat, schlug ihm die gleiche, seltsam anmutende Stille entgegen. Es war empfindlich kalt, und Hilpert konnte sich eines Frösteln nicht erwehren. Den Gedanken, dass sich darin auch die Furcht widerspiegelte, die ihn allmählich ergriff, ließ er zwar nicht zu, spürte aber, dass er in seinem Übereifer etwas zu weit gegangen war. Er war dabei, Kopf und Kragen zu riskieren. Berengar nicht ins Vertrauen gezogen zu haben war eine Torheit, derentwegen er sich schwere Vorwürfe zu machen begann.

Für Vorwürfe, gleich welcher Art, war es jetzt allerdings zu spät. Hilpert stieß einen leisen Seufzer aus und wandte seine Schritte zum Chor, von wo aus ein Lichtschein in das gähnend leere Kirchenschiff drang.

Als er dort ankam, stutzte er. Mit allem hatte er gerechnet, nur nicht mit dem Anblick, der sich ihm bot. Um die fünf Särge, die auf schmalen Schragentischen ruhten, waren Dutzende von Windlichtern platziert. Warmes, freundliches Licht flutete ihm entgegen und tauchte den Altarraum in festlichen Glanz. Wie berauscht von der unwirklichen Pracht, verharrte Hilpert in tiefem Schweigen und vergaß den Grund, weswegen er mitten in der Nacht hierher gekommen war.

Bei näherem Hinsehen verflog die andächtige Stimmung jedoch im Nu. Wie er alsbald bemerkte, waren die Windlichter nicht wahllos, sondern nach einem ganz bestimmten Schema aufgestellt, nach welchem, wurde ihm denn auch rasch klar. Die fünf Särge, von deren vorderstem er nicht weit entfernt war, symbolisierten die Zacken eines Sterns, die in gerader Linie aufgestellten Windlichter seine Kanten. Sie waren alle gleich lang, und als sich Hilpert bückte, fiel ihm auf, dass sie auf ebenso sorgsam gezogenen Kreidestrichen ruhten. Warum bloß war ihm plötzlich so flau im Magen, so unbehaglich, dass es ihn drängte, schnellstmöglich zu verschwinden? Mit hämmernden Schläfen stand Hilpert da und zermarterte sich das Gehirn.

Die Erkenntnis traf ihn wie der Blitz. Wieder zurück in seinem Traum, sah er die Zeichen auf dem Granitfelsen ein zweites Mal. Nicht nur stimmten sie exakt mit dem Pentagramm im Chorraum überein, sondern glichen sich in einem weiteren, überaus beunruhigenden Punkt: Sie stellten ein Fünfeck dar, das auf dem Kopf stand, und was das zu bedeuten hatte, war ihm, dem Inquisitor, sehr wohl bewusst.

Hilpert lief es eiskalt den Rücken hinunter, aber wie der Abgrund in seinem Albtraum zog ihn das Pentagramm auf geradezu magische Weise an. Dass er es war, der in den Kreis aus Windlichtern trat, der das Fünfeck umrahmte, konnte er selbst nicht glauben, und dass der Geruch von Kerzenwachs von infernalischem Schwefelgeruch überlagert wurde, nahm er nur am Rande wahr.

Einmal innerhalb des Kreises, wandte er sich zunächst den beiden hintersten Särgen zu. Wie die Inschrift am Fußende verriet, war im linken der Bursarius, im rechten dagegen Lukas bestattet. Der Inquisitor erschauerte, und während sein Puls deutlich rascher ging, machte er auf dem Absatz kehrt, um die beiden vorderen Särge zu inspizieren.

Wessen Leichnam sie bargen, war nicht schwer zu erraten, und was Hilpert vermutete, sollte sich bewahrheiten. ›*Johannes Tertius, Abbatus Brunebachiensis*‹* war auf dem Sarg vorne rechts zu lesen, während der linke mit einem wesentlich schlichteren ›Bruder Hildebrand – Prior‹ auskam.

Blieb noch der fünfte Sarg, die Spitze des Pentagramms. Die Beine wurden ihm schwer, und sein Herz klopfte wie wild. Aber Bruder Hilpert war bereits zu weit gegangen, als dass er jetzt noch hätte halt machen können. Eine Weile verharrte er schweigend, dann fasste er frischen Mut, entschlossen, auch noch den letzten der fünf Särge genauer zu untersuchen.

Er trug eine Inschrift, wie die übrigen Särge auch. Hilpert trat langsam näher – und blieb wie versteinert stehen. In seinem Hirn begann es derart heftig zu rumoren, dass seine Hände instinktiv an die Schläfen fuhren, was den Schmerz, der ihn durchzuckte, allerdings nicht beseitigen half. Hilperts Züge verformten sich, und der Sarg verschwamm vor seinen Augen. Aber was er auch tat, seine Sinne Lügen zu strafen, schlug fehl. Die Inschrift war und blieb die gleiche. ›*Hilpert – Haereticus*‹** war darauf zu lesen, ergänzt durch ein umgedrehtes Pentagramm.

Hilpert hielt den Atem an, und sein Herz begann wie rasend zu pochen. War dies möglich, oder hatte man sich hier einen, wenn auch schlechten, Scherz erlaubt? Der Inquisitor hob den Blick und ließ ihn über die Oberfläche des Sarges gleiten. Der Entschluss, der in ihm reifte, erschreckte ihn, war aber das Einzige, was ihm übrig blieb.

---

* dt.: Johannes der Dritte, Abt zu Bronnbach.
** dt.: Hilpert, Ketzer.

Und so holte er tief Luft, packte den Sargdeckel und wuchtete ihn kurzentschlossen in die Höhe.

Der Geruch von Verwesung schlug ihm entgegen, aber als er einen Blick in das Innere des Sarges warf, fand er ihn leer. Bis auf einen Bogen Papier, fein säuberlich gefaltet und versiegelt, gab es scheinbar nichts, das seine Aufmerksamkeit erregte. An wen der Brief gerichtet war, lag auf der Hand, und Hilpert ahnte bereits, was darin stand. Trotzdem oder gerade deswegen ließ der Inquisitor Vorsicht walten. Aus seiner Zeit an der päpstlichen Kurie waren ihm nämlich Gifte bekannt, die absolut tödlich waren, sobald man mit ihnen in Berührung kam. Ein Grund mehr, das Spiel, das man allem Anschein nach mit ihm trieb, nicht auf die Spitze zu treiben, aber Hilpert war nun einmal Hilpert, und so griff er nach anfänglichem Zögern zu.

Nachdem er den Brief in der Hand hielt, fiel ihm sofort das Siegel auf, mit dem er versehen war. Dass darauf ein Fünfeck zu sehen war, überraschte ihn kaum, viel eher die Erkenntnis, mit welcher Sorgfalt seine Widersacher zu Werke gegangen waren. Als er es erbrach, stutzte er. Die Schrift, auf die sein Blick fiel, kam ihm bekannt vor, und er musste nicht lange nachdenken, woher. Sie war die gleiche wie auf dem Drohbrief, der in die Arrestzelle geschmuggelt worden war, ein Irrtum so gut wie ausgeschlossen. Irgendetwas daran kam ihm allerdings seltsam vor, aber da er viel zu erregt war, um in Ruhe darüber nachzudenken, verwarf der Inquisitor den Gedanken und begann zu lesen: *›Nun, da du diese Zeilen liest, Hilpert, bist du am Ende deines Weges angekommen, nicht lange, und dein bis ins Mark verrotteter Körper wird in diesem Sarge ruhen. Oh du reiner, einfältiger, nichtsnutziger Tor! Wisse, dass der Himmel eben jener Ort ist, an dem die Schwachen verweilen, die Wehrlosen und Leichtgläubigen dieser Welt. Erkenne, dass der Ursprung aller Macht und Herrlichkeit ein anderer ist, einer, den du und deinesgleichen Hölle nennen. Dort, und nur dort, ist gut sein, zu Füßen Satans, meines Herrn.*

Und darum wirst du hinabfahren zur Hölle, den Ort, vor dem es euch Christen so sehr graut, auf dass du gerichtet werden mögest für deine Taten. Doch zuvor, Elender, wirst du für deine Untaten büßen, und am Ende wirst du sterben. Sterben, wie es sich für einen Mann deines Schlages geziemt, einen, der es wagte, sich mir in den Weg zu stellen. Dann, und erst dann, wenn du deinen letzten Atemzug tust, wirst du mein Antlitz schauen – und erkennen, welch nichtswürdige Kreatur du doch bist!

Wer bist du, dass du glaubst, du hättest etwas gegen mich ausrichten können? Sieh dich um: Hat dich das Schicksal derer, die meines Herren Kreise zu stören wagten, nicht klüger gemacht?

Seis, wie es sei, Hilpert, deine Stunde ist gekommen. Niemand wird dir helfen, auch und vor allem deine Mitbrüder nicht. Zu tief sitzt in ihnen die Furcht, als dass sie es wagen würden, sich mir und meinen Jüngern zu widersetzen. Das eine aber glaube mir: Noch ehe es Mitternacht schlägt, wirst du bereuen, überhaupt geboren zu sein, wirst du den Tod herbeisehnen, schreien, winseln, flehen – wirst du Torturen erdulden, wie du sie dir schlimmer nicht vorstellen kannst. Deine Qualen werden viehisch sein, schlimmer als alles, was Menschen je erdacht.

Doch nun, Hilpert, fasse dich und sieh deinem Schicksal ins Auge. Denn siehe, ich bin gekommen, um dich vom Angesicht der Erde zu tilgen – für immer.‹

Bedächtiger, als es der Situation angemessen war, faltete Hilpert den Brief zusammen und drehte sich langsam um. Er war auf alles gefasst, nicht aber auf den Anblick, der sich ihm bot.

Die Gestalt, die sich aus der Dunkelheit löste und gemächlichen Schrittes auf ihn zuschlenderte, war mittelgroß, von schlanker, fast zarter Statur und trug einen Umhang, die ihren Körper komplett verhüllte. Dies allein war auffällig genug, hinzu kam allerdings eine Maske, die so furchteinflößend wirkte, dass Hilpert unwillkürlich zurückwich. Traum und

Wirklichkeit schienen einander zu begegnen, auf beklemmende, nicht zu erklärende Weise ineinander aufzugehen. Hilpert hatte Mühe, einen klaren Kopf zu behalten, bis zum Äußersten gespannt, wartete er darauf, was ihm die unheimliche Begegnung bescheren würde.

Plötzlich blieb die Gestalt stehen. War dies nur ein flüchtiger Spuk, ein Trugbild, Ausgeburt seiner überreizten Fantasie, die ihm ausgerechnet jetzt einen Streich zu spielen drohte?

Viel Zeit, sich dieser Hoffnung hinzugeben, hatte Hilpert nicht, denn kaum war die Gestalt stehen geblieben, fuhr Hilpert ein zweiter, ungleich stärkerer Schrecken in die Glieder.

Die Gestalt war nicht allein. Wie auf ein geheimes Zeichen hin tauchte eine Reihe schwarz gekleideter, ihrem Anführer aufs Haar gleichender Gestalten auf, die sich mit verschränkten Armen auf den Chor zu bewegten. Sie kamen aus allen Richtungen, lautlos, wie bei einer Prozession. An Flucht war nicht zu denken, Hilpert saß in der Falle.

Was nun, Elender? Hat dich dein Mut schon verlassen? Wie bleich du bist – und wie du zitterst! Das also ist der gefürchtete Inquisitor, Hilpert von Maulbronn, von dem es heißt, er fürchte sich nur vor Gott – und sonst vor nichts auf der Welt! Sprich, oder hat es dir die Sprache verschlagen?

Hilperts Atem ging rascher, seine Gedanken zu ordnen fiel ihm schwer. Eines jedoch stand fest: Diese Begegnung war kein Zufall. Sie war von langer Hand geplant und diente nur einem einzigen Zweck.

Als der Zug der Kapuzenmänner zum Stillstand kam, machte sich eine eigenartige Stille breit. Hilpert war von sieben Vermummten eingekreist, an ihrer Spitze der Messias des Todes, Abgesandter Satans auf Erden. Der Mann, nach dem er suchte.

Der Inquisitor stöhnte innerlich auf, und ein stechender Schmerz fuhr ihm durchs Gehirn. Womit er nicht gerechnet hatte, traf jetzt ein: Auf sich allein gestellt, war er seinen Widersachern auf Gedeih und Verderb ausgeliefert. Er, Hilpert, das letzte Hindernis, das ihnen noch im Wege stand.

So leicht aber würde er sich nicht geschlagen geben. Hilperts Körper straffte sich, und er sah dem Anführer des Zuges direkt in die Augen. Er würde nicht um Gnade winseln, und nichts lag ihm ferner, als sich willenlos in sein Schicksal zu fügen. Wenn er dem Tod ins Antlitz sah, würde er es hocherhobenen Hauptes tun – und die Identität dieser Männer lüften. Und wenn es das Letzte war, was er auf Erden tat.

»Wer seid Ihr?«, herrschte er den Anführer des Zuges an. Der aber rührte sich nicht von der Stelle, ebenso wenig wie seine Jünger, die stocksteif auf der Stelle verharrten.

»Sprecht – oder hat es Euch etwa die Sprache verschlagen?« Furchtlos wie immer, ging Hilpert auf seinen Widersacher zu. Täuschte er sich, oder hatte er ihn kurz zusammenzucken sehen?

Nur eine Armlänge von der Gestalt entfernt blieb der Inquisitor stehen. »Gebt Euch keine Mühe!«, sprach er mit fester Stimme. »Ich kann mir ohnehin denken, wer Ihr seid! Wenn Ihr mir schon nach dem Leben trachtet, sollt Ihr wissen, dass Eure Identität schon längst kein Geheimnis mehr für mich ist!«

Was er da sagte, war nicht einmal die halbe Wahrheit – und Hilpert wusste es. Darauf kam es jetzt aber nicht an. Er musste erfahren, wer unter dieser Maske steckte. Das allein zählte, sonst nichts.

Der Inquisitor hob die Laterne und sah seinem Widersacher direkt in die Augen. Blassblau schimmernd, wässrig, kalt – Hilpert war sich sicher, dass er dem Mann, der ihn so hasserfüllt anstarrte, schon einmal begegnet war. Aber wann bloß – und wo?

Darüber nachzugrübeln war freilich müßig. Er würde es früh genug erfahren. Hilpert schluckte. Kein Zweifel, dieser Mann war zu allem fähig. Was in dem Brief stand, würde geschehen. Schritt für Schritt. Mit diabolischer Präzision. Nur ein Wunder konnte ihm jetzt noch helfen. Ein Wunder und ein Gebet.

Dazu sollte es jedoch nicht mehr kommen. Der Anführer der

Kapuzenmänner kam Hilpert zuvor. Ein Wink genügte, und zwei Männer lösten sich aus dem Halbkreis, der sich um den Inquisitor gebildet hatte, und schritten gravitätisch auf ihn zu.

Und dann geschah es. Irgendwo in der Ferne war ein Geräusch zu hören. Schritte. Lautes Klopfen. Fast gleichzeitig, unweit der Kirche, ein Schrei. Aufgeregtes Rufen. Ein Aufglimmen in der Nacht.

Feuer.

Die beiden Kapuzenmänner schienen irritiert und blieben unschlüssig stehen. Ihrem Anführer, der zum Kirchenportal starrte, in die Richtung, aus der das Klopfen kam, erging es ebenso. Dies war der Moment, auf den Hilpert gewartet hatte.

Mit einem Hieb, dem man einem Mann des Geistes nicht zugetraut hätte, streckte er den Kapuzenmann nieder, der ihm am nächsten war. Dann ließ er von ihm ab und rammte seinem Gefährten das Knie in den Leib. Aufheulend vor Schmerz sackte der Vermummte in sich zusammen.

Dies alles geschah in rasender Geschwindigkeit, noch ehe der Anführer hätte reagieren können. Und genau er war es, auf den es Hilpert jetzt abgesehen hatte. Mit ein, zwei Riesenschritten war er bei ihm, um ihm die Kapuze vom Gesicht zu reißen.

Ein unverzeihlicher Fehler, wie ihm alsbald klar wurde. Denn kaum hatte er seinen Widersacher gepackt, als er einen stechenden Schmerz in der Brust verspürte.

Von diesem Moment an war Hilpert nicht mehr er selbst, und er spürte, wie alles Leben in Windeseile von ihm wich. Reflexartig fuhr seine rechte Hand zur Brust, wo sie auf eine warme, klebrige Masse traf, die scheinbar unaufhaltsam aus seinem Körper quoll. Es gab nichts, was er dagegen tun konnte, und Hilpert wusste es. Der Blick verschwamm und er torkelte ziellos umher.

Nicht mehr lange, und er würde sterben. Hilpert begann zu röcheln, und seine Beine wurden ihm schwer. Der Chor der Abtei drehte sich im Kreis, ebenso wie die Vermummten, die einen Reigen des Todes vollführten. Kein Zweifel, bald war es um ihn geschehen.

Warum aber brach er nicht zusammen, warum starb er nicht? Mit letzter Kraft, eher aus Zufall denn Absicht, steuerte Hilpert auf den Anführer der Kapuzenmänner zu. Der schien wie erstarrt, unfähig, sich vom Fleck zu rühren.

Und dann, mit dem letzten Funken an Bewusstsein, der ihm noch verblieb, nahm Hilpert einen Duft in sich auf, nicht mehr als ein Hauch, ein Echo in der Ferne.

Ein Duft, den er kannte.

Dann stürzte die Dunkelheit über ihm zusammen.

DRITTER TAG

38

Würzburg, Unser Frauen Berg, bei Tagesanbruch

»Teufelsanbetung? Welche Infamie!« Bischof Johann von Würzburg schäumte vor Wut. Obwohl er gerade ein Bad nahm, hätte er beinahe die Beherrschung verloren. Die Wogen seiner Erregung schlugen hoch, von denen im Waschzuber gar nicht zu reden.

»Und wann habt Ihr davon erfahren?!« Der hochgewachsene Mann, an den die Frage gerichtet war, hielt sich in respektvollem Abstand. Er war noch keine 40, aber bereits vollkommen grau. Ein Greis war er deswegen noch lange nicht. Valentin, Secretarius und engster Vertrauter des Bischofs, war hochgebildet, gerissen bis zur Skrupellosigkeit und das vollkommene Gegenteil seines Herrn. Dieser vertraute ihm blind, weswegen er nur wenige Freunde besaß. Da Johann von Brunn die Freuden des Lebens aber durchaus zu schätzen wusste, was zu lang anhaltenden Anfällen von Trägheit führte, war Valentin von Helfenstein so etwas wie der heimliche Herrscher am fürstbischöflichen Hof.

»Am gestrigen Abend, fürstbischöfliche Gnaden.« Valentin unterdrückte ein Schmunzeln und deutete eine Verbeugung an. »Eine Stunde nach Sonnenuntergang.«

»Und warum habt Ihr mich nicht sofort in Kenntnis gesetzt?«

»Weil fürstbischöfliche Gnaden gerade mit dem Fräulein von Lerchenberg ... ähm ... weil Euer Gnaden gerade mit seinen Exerzitien beschäftigt war.«

Johann von Brunn hüstelte und wandte sich dem opulenten Frühstück zu, das auf dem vorspringenden Brett am Rande seines Waschzubers stand. Es bestand aus Brot, Käse, Trauben und Wein, Dinge, wovon seine Untertanen nur träumten. Wie immer aß er mit großem Appetit, worüber er den Gegenstand des Gespräches mit seinem Secretarius fast vergaß. »Aha!«, sagte er schließlich, bevor er seinen Oberkiefer in einer riesigen Lammkeule vergrub. »Und was machen wir jetzt?«

»Das ist leider noch nicht alles, Euer Gnaden.«

»Noch nicht alles?!«, echote der Fürstbischof. Nichts Gutes ahnend, ließ der korpulente Endvierziger seine Lammkeule auf einen Zinnteller sinken und wischte sich das Bratenfett vom Mund. »Doch wohl keine Hiobsbotschaft, oder?«

Valentin setzte eine teilnahmslose Miene auf. »Wie mans nimmt«, sagte er und zuckte die Schultern.

»Heraus damit – worum dreht sichs?«

»Um den Abt zu Bronnbach, Euer Gnaden.«

Der Bischof zog die Augenbrauen in die Höhe, während das Wasser im Zuber erneut in Bewegung geriet. »Und was ist mit ihm?«

»Er ist tot.«

»Tot?«

Der Secretarius nickte. Von Mitgefühl kein Spur. »Die Nachricht ist absolut zuverlässig. Wie mein Gewährsmann übrigens auch.«

»Einer der Mönche aus dem Kloster?«

»Euer Gnaden Scharfsinn zu übertreffen ist unmöglich.«

Johann von Brunn sah seinen Secretarius argwöhnisch an. Manchmal war er ihm unheimlich. Leider aber auch unentbehrlich.

»Und was machen wir jetzt?«

Valentin von Helfenstein räusperte sich, senkte den Blick und trat von einem Bein auf das andere. »Es hat zwei weitere Tote in der Abtei gegeben«, räumte er scheinbar widerstrebend ein. »Den Prior und einen Novizen. Vermutlich Mord.«

»Was sagt Ihr da?!« Der schwammige Körper des Bischofs schoss in die Höhe, und ein Schwall Wasser schwappte über den Rand. »Mord?«

Der Secretarius nickte stumm. Dass seine Betroffenheit nur vorgetäuscht war, ahnte der Fürstbischof nicht.

»Hat man denn schon einen Hinweis, irgendeine Spur?«

»Mitnichten, Euer Gnaden.«

»Aber irgendetwas muss doch geschehen!«

»Soweit ich informiert bin, ist dies der Fall. Der Vogt des Grafen von Wertheim scheint sich der Sache angenommen zu haben. Er und ...« Von Helfenstein zögerte.

»Er und wer noch?«

»Er und ein eigens vom Abt zu Maulbronn entsandter Inquisitor.«

»Und wie heißt er?! In der Heiligen Jungfrau Namen, von Helfenstein, spanne Er mich doch nicht so auf die ...«

»Hilpert von Maulbronn.«

Bei der Nennung von Hilperts Namen sackte der Fürstbischof förmlich in sich zusammen. Eine ganze Weile war es still. Johann von Brunn starrte ins Leere und schob den halbvollen Teller langsam auf die Seite. »Der gute alte Hilpert, wenn das keine Überraschung ist!«, brummte er verdrossen, und die Art, wie er es tat, verhieß nichts Gutes.

»Ein in der Tat höchst unbequemer Mann.«

»Und ein gerissener dazu. Hochgebildet. Auf der Höhe der Zeit. Eine wahre Zierde der Wissenschaft. Konnte mich auf dem letzten Reichstag selbst davon überzeugen.« Der Zeigefinger des Fürstbischofs fuhr auf seinem Doppelkinn hin und her. »Wenn einer die Morde aufklären kann, dann er.«

»Und wenn nicht – was dann?«

»Was soll das heißen: ›Was dann?‹ Was in der Dreifaltigkeit Namen geht uns die ganze Sache an?«

»Eine Menge.«

»So? Und warum?«

»Weil sie für Euch von Vorteil sein könnte. Vorausgesetzt, dieser Hilpert scheitert.«

Der Fürstbischof richtete sich auf und sah seinen Secretarius verdutzt an. »Damit wir uns richtig verstehen«, warf er missbilligend ein, »es handelt sich hier um Mord! Eine schwere, nicht wiedergutzumachende Sünde. Und Ihr, mein Secretarius, wollt mir weismachen, dass –«

»– es überaus wünschenswert wäre, wenn der Zisterzienserkonvent zu Bronnbach für eine Weile am Pranger stünde. Ganz recht, Euer Gnaden.«

Der Mund des Fürstbischofs formte ein riesiges O, während seine Augen fast aus den Höhlen sprangen. Eine Weile war es mucksmäuschenstill. Dann fand Johann von Brunn die Sprache wieder. »Gott ist mein Zeuge, von Helfenstein«, murmelte er, wobei nicht sicher war, ob er dies anerkennend oder wörtlich meinte: »Ihr seid der elendste Hundsfott, der mir je über den Weg gelaufen ist.«

Von Helfenstein verbeugte sich knapp, ein vielsagendes Lächeln im Gesicht. »Wie ich sehe, haben Euer Gnaden verstanden.«

Der Fürstbischof begann sich merklich zu entspannen. »Ich denke schon«, erwiderte er mit einem Lächeln. »Was Ihr mir sagen wollt, ist dies: Je tiefer die Zisterzienser zu Bronnbach in den Sumpf geraten, desto größer der Vorteil für mich. Was aber, wenn etwas schief geht? Der Graf von Wertheim wird dem Treiben sicher nicht tatenlos zusehen. Sein Vogt, dieser … wie heißt er doch gleich?«

»Berengar.«

»Er wird alles daransetzen, die Morde aufzuklären, meint Ihr nicht auch?«

»Ein vierschrötiger Kerl. Nicht übermäßig intelligent. Ausgeprägter Hang zu Wein und hübschen Frauen. Keine wirkliche Gefahr.«

»Wie immer seid Ihr erstaunlich gut informiert.«

»Was auch kein Wunder ist. Steht doch sein Schreiber, Leandrius mit Namen, in Euer Gnaden Sold.«

»Wie gesagt, von Helfenstein: Ihr seid ein Hundsfott. Und ein äußerst gerissener noch dazu. Die Frage ist nur: Wie stellen wirs an? Oder anders ausgedrückt: Wie verschaffen wir uns ein Bild von der Lage? Und zwar ohne dass der gute alte Hilpert merkt, was wir im Schilde führen?«

»Das Naheliegendste wäre, einen Mann Eures Vertrauens nach Bronnbach zu entsenden. Nennen wir es … ja, genau: Nennen wir es eine Visitation! Um wen es sich dabei auch immer handeln mag: Dieser Euer Legat hätte die Aufgabe, Eurem Freund aus früheren Tagen einmal kräftig auf die Finger zu schauen. Und dafür zu sorgen, dass er sich nach Kräften blamiert. Und, nicht zu vergessen, die anstehende Wahl des Abtes in Euer Gnaden Sinne zu beeinflussen. Auf dass sich Euer Gnaden Einfluss und Barvermögen auf das Trefflichste vermehren!«

»Wie ich Euch kenne, habt Ihr dabei auch schon einen ganz bestimmten Kandidaten im Sinn.«

»Euer Gnaden sind ein wahrer Meister seines Fachs. Ihr habt recht: Der Mann, der mir vorschwebt, wäre wie Wachs in Euren Händen.«

»Bleibt zu klären, wer mit dieser heiklen Mission beauftragt werden kann.«

»Darüber zu befinden steht mir gewiss nicht zu«, wehrte von Helfenstein lächelnd ab.

Johann von Brunn erwiderte sein Lächeln, wenn auch nicht ohne Hintergedanken, wie sich herausstellen sollte: »Zu gnädig, von Helfenstein«, erwiderte er und füllte seinen Becher mit Wein. »Wann reist Ihr ab?«

39

Wertheim, zur gleichen Zeit

Die Luft im Burgverlies war stickig und feucht. Berengar war hundemüde, und der Modergeruch, der ihm entgegenschlug, gab ihm den Rest. Nach der schlaflosen Nacht, die er hinter sich hatte, war die Laune des Vogtes schlechter denn je. Noch immer keine Spur, kein Hinweis, mit dem sich etwas anfangen ließ. Allmählich begann er an sich zu zweifeln, was für die Lage, in der er sich befand, alles andere als förderlich war.

Am Fuß der Treppe, wo sich eine massive, eisenbeschlagene Tür befand, blieb der Vogt des Grafen von Wertheim stehen. Der stiernackige Kerkermeister, der ihm vorausging, steckte seine Fackel in den eisernen Zylinder neben der Tür und drehte sich augenzwinkernd um. Berengar mochte den triefäugigen alten Heuchler nicht, und die Unterwürfigkeit, mit der er ihm begegnete, ging ihm gewaltig auf die Nerven.

»Das müsst Ihr Euch ansehen, Herr!«, flüsterte ihm der Kerkermeister zu, nachdem er den Verschluss des Gucklochs hochgeklappt und einen ersten Blick riskiert hatte. »Kriegt man bestimmt nicht alle Tage zu sehen!«

Berengar, den die Sensationsgier des Kerkermeisters mehr als unangenehm berührte, schob ihn kurzerhand beiseite, entriegelte die Tür und blieb auf der Schwelle stehen. Im Inneren der Zelle war es stockdunkel, und er musste seine Laterne zu Hilfe nehmen, um überhaupt etwas zu sehen. Bevor dies der Fall war, schlug ihm der gleiche, unverwechselbare Geruch entgegen, wie er ihn von zahllosen Verhören hier drunten kannte. Es roch nach Moder, Feuchtigkeit und verfaulendem Stroh, nach Rattenkot und menschlichen Exkrementen. Obwohl er daran gewöhnt war, fragte er sich jedes Mal, ob das Dahinvegetieren in einem solchen Kerker eines Christenmenschen überhaupt würdig war.

Wie so oft, wich er auch dieses Mal einer Antwort aus und tat, was er für seine Pflicht hielt. Trotzdem war dies kein Fall wie jeder andere. Hier ging es nicht um Straßenraub, um Betrug oder Zechprellerei. Hier stand viel mehr auf dem Spiel. Ein Kampf zwischen Gut und Böse war entbrannt, heftiger als jemals zuvor. Und er, Berengar, steckte mittendrin, und wenn er nicht bald auf die richtige Fährte stieß, war der Kampf verloren.

Eine Weile irrte der Lichtkegel seiner Laterne in der Zelle hin und her, bis er schließlich auf ein zusammengekauertes Bündel stieß. Berengar hielt den Atem an. Natürlich wusste er, mit wem er es hier zu tun hatte, aber auf den Anblick, der sich ihm bot, war er trotz allem nicht gefasst.

Die Waldeule hockte im äußersten Winkel der Zelle und starrte gedankenverloren vor sich hin. Ihr Oberkörper schaukelte sanft hin und her, und als der Vogt sie näher betrachtete, bemerkte er, dass sich ihre Lippen bewegten. Die alte Frau summte eine Melodie, eine alte, ihm nicht bekannte Weise. Berengar traute seinen Ohren nicht, erst recht, als er sah, wessen Kopf sie in ihren Armen barg.

Es war der Kopf eines Monstrums. Berengar zuckte unwillkürlich zusammen, noch nie hatte er etwas Derartiges gesehen. Der Mann, der sich wie ein Kind an das alte Kräuterweib schmiegte, war riesengroß, ein wahrer Bär von einem Kerl. Aber das war es nicht, was den Vogt erschreckte. Es war sein Gesicht, eine Fratze, in der sich alle Hässlichkeit dieser Welt vereinigt zu haben schien. Unförmig, aufgedunsen, mit einer klobigen Nase und unzähligen Pusteln übersät, bot sich ihm ein Anblick des Schreckens – und des Friedens zugleich. Denn der Mann skandierte die gleiche Melodie, wenngleich man kein Wort von dem, was über seine Lippen kam, verstand.

»Hab ichs Euch nicht gesagt?«, tuschelte der Kerkermeister. »So jemand wie den Teufelsbastard da drin bekommt man heutzutage nicht so leicht …«

»Wie seid Ihr seiner überhaupt habhaft geworden?«

»Mit einem halben Dutzend unserer kräftigsten Knechte!«, plusterte sich der Kerkermeister auf. »Wie gesagt – er trieb sich den ganzen Tag über vor dem Burgtor herum. Dann hat er sich mit dem Torwächter angelegt. Wollte unbedingt zu seiner Mutter. Na ja – nachdem er ihm die Nase blutig geschlagen hatte, haben wir ihm den Gefallen getan.«

»Und das war alles?«

»Alles, Herr?!«, entrüstete sich der Kerkermeister. »Ihr hättet ihn einmal sehen sollen! Die reinste Bestie – darauf mein Wort! Wie er um sich geschlagen und getreten und ge...«

»Verschwinde.«

Der Kerkermeister schnappte nach Luft. »Euer Gnaden wollen doch nicht etwa ...«

»Verschwinde, du Nichtsnutz, oder ich werfe dich diesem Kerl zum Fraße vor.«

Da Berengars Worte an Deutlichkeit nichts zu wünschen übrig ließen, trat der Kerkermeister rasch beiseite.

»Wenn ich drinnen bin, schließt du die Tür wieder ab und wartest auf mein Zeichen.«

»Aber wenn er Euch etwas ... ich meine, wenn er ...«

»Das lasse Er getrost meine Sorge sein.«

Als die Tür hinter ihm ins Schloss fiel, blieb Berengar eine Weile stehen. Aus der Ecke, in die sich die Waldeule kauerte, drang immer noch der gleiche, monoton anmutende Singsang an sein Ohr. Dann brach er plötzlich ab.

»Das darf doch nicht wahr sein!«, krächzte es plötzlich durch die Dunkelheit. »Der Herr Vogt! Welch unerwartete Ehre!«

Berengar wollte etwas erwidern, fand jedoch nicht die richtigen Worte. Das Monstrum in den Armen der Alten rührte sich nicht vom Fleck. Als der Vogt keine Antwort gab, fuhr die Alte durch sein schütteres Haar und setzte ihren Singsang fort.

»Die Ehre ist ganz auf meiner Seite!«, erwiderte Berengar knapp, aber ohne jede Ironie.

»Und was führt Euch zu mir?«

»Der Casus, an dem ich arbeite.«

»Und an dem Ihr Euch langsam aber sicher die Zähne auszubeißen beginnt, hab ich recht?«

Berengar nickte, und die Alte griente selbstzufrieden vor sich hin. »Wenn mir jemand weiterhelfen kann, dann du!«, fügte er etwas kleinlaut hinzu.

»Und womit kann ich dem hochwohlgeborenen Herrn Vogt zu Diensten sein?«

»Das weißt du ganz genau.«

Die Miene der Alten verhärtete sich. »Hört zu!«, erwiderte sie in eindringlichem Ton, wobei ihre Reibeisenstimme merkwürdig brüchig klang. »Wenn Ihr verlangt, dass ich für Euch den Ohrenbläser spiele, muss ich Euch enttäuschen. Meinetwegen spannt mich auf die Folter. Aber mehr als das, was ich Euch gestern droben im Wald gesagt habe, bekommt Ihr nicht aus mir heraus.«

»Und warum nicht? Vor was oder wem hast du denn solche Angst?«

»Angst?«, presste die Alte mühsam hervor, worüber sie sogar die Liebkosungen ihres Sohnes vergaß. »Habt Ihr überhaupt eine Ahnung, worum es hier geht? Doch wohl nicht um Beutelschneider, Schnapphähne oder irgendeine unbedeutende Betrügerei! Hier geht es um Dinge, Vogt, von denen Ihr hier droben in Eurer wohlbewehrten Burg nicht die geringste Ahnung habt!«

»Mag sein. Aber eines solltest du wissen: Selbst wenn du kein einziges Wort zu Protokoll gibst, brauchst du dich droben in deiner Hütte nicht mehr blicken zu lassen. Das ist dir doch wohl hoffentlich klar. Die, vor denen du dich so zu fürchten scheinst, werden nämlich über kurz oder lang herausfinden, dass du in unserem Gewahrsam warst. Und ihre eigenen Schlüsse daraus ziehen.«

Die Waldeule grinste schief und sah den Vogt mit gespielter Gleichgültigkeit an. »Na wenn schon!«, murmelte sie, während sie ihr Gesicht in Falten legte. »Allemal besser, als wie ein Stück Vieh aufgehängt und ge...« Das Kräuterweib unterbrach sich und hielt erschrocken die Hand vor den Mund. Aber es war zu spät.

»Wie gesagt – du scheinst mehr zu wissen, als du vorgibst«, nahm Berengar den Versprecher der Alten geistesgegenwärtig auf. »Höchste Zeit, dass du mit dem, was du weißt, herausrückst. Also: Was hast du Mittwochnacht droben im Wald gesehen? Was hat dir einen solchen Schrecken eingejagt, dass er dir immer noch in den Knochen steckt? Rede, Weib, bevor es zu spät ist!«

»Erst müsst Ihr mir etwas versprechen.«

»Und das wäre?«

»Dass Ihr für meinen Jungen sorgt, wenn mir etwas zustößt.«

Irgendetwas in der Stimme der Waldeule ließ Berengar aufhorchen, wenn ihm auch nicht klar wurde, was. »Was sollte dir denn zustoßen?«, antwortete er und hörte sich dabei wenig überzeugend an.

»Versprecht mirs.«

Berengar biss sich auf die Lippen, rang sich dann aber doch zu einem Kopfnicken durch. Die Alte schien zufrieden. »Und was genau wollt Ihr wissen?«, fragte sie und strich ihr verfilztes Haar aus dem Gesicht.

»Alles, was du beobachtet hast.« An und für sich war es Berengar gewohnt, die Dinge beim Namen zu nennen. Jetzt, wo er begriffen hatte, dass die Alte tatsächlich um ihr Leben fürchtete, entschloss er sich, ein wenig vorsichtiger zu Werke zu gehen. »Du und dein Sohn«, fügte er nach einer Weile hinzu.

Anscheinend waren gerade dies die falschen Worte, denn kaum waren sie verhallt, als die mühsam unterdrückte Angst des Kräuterweibes in nackte Panik umzuschlagen begann: »Lasst meinen Kaspar aus dem Spiel, hört Ihr?!«, beschwor sie den Vogt, Worte, die von einem leisen Rasseln der Ketten, mit denen ihr Sohn gefesselt war, begleitet wurden.

Berengar fuhr zusammen, spürte aber instinktiv, dass er auf der richtigen Spur war. »Schon gut, schon gut!«, warf er beschwichtigend ein und wich demonstrativ mehrere Schritte zurück. »Dann eben du! Also: Was hast du vorgestern Nacht droben im Wald ge...?«

»Viele böse Männer. Tot gemacht Mann. Mit Messer. Überall Blut. Kaspar viel Angst.«

Der Vogt hielt den Atem an, während der entsetzte Blick der Waldeule zwischen ihm und dem Koloss hin und her wechselte. »Sei still, Bub!«, fuhr sie ihn an. Doch vergebens. Auf einmal schien sie für ihren Sohn überhaupt nicht mehr zu existieren. Mit einem Ruck befreite er sich aus ihrer Umarmung, richtete sich auf und ging langsam auf Berengar zu.

Für einen Augenblick war Berengar wie erstarrt, und dies umso mehr, da ihm klar wurde, dass er dem Waldmenschen nicht im Entferntesten gewachsen war. In der Tat schien er über Bärenkräfte zu verfügen. Ein Hieb seiner Riesenpranke, und er wäre erledigt.

Berengar schluckte, als sich der Koloss zu voller Größe aufzurichten begann. In einem musste er dem Kerkermeister recht geben. Kaspar der Waldmensch war das abstoßendste Wesen, das ihm jemals über den Weg gelaufen war. Aber auch das harmloseste, wie ihm rasch klar wurde. Denn kaum sah er sich ihm Auge in Auge gegenüber, füllten sich seine Kinderaugen mit Tränen.

Berengar war verunsichert, und die richtigen Worte zu wählen, fiel ihm schwer. Dies war kein Fall wie jeder andere, das war ihm jetzt endgültig klar. Der Mann, mit dem er es hier zu tun hatte, war anscheinend der einzige brauchbare Zeuge, den es momentan gab. Das Problem war jedoch, dass er nicht mit dem Verstand eines Erwachsenen, sondern dem eines sechsjährigen Kindes ausgestattet war. Ein falsches Wort, und der Hoffnungsschimmer, den er sah, wäre verschwunden. Er musste behutsam vorgehen, weit vorsichtiger, als es seinem Naturell entsprach.

Der Waldmensch neigte den Kopf zur Seite und sah ihm lange in die Augen. Berengar erwiderte seinen Blick. Eine Weile standen sie einander schweigend gegenüber. Doch dann, als Berengar immer noch nach den richtigen Worten suchte, stieß

Kaspar einen Seufzer aus und begann mit stockender Stimme zu sprechen. »Kaspar viel Angst!«, wiederholte er, und wäre sein muskelbepackter Rumpf nicht gewesen, hätte man ihn für ein Kind halten können, das sich vor der Dunkelheit fürchtet. Berengar nickte und sah sein Gegenüber verständnisvoll an. Der Waldmensch beruhigte sich ein wenig und fuhr fort: »Kaspar nix schlafen. Viele böse Männer im Wald. Mutter nicht da. Kaspar sie suchen.«

»Und dann?«

»Kaspar denken, böse Männer Mutter was tun. Kaspar allein durch Wald. Ganz allein. Kaspar zur Lichtung, wo böse Männer sind. Aber Mutter nicht da. Nur böse Männer. Viele böse Männer. Feuer so hoch wie Baum. Kaspar viel Angst. Aber gutes Versteck. Böse Männer Kaspar nicht sehen.«

»Und dann? Was hast du dann gesehen?« Berengar trat auf den Hünen zu und packte ihn an den Armen. Kaspar war fast einen Fuß größer als er, und es wäre für ihn ein Leichtes gewesen, den Vogt wie ein lästiges Insekt zu zerquetschen. Trotzdem stand er einfach nur da und sah den Gesetzeshüter mit großen Augen an.

Berengar, der sich wegen seiner Unbeherrschtheit hätte ohrfeigen können, lockerte seinen Griff und wich einen Schritt zurück. »Tut mir leid!«, flüsterte er, wohl wissend, dass er dabei war, sich selbst einen Strich durch die Rechnung zu machen. »Ich wollte dich nicht erschrecken.«

Der Waldmensch kniff die Augen zusammen und musterte ihn stumm. Dann wandte er seinen Blick ab und starrte ins Leere. »Kaspar viel Angst!«, murmelte er nach einer Weile, und Berengar ahnte, wie ernst es dem Waldmenschen damit war. »Dicker alter Mann mausetot. Bauch offen wie von Wölfen gerissenes Schaf. Böse Männer trinken sein Blut.«

Der Koloss war den Tränen nahe, und Berengar begriff, dass es besser war, ihn nicht noch mehr unter Druck zu setzen. Eine Weile stand er unschlüssig da, dann aber legte er dem Hünen die Hand auf die Schulter. Eine Geste, die Kaspar verstand.

»Vogt gut Freund!«, flüsterte er und senkte den Blick. »Vogt versprechen, Kaspar nie wieder weg von Mutter.«

Berengar schluckte, und urplötzlich saß ihm ein Kloß so fest im Hals, dass ihm die Stimme versagte. Der Waldmensch sah ihn erwartungsvoll an. »Vogt versprechen«, forderte er ihn noch einmal auf.

Berengar nickte. »Versprochen!«, bekräftigte er, klopfte dem Riesen auf die Schulter und schickte sich an, die Zelle zu verlassen.

Gerade hatte er die Tür erreicht, als der Vogt die Stimme der Waldeule vernahm: »Gott schütze Euch, Vogt!«, hallte es durch die Dunkelheit.

Berengar fröstelte, und auf einmal hatte er es sehr eilig, wieder ins Freie zu kommen.

⁂

Sigurd, Wirt vom ›Wilden Mann‹, stieg die Treppe zum Schankraum hinunter und stieß derart gräuliche Verwünschungen aus, dass selbst die Huren, die in seiner heruntergekommenen Schenke logierten, vor Scham errötet wären. Er hatte schlecht geschlafen, und die Gicht plagte ihn heftiger denn je. Mit seinen knapp 50 Jahren war er zwar beileibe noch kein Greis, aber er fühlte sich so. Schlafen hatte jetzt keinen Sinn mehr, weshalb er aufgestanden war, um sich drunten in der Küche sein Frühstück zuzubereiten.

Im Schankraum war alles ruhig, die Fensterläden fest verschlossen. Der Geruch von billigem Wein hing in der Luft, und immer noch waren die Tische nicht abgeräumt. Noch ein Fluch. Und ein saftiger Tritt nach der dickbäuchigen alten Katze, die unter dem Schanktisch vor sich hindöste und das herannahende Unheil zu spät bemerkte. »Drecksvieh, elendes!«, giftete sie der fettleibige Schankwirt an. »Schlafen und fressen – was Besseres fällt dir wohl nicht ein! Soll ich etwa selber auf Mäusejagd gehen?!«

Die Katze trollte sich, und Sigurd schlurfte weiter in Richtung Küche. Zu seiner Überraschung schlug ihm von dort der Geruch von gebratenem Speck entgegen, was ihn mit der Welt wieder ein wenig versöhnte. Der Ratte, die an ihm vorbei zur Kellertreppe huschte, schenkte er deshalb kaum Beachtung.

Als er die Küche betrat, war die alte Lisbeth gerade dabei, seinen Teller herzurichten. Sie war im Hurenhaus groß geworden und zeitlebens nirgendwo anders gewesen. Da sie kaum noch Zähne besaß, fiel ihr das Sprechen schwer, und ihr gebückter Gang rief immer wieder den Spott der Zecher hervor. Aber immerhin konnte sie gut kochen, und das, nicht etwa ein Anflug von Nächstenliebe, war der Grund, warum sie Sigurd im ›Wilden Mann‹ ihr Gnadenbrot fristen ließ. Dementsprechend einsilbig fiel die morgendliche Begrüßung aus, die er der alten Lisbeth zuteil werden ließ, auch wenn ihm das Wasser fast im Mund zusammenlief.

»Na, gut geschlafen?«, nuschelte die Alte vor sich hin, ohne sich dabei umzudrehen.

»Geht so.« Sigurd hielt eine ausführlichere Antwort für überflüssig und nahm am Küchentisch Platz. Saubohnen mit Speck, dazu etwas Käse – was wollte man mehr? Wie immer, wenn ihm etwas im Kopf herumging, langte der Wirt ganz besonders zu und war so sehr in seine Lieblingsbeschäftigung vertieft, dass er den fragenden Blick der Alten nicht bemerkte, die ihm vom Herd aus zusah.

»Und?«, fragte die alte Dienstmagd geraume Zeit später, wohl wissend, dass mit Sigurd auf nüchternen Magen nicht gut Kirschen essen war.

»Und was?!«

»Was mit dem Kesselflicker ist, will ich wissen.« Der Ton, den die Alte anschlug, war beileibe nicht so, wie er ihrer Stellung im Hause entsprach. Sigurd bemerkte es, sah wegen des opulenten Mahles aber darüber hinweg. In all den Jahren war die alte Lisbeth fast so etwas wie eine Vertraute für ihn geworden, was angesichts der Grobschlächtigkeit, die der Schankwirt zuweilen an den Tag legte, schon ein kleines Wunder war.

»Woher soll ich denn das wissen?«, brummte Sigurd vor sich hin, der gerade ein mit frischer Butter bestrichenes Stück Schwarzbrot verzehrte. »Soll der alte Hurenbock doch sehen, wo er bleibt.«

»Wenn du meinst.«

»Ja, mein ich.«

»Und wenn er nicht wiederkommt?«

»Dann soll er sich zum Teufel scheren.«

»Machst du es dir da nicht ein wenig leicht?«

Sigurd stürzte einen Becher Wein hinunter und starrte trübsinnig vor sich hin. Irgendwo hatte die alte Vettel ja recht. Die Sache mit dem Kesselflicker war ihm selbst nicht ganz geheuer, und wenn er etwas nicht gebrauchen konnte, dann Scherereien. Mit dem Vogt des Grafen war beileibe nicht zu spaßen, auch wenn er selbst kein Kind von Traurigkeit war. »Ach, hols der Teufel!«, brummte der Wirt vom ›Wilden Mann‹ schließlich vor sich hin, aber die alte Lisbeth ließ nicht locker. »Und wenn er nun tot ist, was dann?«, fragte sie.

»Na, wenn schon.«

Die Dienstmagd ergriff ihren Stock und humpelte langsam zu Sigurd hinüber. »Nehmen wir einmal an, es ist so, wie ich vermute«, sinnierte sie. »Was glaubst du, wird dann passieren?«

»Woher soll ich das wissen?«

»Stimmt. Woher solltest du.« Die Alte seufzte. Nachdenken war nicht gerade Sigurds Stärke, und anscheinend war es heute besonders schlimm. Trotzdem fuhr sie unbeirrt fort: »Wenn ihm was passiert ist, kriegst du es über kurz oder lang mit dem Vogt zu tun. Oder glaubst du etwa, wir kommen ungeschoren davon?«

»Und wenn nicht: Kannst du mir vielleicht sagen, was mich die ganze Sache angeht?«

»Eine Menge«, erwiderte die Alte, und zu seinem Leidwesen musste Sigurd ihr recht geben. »Denk doch einmal nach!«, forderte sie ihn auf. »Am Dienstag haben ihn alle hier rumsitzen sehen. Einmal angenommen, ihm ist etwas zugestoßen und die Sache spricht sich rum: So schnell, wie der Vogt hier auftaucht, kannst du nicht mal furzen! Und dann wird er im Handumdrehen rauskriegen, was für Geschäfte ihr zwei Galgenvögel miteinander ausgeheckt habt!«

Sigurd war nachdenklich geworden. Dass ihn der Kesselflicker mit Schmuggelware versorgte, war zwar nur ihm und der alten Lisbeth bekannt. Aber man konnte ja nie wissen. Auf das zwielichtige Gesindel, das sich in seiner Schenke herumtrieb, konnte er sich jedenfalls kaum verlassen. »Und was soll ich deiner Meinung nach tun?«, stieß der Schankwirt nach längerem Nachdenken hervor.

»Zum Vogt gehen und erzählen, was du –«

»Einen Teufel werde ich tun!«

»Jetzt hör mir doch erst mal zu!« Leise ächzend ließ sich die Alte neben Sigurd nieder, füllte ihren Becher und nippte genüsslich daran. »Wenn du im Kerker landen willst – nur zu!«, raunzte sie ihn an. »Wenn nicht, solltest du dem Vogt so schnell wie möglich erzählen, was du am Dienstag Abend beobachtet hast. Bevor sie von selbst auf dich aufmerksam werden und anfangen, hier herumzuschnüffeln.«

»Glaubst du, er ist tot?«

»Sieht ganz danach aus. Oder glaubst du etwa, der lässt es sich entgehen, mit der Rosemarie das Lager zu teilen? Vor allem, wenn er schon dafür bezahlt hat?«

Die alte Lisbeth erwartete keine Antwort, und Sigurd gab ihr auch keine. Stattdessen machte er ein grimmiges Gesicht und stierte ins Leere. Mit seiner Fähigkeit, sich genau zu erinnern, war es zwar nicht weit her, aber die Vorgänge, deren Zeuge er vor nunmehr fast drei Tagen geworden war, waren zu ungewöhnlich, als dass man sie hätte vergessen können.

»Und – was sagst du?« Die Alte sah den Wirt von der Seite her an. Im Grunde wusste sie schon jetzt, wie die Antwort lauten würde.

Sigurds massiger Körper straffte sich. Allem Anschein nach war er zu einem Entschluss gelangt, wenn er auch nicht zugeben wollte, dass er nicht auf seinem Mist gewachsen war. Und so wuchtete er seinen Wanst in die Höhe, kippte einen letzten Becher Wein und schlug den Weg zu seiner im ersten Stock gelegenen Kammer ein. Dort kleidete er sich an und verließ eine Viertelstunde später das Haus.

∽∾

»Der Wirt vom ›Wilden Mann‹? Was will denn der alte Hurenbändiger hier?«

Leandrius, Kanzlist und Schreiber, war Berengars derbe Ausdrucksweise mittlerweile schon gewohnt, und da er nicht wagte, seinen Herrn zu tadeln, ließ er es bei einem verlegenen Hüsteln bewenden. »Er sagte, es sei dringend, Herr!«, fügte er devot hinzu.

»Noch dringender als der verdammte Papierkram hier?!« Bevor er ins Kloster zurückkritt, um dort nach dem Rechten zu sehen, wollte der Vogt noch rasch ein paar Dinge erledigen. Abrechnungen, Beschwerden, Anzeigen wegen Hexerei – alles in allem der übliche Trott. Da er es aber lieber mit Menschen als mit Akten zu tun hatte, bedurfte es keiner allzu großen Überredungskünste, ihn zu einem Gespräch mit Sigurd zu bewegen. »Dann lasse Er ihn in Gottes Namen eintreten!«, wies er Leandrius schließlich an.

Berengar war neugierig geworden. Wenn sich einer der größten Galgenvögel der Stadt in seine Nähe wagte, musste etwas Außergewöhnliches vorgefallen sein. Der Vogt ließ die Akten Akten sein, nahm auf seinem Lehnstuhl Platz und legte die Füße auf den Tisch.

Wenig später trat Sigurd ein. Er hatte sich in seinen besten Rock gezwängt und trug ein gekünsteltes Lächeln zur Schau. Die Hose aus gegerbtem Leder war ihm viel zu eng, ganz zu schweigen von dem Leinenhemd, das er seit Jahren nicht mehr trug. Berengar konnte sich ein Lächeln nicht verkneifen. »Und – was liegt an, Wirt?«, fragte er, während er auf seinem Lehnstuhl hin und her wippte. »Was führt dich in aller Herrgottsfrühe zu mir?«

Sigurd senkte den Blick und fingerte verlegen an seinem Filzhut herum. »Ich ... äh ... ich möchte jemanden als vermisst melden, Herr.«

Berengar tat überrascht, wenngleich er im Stillen hoffte, dass es um den Unbekannten von der Waldlichtung ging. »Vermisst?«, sprach er und gähnte. »Womöglich einer von deinen Kunden?«

Der Schankwirt sah überrascht auf. »So ist es, Herr«, bekräftigte er.

»Und woher willst du wissen, dass er oder sie nicht nur irgendwo seinen Rausch ausschläft?«

»Es handelt sich um einen Mann, Herr.«

»Soso. Und seit wann vermisst du ihn?«

»Seit drei Tagen. Am Dienstag habe ich ihn zum letzten Mal gesehen.«

»Ein Stammkunde?«

»Kann man so sagen.«

Berengar nahm die Füße vom Tisch, stand auf und trat an ein mit Schriftrollen vollgestopftes Regal, in dem keine erkennbare Ordnung herrschte. Die Notizen, die er sich am Vortag während der Untersuchung des unbekannten Leichnams gemacht hatte, fand er jedoch sofort. »Kannst du ihn beschreiben?«, fragte er den Wirt, nachdem er sie noch einmal überflogen hatte.

»Gewiss doch!«, beeilte sich Sigurd pflichtschuldigst zu versichern, während er ein eigenartiges Kribbeln im Nacken verspürte. Dass mit dem Vogt nicht zu spaßen war, war stadtbekannt, und die wenigen ihm noch verbliebenen Haare standen ihm prompt zu Berge. »Er war ... äh, Verzeihung ... ich wollte sagen, er ist ...«

»Schon gut. Wie sah er aus?«

»Er war mittelgroß, so an die fünf Fuß. Und ziemlich fett. Ach ja – und Haare hatte er fast auch keine mehr.«

Berengar grinste. »Scheint sich ja um so etwas wie deinen Zwillingsbruder zu handeln«, feixte er.

Der Wirt vom ›Wilden Mann‹ lief rot an, fuhr aber noch im selben Moment fort: »Er heißt Gisbert. Soweit ich weiß, war er Kesselflicker. Zu tun gehabt habe ich nicht viel mit ihm. Obwohl er fast jeden Abend bei mir eingekehrt ist. Er war einer meiner besten Kunden, wenn Ihr versteht, was ich meine.«

»Und ob.«

Sigurd grinste verlegen. »Verheiratet war er jedenfalls nicht. Na ja – vielleicht war das auch der Grund, warum er so viel Gefallen an meinen Mädchen gefunden hat.«

»Und wo hat er gewohnt?«

»Nirgendwo. Er war viel auf Reisen, manchmal sogar in Bamberg. Oder Würzburg. Wenn er nach Wertheim kam, hab ich ihn auf dem Heuboden übernachten lassen.«

»Wie praktisch. Und weiter?«

»Na ja – Dienstagabend habe ich ihn dann zum letzten Mal gesehen.«

Berengar drehte sich um und warf seine Notizen auf den Tisch. »Und das ist alles?«, fragte er in lauerndem Ton.

»Nicht ganz«, quiekte der Wirt.

»Nur zu – ich bin ganz Ohr.«

Sigurd räusperte sich, während sein Blick von einer Ecke der Kanzlei in die andere irrte. »Er war nicht allein, als er ging«, stieß er schließlich zögernd hervor. »Nein, nicht was Ihr denkt, Vogt – es war ein Mann. Er ist fast den ganzen Abend über mit einem jungen Mann zusammengesessen. Mit dem er dann auch kurz nach 10 gegangen ist.«

Berengar war gespannt, tat aber so, als sei er nur mäßig interessiert. »Kannst du diesen jungen Mann beschreiben?«, fragte er und gähnte.

»Kann ich. Er war um die 20, vornehm oder tat zumindest so. Groß, schlank, ein wenig blass – kaum denkbar, dass er jemals richtig gearbeitet hat. Und er trug teure Kleider. Ein Barett mit einer Feder, besticktes Hemd, sündhaft teures rotes Wams. Und hautenge Beinlinge. Die Mädchen waren regelrecht verrückt nach ihm.«

»Und – hat er angebissen?«

»I wo. Nachdem er mit dem Kesselflicker ins Gespräch gekommen war, war da nichts mehr zu machen. Die waren so in ihr Gespräch vertieft, dass sie nicht einmal mehr was getrunken haben.«

»Ist dir an dem jungen Stutzer sonst noch irgendetwas aufgefallen?«

Sigurd ließ sich mit seiner Antwort Zeit. »Ja, da war etwas«, räumte er schließlich ein. »Etwas, das man nur schwer beschreiben kann.«

»Und das wäre?«

»Auf die Gefahr, dass Ihr mich für verrückt erklärt, Herr: Ich hätte schwören können … na ja … irgendwie hatte ich das Gefühl, dass der junge Kerl gar kein reiches Herrensöhnchen war. Ich sags rundheraus: Ich bin fest davon überzeugt, dass es ein Pfaffe war.«

»Wie kommst du darauf?«

»Es war etwas Weibliches an ihm. Das Gesicht, Augen, Wimpern – wenn er ein Kleid getragen hätte, wäre er glatt als Frau durchgegangen. Und dann erst seine Stimme. So was von samtweich. Meinen Mädchen hätte der glatt Konkurrenz machen können.«

»Sonst noch was?«

»Aber gewiss doch. Was die beiden ausgeheckt haben, weiß ich zwar nicht, aber eins weiß ich genau: Der junge Fant hat dem Gisbert einen teuflisch guten Handlohn bezahlt. Irgendwelche Handlangerdienste. Genauer Bescheid weiß ich allerdings nicht. So war er eben, der Gisbert. Immer zur Stelle, wenn es um irgendwelche krummen Dinger ging. Wenn man sich nicht selbst die Finger hat schmutzig machen wollen, war er genau der richtige Mann.«

Berengar sah den Wirt scharf an. »Soso – krumme Dinger!«, echote er. »Ich glaube, es ist besser, in diesem Punkt nicht weiter nachzuhaken.«

»Glaubt Ihr etwa, ich habe mit derlei Dingen etwas –«

»Ich glaube überhaupt nichts!«, fuhr Berengar den sich wie ein Aal windenden Schankwirt an. »Zurück zum Thema. Wie viel hat der junge Stutzer dem Kesselflicker bezahlt?«

»Einen Goldgulden. Wohlgemerkt als Anzahlung.«

»Einen Goldgulden?!«, rief Berengar aus. »Und woher weißt du das?«

»Er hat ihn mir gegeben.«

»Und weshalb?«

»Schulden. Und nicht zu knapp. Für den Rest des Monats hat er sich dann noch ein Zimmer gemietet. Bezahlung im Voraus. Verpflegung und Liebes ... äh ... weibliche Gesellschaft mit eingeschlossen. Die Rosemarie nimmt nun mal nicht jeden. Da muss der Beutel schon prall gefüllt sein. Sonst ist bei der nichts zu machen.« Der Wirt grinste über beide Backen, fügte dann aber rasch hinzu: »Ach ja, und noch was! Er würde nicht lange wegbleiben, hat er gesagt. Einen halben Tag, nicht mehr.«

»Trotzdem – eine Menge Geld.«

»Mag sein. Aber wie dem auch sei – ich hätte auf Heller und Pfennig mit ihm ...«

»Daran habe ich selbstverständlich nicht den geringsten Zweifel!«, unterbrach Berengar den Redeschwall des Wirts, wobei ihm ein spitzbübisches Lächeln über das Gesicht huschte. »Aber wenn wir gerade über Geld reden: Kannst du dich daran erinnern, woher der Gulden stammt?«

Der Wirt vom ›Wilden Mann‹ grinste breit. »Und ob ich das kann!«, versicherte er, woraufhin er einen Lederbeutel unter seinem Hemd hervorkramte, umstülpte und eine blankpolierte Münze in die Fläche seiner rechten Hand fallen ließ. »Kriegt man nicht alle Tage zu sehen, findet Ihr nicht auch?«

Bevor Sigurd reagieren konnte, hatte sich Berengar die Münze geschnappt, war ans Fenster getreten und begutachtete sie von allen Seiten. »Aus Burgund!«, murmelte er halblaut vor sich hin. »Und auch noch echt!«

»Das will ich doch hoffen!«, warf Sigurd beunruhigt ein. »Sonst braucht sich der Kerl bei mir nicht mehr –«

»Das wird er aller Wahrscheinlichkeit nach auch nicht!«, fuhr Berengar dazwischen und warf dem Schankwirt die Münze zu.

»Und ... und wie kommt Ihr darauf?«, erwiderte Sigurd, der sie vor lauter Aufregung fallen ließ.

Berengar ging nicht auf die Frage ein, sondern kehrte an seinen Schreibtisch zurück. »Und wie war er gekleidet?«, wollte er unvermittelt wissen.

»Der Kesselflicker? Ganz normal.«

»Irgendwelche Auffälligkeiten?«

»Nicht dass ich ... wo in aller Welt habt Ihr denn *das* her?« Eher beiläufig hatte der Vogt das kleine eisenbeschlagene Kästchen auf seinem Schreibtisch geöffnet und es dem völlig verdutzten Wirt vor die Nase gehalten. »Wie gesagt – so, wie die Dinge liegen, wirst du deinen Kumpan nicht mehr wiedersehen«, sagte Berengar und klappte das Kästchen, in dem sich eine Gürtelschnalle und eine silberne Spange befanden, wieder zu. »Es sei denn, ich werde nach dir schicken lassen, um ihn zu identifizieren.«

»Um ihn ... um ihn was?!«

»Um ihn zu identifizieren. Auf gut Deutsch: Du wirst wohl nicht umhin kommen zu bezeugen, dass es sich bei dem Toten, den wir gestern droben im Wald gefunden haben, tatsächlich um diesen Gisbert handelt.« Berengar warf dem Schankwirt einen durchdringenden Blick zu. »Keine leichte Aufgabe, wenn man bedenkt, wie übel er zugerichtet worden ist.«

40

Laiendormitorium – Prima (8.00 Uhr)

DIE SCHMERZEN IN seiner Schulter waren kaum auszuhalten, und als er die Augen aufschlug, drehte sich die ganze Welt im Kreis. Wie lange er bewusstlos gewesen war, konnte er beim besten Willen nicht sagen, aber wenigstens war er noch am Leben.

Erst allmählich, als die Erinnerung an die vergangene Nacht langsam Gestalt annahm, wurde ihm klar, wie knapp er dem Tod entronnen war. Dass dies der Fall war, kam ihm wie ein Wunder vor, und so pries er Gott für seine Gnade. Er war den Mächten des Bösen entronnen, wenn auch nur knapp. Gott der Herr war mit ihm, und der Glaube daran verlieh ihm die Kraft, die er zum Überleben brauchte.

Als er die ersten zaghaften Bewegungen machte, stieg Übelkeit in ihm empor. Das Stechen in seiner Schulter nahm zu, als stecke der Dolch, der ihm beinahe zum Verhängnis geworden wäre, immer noch mehrere Zoll tief in seinem Fleisch. Er begriff, dass es schlimmer um ihn stand, als er wahrhaben wollte, und so schloss er die Augen und rührte sich fortan nicht mehr von der Stelle.

Mit den Schmerzen, die er durchlitt, kehrten auch die Erinnerungen wieder zurück. Sie waren so intensiv, dass ihm jetzt, Stunden nachdem ihn der Dolch des Kapuzenmannes durchbohrt hatte, immer noch der kalte Schweiß ausbrach. Doch ganz allmählich legte sich seine Furcht und machte einem Gefühl der Genugtuung Platz, gefolgt von dem Verlangen, die Jünger Satans ihrer gerechten Strafe zuzuführen.

Plötzlich hörte er Schritte, und als er die Augen öffnete, beugte sich Bruder Wilfried über ihn. Hilpert wollte sich aufrichten, fragen, was geschehen war. Doch dann spürte er, wie zwei riesige Pranken seine Oberarme umschlossen und ihn sanft zurück auf sein Lager drückten.

Hilpert atmete tief durch, Dankbarkeit im Blick. Bruder Wilfried, Stallmeister der Abtei, lächelte ihn aufmunternd an.

»Da bin ich wohl gerade noch rechtzeitig gekommen!«, lachte er und nahm auf dem Rand seiner Bettstatt Platz.

»Was ist mit dem Jungen?«

»Seid unbesorgt – es ist ihm nichts geschehen.«

»Und Laetitia?«

»Unser Freund, der Pförtner, kümmert sich um sie. Sieht so aus, als seien wir alle gerade noch einmal davongekommen, wenn auch nur knapp.«

»Kann man so sagen«, antwortete der Inquisitor und legte den Handrücken auf die Stirn. »Wie töricht von mir, sich auf ein derartiges Wagnis einzulassen! Wärt Ihr nicht zur Stelle gewesen, hätten die Mächte des Bösen obsiegt.«

»Habt Ihr eine Ahnung, wer die überhaupt sind?«

»Eine Ahnung, aber nicht viel mehr.«

Bruder Wilfried legte die Hände in den Schoß und seufzte.

»Höchste Zeit, dass wir den Kerlen das Handwerk legen«, murmelte er mit grimmiger Miene.

»Amen!«, erwiderte der Inquisitor und setzte sich trotz heftiger Kopfschmerzen auf. »Und damit wir möglichst rasch zum Ziel kommen, müsstet Ihr mir genauestens berichten, was Ihr gestern Abend …«

»Immer hübsch der Reihe nach. Bevor wir weiterreden, möchte ich erst einmal Eure Wunde sehen.« Mit beruhigender Stimme, die jeglichen Widerspruch im Keim erstickte, zog der stämmige Stallmeister den Kragen von Hilperts Tunika nach unten, um den Verband, den er ihm angelegt hatte, eingehend zu betrachten. Der Inquisitor ließ es geschehen und sah seinen Retter stirnrunzelnd an. Dieser nickte zufrieden und sprach: »Sieht so aus, als sei die Blutung zum Stillstand gekommen. Wenn das kein Wunder ist, dann weiß ich nicht mehr … Keine Frage: Die Mächte des Himmels halten schützend die Hände über Euch.«

»Wie seid Ihr überhaupt darauf gekommen, dass ich in Gefahr ...«

»Einen Moment noch.« Der Stallmeister rückte näher und schob die Hand unter Bruder Hilperts Tunika und half ihm langsam auf. Dann winkte er einen weiteren Laienbruder herbei, der sich zunächst im Hintergrund gehalten hatte. »Bruder Severin – mein Adlatus«, erklärte er, als der krausköpfige junge Mönch an das Lager des Inquisitors trat. »Er bringt Euch etwas zur Stärkung. Denn wie heißt es doch so schön: Essen und Trinken hält Leib und Seele zusammen!«

Der köstliche Duft, der ihm in die Nase stieg, ließ Bruder Hilpert sämtliche Schmerzen vergessen. »Hühnerbrühe!«, kommentierte der Stallmeister, nahm Bruder Severin die hölzerne Trinkschale aus der Hand und führte sie seinem Patienten an den Mund. Bruder Hilpert nahm ihren Inhalt begierig auf, und als die Schale leer war, fühlte er sich tatsächlich besser.

»Na also!«, freute sich der Stallmeister, als der junge Mönch wieder verschwunden war. »Noch ein paar Kellen von meinem Elixier, und Ihr seid wieder ganz der Alte.«

»Eure Fürsorge in Ehren – aber so lange kann ich nicht warten.« Der Inquisitor richtete sich vollends auf und schwang die Beine aus dem Bett. Den heftigen Schmerz, der seine Schulter durchfuhr, ignorierte er, so gut es ging.

Bruder Wilfried sah ihm stirnrunzelnd zu. »Das habe ich befürchtet«, erwiderte der Stallmeister bedrückt. »Und wie kann ich Euch helfen?«

»Am besten dadurch, indem Ihr mir schildert, was sich am gestrigen Abend zugetragen hat. Wie habt Ihr überhaupt mitbekommen, dass ich in der Kirche war?«

»Purer Zufall«, gab Bruder Wilfried unumwunden zu. »Ich war noch einmal im Stall, um nach dem Rechten zu sehen. Eine unsrer Kühe hat nämlich gestern gekalbt. Als ich auf dem Rückweg in das Dormitorium war, habe ich Euch etwa eine Viertelstunde vor Mitternacht aus dem Hospiz kommen sehen. Wie Ihr Euch sicher erinnert, wolltet Ihr die Kirche durch das Hauptportal betreten. Da es verschlossen war, habt Ihr den Umweg über die Klausur gewählt.«

»Und weiter?«

»Wie soll ich sagen … irgendetwas kam mir an der ganzen Sache nicht geheuer vor. Und deshalb habe ich mich auf die Lauer gelegt. Der Heilige Bernhard möge mir meine Neugierde verzeihen – aber ich wusste keinen anderen Weg.«

Bruder Hilpert lächelte. »Ich wüsste nicht, was es da zu verzeihen gibt!«, erwiderte er. »Wärt Ihr nicht gewesen, säße ich jetzt nicht hier.«

»Und Ihr habt wirklich keine Ahnung, wer Euch nach dem Leben trachtet?«

»So gut wie keine.«

Bruder Wilfried wollte nachhaken, aber ein Blick auf den Inquisitor überzeugte ihn, dass dies aussichtslos war. »Und weshalb habt Ihr niemanden ins Vertrauen gezogen?«, fragte er vorwurfsvoll.

»Ein großer Fehler – in der Tat.« Bruder Hilpert seufzte, während die Ereignisse der vergangenen Nacht noch einmal an ihm vorüberzogen.

»Und einer, der Euch fast das Leben gekostet hätte.«

»Da habt Ihr recht!«, räumte der Inquisitor bereitwillig ein.

»Und was ist als Nächstes geschehen?«

»Nun ja – ich stand vor dem Portal und wusste nicht recht, was ich tun sollte. Dann habe ich Eure Stimme gehört. Was Ihr gesagt habt, konnte ich zwar nicht verstehen. Aber dass irgendetwas nicht in Ordnung war, habe ich sofort gemerkt.«

»Und dann?«

»Dann habe ich um Hilfe gerufen. Bruder Severin kam als Erster. Als uns niemand öffnete, haben wir das Portal aufgebrochen. Und Euch blutüberströmt vor dem Altar liegen sehen. Und als sei das alles noch nicht genug, brach im selben Moment ein Feuer aus. Die Scheune auf dem Spitalhof – komplett niedergebrannt.«

»Und die Kapuzenmänner?«

»Kapuzenmänner?«, wiederholte der Stallmeister und legte die Hand auf sein Herz. »Gott sei mein Zeuge: Ich habe keine gesehen!«

»Und die Särge im Chor? Wie viele waren es?«

»Särge?! Beim Heiligen Bernhard – ich habe keine gesehen!«

41

Abteikirche, zur gleichen Zeit

Der Hass, der in ihm emporloderte, war übermächtig, so heftig, dass er sich fast vergaß. Eine innere Stimme rief ihn zur Ordnung, aber er schenkte ihr kaum Gehör. Immer und immer wieder kehrten seine Gedanken an den Punkt zurück, der seine bislang größte Niederlage markierte, und nichts, nicht einmal seine Selbstdisziplin, die ihm ansonsten über alles ging, konnte sie daran hindern.

Eher beiläufig hob er den Kopf und ließ den Blick durch den Chorraum schweifen. Die Totenmesse war in vollem Gange, die, die er der Tarnung halber Brüder nannte, in ihre Gebete vertieft. Als er der Verstorbenen gedachte, verfinsterte sich sein Blick. Vier nutzlose Kreaturen – vier Tote. Alles hätte so einfach sein können. Wenn nur dieser Hilpert nicht wäre.

Trotz der Konfusion, die seit dem Brand in der Abtei herrschte, hatte sich in Windeseile herumgesprochen, was um Mitternacht geschehen war. Dies hatte sich nicht vermeiden lassen – dass Hilpert noch am Leben war, dagegen schon. Welch unglücklicher Zufall dafür verantwortlich war, dass man dem Inquisitor zu Hilfe kam, wusste er zwar noch nicht, aber er war sich sicher, dass er es früher oder später erfahren würde. Auge um Auge, Zahn um Zahn. Wer immer seine Pläne durchkreuzt hatte, würde dafür büßen. Wenn nicht jetzt, dann zu einem Zeitpunkt, an dem aus Hilpert von Maulbronn schon längst ein Häuflein Asche geworden war.

Einstweilen jedoch galt es, Ruhe zu bewahren, und dies fiel ihm schwerer als je zuvor. Wenn er etwas hasste, dann kopfloses Handeln. Einen kühlen Kopf zu bewahren, ging ihm über alles, und genau das war es, was ihn an der gegenwärtigen Situation irritierte: Er war nicht mehr Herr seiner selbst.

Mehr noch, er hatte Angst.

Angst vor wem? Etwa vor Hilpert? Einfach lächerlich. Folglich musste es einen anderen Grund für seine Unruhe geben. Ein Zeuge vielleicht, ein Lauscher an der Wand? Mehr als unwahrscheinlich. Dafür war er einfach zu überlegt vorgegangen. Er und die Gefährten hatten den Plan genau durchdacht, bis ins kleinste Detail. Und dann erst der Fluchtweg! Niemand, nicht einmal Hilpert, einer der genialsten Köpfe seines Ordens, wäre auf eine derartige Idee gekommen. Er hatte sie alle getäuscht und würde sie immer wieder täuschen. Er war ihnen überlegen, bestimmte die Regeln des Spiels.

Wenn dem so war, warum begann dann sein Herzschlag schneller zu gehen? Warum diese Mattigkeit, die Taubheit seiner Hände? Warum begann sich alles um ihn herum zu drehen?

Ein Anfall. Vor aller Augen. Exakt das, was er hatte vermeiden wollen.

Die Erkenntnis kam plötzlich, saß doch die Angst vor dem Dämon, der ihm bald erscheinen würde, sehr tief. Aus Erfahrung wusste er, dass ihm von nun an kaum noch Zeit zum Handeln blieb. Der 20. Teil einer Stunde, vielleicht weniger. Die Unruhe in ihm wuchs, steigerte sich zu nackter Panik.

Gerade wollte er seinen Platz im Chorgestühl verlassen, um sein Heil in der Flucht zu suchen, als ihm der Zufall zu Hilfe kam. Die Totenmesse war vorüber, und die Mönche schickten sich an, die Kirche zu verlassen. Dies war seine Chance. Wie üblich reihte er in den Zug seiner Mitbrüder ein, der in Zweierreihen der Mönchspforte zustrebte. Der Duft von Weihrauch und Kerzenwachs, vermischt mit den Ausdünstungen seiner Weggefährten, raubte ihm fast das Bewusstsein, und sein Zustand verschlimmerte sich schneller als sonst. Die Zunge klebte ihm am Gaumen, und die Beine drohten ihren Dienst zu versagen. Ein Vaterunser, und es war so weit. Er würde die Kontrolle über sich verlieren, genau wie vor zwei Tagen. Und womöglich Dinge tun und sagen, die ihm zum Verhängnis wurden.

Doch dazu sollte es nicht kommen. Just in dem Moment, als er ins Taumeln geriet, hatte die schwarz-weiß gewandete Kolonne die Mönchspforte erreicht. Er murmelte eine Entschuldigung, nicht sicher, ob sie der Cellerarius, der wie üblich neben ihm ging, überhaupt mitbekam. Dann stolperte er die Treppe empor, die vom Chor ins Dormitorium führte.

Als die Tür seiner Zelle ins Schloss fiel, tauchte wie aus dem Nichts der Dämon vor ihm auf. Schwefelgeruch lag in der Luft, und sein Schuppenpanzer, von mächtigen Schwingen umrahmt, war voller Blut. Kaum wagte er, seinem Blick zu trotzen, und seine Angst saß so tief, dass er wie ein zum Tode Verurteilter auf die Knie sank. »Töte, oder du wirst getötet!«, fauchte ihn die Erscheinung an. »Töte Hilpert von Maulbronn!«

Beim Anblick des Höllenwesens brach ihm der kalte Schweiß aus den Poren, und in seiner Not stieß er einen langgezogenen Seufzer aus. Dann kam es über ihn. Der Anfall, der sich seiner bemächtigte, war heftiger als jemals zuvor, so heftig, dass ihm nicht einmal Zeit blieb, den mit Leder umwickelten Holzkeil unter seinem Kissen hervorzuzerren. Alles in ihm verkrampfte sich, wurde starr, hart wie Granit. Er stürzte zu Boden, ein hilfloses, sich in Krämpfen windendes Stück Vieh, dem Speichelfäden aus dem halb offenen Mund tropften. Er lallte, zuckte, geiferte – so lange, bis eine Ohnmacht, die ihm wie eine Gnade des Schicksals vorkam, ihn von seinem Leiden erlöste. ›«

42

Spitalbau – Tertia (9.20 Uhr)

›WENN DU DIES *liest, Hilpert, mein Freund, lebe ich bereits nicht mehr, und ich bin dir dankbar, dass du mir die Wahl gelassen hast, selbst über mein Schicksal zu bestimmen. Ich habe getötet, also werde ich sterben. Für die ruchlose Tat, die ich begangen, werde ich die einzig gerechte Strafe empfangen, auch wenn ich eine weitere schwere Sünde begehe, indem ich sie an mir selbst vollziehe.*

Vergib mir, Freund, wenn ich dich enttäuscht habe, aber mir blieb keine Wahl. Als ich erfuhr, zu welch abscheulicher Tat sich der Bursarius hinreißen ließ, gab es kein Halten mehr für mich. Selbst der unverrückbare Grundsatz, dass Gott allein, und nur ihm, die Macht zusteht, uns Menschen für begangene Missetaten zu strafen, hatte keinerlei Gültigkeit mehr für mich. Dass ich damit gegen die heiligsten Grundsätze unseres Ordens, ja der gesamten Menschheit verstieß, hat mich in die tiefsten Abgründe der Verzweiflung gestürzt. Geändert hat sie an meinem Entschluss freilich nichts.

Vergib mir, Freund, bist du doch stets der Einzige gewesen, der mich verstand. Warum ich tötete, weißt du sehr wohl, auch wenn das Verbrechen an einem Novizen namens Robert schon mehr als ein Jahrzehnt zurückliegt, war mir stets, als sei es erst gestern geschehen. Kein Tag, an dem ich seiner nicht gedenke, keine Nacht, in der es mich nicht schweißgebadet von meinem Lager emporfahren lässt. Beschönigen kann dies nichts, schon gar nicht rechtfertigen oder mich von der schweren Sünde, mit deren Last auf der Seele ich demnächst vor Gottes Richterstuhl trete, auch nur im Entferntesten freisprechen. Ich habe gesündigt und bin bereit, den Preis dafür zu zahlen, nicht zuletzt, weil ich dein Vertrauen auf das Schmählichste missbraucht habe.

Vergib mir, Freund, und bleibe stark im Glauben. Muss ich dir doch ein weiteres Vergehen beichten, für das ich die alleinige Verantwortung trage. Wisse, dass ich es war, der dem Prior auf sein Verlangen hin ein Tränklein kredenzte, um das, woran ihm am meisten lag, zu erzeugen: die Vision vom Himmelreich, von Gott und der Heiligen Jungfrau in all ihrer Pracht und Herrlichkeit. Wisse, dass auch ich jenem Trank verfallen, dass ein Tag ohne ihn die reine Hölle für mich war. Hildebrand verlangte, forderte, drohte – und bekam, worum er bat. Doch glaube mir, auch wenn dir dies nicht leicht fallen mag: Töten wollte ich ihn nicht. Wer es getan, das weiß Gott allein!

Lebe wohl, Hilpert, treuester der Gefährten, Freund und einziges Vorbild, das es je für mich gab. Wenn wir uns dereinst wiedersehen, grüße mich als den, der ich immer für dich war: dein Freund.

Robert‹

Hilpert stand regungslos, wie erstarrt. Ohne es zu merken, ließ er das Pergament mit den gestochen scharfen Schriftzügen nach einer Weile aus der Hand gleiten und wandte sich dem toten Freund zu. Der Schmerz, den er bei seinem Anblick empfand, ließ ihn jenen in seiner Schulter glatt vergessen, obwohl Bruder Roberts Tod keine Überraschung für ihn war. Bruder Wilfried, der immer noch im Türrahmen stand, betrachtete ihn mit sorgenvoller Miene, sprach aber kein Wort.

»Wir hätten uns einfach mehr um ihn kümmern sollen!«, brach der Inquisitor schließlich das Schweigen, während seine Hand die Wange des Freundes liebkoste. Dann schloss er ihm die Augen, sprach den Segen und breitete die Decke über dem Leichnam aus.

»Wohl wahr, wohl wahr!«, pflichtete ihm Bruder Wilfried bei. »Verdient gehabt hätte er es allemal.«

»Und was ist mit der Mitschuld, die er am Tode des Priors trug?«

»Kann man von Schuld reden, wenn dem eigenen Fehlverhalten Erpressung zugrunde liegt?«

Im Begriff, Bruder Roberts Brief aufzuheben, hielt der Inquisitor plötzlich inne und sah Bruder Wilfried überrascht an. »Da habt Ihr nicht ganz unrecht!«, räumte er schließlich ein und erhob sich. Dann begann er nachdenklich im Raum auf und ab zu gehen.

»Und was soll jetzt geschehen?«

»Gebt mir ein wenig Zeit, Bruder. Des Rätsels Lösung ist nicht mehr allzu fern. Ein, zwei Tage – und wir werden diesen Satansjüngern das Handwerk legen.«

»Heißt das, Ihr habt schon so etwas wie einen konkreten Verdacht?«

Bruder Hilpert drehte sich auf dem Absatz um und sah dem Stallmeister direkt in die Augen. »Nicht nur das, Bruder!«, entgegnete er mit entschlossener Miene. »Ich weiß sogar, um wen es sich bei diesem Engel des Bösen handelt!«

»Und warum machen wir dann nicht Nägel mit Köpfen und greifen ihn uns?«

»Kein Problem!«, antwortete der Inquisitor, ging auf den Stallmeister zu und klopfte ihm freundschaftlich auf die Schulter. Bruder Wilfried verstand überhaupt nichts mehr und sah sein Gegenüber verständnislos an.

»Warum zögert Ihr dann noch?«

»Das Problem, lieber Freund«, sprach Bruder Hilpert mit Bedacht, während er seine Stirn in Falten legte, »das Problem wird nicht sein, dieser verabscheuungswürdigen Kreatur habhaft zu werden, sondern ihr die Untaten, die sie im Namen Satans beging, auch zu beweisen!«

43

Taubertal, unweit des Klosters – Post Tertiam (10.00 Uhr)

SCHNEE – AM 10. Tag im April. Und gleich mehrere Zoll. Kein Wunder, dass sein Rappe kaum vorwärts kam.

Berengar, Vogt des Grafen, stieß eine höchst unchristliche Verwünschung aus. Er hatte es eilig – und jetzt dies! Seit Tagesanbruch war das Schneetreiben immer dichter geworden, weshalb der Pfad, der am Ufer der Tauber entlang zum Kloster führte, mit bloßem Auge kaum noch zu erkennen war. Wäre das, was es mit Bruder Hilpert zu besprechen gab, nicht so dringend gewesen, hätte er die schützenden Mauern der Burg ohnehin nicht verlassen. So aber trieb es ihn weiter, ohne ein Auge für die Schönheit der Natur, für all die schneebeladenen Bäume und weiß gepuderten Sträucher zu haben, die seinen Weg säumten.

Fast schon in Sichtweite des Klosters blieb sein Rappe plötzlich stehen. Die Sonne war verschwunden, der Schneefall immer dichter geworden. Der Vogt reckte sich im Sattel empor und sah sich prüfend um. Kein Laut unterbrach die Stille. Nicht die Spur von einem Menschen – nichts.

Keine Spur? Erst jetzt, bei genauerem Hinsehen, konnte der Vogt die Fußspur erkennen, die mitten auf dem Pfad auf ihn zukam, dann aber, nur wenige Ellen entfernt, plötzlich abbrach und seitwärts ins Gebüsch führte. Berengar wurde misstrauisch. Die Fußabdrücke waren noch frisch, also musste der Unbekannte noch in der Nähe sein. Eine innere Stimme riet ihm zur Vorsicht, aber schließlich tat der Vogt genau das, was er nicht hätte tun sollen: Er sprang aus dem Sattel, nahm die Zügel seines Pferdes und schlang sie um den nächstbesten Ast.

Nur wenige Schritte, und er hatte den Scheitelpunkt der Spur erreicht. Wer immer es war, der sich bei seinem Auftauchen aus dem Staub gemacht hatte, trug festes Schuhwerk, vermutlich Pantinen, dies war deutlich zu erkennen. Berengar sah sich prüfend um. Nichts zu sehen. Der Vogt zögerte. Wozu in aller Welt ging er nur ein derartiges Risiko ein?

Schließlich war es seine Neugier, die den Ausschlag gab, jeglicher Vorsicht zum Trotz. Und so folgte Berengar der Spur, die zunächst durch dichtes Gestrüpp und dann immer weiter bergauf führte. Bald spürte er, wie sich Schweiß unter seinem Kettenhemd zu sammeln und sein Herz immer lauter zu klopfen begann. Während seine Stiefel immer tiefer im Schnee versanken, kämpfte sich der Vogt des Grafen die Anhöhe hinauf. Kurz darauf, an einem Punkt, von dem aus er den Pfad und seinen Rappen nur noch mit Mühe erkennen konnte, blieb Berengar stehen und wischte sich den Schweiß von der Stirn.

Die Stelle, an der er Rast machte, war nahezu vollständig von Bäumen umgeben. Buchen und Ebereschen, dazwischen etliche Felsbrocken, der Grund, weshalb sich die Spur des Unbekannten einstweilen im Nichts verlor. Wieder machte sich Berengar Vorwürfe, musste sich aber eingestehen, dass es mittlerweile zu spät dafür war.

Niemand zu sehen, vom Unbekannten keine Spur. Berengar wurde nervös. Die Hand am Schwertknauf, sah er sich nach allen Seiten um. Gerade wollte sich der Vogt wieder auf den Rückweg machen, als er vom Kloster aus Glockenschläge vernahm.

War es das Ende der Stille, der Klang der Glocken, der seine Aufmerksamkeit für den Bruchteil eines Augenblickes schwinden ließ? Berengar wusste es nicht, und die Frage zu beantworten wäre müßig gewesen. Jedenfalls blieb er stehen, nur kurz, aber lang genug, um dem Kapuzenmann, der sich ihm von hinten näherte, Zeit zu geben, die Drahtschlinge unter seinem Umhang hervorzuholen und sich ihm bis auf Armlänge zu nähern.

Ein rascher, weit ausholender Handgriff, ein Ruck, der einem durch Mark und Bein ging – und der würgende Schmerz, den Berengar in der Halsgegend spürte, war so stark, dass er fast das Bewusstsein verlor. Der Vogt geriet ins Taumeln, doch obwohl der Unbekannte die Schlinge aus Leibeskräften zuzog, fiel er nicht. In einer Art Reflex fuhr seine Hand zum Schwert, verfehlte jedoch ihr Ziel.

Berengar wehrte sich, so gut es ging, aber der Angreifer schien über Bärenkräfte zu verfügen. Sich umzudrehen misslang ihm, ebenso wie der Versuch, die Finger der rechten Hand zwischen Schlinge und Hals zu schieben. Der Unbekannte war auf der Hut und lockerte seinen Würgegriff nicht. Berengar spürte: Dieser Mann verstand sein Handwerk, er tötete nicht zum ersten Mal.

Nicht lange, und der Widerstand des Vogtes begann zu erlahmen. Er bekam kaum noch Luft, und sein Gesicht verfärbte sich dunkelblau. Die Kraft ging ihm aus, der Atem ebenso. Bald ging er nur noch stoßweise, kaum mehr als ein Röcheln. Die Wipfel der Bäume begannen sich zu drehen, und er schloss die Augen.

In diesem Augenblick, als der Vogt kaum noch Hoffnung sah, lockerte der Angreifer seinen Griff. Es geschah so plötzlich, dass Berengar einige Zeit brauchte, um zu begreifen, dass dies kein Zufall war. Er röchelte, schöpfte den letzten Rest an Atem, der ihm blieb. Dann aber, wieder halbwegs bei Kräften, fuhr er herum.

Der Unbekannte lag am Boden, keine drei Schritte von einem Jüngling entfernt, der einen scharfkantigen Stein in der Hand hielt und ihn entgeistert ansah. Was geschehen war, lag auf der Hand, obwohl er es noch nicht recht zu begreifen schien. Der Mann, der Berengar nach dem Leben getrachtet hatte, rührte sich nicht mehr. Er lag mit zerschmettertem Schädel im Schnee, inmitten einer Blutlache, die sich langsam, aber stetig auszubreiten begann.

Berengar war völlig verblüfft, und alles, was ihm zu sagen einfiel, war: »Berengar. Berengar von Gamburg. Vogt des Grafen von Wertheim. Sieht ganz danach aus, als hättet Ihr mir das Leben gerettet.«

Der Jüngling lächelte schwach. »Alkuin«, erwiderte er,

immer noch außer Atem, und schüttelte seine Hand. »Stallbursche aus dem Kloster Maulbronn.«

※

»Und wie bist du ihm auf die Schliche gekommen?«, fragte der Vogt, während er den leblosen, quer über den Sattel gelegten Körper festzurrte. Den Blutstropfen, die vom Hinterkopf des Getöteten in den Schnee fielen, schenkte er kaum Beachtung, sondern sah Alkuin mit wachsender Neugier an.

»Eigentlich habe ich es schon immer gewusst. Vom ersten Tag an.«

»Mag sein. Aber vorauszuahnen, was er vorgehabt hat, dürfte doch wohl ziemlich schwierig gewesen sein.«

Alkuin lächelte schwach. Aber dann, während Berengar immer noch mit dem Toten beschäftigt war, dessen schlaff herabhängende Arme fast den Boden berührten, begann er zu erzählen: »Wie gesagt – in Verdacht hatte ich ihn schon lange«, antwortete er, wobei er es vermied, in Richtung des Leichnams zu schauen. »Spätestens seit heute Nacht. Da bin ich aufgewacht und zum Fenster gegangen. Konnte nicht schlafen. Und das trotz des Elixiers, das sie mir verabreicht haben.«

»Ein Elixier? Warum das?«

»Meiner Kopfschmerzen wegen. Na ja – was man eben so Kopfschmerzen nennt. Eine bessere Ausrede fiel mir in dem Moment nicht ein. Bruder Joseph ...«

»Der Novizenmeister?«

»Eben der. Bruder Joseph jedenfalls muss irgendetwas gemerkt haben. Ich war ziemlich nervös. Daher die Idee, mich krank zu stellen.«

»Ich verstehe. Und dann?«

»Und dann hat er Angelus in die Küche geschickt und mir von ihm einen Trank verabreichen lassen.«

»Einer der Novizen?«

Alkuin nickte. Auch jetzt noch, wenn er daran dachte, was sein Mitschüler ihm erzählt hatte, lief es ihm eiskalt den Rücken hinunter. Überhaupt sah er Angelus inzwischen in einem vollkommen anderen Licht. Vor allem, wenn er daran dachte, welche Wirkung das Elixier bei ihm ausgelöst hatte.

»Und weiter?«

»Dann bin ich mitten in der Nacht aufgewacht. Mein Gott, war mir schlecht. Also nichts wie raus aus dem Bett und ans Fenster. Und dann habe ich sie gesehen.«

»Wen?« Berengar hatte seine Arbeit unterbrochen und sah Alkuin fragend an. Die Spannung war ihm förmlich ins Gesicht geschrieben.

»Die Kapuzenmänner. Wie sie von den Weinbergen hinab in die Kirche gezogen sind. Mit Fackeln.« Alkuin holte tief Luft. »Zugegeben: Bin nicht der Mutigsten einer. Aber dieser Anblick – der hätte manch anderem Angst eingejagt.«

»Und wie viele waren es?«

»Weiß nicht.« Alkuin schüttelte den Kopf. Dann senkte er den Blick und dachte angestrengt nach. »Moment mal!«, rief er nach einer Weile aus. »Doch ... könnte sein ... ja: Ich glaube, es waren sieben. Drei Zweierreihen und einer, der ihnen vorausgegangen ist. Der Anführer. Sieben. Ja! Da bin ich mir ziemlich sicher.«

»Und dann –«

»– hat mich Wieland zusammengestaucht und gesagt, ich solle schleunigst ins Bett gehen. Was ich aus lauter Angst vor dem Novizenmeister dann auch getan habe.«

»Wieland, soso.« Berengar warf dem stämmigen Novizen, der wie ein Beutestück über seinem Sattel hing, einen raschen Blick zu. Jetzt, da der Name des Meuchelmörders gefallen war, konnte auch Alkuin der Versuchung nicht mehr widerstehen und tat es ihm gleich. »Möchte wissen, wer ihn geschickt hat«, sprach er mit belegter Stimme.

»Ich auch.« Der Vogt ging auf Alkuin zu und klopfte ihm auf die Schulter. »War jedenfalls mutig von dir, dich an seine

Fersen zu heften. Besonders wenn man bedenkt, was dir dabei hätte zustoßen können. Die Kerle sind verdammt gefährlich, wie mir scheint.«

»Darüber bin ich mir im Klaren.«

»Und du hast ihn mit niemandem sprechen sehen? Niemand, der ihm Anweisungen gab?«

»Bei *dem* Durcheinander – nein! Nachdem die Scheune in Brand geraten war, gings im Kloster drunter und drüber. Da habe ich ihn aus den Augen verloren. Erst vorhin, auf dem Weg in die Kapelle, habe ich gemerkt, dass irgendetwas mit Wieland nicht stimmt. Und bin ihm gefolgt. Den Rest der Geschichte kennt Ihr ja.«

»Wahrhaftig, den kenne ich.« Berengars Hand fuhr unwillkürlich an die Kehle.

»Und was werdet Ihr jetzt tun?«

»Diesen Kerl zurück ins Kloster bringen und mich mit Bruder Hilpert beraten. Sofern er überhaupt dazu in der Lage ist. Ich kann mich zwar irren«, fuhr Berengar fort und strich über seinen Bart, »aber irgendwie habe ich das Gefühl, diese Teufelsanbeter werden langsam nervös. Zuerst die Sache mit Bruder Hilpert, über die du mir berichtet hast, dann dieser Mordanschlag – ich denke, wir müssen auf der Hut sein. Und insbesondere du.«

»Über mich macht Euch keine Gedanken.«

»Bist ein mutiger Junge, ich merks. Aber dich bei den Novizen einzuquartieren – ich weiß nicht, ob das besonders klug gewesen ist.«

»Bruder Hilpert wird sich schon etwas dabei gedacht haben.«

Berengar konnte sich ein Lächeln nicht verkneifen. »Du magst ihn wohl, diesen Bücherwurm, nicht wahr?«

Alkuin errötete. »Ich glaube schon«, gab er unumwunden zu.

Jetzt war die Reihe an Berengar, verlegen zu sein. »Wie dem auch sei«, fuhr er schließlich fort, »wir müssen uns etwas einfallen lassen, und zwar rasch. Vor allem darf uns niemand zusammen sehen. Wer immer diesen Wieland beauftragt hat, mich meuchlings zu ermorden, wird es bei nächstbester Gelegenheit wieder probieren. Dessen bin ich mir absolut sicher.«

Berengar dachte kurz nach und sah Alkuin stirnrunzelnd an. »Wie lange bist du jetzt schon aus dem Kloster weg?«, wollte er wissen.

»Eine Dreiviertelstunde, schätze ich.«

»Höchste Zeit, sich auf den Rückweg zu machen. Die Frage ist nur, wie du deinen kleinen Ausflug rechtfertigen willst.«

»Keine Sorge – wird mir schon etwas einfallen«, erwiderte Alkuin und war kurz darauf im schneebeladenen Dickicht verschwunden.

»Pass auf dich auf!«, rief ihm der Vogt des Grafen hinterher, aber Alkuin hörte ihn nicht mehr.

Eine Weile noch blieb Berengar reglos stehen, den Blick abwechselnd auf den Leichnam und die Spur des Jünglings gerichtet, die sich irgendwo zwischen den Bäumen verlor. »Pass auf dich auf!«, murmelte er vor sich hin, nicht sicher, ob er gerade einen Fehler gemacht hatte.

44

Anhöhe über dem Taubertal – Sexta (11.20 Uhr)

VALENTIN VON HELFENSTEIN, bischöflicher Secretarius, war müde und gereizt, fror wie selten zuvor in seinem Leben. Vom ungewohnt langen Ritt tat ihm der Rücken weh, von anderen Körperteilen, die er kaum noch spürte, ganz zu schweigen.

Aber er hatte es ja selbst so gewollt. Und im Grunde genommen auch nicht anders verdient. Die Idee, einen Vertrauensmann des Bischofs nach Bronnbach zu schicken, um den vermeintlichen Hort der Teufelsanbeterei auszuspionieren, war ganz allein auf seinem Mist gewachsen. Dass es ausgerechnet ihn treffen würde, hatte er freilich nicht erwartet.

Und dann noch der Schnee. Die klirrende Kälte. Der endlos lange Ritt. Es war zum Verzweifeln.

Von Helfenstein sah sich Hilfe suchend um. Die beiden Kriegsknechte, die ihm in gebührendem Abstand folgten, grienten ihn hämisch an. Was sie von ihm hielten, war nicht zu übersehen, aber er schluckte seinen Ärger herunter und richtete den Blick wieder nach vorn.

Eine halbe Stunde später, als der Gesandte des Bischofs schon fast nicht mehr an ein rettendes Dach über dem Kopf glaubte, näherte er sich endlich seinem Ziel. Drunten im Tal, in das sich der schneebedeckte Pfad schlängelte, tauchten die Giebel und Dächer des Klosters auf. Valentin von Helfenstein gab seinem Pferd die Sporen, und seine Lebensgeister kehrten auf einen Schlag zurück. Die Aussicht auf eine gut beheizte Stube, ein üppiges Mahl und womöglich sogar einen Becher Glühwein ließen ihn die Unbilden der Witterung und seine schmerzenden Gelenke glatt vergessen.

Wenn nur sein Auftrag nicht gewesen wäre. Und der Mann, mit dem er es bald zu tun bekam.

Daran freilich wollte Valentin von Helfenstein im Moment nicht denken.

⁂

Ein Schnüffler des Bischofs. Und das ausgerechnet jetzt.

Berengar kratzte sich hinterm Ohr und warf dem Mann, mit dem ihn der Zufall vor dem Tor der Abtei zusammengeführt hatte, einen verächtlichen Blick zu. Er mochte diese Art von Pfaffenknecht nicht, und allein schon bei seinem Anblick stieg die schwarze Galle in ihm empor.

»Wie es aussieht, kommen wir ja gerade zur rechten Zeit!«, sprach von Helfenstein mit Blick auf den Leichnam, der quer über Berengars Sattel hing. Er tat dies in derart hochfahrendem Ton, dass sich Berengar bereits jetzt schwor, es dem bischöflichen Legaten bei Gelegenheit kräftig heimzuzahlen. Einstweilen jedoch galt es, sich zu beherrschen, auch wenn es ihm schwerer fiel als sonst.

»Könnt Ihr mir sagen, um wen es sich bei dem Toten handelt?«, fragte der Schnüffler von oben herab, und Berengar hätte etwas dafür gegeben, wenn die Klosterpforte endlich aufgesperrt worden wäre. Noch aber war vom Pförtner nichts zu sehen, und dem Vogt blieb nichts anderes übrig, als sich der an ihn gerichteten Fragen so gut es ging zu erwehren. Dass er nicht mehr als nötig verriet, verstand sich für ihn von selbst.

»Nein«, gab der Vogt denn auch zur Antwort, aber ein Blick auf von Helfenstein verriet, dass ihm weder der bischöfliche Gesandte noch seine Eskorte glaubten. Berengar spürte instinktiv, dass er es hier mit einem überaus gefährlichen Gegner zu tun hatte. Die kleinste Schwäche, und er würde unweigerlich in die Fänge dieses mit allen Wassern gewaschenen Pfaffendieners geraten. »Und was führt Euch hierher, wenn die Frage gestattet ist?«, versuchte er deshalb von sich abzulenken.

»Dinge von höchster Dringlichkeit!«, antwortete von Helfenstein, der Berengars Finte sofort durchschaute, in aalglattem Ton. »Wobei ich beziehungsweise mein Herr sich selbstverständlich für jede das Kloster betreffende Angelegenheit interessieren.«

»Auch für Angelegenheiten, die nur das Kloster etwas angehen?«

»Wie meint Ihr das, Vogt?« Zum ersten Mal war in dem wie einstudierten Redefluss von Helfensteins so etwas wie Ratlosigkeit zu erkennen.

»Wie ich es sage«, konterte Berengar selbstbewusst, um seinem Hieb sogleich den nächsten hinzuzufügen: »Wie Ihr als in juristischen Spitzfindigkeiten bewanderter Mann sicherlich wisst, ist es allein Sache des Grafen, Opfer von Kapitalverbrechen zu identifizieren und den oder die jeweiligen Täter zu bestrafen. Wenn es sein muss, sogar mit dem Tode.«

»Auch dann, wenn sie dem hiesigen Konvent angehören?«

»Gerade dann, Legat, gerade dann.«

Von Helfenstein rümpfte die Nase, gab sich jedoch fürs Erste geschlagen. »Dann kann man Euch ja nur Glück wünschen«, fügte er sarkastisch hinzu, nachdem er mit zusammengebissenen Zähnen aus dem Sattel gestiegen war.

Berengar wollte etwas entgegnen, aber er blieb eine Antwort schuldig. Das Tor öffnete sich, und so ergriff er die Zügel seines Pferdes, über dessen Rücken der Körper des getöteten Novizen hing, und betrat den Hof der Abtei. Den bischöflichen Gesandten ließ er einfach links liegen.

Hätte er den misstrauischen Blick gesehen, mit dem ihn von Helfenstein bedachte, wäre er jedoch alles andere als zufrieden gewesen.

45

Hospiz – Post Sextam (12.00 Uhr)

Keine Spur von Bruder Hilpert. Oder von seinem jungen Gefährten. Kein Mensch, von dem etwas in Erfahrung zu bringen war.

Laetitia stieß einen leisen Seufzer aus und nahm die Wanderung durch ihre Kammer wieder auf. Das Gefühl, von aller Welt verlassen zu sein, nahm mit jeder Stunde, die sie im Kloster verbrachte, noch zu. Bestimmt würde sich die Tante daheim schon Sorgen machen, und daran, was ihr bei ihrer Heimkehr blühte, wagte sie erst gar nicht zu denken.

Fortlaufen jedoch war unmöglich, und zwar nicht nur wegen des steinalten Pförtners, der sie auf Schritt und Tritt bewachte. Es ging einfach nicht, und schon beim Gedanken an Flucht kam sie sich wie eine Verräterin vor. Erst wenn feststand, wer Lukas auf dem Gewissen hatte, würde sie wieder Ruhe finden. Dann würde sie nach Hause gehen. Erst dann, und keine Stunde früher.

Trotzdem hätte sie gerne gewusst, was hier vor sich ging. Sie hatte eine unruhige Nacht hinter sich, und der Schrecken über das Erlebte steckte ihr immer noch in den Knochen. Um wen es sich bei dem Unbekannten vor ihrer Tür gehandelt hatte, war ihr nach wie vor ein Rätsel, aber dass er zu denen zählte, die Lukas auf dem Gewissen hatten, stand für sie außer Frage.

Und Bruder Hilpert? Er schien wie vom Erdboden verschluckt, und Laetitia hatte nicht die leiseste Ahnung, was der Grund hierfür war. Gut möglich, dass sein Verschwinden mit dem Aufruhr zusammenhing, der um Mitternacht losgebrochen war. Eine Scheune war in Brand geraten, so viel hatte sie aus ihrem Bewacher herausbringen können. Mehr aber nicht.

Als sie das Hospiz hatte verlassen wollen, um sich umzusehen, hatte es ihr der Bruder Pförtner verboten. Er schien besorgt, geradezu in Panik, dass ihr etwas zustoßen könnte. Und so hatte sie sich seinem Willen gefügt und ihre Kammer seit Tagesanbruch nicht mehr verlassen. Dies fiel ihr nicht leicht, und ihre Neugier ließ ihr keine Ruhe.

Als sich der Schlüssel im Schloss drehte, blieb Laetitia stehen und richtete den Blick zur Tür. Einen Moment lang herrschte Stille. Schon begann ihr Herz lauter zu schlagen, als das Klopfzeichen ertönte, auf das sie und der Bruder Pförtner sich verständigt hatten. Laetitia atmete auf, begab sich zur Tür und entriegelte sie.

Als sich die Tür öffnete, blieb das Mädchen verdutzt stehen. Den Mönch mit dem gewinnenden Lächeln hatte sie noch nie gesehen. Er war hochgewachsen, zudem noch recht jung, und das Mädchen ertappte sich bei dem Gedanken, dass sein vornehmes Äußeres nicht so recht zu dem Bild passte, das man sich gemeinhin von einem Mönch machte.

Laetitia blieb abwartend stehen. Irgendetwas in ihr sträubte sich, ließ sie zögern. Der Ordensbruder schien es nicht zu bemerken. Und als sei dies die selbstverständlichste Sache der Welt, machte er schließlich Anstalten, ihre Kammer zu betreten.

Es war nur ein Schritt, den er in ihre Richtung machte. Aber er genügte. War es der kaum wahrnehmbare Duft von Lavendel, der ihr Misstrauen noch verstärkte, oder das eher instinktive Gefühl, dass die Maske der Freundlichkeit, die der Mönch so demonstrativ zur Schau trug, nur aufgesetzt, womöglich nichts anderes als eine Finte war?

Laetitia sollte die Antwort bekommen.

»Ich bin Bruder …« Noch ehe der Mönch geendet hatte, wusste sie, dass es die Stimme genau des Mannes war, der in der Nacht an die Tür ihrer Kammer geklopft hatte. Doch da war es bereits zu spät. Mit einer blitzschnellen Handbewegung hatte der Ordensbruder sie gepackt, herumgedreht und ihr ein feuchtes Stück Tuch, dem ein geradezu widerwärtiger Geruch entströmte, auf das Gesicht gepresst.

Kaum war dies geschehen, verlor Laetitia die Kontrolle über sich. Kurz darauf sank sie bewusstlos zu Boden.

46

Abtsstube, zur gleichen Zeit

WONACH ER SUCHTE, wusste Hilpert nicht. Nur, dass er auf der richtigen Spur war.

Obwohl er sich in der Schreibstube des Abtes befand, deren Tür er vorsichtshalber verriegelt hatte, wurde er seine Unruhe nicht los. Anders als sonst wollte sich die kühle Beherrschtheit, die er bei der Lösung seiner Fälle an den Tag legte, nicht einstellen. Irgendwie fühlte er sich nicht wohl in seiner Haut und kam sich regelrecht beobachtet vor.

Wie um seine Nervosität zu verscheuchen, entfernte sich der Inquisitor von der Tür. Sofort begannen die blankgescheuerten Dielenbretter zu knarren. Hilpert zuckte zusammen und blieb wie angewurzelt stehen. Erst als er in den Lichtkegel trat, der durch das bleiverglaste Fenster drang, ließ seine Befangenheit ein wenig nach.

Er war auf der richtigen Spur. Dessen war er sich sicher. Irgendwo in dem kahlen, weißgetünchten Raum, in dem sich außer einem Stehpult, verstaubten, mit unzähligen Schriftrollen, Folianten und Büchern vollgestopften Regalen und einem massiven Eichenholztisch kein Gegenstand befand, der auf Anhieb ins Auge fiel, musste sich der Schlüssel zur Lösung des Rätsels befinden. Er musste ihn finden. Je früher, desto besser. Damit nicht noch mehr Unheil geschah.

Bruder Hilpert atmete tief durch und drehte dem Fenster den Rücken zu. Die Luft war stickig, aber nicht so, wie man es von einem seit Wochen verschlossenen Raum vermutet hätte. Ein leiser Verdacht keimte in ihm auf. War die Spur, die er verfolgte, schon verwischt, der Beweis, der seinen Verdacht untermauern sollte, etwa schon beseitigt worden? Der Inquisitor sah sich nach allen Seiten um und schüttelte den Kopf.

Die Intuition, ein ansonsten verlässlicher Gefährte, wollte und wollte sich nicht einstellen.

Eher aus Verlegenheit denn aus Neugier wandte sich der Inquisitor den Dokumenten zu, die in einem Regal links von ihm lagen. Es handelte sich um in Schweinsleder eingebundene Kodizes, juristische Literatur, wie sie in jeder Klosterbibliothek zu finden waren. Nichts Besonderes also, weshalb Hilperts Anspannung in Gereiztheit umschlug.

Gerade wollte er sich wieder abwenden, um seine Suche anderswo fortzusetzen, als er mit dem Ellbogen an einen einarmigen Kerzenständer stieß, der auf dem Tisch des verstorbenen Abtes stand. Hilpert erschrak, konnte aber nicht mehr rechtzeitig reagieren. Halter samt Kerze fielen laut polternd zu Boden.

In einem Anflug jähen Zorns wollte Hilpert seinem Ärger Luft machen, besann sich jedoch eines Besseren und bückte sich, um die Spur seiner Unachtsamkeit zu beseitigen.

Und da geschah es.

Direkt neben dem Kerzenstummel, der etwa eine Elle vom Halter entfernt auf dem Boden lag, ragte aus einem der Dielenbretter ein Nagel hervor. Hilpert stutzte, griff zu und zog ihn ohne Mühe heraus. Ein Blick genügte, um ihm zu zeigen, dass sich die übrigen Nägel des etwa drei Klafter langen Brettes ebenfalls entfernen ließen.

Kurze Zeit später war es geschafft. Hilpert hatte das Brett entfernt und blickte in den schmalen, kaum 10 Zoll breiten Spalt. Zunächst war er enttäuscht, denn außer Staub und Mäusekot gab es anscheinend nichts zu sehen. Doch so schnell gab er nicht auf, sondern ließ seine rechte Hand unter die angrenzenden, noch an Ort und Stelle ruhenden Dielenbretter gleiten.

Der Inquisitor wurde nicht enttäuscht, sein Spürsinn wieder einmal belohnt. Denn kaum war seine Hand verschwunden, als sie auf einen weichen Gegenstand stieß, bei dem es sich allem Anschein nach um ein in Leder eingefasstes Buch handelte.

Nur wenige Augenblicke später war es so weit. Der staubbedeckte Kodex lag in seiner Hand. Er sah recht unscheinbar aus, und nichts, schon gar nicht seine vergilbten Blätter, ließ auf etwas Besonderes schließen. Hilpert blickte denn auch zunächst ratlos drein, blies den Staub herunter und ließ sich auf dem Stuhl des Abtes hinter dem Tisch nieder.

Die Mattigkeit, die von ihm Besitz ergriffen hatte, verflog indes im Nu. Kaum hatte er es aufgeschlagen, begann es Hilpert zu dämmern, dass er auf ein Buch mit äußerst brisantem Inhalt gestoßen war, höchstwahrscheinlich das, wonach er suchte. Und je länger er darin blätterte, umso heftiger begann sein Herz zu schlagen. Bald war er so sehr in seine Lektüre vertieft, dass er alles um sich herum vergaß.

Er war auf der richtigen Spur. Daran bestand jetzt kein Zweifel mehr. Bei näherem Hinsehen entpuppte sich der in hellbraunes Schweinsleder eingebundene Band nämlich als eine Art Chronik, in die alle aus der Sicht des Abtes wichtigen Ereignisse eingetragen waren. Nichts Offizielles, denn dazu waren die Jahrbücher in der Klosterbibliothek da. Sie waren jedermann zugänglich, vom Ordensbruder bis zum Novizen. Nein, bei dem, was Bruder Hilpert in Händen hielt, handelte es sich um eine Art Tagebuch des verstorbenen Abtes, das, wie sein Fundort verriet, nur ihm allein zugänglich war.

Es dauerte nicht lange, und Hilpert wusste auch, warum. Über jedes einzelne Mitglied des Konvents, prominent oder eher unscheinbar, wurde hier auf geradezu penible Art und Weise Buch geführt. Angefangen mit dem Datum seines Beitritts bis hin zu seinen Stärken wie auch vermeintlichen Schwächen bot es eine wahre Fundgrube für den, der sich für die Mitglieder des Konvents interessierte. Warum und zu welchem Zweck die Chronik geführt wurde, wurde ebenfalls rasch klar. Der Abt wollte sich vergewissern, auf wen er sich verlassen konnte, die schwarzen Schafe von den übrigen trennen. Und er wollte dies schriftlich fixieren, zu welchem Zweck auch immer.

Als er auf das Objekt seiner Nachforschungen stieß, hielt Hilpert den Atem an. Bei dem, den er für den Kopf der Teufelsbruderschaft und damit für einen potentiellen Mörder hielt, wies zunächst nichts darauf hin, dass es sich um die Quelle allen Übels handelte, das der Abtei und auch ihm, dem vom Vater Abt zu Maulbronn bestellten Inquisitor, so sehr zu schaffen machte. Nichts, aber auch rein gar nichts, deutete darauf hin, dass er in Verdacht stand, der Kopf einer Verschwörung zu sein, der bereits mehrere Mitglieder des Konvents und beinahe auch er selbst zum Opfer gefallen waren. Von teuflischen Umtrieben keine Spur. Im Gegenteil. In der Vita des Betreffenden fand sich viel Lobenswertes, wahre Hymnen, wie pflichtbewusst und fest im Glauben er war. Doch irgendwann im Verlauf des vergangenen Jahres, genauer gesagt zwei Tage vor Mariae Heimsuchung, brachen die positiven Kommentare plötzlich ab.

Genau dies war es, was Hilpert stutzig machte und ihn in seinem Verdacht bestärkte. Was aber war geschehen, dass ein Mann, ganz offensichtlich zu Höherem bestimmt, so plötzlich und scheinbar ohne jeden Anlass vom Gipfel seines Ansehens herabstürzte, dass er dem Abt, seinem Förderer, keine einzige Erwähnung mehr wert war? Was mochte sich ereignet haben, dass er den exakt entgegengesetzten Weg, den des Satans und Verderbers der Welt, eingeschlagen und damit sämtliche Brücken hinter sich abgebrochen hatte? Dass er zu einem kaltblütigen Mörder ohne jede menschliche Regung geworden war?

Was in der Heiligen Jungfrau Namen war geschehen?

Für einen Moment ließ Hilpert von der Lektüre des Buches ab, hob den Blick und starrte gedankenverloren zur Tür. Die Luft in der Abtsstube war noch stickiger geworden und machte ihm das Nachdenken schwer. Gerade wollte er sich wieder in die geheimen Unterlagen des Abtes vertiefen, als ihn ein kaum wahrnehmbares, scharrendes Geräusch aufhorchen ließ.

Instinktiv starrte Hilpert zur Tür, gerade rechtzeitig, um zu hören, wie sich ein Schlüssel im Schloss drehte und die Klinke sich langsam aber sicher nach unten bewegte. Mit einem Satz war der Inquisitor auf den Beinen. Doch der Spuk war genauso schnell vorüber, wie er gekommen war. Denn als der heimliche Besucher bemerkte, dass die Tür von innen verriegelt war, ließ er die Klinke los und suchte rasch das Weite. Als Hilpert die Tür aufriss, war weit und breit nichts zu sehen.

Wiewohl an sich ein beherrschter Mensch, kostete es Hilpert große Mühe, einen Fluch zu unterdrücken. Dann aber hellten sich seine Züge schlagartig auf. Ein Hauch von Lavendel, kaum wahrnehmbar zunächst, hing in der Luft.

Ein Lächeln glitt über sein Gesicht, aber eines, das nichts Gutes verhieß. Die Züge des Inquisitors nahmen einen kalten, unnachsichtigen, aber nichtsdestoweniger entschlossenen Ausdruck an.

Er war auf der richtigen Spur. Und er würde die Bestie in Menschengestalt, vor der nicht einmal er sicher zu sein schien, zur Strecke bringen.

Das war er seinen Opfern schuldig, auch wenn sie allesamt Sünder waren.

47

Novizenbau – Nona (13.20 Uhr)

»Und da hast du dich an seine Fersen geheftet, seine Spur aber kurz darauf wieder verloren?! Du glaubst doch hoffentlich nicht, dass ich dir *das* abkaufe?«

Bruder Joseph, der Novizenmeister, hatte sich förmlich in Rage geredet. Ohne Erfolg. Trotz seines fast einstündigen Kreuzverhörs hatte er es immer noch nicht geschafft, Alkuin zum Reden zu bringen. Er gab keinen Fußbreit Boden preis, und das, obwohl der Novizenmeister sämtliche Register der Einschüchterung zog.

»Rede endlich, hinterhältige Kreatur, oder willst du demnächst in der Hölle schmoren?«

»Ich wüsste nicht, was es überhaupt zu reden gibt.« Alkuin reckte das Kinn empor und sah Bruder Joseph trotzig an. Der Novizenmeister erwiderte seinen Blick. Unschwer zu erkennen, dass er ihm nicht glaubte.

»Schade, wirklich schade!«, ließ Bruder Joseph mit gespieltem Bedauern verlauten. Von dem sanftmütigen, fast ein wenig senilen alten Mann, wie er ihn bei seinem Eintritt ins Kloster kennengelernt hatte, war so gut wie nichts mehr übriggeblieben. »Dann werde ich eben zu anderen Mitteln der Überredungskunst greifen müssen. Mitteln, wie sie sonst nur bei verstockten –«

»Verzeiht, ehrwürdiger Bruder, wenn ich mich einmische«, fiel ihm Angelus ins Wort, der zwar schweigend am Türpfosten gelehnt, aber jeder von Alkuins Bewegungen mit Argusaugen gefolgt war. »Aber haltet Ihr es nicht für angezeigt, die Angelegenheit einstweilen auf sich beruhen zu lassen? So lange, bis der Vogt des Grafen mehr Licht in die Umstände, die zum Tod unseres unglückseligen Mitschülers geführt haben, gebracht hat? Schließlich handelt es sich um Mord.« Angelus senkte den Blick, bevor er fortfuhr: »Bei allem gehörigen Respekt: Dies ist doch wohl etwas, das man dem hier Anwesenden nicht zutrauen kann, oder?«

Die Verblüffung in Bruder Josephs Gesicht, welche den impertinenten Worten seines Schülers folgte, war nicht zu übersehen, und Alkuin fragte sich einmal mehr, wer hier Lehrer und wer Schüler war. Seltsamerweise kam kein Wort des Widerspruchs über seine Lippen, von ernsthaftem Tadel ganz zu schweigen. Der Novizenmeister war und blieb fromm und unterwürfig wie ein Lamm. Welch ein Narr!, dachte Alkuin bei sich, auch wenn er so tat, als habe er vor Bruder Joseph eine Heidenangst.

»Ganz gewiss nicht, da hast du recht.« Von einem Moment auf den anderen war aus dem schier allmächtigen Novizenmeister ein kleines Häuflein Elend geworden. »Was schlägst du also vor?«, fragte er kleinlaut und ließ sich auf eine der Schulbänke sinken.

»Wie gesagt: Die Angelegenheit auf sich beruhen zu lassen wäre wohl im Augenblick das Beste. Und ganz im Sinne unseres Herrn, dem Nachsicht und Milde bekanntlich über alles ging.«

Ein zorniges Flackern trat in Bruder Josephs Augen, aber es verschwand so schnell, wie es gekommen war. Ohne Angelus weiter zu beachten, legte er die Handflächen auf die Knie und starrte nachdenklich ins Leere. Erst als sich Angelus räusperte und ungeduldig mit den Füßen zu scharren begann, murmelte er: »Nun gut! Dann werden wir eben noch einmal Gnade vor Recht ergehen lassen.«

Der Novize konnte sich ein Lächeln nicht verkneifen, verstand es aber, seinen Triumph hinter einer Geste demonstrativer Demut zu verstecken: »Habt Dank, hochwürdigster Lehrer, habt Dank!«, heuchelte er und machte Anstalten, die Knie zu beugen. Bruder Joseph quittierte dies mit einer wegwerfenden Gebärde, erhob sich und verließ schnurstracks den Raum.

»Da geht er hin, der alte Tor!«, spottete Angelus, als die Tür des Unterrichtsraumes hinter dem Novizenmeister ins Schloss gefallen war. »Und kommt hoffentlich so bald nicht wieder!«

Alkuin traute seinen Ohren nicht. Die ganze Szene kam ihm so unwirklich vor, dass es ihm fast die Sprache verschlug. Wie Angelus mit seinem Lehrer umgesprungen war, gefiel ihm ganz und gar nicht, und er fragte sich, was Bruder Hilpert wohl an seiner Stelle getan hätte.

»Warum so wortkarg?«, erriet Angelus seine Gedanken, während er sich die blonden Locken aus dem Gesicht strich. »Könntest dich ruhig bedanken!«

»Bedanken? Ich? Und wofür?«

»Dafür, dass ich dich vor dem Alten in Schutz genommen habe. Du hast ja keine Ahnung, wozu der gute alte Bruder Joseph fähig ist! Einfallsreich wie kaum ein anderer, wenn es drum geht, Strafen zu verhängen – wenn ihn auch sein Verstand immer häufiger im Stich lässt. Aber nichts für ungut – es gibt wahrhaftig Schlimmere als ihn.«

»Übermäßig viel Respekt scheinst du ja nicht vor ihm zu haben.«

»Warum sollte ich?«

»Weil er unser Lehrer und obendrein noch der Novizenmeister ist.«

Angelus ließ sich mit theatralischer Gebärde auf eine der Bänke sinken, stützte den Ellbogen auf die Lehne und pfiff anerkennend durch die Zähne. »Kompliment, von Rosenberg, Kompliment!«, witzelte er, während sich sein Mund zu einem bösartigen Grinsen verzog. »Noch keine drei Tage im Schoße des Herrn, und schon darüber im Bilde, worauf es ankommt in dieser unserer kleinen Welt! Meine Wenigkeit hat wesentlich länger dazu gebraucht, aber du ... du scheinst ja wahrhaftig ein ganz Schlauer zu sein! Ganz ehrlich: Wenn du so weitermachst, kann aus dir noch einmal ein ganz Großer werden.«

»Das wohl kaum.«

»Findest du? Was dann, von Rosenberg, raus mit der Sprache! Zu welchem Zweck bist du hier? Antworte!«

Noch ehe Alkuin etwas entgegnen konnte, war sein Gegenüber aufgesprungen und trat ganz nahe an ihn heran. Vor lauter Schreck über die unerwartete Wendung des Gespräches machte er einen Schritt rückwärts, was Angelus mit einem hämischen Grinsen quittierte. Die Hände in die Hüften gestemmt, baute er sich drohend vor ihm auf, und als Alkuin nicht sofort antwortete, packte er ihn mit einer blitzschnellen Handbewegung am Kragen. »Wenn mich nicht alles täuscht, hab ich dich was gefragt, von Rosenberg! Also: Was in aller Welt treibt dich hierher? Raus mit der Sprache, sonst –«

Doch so schnell sein Wutausbruch gekommen war, legte er sich auch wieder. Von einem Augenblick auf den anderen ließ Angelus von Alkuin ab und wandte sich dem Fenster zu. Er hielt den Kopf gesenkt, und dem Seufzer nach zu urteilen, den er nach einer Weile ausstieß, schien ihm das Zerwürfnis mit seinem Mitschüler ausgesprochen peinlich zu sein.

Alkuin selbst war völlig perplex, und die Furcht, entlarvt zu werden, machte ihm schwer zu schaffen. Trotzdem oder gerade deswegen gab er sich alle Mühe, sich nichts anmerken zu lassen. Eines nämlich war vollkommen klar: Angelus war nicht zu trauen. Ein falsches Wort, und sein Leben wäre verwirkt. »Soll das etwa heißen, dass du mir misstraust?«, hörte sich Alkuin schließlich in die Stille hinein sagen, und es kam ihm so vor, als sei nicht er es, der da sprach. »Mir, dem Mitschüler und Gefährten?«

Es war ein gefährliches Spiel, das er hier trieb, und Alkuin wusste es. Angelus freilich ließ sich mit seiner Antwort Zeit. Schon glaubte Alkuin, er habe seine Frage einfach ignoriert, als sein Mitschüler langsam, aber mit großer Entschiedenheit zu sprechen begann: »Nein, von Rosenberg«, hob er an, »das soll es keinesfalls. Schließlich sind wir ja Gefährten. Und sitzen in ein und demselben Boot.«

»Freut mich zu hören.«

»Ach, wirklich?« Bis hierhin war Angelus wie erstarrt vor dem Fenster stehen geblieben, jetzt aber wirbelte er förmlich auf dem Absatz herum. Alkuin schluckte, denn in dem Gesicht, in das er blickte, ließen sich keinerlei Emotionen erkennen, weder im Guten noch im Bösen. »Dann wird es dir auch gewiss nicht schwerfallen, mir einen kleinen Gefallen zu erweisen. Als Vertrauensbeweis sozusagen. Um deine Loyalität mir gegenüber vor aller Welt zu bekunden!«

»Vor aller Welt? Was soll das heißen?«

»*Das*, mein lieber von Rosenberg, werde ich dich noch wissen lassen.«

»Und wann?«

»Wenn die Zeit reif dafür ist. Und keinen Augenblick früher, mein … mein Freund.«

48

Sub terram, zur gleichen Zeit.

Als sie wieder zu Bewusstsein kam, war es stockdunkel. Der Pfeifton im Ohr raubte ihr fast den Verstand, und ihr Kopf tat fürchterlich weh. Die Luft, die sie einatmete, roch nach Fäulnis, Moder und Fledermauskot. Nicht viel hätte gefehlt, und Laetitia hätte sich übergeben.

Bis sie klar denken konnte, dauerte es eine halbe Ewigkeit. Dann aber, als sie ihre Ohmacht endgültig überwand, wurde ihr bewusst, dass sie eine Kapuze trug. Laetitia brach der kalte Schweiß aus, und um ein Haar hätte sie laut aufgeschrien. Doch es sollte noch schlimmer kommen. Denn als sie versuchte, sich die Kapuze vom Kopf zu reißen, wurde ihr klar, dass sie an Händen und Füßen gefesselt war.

Irgendjemand hatte sie in Ketten gelegt. Verschleppt und angekettet wie ein Stück Vieh.

Laetitia musste ihre ganze Beherrschung aufbieten, um nicht den Verstand zu verlieren. Sie fragte sich, wer ihr so etwas antat, ausgerechnet ihr, die keiner Fliege etwas zuleide tun konnte. Jede auch noch so kleine Bewegung sandte Wogen des Schmerzes durch ihren Körper und wurde zu einer kaum zu ertragenden Tortur.

Wo sie sich befand, konnte sie allenfalls erahnen. Die stickige Luft ließ auf eine Höhle oder irgendeine Art von Kerker schließen, aber es war genauso gut möglich, dass sie sich noch im Kloster befand. Der alles durchdringende Geruch jedenfalls war kaum zu ertragen und brachte sie fast um den Verstand. Trotzdem zwang sich Laetitia, klar zu denken, und sei es auch nur, um nicht in Panik zu geraten.

In der Absicht, sich der Kapuze zu entledigen, bewegte sie den Kopf schließlich ruckartig nach vorn. Aber alle Mühe war vergebens. Die Kapuze saß fest. Zugeschnürt. Ganze Arbeit. Das Mädchen stöhnte innerlich auf. Dass sie nichts sehen konnte, war fast noch schlimmer als die Fesseln, die das Blut in ihren Handgelenken zum Stocken brachten.

Schon begann sie zu resignieren, als sie ein neues, bis dahin nicht gekanntes Gefühl beschlich. Es tat nicht weh, war jedoch so unangenehm, dass es die Panik, die schon halbwegs überwunden schien, zu neuem Leben erweckte. Laetitia bewegte den Kopf zunächst nach links, dann nach rechts. Schließlich verharrte sie reglos und lauschte.

Und plötzlich hatte sie Gewissheit. Sie war nicht allein. Irgendjemand befand sich in der Nähe. Wie nahe, wusste sie nicht, aber allein schon der Gedanke verursachte ihr eine Gänsehaut.

Laetitia hielt den Atem an. Wer immer es war, der sie beobachtete, hatte offenbar alle Zeit der Welt. Oder genoss seine Allmacht in vollen Zügen. Obwohl sie sich mit aller Kraft dagegen stemmte, keimte Angst in Laetitia empor, und beim Gedanken daran, dass sie außer einem dünnen Gewand nichts am Körper trug und den Blicken des Unbekannten schutzlos preisgegeben war, erfüllte sie brennende Scham.

Die Stille ringsum wurde unerträglich, und schon bald kämpfte das Mädchen mit den Tränen. An Hilfe war offenbar nicht zu denken, es sei denn, einer der Mönche hatte von ihrer Entführung etwas mitbekommen. Und dies war ganz offensichtlich nicht der Fall.

»Ich sehe, du bist dabei, dich von den Strapazen unseres Ausfluges ein wenig zu erholen.« Laetitia fuhr zusammen, weniger aus Angst denn aufgrund der Tatsache, dass sich ihr Peiniger keine drei Schritte entfernt von ihr befand. Ihn zu erkennen war indes nicht sonderlich schwer. Dafür sorgte schon allein seine Stimme, die Laetitia unter Tausenden hätte heraushören können. Sie war weich wie Samt, einschmeichelnd, leise – mit einem Wort: diabolisch.

Nun, da ihr Peiniger identifiziert und in ihrem Gedächtnis

verankert war, wurde Laetitia ruhiger. Fast gleichzeitig wurde sie von geradezu widernatürlicher Neugierde gepackt. Was in aller Welt führte ihr Gegenüber im Schilde? Wozu hatte man sie in Ketten gelegt, ihr eine Kapuze über den Kopf gestülpt? Wieso hatte kein Mensch etwas davon mitbekommen, dass sie am helllichten Tage verschleppt …

Der Gedanke, der Laetitia an dieser Stelle kam, war geradezu absurd, aber nach einer Weile dämmerte ihr, dass es die einzig mögliche Antwort auf ihre Frage war.

Der Mann mit der samtweichen Stimme musste Helfershelfer haben. Handlanger. Vielleicht nur ein paar, aber immerhin genug, um sie verschwinden zu lassen, ohne dass jemand etwas merkte. Eine Art Geheimbund, eine kleine Schar Jünger, die das Ziel verfolgte, sie zu …

Aber warum nur, warum gerade sie?

»Warum ich dich hierher bringen ließ, willst du wissen?«

Laetitia fuhr zusammen. Dass der Unbekannte ihre Gedanken erriet, ließ sie erschaudern. Trotzdem zwang sie sich zur Ruhe. Sie durfte keine Schwäche zeigen. Nicht jetzt. Sonst hätte ihr Peiniger leichtes Spiel.

»Warum so wortkarg? Oder hat es dir etwa die Sprache verschlagen?«

»Hat es nicht«, rief das Mädchen trotzig aus. »Bindet mich los und nehmt mir die Kapuze ab, dann werde ich mit Euch sprechen.«

»Das wirst du auch so. Dessen bin ich mir sicher.«

Der drohende Unterton in der Stimme des Mannes war Laetitia nicht entgangen. Beeindrucken ließ sie sich hiervon freilich nicht: »Und warum sollte ich das tun?«, gab sie betont teilnahmslos zurück.

»Weil du klug genug bist, um zu erkennen, dass dein Leben an einem seidenen Faden hängt.«

»Was Ihr nicht sagt.«

Laetitia konnte das diabolische Grinsen ihres Peinigers förmlich spüren. »Nur zu!«, spottete er in überlegenem Ton.

»Eines jedoch lass dir gesagt sein: Deine Verstocktheit wird dir nichts nützen. Ich werde dich zum Reden bringen, so oder so. Am Ende wirst du den Kürzeren ziehen – glaub es mir.«

»Es sei denn?«

Der Unbekannte machte einen Schritt nach vorn. »Du begreifst schnell!«, warf er anerkennend ein. »Schneller jedenfalls als so mancher meiner Brüder. Darum lass uns möglichst rasch zum Geschäftlichen kommen.«

»Ein Handel, soso.«

»Aber einer, von dem *beide* Seiten profitieren.«

»Ihr macht mich neugierig. Lasst hören.«

Der Fremde unterdrückte ein Lachen, aber eines, das Laetitia das Blut in den Adern gefrieren ließ. »Freut mich, dass du so entgegenkommend bist. Darum wird dir auch reicher Lohn zuteil. Alles, was ich von dir verlange, ist eine kleine Gefälligkeit, nichts weiter.«

»Und die wäre?«

»Du sollst einen Freund töten. Mehr nicht.«

»Ich soll –«

»Du hast richtig gehört. Töten sollst du. Und zwar einen der Todfeinde meines Herrn. *Den* Feind schlechthin, um es genauer zu sagen. Einen, der es nicht anders verdient. Der nichts als Unheil angerichtet hat. Töte Hilpert von Maulbronn, und mein Herr und Meister wird dir vergeben. Und dich obendrein auf das Fürstlichste belohnen!«

Laetitias Peiniger hatte sich förmlich in Rage geredet und sich ihr dabei auf Armlänge genähert. Instinktiv wandte das Mädchen den Kopf zur Seite, aber es nützte nichts. Vor dem Duft, den der Mann verströmte, gab es kein Entrinnen. Lavendel. Vermischt mit dem Geruch nach kaltem Schweiß. Laetitia wurde speiübel, so schlecht wie selten zuvor.

»Was ist – hat es dir etwa die Sprache verschlagen?«, wiederholte der Mann und stieß einen Schwall übelriechender Atemluft aus. Der weiche, fast flüsternde Tonfall, so etwas wie sein Markenzeichen, war verschwunden. Der da sprach, war gewohnt, kurzen Prozess zu machen. Er würde töten, und das, ohne mit der Wimper zu zucken.

»Euer Herr und Meister – wer ist er?« Aus purer Verzweiflung versuchte Laetitia Zeit zu gewinnen, aber ihr Gegenüber ließ sich nicht so leicht hinters Licht führen.

»Das wirst du noch früh genug erfahren!«, fuhr er sie mit einer Mischung aus Hohn und Verachtung an. »Noch etwas mehr als einen Tag, und er wird dir seine Aufwartung machen. Bis dahin allerdings sollte dein Auftrag erledigt sein. Mein Herr kann sehr ungnädig werden.«

»Und was passiert, wenn ich flüchte?«

»Das wirst du nicht wagen. Und selbst wenn – du würdest nicht weit kommen. Der Arm meines Herrn reicht weit. Viel weiter, als du oder dieser Tor von einem Inquisitor es euch vorstellen könnt.«

»Ihr überschätzt Euch.«

»So, meinst du?« Für den Bruchteil eines Augenblicks verunsichert, fuhr Laetitias Peiniger umso entschiedener fort: »Dann lass dir Folgendes gesagt sein: Wir – oder vielmehr meine Wenigkeit – werden nicht dulden, dass uns so kurz vor dem Ziel noch irgendjemand in die Quere kommt. Wir werden nicht rasten noch ruhen, bis auch der letzte Widersacher meines Herrn vom Angesicht dieser Erde getilgt ist.«

»Ihr wart es, der Lukas getötet hat, hab ich recht?«

»Wie überaus scharfsinnig von dir! Aber gewiss doch – ich habe ihn getötet. Oder besser gesagt, töten lassen. Weil er zum Verräter an unserer gemeinsamen Sache geworden war. Oder zumindest dabei war, es zu werden. Dafür musste er büßen. Und letztendlich mit seinem Leben bezahlen.«

»*Ihr* seid es, welcher dereinst bezahlen wird – glaubt es mir! Bruder Hilpert wird schon dafür sorgen!«

Wieder dieses Lächeln, dieser durchdringende Blick, der sich bis in die hintersten Winkel ihres Gehirns zu bohren schien. »So, meinst du!«, höhnte der Unbekannte, dessen Stimme erkennen ließ, wie sehr er Laetitias Hilflosigkeit genoss. »Sollte dies dein letztes Wort gewesen sein, dann –«

»Es war mein letztes, verlasst Euch drauf!«

»Wie bedauerlich! Man stelle sich vor: Der gute alte Hilpert von Maulbronn, dahingemeuchelt von einer Giftmischerin! Ich für meinen Teil hätte ihm einen derartigen Tod von Herzen gegönnt. Denn verglichen mit dem, was ihm blüht, wenn er mir und meinen Brüdern in die Hände fällt – und dies wird unweigerlich geschehen – wird er sich nach einem raschen Dahinscheiden noch über die Maßen sehnen. Aber lassen wir das! Du hast dich entschieden. Und das bedeutet, dass auch du einen qualvollen Tod sterben wirst.«

»Was habt Ihr mit mir vor?«

»Darüber hat allein mein Herr und Meister zu entscheiden. Er und kein anderer.«

Laetitia lachte kurz auf. »Wenn er Bruder Hilpert bis dahin nicht ins Netz gegangen ist«, hielt sie ihrem Widersacher trotzig entgegen.

»Wenn du dich da einmal nicht täuschst!«, antwortete der Mann.

»Das glaube ich kaum. Bruder Hilpert ist nämlich ein kluger Mann. Weit klüger, als –«

Weiter kam Laetitia nicht, denn als sie spürte, dass der Mann ihr Haar durch die rechte Hand gleiten ließ, war sie vor Schreck wie gelähmt. Jede Faser ihres Wesens schien sich gegen den verhassten Widersacher zu sperren, auch wenn sie ihm auf Gedeih und Verderb ausgeliefert war. »Was ... soll das?«, keuchte sie, als sie spürte, dass der Mann einen Dolch zückte und eine Strähne aus ihrem Haar entfernte.

»Ein kleines Andenken – mehr nicht!«, entgegnete der Mann und lachte leise in sich hinein.

Laetitia nahm ihren ganzen Mut zusammen. »Fahrt zur Hölle!«, schleuderte sie ihm wutentbrannt entgegen. »Fahrt zur Hölle, widerliches Scheusal!«

Die Antwort des Mannes jedoch blieb aus. Stattdessen

wurde sie kurzerhand geknebelt, und ehe sie sich versah, brachte sie kein Wort mehr hervor. Sie wollte schreien, aber das einzige Geräusch weit und breit waren die Schritte ihres Peinigers, die irgendwo in der Ferne verhallten.

Laetitia war wieder allein, hilflos, mutlos und halb von Sinnen vor Angst.

Erst jetzt, da alles vorüber war, begann sie leise zu weinen. Warum hilft mir denn niemand, fuhr es ihr immer wieder durch den Sinn.

»Warum hilft mir denn niemand?«

49

Pförtnerstube – Nona (13.20 Uhr)

»Und warum beim Anus Satans habt Ihr das nicht gleich gesagt?!«, stauchte Berengar den Hilfspförtner der Abtei zusammen, dem anzumerken war, wie sehr ihm der Rüffel des Vogtes unter die Haut ging. »Während ich alles daransetzte, einer Mörderbande das Handwerk zu legen, tut Ihr so, als sei überhaupt nichts –«

»Berengar – bitte!« Bruder Hilpert hob beschwichtigend die Hand und schob den Vogt sanft zur Seite. »Auf die Art kommen wir doch nicht weiter! Mäßigt Euch und lasst uns vernünftig miteinander reden. Immerhin haben wir jetzt eine Spur, ein Mosaiksteinchen mehr.«

Der Vogt murmelte etwas vor sich hin, das der Inquisitor geflissentlich ignorierte, schluckte seinen Ärger jedoch hinunter und wandte sich wieder dem Hilfspförtner zu. »Und Ihr seid Euch auch ganz sicher, dass es sich bei dem Toten um exakt den Mann handelt, der am Mittwochmorgen an der Pforte Einlass begehrte?«

»Absolut sicher«, antwortete Bruder Johannes in dem für ihn typischen nasalen Ton. »Kaum zu verwechseln, der Strolch.«

»Warum so respektlos, wenn man fragen darf? Noch dazu, wenn es sich um einen Toten handelt, mit dessen Bestattung Ihr beauftragt worden seid?«

»Weil sein ... weil sein Dahinscheiden nichts daran ändert, wie er mir in Erinnerung geblieben ist.«

»Und welchen Eindruck hat er auf Euch gemacht?«

»Keinen vertrauenerweckenden. Eher einen – wie soll ich sagen? – ja, genau! Einen zwielichtigen. Allein schon sein Aussehen – ich weiß nicht recht! Und dann erst seine Manieren!

Benommen hat der sich ... wie soll ich sagen? ... nun ja, aufgeführt hat er sich, wie man es von fahrendem Volk und Männern seines Schlags eben gewohnt ist.«

»Und wie? Ich meine: Was genau an ihm hat Euch so sehr missfallen?«

»Das ... das lässt sich nur schwer beschreiben.«

»Was beim Arsche von Satans Großmutter soll denn das schon wieder hei...«

»Berengar, bitte.«

»Ganz wie Ihr wollt!«, schmollte Berengar und zog sich in den hintersten Winkel der Pförtnerstube zurück. »Dann eben so, wie es dem Herrn Inquisitor beliebt.«

Hilpert verkniff sich ein Lächeln und wandte sich wieder dem Hilfspförtner zu. »Wenn ich nicht irre, wart Ihr gerade dabei, den Inhalt Eures Gespräches mit dem Ermordeten bis in die Einzelheiten zu schildern, war es nicht so?«, nahm er den Gesprächsfaden wieder auf.

Bruder Johannes schlug die Augen nieder und scharrte verlegen mit dem Fuß. »Das ... das stimmt«, stieß er zögernd hervor.

»Wenn dem so ist – darf man fragen, vor wem oder was Ihr Euch fürchtet? Etwa vor einer Aussage, aus der man Euch später einen Strick drehen könnte?«

Bei der Erwähnung des Wortes ›Strick‹ wurde der Hilfspförtner leichenblass. »Wie ... wie meint Ihr das?«, stammelte er.

»So, wie ich es sage«, konterte der Inquisitor, dem das Taktieren des Hilfspförtners immer mehr auf die Nerven ging. »Darum lasst uns nicht weiter um den heißen Brei herumreden!«, forderte er sein Gegenüber auf. »Ohne Umschweife: Wer war es, den der Kesselflicker vor zwei Tagen zu sprechen wünschte? Redet, bevor ich die Geduld verliere!«

»Hilpert, bitte.«

»Euer Hang zur Ironie in Ehren, Vogt – ich fürchte, dies ist nicht die rechte Zeit dafür.«

»Wie Ihr wünscht, Eminenz.«

Bruder Hilpert holte tief Luft, um Berengars Sarkasmus zu parieren, aber ein verlegenes Hüsteln des Hilfspförtners hielt ihn davon ab. »Ihr wollt etwas zur Lösung des Falles beitragen, Bruder?«, ließ er stattdessen verlauten.

»Es handelte sich um Bruder Joseph«, antwortete der Angesprochene im Flüsterton, als fürchte er, die Wände könnten Ohren haben.

»Bruder Joseph?!«, antworteten Vogt und Inquisitor wie aus einem Munde. »Der Novizenmeister?!«

»Eben der!«, wimmerte der Hilfspförtner mit flackerndem Blick, während ihm die Knie zu zittern begannen. »Aber Ihr müsst mir versprechen, dass Ihr meine Aussage –«

»– vertraulich behandelt! Das versteht sich ja wohl von selbst«, ergänzte Berengar und grinste. »Und wie hat Bruder Joseph auf dieses nicht gerade alltägliche Ansinnen reagiert?«

»Er war ... nun, wie soll ich das sagen? ... er war –«

»Ungehalten?«, fügte der Inquisitor hinzu.

»Keinesfalls. Eher das genaue Gegenteil.«

»Wie dürfen wir das verstehen?«

»Nun ja – nach langem Hin und Her –«

»– und einem kleinen Obolus –«

»Wofür haltet Ihr mich eigent...«

»Für einen überaus rechtschaffenen Mitbruder, wofür denn sonst!«, erwiderte Hilpert mit einem entwaffnenden Lächeln. »Doch zurück zum Thema: Wie hat Bruder Joseph reagiert, als ihr ihn batet, zur Pforte zu ... ach ja! Wo befand er sich eigentlich?«

»In der Wärmestube. Zusammen mit den anderen Brüdern.«

»Und weiter?«

»Es konnte ihm gar nicht schnell genug gehen. Wusste gar nicht, dass er noch so gut zu Fuß ist.«

»Will sagen: Ihr habt ihn zur Pforte begleitet.«

»Das habe ich.«

»Und dann?«

»Dann hat er mich hier herein geschickt, um mit dem Kesselflicker unter vier Augen sprechen zu können.«
»›Unter vier Augen‹? Waren das seine Worte?«
»Ja.«
»Worauf Ihr treu und brav ...«
»Nein, bin ich nicht.«
»Soll das etwa heißen, Ihr habt gelauscht?«, stieß Bruder Hilpert mit gespielter Entrüstung hervor. »Bruder Johannes, ich muss schon sagen!«
Der Hilfspförtner, dessen Gesichtsfarbe von kalkweiß zu tiefrot wechselte, senkte verlegen den Blick. »Gelauscht würde ich das nicht nennen«, entschuldigte er sich. »Irgendetwas an der ganzen Sache kam mir eben verdächtig vor. Deswegen habe ich die Türe nur angelehnt. Schlau geworden bis ich aus dem, was mir zu Ohren kam, allerdings nicht.«
»Und weshalb?«
»Weil es sich allem Anschein nach um eine verschlüsselte Botschaft gehandelt hat.«
Der Inquisitor zog die Augenbrauen in die Höhe und trat neugierig näher. »Die da lautete?«, fragte er.
Der Hilfspförtner gab nun jegliche Zurückhaltung auf, und je deutlicher er sich erinnerte, umso nachhaltiger sprudelte es aus ihm heraus: »Ein höchst eigenartiges Gespräch, muss ich schon sagen!«, wunderte er sich. »Denn stellt Euch nur vor: Da kommt dieser umherstreunende Tunichtgut, will den Novizenmeister sprechen und überbringt ihm eine Botschaft, die der Heiligen Schrift entnommen ist.«
»Der Heiligen Schrift?«
»Aber gewiss doch. Sie lautete: ›Siehe, jetzt habt ihr seine Gotteslästerung gehört. Was dünkt euch? Er ist –‹«
»›– des Todes schuldig‹«, vollendete der Inquisitor. »Und wie hat Bruder Joseph darauf reagiert?«
»Wie Ihr. Er hat die Antwort auf die Frage gegeben. Und sich zurückgezogen, ohne auch nur ein weiteres Wort mit dem Kesselflicker zu wechseln.«

»Und der Kesselflicker?«

»Hat es ihm gleichgetan.«

»Sehr interessant. Ich muss schon sagen – höchst aufschlussreich«, murmelte Bruder Hilpert mit gerunzelter Stirn vor sich hin. Nach kurzem Nachdenken fügte er schließlich hinzu: »Und das war alles, was Euch von der Begegnung mit dem Kesselflicker in Erinnerung geblieben ist? Bedenkt es wohl, Bruder Johannes, sonst muss ich Euch dem weltlichen Arm übergeben, der, wie Ihr aus Erfahrung wisst, in Punkto Verstocktheit wahrlich keinen Spaß versteht.«

Der Hilfspförtner, unter dem forschenden Blick Berengars wie ein Kaninchen vor der Schlange, schüttelte beflissen den Kopf. »Nein, dies ist wirklich alles. Beim Angesicht der Heiligen Jungfrau, ich –«

»Dann seid bedankt, Bruder Johannes«, schnitt ihm Hilpert brüsk das Wort ab. »Ihr dürft Euch zurückziehen.«

50

Refektorium – Mittagessen (13.40 Uhr)

VALENTIN VON HELFENSTEIN, bischöflicher Secretarius, war ausgesprochen schlechter Laune, und es sah nicht danach aus, als würde das Mittagessen etwas daran ändern. Nach außen hin ließ er sich jedoch nichts anmerken, obwohl er sich nichts sehnlicher wünschte, als möglichst schnell wieder an der reich gedeckten Tafel seines Herrn zu sitzen.

Doch war es nicht nur das aus Eiern, Fisch, Dörrobst und einer Scheibe Schwarzbrot bestehende Essen, das ihn verdross. Es war auch der Empfang, den man ihm bereitet hatte. Valentin kam sich wie ein Störenfried vor, und der Respekt, den man ihm zollte, änderte nichts daran. Man musste kein Prophet sein, um zu spüren, dass hier etwas nicht stimmte. Valentin nahm sich vor, besonders auf der Hut zu sein.

Wie üblich sprachen die Mönche während des Essens kein Wort. Nichts, schon gar nicht eitles Geschwätz, sollte sie davon abhalten, den Worten des Vorlesers zu lauschen, der von der Kanzel herab aus der Regel des Heiligen Benedikt zitierte: ›Denn der Gehorsam, den man den Oberen leistet, wird Gott erwiesen, sagt er doch: Wer euch hört, hört mich.‹

Valentin tat so, als sei er mit seiner Mahlzeit beschäftigt, wurde aber das Gefühl nicht los, dass man jede seiner Bewegungen beobachtete. Wenn er etwas nicht leiden konnte, dann dies, und als man ihm statt des erhofften Glühweines lediglich herben Spätburgunder kredenzte, war seine Laune endgültig auf den Nullpunkt gesunken.

»Zum Wohlsein!«, prostete ihm sein Tischnachbar völlig ungeniert zu, als sich Valentin anschickte, seinen Becher zu leeren. Der Secretarius, verblüfft von so viel Dreistigkeit, stellte ihn kurzerhand wieder ab und wandte sich dem knapp 20-jährigen

Ordensbruder zu, einem gutaussehenden, um nicht zu sagen ausgesprochen attraktiven jungen Mann, der ihn mit einer Mischung aus Spott und Ehrerbietung musterte. Zu schön, um Mönch zu sein!, fuhr es Valentin durch den Sinn, bevor er erwiderte: »Seid bedankt, Bruder! Natürlich auch für die Gastfreundschaft, die man mir in so reichem Maße zuteil werden lässt!«

Der Mönch zu seiner Rechten verzog die Mundwinkel zu einem rätselhaften Lächeln. »Reine Christenpflicht!«, wehrte er mit übertriebener Bescheidenheit ab. »Schließlich sind wir ja alle Brüder, nicht wahr?«

Der Secretarius wusste nicht so recht, was er mit der Frage seines Tischnachbarn anfangen sollte. Was ihn aber weit mehr irritierte, war die Tatsache, dass er sich um das Redeverbot bei Tisch nicht im Geringsten zu kümmern schien. Valentin runzelte die Stirn und machte aus seiner Missbilligung keinen Hehl. Wenn die Ordensdisziplin nicht einmal im Beisein eines bischöflichen Visitators eingehalten wurde – wann dann?

Einmal mehr irritiert, wandte sich der Secretarius wieder seiner Mahlzeit zu. Der Ordensbruder schien von diesem Wink mit dem Zaumpfahl jedoch nicht im Mindesten beeindruckt zu sein. »Ach, übrigens – ich vergaß: Mein Name ist Zacharias. *Bruder* Zacharias. Secretarius unseres unlängst heimgegangenen Abtes. Wie man mir sagte, scheinen Euer Gnaden und ich der gleichen Tätigkeit nachzugehen – wenn auch nicht für den gleichen Herrn.«

»Letztendlich doch wohl schon!«, gab von Helfenstein zur Antwort, woraufhin sich sein Gegenüber ein hintergründiges Lächeln nicht verkneifen konnte. »Da capo, Euer Gnaden«, stimmte Bruder Zacharias mit gekünsteltem Enthusiasmus zu. »Wirklich treffend formuliert!«

»Habt Dank, Bruder, wenn Ihr mich nun vielleicht –«

»*Silentium, fratres conscripti, silentium!*«*

Der Rezitator auf der Kanzel, offenbar leicht erzürnt, hob die Stimme und ließ den Blick über die dichtgedrängt sitzen-

---
* dt.: Ruhe, versammelte Brüder, Ruhe!

den Ordensbrüder schweifen. »Hier sagt der Prophet«, deklamierte er gereizt, »man soll der Schweigsamkeit zuliebe bisweilen sogar auf gute Gespräche verzichten. Umso mehr müssen wir wegen der Bestrafung der Sünde von bösen Worten lassen.« Valentin hatte verstanden. Um nicht noch mehr Aufmerksamkeit zu erregen, blickte er stur geradeaus, wohingegen sein Tischnachbar weiterhin so tat, als ginge ihn das Ganze überhaupt nichts an. »Man sagt, der Bischof habe Euch geschickt, um hier bei uns nach dem –«

»So, sagt man das?«, fuhr Valentin dazwischen, ohne seinen Gesprächspartner dabei anzusehen.

»Dies und noch viel mehr!«, antwortete Bruder Zacharias in lauerndem Ton. »Es heißt, ihre fürstbischöfliche Gnaden hätten Euch in unser bescheidenes Domizil entsandt, damit Ihr – ich weiß nicht, wie ich es ausdrücken soll ...«

»Dann lasst es!«

»Es heißt, Ihr seid damit beauftragt worden, einem gewissen Hilpert von Maulbronn, seines Zeichens Inquisitor, ein wenig auf die Finger zu sehen.«

Von Helfenstein wunderte sich, weshalb der Secretarius des Abtes über seine Mission so genau Bescheid wusste, zog es jedoch vor, das für ihn so heikle Gespräch auf ein anderes Thema zu lenken. »Es heißt«, imitierte er den Secretarius auf die ihm eigene, an Boshaftigkeit grenzende Art und Weise, »es heißt, die Abtei sei in letzter Zeit von einer Reihe ... von mehreren höchst tragischen Unglücksfällen heimgesucht worden, hab ich recht?«

Die ansonsten so entspannten Gesichtszüge von Bruder Zacharias verfärbten sich, aber nur einen Wimpernschlag später hatte er sich wieder im Griff und strahlte die gleiche frivole Gelassenheit aus wie zuvor. »Da habt Ihr – mit Verlaub – richtig gehört. Eine regelrechte Heimsuchung – anders kann man es leider nicht sagen. Zuerst unser hochwürdigster, zu Gott befohlener Vater Abt, dann Bruder Hildebrand, unser nicht minder verehrungswürdiger Prior, dann der Subprior, Bruder

Robert, der Infirmarius, zwei Novizen, von denen der eine gerade erst heute Morgen ...«

»Beileibe kein Zufall, findet Ihr nicht auch?«

Der Redeschwall des Mönchs brach abrupt ab, und von einem Moment auf den anderen wurde es mucksmäuschenstill. »Wie soll ich das verstehen?«, erwiderte Zacharias, dem nichts Besseres einfiel, als der Frage des Visitators mit einer weiteren Frage zu begegnen.

»So, wie ich es sage – dass so gut wie keiner der so plötzlich Dahingerafften eines natürlichen Todes gestorben sein dürfte. Eine geradezu *biblische* Heimsuchung – findet Ihr nicht auch?«

»Ihr glaubt doch nicht etwa, dass irgendeiner der hier Anwesenden etwas mit diesen –?«

»Ich glaube überhaupt nichts!«, erklärte von Helfenstein ungerührt und sah sich demonstrativ um. »Und wo – wenn die Frage gestattet ist – hält sich besagter Bruder Hilpert denn eigentlich auf? Doch wohl kaum dort, wo er sollte – hier, inmitten seiner Brüder!«

Als habe er nur auf Valentins Frage gewartet, erwachte die wohlproportionierte Gestalt von Bruder Zacharias zu neuem Leben. »Der hochgelehrte Herr Inquisitor ist eben ein hochbeschäftigter Mann!«, nahm ihn der Secretarius lächelnd in Schutz. »Wollen hoffen, dass Gott ihm die Kraft gibt, den Fluch, der über unserer Abtei liegt, auf immer und ewig zu bannen.«

»Amen!«, stimmte ihm Bruder Ambrosius mit devoter Miene zu. Von Helfenstein warf dem übergewichtigen Cellerarius auf der Bank gegenüber einen geringschätzigen Blick zu, schien er doch mehr an seiner Mahlzeit als an dem Gespräch seiner Tischgenossen interessiert. »Und Ihr, Bruder«, versuchte er den in seinem Sold stehenden Ohrenbläser ganz ungeniert aus der Reserve zu locken, »was meint Ihr dazu, dass man Euch einen Aufpasser vor die Nase gesetzt hat?«

»Ich?! Nun, wenn ich ehrlich bin, dann ...«

»Bruder Ambrosius – wie fast alle anderen Mitglieder unseres Konvents – ist mit Recht der Meinung, dass dies eine völlig überflüssige Maßnahme war«, fiel Zacharias dem Cellerarius ins Wort. »Bei allem Respekt, den wir dem Vater Abt zu Maulbronn schuldig sind: Wir sind allemal selbst in der Lage, mit unseren Problemen fertig zu werden. Inquisitor hin oder her – dies war so und wird auch in Zukunft so bleiben.«

»Sagtet Ihr ›Probleme‹? Dies dürfte doch, gelinde gesagt, ein wenig untertrieben sein. Nach allem, was man hört, soll sich sogar der Vogt des Grafen mit den Morden … – verzeiht, ich wollte sagen: mit den ungeklärten Todesfällen – beschäftigen.«

»Und wenn schon – führen wird dies zu nichts.«

»Was macht Euch so sicher?«

»Darf ich Euch daran erinnern, Bruder Visitator,« erwiderte der Secretarius des Abtes kühl, ohne auf Valentins Frage einzugehen, »dass es sich allein bei zweien der unversehens zu unserem himmlischen Schöpfer Berufenen um Brüder zu handeln scheint, die ihrem Leben selbst ein Ende gesetzt haben? Was, wie wir alle wissen, eine der schlimmsten Sünden darstellt, die wir uns überhaupt vorstellen können?«

»Wobei der Vater Abt des hiesigen Konvents –«

»– eines natürlichen Todes starb. Und zwar an einem Fieber.«

»Und wann?«

»Am Zwölften im Monat März. Während des Generalkapitels im Kloster von Cîteaux. Ich als sein Secretarius und Reisebegleiter muss es ja schließlich wissen.«

»Ich verstehe. Und dieser Novize … wie war doch gleich sein Name?«

»Lukas. Ein tragischer Fall. Wirklich tragisch. Ich persönlich habe allerdings nie verstanden, was unser Bursarius mit seinem Tod zu tun haben soll.«

»Der Bursarius? Der sich selbst gerichtet hat?«

»Eben der. Behauptet jedenfalls der Herr Inquisitor. Und der muss es ja schließlich wissen.«

»Und wer, wenn nicht ein Mitglied des hiesigen Konvents, käme Eurer Meinung nach als Täter infrage?«

Bruder Zacharias setzte ein unschuldiges Lächeln auf. »Wer bin ich, dass ich dies mit Gewissheit sagen könnte?«, antwortete er mit unverhohlener Ironie.

»Bliebe der Novize, der am heutigen Morgen unweit des Klosters aufgefunden worden ist. *Ermordet.*«

Die Züge von Bruder Zacharias verhärteten sich. »Zur Hölle mit demjenigen, der eine solch abscheuliche Tat begeht!«, zischte er. »Wer auch immer, er möge auf ewig ...«

»Amen!«, versetzte Valentin kühl und holte zum nächsten Schlag aus: »Und der Prior? Soweit ich weiß, ist er alles andere als eines natürlichen Todes gestorben.«

»Mein Kompliment – Ihr seid erstaunlich gut informiert!«, stieß der Secretarius des Abtes zähneknirschend hervor und warf dem Cellerarius einen vielsagenden Blick zu, den dieser wohlweislich ignorierte. »Wiewohl ich Euch diesbezüglich leider enttäuschen muss.«

»Und weswegen?«

»Weil mir Ordensregel und Gehorsamsgelübde verbieten, mich in ungebührlicher Weise über ...«

»Wenn es der Aufklärung eines *Mordes* dient – warum nicht?«

Der Secretarius zögerte, holte dann aber tief Luft und sagte: »Nun, wie es Euch die hier anwesenden Brüder bestätigen können, handelte es sich bei Bruder Hildebrand um einen nicht gerade ...«

»Eine milde Gabe für die Armen, Bruder!« Als er die Stimme in seinem Rücken vernahm, hielt Zacharias sofort inne. Offenkundig war er völlig perplex. Er sah wie ein Schüler aus, der von seinem Lehrer bei einem besonders schlimmen Vergehen ertappt worden ist.

»Eine milde Gabe, Herr!«, wiederholte der blondgelockte Novize, indem er das Wort an Valentin und nicht an Zacharias richtete, der immer noch wie gelähmt auf seinem Platz saß. Dann stellte er einen riesigen Krug auf den Tisch. »Wollen mal sehen!«, sprach der Cellerarius, als von Helfenstein, mit derartigen Bräuchen nicht vertraut, verlegen in die Runde blickte. Dann griff er nach seinem Becher und goss den spärlichen Rest an Wein in den Krug.

»Ein wahrhaft christlicher Brauch!«, lobte von Helfenstein und tat es dem Cellerarius gleich. »Findet Ihr nicht auch?«

»Wie mans nimmt!«, fiel die Antwort von Bruder Ambrosius alles andere als enthusiastisch aus. »Sieben Armenpfründner und weitere acht, die wir mit unseren Almosen über Wasser halten – da kommt übers Jahr ganz schön was zusammen!«

»Was bei einem der reichsten Klöster im gesamten Frankenland nicht sonderlich ins Gewicht fallen dürfte!«, antwortete von Helfenstein in bissigem Ton. »Hier, junger Mann –«, fügte er daraufhin hinzu, während er seinen Becher Spätburgunder mit wahrhaft christlichen Hintergedanken in den Krug kippte. »Wie heißt Ihr eigentlich?«

»Angelus, Euer Gnaden«, antwortete der Novize.

»Und was ist Eures Vaters Profession?«

Für einen Bruchteil eines Augenblicks nahmen die Züge des Novizen einen ausgesprochen finsteren Ausdruck an. Doch dann, ganz Mann von Welt, antwortete er: »Mein Vater ist Weinhändler. Aus Wertheim.«

Von Helfenstein horchte kurz auf, ließ es jedoch mit der Antwort bewenden und gab dem Novizen zu verstehen, er möge den Krug wieder an sich nehmen.

»Habt Dank, Euer Gnaden, für die Güte, die Ihr unseren Armen erweist!«, machte Bruder Zacharias, aus seiner Erstarrung erwacht, plötzlich wieder auf sich aufmerksam. »Ihr müsst nämlich wissen, Herr von Helfenstein, dass wir es als unsere heilige Pflicht …«

Weiter kam der Secretarius des Abtes nicht. Der Krug, soeben noch in den Händen des Novizen, zerbarst in tausend Stücke.

Auf einen Schlag war es totenstill. Selbst dem Rezitator auf der Kanzel hatte es die Sprache verschlagen. Aller Augen waren jetzt auf den Novizen gerichtet, aber anstatt sich nach den Scherben zu bücken und die Spuren seiner Unachtsamkeit möglichst schnell zu beseitigen, blieb er völlig regungslos inmitten einer sich schnell ausbreitenden Lache aus rotem Wein stehen und starrte von Helfenstein wie eine Erscheinung aus dem Jenseits an.

»Von Helfenstein«, waren die Worte, mit denen er schließlich sein lang anhaltendes Schweigen brach. »Welch eine Überraschung!«

51

Wirtschaftsgebäude, eine halbe Stunde vor Beginn der Vesper (14.20 Uhr)

»UND VERGESST NICHT, Bruder Wilfried: Keinerlei Beistand! Mag er auch noch so sehr unter der Arbeit ächzen – Ihr werdet ihm nicht helfen! Weder mit Worten, und schon gar nicht mit Taten! Auf dass er sich hinfort in Demut übe und erkenne, wo sein Platz ist. Habt Ihr verstanden, Bruder?«

Bruder Wilfried setzte zu einer Erwiderung an, biss sich jedoch auf die Zähne und schluckte den respektlosen Kommentar hinunter, der ihm auf der Zunge lag. Als ihm klar wurde, dass es keine Widerrede geben würde, huschte ein zufriedenes Lächeln über Bruder Josephs Gesicht. Eine Weile standen sich die beiden Streithähne noch Auge in Auge gegenüber, dann drehte sich der Novizenmeister auf dem Absatz um und machte sich so rasch wie möglich aus dem Staub.

Als sich die Stalltür hinter Bruder Joseph schloss, atmete Alkuin befreit auf. Die Gegenwart des Novizenmeisters bedrückte ihn, und er war froh, ihr zumindest für ein paar Stunden zu entgehen.

»*Den* wären wir los!«, erriet Bruder Wilfried seine Gedanken und stieß seine Heugabel in einen Ballen Stroh. Die Art und Weise, wie er es tat, verriet, dass er sie liebend gern an Bruder Joseph ausprobiert hätte.

»Und was nun?«, fragte Alkuin, dem die Angst vor dem Novizenmeister immer noch in den Knochen steckte.

»Ist doch klar! Wir werden dem brüderlichen Ansinnen unseres Novizenmeisters Folge leisten und dich in die Mysterien der Schafzucht einweihen.«

»Ist das Euer Ernst?«

»Aber gewiss doch. Gehorsam zählt schließlich zu den Kardinaltugenden des Mönchs.«

»Und womit fangen wir an?«

»Am besten damit!«, antwortete Bruder Wilfried und bugsierte Alkuin zu einem hölzernen Rahmen, auf den ein Stück Schaffell gespannt war. »Weißt du, was das ...«

»Aber natürlich weiß ich, was das ist!«, unterbrach ihn Alkuin voller Ungeduld. »Das Fell eines Schafes, aus dem bekanntlich Pergament hergestellt wird.«

»Und wie viele Felle werden deiner Meinung nach für ein Buch von 200 Seiten benötigt?«

»Drei Dutzend vielleicht? Ich weiß es nicht!«

»Nur Geduld, junger Freund – es sind etwa zweihundert. Vorsichtig geschätzt. Folglich eine äußerst mühselige Prozedur. Beizen, enthaaren, glatt schaben, spannen, glätten – vom Schreiben und Bemalen der Ränder gar nicht zu ...«

»Bruder Wilfried?«

»Ja, mein Sohn?«

»Was glaubt Ihr – wird es Bruder Hilpert schaffen, diese ... diese Kerle hinter Schloss und Riegel zu bringen?«

»Das hängt wohl nicht zuletzt von deiner Mithilfe ab.«

Alkuin lächelte gequält. »Fragt sich, ob ich ihm überhaupt von Nutzen sein kann.«

»Wenn ihm einer helfen kann, dann doch wohl du.«

»Für meinen Teil wäre ich da nicht so sicher.«

Als er Bruder Wilfrieds fragenden Blick auf sich ruhen sah, ließ sich Alkuin auf einem Heuballen nieder und begann die Erlebnisse vom Vortag zu schildern. Der Stallmeister unterbrach ihn kein einziges Mal. Am Ende sagte er: »Und du hast wirklich nicht gesehen, wer diese Kapuzenmänner waren?«

Alkuin schüttelte den Kopf: »Bis ich richtig wach geworden bin, waren sie verschwunden.«

»Und wohin?«

»Keine Ahnung. Auf einmal waren sie vom Erdboden verschluckt. Wie Gespenster.«

Bruder Wilfried fuhr mit der Handfläche über den Mund und machte ein nachdenkliches Gesicht. »Höchstwahrscheinlich die gleichen Mistkerle, die Bruder Hilpert in die Falle gelockt haben«, mutmaßte er. »Aber wie in der Dreifaltigkeit Namen kommt man vom Mönchsfriedhof aus in die …«

Mitten im Satz hielt der Stallmeister plötzlich inne. »Aber das ist … das kann doch nicht … nun, wenn das stimmt, dann wird mir einiges klar!«, murmelte er, während sein muskelbepackter Körper in hektische Bewegung geriet.

»Was denn? Was wird Euch klar, Bruder?«

Der Stallmeister warf seinen Überwurf in die Ecke und rannte zur Tür. »Keine Zeit!«, rief er hastig über die Schulter und war kurz darauf verschwunden.

52

MEIN KOMPLIMENT, HILPERT. *Du bist auf der richtigen Spur. Aber nur, weil ich, meines Herrn getreuer Diener, dich habe gewähren lassen.*

Damit hat es jedoch ein Ende. Meine Geduld ist erschöpft, und darum ist es an der Zeit, dir das Handwerk für immer zu legen. Denn was auch geschieht: Niemand, nicht einmal du, wird meine Pläne jetzt noch durchkreuzen.

Denn wisse: Das Mädchen ist in meiner Hand. Der Stein, der alles ins Rollen gebracht hat. Dafür soll und wird sie büßen. Es sei denn, du tust, was ich von dir verlange. Dann, und nur dann, wird sie dem Tode entrinnen.

Darum höre: Wenn dir das Leben des Mädchens etwas wert ist, lass davon ab, hier herumzuschnüffeln wie ein Schwein im Mist. Und zwar auf der Stelle. Andernfalls wirst du das Mädchen nicht mehr lebend zu Gesicht bekommen.

Und noch etwas. Während des morgigen Kapitels, von jetzt an gerechnet in exakt 20 Stunden, wirst du vor die versammelten Brüder treten und deine Untersuchungen für beendet erklären. Du wirst das Amt des Inquisitors niederlegen, um Vergebung bitten und schriftlich versichern, dass kein Mitglied des Konvents etwas mit den Todesfällen der letzten Zeit zu tun hat. Dasselbe gilt für den Vogt. Dann magst du von dannen ziehen. Tust du es nicht, ist das Leben des Mädchens verwirkt.

Glaube mir: Du wirst uns nicht aufhalten können, was immer du tust. Die Pforten der Hölle stehen weit offen, und niemand wird den Siegeszug der Heerscharen Satans aufhalten können.

Postskriptum: An der Strähne aus dem Haar der kleinen Metze wirst du erkennen, dass mir nicht zum Spaßen zumute, sondern dies alles bitterer Ernst ist. Darum gib dich geschlagen und tue, was man von dir verlangt.

53

Hospiz, zur gleichen Zeit (14.20 Uhr)

»Jetzt ist guter Rat teuer!«, seufzte Berengar resigniert und begutachtete den Brief, der unter der Tür von Hilperts Kammer hindurchgeschoben worden war. »Sonst werden wir am Ende den Kürzeren ziehen.«

»Wovor der Herr uns bewahren möge.« Hilpert wirkte noch bleicher als sonst und sah mit versteinerter Miene zum Fenster hinaus. Die Wunde in seiner Schulter tat immer noch höllisch weh, aber er beachtete sie kaum. »Wie in des Heiligen Bernhard Namen konnte das bloß passieren!«, rief er kopfschüttelnd aus. »Am helllichten Tag, ohne dass irgendjemand davon Wind bekam!«

Der alte Pförtner, eigentlicher Adressat dieser Worte, machte ein betretenes Gesicht. »Ich habe nicht die leiseste Ahnung!«, räumte er deprimiert ein. »Wie Ihr wisst, hatten wir ja sogar ein Klopfzeichen vereinbart. Möchte wissen, wie –«

»– wahrscheinlich indem er Euch belauscht hat«, vollendete Berengar. »Schloss und Riegel unversehrt, die Tür ebenso – eine andere Möglichkeit kann ich mir ehrlich gesagt nicht vorstellen.«

»Und was nun?« Der alte Türsteher, grimmiger denn je, sprach aus, was alle Anwesenden dachten.

»Wir werden weitermachen wie bisher.«

»Und das Mädchen, Hilpert?«, wandte der Vogt ein. »Anscheinend stellst du dir das alles ziemlich einfach vor.«

»Mitnichten, lieber Freund, mitnichten. Doch so sehr es mich schmerzt – ich fürchte, im Augenblick können wir nur für sie beten. Und die Hilfe des Herrn für sie erflehen.«

Berengar verzog das Gesicht. »So, wie die Dinge liegen,

wird sie aber vor allem auf *unsere* Hilfe angewiesen sein, glaubst du nicht?«

»Doch, mein Freund«, antwortete Hilpert und nickte.

»Darum lasst uns ans Werk gehen. Damit wir diese Ausgeburt der Hölle endlich zu fassen kriegen.«

»Fragt sich nur, wie.«

»Ganz recht, Berengar!«, stimmte Hilpert dem Vogt mit düsterer Miene zu. »Es geht nur noch um das Wie, aber nicht mehr um das Wer.«

»Soll das etwa heißen, du …«

»Tretet näher!«, forderte Hilpert seine beiden Gesprächspartner auf, ihm ans Fenster zu folgen. »Wer weiß – die Wände könnten Ohren haben.«

Berengar und der Pförtner waren einigermaßen überrascht, taten aber, was Hilpert von ihnen verlangte. Inzwischen war der Inquisitor an das Stehpult neben dem Fenster getreten. Dort nahm er Feder, Tinte und ein leeres Blatt zur Hand. Es war nur ein einziges Wort, das er darauf schrieb. Vor Erregung begann seine Hand leicht zu zittern, aber kurz darauf hatte sich der Inquisitor wieder im Griff. Dann schließlich, nachdem er tief Luft geholt hatte, hielt er den Gefährten das Blatt vors Gesicht.

Die Reaktion hätte betroffener nicht ausfallen können. Während sich der Pförtner bekreuzigte, wurde Berengar leichenblass. Er wollte etwas sagen, aber die Worte blieben ihm buchstäblich im Halse stecken.

»Seid Ihr Euch dessen auch vollkommen sicher?«, fragte der Pförtner mit bebender Stimme.

»Absolut!«, antwortete der Inquisitor in einem Ton, der keinen Zweifel zuließ.

»Jeder andere – nur nicht er!«

»Wie – du kennst ihn?«, richtete Hilpert das Wort an Berengar.

»Flüchtig.«

»Und woher?«

»Von einer Konferenz am Hof des Grafen. Ein Mann, den man nicht so schnell vergisst. Beredt, humorvoll, gebildet – und ein Unterhändler, um den sich jeder Fürstenhof reißen würde. Ehrlich gesagt – ich bin sprachlos!«

»Und wie seid Ihr darauf gekommen, Bruder?«, hakte der Alte nach.

»Wie ich darauf gekommen bin? Nun – ich habe ihn gerochen.«

»Du hast ... du hast *was*?«, stieß Berengar ungläubig hervor, während sich sein und des Alten Blicke trafen.

»Den Duft gerochen, den er verströmt!«

»Und was ist daran so besonders?«

»Er riecht nach Lavendel«, antwortete der Inquisitor in ruhigem Ton, bevor er das Blatt mit dem Namen seines Widersachers ins Feuer warf. »Recht ungewöhnlich für einen Mönch, findest du nicht?«

※

»Aber warum nur, warum?«, zermarterte sich Berengar das Gehirn, nachdem Hilpert die Erlebnisse der letzten Nacht geschildert hatte.

»Genau das ist es, was ich nicht verstehe!«, antwortete Hilpert mit Blick auf die geheime Chronik des Abtes, die vor ihm auf dem Stehpult lag. »Jedenfalls im Augenblick nicht. Was bringt einen Mann wie ... was bringt diesen Mann dazu, buchstäblich über Nacht mit den heiligsten Regeln seines Ordens zu brechen? Mit allem, was für ihn bis zu diesem Zeitpunkt von Bedeutung war – oder es zumindest hätte sein müssen?«

»*Pius, diligenter, maximo cum studio*«[*], murmelte der Pförtner, der sich vom Anblick der Geheimchronik nicht losreißen konnte. »Voll des Lobes – bis Ende Juni im vorigen Jahr. Und dann nichts mehr. Aber auch rein gar nichts. Kein einziges Wort. Ein echtes Rätsel!«

---
[*]dt.: Fromm, sorgfältig, mit größtem Eifer

»Noch dazu eines, das nicht unbedingt leicht zu lösen sein wird!«, fügte Berengar kleinlaut hinzu, den es trotz seines Abstinenzgelübdes nach einem Becher Wein verlangte. Was zu viel war, war ganz offensichtlich zu viel.

»Wir *werden* das Rätsel lösen, verlass dich drauf!«, spornte ihn Hilpert an. »Glaub mir: Die Frage nach dem Wie wird uns unweigerlich zur Frage nach dem Warum führen. Daran gibt es nicht den geringsten Zweifel!« Bevor er fortfuhr, holte der Inquisitor tief Luft: »Was wir brauchen, sind stichhaltige Beweise. Zeugenaussagen. Unumstößliche Fakten. Dann können wir ihn überführen. Und zwar so, dass man uns nicht am Zeug flicken kann. Bekanntlich ist unser Widersacher mit allen Wassern gewaschen. Er wird sich seiner Haut zu wehren wissen. Ausflüchte suchen. Nur wenn wir stichhaltige Beweise liefern, wird uns das Kapitel Glauben schenken.«

»Soll das etwa heißen, dass du überhaupt nicht auf seine Forderungen …«

»Keinesfalls. Wenn überhaupt, dann nur zum Schein. Was auch geschieht – ich werde mich von diesem Scheusal nicht in die Enge treiben lassen. Und wenn ich mir in einem Punkte sicher bin, dann in diesem: Die Kapitelsitzung wird nicht mein, sondern sein Untergang sein – so wahr ich Hilpert von Maulbronn genannt werde!«

»Und das Mädchen?«

»Nach ihr zu suchen wird uns momentan zu viel Zeit kosten. Ganz abgesehen von der Gefahr, in die wir Laetitia dadurch bringen.«

»Und was, wenn er sie bereits getötet hat?«

»Das hat er ganz gewiss nicht.«

»Und warum?«

Anstatt zu antworten, baute sich Hilpert vor Berengar auf und fragte: »Kannst du mir sagen, was für ein Tag übermorgen ist?«

»Sonntag.«

»Überaus scharfsinnig. Und weiter?«

»Palmsonntag.«

»Wahrhaft bewundernswert. Und was, wenn die Frage gestattet ist, hat sich an besagtem Sonntag vor nunmehr fast 1400 Jahren in Jerusalem ...«

»Hör zu: Wenn dies hier eine Bibelstunde wer...«

»Keine Angst – soll es nicht.«

Berengar schluckte und kratzte sich verlegen am Kopf. »Nun, wenn mich meine lückenhafte Kenntnis der Heiligen Schrift nicht täuscht, ist just an dem Tag Jesus der Herr in Jerusalem eingezogen.«

»Mein Kompliment, Vogt. Eure profunden Kenntnisse würden jedem Theologiestudenten zur Ehre gereichen.«

»Jetzt reichts aber!«, erwiderte Berengar gereizt. »Kannst du mir endlich sagen, was das Ganze mit dieser Teufelsbruderschaft zu tun haben soll?«

»Eine ganze Menge. Wie gesagt: Am Palmsonntag ist Christus, unser Herr, in Jerusalem eingezogen. Was also, glaubst du, haben die, hinter denen wir her sind, vor?!«

»Du willst doch nicht etwa sagen, dass ...«

»Doch, will ich!«, schnitt Hilpert dem Vogt das Wort ab. »Just an dem Tage, der uns, die wir den rechten Glauben in uns tragen, so viel bedeutet, wollen unsere Widersacher das Reich Gottes vom Angesicht der Erde tilgen und auf seinen Trümmern das Reich Satans, Verderber des Menschengeschlechts, errichten.«

»Und wie?«

»Gute Frage. Sie zu beantworten hat mir ehrlich gesagt einiges Kopfzerbrechen bereitet. Mit Gottes Hilfe kam mir dann aber die rettende Idee.«

»Und die wäre?«

»Obwohl es mir alles andere als leicht gefallen ist, habe ich mich nach Bruder Roberts Tod in seinem Laboratorium ein wenig umgesehen. Eine bloße Ahnung, nicht mehr. Und siehe da: Ich bin fast auf Anhieb fündig geworden!« Hilpert lächelte, sah aber alles andere als zufrieden aus. »Wer ihn wie ich näher kannte, wusste, dass Bruder Robert nicht gerade auf Ordnung hielt. Dies traf ganz sicherlich für sein Laboratorium zu, erstaunlicherweise jedoch nicht für seine Arzneien, Salben und Tinkturen. Wie ich rasch feststellte, waren sie nicht nur in ausreichender Menge vorhanden, sondern auch katalogisiert, beschriftet oder – wie im Falle von Giften – sogar entsprechend markiert. Alle in seinem Kodex katalogisierten Substanzen waren vorhanden, mit einer einzigen Ausnahme: der Phiole mit dem Arsen.«

Berengar pfiff leise durch die Zähne. »Donnerwetter!«, rief er anerkennend aus. »Und was hat das deiner Meinung nach zu bedeuten?«

»Ich bin mir zwar nicht sicher, aber ich glaube, unsere Widersacher haben folgenden Plan: Nachdem sie uns ausgeschaltet haben, werden sie in zwei Tagen zum alles vernichtenden Schlag ausholen.«

»Du meinst doch nicht etwa ...«

»Doch!«, unterbrach Hilpert den Vogt. »Meine ich! Sie werden das Gift in die Zisterne schütten und das Leben all jener auslöschen, die nicht auf ihrer Seite sind. Rücksichtslos und ohne Gnade. Dann erst, wenn auch noch der letzte Zweifler nicht mehr am Leben ist, wird die Herrschaft Satans über diese Abtei beginnen. So, wie Jesus weiland in Jerusalem Einzug hielt, wird es in diesen Mauern das Böse tun. Die irdische Ordnung wäre damit exakt auf den Kopf gestellt. Genau das, was sie wollen.«

»Und Laetitia?«

»Nun – um ihren Triumph zu krönen, wäre nichts naherliegender, als dem Herren der Finsternis zu mitternächtlicher Stunde ein Opfer darzubringen. Und zwar eines, das noch am Leben ist. Eine Jungfrau. In all ihrer kindlichen Unschuld.«

»Du meinst doch nicht etwa ...«, begann Berengar, brach aber mitten im Satz ab.

»Doch. Meine ich. Wenn wir ihnen nicht zuvorkommen, werden unsere Widersacher Laetitia zu Tode quälen. Und wir beide, du und ich, werden Schuld daran sein!«

»Also dann – worauf warten wir noch?!« Berengar stieß seinen Schemel beiseite und legte seinen Schwertgurt an. »Je früher wir diesen Strolchen das Handwerk legen, umso besser!«

54

Kreuzgang, zur gleichen Zeit (14.20 Uhr)

Der Tumult im Refektorium hatte ihm schwer zugesetzt. Doch nun war er wieder der Alte, kaltblütiger als jemals zuvor. Umsichtig. Skrupellos. Unbesiegbar.

Während er so tat, als sei er in fromme Meditation vertieft, konnte er sich ein zufriedenes Lächeln nicht verkneifen. Kein Zweifel: Mit dem Schoßhund des Bischofs würde er mühelos fertig werden. Ebenso wie mit Hilpert von Maulbronn. Für ihn, den er von all seinen Widersachern am meisten hasste, würde es nur einen Ausweg geben – die Kapitulation. Die Vorfreude auf diesen Moment ließ ihn innerlich frohlocken. Endlich war er am Ziel. Morgen früh, während der Kapitelsitzung, würde der Inquisitor die größte Demütigung seines Lebens erfahren. Dies irae – der Tag des Zorns, der Rache, des Triumphs.

Ein eiskaltes Lächeln umspielte seine Lippen, und fast automatisch kehrten seine Gedanken wieder zu dem Mädchen zurück. Laetitia … so jung, so unschuldig, so rein. Laetitia, die Beute des Siegers.

Wenn er sie vor sich sah, in ihrem Nachtgewand, unter dem sich die zarten Rundungen ihres Körpers abzeichneten, wurde er von geradezu übermächtiger Erregung gepackt. Zuerst spürte er so etwas wie Scham, ein Relikt aus der Zeit, bevor ihm das Missgeschick widerfuhr, das sein ganzes bisheriges Leben zerstörte. Aber dann, den noch unberührten, mädchenhaften Körper vor Augen, auf den ihr wie Seide glänzendes Haar in langen Wellen fiel, den wild zuckenden Körper, als sie sich ihrer Fesseln zu entledigen versuchte – dann hatte er nur noch den Moment vor Augen, in dem das Mädchen ihm zu Willen war.

Laetitia, die Beute. Ein besonderes Präsent seines Herrn.

Dennoch: Sie würde sterben. Wenn auch langsam, und erst nach stundenlanger Tortur. Mit Hilpert von Maulbronn würde es keinen Handel geben. Wenn er zu Kreuze gekrochen war, würde er für immer verschwinden. Lautlos. Gedemütigt. *Vernichtet*. Später dann, in ein paar Tagen oder gar Wochen, würde man irgendwo am Wegesrand seine Leiche finden. Und dies würde dann das Ende von Hilpert sein.

Die Rache Satans, seines Herrn.

55

Hospiz, kurz vor Beginn der Vesper (14.15 Uhr)

»Noch Fragen?«

Berengar schüttelte den Kopf. »Nachdem ich weiß, wer der Bastard ist ... oder vielleicht doch: Warum knöpfen wir uns Bruder Joseph nicht zusammen vor?«

»Ein Handlanger. Nicht mehr.«

»Woher willst du das wissen?«

»Das ist ja gerade das Problem!«, seufzte Hilpert und fuhr mit den Handflächen über seine Tonsur. »Ihn zum Reden zu bringen!«

»Du wirst schon wissen, was du tust.«

Als ihm Berengar einen aufmunternden Klaps auf die Schulter gab, hellten sich Hilperts Züge merklich auf. »Also gut: Noch Fragen?«, wiederholte er.

»Nur noch eine.«

»Und die wäre, Bruder Pförtner?«

»Ich frage mich, wie es dieser Dämon in Menschengestalt fertiggebracht hat, völlig unbemerkt ins Kloster ...«

»Das frage ich mich auch!«

Die Stimme, die plötzlich ertönte, war allen Anwesenden bekannt. Trotzdem wirbelten sie wie auf Kommando herum und sahen erwartungsvoll zur Zimmertür hinüber, die sich soeben hinter Bruder Wilfried schloss.

»Bruder Wilfried – Ihr?«, rief Hilpert überrascht aus. »Was habt Ihr uns Wichtiges zu sagen?«

»Kommt drauf an«, antwortete der Stallmeister in bedächtigem Ton, während er sich zu ihnen gesellte. »Ich weiß selbst nicht, was ich davon halten soll.«

»Wovon denn?«

»Von dem, was gestern Nacht geschehen ist. Gerade eben habe ich mich mit Alkuin ...«

»Alkuin – bei Euch?«

»Seltsam genug – Ihr habt recht. Bruder Joseph persönlich hat ihn mir zwecks Bestrafung übergeben. Das verstehe, wer will. Aber noch viel wichtiger: Wie ich mich so mit Alkuin über das, was geschehen ist, unterhalte, erzählt mit der Junge, dass die Kerle, die Euch, Bruder Hilpert, ans Leder wollten, auf ihrem Weg in die Kirche ... wie soll ich sagen ... dass sich die Satansbrut einfach in Luft aufgelöst hat. Einfach weg, wie vom Erdboden verschluckt!«

»Eine Art Spuk also?«

»So etwas in der Richtung.«

»Davon abgesehen, dass ich nicht an Gespenster glaube: Wenn wir herausfinden, auf welchem Weg diese Satansjünger in die Kirche gekommen sind, beantwortet sich die Frage, wie dies Bruder ... wie dies dem Mörder von Bruder Hildebrand und Lukas gelungen ist, von selbst. Damit wir ihm seine Schandtaten auch nachweisen können, hängt von der Beantwortung dieser Frage natürlich sehr viel ab. Irgendwelche Theorien?«

»Einstweilen keine!«, warf Berengar, dem der Durst immer noch zu schaffen machte, kleinlaut ein. »Aber wenn schon keinen Wein, könnte ich dann vielleicht einen kleinen Schluck Wasser ...«

»Was hast du da gerade eben gesagt?!«, rief Hilpert ohne Rücksicht auf etwaige Lauscher aus. »Sag das noch mal!«

Vom Inquisitor, fast schon ein Freund für ihn, war der Vogt in puncto seltsames Verhalten zwar einiges gewohnt. Dies hier aber stellte alles in den Schatten. »Was ich gesagt habe?«, fragte er pikiert. »Ich wollte wissen, ob mir hier irgendjemand einen Schluck Wasser ...«

»Heureka! Ich habs! Des Rätsels Lösung!«, unterbrach Hilpert den Vogt zum zweiten Mal, kaum fähig, seiner Erregung Herr zu werden.

»Was denn?«, hakte Bruder Wilfried ungeduldig nach.

Der Inquisitor schlug sich mit der flachen Hand gegen die Stirn. »Dass ich nicht gleich darauf gekommen bin!«

»Auf was denn, nun sag schon!«

»Begreifst du denn nicht, Berengar? Sie sind durch die Wasserleitung gekommen! Eine Art Tunnel, der auf der Anhöhe über dem Tal beginnt und bis hinunter zur –«

»– Brunnenhalle führt!«, vollendete der Stallmeister, dem die Bewunderung über so viel Scharfsinn ins Gesicht geschrieben stand.

»Will heißen: Es muss einen Einstieg geben, wo immer er sich befinden mag. Wahrscheinlich droben beim Friedhof, wo das Gelände ziemlich eben ...«

Auf das, was nun geschah, war Berengar nicht gefasst. Denn bevor er den Satz beendet hatte, war ihm der Inquisitor um den Hals gefallen. »Auf die Gefahr, dass du mich für verrückt erklärst, sag das noch einmal!«, jubilierte er.

»Dass der Boden rund um den Friedhof ziemlich eben ...«

»Der Friedhof – versteht ihr denn nicht!«, betonte Hilpert mit Nachdruck und wandte sich wieder den Anwesenden zu. »Unter irgendeiner der Grabplatten auf dem Mönchsfriedhof *muss* sich der Einstieg befinden.«

»Genau dort, wo Alkuin diese Bastarde hat verschwinden sehen.«

»Exakt, Bruder Wilfried!«, rief Hilpert aus und rieb sich die Hände. »Alles, was wir folglich tun müssen, ist, ihn zu finden, durch die Wasserleitung zu kriechen und nach einem weiteren Schacht zu suchen, der von dort aus in die Kirche führt!«

»Wenn es ihn denn gibt.«

»Es *muss* ihn einfach geben, Berengar!«

»Soll das etwa heißen, du willst – gesetzt den Fall, dass du den Einstieg überhaupt findest – auf allen Vieren ...«

»In der Tat, Berengar. Und zwar sobald es dunkel wird. An unserem Plan indes wird dies nichts ändern: Du, Berengar, wirst dir den Waldmenschen, seine Mutter und diesen Wirt der Reihe nach vorknöpfen. Wer weiß, was aus ihnen noch herauszuholen ist! Denke daran: Jedes auch noch so unbedeutende Detail kann entscheidend sein. Da dir unser Widersacher bekannt ist, wird es dir auch nicht schwer fallen, ihn zu beschreiben. Ihr, Bruder Pförtner, werdet Euch ins Skriptorium begeben und den Lebenslauf sämtlicher Konventsmitglieder auf Herz und Nieren prüfen.«

»Sämtlicher Mitglieder?«

Hilpert nickte. »Und vergesst mir dabei die Novizen nicht. Herkunft, Alter, Zeitpunkt des Eintritts in die Abtei – einfach alles. Aber hütet Euch: Niemand darf etwas davon mitbekommen, habt Ihr verstanden?«

»Vollkommen.«

»Sehr gut. Euch, Bruder Wilfried, vertraue ich Alkuin an. Was auch geschieht: Lasst ihn keinen Moment aus den Augen!«, schärfte Hilpert dem Stallmeister ein. »Wer weiß, was diese Vasallen des Teufels im Schilde führen. Wir müssen gegen alles gewappnet sein.«

»Ihr könnt Euch auf mich verlassen.«

»Habt Dank. Mit Gottes Hilfe werden wir es schon schaffen. Noch Fragen?«

»Nur noch eine«, meldete sich Berengar zaghaft zu Wort.

»Und die wäre, Vogt?«

»Hat hier irgendjemand eine Ahnung, wo es etwas zu trinken gibt? Einen Schluck Wein vielleicht? Bevor wir diesen Bastarden den Fehdehandschuh hinwerfen, könnte ich einen kräftigen Schluck vertragen.«

Trotz der Anspannung, unter der sie standen, brachen sämtliche Anwesenden in Gelächter aus. Doch ihre Heiterkeit verflog im Nu, als die Glocke im Dachreiter zur Vesper rief.

»Ich fürchte, Euer Verlangen nach Wein wird noch eine Weile ungestillt bleiben!«, sprach Bruder Hilpert mit ernster Miene.

»Wenns sein muss.«

»Ich glaube schon«, antwortete der Inquisitor, bevor er den

Gefährten der Reihe nach den Segen erteilte. »Und nun, Brüder – Gott befohlen! Wie ihr hört, haben wir nicht einmal mehr 19 Stunden Zeit! Bis zur Kapitelsitzung morgen früh muss die Falle zugeschnappt sein!«

56

Wertheim, noch achtzehneinhalb Stunden

IRGENDETWAS STIMMTE MIT diesem räudigen Köter nicht.

Liutprand, ein triefäugiger alter Griesgram mit schütterem Haar, stemmte die Hand in die Hüfte und schwang drohend den Stock. Auf seinen Hund, der immer wieder die gleiche Stelle in seinem Mietstall umkreiste, hatte dies jedoch keinerlei Wirkung. Das Tier jaulte und bellte, was das Zeug hielt. Außerdem wedelte es derart aufgeregt mit dem Schwanz, dass Liutprand seinen Ärger vergaß und dem Tier hinterher schlurfte.

Einen Schritt von der fraglichen Stelle entfernt blieb der Mietstallbesitzer schließlich stehen. Mit der Gicht, die ihn seit Jahren plagte, war es am heutigen Tage besonders schlimm. Und dann noch dieser wildgewordene Köter, der wie besessen in der Erde scharrte. Das Beste wäre wahrscheinlich, ihm eins überzuziehen und die Sache zu vergessen.

Aus irgendeinem Grund verflog Liutprands Ärger jedoch im Nu. Er wusste zwar nicht warum, aber seine Neugierde war geweckt. Irgendetwas war faul an der Sache.

Und so kam es, dass Liutprand seine Gichtattacken vergaß, nach Schaufel und Hacke griff und sich an die Arbeit machte. Da er nicht mehr der Jüngste war, kam er nicht sonderlich schnell voran, aber als das Vesperläuten der Stiftskirche verklungen war, hielt der Mietstallbesitzer überrascht inne.

Zunächst sah es so aus, als sei die ganze Aufregung umsonst gewesen. An dem Streifen lehmverschmierten Tuchs, auf das er plötzlich stieß, war nun wirklich nichts Besonderes. Dann aber bemerkte Liutprand, dass es sich um den Ärmel eines sündhaft teuren, rubinrot gefärbten Wamses handelte. »Sakrament!«, rief der Mietstallbesitzer überrascht aus und grub wie besessen weiter. Als er fertig war, spürte er seine Handgelenke nicht mehr, und der Rücken tat ihm höllisch weh. Dafür aber hielt er das teuerste Gewand in der Hand, das er je gesehen hatte.

Liutprands Freude war jedoch nur von kurzer Dauer. Denn als er das golddurchwirkte Leinenhemd, das dazugehörige Wams und das Barett aus Samt eingehend begutachtet hatte, fiel ihm auf, dass an den Beinlingen, die er als Letztes aus dem Schutt des Lehmbodens barg, unübersehbare Spuren von Blut zu erkennen waren.

Der Mietstallbesitzer hielt verdutzt inne. Dann besann er sich. Vom Geruch, der ihm in die Nase stieg, wurde ihm speiübel, Pferdemist und die Ausdünstungen der Tiere taten ein Übriges. Liutprand musste seine ganze Beherrschung aufbieten, um sich nicht zu übergeben.

Zu der Übelkeit, die ihn befiel, gesellte sich alsbald ein weiteres, nicht minder unangenehmes Gefühl: Angst. Einmal angenommen, der Träger der sündhaft teuren Bekleidung wäre einem Verbrechen zum Opfer gefallen – was dann? Messerstechereien, Meuchelmord und Straßenraub waren ja nun wahrhaftig keine Seltenheit. Aber wie waren die Beinlinge dann ausgerechnet in seinen Mietstall gelangt?

Kein Zweifel – irgendjemand musste sie hier vergraben haben. Wer aber in des Leibhaftigen Namen würde so etwas tun?

Liutprand geriet ins Schwitzen, und im Handumdrehen ging seine Furcht in Panik über. Was, wenn irgendjemand von seinem Fund erfuhr? Oder die Kleider bei ihm entdeckte? Oder ihn gar des Mordes bezichtigte?

Es gab nur eins: Die Kleider mussten verschwinden, und zwar bald. Noch bevor irgendjemand davon erfuhr.

Gedacht, getan. Liutprand machte sich wieder an die Arbeit. Doch als er das zusammengeschnürte Kleiderbündel betrachtete, das teurer war als all seine Habseligkeiten zusammen, war die Furcht in seinem Inneren übermächtig geworden.

Und nun geschah etwas, das Liutprand selbst kaum für möglich gehalten hätte: Er entschloss sich die Wahrheit zu sagen. Dies war in seinem bisherigen Leben zwar äußerst selten geschehen, allem Anschein nach aber der einzige Weg.

Jetzt kam es nur noch darauf an, ob ihm der Vogt seine Geschichte abkaufte oder nicht.

Berengar von Gamburg. Am heutigen Tage blieb ihm wirklich nichts erspart.

57

Collatio, noch 18 Stunden

»DANN EBEN NOCH einmal von vorn!«, gab sich der Inquisitor ungewohnt stur, während er Bruder Joseph einen durchdringenden Blick zuwarf. »Wann und wo habt Ihr den Prior zum letzten Mal gesehen?«

»Wie oft denn noch?!«, giftete der Novizenmeister zurück, nachdem er sich davon überzeugt hatte, dass niemand in der Nähe war.

»So oft, wie ich es für nötig halte, Bruder! Oder anders ausgedrückt: So lange, bis Ihr Euch auf die Regeln unseres Ordens besinnt und mir zur Abwechslung einmal die Wahrheit sagt!«

Bruder Joseph, den der scharfe Ton Hilperts sichtlich irritierte, ließ den nervösen Blick durch den menschenleeren Kreuzgang schweifen. »Und warum ausgerechnet ich?«, spielte er den Gekränkten. »Ihr tut ja gerade so, als wäre ich der einzige Mönch in dieser Abtei.«

»Nicht der einzige, aber einer der wichtigsten.«

»Wie darf ich das verstehen?«

»So, wie ich es sage.«

Bruder Joseph warf Hilpert einen grimmigen Blick zu. »Also gut«, willigte er schließlich ein. »Wenns denn sein muss – auf ein Neues!«

»Dann lasst hören.«

»Wie gesagt: Nach der Laudes haben wir uns alle wie üblich ins Calefaktorium begeben.«

»Mit Ausnahme von Bruder Hildebrand.«

»Den – dies sei ausdrücklich betont – ich am Ende der Morgenandacht zum letzten Mal lebend sah. Wie Ihr bereits wisst, pflegte er die Zeit bis zur Prim in stiller Andacht zu verbringen. *Allein.*«

»Womit er sich nicht gerade viele Freunde gemacht hat.«
»Das kann man wohl sagen!«, giftete Bruder Joseph wie aus heiterem Himmel los. »Ich frage Euch: Wer gibt ihm das Recht, die Klosterkirche als sein Eigentum zu deklarieren und mich und die übrigen Brüder wie unmündige Novizen zu ...«
»Das ist leider nicht der Punkt.«
Der Novizenmeister hielt abrupt inne. »Was dann?«
»Es geht um die Rolle, die *Ihr*, Bruder Joseph, in diesem Zusammenhang spielt. Und nicht nur in diesem.«
»Was soll das heißen?«
»Das soll heißen, Bruder, dass ich es allmählich leid bin, mich von Euch aufs Glatteis führen zu lassen! Um es klar und deutlich zu sagen: In letzter Zeit hat es hier eine Reihe von Morden gegeben, und wenn ich Euch hier so vor mir sitzen sehe, käme ich nicht im Traum auf die Idee, Euch diesbezüglich die Absolution zu erteilen!«
»Aber ...«
»Genug der Ausflüchte, Bruder, und zwar ein für allemal! Ich möchte jetzt endlich erfahren, was am Mittwochmorgen hier vorgefallen ist! Was hattet Ihr etwa eine Viertelstunde vor der Prim an der Pforte zu suchen – raus mit der Sprache!«
Aus den verwitterten Zügen des Novizenmeisters war auch noch der letzte Rest an Farbe gewichen. »Was ... was sagt Ihr da?«, stotterte er.
»Wer hat Euch zur Pforte geschickt, um die verschlüsselte Botschaft des Kesselflickers entgegenzunehmen?! Für wen habt Ihr vorgestern Morgen den Handlanger gespielt? Da Ihr vermutlich wisst, was von Eurer Antwort abhängt, würde ich mir an Eurer Stelle sehr genau überlegen, was ich sage! Raus mit der Sprache, aber ein bisschen plötzlich!« Hilpert konnte sich kaum noch beherrschen, und am liebsten hätte er den Novizenmeister am Kragen gepackt. »Und falls Ihr vergessen haben solltet, mit wem Ihr es zu tun habt: Kraft meines Amtes stehen mir Mittel zur Verfügung, die ich nur äußerst ungern zur Anwendung bringen würde! Also nehmt endlich

Vernunft an und rückt mit der Wahrheit heraus! Mit der *ganzen* Wahrheit!«

»Ich kann nicht!«, beteuerte Bruder Joseph und vergrub das Gesicht in den Händen. »So glaubt mir doch – ich kann nicht!«

Hilpert sah den Novizenmeister verblüfft an. Im ersten Moment sah es so aus, als mache ihm Bruder Joseph etwas vor, doch dann wurde ihm klar, dass er es hier mit einem gebrochenen Mann zu tun hatte. Der Novizenmeister rang sichtlich um Fassung, vergeblich bemüht, das Zittern der knochigen, wie ausgebleicht wirkenden Hände unter Kontrolle zu bringen. »Bruder«, versuchte ihn Hilpert, schon etwas versöhnlicher gestimmt, zu beschwichtigen. »Glaubt mir: Wenn Ihr Euch mir anvertraut, wird Euch hinterher um ein Vielfaches leichter sein. Erleichtert Eure Seele und beichtet Eure Sünden.«

Bruder Joseph hob langsam den Kopf und stierte ins Leere.

»›Sünden‹, soso!«, murmelte er und erweckte dabei den Anschein, als spräche er mit sich selbst. »Sünde!«

Der Inquisitor zog die Augenbrauen in die Höhe, ging aber auf die Reaktion des Novizenmeisters nicht näher ein. Stattdessen erhob er sich und begann vor der Fensternische, in der er und Bruder Joseph Platz genommen hatten, langsam hin und her zu gehen. »Treffend dargestellt, findet Ihr nicht auch?«, unterbrach er schließlich das Schweigen, während er sich den bemalten Fenstern zuwandte.

»Wie meinen?«, fuhr Bruder Joseph wie aus dem Tiefschlaf gerissen empor.

»Die Nischenfenster. Vor allem ihr Motiv.«

Erst jetzt, da er sie näher betrachtete, begriff der Novizenmeister, worauf Hilpert hinauswollte. »Gottvater, der Satan hinab in die Hölle schleudert«, sprach er mit tonloser Stimme. »Ist es das, was Ihr meint?«

»In der Tat. Das und die Botschaft, die uns – und in besonderem Maße Euch – dieses Bild vermitteln möchte.«

»Wieso ausgerechnet mir?«

»Das wisst Ihr – glaube ich – sehr genau.«

Der Novizenmeister wandte den Blick von Hilpert ab und verfiel in dumpfes Brüten. Er sah müde aus, viel älter, als er mit seinen fast 60 Jahren ohnehin schon war. »Ihr stellt Euch das alles sehr einfach vor«, sagte er nach einer Weile.

»Wer ist es, der Euch den Auftrag gab, dem Kesselflicker eine verschlüsselte Botschaft zu übermitteln? Bruder Joseph: Ihr seid alles andere als ein einfältiger Mann. Und daher wusstet Ihr auch genau, worum es in dieser Botschaft ging. Nämlich einzig und allein darum, ihrem Empfänger den Auftrag zu erteilen, Prior Hildebrand zu töten. Ein diabolischer Plan – und das perfekte Alibi! Denn wer käme schon auf die Idee, einen der Brüder der Mittäterschaft zu bezichtigen, wenn der Betreffende nachweisen kann, dass er die Wärmestube während der Tatzeit nicht verlassen hat! Ihr habt Euch zum Handlanger eines Mordkomplotts gemacht, Bruder, und das wisst Ihr sehr genau! Fragt sich nur, warum.«

»Ich hatte nicht die geringste Ahnung davon.«

»Selbst wenn – glaubt Ihr wirklich, vor dem Grafschaftsgericht würde man Euch Glauben schenken?«

»Ihr habt nicht die leiseste Ahnung, worum es hier geht.«

»Dann klärt mich auf.«

»Das geht nicht. Und zwar nicht, weil ich Angst habe. Sollen sie mich doch töten, wenn ihnen danach ist. Es geht nicht – aber aus einem ganz anderen Grund. Ihr würdet es nicht verstehen, Inquisitor. Und schwerlich gutheißen können.«

»Euer letztes Wort?«

»Ja.«

»Wenn Ihr meint.« Bruder Hilpert verschränkte die Arme vor der Brust und sah den Novizenmeister eindringlich an. »Solltet Ihr es Euch dennoch anders überlegen, hört dies: Ich bin bereit, Euch bis morgen früh eine Frist einzuräumen. Bleibt Ihr verstockt, werde ich dafür sorgen, dass Ihr der Beihilfe zum Mord ...«

»Mord?! Höre ich richtig: Mord?!«

Bruder Hilpert drehte sich auf dem Absatz um. Er war so

sehr mit Bruder Joseph beschäftigt, dass er den Emissär des Bischofs nicht hatte kommen hören.

»Hilpert von Maulbronn – wenn ich nicht irre?«

Vor ihm stand ein Mann, der ihm auf Anhieb unsympathisch war. Hilpert wusste zwar nicht warum, aber eine innere Stimme riet ihm, sich vor Valentin von Helfenstein in Acht zu nehmen.

»Gewiss«, antwortete der Inquisitor und deutete eine Verbeugung an. »Was verschafft uns die Ehre Eures Besuchs?«

58

Komplet, noch siebzehneinhalb Stunden

Kein Zweifel – das Tier, das ihre Füße beschnupperte, war eine Ratte. Eine fette, gefräßige alte Ratte.

Laetitia hielt den Atem an. Sie hatte kaum noch Kraft, nicht einmal zum Schreien.

Jetzt nur nicht bewegen!, sagte sie sich. Dann wird dir auch nichts geschehen!

Obwohl sie immer noch die Kapuze trug, schloss Laetitia die Augen. Die stickige, von Fäulnisgeruch durchtränkte Luft raubte ihr fast den Atem, und als sie das feuchtwarme Fell des Nagers auf ihrer Haut spürte, ging ihr der Ekel durch Mark und Bein.

Heilige Muttergottes!, flehte sie still. Steh mir bei!

Aber es sollte noch schlimmer kommen.

Zuerst war da nur dieses unbestimmte, kaum zu definierende Geräusch. Doch dann, wie ein Blinder, der sich ganz auf seinen Instinkt verlässt, wurde Laetitia bewusst, dass die Ratte nicht das einzige Lebewesen in ihrer Nähe war.

Laetitia erschauerte, und das Blut gefror ihr förmlich in den Adern.

Je angestrengter sie in die Dunkelheit lauschte, desto schmerzlicher wurde ihr klar, dass die Ratte zwischen ihren Füßen nur eine Art Kundschafter war. Laetitias Atem ging rascher, und ihr Herz begann wie rasend zu pochen. Das war nicht eine, nicht zwei, sondern mindestens ein Dutzend Ratten – wenn nicht sogar noch mehr! Wie von einer geheimen Macht gelenkt, bewegten sie sich scheinbar unaufhaltsam auf das Mädchen zu. Laetitia schickte ein Stoßgebet zum Himmel, aber kaum hatte sie geendet, war sie auch schon umzingelt. Die Luft, ohnehin kaum zu ertragen, vermischte sich mit dem

Geruch, der aus den Mündern der Ratten drang. Das Quieken, Rascheln und beutelüsterne Zischen schwoll immer mehr an, ein Crescendo des Ekels, vor dem es kein Entrinnen gab.

Nur nicht bewegen!, wiederholte die Stimme. Laetitia erstarrte, und wahre Bäche von Schweiß quollen aus ihren Poren hervor. ›So helft mir doch endlich!‹, durchzuckte es ihr Gehirn. ›Um der Liebe Christi willen: Steht mir bei!‹

59

Wertheim, Maintor, noch 17 Stunden

»Wird Euch aber eine Stange Geld kosten!«, machte der bucklige, in Lumpen gekleidete Mann Berengar unmissverständlich klar. »Je nachdem, mit wie viel Mühe die Sache verbunden ist.«

Der Vogt, wohl wissend, wie heikel seine Lage war, unterdrückte die schwarze Galle, die in ihm hochzukochen begann. An jedem anderen Tag wäre ihm der Geduldsfaden gerissen – nur heute nicht. Er brauchte diesen Mann, obwohl er ihm zutiefst misstraute.

Berengar von Gamburg stemmte die Arme in die Hüften und sah sich stirnrunzelnd um. Hinter den Bergen ging bereits die Sonne unter, und wie immer um diese Tageszeit herrschte vor dem Maintor dichtes Gedränge. Keine halbe Stunde mehr, und die Stadtknechte würden die Tore schließen.

Frollo, besser bekannt als König der Diebe, konnte sich ein schelmisches Grinsen nicht verkneifen. Was der Vogt von ihm hielt, wusste er nur zu gut. Trotzdem war er klug genug, es nicht auf die Spitze zu treiben. Einen Mann wie Berengar von Gamburg zum Feind zu haben konnte nämlich jede Menge Scherereien nach sich ziehen. Und darauf war er nun wahrhaftig nicht aus.

»Und Ihr wollt mir wirklich nicht sagen, um wen es sich bei diesem Mann handelt?«

»Ich *kann* es dir nicht sagen. Weil ich es nicht weiß. Du weißt, wie er aussieht – das muss dir genügen.«

Der König der Diebe, listig wie eine Schlange, sah Berengar lauernd an. Dass ihm der Vogt etwas verschwieg, war ihm sofort klar, aber sein untrüglicher, durch Zwist und Hader mit der Obrigkeit geschulter Instinkt riet ihm, es bei seiner

Frage zu belassen. »Zeit, an die Arbeit zu gehen!«, gab er stattdessen zur Antwort, leerte den Blechnapf, der vor ihm auf dem Pflaster stand und tauchte im Gewühl der Marktweiber, Rossknechte und fliegenden Händler unter. »Gesetzt den Fall, es gibt Neuigkeiten – wo darf ich Euch meine Aufwartung machen?«, rief er dem Vogt über die Köpfe der Menge hinweg zu.

»Im ›Wilden Mann‹!«, rief ihm Berengar hinterher, aber da hatte der König der Diebe bereits einem Prälaten den Beutel aus der Hand gerissen und Reißaus genommen.

∞

»Und du bist dir auch absolut sicher?«

»Absolut, Herr!«, wiederholte der Stadtknecht, während er den mit Bandeisen beschlagenen Torflügel schloss. »Einen so vornehmen Mann, noch dazu auf dem Kutschbock, kriegt man nun wirklich nicht alle Tage zu sehen! Rubinrotes Wams, noch dazu vom Feinsten, hautenge Beinlinge, Barett –«

»Und was genau hat er zu dir gesagt?«

»Dass er in der Stadt Quartier nehmen will.«

»Und wo?«

»Keine Ahnung.«

»Und wann war das?«, drängte Berengar, dem die wortkarge Art des baumlangen Mittvierzigers sichtlich auf die Nerven ging.

»Vor drei Tagen. Kurz vor Toresschluss. Etwa um die gleiche Zeit wie jetzt«, antwortete der Stadtknecht, drehte den Schlüssel im Schloss und wandte sich wieder seinem Gesprächspartner zu.

»Und wann hat er die Stadt wieder verlassen?«

»Keine Ahnung.«

Berengar, dessen Geduld erneut auf eine harte Probe gestellt wurde, verschränkte die Arme und begann vor dem inneren Torbogen auf und ab zu gehen. Der Stadtknecht, der bei einem

Scharmützel mit Wegelagerern sein rechtes Bein eingebüßt hatte, griff nach seiner Krücke, humpelte auf das Wächterhaus zu und ließ sich auf der Bank neben der Tür nieder. »Warum seid Ihr überhaupt hinter dem Kerl her? Hat er was ausgefressen? Etwa ein paar Nonnen geschwängert, he?«, bohrte der Torwächter in plump vertraulicher Manier.

»Geht dich nichts an.«

Der Torwächter, für den das Gespräch hiermit zu Ende war, zuckte die Achseln und sah einem Hüteknecht zu, der eine Herde Schweine die Gasse hinuntertrieb. Zeit für einen Krug Wein!, dachte er, und wäre der Vogt nicht gewesen, hätte er seinen Durst bestimmt schon gestillt.

»Ist dir sonst noch irgendwas aufgefallen?« Berengar hatte seine Wanderung unterbrochen und sah den Torwächter stirnrunzelnd an.

»Eigentlich nicht. Außer vielleicht, dass ... kann sein, dass ich mich täusche, aber ...«

»Nur zu, ich bin ganz Ohr. Besser ein Wort zu viel als zu wenig.«

»Dass er ausgesprochen gut aussah, habe ich ja bereits erwähnt.«

Berengar nickte, wenngleich es in puncto Geduld nicht gerade zum Besten bei ihm stand. »In der Tat.«

»Ihr werdet mich vielleicht für übergeschnappt erklären, Herr, aber ... aber ich ...«

»Aber was?«

»Keine Ahnung , ob das überhaupt wichtig ...«

»Raus damit!«

»Ich bin mir ziemlich sicher, dass mir der Mann am gleichen Abend noch einmal über den Weg gelaufen ist.«

»Und warum hast du dämliche Bohnenstange mir das nicht gleich gesagt?!«

»Weil es ... weil es eigentlich nicht sein kann. Oder habt Ihr schon einmal von einem hohen Herrn gehört, der sich in die verrufenste Schenke der ganzen Stadt begibt?«

60

Köhlerhütte bei Wertheim, bei Sonnenuntergang

»ER WIRD KOMMEN, Bruder Friedhelm, glaubt es mir!«, machte sich die Frau auf dem Lager aus Strohsäcken Mut. »Er wird mich nicht im Stich lassen – nicht jetzt, wo es mit mir zu Ende geht!«

Der alte Bettelmönch, der neben der roh gezimmerten, mit Seilen bespannten Bettstatt stand, sah die Frau aufmunternd an. Die Szene, die sich bereits seit ein paar Tagen wiederholte – und auch am heutigen Abend wiederholen würde –, berührte ihn stets aufs Neue. Dies war auch der Grund, warum er keine Einwände erhob, und das, obwohl ihm alles andere als wohl dabei war.

Er würde schweigen. Das hatte er der Frau versprochen. Und er würde sein Versprechen halten. Zum einen, weil es sich ziemte, den Wunsch einer Sterbenden zu respektieren, zum anderen, weil er von jeher daran gewöhnt war, auf die Stimme seines Gewissens zu hören.

Und so geschah es, dass er wie an den Abenden zuvor auf der Türschwelle stand, um nach dem Mann Ausschau zu halten, dessen Ankunft die Frau mit jeder Faser ihres Wesens herbeizusehnen schien, mehr als irgendjemanden sonst auf der Welt.

Langsam wurde es Zeit, denn die Vesper war schon lange vorüber. Bruder Friedhelm schüttelte nachdenklich den Kopf. Egal, um wen genau es sich bei dem Fremden handelte – wenn er kam, dann immer zur selben Zeit. Eine Stunde nach Sonnenuntergang, längstens zwei. So hatte es wenigstens den Anschein.

Nicht lange, und der spärliche Rest an Tageslicht war verblasst. Bruder Friedhelm, nicht mehr der Allerjüngste, schlug die Arme übereinander und begann vor der heruntergekommenen Hütte auf und ab zu gehen. Doch so sehr er die Handflächen auch an den Oberarmen rieb – es war umsonst. Die Kälte war einfach nicht zu vertreiben, und schon gar nicht bei ihm, der er bereits mit einem Bein im Grabe stand.

»Bruder Friedhelm – wo seid Ihr?« Trotz des Hustens, unter dem ihr ausgemergelter Körper regelrecht erbebte, hörte sich die Stimme der Frau wie die eines jungen Mädchens an. Bruder Friedhelm horchte auf, war ihm doch, als habe er irgendwo in der Dunkelheit das Geräusch von Schritten gehört. Doch er wurde enttäuscht, denn kaum hatte ihn der Rehbock im Türrahmen erspäht, war er auch schon wieder im Unterholz verschwunden.

Laut aufseufzend schloss Bruder Friedhelm die Tür und wandte sich wieder dem Krankenlager zu. Nie zuvor war es ihm schwerer gefallen, seine Christenpflicht zu erfüllen, war der Geruch von Schweiß, Auswurf und Kräuteressenzen doch so durchdringend, dass er der Übelkeit in seinem Inneren kaum noch Herr werden konnte.

Als er sich zu ihr hinabbeugte, hielt die Frau die Augen geschlossen. Sie atmete schwer, und ihr Brustkorb bewegte sich stoßweise auf und nieder. In ihrer Jugend musste sie sehr schön gewesen sein, aber das Fieber, das in ihr wütete, schickte sich an, auch noch die letzten Spuren von Anmut und Liebreiz zu verwischen.

»Er wird kommen.« Der alte Bettelmönch nickte, obwohl es so aussah, als spräche die Frau im Traum. Die Holzschüssel neben der Bettstatt war randvoll mit Blut, und Bruder Friedhelm fragte sich, ob sie die Zeit bis zur Ankunft des Mannes überhaupt überleben würde.

»Ich möchte beichten, Bruder – jetzt. Damit Ihr mir die Sakramente erteilen könnt.« Heilfroh, wenigstens irgendetwas tun zu können, rückte Bruder Friedhelm den roh gezimmerten Schemel noch näher an das Krankenlager heran. »Dann sprecht, meine Tochter, ich bin ganz Ohr!«, sagte er mit vertrauensvoller Stimme und nahm die Rechte der Frau zwischen die Hände.

»Und Ihr werdet … Ihr werdet mich meiner Sünden wegen auch ganz bestimmt nicht verdammen?«

»Dies ist weder die Zeit noch die rechte Gelegenheit dazu.«

Die Sterbende holte tief Luft und begann mit fiebriger Stimme zu erzählen. Von den Tagen ihrer Kindheit, den Eltern, die ein Stück Land unweit des Klosters gepachtet hatten, dem Tagewerk, das sie mehr schlecht als recht über Wasser hielt. Worte, wie sie Bruder Friedhelm äußerst selten zu hören bekam, ließen sie doch nicht die geringste Spur von Bitterkeit erkennen. Wenig später jedoch, als die Frau darauf zu sprechen kam, wie sich ihre und des Geliebten Pfade das erste Mal kreuzten, ging ein Ruck durch Bruder Friedhelms Körper. Fast traute er seinen Ohren nicht, und die Scham über das Gehörte trieb ihm buchstäblich den Schweiß auf die Stirn: »Ja, und dann, eines schönen Tages, ist er auf unseren Hof gekommen!«, erzählte die Frau mit schwärmerischer Stimme. »Fast auf den Tag genau vor 36 Jahren. Und ohne dass ich etwas dagegen tun konnte, war es um mich geschehen.«

Bruder Friedhelm hielt den Atem an, denn er ahnte, was er nun zu hören bekommen würde: »Er war 20, groß, schlank – und hatte hellblau schimmernde, einfach unwiderstehliche Augen. Ich war ihm von Herzen zugetan. Und bin es noch immer. Obwohl so viele Jahre ins Land gegangen sind.« Die Sterbende öffnete die Augen und sah Bruder Friedhelm fragend an. »Dagegen kann der Herrgott im Himmel doch nichts haben, oder?«

Der alte Wandermönch holte tief Luft, aber ohne dass er den Grund dafür hätte nennen können, verkniff er sich genau die Antwort, die er an jedem anderen Tag gegeben hätte. Dies ist kein Tag wie jeder andere, kein Beichtkind wie all die anderen, schärfte er sich ein – und hatte das unbestimmte Gefühl, dass er die richtige Antwort gab: »Nein, gewiss nicht.«

»Seid bedankt, Bruder«, erwiderte die Frau mit matter

Stimme. »Welch ein Jammer, dass wir uns nicht schon früher begegnet sind.«

Der Bettelmönch errötete und rutschte unruhig hin und her. »Und dann?«, fragte er, obwohl er die Antwort auf seine Frage längst kannte. »Was ist dann geschehen?«

»Wir wurden ein Paar. Und zwar ohne kirchlichen Segen.«

»Ihr wurdet ein ...«, brach es aus Bruder Friedhelm hervor, dem es vor Schreck die Sprache verschlug.

»Ein Paar – ganz recht.«

»Und wieso ... äh ... ich meine: Wie in des Heiligen Franziskus Namen bist du eigentlich auf die Idee gekommen, ein Leben in Sünde –«

»– zu führen? Ganz einfach: Weil ich ihn nicht habe heiraten können.«

Erst jetzt, kurz bevor ihm die Sterbende die volle Wahrheit enthüllte, begann Bruder Friedhelm allmählich zu begreifen. »Und wie heißt dieser ... wie heißt der Mann denn nun eigentlich?«, fragte er, bemüht, seiner Stimme zumindest den Anschein von Missbilligung zu verleihen. »Wenn ich mich recht entsinne, hast du ihn in meinem Beisein nie beim Namen genannt.«

»Joseph«, presste die Frau mit schmerzverzerrter Miene hervor. »*Bruder* Joseph.«

61

Skriptorium, eine halbe Stunde nach Sonnenuntergang

»Das darf doch wohl nicht wahr sein!«, murmelte der Pförtner, während er im Schein seiner Laterne den Folianten durchblätterte, der vor ihm auf dem Stehpult lag. »Und kein Mensch hat davon gewusst!«

Bruder Jakobus machte ein nachdenkliches Gesicht. Dann wandte er sich wieder der Mönchschronik zu. Obwohl er sich den Satz, über den er gestolpert war, bereits eingeprägt hatte, war er immer noch völlig überrascht: ›Sohn des Balthasar Wagenknecht‹, stand da unter anderem zu lesen. »Von Beruf Weinhändler. Bruder des gleichnamigen Zunftmeisters zu Freudenberg.«

Ganze sechs Wörter – und dem Ziel ein gewaltiges Stück näher. Bruder Jakobus rieb sich das Kinn und legte die Stirn in Falten. Wie bedeutsam seine Entdeckung war, konnte er zwar noch nicht genau sagen. Aber wenn er auf seinen Instinkt vertraute, gab es kaum noch Zweifel für ihn.

Irgendetwas an der Sache stimmte nicht.

Zwei Angehörige des Konvents, durch Blutsbande miteinander verbunden. Und niemand, allem Anschein nach nicht einmal der Abt, hatte die geringste Ahnung davon gehabt. Bruder Jakobus schüttelte geistesabwesend den Kopf. Irgendetwas war hier faul. Es konnte einfach nicht anders sein.

Als Schritte durch den Gang vor dem Skriptorium hallten, blieb der alte Pförtner wie angewurzelt stehen. Was, wenn man ihn hier entdeckte? Bruder Jakobus starrte mit angehaltenem Atem zur Tür, denn draußen war es urplötzlich still geworden.

Das Herz des Pförtners drohte vor Aufregung fast zu zerspringen. Doch dann, als er bereits überlegte, welche Ausrede er für das unbefugte Betreten des Skriptoriums vorbringen könnte, begannen sich die Schritte wieder zu entfernen.

Bruder Jakobus atmete auf, klappte den Band wieder zu und stellte ihn so rasch wie möglich wieder in das Regal zurück. Dann blies er seine Laterne aus und schlich zur Tür, hinter der er sicherheitshalber noch eine Weile stehen blieb. Erst als sich nichts mehr rührte, schob er vorsichtig den Riegel zurück und schlich im Schutz der Dunkelheit davon.

62

Mönchsfriedhof, noch 15 Stunden

OBWOHL DIE ZEIT drängte, sah sich Bruder Hilpert rasch nach allen Seiten um. Es war stockfinster – und obendrein erbärmlich kalt. Der Inquisitor zögerte, wenn auch nur kurz. Dann setzte er seinen Weg fort.

Die Nacht steckte voller Geräusche, und das Rauschen der Bäume war so laut, dass es das Geräusch seiner Schritte fast übertönte. Hilpert war froh darüber, denn ihm war alles andere als wohl in seiner Haut. Was er tat oder sich zu tun anschickte, war äußerst riskant, kaum auszudenken, wenn sein Widersacher davon Wind bekam.

Als Hilpert das schmiedeeiserne Friedhofstor erreicht hatte, sah er sich erneut um. Der Wind frischte immer mehr auf, die Kälte ging ihm durch Mark und Bein. Kaum vorstellbar, dass in zwei Tagen Palmsonntag war.

Doch was auch geschah, wie widrig die Umstände auch sein mochten – es gab keinen Weg zurück. Er musste den Eingang zum Stollen finden. Dann – und nur dann – würde es ihm gelingen, die Pläne seiner Widersacher zu durchkreuzen. Er musste das letzte Mosaiksteinchen finden. Koste es, was es wolle.

Als Hilpert die Hand auf die Klinke legte, merkte er, dass sie zitterte. Er achtete jedoch nicht weiter darauf, drückte sie nach unten und öffnete das Tor. »Heilige Muttergottes, steh mir bei!«, flüsterte der Inquisitor, während er, die Laterne in der Linken, den Mönchsfriedhof betrat.

Aber wo beginnen, wonach überhaupt suchen? Kaum hatte er die ersten Gräber inspiziert, wurde Hilpert klar, dass ihm jeglicher Anhaltspunkt fehlte. Ein Grab war vom nächsten kaum zu unterscheiden, sie der Reihe nach abzusuchen unmöglich. Und wenn ihm etwas fehlte, dann die nötige Zeit.

Was also tun? Hilpert verlangsamte seinen Schritt und dachte fieberhaft nach. Gesetzt den Fall, dass es ihn überhaupt gab: Welche Stelle war für den Eingang zu einem Stollen am besten geeignet? Der Inquisitor warf einen Blick in die Runde. Doch so sehr er sich das Gehirn zermarterte, der rettende Einfall blieb aus.

Hilpert stieß einen lauten Seufzer aus. Er war hundemüde und obendrein völlig durchgefroren. Obwohl er es nicht wahrhaben wollte, begannen die letzten drei Tage ihren Tribut zu fordern. Eine grenzenlose Mattigkeit ergriff Besitz von ihm, und um sich für kurze Zeit auszuruhen, stützte er sich an der Terrassenmauer ab, die den Friedhof von den angrenzenden Weinbergen trennte.

Während er so dastand, die Kapuze tief im Gesicht, in dem die Ereignisse der letzten Tage tiefe Spuren hinterlassen hatten, regte sich in ihm zum ersten Mal der Wunsch, seinem Amt zu entsagen und ins heimatliche Maulbronn zurückzukehren. Ausgerechnet jetzt, im alles entscheidenden Moment, verließ ihn die Kraft, und anscheinend gab es nichts, was ihm wieder Mut machen konnte. Einer nach dem anderen standen plötzlich die Toten der letzten Tage vor ihm. Fast schien es, als seien sie aus Fleisch und Blut, auferstanden, um ihm die Vergeblichkeit seines Tuns vor Augen zu führen.

Vor Müdigkeit fielen dem Inquisitor fast die Augen zu, und am liebsten hätte er seinem Verlangen nach Schlaf sofort nachgegeben. Doch auf einmal, ohne dass sich dies angekündigt hätte, war er wieder hellwach.

Der Quaderblock, auf den er sich gerade stützte, hatte sich bewegt.

Hilpert wich reflexartig zurück. Es hätte nicht viel gefehlt, und die Laterne wäre ihm aus der Hand gerutscht, so heftig war ihm der Schrecken in die Glieder gefahren.

Bis er ihn überwunden hatte, dauerte es jedoch nicht lange. Die Laterne in der Linken, begann Hilpert das Corpus Delicti genauer zu untersuchen.

In der Tat war der Stein lose, und zwar dergestalt, dass man ihn mühelos aus der Mauer herauslösen konnte – was Hilpert denn auch sofort tat. Dies sollte, wie er umgehend feststellte, jedoch nicht die letzte Überraschung sein, die ihm in dieser Nacht zuteil wurde.

Hinter dem Stein, nicht viel mehr als handtellergroß, klaffte eine Lücke, und als Hilpert seine Hand hineinsteckte, stieß sie auf einen kalten, metallischen Gegenstand, der sich alsbald als Hebel entpuppte.

Der Inquisitor unterdrückte den Ausruf der Überraschung, der ihm auf der Zunge lag, und beugte sich bis auf Augenhöhe zu der Mauerlücke hinunter. Dies war ein metallener Griff, ein Irrtum so gut wie ausgeschlossen.

Ohne auch nur einen Augenblick nachzudenken, packte Hilpert zu und drückte den Hebel mit aller Kraft herunter. Unnötigerweise, denn er gab sofort nach.

Ein paar Augenblicke lang rührte sich nichts, und Hilpert war fast ein wenig enttäuscht. Doch dann war plötzlich ein Rumoren zu hören, das sich anhörte, als sei ein Mühlstein in Bewegung geraten.

Als sich das Geräusch im Heulen des Windes verlor, traute Hilpert von Maulbronn seinen Augen nicht. Auf alles war er gefasst gewesen, nur darauf nicht.

Keine drei Schritt von ihm entfernt hatte sich in der mehr als mannshohen Mauer wie von Zauberhand ein Spalt aufgetan. Hilperts Atem ging rascher, und er blieb wie festgewurzelt stehen. War dies die Wirklichkeit, oder spielten ihm seine überreizten Sinne einen Streich? Kaum mehr fähig, die Frage zu beantworten, überwand er seine Skrupel und trat näher.

Nein, dies war kein Trugbild, sondern eine geheime Tür, die ins Innere des Berges führte. Trotz der Kälte, die ihn fast zu Eis gefrieren ließ, begann sich unter Hilperts Kukulle der

Schweiß zu sammeln. Eine Weile stand er wie erstarrt, doch dann war sein Entschluss gefasst.

Ihm blieb keine Wahl. Er musste herausbekommen, wohin die Tür führte.

Der Spalt, den sie freigab, war nicht groß, aber immerhin breit genug, dass er sich hindurchzwängen konnte. Dunkelheit umfing ihn, und ohne die Laterne in seiner Hand hätte er spätestens jetzt umkehren müssen.

So aber fiel es ihm nicht schwer, sich zurechtzufinden, und nachdem er sich davon überzeugt hatte, dass der Gang hinter der Tür in die richtige Richtung führte, machte er sich, ohne zu zögern, auf den Weg.

Je weiter er sich vom Eingang entfernte, umso stickiger wurde die Luft. Der Stollen verlief keineswegs gerade, mit dem Ergebnis, dass er schon bald jegliche Orientierung verlor. Anfangs konnte er noch aufrecht gehen, aber mit der Zeit wurde er immer niedriger, so dass Hilpert bald nichts anderes übrig blieb, als auf allen Vieren zu kriechen.

Der Atem des Inquisitors ging immer schwerer, und der scharfkantige Fels bohrte sich wie eine Speerspitze in sein Fleisch. Vor allem in die Knie, die er vor lauter Schmerzen kaum noch spürte.

Ans Aufgeben dachte er trotz alledem nicht. Und so kroch er unermüdlich weiter, den Griff seiner Laterne zwischen den Zähnen. Bis er auf eine in etwa zwei Ellen breite, kreisförmige Öffnung stieß.

Keuchend vor Anstrengung stellte Hilpert seine Laterne ab und holte ein paar Mal tief Luft. Bis er wieder halbwegs bei Kräften war, verstrich viel Zeit, denn die Feuchtigkeit und der Modergeruch waren so stark, dass ihm allmählich die Sinne schwanden. Hinzu kam, dass die Kerze in seiner Laterne bereits zur Hälfte heruntergebrannt war.

Mit der geringen Kraft, die er noch besaß, rappelte sich der Inquisitor schließlich auf. Hinter dem Loch, das ihn am Weiterkriechen hinderte, war nicht das Geringste zu sehen. Erst als er seine Laterne in die Öffnung hielt, wurde ihm klar, wo genau er sich befand. Trotz seiner prekären Lage atmete Hilpert hörbar auf.

Die Wasserleitung, die an einer Quelle oberhalb des Klosters ihren Anfang nahm und von dort aus unter dem Kreuzgang hindurch zur Brunnenhalle führte, war nicht sehr hoch, aber immerhin hoch genug, dass man dem Verlauf des Schachtes in gebückter Haltung folgen konnte. Wie weit es von hier bis zum Kloster war, konnte man dagegen kaum sagen. Hilpert steckte den Kopf durch die Öffnung und hielt die Laterne bald in die eine, bald in die andere Richtung. Trotz allem wirkte das leise Plätschern des Quellwassers beruhigend auf ihn, ebenso wie die soliden Quader des gewölbten Schachtes, dessen Verlauf sich alsbald in der Dunkelheit verlor.

Dank der Erkenntnis, dass es in seiner Situation kaum eine Alternative gab, machte der Inquisitor kehrt, streifte seine Holzpantinen ab und ließ sich rücklings durch die Öffnung gleiten. Doch dann, noch ehe seine Füße in das Quellwasser eintauchten, geschah das, womit er nicht gerechnet hatte: Er stieß seine Laterne um. Ein dumpfer Schlag, ein kurzes Flackern – und Hilpert fand sich inmitten schwärzester Finsternis wieder. Es war so dunkel, dass er nicht einmal die Hand vor Augen sah, das Wasser so kalt, dass er fürchtete, zu Eis zu erstarren. Das Schlimmste jedoch war, dass er vergessen hatte, Zunder und Feuersteine mitzunehmen, ein Versäumnis, dass ihn teuer zu stehen kam.

Dennoch gab es keinen Weg zurück. Hilpert schickte ein Stoßgebet zum Himmel, bückte sich und suchte mit den Handflächen an den Wänden des Schachtes Halt. Dann tastete er sich Zoll um Zoll durch die Dunkelheit voran.

Er würde diesen Kerlen das Handwerk legen. Koste es, was es wolle.

63

Köhlerhütte, eine Stunde nach Sonnenuntergang

»Joseph – endlich!«

Als sie die Augen aufschlug, saß er auf dem dreibeinigen Schemel neben ihrem Lager und lächelte sie an. Im Schein des Feuers, das den Raum nur noch spärlich erhellte, wirkte er seltsam bleich, älter, als er ohnehin war. Aber das machte ihr nichts aus. Hauptsache, er war wieder da.

Er atmete schwer – kein Wunder bei dem Fußmarsch, den er hinter sich hatte. Sie wollte etwas sagen, aber er legte den Zeigefinger auf die Lippen und schüttelte vorwurfsvoll den Kopf. »Du musst deine Kräfte schonen!«, sprach Bruder Joseph mit sorgenvoller Miene. »Damit es wieder aufwärts mit dir geht!«

Das war typisch für ihn. Immer nur das Gute sehen. Dabei wusste sie es längst besser. Sie hatte nicht mehr lange zu leben. Ein paar Tage noch, vielleicht auch nur ein paar Stunden. Beim Gedanken, dass sich ihre Wege bald trennen würden, krampfte sich ihr das Herz zusammen vor Schmerz. Aber wenigstens war Joseph jetzt hier. *Ihr* Joseph. Wenn sie sich etwas wünschte, dann eines: in seinen Armen zu sterben.

»Du siehst betrübt aus!«, sagte sie nach einer Weile, als sie merkte, dass sein Blick ins Leere ging. »Ist etwas geschehen?«

Bruder Joseph antwortete nicht, aber an den tiefen Furchen, die seine Stirn wie einen ausgelaugten Acker durchzogen, war unschwer zu erkennen, dass ihre Vermutung nicht aus der Luft gegriffen war. »Nichts, Benedicta – nichts«, antwortete der Novizenmeister, während sich auf seinen Handflächen winzige Schweißperlen bildeten. Und dann, nach kurzem Nachdenken: »Jedenfalls nichts, was uns beide betrifft, Liebes. Und das ist ja wohl das Wichtigste.«

Der Ton, in dem er zu ihr sprach, beunruhigte sie. »Was

meinst du damit?«, fragte sie und richtete sich mühsam auf. Fast gleichzeitig begann ihr Atem rascher zu gehen, und der Blick verschwamm ihr vor den Augen.

Anstatt zu antworten, drückte Bruder Joseph ihre Hand, während sich sein Gesicht zu einem gequälten Lächeln verzog. Dann legte er ihr die Hand auf die Schulter und drückte sie sanft auf ihr Lager zurück. »Nichts, Liebes, nichts!«, wehrte er erneut ab, aber sie kannte ihn gut genug, um zu wissen, dass er nicht die Wahrheit sprach.

»Öffne mir dein Herz, Geliebter – solange noch Zeit dazu ist.«

»Das werde ich, Liebes, doch zuvor möchte ich dir sagen, dass du während der letzten 35 Jahre –«

»36, mein Herz. Jedenfalls fast.«

Bruder Joseph lächelte. »Ganz gleich, wie lange – du bist stets mein Ein und Alles gewesen.«

»Ich weiß, Geliebter«, erwiderte sie, während sich ihre hageren Züge merklich entspannten. »Gilt doch das Gleiche auch für dich – und zwar bis in den Tod.«

Als das letzte von Benedictas Worten verklungen war, barg Bruder Joseph das Gesicht in den Händen, und ein leichtes Zittern durchlief seinen gekrümmten Körper. Er schien über irgendetwas nachzudenken, unschlüssig, ob er dem Ansinnen der Frau, die fast ein Menschenleben lang seine Geliebte gewesen war, Folge leisten solle. Doch dann, als ihm bewusst wurde, wie wenig Zeit ihm möglicherweise blieb, hob er den Kopf und sah Benedicta mit ernstem Blick an.

»Alles, was auf meiner Seele lastet, steht hier geschrieben«, begann er und zog eine Schriftrolle unter seiner Kukulle hervor. Und als ihn Benedicta fragend ansah, fügte er erklärend hinzu: »Alles Dinge, die nicht uns beide, sondern allein mich betreffen.«

»Ich fürchte, ich verstehe dich nicht ganz.«

»Das ... das wird auch nicht nötig sein, mein Herz!«, sprach der Novizenmeister und strich ihr zärtlich über die Wange.

»Doch für den Fall, dass ich ... nun, falls ich morgen zur verabredeten Zeit nicht –«

Kaum waren ihm die Worte über die Lippen gekommen, bereute er sie auch schon wieder. Mit einem Ruck fuhr Benedicta in die Höhe und suchte an seinen Schultern Halt. »Was plagt dich, Joseph?«, stieß sie keuchend hervor, während ihr starrer Blick förmlich in dem seinen versank. »In Gottes und der Heiligen Namen, was ist mit dir ge...«

»So beruhige dich doch!«, redete Bruder Joseph auf die Todkranke ein und drückte sie sanft auf ihr Lager zurück. »Du weißt doch: Es gibt nichts, was zwischen uns steht. Am allerwenigsten dies Schuldbekenntnis hier.«

»Schuldbekenntnis?«

Bruder Joseph wandte den Blick ab und nickte. »Du hast richtig gehört!«, gab er unumwunden zu.

»Und worin ... ich verstehe nicht ganz ... wieso solltest du irgendwelche Schuld auf dich –«

»Schuld? Ich! Und ob! Mehr, als du dir vielleicht vorstellen kannst!«, sprach der Novizenmeister, während sich seine Züge merklich verhärteten. »Die Pforten der Hölle stehen weit offen, und ich trage die Hauptschuld daran.«

»Aber Joseph, Geliebter, was ist bloß in dich gefahren? So darfst du nie und nimmer –«

»– sprechen, meinst du? Verzeih mir, Liebste – aber ich kann nicht anders! Ich habe große Schuld auf mich geladen, mehr, als mir der Herr je verzeihen wird. Und jetzt, da Satans Heerscharen bereits im Sattel sitzen und nur noch auf das Signal zum Losschlagen warten, jetzt ist es an der Zeit, einen Schlussstrich zu ziehen. Selbst auf die Gefahr hin, dass ich mein Leben dafür aufs Spiel setzen muss. Was getan werden muss, muss getan werden – und zwar noch in dieser Nacht. Wenn nicht, werden sich die Heerscharen Satans nicht nur unser Kloster, sondern die ganze Erde untertan machen. Und niemand wird sie aufhalten können. Darum, Geliebte, meine Bitte: Bewahre dies Schriftstück für mich auf! Sollte ich morgen Abend zur verabredeten Zeit nicht wiederkommen, sorge dafür, dass es so schnell wie möglich in die Hände von Bruder Hilpert gelangt, hörst du? Bruder Friedhelm wird dir hilfreich zur Seite stehen – dessen bin ich mir gewiss! Und bitte, mach dir um mich keine Sorgen. Alles wird gut – mein Wort darauf!«

64

Wirtschaftsgebäude, zur gleichen Zeit

VOLL BÖSER VORAHNUNGEN wälzte sich Alkuin auf seinem Strohlager hin und her. Obwohl er todmüde war, fand er einfach keinen Schlaf.

Nicht so Bruder Wilfried, welcher dermaßen laut schnarchte, dass kein vernünftiger Mensch dabei einschlafen konnte. Alkuin räusperte sich, aber es hatte keinen Zweck. Nach einer kurzen Pause, während der das Schnarchen urplötzlich abbrach, war es noch durchdringender als zuvor. Alkuin schüttelte den Kopf. Wie man in einer derartigen Situation seelenruhig schlafen konnte, war ihm ein Rätsel.

Er jedenfalls konnte es nicht, dafür ging ihm viel zu viel durch den Kopf. Wie so häufig dachte er auch jetzt an Bruder Hilpert und fragte sich, wo er wohl steckte. Als er Bruder Wilfried danach gefragt hatte, war die Antwort ein simples Achselzucken gewesen. Auf die Frage, wie es Laetitia ergangen sei, hatte er die gleiche Antwort bekommen – nämlich keine.

Alkuin setzte sich auf und lauschte in die Nacht hinaus. Außer vertrauten Geräuschen wie dem gelegentlichen Wiehern eines Pferdes oder dem Blöken von Schafen war jedoch nicht das Geringste zu hören. Alles ruhig, kein Grund zur Besorgnis.

Dies sollte sich jedoch schlagartig ändern. Zuerst war da nur dieses Geräusch. Eine Vorahnung, nicht mehr. Aber dann konnte Alkuin den gedämpften Klang von Schritten hören, die sich an der Längsseite des Stalles entlang in Richtung Tür bewegten.

Alkuin erstarrte. Bruder Wilfried, keine drei Schritte entfernt von ihm, schlief immer noch tief und fest. Der Junge wollte ihm etwas zurufen, doch seine Zunge blieb hartnäckig am Gaumen kleben.

Plötzlich ein neues, nicht minder bedrohliches Geräusch. Alkuin hielt den Atem an. Irgendjemand machte sich gerade an der Tür zu schaffen, aber anscheinend hatte sie Bruder Wilfried von innen verriegelt. Alkuin atmete auf, leider zu früh. Denn wie er zu seinem Entsetzen bemerkte, begann sich kurz darauf ein Schlüssel im Schloss zu drehen.

Erst jetzt fing Alkuin an, sich aus seiner Erstarrung zu lösen und kroch so leise wie möglich auf Bruder Wilfrieds Bettstatt zu. Einfach zum Verrücktwerden, dieses Schnarchen, fuhr es ihm durch den Sinn, erst recht, als der Stallmeister auch nach heftigem Rütteln nicht die Spur einer Reaktion erkennen ließ. Alkuins Puls begann zu rasen, und das Herz klopfte ihm bis zum Hals.

Und dann war es so weit. Die Stalltür öffnete sich und mehrere Vermummte schlichen zunächst nach rechts, andere nach links, um sich mit der Gewandtheit von Raubkatzen auf ihn zu zu bewegen.

Alkuin ließ von Bruder Wilfried ab, duckte sich hinter einen Stützbalken und starrte die nächtlichen Besucher mit angehaltenem Atem an. Wenn doch bloß Bruder Hilpert hier wäre!, dachte er, aber es nützte nichts. Die vermummten Gestalten kamen immer näher, nur noch ein paar Schritte, und sie würden ihn entdecken.

Alkuin sah sich Hilfe suchend um. Keine Sense oder Mistgabel, nicht einmal ein Knüppel – nichts, womit er sich hätte zur Wehr setzen können. Allein gegen – wie viele waren es doch gleich? – sechs oder gar sieben?

Sechs! Alkuins Atem ging so rasch, als würde er jeden Moment ersticken. Sechs! Aber dies war doch einfach nicht ...

Er kam nicht dazu, den Gedanken zu Ende zu denken. Als sich der Erste der sechs Kapuzenmänner Alkuin bis auf wenige Schritte genähert hatte, sprang Bruder Wilfried urplötzlich von seinem Lager auf, packte die Schafschere, die er offenbar die ganze Zeit über neben sich liegen gehabt hatte, und ließ sie mit derartiger Wucht durch die Luft wirbeln, dass sich ihre Spitze mehrere Zoll tief in die Kehle des Kapuzenmannes bohrte.

Ein halberstickter Schrei, ein Röcheln – dann sackte der Kapuzenmann in sich zusammen. Reflexartig umklammerte seine Hand die Schere, und es gelang ihm tatsächlich, sie wieder herauszuziehen. Doch es sollte ihm nichts nützen. Denn noch ehe er der Länge nach zu Boden fiel, schoss eine Blutfontäne aus seinem Hals hervor. Ein wildes Zucken – dann rührte er sich nicht mehr.

Die folgende Atempause war kurz, aber immerhin lang genug, dass Bruder Wilfried Alkuin einen Knüppel in die Hand drücken konnte, bevor er selbst nach einer rostigen alten Mistgabel griff. Keinen Augenblick zu früh, denn schon fielen die übrigen Kapuzenmänner über sie her.

In dem Getümmel, das nun entstand, konnte Alkuin Freund und Feind bald nicht mehr unterscheiden. Trotzdem wehrte er sich nach Leibeskräften. Staub wirbelte auf, wilde Flüche erfüllten die Luft. Hie und da ging einer der Angreifer zu Boden, nicht zuletzt Bruder Wilfrieds wegen, der in ihren Reihen wie ein Berserker zu wüten begann.

Doch dann, genauso plötzlich, wie sie gekommen waren, zogen sich die Kapuzenmänner wieder zurück. Alkuin machte Anstalten, ihre Verfolgung aufzunehmen, doch Bruder Wilfried fiel ihm in den Arm und deutete wortlos zur Tür.

Der Überfall war abgewehrt, die Angreifer verschwunden. Alle, nur einer nicht. Alkuin umklammerte seine schweißnasse Kehle und starrte die Gestalt an der Stalltür mit angehaltenem Atem an. Sie war allenfalls mittelgroß, fast schmächtig, und hatte es aber im Gegensatz zu den übrigen Kapuzenmännern überhaupt nicht eilig. Im Schein der Fackel, die er statuenhaft in der Rechten hielt, sah der Kapuzenmann wie eine Erscheinung aus dem Jenseits aus. Selbst Bruder Wilfried, der sich vor nichts und Niemandem zu fürchten schien, hielt betroffen den Atem an.

Eine Weile, die Alkuin später wie eine Ewigkeit erschien,

standen die Kontrahenten einander schweigend gegenüber. Alkuin gefror das Blut in den Adern, als er bemerkte, wie sich das Haupt des Kapuzenmannes langsam in seine Richtung drehte. Ein Paar eiskalte, bläulich schimmernde Augen starrten ihn mit nur mühsam unterdrückten Hassgefühlen an. Die Linke des Mannes ballte sich zur Faust, aber wenn er geglaubt hatte, sein vermeintliches Opfer damit einschüchtern zu können, irrte er. Alkuin erwiderte seinen Blick, auch wenn es ihm dabei eiskalt über den Rücken lief.

Und dann war alles vorüber. Die Gestalt verschwand, schien sich förmlich in Luft aufzulösen. Nicht einmal Schritte waren zu hören, und Alkuin hatte das Gefühl, dass dies kein Mensch aus Fleisch und Blut, sondern so etwas wie ein böser Geist gewesen war. Ein Schattenwesen, eins mit der Finsternis, in deren Rachen er wieder verschwand.

Alkuin atmete auf, und Bruder Wilfried ebenso. Kaum war dies geschehen, wurde der Stallmeister jedoch leichenblass. Er schien so verwirrt, dass er die Mistgabel immer noch auf den imaginären Feind richtete, und das, obwohl die Kapuzenmänner längst über alle Berge waren. Schließlich entglitt sie ihm ganz, und während seine Augen von einer Ecke des Stalles in die nächste wanderten, schüttelte er betroffen den Kopf. »Was ist, Bruder Wilfried?«, fragte Alkuin mit belegter Stimme. »Was ist passiert?«

Zunächst hatte es den Anschein, als habe Bruder Wilfried seine Frage nicht gehört. Dann aber hob er den Blick und sah Alkuin völlig entgeistert an. »Der Tote, mein Junge«, erwiderte Bruder Wilfried mit gedämpfter Stimme, während er sich eilig bekreuzigte. »Der Tote – er ist verschwunden. Und nirgendwo eine Spur von Blut!«

65

Burg Wertheim, noch 13 Stunden

»Weggeschickt? Habe ich da eben richtig gehört? Du sagtest weggeschickt?«

»Ja, Herr!«, wimmerte der Kriegsknecht, und Berengar von Gamburg sah alles andere als glücklich dabei aus. Genau genommen war es das Falscheste, was der baumlange Hüne hätte sagen können, erst recht, wenn er geahnt hätte, dass mit dem Vogt des Grafen an diesem Tage wirklich nicht zu spaßen war.

»Das darf ja wohl nicht war sein!«, rief Berengar händeringend aus und hieb mit der Faust so heftig auf den Tisch der gräflichen Kanzlei, dass der Kriegsknecht vor Schreck zusammenzuckte. »Will heißen: Du hirnloser alter Einfaltspinsel hast dich von diesem Schurken hinters Licht führen lassen, hab ich recht?«

Der Bewaffnete, keinesfalls so dumm, wie Berengar ihn hinstellte, nickte betroffen. »Es sieht ganz danach aus!«, winselte er mit gesenktem Blick. Eine Antwort, die jedoch nicht dazu angetan war, den Zorn des gräflichen Vogtes zu besänftigen: »Weiß Er überhaupt, mit wem wir es hier zu tun haben?«, brüllte er den verdatterten Kriegsknecht an. »Nein?! Dann will ich es Ihm sagen! Mit einem Mann, der sich wie kaum ein anderer in den letzten Jahren auf das Töten versteht! Einem eiskalten Mörder, der mindestens zwei Menschenleben auf dem Gewissen hat – wenn nicht sogar noch mehr! Und du dämlicher alter Schafskopf lässt dich mit ein paar Hellern ab...«

»Gulden, Herr. Es waren Gulden. Und zwar mehr, als ich in zwei Jahren an Sold hätte verdienen können.«

»Meinst du etwa, ich kenne den Wert von 30 Gulden nicht?«

Der Punkt schien erreicht, an dem jeder weitere Einwand

den Zorn Berengars nur noch gesteigert hätte, und so gab sich der Kriegsknecht mit einem unterwürfigen »Doch!« zufrieden.

Berengar seinerseits blähte die Backen, atmete tief durch und ließ sich in seinen gepolsterten Lehnstuhl fallen.

»Dann eben noch einmal von vorn!«, brummte er, schon ein wenig milder gestimmt, vor sich hin. »Was ist dir an diesem Erzschurken denn so alles aufgefallen?«

»Wie gesagt, Herr – fast nichts, bis Montag vor einer Woche, als wir das Land der Welschen fast schon hinter uns hatten.«

»Wobei du spätestens da hättest Verdacht schöpfen können!«

»Wohl wahr, Herr. Aber woher hätte ich wissen sollen, was er mit dem sündhaft teuren Wams dieses Toten –«

»Ermordeten.«

»– ganz wie Ihr wollt, Herr! Woher hätte ich wissen sollen, dass er das Wams, das er dem höchstwahrscheinlich von Beutelschneidern erschlagenen Kaufmann abgeknöpft hat, nicht etwa an Arme und Bedürftige hat verschenken wollen?«

»Stimmt – woher hättest du!«, fügte Berengar in gewohnt sarkastischer Manier hinzu, da ihm eher zum Weinen als zum Toben zumute war. »Und was geschah dann?«

»Dann hat er dem Pfeffersack sämtliche Kleider ausgezogen – bis aufs Hemd, versteht sich. Und sie in seiner Reisetruhe verwahrt.«

»Und weder du noch der Kutscher noch dieser kreuzdämliche Hundsfott von einem Armbrustschützen, den ich mir nachher gleich vorknöpfen werde, hat dabei Verdacht geschöpft, hab ich recht?«

»So ist es, Herr.«

Berengar verbarg das Gesicht in den Händen und schüttelte den Kopf. »Und dann?«, murmelte er nach längerem Schweigen vor sich hin.

»Nichts Auffälliges, über eine Woche lang. Bis wir vergangenen Dienstag wieder hier angekommen sind.«

»Und du dich wie ein Tagelöhner hast wegschicken lassen.«

»Aber was hätte ich denn dagegen haben sollen, Herr? Nach so einer langen Reise – nicht einmal mehr eine Viertelstunde entfernt vom Ziel! Schließlich war er ja nicht irgendwer, sondern der ...«

»Schon gut, schon gut – herumlamentieren bringt uns jetzt auch nicht weiter!«, winkte Berengar mit verdrossener Miene ab. Der Tag hatte sichtbare Spuren in seinem wettergegerbten Gesicht hinterlassen, kaum verwunderlich, dass sich in ihm allmählich das Bedürfnis nach Schlaf zu regen begann. Bei dem, was es noch alles zu erledigen gab, würde er jedoch so schnell keine Ruhe finden. Deshalb schüttelte er seine Müdigkeit ab und fragte: »Und was habt ihr drei Heldengestalten dann mit dem Geld gemacht?«

War sich der Reisige bislang kaum einer Schuld bewusst, so war dies spätestens jetzt der Fall. Feuerrot im Gesicht, scharrte er verlegen mit dem Fuß, bevor er den Mut aufbrachte, mit der Wahrheit herauszurücken: »Nun ja«, versuchte er mit der Wahrheit noch ein wenig hinterm Berg zu halten, »was man mit Geld eben so macht, wenn man zu viel davon ...«

»Raus mit der Sprache, ich habe nicht bis zum Sankt Nimmerleinstag Zeit!«

»Wie Ihr wahrscheinlich wisst, befindet sich unweit der Stadt eine Herberge, in der man ...«

»Die barmherzigen Schwestern, ich hätte es wissen müssen! Nichts anderes im Kopf, als sich mit lockeren Weibsleuten herumzutreiben – und das, obwohl ihr den Auftrag hattet, sicheres Geleit zu geben! Du hast dich übertölpeln lassen – schlimmer noch: Hättet ihr den Hundsfott nicht so leichtfertig ziehen lassen, wer weiß, ob er dann überhaupt seine Tat hätte begehen ...«

»Verzeiht, Herr, wenn ich störe, aber draußen wartet ein Mann, der Euch unbedingt zu sprechen wünscht.«

Wie immer, wenn Leandrius, gräflicher Advokatus und Schreiber, in Berengars Nähe kam, verschlechterte sich seine

Laune – sofern dies heute überhaupt möglich war. »Später!«, wehrte er kurz angebunden ab, aber Leandrius ließ nicht locker: »Wenn Ihr mir die Bemerkung erlaubt, Herr – was dieser Liutprand, seines Zeichens Mietstallbesitzer, zu berichten hat, könnte durchaus von Interesse für Euch sein!«

Kurz davor, dem Schreiber eine gehörige Abfuhr zu erteilen, überlegte es sich Berengar im letzten Moment anders. »Na gut!«, brummte er missvergnügt vor sich und gab dem Kriegsknecht zu verstehen, sich ebenfalls zurückzuziehen. »Lass Er ihn herein und nehme er diesen Einfaltspinsel gleich mit! Wir unterhalten uns später!«

∽∾∽

»Und dann hat er mir drei Gulden in die Hand gedrückt und gesagt, er muss am Donnerstagmorgen in aller Frühe los. Wie hätte ich da ahnen sollen, dass irgendetwas mit diesem Pfaffen nicht stimmt?«

»Wann also hast du ihn zum letzten Mal gesehen?«

»Dienstagabend.«

»Wie? Soll das etwa heißen, du –«

»So versteht doch, Herr!«, stieß der Mietstallbesitzer händeringend hervor. »Bei *der* Bezahlung gab es nicht den geringsten Anlass, Verdacht zu schöpfen! Wozu auch? Er war höflich, weit höflicher, als die hohen Herren mit unsereinem umzuspringen pflegen. Er hat mir ein fürstliches Handgeld bezahlt – und zwar so viel, dass ich mich für den Rest des Monats auf die faule Haut hätte legen können. Und er ist, ohne den geringsten Ärger zu machen, verschwunden! Wieso hätte ich da –«

»Mit anderen Worten: Du willst mir weismachen, dass du nicht mitbekommen hast, wie sich der Schuft gestern in aller Herrgottsfrühe aus dem Staub gemacht hat? Ganz einfach so – als habe er sich in Luft aufgelöst?«

»Ja«, lautete die klägliche Antwort.

»Fragt sich nur, wie das Ganze vonstatten gegangen sein

soll! Schließt du das Hoftor und den Stall eigentlich nicht ab?«

Liutprand kratzte sich verlegen am Kopf. »Um ganz ehrlich zu sein: Ich war nicht mehr ganz nüchtern!«, räumte er freimütig ein.

»Was soll das heißen?«

»Nicht mehr, als dass ich seit Dienstagabend – bei *dem* Handgeld. Ihr versteht ...«

»Ich verstehe gar nichts!«

»Das soll heißen, dass ich vorgestern den ganzen Tag über nicht mehr ganz nüchtern war. Oder anders ausgedrückt: Ich bin abends todmüde ins Bett gefallen und erst gestern früh wieder aufgewacht.«

»Schöne Bescherung!«, murmelte Berengar. »Und was ist mit dem Schlüssel? Wo bewahrst du ihn auf?«

»In meinem Haus – an einem Brett direkt neben der Tür.«

»Und weiter?«

»Er muss ihn sich geschnappt, das Tor entriegelt, aufgeschlossen und ihn anschließend wieder zurückgehängt haben. Und danach samt Reisewagen verschwunden sein.«

»Weißt du eigentlich, welche Art von Fracht sich darin befand?«

»Keine Ahnung, Herr!«

»Ist auch besser so.« Berengar strich über sein stoppeliges Kinn und warf den Fundstücken, die unmittelbar vor ihm auf dem Schreibtisch lagen, einen nachdenklichen Blick zu. »Da wird der gute alte Hilpert aber Augen machen, wenn er das erfährt!«, murmelte er vor sich hin.

»Verzeihung, Herr?«

»Ach nichts!«, wehrte der Vogt kopfschüttelnd ab, erhob sich und starrte mit nachdenklichem Blick zum Fenster hinaus. Gerade eben schlug die Glocke neun, und als ihr dumpfer Klang die nächtliche Stille durchbrach, richtete sich Berengar entschlossen auf. »Nur noch ein paar Stunden, dann zappelst du in unserem Netz!«, sprach er mit grimmiger Stimme.

»Wie belieben, Herr?«

»Schon gut, schon gut«, wiegelte Berengar ab und wandte sich wieder dem Mietstallbesitzer zu. »Ist dir außer der Beschreibung, die du mir von diesem Bastard gegeben hast, noch irgendetwas aufgefallen?«

Liutprand legte die Stirn in Falten und dachte nach. »Nein, nicht dass ich wüsste!«, antwortete er. »Wie gesagt, er machte einen ausgesprochen gepflegten Eindruck, nicht etwa wie die Wandermönche, Prediger und Scharlatane, die heuer durch die Lande ziehen. Ein schlanker, gut aussehender und – halt, jetzt fällts mir wieder ein! Da war etwas, das – nun, wie soll ich sagen – das man bei einem wie ihm nicht vermuten würde.«

Berengar wurde hellhörig und ging einen Schritt auf den Mietstallbesitzer zu. »Und was war das?«, fragte er.

»Er hat sich parfümiert, Herr – nach der Art, wie es die Welschen zuweilen tun.«

»Und wonach hat er gerochen?«

»Nach Lavendel, Herr – und zwar eine halbe Tagesreise gegen den Wind!«

༺༻

Bruder Joseph wusste, was nun gleich passieren würde. Aber zur Verwunderung der Kapuzenmänner, die ihn umringten, flehte er nicht um Gnade. Wenn schon sterben, dann hoch erhobenen Hauptes, dachte er, während sich sein Blick in der Schwärze der Nacht verlor.

Er hatte keine Angst vor dem Tod, nur davor, Benedicta im Stich zu lassen. Dies war das Einzige, das ihn jetzt, im Angesicht des Unvermeidlichen, überhaupt noch interessierte. Er würde nicht bei ihr sein können, wenn sie starb – ein Gedanke, der ihm großen Kummer bereitete.

Doch nicht lange, und sie würden sich wiedersehen. Der Gedanke daran verlieh ihm Kraft und sorgte dafür, dass er gelassen, ja geradezu heiter wirkte. Einzig die Fesseln, die ihm tief in die hinter seinem Rücken zusammengebundenen Handgelenke schnitten, taten ihm jetzt noch weh, aber in wenigen Augenblicken würde auch dieser Schmerz vergehen.

»Auf die Knie!« Bruder Joseph tat, wie ihm geheißen, und als er auf dem Waldboden kauerte, bereit, den tödlichen Streich zu empfangen, schlug die Glocke im Dachreiter der Klosterkirche neun Mal.

»Hast du uns noch etwas zu sagen?«, fragte eine weiche, ihm wohlvertraute Stimme, die im Heulen des Sturmes fast unterging. Bruder Joseph schüttelte den Kopf. Was gäbe es jetzt noch zu sagen – außer vielleicht, dass es keine 24 Stunden dauern würde, bis seine Mörder entlarvt wären?

Bruder Joseph lächelte stillvergnügt vor sich hin, was den Kapuzenmännern, die ihn umringten, natürlich nicht entging.

»Ich habe dich etwas gefragt!« Die Stimme des Mannes, der ihm von allen Menschen außer Benedicta am nächsten stand, nahm an Schärfe zu.

»Nicht dass ich wüsste.«

»Was hast du diesem Hilpert ins Ohr geflüstert, raus mit der Sprache!«

»Nichts von Belang!«, erwiderte der Novizenmeister, während ihm der Sturmwind das ergraute Haar zerzauste.

»Und dieser – wie heißt er doch gleich? – dieser Novize, von Rosenberg mit Namen: Warum hast du ihn in die Obhut des Stallmeisters gegeben? Etwa, um ihn vor uns in Sicherheit zu bringen?«

»Du sagst es.«

»Schlauer Plan: Hat einen unserer Brüder glatt das Leben gekostet!«

Bruder Josephs Kopf fuhr herum, während sich seine Augen vor Entsetzen weiteten. »Soll das etwa heißen, dass –«

»Das soll überhaupt nichts heißen!«, fuhr ihn der Anführer der Kapuzenmänner an, kaum noch fähig, sich zu beherrschen. »Außer dass deine Zeit endgültig abgelaufen ist. Es sei denn, du verrätst uns, was dieser Bastard von einem Inquisitor gegen uns im Schilde führt.«

»Ich weiß es nicht. Und selbst wenn, würde ich es bestimmt nicht –«

»Wirklich nicht?« Die Stimme war jetzt ganz nah, und aus dem Augenwinkel konnte Bruder Joseph sehen, dass der Kapuzenmann neben ihm niederkniete. »Wer weiß – vielleicht könnten wir Gnade vor Recht ergehen lassen!«

Bruder Joseph hob den Kopf und warf seinem Widersacher einen verächtlichen Seitenblick zu. Der eiskalte Wind riss ihm die Kapuze vom Kopf, aber er schien es nicht zu bemerken. »Gnade? Wie kannst du, Nichtswürdiger, überhaupt noch von Gnade reden – bei allem, was du und deine Henkersknechte angerichtet habt?«

Ein Lachen, wie es diabolischer nicht hätte klingen können, antwortete ihm. Doch so unerwartet es gekommen war, erstarb es auch wieder. Einen Moment lang herrschte Stille, nur der Wind, der haufenweise Blätter und lose Zweige umherwirbelte, war noch zu hören. »Du verkennst die Situation!«, hörte Bruder Joseph den Vermummten sagen, bevor er sich in stoischer Gelassenheit die Kapuze vom Kopf zog. »Denn wie heißt es so schön: ›Wer nicht für uns ist, ist gegen uns!‹«

Auge in Auge mit dem Mann, der sogar einmal als Nachfolger des verstorbenen Abtes gehandelt worden war, verschlug es Bruder Joseph zunächst die Sprache. Er konnte sich einfach nicht erklären, was diese Engelsgestalt so tief hatte stürzen lassen, fing sich aber schnell. »Wenn das dein letztes Wort ist, bin ich gegen euch!«, sprach er mit fester Stimme und wandte den Blick wieder von ihm ab. »Was immer ihr mit mir vorhabt, bringt es hinter euch!«

»Dein Wille geschehe!«, lautete die lapidare Antwort, bevor ihn ein paar kräftige Arme an den Rand einer Grube schleiften, die seine Widersacher zuvor ausgehoben hatten. Der Geruch von Fäulnis, Moder und frisch geronnenem Blut stieg ihm in die Nase. Als Bruder Joseph in die Grube blickte, krampfte sich ihm das Herz zusammen, war ihm doch der Leichnam, in dessen Kehle eine tiefe Wunde klaffte, wohl vertraut. Also auch du, Valentin!, schoss es ihm durch den Kopf, bevor er die Augen schloss, in Erwartung der Dinge, die nun unweigerlich geschehen würden.

Und so kam es, dass Bruder Joseph den Kapuzenmann, der sich unmittelbar hinter ihm platzierte, nicht mehr wahrnahm, ebenso wenig wie das Schwert, das er wie zum Spott über seinem Haupt kreisen ließ. In diesem Augenblick, dem letzten auf Erden, dachte er nur noch an Benedicta, selbst den Sturm, der die Kutten seiner Peiniger wie riesige schwarze Segel aufblähte, hörte er nicht mehr. Der Novizenmeister sprach ein Gebet. Es war wie ein Signal, auf das der Kapuzenmann hinter ihm nur gewartet zu haben schien. Er warf dem Mann mit der samtweichen Stimme einen kurzen Blick zu, und als dieser nickte, hob er die Klinge, bereit, sein blutiges Handwerk zu vollenden.

Als sich Bruder Joseph schon fast auf dem Weg zu seinem Schöpfer wähnte, stieg ihm ein Duft in die Nase, aber noch ehe ihm klar wurde, worum es sich handelte, wurde es für immer Nacht um ihn.

⁂

Die Wendeltreppe, die hinab ins Burgverlies führte, war schlüpfrig und schmal. Die Laterne des Kerkermeisters, dem Berengar mit nachdenklicher Miene folgte, warf überlebensgroße Schatten auf die roh behauenen Quader, und die Luft tief unter der Erde war stickig und schal. Der Vogt indes schien dies überhaupt nicht zu bemerken, denn er war so sehr mit sich selbst beschäftigt, dass er seine Umgebung kaum zur Kenntnis nahm.

Als er vor der Zellentür stand, hinter der die Waldeule und ihr Sohn Kaspar in völliger Dunkelheit dahinvegetierten, regte sich Mitleid in ihm. Ganz anders der Kerkermeister, dem deutlich anzumerken war, wie sehr ihn die nächtliche Störung verdross. Mit aufreizender Langsamkeit nahm er eine Fackel zur Hand, entzündete sie und steckte sie in einen eisernen Zylinder an der Wand. Dann sah er Berengar auffordernd an. Dieser zögerte, überwand jedoch seine Scheu und gab dem Kerkermeister ein Zeichen, die Zelle zu öffnen.

Wie schon am Tage zuvor brauchten seine Augen einige Zeit, um sich an die Dunkelheit in der fensterlosen, nur ein paar Schritt im Quadrat großen Zelle zu gewöhnen. Der übelriechende Duft, der ihm entgegenschlug, tat ein Übriges, aber noch ehe der Vogt seinen Fuß in die Zelle setzte, hallte ihm aus der Dunkelheit der Klang einer ihm wohlbekannten Reibeisenstimme entgegen: »Noch Fragen, edler Herr?«, krächzte die Alte, und als Berengar zunächst nicht antwortete, fügte sie hinzu: »Oder ist Euch der Fisch etwa schon ins Netz gegangen?«

»Nein, *noch* nicht!«, räumte Berengar freimütig ein, wenngleich der Klang seiner Stimme verriet, dass er der Lösung des Falles einen großen Schritt nähergekommen war.

»Mit anderen Worten: Ihr braucht unsere Hilfe«, entgegnete die Alte in belustigtem Ton. »Nur zu, hoher Herr: Ich bin ganz Ohr!«

»Ich wollte euch beiden ein Geschäft vorschlagen.«

»Sieh an, sieh an!«, meckerte die Alte, und obwohl man allenfalls erahnen konnte, wo sie sich befand, spürte der Vogt, dass ihre Augen vor Schadenfreude glänzten. »Dass ich das noch erleben durfte!«

Berengar ließ sich nicht beirren. »Euer Leben für eine kleine Gefälligkeit«, antwortete er, bemüht, möglichst viel Entschlossenheit in seine Worte zu legen.

»Und wer sagt Euch, dass uns unser Leben überhaupt noch etwas …«

»Männer viel böse!«, wurde die Alte plötzlich von einer tiefen, wenngleich nicht feindselig klingenden Stimme unterbrochen. »Kaspar viel Angst.«

»Das glaube ich dir!«, antwortete Berengar und wandte sich nach rechts, wo der Waldmensch mit verschränkten Armen an der Kerkerwand lehnte. »Aber du hast mein Wort: Wenn die Kerle erst einmal hinter Schloss und Riegel sind, seid ihr frei! Ihr könnt wieder nach Hause, kein Mensch wird euch je wieder etwas tun. Ihr könnt tun und lassen, was ihr wollt, und sollte euch irgendjemand auch nur ein Haar krümmen, kriegt ers mit mir zu tun, so wahr ich der Vogt des Grafen bin!«

»Und was müssen wir dafür tun?«, fragte die Alte mit lauernder Stimme.

»Aussagen – in einem Prozess. Und über alles berichten, was ihr vor zwei Tagen gesehen habt. Besonders du, Kaspar.«

»Anführer von böse Männer auch dabei?«

Berengar staunte nicht schlecht. Der Waldmensch schien wesentlich mehr zu wissen als vermutet, weshalb er seine Worte möglichst sorgsam wählte: »Wenn das heißen soll, dass du ihn kennst«, antwortete er behutsam, »könntest du ihn dann vielleicht auch beschreiben? Gesicht, Haarfarbe, Alter – alles, was eben so dazugehört?«

Kaspar nickte und richtete sich langsam zu voller Größe auf. »Glaube schon!«, murmelte er und schürzte die fleischigen Lippen. »Glaube schon!«

»Dann –«, Berengar schluckte, als er den Koloss in voller Größe vor sich stehen sah. »Dann solltest du das jetzt tun.«

»Kaspar sprechen mit Vogt, aber nur mit ihm allein.«

Berengar nickte, nahm dem Kerkermeister die Laterne aus der Hand und wies mit dem Kopf zur Tür. Kurz darauf fiel sie mit lautem Knarren ins Schloss. »Was also hast du mir zu sagen?«, fuhr er fort, einmal mehr verblüfft über die hünenhafte Gestalt und die Bärenkräfte, über die der Waldmensch zu verfügen schien. »Nur keine Angst – du kannst offen mit mir sprechen!«

»Anführer von Kapuzenmänner viel böse. Machen tot dicke Mann. Kaspar viel Angst.«

»Die brauchst du jetzt nicht mehr zu haben. Niemand wird dir etwas tun – mein Wort darauf.«

Beim Anblick der feuchten, blutunterlaufenen Augen, aus denen die Skepsis sprach, mit welcher der Waldmensch seine Worte aufnahm, wurde Berengar plötzlich mulmig zumute. Doch bevor er ihn weiter ermuntern konnte, fuhr Kaspar fort: »Anführer von böse Männer sehr jung, viel jünger als Kaspar ...«

»Was sagst du da?« Berengar, der den Waldmenschen, wenn überhaupt, auf höchstens 25 schätzte, war wie vom Donner gerührt. »Willst du etwa damit sagen, dass ...«

»Anführer nix Mann, noch nix Bart, fast ein Jüngling.«

Berengar war sprachlos. »Sag das noch mal!«, fuhr er Kaspar an und packte ihn am Arm. »Bist du dir da auch ganz ...«

»Kaspar genau gesehen. Anführer von böse Männer sehr jung. Machen Kesselflicker tot wie ein Stück Vieh.«

»Aber das ... aber das kann doch nicht sein.«

»Vogt glauben Kaspar etwa nicht?«

Erst jetzt bemerkte Berengar, wie taktlos er gewesen war, und er beeilte sich, seinen Fehler zu korrigieren. »Aber natürlich glaube ich dir!«, versicherte er dem Koloss, dem die Enttäuschung ins kindliche Gesicht geschrieben stand. »Es hört sich alles nur so ... so ganz und gar unwahrscheinlich an.«

»Der Mensch ist eben ein Tier – egal, wie jung oder alt er ist.«

Berengar, der die pessimistische Weltsicht der Waldeule an sich teilte, legte die Stirn in Falten und schwieg. Dass er einem Irrtum erlegen war, setzte ihm gewaltig zu, wenngleich er sich die größte Mühe gab, dies zu verbergen. Die Waldeule indes ließ sich nicht täuschen, sondern hakte unbarmherzig nach: »Sieht ganz danach aus, als hättet Ihr jemand anderen in Verdacht gehabt!«, feixte sie, wobei die Schadenfreude in ihren Worten nicht zu überhören war. »Ein Glück, dass es meinen Kaspar gibt, nicht wahr?«

»Da hast du zweifelsohne recht!«, murmelte der Vogt, dem allerdings nicht zum Scherzen zumute war. »Aber eines schwöre ich dir: Wer immer der Bastard ist – wir werden ihn kriegen!«

In der Absicht, sich ein wenig die Füße zu vertreten, ließ Berengar seinen Rappen im Stall und machte sich auf den Weg in die Stadt. Der Torwächter, wie fast immer um diese Zeit leicht bezecht, griente den Burgvogt zwar devot an, beeilte sich dann aber doch, die kleine, in das Burgtor eingelassene Pforte zu öffnen. »Soll Euch nicht doch einer von den Kriegsknechten ...«, lallte er, kaum imstande, sich auf den Beinen zu halten.

»Nein, soll er nicht!«, antwortete Berengar barsch, nahm eine Laterne vom Haken und schlug die Pforte hinter sich zu.

Er musste nachdenken, und das tat er am besten alleine – zumal er nicht in allerbester Stimmung war. Berengar zog den pelzgefütterten Umhang noch enger um die Schultern und nahm den kürzesten Weg. Hier droben kannte er jeden Stein, weshalb er die Laterne eigentlich gar nicht brauchte. Im eiskalten Wind, der ihm direkt ins Gesicht wehte, war sie ihm ohnehin kaum von Nutzen.

Auf halber Höhe zur Stadt blieb Berengar plötzlich stehen. Ohne recht zu wissen, warum, sah er sich rasch nach allen Seiten um. Es war eine mondlose Nacht, der Weg vor ihm wie ausgestorben. Berengar schüttelte unwillig den Kopf. Ganz allmählich machte sich bei ihm die Anspannung bemerkbar, unter der er seit Tagen stand. Denn wer, fragte er sich, wäre so verwegen, ihm kaum 300 Schritte von der Burg entfernt aufzulauern? Allein schon der Gedanke erschien ihm derart absurd, dass er ihn fast automatisch mit den Geschehnissen der letzten Tage in Verbindung brachte. Er brauchte Ruhe, und das möglichst bald. Das wusste er nur zu gut. Ruhe und ein wenig Wein, und zwar vom besten, der im Keller der Burg zu finden war.

Wie viel Zeit Hilpert und ihm wohl noch blieb? Kaum hatte er sich die bange Frage gestellt, schlug die Glocke im Turm der

Stiftskirche neun Mal. Höchste Zeit also, seinen Weg fortzusetzen. Für Tafelfreuden, ganz gleich welcher Art, war später noch genügend Zeit.

Mit jedem Schritt, den er tat, wuchs indessen die Unruhe in ihm, und als die Häuser der Stadt zum Greifen nahe waren, hörte er plötzlich ein Geräusch. Woher es kam, wusste er nicht genau, aber er blieb trotzdem stehen und sah sich blitzschnell um. Nach einer Weile dachte er, er bilde sich alles nur ein, aber als er das Geräusch dann zum zweiten Mal hörte, fuhr seine Hand zum Schwert.

Der Mann im dunklen Umhang tauchte so plötzlich auf, dass Berengar nicht einmal Zeit blieb, die Klinge blank zu ziehen. Klein von Wuchs, spindeldürr und nicht einmal annähernd so kräftig wie der Vogt, bewegte er sich jedoch mit solch katzengleicher Gewandtheit fort, dass er es mit jedem Gegner, selbst einem vom Schlage Berengars, aufnehmen konnte.

Es wäre ihm ein Leichtes gewesen, ihn mit seinem Dolch zu töten – das war Berengar sofort klar. Und als könne er seine Gedanken lesen, riss der Gnom mit dem schwarzen Umhang die Arme empor und sprach: »Keine Angst, Vogt – ich komme in friedlicher Absicht. Und keinesfalls, um Euch zu töten.«

»Tritt näher, dass ich dich besser sehen kann! Und keine falsche Bewegung, sonst ...«

Der Gnom lachte leise in sich hinein, bevor er entgegnete: »Mit Verlaub, edler Herr: Wenn ich es darauf angelegt hätte, wärt Ihr jetzt schon tot.«

Berengars Griff um den Schwertknauf verfestigte sich, und für den Bruchteil eines Augenblicks spielte er mit dem Gedanken, es dem Fremden kräftig heimzuzahlen. Dann aber, ganz gegen sonstige Gewohnheiten, stieß er seine Waffe wieder in die Scheide zurück.

»Ihr seid ein kluger Mann, Vogt!«, bekräftigte der Gnom, und Berengar wurde das Gefühl nicht los, dass er ihn zum Besten hielt. »Ein Ritter von echtem Schrot und Korn!«

»Genug gescherzt – sag, was du mir zu sagen hast! Und vor

allem – tritt näher! Wenn ich dich schon nicht kenne, möchte ich wenigstens dein Gesicht sehen!«

Kaum hatte der Vogt geendet, bereute er sein Ansinnen auch schon. Als Kriegsmann und vor allem während der letzten drei Tage war ihm manch grausamer Anblick nicht erspart geblieben, aber so etwas wie die Fratze, die sich unmittelbar vor ihm in die Höhe schraubte, hatte er sein Lebtag noch nicht gesehen. Sie war abgrundtief hässlich, von einer Art, wie es sie kein zweites Mal gab. Berengar wich instinktiv zurück, wiewohl er sich von dem Anblick, der sich ihm bot, nicht losreißen konnte. Dort, wo sich bei anderen Menschen individuelle Konturen abzeichneten, befand sich bei dem Gnom nichts anderes als welke, wie angesengt wirkende Haut, die sich über ein Paar deutlich hervorstehende Wangenknochen spannte. Das einzig Intakte an dem Mann, seine Ohren, stachen deutlich aus dem dürftigen Haarkranz hervor, wenn man von den mausgrauen Augen, die unter dem Rand einer schäbigen Mütze hervorspähten, einmal absah.

»Der Mann ohne Gesicht – noch nie von mir gehört?«, gluckste der Gnom und stieß seinen Dolch in die Scheide. »Wo man doch annehmen sollte, Euch seien sämtliche Galgenvögel der Stadt bekannt!«

Bis sich der Vogt wieder gefasst hatte, verging einige Zeit. Dann aber sprach er: »Sollte man – in der Tat. Aber du bist sicherlich nicht hierher gekommen, um mit mir zu plaudern?«

»Ganz gewiss nicht, edler Herr, ganz gewiss nicht!«

»Was also ist dein Begehr?«

»Euch am unerschöpflichen Vorrat meiner intimen Kenntnisse über diese Stadt teilhaben zu lassen. Auf dass Ihr nach Kräften davon profitieren möget.«

»Etwas deutlicher, wenns beliebt.«

»Warum so harsch, Hochwohlgeboren?«, greinte der Gnom und zog sich beleidigt zurück. »Kein Herz für die Geächteten dieser Welt, was?«

»Wer schickt dich? Raus mit der Sprache: In wessen Auftrag bist du hier?«

Der Gnom, offenbar durch nichts aus der Ruhe zu bringen, grinste Berengar schelmisch an. Dann aber, als er merkte, dass die Geduld des Vogtes nahezu erschöpft war, warf er rasch ein: »In dem seiner Exzellenz – besser bekannt als Frollo, König der Diebe, den Ihr vor nicht allzu langer Zeit um eine kleine Gefälligkeit zu bitten geruhtet!«

Berengar horchte auf. Mit allem hatte er gerechnet, nur nicht damit, so schnell wieder von Frollo zu hören. »Und wie lautet deine Botschaft?«, drängte der Vogt mit wachsendem Interesse.

»Nicht gar so geschwind!«, entgegnete der Gnom mit einem Grinsen, das seine Zähne wie die Spitzen einer Forke erscheinen ließ. »Und der Reihe nach, wenns beliebt!«

»Wenn du heruntergekommener kleiner Galgenvogel glaubst, du könntest mich hier zum –«

»Schon gut, schon gut!«, lenkte der Fremde ein. »Zur Sache! Also: Ich bin der Mann, der Euch weiterhelfen kann!«

»Und warum ausgerechnet du?«

»Weil ich der Letzte bin, der diesen alten Hurenbock von einem Kesselflicker gesehen hat – und zwar lebend! Und diesen parfümierten Pfaffen, der allen Ernstes geglaubt hat, als Pfeffersack durchgehen zu können, mit dazu!«

»Du hast was?!?«

»Ihr habt richtig gehört, Hochwohlgeboren!«, antwortete der Gnom. »Damit wir uns aber richtig verstehen: Das, was ich Euch zu sagen habe, gibt es nicht umsonst!«

»Kommt drauf an, wie wertvoll es für mich ist.«

»Da kann ich Euch beruhigen«, schmunzelte der Gnom. »Wenn ich Euch den Pfaffen damit nicht ans Messer liefere, mag mich glatt der Teufel holen!«

»Woher willst du überhaupt wissen, dass ich hinter ihm her bin?«

»Erfahrung, Hochwohlgeboren. Jede Menge Erfahrung«, winselte der Gnom und rieb sich die Hände. »Aber lassen wir das! Also: Vor nicht ganz drei Tagen, etwa zwei Stunden nach Sonnenuntergang, kam der gute alte Gisbert des Weges und ...«

»Wie? Du kennst ihn?«

»Wer, bitte schön, kennt Gisbert den Kesselflicker nicht? Mag sein, dass man sich seiner Dienste in Euren Kreisen eher selten bedient –«

»Welcher Dienste?«

»Hehlerei, Schmuggel, ein wenig Kuppelei – einfach alles, was das Herz begehrt!«, antwortete der Gnom mit unverhohlener Ironie. »Was Wunder, dass er Euch noch nicht aufgefallen ist.«

Berengar, dessen Ungeduld fast den Siedepunkt erreicht hatte, verkniff sich eine Antwort und sah ihn herausfordernd an: »Und was, bitte schön«, äffte er dessen Fistelstimme nach, »sollte an dem, was dieser alte Halunke mit seinem Spießgesellen ausgeheckt hat, Interessantes sein?«

»Dass er die Stadt Hals über Kopf hat verlassen wollen. Und zwar mitten in der Nacht.«

»Weshalb er sich vertrauensvoll an dich gewandt hat.«

»Hört zu, Hochwohlgeboren, wenn Ihr glaubt, dies sei ein Verhör, dann –«

»Dann was?!«, vollendete Berengar und baute sich drohend vor dem Gnom auf. »Nur zu: Ich bin ganz Ohr!«

»Schon gut, schon gut – was wollt Ihr wissen?«

»Alles!«, lautete die Antwort. »Und damit du es gleich weißt: Für den Fall, dass du mich über den Tisch ziehen willst, wartet droben in der Burg bereits ein lauschiges Plätzchen auf dich!«

⁂

»Und das ist alles?«, brummte Berengar, als der Gnom mit seiner Erzählung am Ende war.

»Bei meiner Ehre – das ist es!«

Der Vogt konnte sich ein Lächeln nicht verkneifen. »Gaunerehre wäre wohl richtiger!«, fügte er hinzu.

»Ganz wie Ihr wollt! Aber seien wir einmal ehrlich, Vogt: Wer von uns beiden richtet den größeren Schaden an? Ich oder diese Bestie von einem Pfaffen, der den alten Gisbert oder wen auch immer auf dem Gewissen hat? Ein kleiner Tagedieb, den der Kerkermeister aus purer Langeweile mit siedendem Pech –«

»Wie viel bin ich dir schuldig?«, warf Berengar rasch ein, nicht zuletzt deshalb, um dem Gespräch eine andere Wendung zu geben. Zunächst sah es auch danach aus, als recke ihm der Gnom die offene Hand entgegen, aber gerade als Berengar nach seiner Geldkatze griff, überlegte er es sich kurzerhand anders: »Mehr, als Ihr mir je bezahlen könnt!«, feixte er und verschwand so plötzlich, wie er gekommen war.

⸻

Wie an jedem Freitag war die Schenke zum ›Wilden Mann‹ bis auf den letzten Platz gefüllt. Es war zwar nicht die feinste Gesellschaft, die sich um den massiven Schanktisch drängte, aber nichtsdestotrotz herrschte in puncto Ausgelassenheit kein Mangel. Ein jeder, der zwielichtige Geschäfte betrieb, fand sich hier ein, und wäre Berengar darauf aus gewesen, möglichst viele Galgenvögel hinter Schloss und Riegel zu bringen, wäre er rasch fündig geworden. Ob Taschendieb oder Hehler, Falschmünzer oder Hure – alle waren sie hier vertreten. Die Luft in dem niedrigen, nur etwa 10 Schritte im Quadrat großen Schankraum war zum Schneiden dick, und es roch nach billigem Wein. Im Schein der Öllampen sahen die Gesichter der Zecher und grell geschminkten Huren wie die von wiederauferstandenen Toten aus. Kein anständiger Bürger würde sich jemals hierher verirren – dies war dem Vogt auf Anhieb klar.

Und so kam es, dass auch Berengar zunächst zögerte, bevor er seinen Fuß über die Schwelle der Spelunke setzte. Da er es jedoch eilig hatte, gab er sich einen Ruck und trat ein.

Kaum hatten die Zecher den Vogt erkannt, wurde es totenstill, und wie auf Kommando richteten sich sämtliche Blicke zur Tür. Feindselige Bemerkungen machten die Runde, gedämpft zwar, aber immerhin laut genug, dass Berengar sie verstand. Trotz allem jedoch tat er so, als bekäme er davon nichts mit, wenngleich er damit rechnete, jeden Moment zum Schwert greifen zu müssen. Ehe es freilich dazu kam, nahm ihn der Wirt vom ›Wilden Mann‹ beiseite und führte ihn in den angrenzenden Raum, in dem er außer ein paar Fässern Wein seine Vorräte zu lagern pflegte.

Nachdem sich Sigurd ohne ein Wort zu sagen, dafür aber mit umso mehr Verbeugungen zurückgezogen hatte, tauchte hinter einem Vorhang der König der Diebe auf. Noch keine zwei Stunden war es her, dass Berengar ihn am Maintor getroffen hatte, aber trotzdem schien er auf merkwürdige Weise verändert: »Hat Euch mein Bote erreicht?«, fragte er mit gedämpfter Stimme, was der Vogt denn auch umgehend bejahte.

»Zufrieden?«

Berengar nickte und warf dem zerlumpten Mann mit der Hakennase und den Raubvogelaugen einen kurzen Blick zu. Er war kein Galgenvogel wie jeder andere – das konnte man auf Anhieb sehen. »Hat mich auch einiges gekostet!«, warf er ein, fügte jedoch postwendend hinzu: »Aber was tut man nicht alles, um der Obrigkeit gefällig zu sein!«

»Mag sein, aber wer weiß, wozu es dir einmal nützlich sein kann.«

»Wohl gesprochen, Vogt«, pflichtete Frollo Berengar bei. »Wobei – mit Verlaub – dem hochwohlgeborenen Herrn Vogt klar sein dürfte, dass wir um Euretwillen ein ziemlich hohes Risiko eingegangen sind.«

»Wie meinst du das?«, fragte Berengar und ging einen Schritt auf Frollo zu.

»Wie ich das meine? Ich glaube, das wisst Ihr nur allzu gut.« Der König der Diebe warf dem Vogt einen grimmigen Blick zu. »Dieser Kerl, hinter dem Ihr her seid – dieser Teufel im Gewand eines Pfaffen, sollte ich wohl sagen –, nun, dieser Hurensohn ...«

»Nur zu, ich bin ganz Ohr!«

Der König der Diebe senkte den Blick. »Ach, nichts!«, wehrte er plötzlich ab und tat so, als sei nichts gewesen. »Nur so ein Gedanke!«

Doch Berengar ließ nicht locker. »Teufel im Pfaffengewand – was soll das heißen?«, hakte er unbarmherzig nach. »Raus mit der Sprache!«

»Was das heißen soll?«, giftete Frollo und warf dem Vogt einen vielsagenden Blick zu. »Nun gut, wenn Ihr darauf besteht: So etwas wie diesen Kerl, diese Bestie in Menschengestalt hat es hier bei uns seit Menschengedenken nicht gegeben. Niemand, nicht einmal der Abgebrühteste unter meinen Leuten, wäre imstande, so etwas ...« Frollo versagte die Stimme, jedoch nicht, wie Berengar zu seinem Erstaunen bemerkte, um ihm irgendwelche Zugeständnisse zu entlocken.

»Was soll das heißen?«, herrschte der Vogt den König der Diebe voller Ungestüm an. »Was hast du gesehen?!«

»Gesehen? Ich? Nichts!«, beteuerte Frollo und wich einen Schritt zurück. »Ich nicht, aber ... aber einer von meinen Leuten!«

»Und wer?«

»Bodo der Beutelschneider. Treibt sich jeden Tag am Stadttor rum.«

»So auch am Mittwochmorgen?«

Frollo nickte. »Exakt!«, bekräftigte er, vermied es jedoch, dem Vogt in die Augen zu sehen. »Obwohl er seitdem kaum noch ansprechbar ist.«

»Und wo finde ich diesen ... diesen ...«

»Bodo? Hier!«, vollendete Frollo und schob mit theatralischer Geste den Vorhang zur Seite, der den Raum von einer Art Warenlager trennte. Bodo der Beutelschneider, nicht viel mehr als ein Häuflein Elend, dem die Furcht vor dem Vogt ins Gesicht geschrieben stand, trat unschlüssig auf der Stelle und fingerte an seinem Filzhut herum, ein Requisit, das wie sein kreidebleicher, kaum dem Knabenalter entwachsener Besitzer weitaus bessere Tage erlebt zu haben schien.

»Und was hat Er uns zu berichten?«, fragte Berengar, kaum mehr imstande, seine Neugier zu zügeln.

»Weit mehr, als Ihr je zu träumen wagtet!«, antwortete Frollo, während sich sein Blick spürbar zu verhärten begann. »Und der Teufel soll mich holen, wenn ich Euch damit nicht weiterhelfen kann!«

66

Sub terram, zwei Stunden vor Mitternacht

Als sie das Geräusch von Schritten hörte, hielt Laetitia den Atem an. Der Ekel vor ihrem Peiniger saß tief, so tief, dass es ihr eiskalt den Rücken hinunterlief. Besonders der Klang seiner Stimme, mit das Widerwärtigste, was ihr im Leben begegnet war, hatte sich ihr unauslöschlich eingeprägt, und wenn sie an seine Drohungen dachte, stieg unweigerlich Panik in ihr auf.

Laetitia formte den Mund zu einem Schrei, aber der Knebel saß immer noch so fest, dass außer einem erstickten Röcheln nichts zu hören war. Wenn doch nur die Kapuze über ihrem Kopf nicht gewesen wäre! Wie schon so häufig zuvor, bewegte sich Laetitia ruckartig hin und her, verfiel sie fast in Raserei – mit dem Ergebnis, dass ihr die Fesseln fast das Blut abschnürten.

In ihrer Verzweiflung kamen Laetitia die Tränen, doch dann hielt sie plötzlich inne. Kein Zweifel – die Ratten, eben noch im Begriff, sich auf sie zu stürzen, hatten es sich anders überlegt und stoben nach allen Seiten davon. Ein vielstimmiges Quieken, Zischen, Getrippel – dann waren sie verschwunden.

Kaum war dies geschehen, wurde ihr der Grund hierfür klar. Keine 10 Schritte entfernt, ohne dass Laetitia gemerkt hätte, dass sie überhaupt existierte, hörte sie jemanden an einer Tür rütteln. Fürs Erste war sie erleichtert, denn hätte es sich um ihren Peiniger gehandelt, wäre er im Besitz eines Schlüssels gewesen. Aber wenn nicht er – wer dann? Etwa Bruder Hilpert, der ihr im letzten Moment zu Hilfe kam? Oder sein Schützling, der freundliche Novize? Oder gar der Vogt? Ihr Pech, dass sich die Tür nicht öffnen ließ, denn nach ein paar weiteren, offenbar erfolglosen Versuchen hörte das Rütteln auf und die Schritte entfernten sich.

Laetitia schickte ein Stoßgebet zum Himmel, aber kurz darauf war sie wieder allein, die Stille ringsum vollkommen.

∞

Bruder Hilpert schloss die Augen, packte die Klinke und stemmte sich mit aller Kraft gegen die Tür. Doch es war umsonst. Wo immer sie auch hinführte, die eiserne Pforte ließ sich nicht öffnen. Er musste sich einen anderen Weg ins Freie suchen.

Noch immer war es stockdunkel, sein Körper vor Kälte fast taub. Schon längst hatte er jegliche Orientierung verloren, und allmählich begannen seine Kräfte zu erlahmen. Umkehren wäre die einfachste Lösung gewesen, aber damit wäre sein Plan, den geheimen Fluchtweg seiner Widersacher ausfindig zu machen, endgültig gescheitert.

Also weiter – aber wohin? Je weiter er sich talabwärts bewegte, umso mehr begann er zu frieren. Wenn überhaupt, musste er bald einen Ausstieg finden, denn es war so kalt, dass er seinen Unterleib kaum noch spürte. Die Kälte stach wie tausend spitze Nadeln in seine Haut, und schon längst war er völlig steifgefroren. Hinzu kam, dass der Tunnel immer niedriger wurde, was das Vorwärtskommen ungemein erschwerte.

Doch dann, kurz vor dem Aufgeben, hatte er es endlich geschafft. In Höhe des Kapitelsaales stieß Hilpert auf einen Gang, der von der Wasserleitung abzweigte und von dort aus nach oben führte. Froh darüber, der quälenden Enge entronnen zu sein, atmete der Inquisitor auf und folgte den ausgetretenen Stufen, von denen er annahm, sie würden ins Freie führen.

Doch er hatte sich zu früh gefreut, denn nach etwa einem Dutzend weiterer Stufen endete der Gang wie im Nichts. Der Verzweiflung nahe, brauchte Hilpert einige Zeit, um sich zu orientieren, was der Umstand, dass dies in völliger Dunkelheit geschah, nicht gerade erleichterte. Doch wie zuvor hatte er auch diesmal Glück, als er nach längerem Suchen auf eine gusseiserne, etwa eine Elle im Durchmesser große Winde stieß. Hilpert frohlockte, wenn auch nur kurz. Denn noch war er nicht am Ziel, ganz abgesehen davon, dass er nicht wusste, was ihn jenseits der Geheimtür erwartete, hinter der er sich aller Wahrscheinlichkeit nach befand.

Trotzdem blieb ihm nichts anderes übrig, als sein Glück zu versuchen, und nachdem er tief Luft geholt und ein Stoßgebet zum Himmel geschickt hatte, packte der Inquisitor zu und drehte die Winde mit aller Kraft nach unten. Wie er rasch feststellte, hätte es keiner derartigen Anstrengung bedurft, denn schon nach kurzer Zeit wurde die Dunkelheit durch einen schwachen, sich stetig vergrößernden Lichtstrahl erhellt.

Als die Steinplatte, unter der sich der Einstieg zum Gang befand, einen Spalt weit in die Höhe gehoben war, riskierte Hilpert einen vorsichtigen Blick, nur um fassungslos vor Staunen zurückzuprallen. Was er nie und nimmer für möglich gehalten, wenn auch insgeheim gehofft hatte, war Wirklichkeit geworden: Nicht nur befand er sich innerhalb des Klosters, sondern direkt in der Kirche, keine 10 Schritte vom Chorgestühl entfernt, wo Bruder Thomas, der Sakristan, gerade damit beschäftigt war, die Kerzen für die Vigilien zu entzünden.

Um nicht entdeckt zu werden, trat Hilpert möglichst rasch wieder an die Winde, drehte den Griff nach oben und atmete hörbar auf, als sich der Einstieg zum Schacht über ihm schloss. Dann trat er den Rückweg an.

Er hatte genug gesehen.

67

Köhlerhütte, kurz vor Mitternacht

EINE AHNUNG, BALD schon Gewissheit, ergriff mit unwiderstehlicher Kraft Besitz von ihr. Benedicta stöhnte leise auf, während die Schatten, die das Herdfeuer an die Decke der Köhlerhütte warf, allmählich länger wurden. Joseph, *ihr* Joseph, würde nicht wiederkommen. Weder am nächsten noch am Abend darauf. Nie mehr.

Die Erkenntnis kam plötzlich, wenn sie auch nicht wusste, woher. Aber sie wusste, dass Joseph nicht mehr am Leben war, und nur das zählte jetzt noch für sie. Wenn erst der letzte Schritt getan und sie von dieser Welt, die keinerlei Bedeutung mehr für sie besaß, geschieden war, würde sie ihn wiedersehen. Und mit ihm beisammen sein – bis ans Ende aller Tage.

Ein Lächeln glitt über Benedictas Gesicht, und ihre verhärmten Züge begannen sich zu entspannen. Fast schien es, als sei sie wieder jung, gerade einmal so alt wie zu der Zeit, als sie Bruder Joseph zum ersten Mal traf. Und so staunte Bruder Friedhelm, der mit einem Bündel Brennholz zur Tür hereinkam, nicht schlecht, als er eine regelmäßig atmende, sich allem Anschein nach auf dem Wege der Besserung befindende Patientin antraf. Folglich ließ er sich mit dem Anfachen des Herdfeuers ein wenig Zeit, um dann, einen Becher Kräutersud in der Hand, nach Benedicta zu sehen.

Als er an das Lager seiner Patientin trat, hatte sie die Hände gefaltet und sah mit einem Lächeln auf den Lippen zur Decke empor. Bruder Friedhelm wollte etwas sagen, hielt dann aber mit geöffnetem Mund inne, während ihm der Trinkbecher langsam aus den Händen glitt.

Kurz darauf, als er seine Fassung wiedergewonnen hatte, ging er neben dem ärmlichen Lager auf die Knie und faltete die Hände zum Gebet. Dann erhob er sich und griff so behutsam wie möglich nach der Schriftrolle, die sich zwischen den gefalteten Händen der Toten befand.

Es gab noch viel für ihn zu tun.

68

Hospiz, noch 10 Stunden

VALENTIN VON HELFENSTEIN war ein weitgereister Mann. Ob Reichstag oder Kurie, Fürstenhof oder Turnier – kein Ort dieser Welt, der ihm fremd gewesen wäre. Auf das, was ihn im Konvent der Zisterzienser zu Bronnbach erwartete, war er freilich nicht gefasst.

Angefangen bei dem kärglichen Mahl, das man ihm im Refektorium vorgesetzt hatte, bis hin zu dem Wein, den er der Höflichkeit halber gekostet und als schlichtweg ungenießbar empfunden hatte, war seit seiner Ankunft in der Abtei so ziemlich alles schiefgelaufen, was überhaupt schief gehen konnte. Die Mönche, manche von ihnen verängstigt, andere wiederum von geradezu verstockter Natur, gingen ihm so weit wie möglich aus dem Weg, und es war ihm nicht gelungen, überhaupt nur ein Wort aus ihnen herauszubekommen. Wohin er auch ging, mit wem er auch sprach – die allgegenwärtige Mauer des Schweigens, auf die er bei seinen Bemühungen stieß, war unüberwindbar. Schon jetzt, nach nicht einmal einem halben Tag, verfluchte er sich für sein großspuriges Verhalten, weswegen er denn auch prompt von seinem Herrn in die einsame Abtei an der Tauber entsandt worden war.

Seis drum!, dachte er bei sich, während er frierend und übellaunig auf seinem primitiven Bettgestell saß, eines ist jetzt schon klar: Hier geht es gewiss nicht mit rechten Dingen zu! Dass die Gerüchte, die bis an den fürstbischöflichen Hof zu Würzburg gedrungen waren, der Wahrheit entsprachen, daran hegte er schon jetzt keinen Zweifel mehr, ebenso wenig daran, dass sich ein Großteil der Mönche entweder bereits im Bann der Teufelsanbeter befand oder dermaßen eingeschüchtert war, dass ein Gespräch mit ihnen die Mühe nicht lohnte.

Mit allen – außer einem. Zwar war ihm das Verhalten des Novizen, der den Weinkrug für Armenpfründner hatte fallen lassen, reichlich sonderbar vorgekommen, doch hatte sich dies zum Glück nicht bestätigt. Heilfroh, wenigstens auf ein einziges Mitglied des Konvents zu treffen, das ihm bereitwillig Auskunft gab, hatte ihn von Helfenstein nach einem kurzen Gespräch zu sich ins Hospiz gebeten, der Grund, warum er jetzt, etwa eine halbe Stunde vor Mitternacht, immer noch nicht zu Bett gegangen war.

Gerade wollte es sich der bischöfliche Visitator ein bisschen bequem machen, als ihn ein leises Klopfen aufhorchen ließ. »*Intrate!*«[*], rief er erleichtert aus, sprang auf und legte einen pelzgefütterten Umhang um die Schultern. »Es ist offen!«

»Euer Gnaden!« Der blondgelockte Novize, trotz seiner 16 Lenze fast noch ein Knabe, senkte das Haupt und verbeugte sich. Vielleicht war gerade das der Grund, weshalb Valentin ihn auf Anhieb sympathisch fand, vielleicht aber auch die Ehrerbietung, mit der er ihm gegenübertrat. »Du kommst reichlich spät!«, konnte sich der Visitator einen leichten Tadel trotzdem nicht verkneifen, was den Jüngling denn auch prompt erröten ließ.

»Euer Gnaden mögen verzeihen!«, erwiderte Angelus in unterwürfigem Ton. »Aber bevor ich mich zu Euch begab, wollte ich Bruder Joseph, den Novizenmeister, noch um Erlaubnis bitten.«

»Und – wurde sie dir gewährt?«

»Mitnichten.«

»Was soll das heißen?« Einen Becher Wein in der Hand, den er sich soeben eingegossen hatte, fuhr von Helfenstein abrupt herum. »Gibt es denn im Augenblick Wichtigeres,

---
[*] dt.: Tretet ein!

als vom Notarius des Bischofs zu einem Gespräch gebeten zu werden?«

Der Novize senkte den Blick und entgegnete in rätselhaftem Ton: »Natürlich nicht, Euer Gnaden, wenngleich ...«

»Nun aber raus mit der Sprache!«, fuhr von Helfenstein so heftig dazwischen, dass der ungeliebte Klosterwein über den Rand seines Bechers schwappte. »Nimmt mich denn in diesen Mauern niemand ernst?!«

Ein Lächeln, das von Helfenstein nicht recht zu deuten wusste, huschte über das Gesicht des Novizen, bevor er erwiderte: »Aber selbstverständlich, Euer Gnaden – wie könnt Ihr nur daran zweifeln!«

Der Notarius unterließ es, die Replik des Novizen zu kommentieren, und nahm einen weiteren kräftigen Schluck, bevor er sich wieder an Angelus wandte: »Und dieser ... dieser ... wie heißt er doch gleich ...«

»Bruder Joseph, Euer Gnaden.«

»Ach ja – genau! Dieser Bruder Joseph ist –«

»– verschwunden, und zwar spurlos.«

Von Helfenstein schnappte nach Luft. »Verschwunden, sagtest du?!«, wiederholte er und starrte den Novizen mit fassungslosem Staunen an.

Wieder ein Lächeln, aber ungleich zweideutiger als zuvor. »So ist es, Euer Gnaden. Wir haben ihn die ganze Zeit über gesucht. Und ihn – Gott seis geklagt – bis jetzt nicht gefunden.«

»Wir?«

»Meine Mitbrüder und ich. Und einige der Fratres. Das halbe Kloster war auf den Beinen.«

Zu viel der Ehre!, dachte von Helfenstein bei sich, bevor er zu seinem eigentlichen Anliegen kam: »Ist Er sich bewusst, weswegen ich Ihn ... wie heißt Er eigentlich?«, fragte er zerstreut.

»Angelus, Euer Gnaden.«

»Aus Wertheim, sagst du?«

»In der Tat.«

Der Ton, in dem der Novize auf seine Frage antwortete, irritierte ihn, aber der Visitator ließ sich nichts anmerken und kam wieder auf die Verhältnisse in der Abtei zu sprechen: »Weißt du, warum ich dich hergebeten habe?«

»Ich kann es mir denken.«

»So? Interessant. Dann lass uns ohne Umschweife zum Thema kommen.« Von Helfenstein stellte den Becher auf dem Fensterbrett ab, fuhr mit Daumen und Zeigefinger über das glattrasierte Kinn und schlenderte gemächlich auf den Novizen zu. »Weißt du«, fragte er, bemüht, seiner Frage den Anschein des Unverbindlichen zu geben, »weißt du eigentlich, was Satanismus ist?«

Wenn von Helfenstein mit irgendeiner Art von Reaktion gerechnet hatte, sah er sich getäuscht. Das Gesicht des Novizen blieb gänzlich unbewegt, von einem kurzen, kaum wahrnehmbaren Aufblitzen der Augen einmal abgesehen: »Wenn ich ehrlich bin – nein!«, räumte er achselzuckend ein, wobei er den Anschein erweckte, als ob ihm dies außerordentlich peinlich sei. »Von derlei Dingen habe ich noch nie gehört, Euer Gnaden!«

»Wirklich nicht?«

»Bei dem heiligen Eid, den ich als Novize abgelegt habe – nein!«, fügte Angelus mit Nachdruck hinzu, während er sich hastig bekreuzigte. »Natürlich bin ich, wie unter den Dienern Gottes üblich, mit den Schlichen des Weltenverderbers vertraut und fest entschlossen, ihnen jederzeit auf das Heftigste zu widerstehen, aber was das von Euch erwähnte Phänomen ... wie nennt man es doch gleich wieder?«

»Satanismus.«

»Verzeiht, ich vergaß. Aber was die mir von Euer Gnaden gestellte Frage angeht, muss ich leider zugeben, dass ich – so leid mir es auch ...«

»Schon gut, schon gut. Inkommodiere Er sich nicht«, fiel von Helfenstein dem Novizen beschwichtigend ins Wort. »War nur eine Frage, nicht mehr.«

»Wobei es mir außerordentlich peinlich, um nicht zu sagen wirklich ...«

»Du stammst aus Wertheim, sagtest du?«, wechselte der Visitator abrupt das Thema, den der Redeschwall des Novizen mit wachsendem Unbehagen erfüllte. »Aus welchem Hause, wenn man fragen darf?«

Was als eher beiläufige Frage gedacht war, führte zu einer Reaktion, mit welcher von Helfenstein nie und nimmer gerechnet hatte. Das Gesicht des Novizen verfärbte sich, nicht etwa aus Verlegenheit, wie der bischöfliche Secretarius mit Erstaunen registrierte, sondern vor Zorn. Für den Bruchteil eines Augenblicks schien er sogar Gefahr zu laufen, die Beherrschung zu verlieren, hatte sich aber erstaunlich schnell wieder im Griff. Von Helfenstein, der so tat, als habe er nichts bemerkt, wurde stutzig, wiewohl er keine passende Erklärung für ein derartiges Verhalten fand.

»Aus dem Hause von Balthasar Wagenknecht, Weinhändler von Beruf!«, hörte von Helfenstein den Novizen sagen, aber nun war er es, dem es die Sprache verschlug. Kaum mehr in der Lage, sich auf das Gesagte zu konzentrieren, wurde er kreidebleich und starrte an Angelus vorbei ins Leere. Er schien über irgendetwas nachzudenken, und sein Blick verriet, dass es nichts Erfreuliches war.

Plötzlich fiel es ihm wie Schuppen von den Augen. Der Visitator stöhnte kaum hörbar auf und bekam weiche Knie. Die herablassende Art, mit der er Angelus gegenübergetreten war, war verschwunden und machte einem Zustand tiefer Niedergeschlagenheit Platz. Außerstande, etwas zu sagen, rang von Helfenstein um Fassung. Fast schien es, als habe ihm jemand einen tödlichen Hieb versetzt. Einen Hieb, den er nicht hatte parieren können.

»Ist Euch nicht wohl, Herr?«, fragte der Novize in heuchlerischem Ton und machte sich gar nicht erst die Mühe, das boshafte Flackern in seinen Augen zu unterdrücken. »Und wenn dem so wäre – wie kann ich Euch helfen?«

»Indem du darüber, worüber wir gerade gesprochen haben, Stillschweigen bewahrst!«, lautete die lapidare Antwort, während ein sichtlich ratloser Visitator zum Tisch ging, sich einen Becher Wein eingoss und ihn mit einem Zug hinunterspülte.

VIERTER TAG

69

Klosterkirche – Vigilien (1.35 Uhr)

NUR NOCH ACHT Stunden! Hilpert stand hinter der Mönchspforte und lauschte. Als er hörte, wie seine Mitbrüder das Dormitorium verließen, betrat er die Kirche und reihte sich so unauffällig wie möglich in ihre Reihen ein.

Wie immer herrschte dort eisige Kälte, und insgeheim wünschte sich Hilpert wieder in die Wärmestube zurück. Dies war jedoch unmöglich, kam jetzt doch alles darauf an, dass er seine Widersacher nicht aus den Augen ließ.

Als er das Chorgestühl erreichte, fielen dem Inquisitor vor Müdigkeit fast die Augen zu. Die Finsternis, nur durch ein paar Kerzen erhellt, tat ein Übriges. Wäre Bruder Ambrosius nicht gewesen, hätte er den Kampf gegen Morpheus bestimmt verloren. »Ihr seht müde aus«, flüsterte ihm der Cellerarius ins Ohr, und einen Moment lang war Hilpert versucht, ihn seiner Disziplinlosigkeit wegen zu tadeln. Da er jedoch nicht unnötig für Aufsehen sorgen wollte, tat er einfach so, als habe er nichts gehört.

Als der Kantor seinen Platz einnahm, um den vorgesehenen Choral zu intonieren, sah sich Hilpert so unauffällig wie möglich um. Niemand fehlte, selbst sein Widersacher nicht.

Nach außen ein Diener Gottes, im Herzen Jünger Satans – wie war das möglich? Eine Frage, die sich Hilpert zwar nicht zum ersten Mal stellte, aber eine, auf die ihm die passende Antwort bislang nicht eingefallen war. Eines wurde ihm immer deutlicher bewusst: Wenn er sie nicht beantwortete, würde es keine restlose Aufklärung des Falles geben.

Als Hilpert sein Psalter aufschlug, bemerkte er, dass der Cellerarius nach wie vor ganz auf ihn konzentriert und mit den Gedanken überhaupt nicht bei der Sache war. Hilpert blickte kurz auf, aber erst als sich ihre Blicke trafen, wandte sich Bruder Ambrosius wieder dem eigentlichen Geschehen zu.

»*Der Herr kennet den Weg der Gerechten, aber der Gottlosen Weg vergeht.*« Es war mitten im Psalm, als das Unerwartete geschah. So plötzlich, dass kaum einer der Anwesenden die sich anbahnende Katastrophe bemerkte.

Erst ein Rippenstoß des Cellerarius, so heftig, dass ihm beinahe die Luft wegblieb, riss den Inquisitor aus seinen Gedanken. In der Tat – irgendetwas war mit dem Ordensbruder schräg gegenüber nicht in Ordnung. Das war nicht zu übersehen. Doch wie so häufig, wenn Unerwartetes geschieht, waren die Zeugen des Geschehens wie gelähmt. Und das, obwohl es sich hier um einen ihrer Mitbrüder handelte. Bevor irgendjemand begriff, was geschah, fuhr er wie von einer Tarantel gestochen in die Höhe, verdrehte die Augen und brach anschließend mit Schaum vor dem Mund zusammen. Dann kam es über ihn. Er trat um sich, schrie, winselte, fluchte – und es gab niemanden, der ihm zu Hilfe kam.

Eine ganze Weile ging das so, ohne dass sich die Fratres aus ihrer Erstarrung lösten. Der junge Mann zuckte, verrenkte sich und tobte, was das Zeug hielt. Es war, als bekriegten sich sämtliche Teufel der Hölle in seinem Leib. Manche der Brüder, die schreckhaften allzumal, bekreuzigten sich gleich mehrere Male. Keiner, der nicht glaubte, in den sich in Krämpfen windenden Körper sei der Teufel gefahren.

Wiewohl einer der Letzten, die das sich anbahnende Unheil bemerkten, reagierte Bruder Adalbert, seines Zeichens Kantor und ansonsten nicht gerade die Entschlossenheit in Person, als Erster. Unter den entsetzten Blicken seiner Brüder, die ihren Augen nicht zu trauen glaubten, stürmte er auf das hölzerne Kruzifix zu, das sich nur wenige Schritte von ihm entfernt auf dem Altar befand. Ein rascher Handgriff, das Geräusch von splitterndem Holz – dann hielt er die beiden Teile des Altarkreuzes in der Hand. Ein Aufschrei antwortete ihm, aber der Kantor tat, als ließen ihn die Blicke und Zurufe seiner Mitbrüder völlig kalt. Bevor sich überhaupt jemand von der Stelle rührte, kniete er neben seinem wie entfesselt tobenden Bruder, drückte ihm die Kiefer auseinander und klemmte den kürzeren Teil des Altarkreuzes dazwischen. Den längeren warf er kurzerhand weg. Erst jetzt, da sich die Zähne des Gepeinigten tief in das reich verzierte Eichenholz gruben, ließ sein Anfall allmählich nach. Ein Zucken, Lallen, Geifern – dann war es vorüber.

Nun endlich, wenn auch reichlich spät, eilten die übrigen Mitglieder dem am Boden liegenden Mönch zu Hilfe. Seltsamerweise wagte es jedoch niemand, ihm nahe zu kommen, aus Furcht, der Dämon, der von ihm Besitz ergriffen zu haben schien, würde in ihn fahren. Ratlosigkeit machte sich breit. Bruder Adalbert, der neben dem Urheber des Aufruhrs kniete, sah die um ihn versammelten Fratres der Reihe nach an und gab ein lapidares »Was nun?« von sich, eine Frage, auf die keiner der Anwesenden eine Antwort parat zu haben schien.

Bruder Hilpert hielt sich ein wenig abseits. Im Gegensatz zu seinen Mitbrüdern, denen das Entsetzen immer noch ins Gesicht geschrieben stand, machte er ein zufriedenes, ja geradezu erleichtertes Gesicht. Dies sollte sich jedoch ändern, als er den Atem des Cellerarius im Nacken spürte. »Vom Teufel besessen – wer hätte das gedacht!«, flüsterte ihm dieser ins Ohr, worauf sich die Züge des Inquisitors augenblicklich verhärteten. »Und das ausgerechnet bei ihm!«

»Wie meint Ihr das?« Damit ihm nichts entging, blickte der Inquisitor stur geradeaus. Außerdem konnte er Heuchelei nicht ausstehen, ein Grund mehr für ihn, den Cellerarius einfach links liegen zu lassen.

Doch der ließ sich nicht so leicht abschütteln. »Wie ich es sage!«, lautete die unverblümte Antwort, hinter der Bruder Hilpert nicht zu Unrecht ein gerütteltes Maß an Hintersinn vermutete.

»Kommt zur Sache.« An sich war Hilpert ein geduldiger Mensch und verlor so gut wie nie die Beherrschung. Nicht so am heutigen Tage. Die Gegenwart des Cellerarius war ihm unangenehm, obwohl ihm natürlich klar war, dass er jeden Hinweis ernst nehmen musste, mochte er auch noch so unbedeutend erscheinen.

»Nicht hier.«

Trotz der harschen Replik ließ der Cellerarius nicht locker und rückte ihm noch näher auf den Leib. Bruder Hilpert stieß einen gequälten Seufzer aus. Der schwergewichtige Kellermeister war ihm zwar alles andere als sympathisch, aber man konnte ja nie wissen! »Und wo sonst?«, fragte er, ohne den Blick von dem Pulk seiner Mitbrüder abzuwenden.

»In der Sakristei.«

»Und wann?«

»Wenn sich die Aufregung ein wenig gelegt hat. Glaubt mir, Bruder – Ihr werdet es nicht bereuen.«

༺༻

»Und warum in der Heiligen Jungfrau Namen rückt Ihr erst jetzt damit heraus?«

»Aus Angst. Nur allzu verständlich, findet Ihr nicht auch?«

Bruder Hilpert, den es im Gegensatz zu seinem Gesprächspartner nicht mehr auf der schmucklosen Holzbank hielt, verschränkte die Hände auf dem Rücken und ging nachdenklich auf und ab. Er war sich sicher, dass ihm der Cellerarius noch längst nicht alles gesagt hatte, was er wusste, und das gab ihm natürlich zu denken. Und trotzdem: Das Mosaiksteinchen, nach dem er so lange gesucht hatte, war gefunden. Alles passte zusammen. Das Rätsel schien gelöst. »Angst – vor wem?«, gab sich Hilpert trotzdem betont streng, um dem Cellerarius so viel wie möglich zu entlocken.

Doch seine Quelle sprudelte längst nicht mehr so üppig wie zuvor. »Nicht so wichtig!«, wehrte der Kellermeister ab und wandte sich zur Tür, aus Angst, man könnte sein Gespräch mit Hilpert belauschen.

Doch so leicht gab dieser nicht auf: »Ach, noch etwas, Bruder Ambrosius –«, rief ihm der Inquisitor hinterher, als die Tür bereits einen Spalt weit offen war.

Der Cellerarius schrak zusammen und drehte sich auf dem Absatz um. »Ja?«

»Nicht wahr, Ihr seid Euch dessen bewusst, dass die gegenüber mir gemachte Aussage unwiderruflich ist? Und dass, sollte es dazu kommen, den Schuldigen den Prozess zu machen, Ihr verpflichtet seid, sie *coram publico** zu wiederholen?«

»Prozess?«, echote er mit betretener Miene.

»Aber gewiss doch! Oder habt Ihr etwa geglaubt, die Sache sei für Euch hiermit erledigt?«

Der Cellerarius wollte protestieren, besann sich jedoch eines Besseren. »Natürlich nicht«, antwortete er, neigte demütig das Haupt und verschwand.

∽∾∽

Bruder Hilpert faltete die Hände und warf sich vor dem Madonnenbild im nördlichen Querschiff auf die Knie. Die Abteikirche war in fast vollständiges Dunkel gehüllt, die Stille nahezu vollkommen.

Der Bann war gebrochen. Endlich. Hilpert atmete hörbar auf. Selbst die Muttergottes, deren Gesicht im Abglanz einer Kerze erstrahlte, schien zu lächeln.

Doch noch war er nicht am Ziel, das wusste er nur zu gut. Noch galt es, wachsam zu bleiben. Die Phalanx seiner Gegner wankte, war aber noch nicht durchbrochen. Was ihm fehlten, waren Beweise. Indizien gab es genug. Eindeutige Indizien. Und deshalb kam jetzt alles darauf an, dass Berengar seine Arbeit tat. Er hatte die seinige getan. Jedenfalls fast.

In seine Andacht vertieft, nahm der Inquisitor die Gestalt, die sich von der Dormitoriumstreppe aus näherte, zunächst kaum wahr, auch dann nicht, als der hagere Mönch im zerschlissenen Habit bereits geraume Zeit neben ihm stand. Erst

---
* dt.: vor aller Augen

als die Glocke im Dachreiter zweimal schlug, stand Hilpert auf, bekreuzigte sich und fragte: »Neuigkeiten?«

»Und ob.« Obwohl er vor Mitteilsamkeit fast zu platzen schien, rührte sich Bruder Jakobus so lange nicht von der Stelle, bis er sich der Aufmerksamkeit des Inquisitors sicher war.

»Nur zu, ich bin ganz Ohr«, sprach Hilpert und wandte sich seinem Gesprächspartner zu.

»Sie sind Vettern«, antwortete der Pförtner, während die tiefen Furchen in seinem Gesicht vor Aufregung vibrierten.

»Vettern? Wer?«

»Derjenige, der Euch nach dem Leben trachtete. Und einer der Novizen. Sie sind *Vettern*.« Obwohl Bruder Jakobus das letzte Wort ganz besonders betonte, wusste Hilpert nicht so recht, wie er auf die Neuigkeit reagieren sollte.

»Soso. Und wie habt Ihr das herausgefunden?«

»Purer Zufall. Wie Ihr sicherlich wisst, kann man in der Mönchschronik nachlesen, wann jedes einzelne Mitglied unseres Konvents ins Kloster eingetreten ist. Unser Hauptverdächtiger macht da keine Ausnahme.«

»Will heißen?«

»Will heißen, dass – warum auch immer – neben der Profession seines Vaters auch diejenige von dessen Bruder verzeichnet ist. Wahrscheinlich deshalb, weil sie zu den wohlhabendsten Bürgern Wertheims zählen.«

»Und seit wann ist dieser, dieser ...«

»Angelus, sein Vetter? Seit April letzten Jahres. Ich kann mich noch genau daran erinnern.«

»Wie das?«

»Nun, zum einen deshalb, weil ich an jenem Morgen – just zur gleichen Jahreszeit wie jetzt – an der Pforte meinen Dienst versah. Als er mit seinem Vater hier ankam, meine ich.«

»Und weshalb ist das Ganze so genau in Eurem Gedächtnis haften geblieben?«

»Weil ich noch nie einen so zornigen jungen Mann zu Gesicht bekommen hatte. Jedenfalls nicht, seit ich Mitglied des hiesigen Konvents geworden bin. Und das ist bekanntlich schon lange her.«

»Zornig – aber warum?«

»Keine Ahnung. Soweit ich mich an das Gespräch mit seinem Vater entsinnen kann, war kurz vorher seine Mutter gestorben. Mag sein, dass das mit ein Grund für seine Zerknirschtheit war. Aber da war noch etwas anderes.«

»Und was?«

»Zwischen Vater und Sohn schien eine merkwürdige Art von – nun, Spannung ist vielleicht das falsche Wort ... ehrlich gesagt weiß ich auch nicht wie ich das ausdrücken ...«

»Schon gut, Bruder, ich kann mir schon denken, was Ihr meint.«

Bruder Hilpert strich sich mit Daumen und Zeigefinger über das Kinn und stand eine Weile schweigend da. Dann fragte er: »Und sein Vater ist –?«

»Weinhändler. Und ein schwerreicher obendrein. Wiegleich er mehrfach zu betonen geruhte. Gerade so, als könnten wir uns glücklich schätzen, den Spross einer solchen Familie in unseren Mauern zu haben.« Bruder Jakobus runzelte die Stirn. »Auf seinen Sohn ist er erst viel später zu sprechen gekommen. Ich bin mir nicht sicher – aber ich hatte den Eindruck, als käme sich der Junge ... als käme er sich regelrecht abgeschoben vor.«

»Hat dieser ... dieser ...«

»Wagenknecht. Balthasar Wagenknecht.«

»Exakt. Hat dieser Weinhändler irgendetwas von älteren Geschwistern seines Sohnes erwähnt?«

Bruder Jakobus dachte kurz nach, schüttelte dann aber den Kopf. »Nein, hat er nicht!«, bekräftigte er. »Und nach allem, was ich weiß, scheint es sie auch nicht zu geben.«

»Wie kommt Ihr darauf?«

»Bruder Joseph, der sich seiner angenommen hat, erzählte mir ein paar Tage später, dass er der einzige Sohn seines Vaters sei.«

Bruder Hilpert machte ein nachdenkliches Gesicht. »Eine merkwürdige Geschichte, in der Tat.«

»Vor allem, wenn man bedenkt, dass niemand etwas über verwandtschaftliche Bande zwischen den beiden, den beiden ...« Der Pförtner geriet ins Stocken und sah Bruder Hilpert fragend an. »Denkt Ihr das Gleiche wie ich?«, stieß er hervor, während sich ein Schatten über seine Züge legte.

»Fürwahr, Bruder – das tue ich«, antwortete der Inquisitor mit tonloser Stimme. »Und gesetzt den Fall, Eure Vermutungen träfen zu – dann wäre das Rätsel endgültig gelöst.«

»Das war aber längst noch nicht alles.«

Bruder Hilpert runzelte die Stirn und warf dem Pförtner einen fragenden Blick zu. »Noch nicht alles?«, wiederholte er.

»Nein«, antwortete Jakobus und schüttelte den Kopf. »Wie aus den Unterlagen hervorgeht, wird dieser Novize morgen 17 Jahre alt. Und jetzt haltet Euch fest.« Der alte Pförtner räusperte sich, trat dem Inquisitor gegenüber und sah ihn mit nur mühsam unterdrückten Triumphgefühlen an. »Bevor sich die Ereignisse überschlugen, war für den morgigen Tag die Profess eines Novizen geplant. So steht es zumindest in den Akten. Beziehungsweise im Diarium. Ich denke, Ihr ahnt, um wen es sich bei dem Betreffenden handelt.«

»Angelus.«

»Genau!«, antwortete der Pförtner, wandte sich dem Altarbild zu und bekreuzigte sich.

Noch ehe er fertig war, tat es ihm Bruder Hilpert gleich.

70

Hospiz, noch sieben Stunden

VALENTIN VON HELFENSTEIN wälzte sich ruhelos auf seinem Lager hin und her. In der Annahme, er werde sowieso keinen Schlaf mehr finden, richtete er sich schließlich auf, schwang die Beine aus dem Bett und stierte gedankenverloren vor sich hin.

Welch ein Zufall! Die Ellbogen auf die Knie gestützt, schlug der Secretarius des Bischofs von Würzburg die Hände vors Gesicht und stieß einen gequälten Seufzer aus. Und noch dazu jetzt, im denkbar falschesten Moment! Es war zum Verrücktwerden. Alles, aber auch alles schien sich gegen ihn verschworen zu haben. Er hatte gefehlt – beileibe nicht das einzige Mal, seitdem er in die Dienste seines Herrn getreten war. Aber ausgerechnet jetzt, wo alles darauf ankam, dass er eine reine Weste behielt – ausgerechnet jetzt hatte er sich in den Fallstricken verheddert, die er, Valentin von Helfenstein, selbst ausgelegt hatte.

Komme, was mag – von dem, was vor 17 Jahren gewesen war, durfte nichts an die Öffentlichkeit dringen. Nicht auszudenken, wenn seine Widersacher, von denen es anscheinend nicht wenige gab, davon erfuhren! Folglich war Geheimhaltung oberstes Gebot. Zumindest so lange, bis der Casus zur Zufriedenheit seines Herren geregelt war.

Dann würde er weitersehen.

Geraume Zeit später, nachdem er ruhelos in seiner Kammer auf und abgegangen war, legte sich Valentin von Helfenstein wieder zu Bett. Doch die Gespenster der Vergangenheit wollten einfach nicht von ihm weichen. Und so lag er, die Hände hinter dem Kopf verschränkt, noch bis zum Morgengrauen wach.

Am heutigen Tage, das spürte er, würde sich alles entscheiden. Für oder gegen ihn, das war die Frage.

71

Dormitorium, zur gleichen Zeit

Als er die Augen aufschlug, fand er sich auf seiner Pritsche im Schlafsaal wieder. Alles schien so zu sein wie immer, obwohl er ahnte, dass dem nicht so war.

Eine Weile lag er regungslos da, dann richtete er sich mühsam auf. Schwindel überkam ihn, und urplötzlich geriet der Boden des Dormitoriums ins Wanken. Der junge Zisterzienserbruder biss die Zähne zusammen und klammerte sich am Bettgestell fest. Wer hinter all dem steckte, wusste er nur zu gut: Der Dämon, fürs Erste besänftigt, aber noch lange nicht besiegt, hielt ihn noch immer in seinen Klauen. Kein Wunder, dass er allmählich zu resignieren begann.

Doch noch war seine Mission nicht beendet, das Reich Satans, seines Herrn, noch nicht Wirklichkeit. Noch galt es, auf der Hut zu sein, besonders vor Hilpert von Maulbronn, der sich als nahezu ebenbürtiger Gegner erwies.

Doch auf welche Schliche auch immer dieses mit allen Wassern gewaschene Mönchlein verfallen, welche Fallstricke er auslegen und wie viele Schläge auch immer er parieren mochte – es würde ihm nichts nützen. Eines nicht allzu fernen Tages würde er in der Hölle brennen. Komme, was wolle. Und dann, endlich, nach all der Schmach, die ihm zuteil geworden war, würde der Tag des Zornes kommen. Der Tag, an dem er sich rächen würde. Und beileibe nicht nur an Hilpert von Maulbronn.

Dass sein Geheimnis nun keines mehr war, interessierte ihn nur am Rande. Wie für so vieles, was er nicht hatte voraussehen können, würde sich auch für sein Missgeschick während der Vigilien eine passende Erklärung finden. Eine kleine Unpässlichkeit, vorübergehendes Unwohlsein – na, wenn schon! Der junge Mann lachte leise in sich hinein. Jetzt, da Hilpert von Maulbronn in die Schranken gewiesen und jener Bauerntölpel von einem Vogt verschwunden war, war der Weg endgültig frei für ihn.

Zeit, noch ein wenig zu ruhen, meldete sich eine innere Stimme zu Wort. Im Banne des Hochgefühls, in das er sich hineingesteigert hatte, ließ sich der junge Mann mit einem entspannten Lächeln zurück auf sein Lager sinken.

Wenn der Tag anbrach, der letzte einer Zeit, die nun bald der Vergangenheit angehören würde, musste er hellwach sein. Denn wenn ihn etwas antrieb, dann der Wunsch, das sich anbahnende Schauspiel in vollen Zügen zu genießen.

72

Kapelle, noch sechs Stunden

BRUDER JAKOBUS RÄUSPERTE sich und trat verlegen auf der Stelle. »Eure Absicht in Ehren«, druckste er herum, »aber gehen wir nicht ein wenig zu weit?«
»Richtig oder nicht – wir müssen es tun!«, machte Hilpert unmissverständlich klar. »Das sind wir ihm schuldig.«
»Und wenn uns jemand überrascht?«
»Mir wird schon etwas einfallen, keine Sorge.«
Der Pförtner warf dem Sarkophag in der Mitte des Raumes einen flüchtigen Blick zu. Er hatte ein ausgesprochen mulmiges Gefühl, und das mit Recht. Er war drauf und dran, die Ruhe eines Toten zu stören, noch dazu die des verstorbenen Abtes. Doch dann wischte er seine Bedenken beiseite, räusperte sich und nickte Hilpert zu.
»Wusste ichs doch, dass ich mich auf Euch verlassen kann!« Die Anspannung, unter der er stand, war dem Inquisitor deutlich anzumerken. Noch blasser als sonst, rang er sich trotzdem ein Lächeln ab und klopfte Bruder Jakobus aufmunternd auf die Schulter.
Dann machte er sich an die Arbeit. Die beiden mannshohen Kerzen am Kopfende des Sarkophags verbreiteten ein diffuses Licht, weshalb Bruder Hilpert seine Laterne auf den Boden stellte und dem Pförtner durch eine Kopfbewegung zu verstehen gab, er möge ans Fußende des Sarkophages treten.
Ein Moment des Schweigens, ein Nicken – dann packten die beiden Ordensbrüder zu. Den Sargdeckel aus Eichenholz in die Höhe zu heben war nicht schwer, ihn an der Wand der Kapelle abzustellen ein Kinderspiel. In dem Moment, wo dies geschafft war, kam jedoch der eigentlich schwierige Teil.

Als sich der Inquisitor dem offenen Sarg näherte, stieg unmittelbar vor ihm ein schaler, nicht näher zu definierender Geruch in die Höhe. Welchen Ursprungs er war, konnte Hilpert nicht genau sagen, wenngleich er sich einbildete, dass es ganz schwach nach Mandeln roch.

Als er und kurz darauf Bruder Jakobus in den offenen Sarg blickten, hielt jeder der beiden Ordensbrüder den Atem an. Dann aber gab sich Hilpert einen Ruck. Es musste getan werden, und zwar schnell. Und so nahm er das Leichentuch, das den Körper des Toten verhüllte, und schlug es kurzerhand beiseite.

Wiewohl bereits im Greisenalter, wiesen die Gesichtszüge des Abtes trotz der Balsamierungskünste der Mönche zu Cîteaux deutliche Spuren durchlittener Qual, um nicht zu sagen Torturen auf. Sobald er in das entstellte Antlitz des Toten blickte, stockte Hilpert der Atem. Der Inquisitor schluckte, und seine Hand begann leicht zu zittern. Bruder Jakobus erging es ebenso. Dieser Fall hatte nichts mit friedlichem Entschlafen zu tun, sondern ganz eindeutig mit Mord, eiskaltem Mord. Soviel stand jetzt schon fest.

Die Frage war also nicht mehr die nach dem Ob, sondern lediglich die nach dem Wie.

Der Mörder war äußerst gerissen, ihm mehr als ebenbürtig. Das war Hilpert längst klar. Und dies bedeutete, dass nichts übersehen, kein Detail außer Acht gelassen werden durfte. Gesetzt den Fall, alles hatte sich so abgespielt, wie er vermutete: dann gab es nur noch eine einzige Möglichkeit, Spuren eines Giftmordes zu entdecken.

Der Inquisitor und sein Begleiter wechselten einen vielsagenden Blick. Bruder Jakobus hatte verstanden, auch ohne Worte.

Und genau deshalb gab es für Hilpert jetzt kein Zögern mehr. Er streifte einen Handschuh über, sprach ein kurzes Gebet – und drückte die Kiefer des Leichnams auseinander. Dann nahm er Daumen und Zeigefinger, ließ sie in den offenen Rache gleiten und bewegte die Zunge so behutsam wie möglich nach hinten.

Es war genauso, wie er vermutet hatte. Hilpert atmete tief durch und sah zum Deckengemälde hinauf, auf dem die Muttergottes mit dem Jesuskind abgebildet war.

Gift. Abt Johannes war vergiftet worden.

Die schwärzliche Färbung der Zunge sprach eine deutliche Sprache. Hinzu kam der Geruch, der dem Mund des Toten entströmte. Der Fall war klar, ein Irrtum ausgeschlossen. Abt Johannes war durch die Hand eines Giftmörders gestorben. Ob mit Hilfe von Arsen oder eines anderen Präparats, spielte dabei fast keine Rolle mehr. Was allein zählte, war die Tatsache, dass hierfür eigentlich nur ein einziger Mann infrage kam, genau der Mann, den er für den Kopf der Satansjünger hielt.

Als sich Hilpert die Gesichtszüge des Mannes ins Gedächtnis rief, durchzuckte ihn ein heftiger, bis dahin nicht gekannter Schmerz. Der Inquisitor presste die Hände gegen die Schläfen, aber es war umsonst. Gegen die Kopfschmerzen, die ihn wie der Blitz aus heiterem Himmel trafen, kam er nicht an. Einen Moment sah es so aus, als würde er das Gleichgewicht verlieren, aber kurz bevor dies geschah, war Bruder Jakobus zur Stelle und stützte ihn.

»Bruder Hilpert, was ist mit Euch? Ist Euch nicht gut? Was ist geschehen?« Das Innere der Kapelle mitsamt dem Flügelaltar und den Szenen aus der Passion Christi verschwammen dem Inquisitor vor den Augen, und er nahm die Stimme des Pförtners nur noch aus der Ferne wahr. Was in der Heiligen Jungfrau Namen war bloß mit ihm los? Er konnte es sich selbst nicht erklären. Hilpert öffnete den Mund, um etwas zu sagen, aber die Übelkeit, die unmittelbar auf seinen Kopfschmerz folgte, war stärker. Wäre Bruder Jakobus nicht gewesen, der ihn zur nächstbesten Bank führte, hätte er sich wohl kaum auf den Beinen halten können.

»Was ist mit Euch, Bruder? Was ist geschehen?« Ehe Hilpert wieder zur Besinnung kam, verstrich reichlich Zeit. Doch dann, als die Glocke der Klosterkirche vier Mal schlug, legte er die Hand auf die Stirn und sprach: »Ich habe mich geirrt.«

»Geirrt? Was soll das heißen?« Der irritierte Blick des Pförtners flog zwischen Hilpert und der Tür hin und her und blieb am Ende auf dem Inquisitor haften.

»Wir sind dem Falschen auf der Spur. Und das schon seit geraumer Zeit.«

Bruder Jakobus machte große Augen, weit mehr Falten im Gesicht, als er ohnehin schon besaß. »Dem Falschen?!«, echote er. »Soll das etwa heißen, dass wir noch einmal von vorne ...«

»Keineswegs!«, fiel Hilpert dem Pförtner sanft ins Wort. »Und wozu auch? Der, um den es hier geht, ist uns beiden bestens bekannt. Oder vielmehr Euch.«

Bruder Jakobus ging ein Licht auf, obwohl ihm vor Überraschung die Worte fehlten. »Ihr meint doch nicht etwa, dass ...«

»Doch, meine ich«, vollendete der Inquisitor mit ernster Miene. »Doch was immer er tun und welche Ränke auch immer er noch schmieden mag – er wird seine Strafe bekommen. So wahr ich Hilpert von Maulbronn genannt werde.«

73

Sub terram, noch vier Stunden

IN BÄLDE, OH *Du mein Herr und Meister, ist Deine Stunde gekommen, die Stunde, in der Du über deine Widersacher triumphieren wirst. Dann endlich, oh Satan, wirst Du über diese Abtei gebieten und von hier aus Deinen Siegeszug über das weite Erdenrund antreten, auf dass nicht nur dies armselige Fleckchen Erde, wo eine Handvoll verblendeter Mönche ihr elendes Dasein fristet, sondern alle Völker und Stämme, ganz gleich an welchem Ort, Deiner Befehle harren. Ich, der ich mich Dir dereinst mit Leib und Seele verschrieb, werde Dir dabei zur Seite stehen, solltest Du meiner überdrüssig sein, dann richte über mich.*

Nur noch ein paar Stunden, dann ist es so weit. ›Dies irae‹*. Der Tag der Abrechnung ist nah.

Du wirst stolz sein auf mich, oh Herr, stolz, wenn Du erfährst, dass niemand, und schon gar nicht Hilpert von Maulbronn, in der Lage war, mein Ränkespiel zu durchschauen. Wichtiger noch: Jene armseligen Kreaturen, welche Dir, oh Du mein Herr und Gebieter, und unserer gemeinsamen Sache im Wege standen, starben nicht von meiner Hand, kein Einziger von ihnen. Schade nur, dass zwei meiner Gefährten auf der Strecke blieben – eine bedauerliche Tatsache, über die nachzudenken sich freilich nicht lohnt. Diejenigen, welche sie dahingemeuchelt – jener Verräter, dessen Name mir wie ein tödliches Gift auf der Zunge liegt, und dieser tumbe Tor von einem Laienbruder –, wird in wenigen Stunden Dein Bannstrahl treffen, und es wird mir eine Freude sein, sie langsam sterben zu sehen.

Mein Adlatus freilich kommt nicht so leicht davon. Er hat sich verraten, und das im denkbar falschesten Moment. Ein

---
*dt.: Der Tag des Zorns

Glück nur, dass sich Hilperts ganze Aufmerksamkeit auf ihn zu konzentrieren scheint – auf ihn, aber, dank Deiner Hilfe, nicht auf mich.

Und so, oh Du mein Herr und Meister, gehe ich nun daran, Dir ein letztes Opfer zu bringen, auf dass der Tag, der nun bald anbrechen wird, ein wahrhaft triumphaler für Dich wird. Nimm es gnädig auf, oh Herr, auch wenn es sich dabei nur um das Blut – mein Blut – eines Nichtswürdigen handelt, trotz allem jedoch der Treueste der Treuen, Dir mit Leib und Seele ergeben. Nimm dieses Blut, oh Herr, welches, dank des Dolches in meiner rechten Hand, nunmehr so reichlich auf die Stufen Deines Altares tropft, jene Stufen, die ich mit Deinem, Luzifers, Namen schmücken werde, geschrieben mit jenem Saft, an dem eines jeden Menschen Leben hängt. Hauchst doch Du, oh Du mein Herr und Gebieter, mir jenes Leben ein, das ich freudig für Dich hingeben werde, wenn der Tag gekommen ist.

›Dies irae‹. Der Tag des Zorns.

Dennoch – diese Abtei wird lediglich der Anfang sein. Andere werden folgen. Bald wirst Du, oh Satan, über unseren ganzen Orden gebieten. Die Welt außerhalb der Klostermauern wird folgen, die gesamte Grafschaft, ganz Franken, das Reich.

Und am Ende gar die ganze Welt.

74

Klosterkirche – Laudes (7.15 Uhr)

»ABER WARUM ... WARUM in des Heiligen Bernhard Namen gehen wir nicht einfach rüber, schnappen ihn uns und ...«, grollte der Pförtner und sah Bruder Hilpert verständnislos an. Kaum in der Lage, seinen Tatendrang zu zügeln, ballte er die Rechte zur Faust und ließ die Novizen hinter dem Lettner nicht aus den Augen. »Wer sollte uns daran hindern? Ich meine: Wenn sich überhaupt eine Gelegenheit bietet, dann –«

»– ganz bestimmt nicht jetzt!«, schnitt ihm Bruder Hilpert brüsk das Wort ab, ohne sich um das Geschehen auch nur im Geringsten zu kümmern. Er wirkte zerstreut, hielt den Blick gesenkt und erweckte den Anschein, als sei er ganz und gar auf die Morgenandacht konzentriert, die jeden Moment beginnen würde.

»Bei allem gehörigen Respekt, aber ...«

»Begreifst du denn nicht, mein Freund: Solange wir nicht genau wissen, wer alles hinter dieser Verschwörung steckt, macht es keinen Sinn, vorschnell zu handeln! Was nützt es, der Natter den Kopf abzuschlagen, wenn der Rest ihres Körpers noch weiterlebt?«

»Und wenn sie versuchen, Euch umzubringen?«

»Wer immer sich in die Fallstricke unserer Widersacher verheddert haben mag: Das werden sie nicht wagen. Nicht jetzt. Nicht hier. Will heißen: Solange Berengar nicht hier ist, werden wir uns in Geduld üben müssen.« Bruder Hilpert holte tief Luft, bevor er umso eindringlicher fortfuhr: »Bruder Wilfried, Alkuin, du und meine Wenigkeit – wird sind zu wenige, verstehst du? Ein Häuflein Aufrechter – nicht mehr. Wie die Dinge liegen, sind die Heerscharen Satans mächtig, uns an Zahl weit überlegen. Und vergiss nicht: Sie haben ein Faustpfand.

Oder hast du Laetitia völlig vergessen? Nein, mein Freund – alles wird so weitergehen wie bisher. So, wie es unsere Widersacher geplant haben. Wir müssen sie in Sicherheit wiegen. Erst dann, wenn sie ihrer Sache sicher sind – dann werden wir sie zur Strecke bringen!«

»Und der Junge? Ihr müsst ihm endlich reinen Wein einschenken. Schließlich ist er dem Tode nur knapp entronnen. Wenn überhaupt, ist es Bruder Wilfried zu verdanken, dass er ungeschoren davongekommen ist.«

»Nur gemach, Bruder. Alles zu seiner Zeit. Das Wichtigste ist, dass es ihm gut geht. Das muss vorerst genügen.«

»Ganz wie Ihr meint. Aber wie wir beide wissen, geht es nicht nur darum, ihn vor den Mächten des Bösen zu bewahren, sondern um etwas ganz anderes.« Die markante Stimme des Pförtners war zu einem halblauten Flüstern herabgesunken, unter anderem deshalb, weil sich die Plätze im Chorgestühl rasch füllten. »Ich will hier nicht den Moralisten spielen, Bruder«, fuhr er mit gedämpfter Stimme fort. »Aber abgesehen davon, dass Ihr den Jungen nie und nimmer einer derartigen Gefahr hättet aussetzen dürfen, ist es an der Zeit, dass Ihr Euch ermannt und Euer Schweigen brecht. Der Junge hat ein Recht darauf. Das müsstet Ihr eigentlich wissen.«

Bruder Hilpert nickte. »Das ist richtig«, pflichtete er dem Pförtner widerstrebend bei, während sein Blick ins Leere ging. Dann fuhr er mit den Handflächen übers Gesicht und sprach mit leiser Stimme: »Doch lasst uns, alter Freund, zuvor noch diese Angelegenheit zu Ende bringen. Sobald dies geschehen ist, werde ich …«

»Bruder Hilpert – auf ein Wort!« Der Inquisitor und Bruder Jakobus waren derartig in ihr Gespräch vertieft, dass sie den Cellerarius nicht bemerkten, der sich ihnen mit hochrotem Kopf näherte.

»Verzeiht, wenn ich eure Andacht störe, aber … aber langsam mache ich mir wirklich Sorgen!«

»Sorgen? Um wen?«

Bruder Ambrosius schnappte nach Luft, während sich auf seiner Stirn kleine Schweißperlen bildeten. »Um Bruder Joseph!«, keuchte er, nicht ohne sich vorher zu vergewissern, dass niemand in der Nähe war. »Seit den Vigilien habe ich ihn nicht mehr gesehen!«

Und warum erfahre ich das erst jetzt?, wollte Hilpert entgegnen. Aber dann wurde ihm klar, dass das Verschwinden des Novizenmeisters nicht nur Bruder Ambrosius, sondern auch und vor allem ihm selbst hätte auffallen müssen, und so schluckte er seinen Ärger hinunter.

»Und was machen wir jetzt?!« Bruder Jakobus war mindestens so verwirrt wie er, wenngleich er dies zumindest nach außen hin verbarg.

»Nichts!«, antwortete Bruder Hilpert und gab dem Cellerarius durch einen Wink zu verstehen, er möge sich entfernen.

Dann nahm er den Gesprächsfaden wieder auf und flüsterte Bruder Jakobus zu: »Wie gesagt, Bruder – unüberlegtes Handeln wäre im Moment das Falscheste, was wir tun könnten. Bruder Joseph ist verschwunden, soviel steht fest. Gut möglich, wenn nicht sogar wahrscheinlich, dass dies etwas mit unserem Fall zu tun hat.« Der Inquisitor richtete den Blick wieder nach vorn, während der Kantor vor die versammelten Fratres trat. »Einmal angenommen, dies wäre so«, fuhr er mit unbewegter Miene fort, »dann können wir ohnehin nichts mehr für ihn tun!«

ꝏ

Obwohl er so tat, als sei er voll und ganz bei der Sache, schweiften Alkuins Gedanken während der Morgenandacht immer wieder ab. Er wurde das Gefühl nicht los, dass er genauestens beobachtet wurde, und das nicht nur von den Mitschülern, neben denen er gerade saß. Wäre Bruder Wilfried nicht gewesen, der ihn keinen Moment aus den Augen ließ, hätte er die Kirche gar nicht erst betreten.

Aber auch so war alles schon schlimm genug. Unter seinen Mitschülern, aber auch unter den Laienbrüdern und nicht zuletzt unter den Fratres hatte sich eine eigentümliche Art von Spannung breitgemacht, die Alkuin zunächst nicht recht zu deuten wusste. Erst später, während des Lobgesangs, als die Morgenröte die Buntglasfenster im Chor in ein hellleuchtendes Farbenmeer verwandelte, wurde ihm der Grund für das seltsame Verhalten seiner Mitbrüder klar.

Die Sache stand auf des Messers Schneide. Der Tag der Entscheidung war gekommen.

Wo genau die Grenze zwischen den Kontrahenten verlief, war allerdings alles andere als klar. Wer war Freund, wer Feind? Alkuin warf seinen fünf Mitschülern einen unauffälligen Blick zu. Aber noch während er in ihren Gesichtern zu lesen versuchte, hob Angelus plötzlich den Kopf, sah ihn prüfend an – und lächelte!

Beim Anblick des Novizen, in dessen schulterlangem, blondem Haar sich die ersten Sonnenstrahlen verfingen, stockte Alkuin der Atem. Er konnte nicht anders als Angelus unentwegt anzustarren, wobei ihm selbst nicht klar war, warum. Der Novize trug ein pechschwarzes Wams und darunter ein Hemd aus feinstem Leinen, allem Anschein nach ein Vermögen wert. Obwohl erst Samstag war, hatte er ganz offensichtlich seinen Festtagsornat angelegt. Angelus erwiderte seinen Blick, aber noch während er dies tat, verschwand das rätselhafte Lächeln aus seinem Gesicht und machte einem zynischen, ja geradezu diabolischen Grinsen Platz.

Alkuin erstarrte, und plötzlich fiel es ihm wie Schuppen von den Augen. Dieser Blick war wie ein Geständnis, mehr wert als tausend Worte.

Alkuin wollte sich erheben, aber seine Beine versagten ihm den Dienst. Sie waren wie festgenagelt, schienen förmlich an der Kirchenbank zu kleben. Panik ergriff ihn, und überall an seinem Körper klebte der Schweiß. Und als sei dies alles noch nicht genug, begann sich plötzlich alles um ihn herum zu drehen. Alkuins Atem ging rascher, steigerte sich zu unkontrolliertem Keuchen. Kaum noch Herr seiner Sinne, krallte er sich mit letzter Kraft an der Kirchenbank fest.

Doch dann, noch ehe die übrigen Mitschüler auf ihn aufmerksam wurden, war Bruder Wilfried zur Stelle. »Ist dir etwa nicht gut?«, hörte er die tiefe, wohltönende Stimme neben sich sagen, bevor sich ein kräftiger Arm unter seine Achsel schob und ihn so rasch wie möglich aus der Kirche eskortierte.

∽⚬∾

»Und du bist dir auch ganz sicher?«, fragte Bruder Wilfried, als er zusammen mit Alkuin in der Brunnenhalle saß.

»Absolut sicher!«, lautete dessen Antwort, während er eine Schöpfkelle in den Wassereimer tauchte, sie an den Mund führte und in gierigen Schlucken trank. »Es passt einfach alles zusammen – von Anfang bis Ende!«

»Hm.« Bruder Wilfried kratzte sich am Kinn und sah ernst und nachdenklich aus. »Gesetzt den Fall, du hast recht, dann –«

»– habe ich mehr Glück gehabt als Verstand!«, vollendete Alkuin und sah dabei alles andere als zufrieden aus. »Wobei ich mir immer noch nicht vorstellen kann, dass ein Mensch überhaupt so etwas ...«

»Verzeiht, wenn ich euer trautes Gespräch unterbreche, Brüder – aber könnt ihr mir sagen, wo ich Hilpert von Maulbronn finden kann?«

»In der Kirche, wo sonst?«, entgegnete Bruder Wilfried in gereiztem Ton, über das plötzliche Auftauchen Valentins von Helfenstein alles andere als erfreut.

Das Gesicht des bischöflichen Visitators lief dunkelrot an, und sein linker Mundwinkel zuckte nervös. Wenn ihn etwas in Harnisch brachte, dann die Tatsache, dass man es ihm gegenüber an der nötigen Ehrerbietung fehlen ließ. Da es ihm jedoch an der nötigen Zeit fehlte, einen nichtswürdigen Laienbruder wie Bruder Wilfried zurechtzuweisen, schluckte er seinen

Ärger hinunter, drehte sich auf dem Absatz um und schlug den Weg zur Klosterkirche ein.

»Das sieht mir gewaltig nach Ärger aus!«, brummte Bruder Wilfried verdrossen vor sich hin, wobei nicht klar war, was genau er damit meinte. »Komm lass uns gehen – es gibt noch eine Menge zu tun!«

∽

»Den Vorsitz bei der Kapitelsitzung?«, wiederholte Bruder Hilpert und wandte sich rasch den Novizen zu, die soeben die Kirche verließen. »Warum eigentlich nicht?«

Valentin von Helfenstein starrte den Inquisitor entgeistert an. Dass er es ihm derart leicht machen würde, hatte er kaum zu hoffen gewagt.

»Ihr habt richtig gehört – gutes Gelingen!«, fügte Bruder Hilpert hinzu, nunmehr voll und ganz auf seinen Gesprächspartner konzentriert. »Schließlich ist es Euer gutes Recht, hier wieder für Zucht und Ordnung zu sorgen. Und das umso mehr, da meine Bemühungen nicht im Geringsten gefruchtet haben.«

Hätte Valentin von Helfenstein über mehr als nur oberflächliche Beobachtungsgabe verfügt, wäre ihm das hintergründige Lächeln des Inquisitors, gepaart mit einem Schuss Bosheit, gewiss nicht entgangen. Da dem aber nicht so war, entspannten sich seine Züge und machten einem huldvollen Lächeln Platz, mit dem er seinen unerwarteten Triumph über den weithin bekannten Hilpert von Maulbronn zu krönen gedachte. »Und wann ist es so weit?«, fragte er und rieb sich erwartungsfroh die Hände.

»In etwa einer Stunde«, lautete die Antwort des Inquisitors, während er mit dem Kopf in Richtung des Kapitelsaales wies. »Und wenn Ihr erlaubt, werde ich mich bis dahin ein wenig zurückziehen!«

75

Wald in der Nähe des Klosters, zur gleichen Zeit

BRUDER FRIEDHELM WAR nicht mehr der Jüngste, und dies bekam er am heutigen Samstag ganz besonders zu spüren. Zwar war das Kloster nicht einmal eine Wegstunde von der Köhlerhütte entfernt, in deren Garten er Benedicta soeben zur letzten Ruhe gebettet hatte, aber trotzdem fühlte er sich müde und schlapp. Und dann erst der merkwürdige Auftrag, mit dem ihn die Sterbende betraut hatte! Ob die Art und Weise, wie er sich während der vergangenen fünf Tage verhalten hatte, mit seinem Gelübde in Einklang zu bringen war, wagte er gar nicht erst zu entscheiden.

Doch was getan werden musste, musste einfach getan werden. Schließlich hatte er Benedicta sein Wort gegeben. Denn wenn er ehrlich war, hatte ihn das Schicksal der Frau alles andere als kalt gelassen, mehr noch, er empfand sogar so etwas wie Sympathie für sie. Bruder Joseph, ihr Gefährte, gab ihm allerdings Rätsel auf. Dass er einfach verschwunden war, verhieß nichts Gutes.

Bruder Friedhelm hielt einen Augenblick inne und bekreuzigte sich. Auf jeden Fall, versicherte er sich selbst, würde er die Abtei, das unwirtliche Tal und die ganze vermaledeite Angelegenheit möglichst schnell hinter sich lassen, vorausgesetzt, er würde diesen Hilpert von Maulbronn ausfindig gemacht und ihm Benedictas Brief übergeben haben. »Dann hält mich nichts mehr hier!«, machte er seinem Unmut Luft, und kaum war dies geschehen, tauchte drunten im Tal die Klosterkirche auf.

Doch war er nicht der Einzige, der dem Tor der Abtei zustrebte. Er kannte den Vogt des Grafen von Wertheim zwar nur vom Hörensagen, aber als er das Wappen auf der Satteldecke des Reiters erkannte, der in vollem Galopp auf die Abtei zupreschte, ahnte er, um wen es sich handelte.

Wenig später sollte sich seine Vermutung bestätigen. »Gott zum Gruße!«, rief er dem Recken im Kettenhemd zu, der in aller Eile aus dem Sattel sprang, ihn einfach links liegen ließ und im Laufschritt auf das Tor zurannte. »Man nennt mich Bruder Friedhelm – und wer seid Ihr?«

»Berengar von Gamburg – Vogt des Grafen!«, keuchte der Hüne und warf ihm einen hastigen Seitenblick zu. »Tut mir leid, Bruder – aber ich habe es eilig!«

»Eile mit Weile, mein Sohn.«

»Wenn, dann ein andermal!«

Bruder Friedhelm wollte etwas entgegnen, aber der grimmige Gesichtsausdruck des Vogtes, der anscheinend so sehr in Eile war, dass er es vorzog, sich seiner Hände und nicht der Klingel zu bedienen, hielt ihn davon ab. Und so stand er ein paar Schritte hinter ihm und sah verwundert dabei zu, wie der Hüter des Gesetzes die Klosterpforte mit den Fäusten traktierte. »Ach, übrigens – Bruder!«, rief er ihm schließlich über die Schulter zu.

»Ja, mein Sohn?«

»Hier kann es gleich ziemlich ungemütlich werden. Wenn ich Euch wäre, würde ich mich so schnell wie möglich aus dem Staub machen.«

»Das geht leider nicht.«

»Aus welchem Grund?«

»Weil ich hier bin, um den letzten Willen einer Verstorbenen zu erfüllen. Und der duldet nun einmal keinen Aufschub.«

»Einer Verstorbenen?« Der Vogt hielt abrupt inne und sah ihn stirnrunzelnd an. Aber noch während er dies tat, wurde seine Aufmerksamkeit durch einen Trupp schwerbewaffneter Reiter abgelenkt, die in einiger Entfernung von der Pforte plötzlich anhielten, ausschwärmten und hinter Büschen, Gestrüpp und Bäumen in Deckung gingen. Ein Teil von ihnen, allesamt Armbrustschützen, schlich in gebückter Haltung auf die Klostermauer zu. Dort angekommen, machten sie ihre Waffen schussbereit und schienen nur noch auf das Zeichen zum Sturm zu warten.

»Wie gesagt, Bruder: An Eurer Stelle würde ich zusehen, dass ich mich irgendwo in Sicherheit bringe. Hier bricht nämlich gleich die Höl... äh ... ich meine, hier fliegen vermutlich gleich die Fetzen! Und das nicht zu knapp. Macht, dass Ihr fortkommt, solange es noch geht!«

Unter normalen Umständen hätte Bruder Friedhelm dem Wunsch des Vogtes entsprochen, zumal er alles andere als ein Held war und nicht die geringste Lust verspürte, mit von der Partie zu sein, wenn es zu Blutvergießen kam. Was ihn davon abhielt, war jedoch die Tatsache, dass er Benedicta sein Wort gegeben hatte. Und dies wollte er nun einmal nicht brechen, allen Widrigkeiten zum Trotz.

»Ihr kommt im rechten Moment.« Bevor der Wandermönch etwas entgegnen konnte, war die Pforte entriegelt und der Vogt von einem hageren Mönch unbestimmten Alters willkommen geheißen worden, bei dem es sich, wie Bruder Friedhelm zu Recht vermutete, um den Pförtner der Abtei zu handeln schien. »Euer Begleiter?«, wollte er vom Hüter des Gesetzes wissen, der Bruder Friedhelm ganz und gar vergessen zu haben schien.

Der Vogt des Grafen lachte kurz auf. »Das nun nicht gerade!«, versetzte er und passierte eilig das Tor. »Er ist hier, um ... wie heißt Ihr denn überhaupt, Bruder?«, fragte er und drehte sich im Gehen nach dem Wandermönch um.

»Bruder Friedhelm. Vom Orden des Heiligen Franziskus von Assisi.«

»Und was ist Euer Begehr?«, wollte der Pförtner wissen.

»Wie gesagt – ich bin hier, um den letzten Willen einer Verstorbenen zu erfüllen.«

»Ihr Name?«

»Benedicta.«

Der Pförtner zog die Augenbrauen in die Höhe und warf

Bruder Friedhelm einen skeptischen Blick zu. »Wie Ihr sicherlich bemerkt habt, Bruder«, sagte er, »ist dies weder der richtige Ort noch die Zeit, um den Vogt oder mich mit derlei Angelegenheiten zu –«

»Nichts läge mir ferner, Bruder. Bringt mich zu Hilpert von Maulbronn und die Sache ist für Euch erledigt.«

Obwohl er das Gespräch zwischen dem Pförtner und Bruder Friedhelm nicht weiter verfolgt und sich bereits ein gutes Stück von der Pforte entfernt hatte, drehte sich der Vogt auf dem Absatz um, stemmte die Hände in die Hüften und starrte den Wandermönch verblüfft an. »Was habt Ihr da eben gesagt? Wen wollt Ihr sprechen?«, fragte er und tat so, als habe er sich verhört.

»Einen gewissen Hilpert von Maulbronn.«

»Und weshalb?«

»Um den letzten Willen einer Sterbenden, die ich vor etwa einer Stunde zur letzten Ruhe gebettet habe, zu erfüllen.« In Bruder Friedhelm, ansonsten überaus friedfertig und sozusagen die Demut in Person, machte sich allmählich Unmut breit. Müde und erschöpft, hatte er eigentlich nur eines im Sinn: seine Mission so schnell wie möglich zu beenden. »Ich habe ihm einen Brief zu übergeben, das ist alles. Nicht mehr und nicht weniger.«

»Einen Brief?«

Beim Gedanken daran, wer Benedicta den Brief anvertraut hatte, schlotterten Bruder Friedhelm die Knie, obwohl er sich die größte Mühe gab, dies zu verbergen. Nur gut, dass er seinen Inhalt nicht kannte. »Ihr habt richtig gehört – einen Brief!«, stieß Bruder Friedhelm gereizt hervor. »Adressiert an einen gewissen Hilpert von Maulbronn. Und sobald der ihn in Händen hält, werde ich Euch nicht mehr zur Last fallen – so wahr ich ein Jünger des Heiligen Franziskus bin!«

Berengar und der Pförtner wechselten einen überraschten Blick. »Nur gemach, Bruder, gemach«, versuchte der Vogt den aufgebrachten Wandermönch zu beruhigen, schlenderte lässig auf ihn zu und legte ihm den Arm um die Schultern. »Wer weiß – vielleicht dauert Euer Aufenthalt hier doch etwas länger als geplant.«

76

Sub terram, zur gleichen Zeit

»NICHT MEHR LANGE, und du wirst von deinen Qualen erlöst, glaub es mir.«

Der Ohnmacht nahe, lauschte Laetitia den Worten eines Mannes, dessen Stimme ihr vollkommen unbekannt war. Sie hörte sich sanft, bisweilen aber auch kalt und herrisch an. Laetitia hatte sie noch nie gehört, was dazu führte, dass ihre anfängliche Euphorie zunächst in Argwohn und bald darauf in nagende Furcht umgeschlagen war. »Wer seid Ihr?«, keuchte sie, nachdem er ihr den Knebel abgenommen hatte.

Ein Lachen, furchteinflößender als alles, was ihr bislang widerfahren war, antwortete ihr. Nimm dich in Acht!, meldete sich ihr Instinkt zu Wort, und wie um sich zu vergewissern, dass er sie nicht trog, wiederholte sie: »Wer seid Ihr?«

»Ein Freund!«

»Dann müsste ich Euch kennen.«

Wieder dieses Lachen, bar jeder Menschlichkeit. »Das stimmt!«, pflichtete ihr der Mann mit spöttischem Unterton bei. »Nun denn, sagen wirs einmal so: Ich war ein Freund von Lukas, der beste, den er je hatte. Oder zumindest hätte haben können.«

Der Schrecken, der sie in jenem Moment durchfuhr, ging Laetitia durch Mark und Bein, und eine dumpfe Ahnung machte sich in ihr breit. Sie war wie gelähmt, und die Erinnerung war so stark, dass ihre Gefühle sie zu übermannen drohten. Unfähig, ein Wort zu sagen, versuchte sie sich in die Richtung zu bewegen, aus der die Stimme kam. »Ein Freund?«, wiederholte sie, ein Ausdruck der Ratlosigkeit, die sich in ihr breit zu machen begann.

»Aber gewiss doch – das heißt zumindest so lange, bis sein Auge auf dich fiel. Von da an war alles anders.«

»Ich verstehe nicht.«

»Und ob du mich verstehst!«, zischte die Stimme mit unüberhörbarem Groll. »Hör auf, die Ahnungslose zu spielen, sonst lernst du mich kennen!«

Laetitia erschrak, doch nicht genug, um sich nicht mehr zur Wehr setzen zu können: »Ich weiß weder, wer Ihr seid, noch weiß ich, woher Ihr kommt. Und schon gar nicht, was Euch meine Freundschaft mit Lukas angeht.«

»Freundschaft!? Dass ich nicht lache!«, höhnte die Stimme, gefolgt von einem Lachen, das diabolischer nicht hätte sein können. »Hüte dich davor, dies Wort noch einmal in den Mund zu nehmen, sonst ...«

»Ihr habt ihn umgebracht, stimmts? Ihr und wer sonst noch alles mit Euch unter einer Decke stecken mag!«

»Nimm dich in Acht, Metze!« Die Stimme, deutlich näher als zuvor, hatte einen sanften, nachgerade liebenswerten Ton angenommen. Laetitia indes ließ sich davon nicht täuschen. Die Ruhe des Mannes war nur vorgetäuscht. Es war die Ruhe vor dem Sturm.

»Und vor wem sollte ich mich in Acht nehmen?«

Der Mann lachte leise in sich hinein. »Vor mir, meinen Jüngern und all denen, welchen du durch deine törichte Liebelei mit diesem Abtrünnigen Schaden zugefügt hast.«

»Abtrünniger? Was meint Ihr damit?«

»Er war auf einem guten Weg«, räsonierte die Stimme, ohne auf Laetitias Frage einzugehen. »Dem besten, einer von uns zu werden. Wir alle mochten ihn, und er mochte uns. Wir waren wie Brüder – freilich nicht wie jene, die diesen Ort der Heuchelei und des Frevels bewohnen.«

»Ehrlich gesagt verstehe ich kein Wort.«

»Wirklich nicht? Dann will ich versuchen, dich ins Bild zu setzen. Ausplaudern kannst du ja ohnehin nichts mehr.« Der Mann holte kurz Luft, fuhr dann aber umso vehementer fort: »Er hätte es noch weit bringen können, glaube mir!«, warf er erregt ein. »Redegewandt, geschickt, klug – ein Mann so recht nach unserem Geschmack. Wie geschaffen, um meinem Herrn und mir zu dienen!«

»Eurem Herrn?«

Mit der Ruhe und Beherrschtheit des Mannes war es nun endgültig vorbei, und er brach in schallendes Gelächter aus. »Machst du Witze?«, fragte er, während sich seine Stimme fast überschlug. Doch genauso schnell, wie der Ausbruch vorgetäuschter Heiterkeit gekommen war, verschwand er auch wieder, und die Stimme des Mannes fand zu jenem Tonfall zurück, mit dem er Laetitia zuvor begegnet war: kalt, bedrohlich – rücksichtslos. »Oder willst du mich etwa zum Besten halten?«

Das Mädchen ließ den Kopf hängen und schwieg. Tausenderlei Gedanken jagten durch ihren Kopf, Gedanken, die sich einzig und allein um Lukas drehten. Kaum noch Herr ihrer selbst, ließ Laetitia ihren Tränen freien Lauf.

Halb amüsiert, halb zornig, nahm der Mann seine Tirade wieder auf: »Soso, dann ist dir mein Herr und Meister also unbekannt!«, höhnte er. »Dann will ich dir ein wenig auf die Sprünge helfen! Wisse also: Sein Reich, genau wie das jenes Heuchlers, welchen du und deinesgleichen als ihren Herrn zu bezeichnen pflegen, ist nicht von dieser Welt, genauer gesagt das vollkommene Gegenteil davon. Es ist das Reich des gefallenen Engels, der, nachdem er von seinesgleichen verstoßen worden war, hinabgetaucht ist unter die Erde, an einen Ort, den keines Menschen Auge je erblickt. Und weswegen? Weil er, so will die Mär, die dieser Hilpert und seine verblendeten Jünger verbreiten, sich erhoben haben soll wider Gott und seine Macht und Herrlichkeit! Dass ich nicht lache! Und das alles nur, weil er mehr zu sein begehrte als irgendwer sonst? Weil er höher hinauswollte als die, welche ihn umgaben? Höher als Gott? Und wenn schon!« Der Mann hatte sich förmlich in Rage geredet und war kaum noch zu bremsen: »Erleben wir das nicht täglich, auch und vor allem an den Orten, welche sich Klöster nennen? Und dann erst der Kaiser, ganz zu schweigen vom Papst! Betrüger, Scharlatane, falsche Propheten – alle miteinander! Wahrlich, ich sage dir: Nicht mehr lange, und ein neues Reich wird kommen und Luzifer, Herr der Finsternis, wird herrschen über diese Welt! Und dann, glaube mir, wird es ein Strafgericht geben, wie es diese Welt noch nie gesehen hat, und auch nie wieder sehen wird. Der Tag des Gerichts wird kommen, der Tag, an dem alle jene, welche sich meinem Herrn zu widersetzen wagten, für ihren Frevel zur Rechenschaft gezogen werden, alle, auch Hilpert von Maulbronn, der sich erdreistete, mir in den Weg zu treten! Der Tag wird kommen, an dem die Heerscharen Satans ihr blutrotes Banner aufpflanzen, und zwar nicht nur hier, sondern überall auf der Welt! Ströme von Blut werden fließen, und die Bäche, Flüsse und Meere werden voll sein davon! Es wird ein Heulen und Wehklagen geben, wie es die Welt noch nie gesehen hat und dann, erst dann, wenn meine Arbeit und die meiner Brüder getan ist, wird mein Herr der Raserei Einhalt gebieten, auf dass ein neues Reich errichtet werde, das Reich des gefallenen Engels, der da herrschen wird bis in alle Ewigkeit! Amen!«

Die Stille, die nun folgte, war so vollkommen, dass es Laetitia eiskalt den Rücken hinunterlief. Doch dann, das Keuchen des Mannes im Ohr, dessen triumphierenden Blick sie auf sich ruhen fühlte, nahm sie all ihre Kraft zusammen, richtete sich auf und sprach: »Ihr müsst verrückt sein, völlig verrückt. Was immer Ihr tut – es wird Euch misslingen. Das Gute hat immer gesiegt und wird auch dieses Mal wieder siegen. Und Ihr – wer immer Ihr auch seid – werdet zugrunde gehen. Wenn ich etwas ganz genau weiß – dann dies!«

Die Antwort des Mannes ließ nicht auf sich warten: »Wenn du überhaupt je eine Chance hattest, ist sie nun vertan«, zischte er. Und fügte zynisch hinzu: »Genieße den Augenblick – denn schon bald wirst du nicht mehr am Leben sein.«

Dann entfernte er sich, und Laetitia war wieder allein.

77

Kapitelsaal – Tertia (9.20 Uhr)

»Das ist ja unerhört!«, entrüstete sich der Kantor und sah sich beifallheischend um. »Ein Unding, eine Unverschämtheit – ach! Was sage ich! –, ein Frevel!«

Ein Raunen ging durch den Saal, und Valentin von Helfenstein, der auf einem Podest an seiner Stirnseite thronte, hatte alle Mühe, dem Aufruhr Einhalt zu gebieten. »Ob es Euch nun passt oder nicht, Bruder – dies ist kein Kapitel wie jedes andere. Schließlich geht es hier um Mord – und um Dinge, die zu erwähnen einem die Scham verbietet. Und deshalb, Bruder Adalbert, können alle Angehörigen dieses Konvents, ganz gleich ob Fratres, Laien oder Novizen, als Zeugen aufgerufen werden, wenn es die Situation erfordert. Mit anderen Worten: Die Regeln Eures Ordens sind fürs Erste außer Kraft gesetzt. Handelt es sich doch hier um eine Angelegenheit von höchster Dringlichkeit, zu deren Handhabung mich mein Herr, der gleichzeitig Oberhirte dieser Diözese ist, *expressis verbis** berufen und mit den hierzu nötigen Vollmachten ausgestattet hat. Ist es nicht so, Bruder Hilpert?«

Den Blick gesenkt, mimte Hilpert den Zerknirschten und nickte. Berengar, der die Szene vom Eingang aus beobachtete, konnte sich ein Grinsen nicht verkneifen. »Es ist so, Visitator!«, antwortete der Inquisitor, eine Bemerkung, die noch größere Unruhe hervorrief als zuvor. »Und darum, versammelte Brüder, lasst uns unser Schicksal vertrauensvoll in die Hände des Herrn von –«

»Vollmacht, sagt Ihr?!«, eiferte sich der Sakristan. »Höre ich richtig? Wenn dem so ist, eine Frage: Wo steht geschrieben, dass es dem Fürstbischof von Würzburg gestattet ist, sich in die Angelegenheiten unseres Ordens in einer Weise einzu-

---
*dt.: ausdrücklich

mischen, dass man den Eindruck bekommt, dies hier sei ein geistliches Gericht?«

»Natürlich ist es keines. Aber es steht zu hoffen, dass es eines wird.« Auf einen Schlag herrschte Ruhe im Saal, und aller Augen waren auf Hilpert gerichtet, der so tat, als sei dies nicht seine, sondern die Replik eines anderen Anwesenden gewesen. Von Helfenstein, der nicht so recht wusste, was er damit anfangen sollte, hob beschwichtigend die Hände. »Gericht oder nicht –«, entgegnete er gereizt, »eines jedoch ist meiner Meinung nach klar: Das letzte Wort, ganz gleich, zu welchen Beschlüssen dieses Kapitel gelangen mag, steht meinem Herrn, dem Fürstbischof und Herzog von Franken –«

»Und warum, wenn die Frage gestattet ist, hält sich dann der Vogt des Grafen von Wertheim in diesen Mauern auf?«, schnaubte der Cellerarius und bedachte Berengar mit einem indignierten Blick. »Wo es unser, das heißt das Recht der Brüder dieses Konvents ist, über unsere Angelegenheiten selbst zu bestimmen?«

»Auf die Gefahr hin, missverstanden zu werden, Bruder«, sprach Bruder Hilpert mit leiser Stimme, während er sich langsam von seinem Platz erhob. »Dies ist *kein* geistliches Gericht, kann aber sehr wohl eines werden. Zunächst einmal handelt es sich um eine Aussprache. Eine Aussprache unter Brüdern. Sollte sich jedoch erweisen, dass diejenigen, die für die in dieser Abtei verübten Verbrechen verantwortlich sind, weiter verstockt sind und in ihrem Irrglauben verharren, werden andere als nur geistliche Strafen vonnöten sein. Schließlich geht es darum, Licht in eine Reihe mysteriöser Vorfälle zu bringen. Und natürlich auch um Mord, und zwar in seiner abscheulichsten Form. Und darum, liebe Brüder, weilt der Vogt des Grafen von Wertheim in unseren Reihen. Nämlich um zu zeigen, dass es um mehr als die Taten einiger Wirrköpfe geht.«

»Hattet Ihr nicht reichlich Zeit, Bruder Hilpert, Licht in das Dunkel zu bringen, welches die mysteriösen Vorfälle in unserer Abtei umgibt? Ich denke schon. Und was, bitteschön, kam dabei heraus? Fünf tote Mitglieder unseres Konvents – und das in nur vier Tagen! Glaubt Ihr nicht, es wäre besser gewesen, sich nicht in unsere Angelegenheiten –«

»Sechs, Bruder Zacharias.«

»Wie meinen?«

»Es sind mindestens sechs Opfer, die wir zu beklagen haben – wenn man von Bruder Joseph und einem der Novizen, die beide noch nicht wieder aufgetaucht sind, einmal absieht.«

»Und wieso, wenn man fragen darf?«

»Weil unser ehrwürdiger Vater Abt vergiftet worden ist. Wobei als Täter nur ein Einziger der unter uns Weilenden in Frage kommt.«

Der Tumult, der nun losbrach, erreichte ein Ausmaß, dass man sein eigenes Wort nicht mehr verstand. Einige der Ordensbrüder hielt es nicht mehr auf den Sitzen, andere sanken buchstäblich in sich zusammen. Erst als sich von Helfenstein erhob und die wild gestikulierenden Mönche lautstark zur Ruhe ermahnte, begann sich die allgemeine Aufregung wieder zu legen. »Ich hoffe, dass Ihr für einen derart schwerwiegenden Verdacht die entsprechenden Beweise habt!«, ließ der Visitator des Bischofs mit Blick auf Bruder Hilpert verlauten. »Sonst –«

»Spart Euch die Mühe, Visitator. Ich bin mir über die Tragweite meiner Anschuldigungen vollkommen im Klaren.«

»Und?«, warf Bruder Zacharias spitzzüngig ein und machte eine ausladende Handbewegung. »Wer von uns könnte es Eurer Meinung nach gewesen sein? Oder möchtet Ihr Euch etwa noch ein wenig Bedenkzeit erbitten?«

Bevor er eine Antwort gab, ließ Bruder Hilpert den Blick eine Zeit lang auf dem Secretarius ruhen. Obwohl er es besser wusste, konnte er sich immer noch nicht vorstellen, welche Abgründe sich hinter der Fassade des Mannes mit den ebenmäßigen Gesichtszügen und den hellblau schimmernden Augen verbargen. Alle Gaben der Natur – vereint in einem einzigen Menschen!, musste er sich widerwillig eingestehen, als er

Bruder Zacharias näher betrachtete. Und doch, allen Äußerlichkeiten zum Trotz, hatte er es hier mit einem Menschen zu tun, der keinerlei Skrupel kannte, wenn es um die Verfolgung seiner verbrecherischen Ziele ging. Mit einem Menschen, der vor nichts zurückschreckte – auch nicht vor Mord.

»Wenn hier jemand Bedenkzeit braucht, Bruder, dann doch wohl Ihr!«, entgegnete der Inquisitor schließlich mit eisiger Miene.

Der Mundwinkel des Secretarius zuckte, wenn auch nur kurz. »Und warum, wenn man fragen darf?«, entgegnete er, zumindest nach außen hin die Ruhe selbst. »Ehrlich gesagt tappe ich völlig im Dunkeln.«

»Vielleicht, um Euch so etwas wie eine letzte Chance zu geben. Lasst Laetitia frei, und ich werde sehen, was ich für Euch tun kann!«

Ein Raunen erhob sich, aber bevor ein neuerlicher Tumult daraus werden konnte, wurde er durch das schrille Gelächter von Bruder Zacharias erstickt. »Nehmt es mir nicht übel, Bruder«, prustete er. »aber wenn mich nicht alles täuscht, steht Ihr im Begriff, Euch über die Maßen lächerlich zu machen! Eure fixe Idee in Ehren – aber was sollte ich Eurer Meinung nach mit der Angebeteten eines Novizen im Sinn haben? Könnt Ihr mir das verraten?«

»Ihr kennt sie also?«

»Neuigkeiten verbreiten sich schnell. Man sagt, sie habe Euch als Zeugin gedient, um ... wie soll ich mich ausdrücken? ... um gewisse Machenschaften des Bursarius aufzudecken, ist es nicht so?«

»Wie gut kanntet Ihr den Bursarius, Bruder?«

»Soll das etwa ein Verhör werden?«

»Gebt Antwort, Bruder: Wie gut habt Ihr Bruder Clemens gekannt?«

»Gut genug, um zu wissen, dass er ... dass er eine Schwäche hatte, der er mitunter vergeblich Einhalt zu gebieten versuchte.«

»Mitunter vergeblich – wie dezent Ihr Euch doch auszudrücken versteht, Bruder! Dabei wissen wir beide und die meisten der hier Anwesenden ganz genau, dass Bruder Clemens den Sünden des Fleisches in einer Weise erlegen war, wie es die Heilige Mutter Kirche selbst bei denjenigen, die kein Gelübde abgelegt haben, nie und nimmer dulden kann!«

»Worauf wollt Ihr eigentlich hinaus?« Bruder Zacharias verschränkte die Arme vor der Brust und legte dabei eine Kaltschnäuzigkeit an den Tag, wie sie Bruder Hilpert noch nie zuvor erlebt hatte.

»Das werdet Ihr noch früh genug merken!«, antwortete der Inquisitor und wandte sich dem Vogt des Grafen zu. »Habt die Freundlichkeit, Vogt, und bringt den ersten Zeugen herein«, bat er, wobei er den Secretarius nicht aus den Augen ließ. Berengar nickte und verließ den Saal. »Zum letzen Mal, Bruder: Wenn Ihr etwas zu beichten habt, dann ...«

»Jetzt ist es aber genug Bruder!«, wetterte von Helfenstein und schoss wie ein Pfeil aus seinem Lehnstuhl empor. »Wer hat denn nun hier den Vorsitz – Ihr oder ich?!«

»Natürlich Ihr, Euer Gnaden!«, entgegnete Hilpert mit einem geschmeidigen Lächeln. »Ganz so, wie es vor Gericht nun einmal Brauch ist.«

»Dann seid Ihr also der Ankläger, hab ich recht?«, mischte sich Bruder Zacharias ein.

Bruder Hilpert lächelte maliziös. »Exakt, Bruder!«, pflichtete er seinem Kontrahenten bei. »Wobei es natürlich in Eurem Ermessen liegt, Euch einen Verteidiger auszusuchen. Falls Ihr Euch von der gegenwärtigen Situation überfordert seht.«

Der Secretarius wollte etwas entgegnen, schluckte jedoch seinen Ärger hinunter und schwieg. Den Jähzorn, der ihn in diesem Moment packte, konnte er allerdings nur mit Mühe verbergen.

»Könnt Ihr mir einmal verraten, Bruder, was das ...«

»Nur noch eine halbe Stunde, Euer Gnaden«, gab der Inquisitor dem bischöflichen Visitator zu verstehen, »und Ihr werdet es wissen. Und dann, sofern Euch der Sinn danach steht, richtet über mich.«

»Eine halbe Stunde, Bruder Hilpert, und nicht mehr!«

»Zu gütig, Euer Gnaden.«

Von Helfenstein warf dem Inquisitor einen indignierten Blick zu, ließ es aber bei einem Kopfschütteln bewenden und nahm wieder auf seinem Stuhl an der Stirnseite des Saales Platz. Die versammelten Brüder, die ihn auf beiden Seiten mit ihren Sitzbänken flankierten, kamen aus dem Staunen nicht mehr heraus.

»Gesetzt den Fall, ich bin nicht bereit, Eure Fragen zu beantworten – was dann?«, legte Bruder Zacharias weiterhin ein ausgesprochen selbstbewusstes Verhalten an den Tag.

»Dann zwingt Ihr mich zu Maßnahmen, die ich trotz allem, was in den vergangenen Tagen vorgefallen ist, nur ungern ergreifen würde!«, zeigte sich Bruder Hilpert nicht im Geringsten beeindruckt. »Darum lasst uns beginnen, und zwar ganz von vorne. Irgendwelche Einwände?«

Der Secretarius warf einen unsicheren Blick in die Runde und schwieg.

»Sehr schön!«, fuhr Bruder Hilpert ungerührt fort. Aller Augen waren jetzt auf den Inquisitor gerichtet, und als sei ihm dies noch nicht genug, erhob er sich und begann vor den dicht besetzten Bankreihen auf und ab zu gehen. Nach einer Weile blieb er dann wie zufällig genau an der Stelle stehen, wo Bruder Zacharias immer noch in trotzigem Schweigen verharrte. »Am besten, wir beginnen ganz von vorn, meint Ihr nicht auch?«, fragte er, während er ihn aus dem Augenwinkel beobachtete.

»Tut, was Ihr für richtig haltet.«

»Keine Sorge, das werde ich!«, entgegnete Hilpert und rührte sich nicht von der Stelle. »Also: Wie aus der Mönchschronik hervorgeht, seid Ihr unserem Orden am Sonntag nach Trinitatis im Jahre 1406 beigetreten. Trifft dies zu?«

»Wenn Ihr es sagt.«

»Nun gut. Anders ausgedrückt: Ihr weilt nun schon fast 10

Jahre lang in diesen Mauern. Und wie man hört – und in diesem Bändchen auch lesen kann –, habt Ihr Euch in dieser Zeit nicht das Geringste zuschulden kommen lassen.« Ohne Bruder Zacharias eines Blickes zu würdigen, holte der Inquisitor die Geheimchronik des Abtes unter seiner Kukulle hervor und hielt sie für jedermann sichtbar in die Höhe. Dann öffnete er sie, überflog die erste Seite und hielt sie dem verdutzten Secretarius vors Gesicht. »Kennt Ihr diese Schrift? Ohne Umschweife: Habt Ihr sie schon einmal gesehen – ja oder nein?!«

Bruder Zacharias nickte. »Ja«, gestand er widerwillig ein.

»Und um wessen Schrift handelt es sich?«

»Es handelt sich um ...« Der Secretarius räusperte sich, fuhr dann aber fort: »Es handelt sich um ...«

»Sprecht lauter, damit es alle hören!«

»Es handelt sich um die Schrift unseres verstorbenen Abtes.«

Ein Raunen ging durch den Saal, dem Hilpert mit erhobener Hand Einhalt gebot. »In der Tat!«, pflichtete er seinem Kontrahenten bei. »Und damit es jedermann weiß: Bei diesem Bändchen handelt es sich um eine Art Geheimchronik des Abtes, in der er über die Stärken und Schwächen sämtlicher Konventsmitglieder jahrelang Buch geführt hat. Und natürlich auch über Euch, Bruder.«

»Wo habt Ihr das her?!«

»Das tut nichts zur Sache!«, entgegnete Hilpert in schneidendem Ton. »Und außerdem könnt Ihr beruhigt sein: Über Euch, Bruder Zacharias, findet sich nämlich nur Gutes darin. Doch seht selbst! ›*Discipulus studiosus et intellegens ... maximo cum studio ... diligens et credibilis ... optima cum pietate ...*‹[*] – möchtet Ihr noch mehr hören?«

»Könnt Ihr mir vielleicht verraten, was das Ganze soll?«

»Wenn man diese Zeilen liest«, fuhr Hilpert fort, ohne die verkniffene Miene des Secretarius zu beachten, »bekommt man den Eindruck, dass es sich bei Euch, um die Worte unseres

---

[*] dt.: Ein eifriger und wissbegieriger Schüler ... mit größtem Eifer (bei der Sache) ... sorgfältig und aufrichtig ... mit größter Frömmigkeit ...

heimgegangenen Bruders Johannes zu gebrauchen, um einen untadeligen, überdurchschnittlich begabten und glaubensstarken jungen Mann gehandelt zu haben scheint. Ein Urteil, das sicherlich alles andere als aus der Luft gegriffen war.« Hilpert klappte das Buch wieder zu, ließ es unter seiner Kukulle verschwinden und nahm seine Wanderung durch den Saal wieder auf. »Aber dann – quasi von einem Tag auf den anderen – war alles vorbei. Könnt Ihr uns vielleicht erklären, warum?«

Der Secretarius schwieg und starrte an Bruder Hilpert vorbei ins Leere. »Dann eben nicht«, fuhr der Inquisitor ungerührt fort. »Aber seid beruhigt, ich werde es den versammelten Brüdern sagen.«

»Ihr macht mich neugierig.«

»Das kann ich mir kaum vorstellen. Ein Erlebnis wie das Eurige vergisst man nämlich nie. Aber ich möchte nichts vorwegnehmen, darum immer hübsch der Reihe nach. Also, wie gehabt: Eine Lobeshymne nach der anderen, der Grund, weshalb Ihr schließlich zum Secretarius des verstorbenen Abtes ernannt worden seid. Aber dann, genau zwei Tage vor Mariae Heimsuchung im vergangenen Jahr, reißen die positiven Kommentare urplötzlich ab. Und das, liebe Brüder, hatte auch einen ganz bestimmten Grund.«

»Und der wäre?«

»Eure Krankheit, Bruder. Die Fallsucht. An sich nichts Spektakuläres, litten doch selbst Julius Cäsar und der große Alexander daran. Bedauerlich nur die Konsequenzen, die sie nach sich zog.«

»Konsequenzen?«

»In der Tat. Seien wir einmal ehrlich, Bruder: Kein Mensch hätte sich gewundert, wenn Ihr nach dem Dahinscheiden unseres heimgegangenen Bruders zum Abt dieses Klosters gewählt worden wärt? Wenn überhaupt, dann doch wohl Ihr – eine Zierde der Wissenschaft, ein Leuchtfeuer des Glaubens, ein Mann, der unter den Mitgliedern unseres Ordens seinesgleichen sucht! Aber da war, wie gesagt, Eure Krankheit, und da war vor allem der vor drei Tagen urplötzlich aus dem Leben gerissene Prior dieses Klosters, genannt Hildebrand. Der, wie wir beide wissen, aus Eurer Notlage in einer Weise Kapital zu schlagen versuchte, wie es sich für einen Christenmenschen und ein Mitglied unseres Ordens wahrlich nicht ziemt. Ihr könnt mir folgen? Sehr gut! Bruder Hildebrand – wie sollte es auch anders sein! – wurden nämlich ebenfalls Ambitionen auf das Amt des Abtes nachgesagt. Was ihn bedauerlicherweise zu dem Entschluss verleitete, Euch, Bruder Zacharias, mit Eurer Krankheit zu erpressen, da er zufällig Zeuge eines Eurer Anfälle wurde. Was in Euch den Entschluss reifen ließ, Euren Widersacher kaltzustellen. Liege ich richtig?«

»Und Eure Beweise?«

»Habt Ihr nicht selbst heute Nacht einen ersten Beweis geliefert? Oder habt Ihr Euren Zusammenbruch während der Vigilien schon wieder vergessen?«

»Das beweist gar nichts.«

»Mag sein.« Ein verächtliches Lächeln huschte über Bruder Hilperts Gesicht. »Euer Pech, dass es jemanden gibt, der Zeuge Eurer Auseinandersetzung mit Bruder Hildebrand geworden ist. Unfreiwillig, wie ich betonen muss.«

»Meine Hochachtung, Bruder. Eure Erfindungsgabe kennt wahrlich keine Grenzen. Und wer soll dieser mysteriöse Fremde sein?«

Der Inquisitor drehte sich zur gegenüberliegenden Bankreihe um, richtete seine Augen auf einen ganz bestimmten Punkt und sprach: »Erhebt Euch, Bruder Ambrosius – und habt die Güte zu wiederholen, was Ihr mir anvertraut habt.«

Im Kapitelsaal war es jetzt so still, dass man eine Stecknadel hätte zu Boden fallen hören können. »Also ... ich meine ... nun gut, wenn Ihr ...«

»Bruder Ambrosius«, fiel der Inquisitor dem schwergewichtigen Kellermeister ins Wort, der sich wie ein geprügelter Hund von seinem Platz erhob und die Blicke der Anwesenden krampfhaft zu meiden suchte. »Wir alle wissen, wie

Euch zumute ist. Darum vorab: Was Ihr hier tut, dient dazu, der Wahrheit zum Sieg zu verhelfen und eine Reihe abscheulicher Verbrechen aufzuklären. Dies – und nur dies – solltet Ihr im Sinn haben, wenn Ihr Eure Aussage macht.«

»Ich weiß«, versetzte der Cellerarius mit kleinlauter Stimme.

»Das freut mich zu hören«, entgegnete Hilpert, bemüht, die richtigen Worte zu finden. »Also: Verhält es sich so, wie ich es bereits angedeutet habe – nämlich dass Ihr Zeuge eines hitzigen Zwistes zwischen dem Secretarius und Bruder ...«

»Das ist doch wohl der Gipfel der Infamie! Zwei Brüder aus ein und demselben Konvent einfach kaltblütig gegeneinander aus...«

»Wenn hier jemand kaltblütig gehandelt hat, dann Ihr, Bruder!«, fuhr der Inquisitor seinen Kontrahenten an, sodass dieser instinktiv zurückwich. »Und darum zum letzten Mal: Gibt es etwas, das Ihr mir und den versammelten Brüdern zu beichten habt – ja oder nein?!«

»Nein.«

»Dann, fürchte ich, wird Euch das Folgende nicht erspart bleiben!«, machte Hilpert aus seiner Entschlossenheit keinen Hehl und wandte sich wieder Bruder Ambrosius zu. »Ohne Umschweife, Bruder: Wann ist es zu der besagten Auseinandersetzung zwischen Bruder Zacharias und dem Bruder Prior gekommen?«

»Im letzten Sommer.«

»Und wann?«

»Einen Tag nach Mariae Heimsuchung.«

»Warum wisst Ihr das so genau?«

»Weil am selben Tag der Blitz in unseren Heuschober gefahren ist. Zwei Katastrophen an ein und demselben Tag – so etwas vergisst man nicht so schnell!«

»Habe ich da eben richtig gehört: Ihr habt den Zwist zwischen Bruder Zacharias und dem Prior als eine Katastrophe bezeichnet?«

»Nun ja«, druckste der Cellerarius herum und lief vor Verlegenheit rot an. »Katastrophe ist vielleicht das falsche Wort, aber wenn man bedenkt, dass wir hier alle Brüder ...«

»Wie ist es überhaupt zum Streit zwischen den beiden gekommen? Und wann?«

»Nach der Terz. Reiner Zufall, dass ich überhaupt etwas davon mitbekommen habe.«

»Und wieso?«

»Weil ich meinen Psalter liegengelassen habe.« Bruder Ambrosius holte ein Schweißtuch hervor und betupfte seine Stirn. »Der Grund, weshalb ich noch einmal in die Kirche zurück musste. Zuerst habe ich gedacht, ich sei allein. Aber dann war da noch jemand – Bruder Prior und der Secretarius. Sie waren beide völlig außer sich. Und zwar so sehr, dass sie mich nicht bemerkt haben.«

»Und worum hat es sich in dem Streit gedreht?«

»Das kann ich nicht genau ...«

»Und ob Ihr das könnt! Da es sich um alles andere als ein Gespräch unter Brüdern gehandelt haben muss, konnte man die beiden bestimmt sehr gut hören. Und darum, Bruder, muss ich Euch nun vor aller Augen und Ohren bitten, Eure Beobachtungen auf das Genaueste zu schildern. Für Halbwahrheiten ist hier kein Platz.«

Der Cellerarius räusperte sich und rang verzweifelt die Hände. »Bruder Hildebrand hat dem Secretarius gedroht, er würde ihn beim Abt denunzieren!«, platzte es förmlich aus ihm heraus.

»Denunzieren?! Und wieso?«

»Weil er ... weil er ... nun ja, es war so: Bruder Prior hat behauptet, in Bruder Zacharias sei der Teufel gefahren.«

»Und wie kam er darauf?«

»Er ... er war Zeuge, als er seinen ersten Anfall bekam. Der einzige Zeuge. Der Rest von uns hat nichts mitgekriegt.«

»Und weiter?«

»Bruder Prior hat behauptet, der Secretarius habe während seines Anfalls zu fantasieren begonnen. Und nicht nur das. Er habe Angst gehabt. Panische Angst.«

»Und vor wem?«

»Vor einem Dämon. Mit dem ... mit dem er anscheinend sogar gesprochen hat!«

»Ein Dämon, soso. Und wie hat Bruder Zacharias auf diese Behauptungen reagiert?«

Bruder Ambrosius warf dem Secretarius einen verschüchterten Blick zu, nahm dann aber all seinen Mut zusammen und sprach: »Er war völlig niedergeschlagen. Regelrecht am Boden zerstört. Ein – wenn Ihr mir die Bemerkung erlaubt – gebrochner Mann. Er hat ... er hatte sogar feuchte Augen.«

»Und Bruder Hildebrand?«

»Gab sich großzügig. Sprach von Diskretion. Er werde die ganze Sache für sich behalten. Unter einer Bedingung. Bruder Zacharias möge hinfort – wie sagte er doch gleich? – er möge hinfort ›den Eifer, der einen künftigen Abt auszeichnet, nach Möglichkeit vermissen lassen.‹ Genau das waren seine Worte.«

»Anders ausgedrückt: Er solle ihm den Vortritt lassen. Andernfalls werde er ihn beim Abt nach Kräften anzuschwärzen versuchen.«

»So ist es.«

»Und Bruder Zacharias? Widersetzte er sich? Oder willigte er ein?«

»Weder das eine noch das andere.«

»Wie darf ich das verstehen?«

»Das Ganze war mir ungeheuer peinlich, und ich dachte, es sei an der Zeit, das unwürdige Spektakel zu beenden. Und darum bin ich zu meinem Platz, habe meinen Psalter an mich genommen und mich so schnell wie möglich wieder aus dem Staub gemacht.«

»Und der Streit ...?«

»... war auf der Stelle beendet. Kein böses Wort mehr, nicht einmal eine Geste – nichts.«

»Habt Dank, Bruder – Ihr könnt Euch setzen!«, sagte Hilpert und atmete tief durch.

»Und das soll alles gewesen sein?« Der Secretarius sah Bruder Hilpert voller Verachtung an. »Ihr enttäuscht mich, Bruder. Einmal angenommen, alles hat sich so abgespielt, wie Ihr es Euch zusammenzureimen versucht – für eine Mordanklage reichen die wirren Fantasien unseres wackeren Cellerarius mit Sicherheit nicht aus. Als Inquisitor solltet Ihr das eigentlich wissen.«

»Wenn Ihr meint. Leider bin ich jedoch noch lange nicht am Ende.« Bruder Hilpert ließ sich nicht aus der Ruhe bringen und blieb in unmittelbarer Nähe seines Kontrahenten stehen. »Woher stammt Ihr eigentlich, Bruder, ich meine: Was ist Eures Vaters Profession?«

»Ich wüsste nicht, was dies mit der ganzen Sache –«

»– zu tun hat, Bruder? Ich fürchte, eine ganze Menge. Denn an dieser Stelle Eurer Vita, in einer Stunde des Zweifels und größter Niedergeschlagenheit, als in Eurem Inneren sogar Mordgedanken heranzureifen begannen, kommt urplötzlich jemand anderes ins Spiel. Daher auch die Frage nach Eurer Herkunft.«

»Ich stamme aus Freudenberg.«

»Und Euer Vater?«

»Ist Zunftmeister von Beruf. Wollt Ihr mir nicht endlich sagen, was das Ganze ...«

»Aber gern!« Wie auf Kommando blieb Bruder Hilpert stehen und wandte sich dem Secretarius zu. Ringsum war es totenstill. »Wo doch, wie zu vermuten steht, kaum einer der hier Anwesenden um Euer Geheimnis weiß.«

»Wovon redet Ihr?«, warf Bruder Zacharias ein, längst nicht mehr so selbstbewusst wie zuvor.

»Von einem unserer Novizen. *Eurem* Vetter.«

Mit allem hatte Bruder Hilpert gerechnet. Nur nicht mit einer derart heftigen Reaktion. »Lasst ihn in Ruhe – hört Ihr?!«, fuhr der Secretarius Hilpert wutentbrannt an, während sich sein Gesicht zur hasserfüllten Fratze verzerrte. »Lasst ihn in Frieden, sonst –«

»Sonst was?« Der Inquisitor war auf alles gefasst, selbst darauf, dass sein Gegenüber handgreiflich werden würde.

Bruder Zacharias ballte die Rechte zur Faust. Er war völlig außer sich. Erst allmählich, als er sich bewusst wurde, dass es Dutzende von Zeugen gab, ließ er sie widerstrebend sinken und verfiel in Apathie.

Dies war der Moment, auf den Bruder Hilpert gewartet hatte. »Um auf den Punkt zu kommen, Bruder!«, hakte er unbarmherzig nach. »Hat Euch Euer Vetter in dem sündhaften Verlangen bestärkt, Bruder Hildebrand ein für allemal aus dem Weg zu räumen? Hat er Euch dazu animiert, ihn zu töten – ja oder nein?« Der Blick des Inquisitors bohrte sich wie ein Pfeil in denjenigen seines Kontrahenten. »Habt Ihr verstanden, was ich gesagt habe, Bruder?«

»Er hat damit nichts zu tun«, flüsterte der Secretarius wie in Trance.

»Da wäre ich mir nicht so sicher. Zumal es – Pech für Euch – auch in diesem Falle einen Zeugen gibt.«

Der Secretarius lachte höhnisch auf. »Etwa Bruder Ambrosius?«, feixte er.

»Weit gefehlt, Bruder.« Für den Bruchteil eines Augenblicks nahm Bruder Hilperts Gesicht einen versöhnlicheren Ausdruck an: »Es handelt sich um jemanden, den man als absolut zuverlässig bezeichnen kann. Um *den* Zeugen schlechthin. Alles Leugnen ist sinnlos, Bruder. Und darum wäre es am besten, Ihr gebt auf.« Der Inquisitor trat so nahe an den Secretarius heran, dass ihn keiner der Anwesenden mehr verstehen konnte. »So begreift doch endlich!«, beschwor er ihn. »Es ist aus. Aus und vorbei. Verratet mir, wo sich Laetitia befindet. Und was mit Bruder Joseph und dem Novizen geschehen ist. Dies ist Eure letzte Chance, Bruder. Schenkt Eurer Seele Frieden, und es wird keine Dämonen mehr geben. Keine Albträume, Hirngespinste, Stimmen – nichts. Vertraut Euch mir an – und ich werde alles in meiner Macht Stehende für Euch tun.«

Der Secretarius lächelte gequält. »Was könnt Ihr denn schon für mich tun?«

»Mehr als Ihr denkt, Bruder. Wichtiger noch: Legt Ihr ein Geständnis ab, wird Euch das Grafschaftsgericht –«

»– einen qualvollen Tod ersparen: Ist es das, was Ihr mir sagen wollt?«

»Kann einem der Tod etwas anhaben, wenn man Frieden mit sich selbst geschlossen hat?« Der Inquisitor sah seinem Gegenüber direkt in die Augen. »Um der Liebe Christi willen, Bruder: Wohin habt Ihr Laetitia gebracht? Was ist mit ihr passiert? Redet – bevor es zu spät für Euch ist!«

Bruder Zacharias schlug die Augen nieder und schwieg. Von den fast noch jugendlichen, wie in Marmor gemeißelten Zügen war so gut wie nichts übriggeblieben. Als er den Blick wieder hob, zuckte der Inquisitor unwillkürlich zusammen, war er doch noch nie einem Menschen begegnet, der in so kurzer Zeit um Jahrzehnte gealtert war. »Sie ... also das Mädchen ... wir haben sie ...«

»Ihr wolltet mich sprechen, Bruder?«

Beim Klang der hellen und fast noch ein wenig kindlichen Stimme richteten sämtliche Anwesenden den Blick zur Tür. Selbst Hilpert war zunächst sprachlos, als er Angelus dort stehen sah. Als sein Blick jedoch auf Berengar fiel, der mit verschränkten Armen vor der Tür Aufstellung nahm und den Jüngling keinen Moment aus den Augen ließ, fand er rasch zur gewohnten Abgeklärtheit zurück. »Gewiss, mein Sohn!«, bekräftigte er und gab dem Novizen zu verstehen, er möge in den Kreis der versammelten Brüder treten.

»Dein Name?«

»Angelus, Herr«, gab der Jüngling bereitwillig Auskunft und fuhr mit einem Lächeln fort: »Mein Vater ist Weinhändler von Beruf und stammt aus Wertheim. Es war sein Wunsch, dass ich dem hiesigen Orden beitreten möge.«

»Und auch der deinige?«

»Wie belieben?« Für den Bruchteil eines Augenblicks geriet die Unbefangenheit des Jünglings ins Wanken. Aber noch ehe die Zuschauer das Aufblitzen in seinen Augen bemerkten, trug

403

er schon wieder seine demonstrative Gelassenheit zur Schau und lächelte Bruder Hilpert treuherzig an. »Ich bitte um Vergebung, aber ich fürchte, ich kann Euch nicht ganz …«

»Ob du dem Orden aus freien Stücken beigetreten bist, möchte ich wissen!«, gab sich Hilpert betont harsch.

»Aber natürlich, Bruder – wo denkt Ihr hin!«, setzte sich Angelus vehement zur Wehr.

Der Inquisitor jedoch ließ sich nicht täuschen. »Seltsam!«, erwiderte er, während ein hintergründiges Lächeln auf seinem Gesicht erschien. »Aber soweit ich informiert bin, waren vonseiten deines Vaters ganz andere Überlegungen im Spiel.«

Hilpert konnte förmlich spüren, wie der Jüngling seine Absichten zu durchschauen und jedes Wort sorgfältig abzuwägen versuchte. Schon längst waren die Lachfalten in seinem Gesicht geglättet, die vollen Lippen nur mehr ein farbloser Strich. »Ach, *das* meint Ihr!«, mimte er den Ahnungslosen und schlug sich mit der flachen Hand gegen die Stirn, freilich nicht, ohne dem Secretarius einen raschen Seitenblick zuzuwerfen. »Nun gut. Der Tod meiner verehrten Frau Mutter hat sicherlich eine Rolle gespielt, aber –«

»Du hast sie geliebt – und zwar abgöttisch, mein Sohn. Während dir dein Vater zeitlebens gleichgültig und von einem bestimmten Tag an sogar bis ins Innerste deiner Seele verhasst gewesen war. Und es immer noch ist.«

»Woher wollt Ihr das wissen?!«, fuhr der Jüngling den Inquisitor an, während sein Blick denjenigen von Bruder Zacharias suchte. Dieser sah ihn beschwörend, ja geradezu ängstlich an, blieb jedoch weiterhin stumm. Aus seinem Gesicht, über das ihm längst die Kontrolle entglitten war, sprach nur eines: nackte Angst.

»Dir steht es nicht zu, Fragen zu stellen!«, erwiderte Bruder Hilpert in schneidendem Ton. »Einstweilen nur so viel: Wie ich aus zuverlässiger Quelle erfuhr, hast du deine Mutter dabei belauscht, wie sie ihrem Gatten, also deinem vermeintlich leiblichen Vater, auf dem Sterbebett eröffnet hat, du seiest nicht sein Sohn. Obwohl sie dir nie ein Sterbenswörtlein davon erzählte. Trifft dies zu, ja oder nein? Antworte auf der Stelle – ja oder nein?!«

Aus den Augen des Novizen schossen Blitze, und sein hochroter Kopf sprach Bände. Eine Antwort auf Hilperts Frage war damit überflüssig geworden, und so fuhr er fort: »Deinem Vater brach es das Herz, und obwohl er deiner Mutter versprochen hatte, für dich zu sorgen, kam er über ihre Treulosigkeit nicht hinweg. Und so kam, was kommen musste: Er wollte an nichts mehr erinnert werden, was auch nur im Entferntesten mit deiner Mutter zu tun hatte. Wozu er bedauerlicherweise auch dich zählte, mein Sohn. Der Grund, weshalb er dich so schnell wie möglich loswerden wollte und dich vor einem Jahr hierher gebracht hat.«

»Und wenn schon – ist das verboten?«

»Natürlich nicht. Wenngleich der Beitritt zu unserem Orden aus freien Stücken vollzogen werden sollte. Was allerdings verboten – um nicht zu sagen verwerflich – und geradezu sündhaft gewesen ist, war das Unterfangen, zu dem du deinen hier unter uns weilenden Vetter angestiftet hast.«

»Ach ja?«

»Spiele hier nicht den Ahnungslosen!«, herrschte Bruder Hilpert Angelus an. »Oder willst du etwa leugnen, dass du die Rachegelüste, die Bruder Zacharias in seinem Inneren hegte, erst richtig zum Vorschein gebracht hast – aus blindem Hass auf die Welt, nur um deinem ohnmächtigen Zorn endlich Luft zu machen?«

»Ich habe keine Ahnung, wovon Ihr sprecht.«

»Und ob! Man stelle sich vor: Zwei junge Männer, fast so etwas wie Brüder, obwohl sie lediglich Vettern sind. Jeder für sich vom Leben enttäuscht, wenn auch auf höchst unterschiedliche Weise. Voll ohnmächtigem Zorn, dürstend nach Rache. Der eine hat nichts mehr zu verlieren, der andere nichts zu gewinnen. Die ideale Konstellation, wenn es darum geht, erlittene Schmach zu tilgen.«

»Zur Sache, Bruder!«

Bruder Hilpert wirbelte auf dem Absatz herum und sah Valentin von Helfenstein herausfordernd an. »Nur noch ein wenig Geduld, Euer Gnaden!«, ließ er mit drohendem Unterton verlauten. »Dann –«

»– werdet Ihr sehen, dass alle Vorwürfe gegen mich völlig aus der Luft gegriffen sind!«, vollendete der Novize aalglatt, strich sich die blonden Locken aus dem Gesicht und deutete eine spöttische Verbeugung an. Bruder Hilpert würdigte er dabei keines Blickes.

Die Antwort auf diese Provokation ließ allerdings nicht lange auf sich warten. »Schade, wirklich schade!«, murmelte der Inquisitor vor sich hin, bevor sich seine hagere Gestalt straffte und er dem Vogt ein Handzeichen gab. »Waltet Eures Amtes!«, fügte er in entschiedenem Tonfall hinzu.

Berengar von Gamburg nickte zufrieden, öffnete die Tür des Kapitelsaals und rief etwas in den Gang hinaus. Wenig später öffnete sich die Tür und ein halbes Dutzend Kapuzenmänner, von ebenso vielen Kriegsknechten eskortiert, betrat den Raum und nahm auf der Bank in der Nähe des Fensters Platz.

Die sich daraufhin ausbreitende Stille hätte vollkommener nicht sein können. Die Mönche waren wie gelähmt, und keiner der Anwesenden ergriff das Wort. Hilpert, der nichts anderes erwartet hatte, lächelte Berengar vielsagend an. »Das ist doch wohl die Höhe!«, geiferte der Kantor und sprang wutentbrannt von seinem Sitzplatz auf. »Kann mir vielleicht jemand sagen, was der Mummenschanz soll? Will man unser Kapitel etwa zu einem Jahrmarkt degradieren? Wenn das kein Bruch sämtlicher Ordensregeln ist, will ich nicht mehr Adalbert heißen!«

»Und ich nicht mehr Thomas!«, blies der Sakristan umgehend ins gleiche Horn. Beifälliges Murmeln machte die Runde, ein Umstand, der Hilpert jedoch nicht im Geringsten zu interessieren schien.

Der Inquisitor hatte sich mittlerweile voll und ganz auf den Novizen konzentriert. Gerade eben noch die Ruhe selbst, wurde er kreidebleich und starrte die sechs Vermummten wie eine Erscheinung aus dem Jenseits an. Er schien wie erstarrt, kaum fähig, sich von der Stelle zu rühren. »Das ... das ... das ist doch nicht ...«, stammelte er, vollendete den Satz aber nicht.

»Und ob das möglich ist, mein Sohn!«, ließ ihn Bruder Hilpert gar nicht erst zu Wort kommen. »Ein vertrauter Anblick für dich, nicht wahr?«

Angelus, immer noch wie gelähmt, drehte sich langsam zu Hilpert um. »Ich weiß wirklich nicht, wovon Ihr sprecht!«, sprach er, während sein Blick ziellos umherzuirren schien. Erst als sich sein Blick mit dem seines Vetters traf, fand er zur gewohnten Selbstsicherheit zurück und ein boshaftes Lächeln huschte über sein Gesicht. »Ich weiß nicht, wovon Ihr sprecht!«, wiederholte er. »Oder mit Bruder Adalbert zu reden: Keine Ahnung, was das Ganze soll!«

»Du bist der Kopf, das Haupt der Hydra, derjenige, der sich alles ausgedacht hat – je früher du ein Geständnis ablegst, umso besser!«, stieß Hilpert mit erhobenem Zeigefinger hervor.

»Wenn Ihr Euch auch noch so große Mühe gebt – beweisen könnt Ihr mir nichts. Rein gar nichts.«

»Wenn das dein letztes Wort ist – und auch das Eure, Secretarius –, dann habt ihr euch das, was nun folgen wird, selbst zuzuschreiben!«

Ein herablassendes Lächeln huschte über das Gesicht des Novizen. »Und was – wenn Ihr die Frage erlaubt, Bruder –«, antwortete er in herablassendem Ton, »könnte das sein?«

Hilpert gab keine Antwort, ließ Angelus einfach stehen und wandte sich dem immer noch an der Tür postierten Vogt des Grafen von Wertheim zu. »Waltet Eures Amtes, Vogt!«, beschied er ihn knapp und nahm inmitten der versammelten Brüder Platz.

Die Hand auf dem Schwertknauf, nickte Berengar dem Inquisitor zu, tat so, als sei der bischöfliche Notarius Luft für ihn und trat in die Mitte des Saales. Er spürte, dass er nicht willkommen war, aber das machte ihm nichts aus. Ganz auf seine Aufgabe konzentriert, ließ er seinen Blick über die Gesichter der Versammelten schweifen und wandte sich dann dem Novizen zu. Abgesehen von der Überheblichkeit, die aus jedem seiner Blicke sprach, ließ dieser jedoch keinerlei Regung erkennen.

»Also – wo waren wir stehen geblieben?«, begann der Vogt und kratzte sich am Kinn, was die Missbilligung seitens der Mönche nur noch verstärkte. »Ach ja, ich habs: beim Komplott, das Ihr, Bruder Zacharias, zusammen mit Eurem Vetter geschmiedet habt.«

»Wie oft soll ich Euch noch sagen, dass –«

»Um es vorwegzunehmen, Secretarius: Ich bin nicht gewillt, mich auf Eure spitzfindigen Manöver einzulassen. Will heißen: Mir gehen Euer Taktieren und Eure Winkelzüge total gegen den Strich. Von nun an wird es keine Ausflüchte mehr geben, ist das klar?«

»Einfach unerhört, wie dieser grobschlächtige Kerl mit einem Mitglied unseres Konvents ...«

»Ihr redet, wenn Ihr gefragt seid – ist das klar?!«, stauchte Berengar den Kantor zusammen, woraufhin Bruder Adalbert zwar zu einer Erwiderung ansetzte, es sich dann aber anders überlegte und sich wutschnaubend auf seinem Platz niederließ.

»Und nun zu Euch, Bruder Zacharias.« Der Vogt kramte eine Notiz aus seinem Wams hervor, überflog sie und warf dem Secretarius des Abtes einen geringschätzigen Blick zu, dem dieser vergebens standzuhalten versuchte. »Trifft es zu, dass Ihr den verstorbenen Abt dieses Klosters auf seiner Reise nach Cîteaux begleitet habt?«

»Wenn Ihr es bereits wisst, was soll dann die ...«

»Habt Ihr ihn begleitet, ja oder nein?!«

»Ja!«

»Wann seid ihr aufgebrochen?«

»Das weiß ich nicht mehr genau.«

»Aber ich. Es war am 24. Juli. Exakt drei Wochen nach Eurer Auseinandersetzung mit Prior Hildebrand, der, wie wir alle wissen, Euch in höchst unchristlicher Weise zu erpressen versuchte.«

Bruder Zacharias wechselte einen Blick mit Angelus, presste die Lippen zusammen und schwieg.

»Um den versammelten Brüdern Gelegenheit zu geben, die Schändlichkeit Eures Tuns bis ins Detail nachzuvollziehen, schlage ich vor, besagte Reise zu rekonstruieren«, fuhr Berengar fort. »Also: Nach einer kurzen Zwischenstation auf dem Reichstag zu Konstanz seid ihr alsbald nach Cîteaux weitergereist, wo ihr am Tage des Heiligen Bernhard, also nach einer etwa vierwöchigen Reise, um die Mittagszeit angekommen seid. Für den Fall, dass sich Eure Erinnerung inzwischen eingestellt hat – trifft dies zu?«

»Ja!«

»Warum denn so widerborstig?«, gab Berengar scheinheilig zurück, bevor er sich wieder auf seinen Notizzettel konzentrierte: »Wie es Brauch ist, habt ihr an den Feierlichkeiten zu Ehren des Patrons Eures Ordens teilgenommen, wohl wissend, dass Abt Johannes die Reise nicht überleben würde. Um für den Fall der Fälle gerüstet zu sein, hattet Ihr Euch vor Eurer Abreise in Bruder Roberts Zelle mit Arsen eingedeckt. Nur ein paar Unzen, also gerade einmal so viel, dass es nicht weiter aufgefallen ist.«

»Pure Spekulation.«

»Mag sein. Aber wer außer Euch sollte ein Interesse am Tod von Abt Johannes haben? Wer außer Euch, dessen Aufgabe es war, dem hochbetagten und noch dazu kränkelnden Mann so oft als möglich zur Hand zu gehen, kommt überhaupt als Mörder in Frage? Wo doch offenkundig ist, dass der Dahingeschiedene keines natürlichen Todes starb, sondern mit fast hundertprozentiger Sicherheit vergiftet worden ist?!«

»Und wieso sollte ich das getan haben? Er war ein alter Mann, noch dazu bettlägerig und krank: Weshalb sich also die Mühe machen und ihn töten?«

»Weil nicht nur Euer Hass auf den Prior, sondern auch derjenige auf den Abt ins Unermessliche gestiegen ist.«
»So, meint Ihr.«
»Gewiss doch! Und wisst Ihr auch, warum? Weil Ihr Euch dem Erpressungsversuch des Priors zu widersetzen wagtet, der, wie nicht anders zu erwarten, den Abt über seine Schnüffeleien in Kenntnis setzte. Schwer vorstellbar, dass er dabei nicht ein wenig übertrieben hat.« Berengar hielt inne und warf Bruder Zacharias einen fragenden Blick zu. »Was dann passiert ist? Nun, Abt Johannes tat, was wohl jeder rechtschaffene Abt an seiner Stelle getan hätte: Er ließ Euch zu sich bitten und wollte wissen, ob die Anschuldigungen des Priors der Wahrheit entsprächen. Und Ihr? Nun, Ihr wart geständig, habt Euch ihm anvertraut, nahmt kein Blatt vor den Mund. Doch zu Eurer großen Enttäuschung, die kurz darauf in ohnmächtigen Hass umschlagen sollte, hat sich der Mann, dem Ihr ergeben wart wie kaum einem anderen, nicht vor Euch gestellt. Oh nein – degradiert worden seid Ihr nicht. Und schon gar nicht davongejagt. Man beließ Euch in Eurem Amt. Aber gleichzeitig muss Euch Abt Johannes unmissverständlich klar gemacht haben, dass an Fürsprache seinerseits, ganz zu schweigen von Protektion – nicht zu denken sei. Womöglich war auch schon von einem Nachfolger die Rede. Bruder Hildebrand war am Ziel, und Ihr – Ihr, Bruder Zacharias, am Boden zerstört. Daher der Plan, die beiden zu ermorden – sobald sich die erste Möglichkeit dazu bot.«
»Fehlen nur noch die Beweise.«
»Ich kann mich nicht erinnern, dir das Wort erteilt zu heben, Novize!«, presste Berengar mit nur mühsam unterdrückter Wut hervor, während die Zornesader an seinem Hals deutlich anschwoll. »Aber ich kann dich beruhigen: Wenn ich mit deinem Vetter am Ende bin, kommst du an die Reihe. Und dann wirst du merken, mit wem du es hier zu tun hast.«
»Wagt es nicht, ihn –«
»Warum so hitzig, Bruder Zacharias?«, erwiderte der Vogt und schlenderte gemächlich auf den Secretarius zu. »Oder

wollt Ihr etwa leugnen, dass es Euer Vetter war, der das Mordkomplott gegen den Abt und seinen Stellvertreter geschmiedet hat?« Berengar stemmte die Hände gegen die Hüften und warf ihm einen Blick zu, wie er geringschätziger nicht hätte ausfallen können. »Ihr, Bruder Zacharias, wart nur das ausführende Organ!«, fuhr er den Secretarius an. »Er war der Kopf, und Ihr – Ihr nichts anderes als sein willfähriges Opfer. Ein Mittel zum Zweck, nicht mehr.«

»Ihr lügt.«

Berengar setzte ein gelangweiltes Grinsen auf. »So, meint Ihr!«, antwortete er mit einer Gelassenheit, die ihn selbst am meisten überraschte. »Wie schade, dass ich Euch eines Besseren belehren muss.« Der Vogt wartete eine Antwort von Bruder Zacharias gar nicht erst ab, drehte sich um und wandte sich dem ersten der sechs Vermummten zu, die dem Geschehen bislang ohne jegliche Regung gefolgt waren. Bevor er ihn ansprach, richtete er jedoch das Wort an die Zuhörer, von denen nicht wenige den Blickkontakt mit ihm mieden: »Wie ihr, versammelte Brüder, während der letzten halben Stunde feststellen konntet, stehen zwei Mitglieder eures Konvents, nämlich Bruder Zacharias und Angelus, in dringendem Verdacht, die führenden Köpfe einer Verschwörung zu sein, deren Ziel es unter anderem war, sowohl den Abt als auch den Prior dieses Klosters vom Leben zum Tode zu befördern. Leider war dies längst noch nicht alles, doch darüber später mehr. Wie ihr euch darüber hinaus davon überzeugen konntet, leugnen sie, irgendetwas mit den ihnen zur Last gelegten Verbrechen zu tun zu haben, weshalb mir als Vogt und Vertreter des Grafen die Aufgabe zufällt, ihnen und euch das Gegenteil zu beweisen und sie anschließend ihrer gerechten Strafe zuzuführen. Aus diesem Grunde werde ich jetzt eine Reihe von Zeugen verhören. Irgendwelche Einwände?« Als sich niemand, nicht einmal Valentin von Helfenstein, zu Wort meldete, wandte sich Berengar wieder dem Vermummten zu und gab ihm durch eine Handbewegung zu verstehen, seine Kapuze vom Kopf zu nehmen. »Dein Name?«, herrschte er den untersetzten, vierschrötig wirkenden Mann um die 30 an, über dessen rechte Gesichtshälfte sich eine breite Narbe zog.

»Heinrich. Aber alle nennen mich Heiner«, lautete die Antwort.

»Dein Beruf?«

»Kriegsknecht des Grafen zu Wertheim. Armbrustschütze, um es genauer zu sagen.«

»Erkennst du die beiden Kerle da drüben?«

»Den älteren im Habit der Zisterzienser. Den Novizen hab ich noch nie gesehen.«

»Und woher kennst du ihn?«

»Von unserer Reise nach Cîteaux. Meine Kameraden und ich gaben ihm das Geleit.«

»Ist dir dabei etwas Besonderes aufgefallen?«

»Auf dem Hinweg nicht.« Der Kriegsknecht räusperte sich, schlug die Augen nieder und zögerte. Doch dann holte er tief Luft und fuhr mit einer für einen Mann seines Aussehens ungewöhnlich leisen Stimme fort: »Aber auf der Heimreise. Etwa eine Wegstunde entfernt von Belfort.«

»Und was?«

»Wir ... haben einen Toten im Straßengraben liegen sehen. Kaufmann, so um die 30. Wahrscheinlich von Wegelagerern erschlagen.«

»Wie kommst du darauf, dass es ein Kaufmann war?«

»Weil er wie einer angezogen war. Teures Barett, mit Pelz verbrämtes rotes Wams, Leinenhemd, Beinlinge: Wie die Welschen eben alleweil so herumlaufen. Ich bin viel unterwegs, Herr: Da kriegt man mit der Zeit ein Gespür, mit wem man es zu tun hat.«

»Und wie hat Bruder Zacharias auf den Vorfall reagiert?«

Der Kriegsknecht zuckte die Achseln. »Eigentlich gar nicht«, antwortete er. »Mein Eindruck war, dass ihn die Gewandung des Toten viel mehr interessiert hat als der arme Teufel selbst.«

»Wie darf ich das verstehen?«
»Na ja, bevor wir ihn verscharrt haben, mussten wir ihm die Kleider ausziehen. Vielleicht könne man die später noch brauchen, hat er gesagt. Und ganz komisch gegrinst dabei.«
»Und du?«
»Was blieb uns denn anderes übrig! Wir haben getan, was uns aufgetragen worden ist. Bruder Zacharias hat den Kram an sich genommen. Nach ein paar Tagen hatte ich die Sache schon wieder vergessen. War schon seltsam genug, mit dem einbalsamierten Leichnam eines Abtes im Gepäck durch die Gegend zu kutschieren.«
Erst als er die indignierten Blicke der anwesenden Mönche auf sich ruhen fühlte, wurde dem Kriegsknecht die Pietätlosigkeit seiner Äußerung bewusst und er schlug verlegen die Augen nieder. »Verzeiht, Herr«, wandte er sich hilfesuchend an den Vogt, »ich wollte nicht –«
»Schon gut!«, fiel ihm Berengar ins Wort. »Irgendwelche besonderen Vorkommnisse?«
»Erst als wir schon fast wieder in Wertheim waren.«
»Will heißen?«
»Etwa eine halbe Wegstunde vom Tor entfernt hat er anhalten lassen. Und gesagt, er braucht uns nicht mehr.«
»Und dann?«
»Dann hat er uns – dem Schorsch, dem Michel und mir, meine ich – den Sold ausbezahlt, sich auf den Kutschbock gesetzt und war in Null-Komma-Nichts verschwunden.«
»Und das Geld? Wie viel hat er dir bezahlt?«
Der Kriegsknecht runzelte die Stirn. »Viel zu viel«, gab er kleinlaut zu. »30 Gulden.«
»Das war einstweilen alles. Du kannst dich setzen.« Ein Raunen erhob sich, dem Berengar jedoch mit erhobenen Händen Einhalt gebot. »Ich bitte um Ruhe!«, forderte er und gab den nächsten beiden Zeugen mit einem Kopfnicken zu verstehen, sich zu demaskieren. »Für den Fall, dass irgendwer in diesem Saal immer noch von der Unschuld des Secretarius über-

zeugt ist: Dieser Mann hier verrichtete am Dienstagabend am Stadttor seinen Dienst. Und er kann bezeugen, dass Bruder Zacharias kurz vor Sonnenuntergang in der soeben beschriebenen Kleidung, die er offenbar kurz zuvor gewechselt hatte, das Maintor passierte. Allein. Auf dem Kutschbock eines Pferdegespanns, das er als sein eigenes ausgab. Habe ich recht?«

Der baumlange Torwächter, seines amputierten Beines wegen auf eine Krücke gestützt, nickte. »Ja, Herr.«

»Hat er gesagt, wo er Quartier nehmen will?«

»Nein, Herr.«

»Was nicht weiter schlimm ist!«, fügte Berengar mit deutlicher Genugtuung hinzu, während sich sein Blick zunächst Bruder Zacharias und dann den übrigen Zuhörern zuwandte. »Dieser Mann nämlich, Mietstallbesitzer von Beruf, kann bezeugen, dass er zwei volle Nächte bei ihm Quartier genommen und sich bei dieser Gelegenheit als Kaufmann auf dem Weg nach Würzburg ausgegeben hat. Seine beiden Knechte hätten sich klammheimlich davongemacht, weshalb er gezwungen sei, fürs Erste in der Stadt Quartier zu nehmen. Trifft dies zu, Liutprand?«

Der Mietstallbesitzer, heilfroh, der Obrigkeit zu Diensten zu sein, selbst wenn sie so schroff wie Berengar auftrat, nickte beflissen und stammelte: »Voll und ganz, Herr.«

»Ist dir während der Zeit, als jener Ordensbruder da drüben Quartier bei dir nahm, irgendetwas Besonderes an ihm aufgefallen?«

»Wenn ich ehrlich bin: zunächst nichts.«

»Aber –«

»– am Tag seiner Abreise – also vorgestern – dafür umso mehr.«

»Lass Er hören.«

»Also, das war so: Gestern morgen hat mein Hund verrückt gespielt. Eigentlich hört er aufs Wort, aber gestern, als ich auf dem Hof beim Holzhacken war, ist er urplötzlich wie ein Wilder in den Stall gerannt, hat gejault und gekläfft, dass es fast nicht mehr zum Aushalten war und mit den Pfoten im

Dreck gewühlt. Ich denke: Was hat der Köter bloß? Weiß der Teu... äh, weiß Gott, was dem wieder im Kopf rumgeht! Aber dann, als er um nichts in der Welt zu beruhigen war, hab ich kapiert, dass irgendetwas nicht in Ordnung ist. Na ja – und dann habe ich angefangen zu graben.«

»Und dies hier gefunden?« Noch während Liutprand am Erzählen war, hatte Berengar einem der schwer bewaffneten Kriegsknechte an der Tür einen Wink gegeben, woraufhin ihm dieser ein in Leinwand eingewickeltes Bündel reichte.

»Ja, Herr!«, bekräftigte der Mietstallbesitzer, nachdem der Vogt in die Mitte des Raumes getreten, das Bündel scheinbar achtlos auf den dort befindlichen Tisch geworfen und aufgeschnürt hatte.

»Ein Wams, vormals rot, Beinlinge, von der Art, wie man sie bei den Welschen trägt, dazu ein sündhaft teures Hemd: Erkennt ihr sie?«, fragte der Vogt und hielt die beschriebenen Gegenstände in die Höhe.

Sowohl der Kriegsknecht als auch der Torwächter und Liutprand nickten. Sichtlich zufrieden wandte sich Berengar daraufhin wieder seinen Zuhörern zu. Bruder Zacharias, den er mit seinem Blick streifte, starrte geistesabwesend ins Leere. Nicht so Angelus, der das Geschehen aufmerksam verfolgte, dabei jedoch so tat, als ginge es ihn nichts an. »Man fragt sich natürlich«, fuhr Berengar wie im Selbstgespräch fort, »woher die Blutflecken stammen, die am Ärmel des Wamses zu finden sind. Bevor ich euch, versammelte Brüder, diesbezüglich Rede und Antwort stehe, möchte ich Bruder Johannes bitten, über seine Erlebnisse am Mittwochmorgen zu berichten, als er wie üblich an der Pforte seinen Dienst versah.«

»Also, das war so«, begann der Hilfspförtner in forscher Manier, obwohl er seine Nervosität nur schlecht verbergen konnte. »Noch vor der Prim – etwa eine Stunde, um es genauer zu sagen – klopfte ein Mann an die Pforte ... nun ja, wie soll ich das ...«

»Bei dem es sich eindeutig um einen Kesselflicker namens

Gisbert handelte!«, vollendete Berengar. »Der, wie Bruder Johannes, unser wackerer Hilfspförtner, hier vor aller Augen bezeugen kann, Bruder Joseph dringend zu sprechen wünschte. Da er dem Galgenvogel zwar misstraute, der Novizenmeister aber andererseits nicht nur bei ihm, sondern uns allen in hohem Ansehen steht, dachte er sich nichts dabei und kam der Bitte des Kesselflickers nach. Bruder Joseph, der sich wie alle anderen Brüder in der Wärmestube befand, ließ nicht lange auf sich warten und zog sich mit dem Kesselflicker in die Pförtnerstube zurück. Entspricht dies den Tatsachen, Bruder?«

»Bis ins Detail, Vogt.«

»Bruder Johannes«, richtete Berengar wiederum das Wort an die Ordensbrüder, deren Bestürzung allmählich in Entsetzen umzuschlagen begann, »Bruder Johannes kam dieses Verhalten denn doch etwas merkwürdig vor. Folglich gab er nicht etwa seiner Neugier, sondern der Sorge nach, dass es hier nicht mit rechten Dingen zugehe. Als er das Gespräch zwischen den beiden belauschte, konnte er zwar nicht jedes Wort verstehen, aber immerhin so viel, um zu begreifen, dass sowohl Gisbert als auch Bruder Joseph als Überbringer einer geheimen Botschaft fungierten. Pech für die beiden, dass sich unser wackerer Hilfspförtner auch jetzt, drei Tage später, immer noch an jedes einzelne Wort dieser Botschaft erinnern kann. Nicht wahr, Bruder Johannes?«

»Aber gewiss doch, Vogt.«

»Und wie lautet sie?«

»Es war ein Zitat aus der Heiligen Schrift«, entgegnete der Hilfspförtner mit zitternden Knien. »›Da zerriss der Hohepriester seine Kleider und sprach: Siehe, jetzt habt ihr seine Gotteslästerung gehört. Was dünkt euch? Sie antworteten und sprachen: Er ist des Todes schuldig.‹«

»Mit anderen Worten, versammelte Brüder: Bei der uns allen bekannten Episode aus der Leidensgeschichte des Herrn handelte es sich um eine Art fingierten Dialog, bei dem Bruder Joseph sozusagen die Rolle der Schriftgelehrten und Bruder Zacharias diejenige des Hohenpriesters übernahm. Was damit bezweckt werden sollte, ist klar: Derjenige, der Bruder Zacharias den verschlüsselten Auftrag gab, den Bruder Prior zu ermorden – denn von nichts anderem ist hier die Rede –, wollte ebenso wie seine Helfershelfer im Dunkeln bleiben. Bruder Zacharias und Bruder Joseph waren beide nur Handlanger, nicht mehr.«

»Und wer, Vogt, könnte Eurer Meinung nach dieser ominöse Mann sein?«

»Verzeiht, Herr von Helfenstein, wenn ich Euch noch ein wenig auf die Folter spannen muss«, wimmelte Berengar den Secretarius ab, als handele es sich bei ihm um ein aufdringliches Insekt. »Bevor ich mich dieser Frage zuwende, möchte ich mit der Rekonstruktion der Ereignisse von vor drei Tagen fortfahren – wenn Ihr nichts dagegen habt.« Von Helfenstein öffnete den Mund, doch Berengar ließ ihn nicht zu Wort kommen, setzte ein durchtriebenes Lächeln auf und sprach: »Dergestalt instruiert, beschloss Bruder Zacharias, sich des unglückseligen Kesselflickers zu entledigen. Er hatte seine Schuldigkeit getan und musste sterben, nicht zuletzt deshalb, weil er ihm hätte gefährlich werden können. Bruder Zacharias ist dabei auf eine Art und Weise vorgegangen, wie es nicht einmal unzivilisierte Wilde tun. Details, ehrwürdige Brüder, möchte ich mir an dieser Stelle ersparen. Bruder Johannes, der mit der Bestattung des Toten beauftragt worden war, weiß ganz sicher, wovon ich rede.«

»Hypothesen, Vermutungen, Spekulationen – wo aber sind die Beweise, Vogt!«

»Wie ich bereits sagte, Visitator: Nur noch ein wenig Geduld! Aber da es Euch offenbar eilig und Euer Wunsch mir selbstverständlich Befehl ist – dann mag es eben geschehen!«

Berengar sah sich nach den drei verbliebenen Zeugen um, schnippte mit dem Finger und sprach: »Ihr und die ehrwürdigen Brüder mögt die Beweise haben – und zwar auf der Stelle!«

Als der Vierte in der Reihe der Zeugen die Kapuze vom

Kopf nahm, ging nicht nur ein Raunen, sondern ein Aufschrei des Entsetzens durch den Saal, denn der kleinwüchsige, im Vergleich zu Berengar nicht einmal halb so große Mann war das hässlichste Wesen, das die frommen Brüder zu Bronnbach je gesehen hatten. Genau genommen hatte er überhaupt kein Gesicht, ja nicht einmal einen richtigen Mund. Das einzig Intakte waren seine Augen, während die Haut den Anschein erweckte, als sei der Gnom gewaltsam in ein Becken mit glühenden Kohlen gestoßen worden. Nichtsdestotrotz schien ihm auch nicht die geringfügigste Kleinigkeit zu entgehen, und bevor Berengar überhaupt das Wort ergreifen konnte, schnellte sein Zeigefinger nach vorn und er rief mit schriller Stimme: »Der da war es. Der da neben dem Jüngling mit dem blondgelockten Haar!«

Alles andere als überrascht, durchmaß Berengar mit wenigen Schritten den Saal, deutete auf Bruder Zacharias und fragte: »Nur um sicherzugehen – du meinst diesen Mann?«

»Eben den!«, bekräftigte der Mann ohne Gesicht, während Berengar Bruder Hilpert einen vielsagenden Blick zuwarf.

»Und woher kennst du ihn?«

»Ich habe ihn am Dienstag etwa zwei Stunden nach Mitternacht aus der Stadt gelotst. Gegen Bares, versteht sich. Bloß dass er da keinen Habit, sondern die Tracht eines Kaufmannes trug.«

»Und was genau hatte er an?«

»Hautenge Beinlinge, sündhaft teures rotes Wams, feinstes Leinen, Barett – was ein feiner Pinkel eben so trägt.«

»War er allein?«

»Nein. Gisbert der Kesselflicker war bei ihm. Weiß der Teu... äh... keine Ahnung, was die beiden im Schilde führten.«

»Damit unter den frommen Brüdern kein Missverständnis entsteht: Kannst du mir sagen, um welche Sorte Mensch es sich bei dem Kesselflicker gehandelt hat?«

»Um einen raffgierigen alten Galgenvogel, der für ein paar Pfennige sogar seine Mutter erledigt hätte.«

»Ist dir an Bruder Zacharias etwas ganz Besonderes aufgefallen?«

»Und ob!«, antwortete der Gnom und verzog das Gesicht. »Er war parfümiert. Lavendel. Ich dachte, ich hätte einen Franzosen vor mir.«

»Das war einstweilen alles. Du kannst dich setzen.« Berengar atmete tief durch, räusperte sich und wandte sich dann an sein Publikum: »Für den Fall, dass dies immer noch nicht genug sein sollte – hier der Mann, der miterlebt hat, wie Bruder Zacharias den Kesselflicker auf heimtückische Art und Weise dahingemetzelt hat. Gib dich zu erkennen, Bodo!«

In der für ihn typischen Mischung aus Furcht und Unterwürfigkeit nahm Bodo der Beutelschneider die Kapuze vom Kopf, blinzelte in die Runde und neigte demütig das Haupt.

»Bist du Bodo, den man in Wertheim den ›Beutelschneider‹ nennt?«

»Der bin ich, Herr!«

»Bist du imstande, diesen Ordensbruder wiederzuerkennen – den da drüben, direkt neben dem Novizen?«

Der Taschendieb nickte. »Und ob!«, beeilte er sich zu antworten, wobei er den Blick des Beschuldigten geflissentlich mied. »Überall und in jeder Verkleidung.«

»Soll das heißen, dass er am Mittwochmorgen, als du beobachtet hast, wie er den Kesselflicker niedergestochen hat, nicht die Tracht der Zisterzienser trug?«

»Ja, Herr.«

»Lass Er mich raten«, fuhr Berengar fort. »Trug er vielleicht die Kleidungsstücke, die dort drüben auf dem Tisch liegen?«

Der Taschendieb schlug die Augen nieder, schürzte die Lippen und nickte.

»Und was genau hast du gesehen?«

»Es war kurz nach Sonnenaufgang. Na ja – wenn noch nicht viel los ist, treib ich mich ...«

»Wenn es noch nichts zu stibitzen gibt, wolltest du sagen!«, unterbrach ihn der Vogt mit gutmütigem Spott.

Der Beutelschneider grinste verlegen, wusste er doch nur zu gut, dass man Berengar nichts vormachen konnte. »Wie gesagt«, versuchte er deshalb das Gespräch wieder möglichst rasch auf seinen eigentlichen Gegenstand zu lenken. »Wenn auf dem Markt und auch sonst noch nicht viel los ist, treib ich mich meistens draußen vor dem Tor herum.«

»Wie auch am Mittwochmorgen.«

»Genau. Ich bin ein wenig die Landstraße entlang, mir die Beine vertreten. Und dann habe ich ihn stehen sehen. Mutterseelenallein. Draußen auf dem Feld.«

»Was nichts anderes bedeutete, als dass er auf jemanden gewartet hat.«

»Sah ganz danach aus. Und hat sich auch kurz darauf bestätigt.« Bodo der Beutelschneider rieb sich das Kinn. »Etwa eine Stunde nach Sonnenaufgang ist der Kesselflicker schließlich aufgetaucht. Allein.«

»Und dann?«

»Dann haben sie kurz miteinander gesprochen. Keine Ahnung, über was. Ich war zu weit weg und hab deswegen nichts mitgekriegt.«

»Ich verstehe. Bei einem Gespräch unter Freunden ist es jedoch leider nicht geblieben.«

Der Beutelschneider schüttelte betreten den Kopf und fingerte nervös an seiner Kapuze herum. »Nein – das kann man nun wirklich nicht sagen. Er hat seinen Dolch gezückt und ihn ohne zu zögern erledigt. Abgestochen, sollte ich wohl eher sagen. Abgestochen wie ein Schwein.«

»Und was geschah dann?«, ließ Berengar nicht locker.

»Dann?«, echote der Beutelschneider entsetzt. »Dann habe ich die Füße in die Hand genommen und bin so schnell wie möglich zurück in die Stadt. Und nichts wie rein in die nächstbeste Schenke.«

»Und warum erfahre ich davon erst jetzt?«

»Hättet Ihr mir denn geglaubt?«

Berengar, der dem Taschendieb liebend gerne die in seinen Augen passende Antwort gegeben hätte, entschloss sich, die Frage geflissentlich zu überhören und gab ihm durch eine Handbewegung zu verstehen, sich zu setzen. Dann wandte er sich dem letzten in der Reihe der sechs Zeugen zu. »Bist du Sigurd, Wirt vom ›Wilden Mann‹?«, fragte er.

»Ja, Herr!«, bekräftigte der Mann mit dem Borstenschnitt, nachdem er die Kapuze abgenommen hatte.

»Du hast alle bisherigen Gespräche aufmerksam verfolgt?«
»Hab ich.«
»Wie du mir berichtet hast, ist am späten Dienstagabend ein Mann in deiner Schenke aufgetaucht, der dies unter normalen Umständen wohl nicht tun würde. Ein – wie du trotz seiner opulenten Kaufmannstracht zu erkennen glaubtest – Pfaffe.«

Da er sich im Kreise von drei Dutzend Zisterziensern begreiflicherweise höchst ungern seiner Wortwahl entsann, antwortete der Wirt: »Ein Kleriker, genau.«

Berengar konnte sich ein Grinsen nicht verkneifen, ließ es jedoch dabei bewenden. »Und dann?«

»Dann ist er mit Gisbert dem Kesselflicker ins Gespräch gekommen und hat ihm für irgendwelche Dienste einen Goldgulden Vorschuss bezahlt. Den er denn auch prompt auf den Kopf gehauen hat.«

»Für was, dürfte die versammelten Brüder wohl kaum interessieren.« Berengar, dessen Hang zum Sarkasmus ihm denn auch prompt einen tadelnden Blick Hilperts eintrug, deutete mit dem Zeigefinger auf Bruder Zacharias und fragte: »Handelt es sich dabei etwa um diesen Mann?«

»Ja, Herr.«

»Danke, Wirt – du kannst dich setzen.« Berengar atmete tief durch und wandte sich wieder seinem Publikum zu. Doch wen er auch ansah, wich seinen Blicken aus, und es herrschte eine geradezu unheimliche Stille im Saal. Die Ruhe vor dem Sturm.

Bezeichnenderweise war es Bruder Zacharias, der als Erster das Wort ergriff. »Ein Söldner, Kuppler, Krüppel und ein

Dieb – ein dreckiger kleiner Dieb! Feine Gesellschaft – muss ich schon sagen!«, giftete er Berengar an. »Ihr glaubt doch wohl nicht im Ernst, dass Ihr damit durchkommt! Und dann erst Euer Kronzeuge – dass ich nicht lache! Einmal ehrlich, Vogt: Wie viel habt Ihr ihm bezahlt? 100 Gulden? 200?« Bruder Zacharias starrte Berengar hasserfüllt an. »Merkt Euch eins: um mich vor Gericht zu stellen, müsst Ihr Euch schon etwas Besseres ...«

»Ad eins, Bruder: Ihr *steht* hier vor Gericht. Ad zwei: Ihr seid vom Vogt des Grafen soeben zweifelsfrei als gedungener, heimtückischer Mörder entlarvt worden, als ein Mann, der in den Annalen unserer Grafschaft seinesgleichen sucht. Und somit werdet Ihr vor dem Grafschaftsgericht genauso wenig Gnade finden wie hier. Es sei denn, Ihr verratet uns, wohin Laetitia verschleppt worden ist. Dann – und nur dann – werden Euch im Angesicht des Todes übermäßige Torturen erspart. Obwohl es mir alles andere als leicht fällt, gebe ich Euch hiermit mein Wort. Mein Wort als Inquisitor vom Orden der Zisterzienser.«

Während er diese Worte sprach, saß Hilpert immer noch auf seinem Platz und blickte starr geradeaus. Er sah müde und abgekämpft aus, tiefe Sorge überschattete seinen Blick. »Leider«, fuhr er schließlich fort, als Bruder Zacharias beharrlich schwieg, darauf bedacht, durch sein Zögern ein Höchstmaß an Wirkung zu erzielen, »leider, versammelte Brüder, sind wir aber immer noch nicht am Ende. Schickte sich Bruder Zacharias doch an, alsbald seinen nächsten Mord zu begehen.«

»Ach – und wie?«

»Das wisst Ihr selbst nur allzu genau. Denn anstatt nach der Ermordung – oder besser gesagt Hinrichtung – wieder in die Stadt zurückzukehren, habt Ihr Euch schnurstracks hierher begeben, um Euren Auftrag auszuführen. Und das, obwohl das ganze Kloster bereits auf den Beinen war.«

»Wenn dem so war: wie – bitte schön – hätte ich dann unbemerkt in die Kirche gelangen sollen?«

»Durch den Gang, von dem außer dem verstorbenen Vater Abt nur Ihr als sein Secretarius Kenntnis hattet.«

Obwohl er versuchte, sich nichts anmerken zu lassen, wurde Bruder Zacharias kreidebleich. Man konnte buchstäblich spüren, wie er nach den passenden Worte suchte, aber als ihm dies nicht gelang, wandte er den Blick ab und starrte ins Leere.

»Wenn ich Euer Schweigen richtig deute, Bruder«, nutzte Hilpert die sich ihm bietende Möglichkeit gnadenlos aus, »kann man davon ausgehen, dass sich alles exakt so zugetragen hat, wie ich es geschildert habe, nicht wahr?«

»Denkt doch, was Ihr wollt.«

»Habt Dank – mehr wollte ich nicht von Euch hören«, antwortete der Inquisitor in harschem Ton. »Wie gesagt: Mit Hilfe des geheimen Ganges, dessen Einstieg sich oberhalb des Mönchsfriedhofes befindet, gelangtet Ihr unbemerkt in die Kirche. Wohl wissend, dass Euer Todfeind, der Prior, auch an jenem Tag seinen Gewohnheiten treu bleiben und allein vor dem Altar meditieren würde, saht Ihr ihm geraume Zeit zu, aber genau in dem Moment, als Ihr ihn mit einer Drahtschlinge erdrosseln wolltet, geschah etwas höchst Merkwürdiges: Bruder Prior, ein kräftiger Mann, leistete keinerlei Widerstand. Mehr noch, als die Schlinge noch recht locker saß und Ihr gerade im Begriff wart, sie mit aller Kraft zuzuziehen, sackte er plötzlich in sich zusammen und stürzte zu Boden. Seltsam, nicht? Wie dem auch sei – für einen Moment wart Ihr völlig perplex, dann habt Ihr ihn einfach liegen lassen und Euch so schnell wie möglich aus dem Staub gemacht. Wenn man so will, ist Bruder Hildebrand nicht von Eurer Hand, sondern aus einem ganz anderen Grund gestorben.«

»Und der wäre?«

»An einer Überdosis, Herr von Helfenstein. Einer Überdosis Schlafmohn, auch Opium genannt. Ein Trank, der, richtig dosiert, allerlei Visionen zu erzeugen pflegt. Richtig dosiert, wohlgemerkt. Anscheinend haben sich die von Bruder Hildebrand immer häufiger herbeigesehnten Visionen aber nicht in der erwünschten Intensität eingestellt, weswegen er die Dosis erhöht und damit seinen plötzlichen Tod selbst heraufbeschworen hat. Woher das Opium kam? Ganz einfach: Er hat es gestohlen. Wie mir der verstorbene Bruder Infirmarius verriet, war die Phiole mit dem Opium seit geraumer Zeit verschwunden. Ich denke, man braucht nicht allzu viel Fantasie, um dahinter zu kommen, um wen es sich bei dem Dieb gehandelt haben könnte.« Bruder Hilpert warf dem Secretarius einen durchdringenden Blick zu, den Bruder Zacharias jedoch beharrlich ignorierte. »Doch zurück zu Euch, Bruder!«, fuhr der Inquisitor nach kurzer Bedenkzeit fort. »Nachdem klar war, dass Bruder Prior nicht mehr lebte, habt Ihr schleunigst das Weite gesucht. Wie mir der Mann, der Euch aus der Stadt geschmuggelt hat, versicherte, wolltet Ihr Euch mit ihm im Morgengrauen des folgenden Tages, also vorgestern, wieder treffen, damit er Euch ohne die ebenso lästigen wie auch gefährlichen Kontrollen am Tor wieder in die Stadt schmuggeln konnte. Bleibt die Frage, wo Ihr Euch in der Zwischenzeit herumgetrieben habt. Ihr merkt, worauf ich hinauswill? Ich denke schon, zumal es sich bei Euch um einen überaus scharfsinnigen Menschen handelt.« Durch die eigene Wortwahl selbst ein wenig irritiert, warf Bruder Hilpert einen Blick in die Runde und sprach: »Wie Ihr bemerkt habt, Brüder, habe ich den Angeklagten trotz der Abscheulichkeiten, zu denen er sich hat hinreißen lassen, als Menschen bezeichnet. Wobei ich mich nunmehr, da ich mich der widerlichsten seiner Missetaten zuwende, revidieren muss. Bruder Zacharias: Trifft es zu, dass Ihr mit Hilfe des Novizen Wieland oder anderer Helfershelfer den Novizen Lukas auf abscheuliche Art und Weise vom Leben zum Tode befördert habt, um – sagen wir es einmal so: – um an ihm ein Exempel zu statuieren?«

»Mir ist ehrlich gesagt nicht ganz klar, Inquisitor, was Ihr ...«

»Was ich damit meine, Visitator?«, unterbrach Bruder Hilpert den bischöflichen Gesandten und sah ihn erbost an. »Nur noch eine Viertelstunde Eurer kostbaren Zeit, dann werdet Ihr es wissen!«

»Bruder Hilpert, ich muss mich gegen Euren Tonfall auf das Schärfste ...«

»Wie gesagt: Nicht mehr lange, und Ihr seid im Bilde.«

Valentin von Helfenstein lief rot an, sprang auf – und ließ sich, als er Hilperts Blick nicht standhalten konnte, wieder in seinen Lehnstuhl sinken. Einen Raunen ging durch den Saal, war doch von nun an klar, wer das Sagen hatte. »Ihr habt meine Frage gehört, Secretarius«, wandte sich der Inquisitor wieder dem Angeklagten zu. »Habt Ihr den Novizen Lukas auf bestialische Weise exekutieren lassen und dabei womöglich selbst mit Hand angelegt – ja oder nein? Antwortet mir – ja oder nein? Ihr wollt nicht reden? Nun gut – ich werde Euch ohnehin nicht mehr lange behelligen müssen. Und auch euch nicht, ehrwürdige Brüder. Denn der Rest der Geschichte ist schnell erzählt.« Bruder Hilpert warf Berengar einen raschen Blick zu, und als dieser kaum merklich nickte, fuhr er mit entschlossener Miene fort: »Wie dem auch sei – zur verabredeten Zeit, etwa eine Stunde vor Sonnenaufgang vor zwei Tagen, seid Ihr auf Schleichwegen zurück in die Stadt gelangt. Euer Glück, dass der Mietstallbesitzer Euer Kommen nicht bemerkt hat, nicht zuletzt aufgrund des Vollrausches, den er sich dank Eures fürstlichen Vorschusses anzutrinken geruhte. Und so war es Euch ein Leichtes, Eure blutverschmierte Kleidung zu wechseln, sie im Stall zu vergraben und in aller Ruhe anzuspannen. Woraufhin Ihr die Stadt in Richtung Kloster verlassen habt – und zwar in dem Habit, den Ihr gerade am Leibe tragt. Kurzum: Bei Eurer Ankunft vor zwei Tagen schien nichts darauf hinzuweisen, dass es sich bei Euch um einen Mann handeln könnte, der vier Menschenleben auf dem Gewissen hat.«

»Dann darf ich jetzt wohl gehen?!«

Die Köpfe aller Anwesenden, beileibe nicht nur die von Hilpert und Berengar, fuhren wie auf Kommando herum und starrten in die Richtung, aus der die weiche, knabenhaft anmutende Stimme kam. »Wie mir scheint, werde ich hier nicht mehr gebraucht!«, fügte Angelus achselzuckend hinzu.

Berengar fing sich als Erster. Mit einem Lächeln, das in puncto Boshaftigkeit nicht zu übertreffen war, trat er in die Mitte des Raumes und wandte sich dem Novizen zu. »Und ob!«, erwiderte er knapp, während das Lächeln aus seinem Gesicht verschwand. »Und eines schwöre ich dir: Wenn ich mit dir fertig bin, wird dir das Lachen vergangen sein!«

Obwohl der Tonfall des Vogtes an Deutlichkeit nichts zu wünschen übrig ließ, schien der Novize nicht im Mindesten beeindruckt. »Darf man fragen, wieso?«, konterte er und tat so, als ginge ihn die ganze Sache nichts an.

»Weil ich dich in Ketten legen, einsperren und für alles, was du angerichtet hast, zur Verantwortung ziehen werde.«

Ein bösartiges Funkeln, das den meisten Zuschauern jedoch verborgen blieb, huschte über sein Gesicht. Aber gleich darauf sprach Angelus in übertrieben devotem Ton: »Und weswegen, wenn ich fragen darf?«

»Das wirst du schon sehen!«, antwortete der Vogt, gab dem Posten ein Zeichen und wandte sich wieder dem Novizen zu. Einen Moment lang standen sich die beiden schweigend gegenüber. Dann brach Berengar sein Schweigen und sprach: »Wann ist dir das erste Mal die Idee gekommen, dich in den Dienst des Leibhaftigen zu stellen?«

Für den Bruchteil eines Augenblicks schien es, als hätten die Ordensbrüder nicht begriffen, worum es bei Berengars Frage ging. Doch dann, von einem Moment auf den anderen, machte die Verwirrung auf ihren Gesichtern einem Ausdruck tiefsten Entsetzens Platz. »Antworte!«, fuhr Berengar den Novizen an. »Oder hat es dir etwa die Sprache verschlagen?!«

»Keineswegs.«

»Wann bist du zu einem Jünger Satans geworden?« Berengar trat auf den Novizen zu und pflanzte sich drohend vor ihm auf. »Wann – und vor allem wo? Gib dir keine Mühe –

ich bin schon mit weit schlimmerem Gesindel fertig geworden als mit dir!«

Angelus setzte eine verständnislose Miene auf. »Bei allem schuldigen Respekt, Vogt«, gurrte er, »ich weiß wirklich nicht, was das Ganze soll.«

»Wann bist du in das hiesige Kloster eingetreten?«

Der Novize runzelte die Stirn und kehrte die Handflächen nach oben. »Wenn Ihr mir die Bemerkung gestattet«, erging er sich in wohleinstudierter Naivität. »Ich habe nicht die leiseste Ahnung, worauf Ihr …«

»Das brauchst du auch nicht!«, unterbrach ihn Berengar barsch. »Ist es richtig, dass du just um diese Zeit vor nunmehr fast einem Jahr von deinem Vater hier abgeliefert worden bist – wie ein x-beliebiger Gegenstand, den er so schnell wie möglich loswerden wollte? Weil du, wie ihm deine Mutter auf dem Sterbebett beichtete, gar nicht sein leiblicher Sohn gewesen bist?«

»Und wenn dem so wäre?«

Berengar lächelte maliziös. »Dem ist so!«, korrigierte er den Novizen, unter dessen aalglatter Oberfläche sich erste Anzeichen von Unsicherheit zeigten. Für die übrigen Anwesenden kaum zu erkennen, begann sein Atem deutlich rascher zu gehen, ganz abgesehen von den winzigen Schweißperlen, die überall auf seiner Stirn erschienen. »Womit wir für das, was nun folgte, zumindest einmal ein Motiv hätten.«

»Und was – wenn Ihr erlaubt – wirft man mir vor?«

»Wie bereits mehrfach erwähnt: Anstiftung zum Mord – aus blindem Hass auf die Welt, von der du dich zutiefst betrogen und hintergangen fühltest. Der Grund, weshalb aus dir binnen Monatsfrist ein Jünger des Leibhaftigen wurde.«

Der Novize setzte ein gelangweiltes Grinsen auf. »Höre ich richtig – Anstiftung zum Mord? Selbst wenn dem so wäre – wie wolltet Ihr mir das beweisen?«

Als Angelus seinen Satz vollendete, hatte sich Berengar längst abgewandt und sah hinüber zur Tür. »Die Zeugen, Herr!«, meldete der Reisige, der soeben dort erschienen war.

»Herein mit ihnen!«, antwortete Berengar, während sich sein und Bruder Hilperts Blick erneut trafen. »Und zwar so schnell wie ...«

»Auf ein Wort, Bruder!« Fast unbemerkt war von Helfenstein neben Berengar getreten. Beim Klang seiner Stimme, aus der ein beträchtliches Maß an Unsicherheit herauszuhören war, verfinsterte sich Berengars Miene, und er warf dem Visitator einen wütenden Seitenblick zu.

»Euer Gnaden wünschen?«, gab sich der Vogt betont höflich, obwohl er vor Ärger beinahe zu platzen schien.

»Ist es richtig, Bruder«, begann der Visitator, wobei er den Vogt geflissentlich ignorierte, »ist es richtig, Bruder Hilpert, dass besagter Novize – wie war doch gleich sein Name?«

»Angelus.«

»Ach ja, ich vergaß – Angelus: Ist es richtig, dass er als Novize noch kein Ordensmitglied im eigentlichen Sinne ist?«

Bruder Hilpert und Berengar wechselten einen vielsagenden Blick. »Dies trifft zweifellos zu«, antwortete der Inquisitor, während Berengar tief Luft holte, sich einen ironischen Kommentar aber wohlweislich verkniff. »Wenngleich dies ausschließlich im geistlichen, keinesfalls aber im rechtlichen Sinne der Fall sein mag.«

»Wie dem auch sei«, stieß von Helfenstein ärgerlich hervor, während seine Hand an die schweißnasse Kehle fuhr, »in meiner Eigenschaft als Visitator seiner fürstbischöflichen Gnaden verlange ich, dass der von Euch, Vogt, der Anstiftung zum Mord bezichtigte Novize umgehend der Jurisdiktion des Hofgerichtes überstellt werde, damit Ihro Gnaden –«

»Einen Scheißdreck werden wir tun.«

»Wie belieben?« Von Helfenstein, auf einen Schlag leichenblass, sah Berengar entrüstet an.

»Einen –«

»Berengar – bitte.« Bevor der Vogt vollends die Geduld verlor, war Bruder Hilpert zwischen die beiden Streithähne getreten. »Verzeiht – aber mein Freund hat ein hitziges Temperament«, gab er von Helfenstein betont höflich zu verstehen. »Besonders dann, wenn er sich nicht ernst genommen fühlt. Was er jedoch in seiner bisweilen recht eigenwilligen Art zum Ausdruck bringen wollte, ist dies: Wenn überhaupt, dann steht es ihm in seiner Eigenschaft als Vogt dieser Grafschaft zu, einem Kapitalverbrechen auf den Grund zu gehen und den Täter bei entsprechender Beweislage seiner gerechten Strafe zuzuführen. Das ist es doch, was du sagen wolltest, Berengar, nicht wahr?«

»Nicht nur«, grollte der Vogt, funkelte von Helfenstein an und drehte ihm demonstrativ den Rücken zu. »Wie gesagt – herein mit ihnen!«, rief er dem wettergegerbten Haudegen am Eingang zum Kapitelsaal zu.

»Wie Ihr befehlt, Herr.« Kaum war seine Antwort verhallt, als Kaspar, Alkuin und Bruder Friedhelm den Saal betraten. Ein Raunen ging durch den Saal, in das sich unüberhörbar Ausrufe der Missbilligung mischten.

»Doch zurück zum Thema!«, nutzte Berengar die Verblüffung der Anwesenden rücksichtslos aus. »Der Vorwurf, versammelte Brüder, der seitens der Anklage gegen besagten Novizen erhoben wird, lautet auf Anstiftung zum Mord.« Bevor er weitersprach, hielt der Vogt einen Augenblick inne: »Auf Anstiftung zum Mord und Verschwörung gegen das, was allen Anwesenden heilig ist.«

»Und das wäre?«, warf von Helfenstein überflüssigerweise ein.

Berengar gab ein verächtliches Schnauben von sich. »Das wäre vor allem die Vorstellung von Gut und Böse, wenn Ihr versteht, was ich meine. Oder würdet Ihr sagen, dass die Zerstückelung und Zurschaustellung eines Leichnams etwas Alltägliches ist?«

»Ihr meint doch nicht etwa ...«

»Ich meine, dass es sich bei diesem unscheinbaren Jüngling dort drüben, dessen Name mir nicht mehr über die Lippen will, um den kaltblütigsten Mordbuben handelt, der mir jemals über den Weg gelaufen ist. Was verdammt noch mal etwas heißen will!«

»Wenn ich mich recht entsinne, sagtet Ihr ›Anstiftung zum Mord‹ – oder habe ich mich da etwa verhört?«

»Keinesfalls, Visitator, keinesfalls«, erwiderte Berengar und lachte leise in sich hinein. »Wobei Ihr, glaube ich, nicht die geringste Vorstellung davon habt, was man im Falle des Angeklagten darunter zu verstehen hat.« Ohne den verdutzten Visitator eines weiteren Blickes zu würdigen, ging Berengar in aller Ruhe auf den hünenhaften Waldmenschen zu, dem die ungewohnte Umgebung derart zusetzte, dass er am ganzen Leibe zu zittern begann. »Keine Angst, Kaspar!«, beruhigte er den um mindestens einen Fuß größeren Mann. »Wenn das alles hier vorbei ist, kannst du wieder heim. Mein Wort darauf.«

»Vogt gut Freund!«, stammelte der Waldmensch und wischte sich den Schweiß von der Stirn.

»Darauf kannst du wetten«, erwiderte Berengar, klopfte ihm auf die Schulter und deutete mit ausgestrecktem Zeigefinger auf den Novizen, der immer noch eiskalt lächelnd in der Mitte des Raumes stand. »Kennst du diesen Mann, Kaspar? Den da drüben – im schwarzen Wams mit dem lockigen Haar?«

Der Waldmensch sah sich rasch um, senkte den Blick und sprach in gedämpftem Ton: »Vogt gut Freund – helfen Kaspar, wenn Mann wieder böse, ja?«

»Vertrau mir!«, redete ihm Berengar gut zu. »Nicht mehr lange, und du kannst wieder nach Hause. Zusammen mit deiner Mutter. Sie wartet schon auf dich.« Der Vogt räusperte sich, holte tief Luft und fragte mit lauter Stimme: »Also, Kaspar: Hast du den Kerl da drüben schon einmal gesehen?«

Der Waldmensch nickte, aber kaum war sein Blick auf Angelus gefallen, wandte er ihn auch schon wieder ab.

»Und wann?«

»Kaspar viel Angst.«

»Ich weiß«, antwortete Berengar und sah den Waldmenschen aufmunternd an. »Aber es hilft nichts – wenn du in Ruhe und Frieden leben willst, musst du mir alles sagen, was du weißt.« Der Vogt atmete tief durch, ergriff Kaspars Unterarm und wiederholte seine Frage: »Wann hast du den Mann zum letzten Mal gesehen? Und wo?«

»Im Wald. Drei Mal geschlafen.«

»Mit anderen Worten: Du hast ihn in der Nacht von Mittwoch auf Donnerstag im Wald oberhalb des Klosters gesehen.«

Der Waldmensch schlug die Augen nieder und nickte heftig mit dem Kopf.

»War er allein?«

Ein Kopfschütteln. »Nein!«, stieß Kaspar hervor. Obwohl fast drei Tage vergangen waren, ließ ihn die Erinnerung immer noch nicht los. Kaum fähig, eine vernünftige Antwort zu geben, zitterte er am ganzen Leib, und sein Blick irrte ziellos im Raum umher.

»Und wer war mit von der Partie?«

»Acht Männer. Sehr böse.«

»Die vier Novizen, die drüben in der Arrestzelle eingesperrt sind – waren sie auch dabei?«

»Ja, Herr!«, bekräftigte der Koloss vehement.

»Bruder Zacharias, habt die Güte, Euch zu erheben!«, rief der Vogt dem Secretarius mit grimmiger Miene zu. »Und der Ordensbruder, der soeben aufgestanden ist – der auch?«

»Der auch, Vogt.«

»Und wer ... oder anders ausgedrückt: Wer von den Männern ist dir ganz besonders aufgefallen?«

Kaum hatte Berengar seine Frage gestellt, schnellte der Zeigefinger des Waldmenschen nach vorn. Das Blut schoss in seinen unförmigen Kopf, und er stierte den Novizen wutentbrannt an. »Der da!«, rief er, während ein gewaltiger Ruck durch seinen Körper ging. »Mann mit Engelsgesicht viel böse!«

»Und warum?«, fragte der Vogt, legte die Hand auf den Schwertknauf und schlenderte gemächlich auf Angelus zu.

»Junger Mann sagen: ›Hängt ihn an den Füßen auf!‹ Böse Männer tun, was er will!«

»Und weiter? Nur Mut, Kaspar – gleich hast dus geschafft!«

Der Waldmensch dachte angestrengt nach, trat nervös auf der Stelle und fuhr mit leiser Stimme fort: »Männer viel böse. Dicker alter Mann noch nicht tot. Hat gewinselt wie Hund. Böse Männer lachen. Machen sich nichts draus. Tun dickem Mann weh. Sehr weh. Viel schlimmer aber junger Mann da drüben.«

»Und warum?«

Kurz davor, die Beherrschung zu verlieren, gab der Koloss ein leises Ächzen von sich und ließ sich auf die Bank unter dem Fenster sinken. »Mann da drüben nehmen Messer. Groß und scharf. Sagen: schlitzen alten Mann Bauch auf! Viel Blut. Malen Zeichen auf Bauch. Mit fünf Ecken. Dicker Mann … dicker Mann aber immer noch nicht tot!« Der Waldmensch stützte die Ellbogen auf die Knie, vergrub sein Gesicht in den Händen und begann hemmungslos zu schluchzen.

»Und was dann?«, bohrte der Vogt, keine drei Schritte mehr von Angelus entfernt.

Der Koloss hob den Kopf, wischte die Tränen ab und sah Berengar fragend an: »Was Vogt meinen?«

»Was danach passiert ist, meine ich.«

Kaspar geriet ins Grübeln. Doch plötzlich erhellte sich sein Blick. »Einer von böse Männer Streit mit blonder junger Mann. Packen ihn am Kragen. Schreien: ›Aufhören!‹«

»Kannst du ihn beschreiben?«

»Junger Mann. Dunkles Haar. So alt wie Anführer von böse Männer. Heißen Lukas!«

»Danke, Kaspar. Das hast du gut gemacht.« Berengar atmete hörbar auf. Dann wandte er sich an den Reisigen und sprach: »Führt ihn hinaus und lasst ihn laufen!«

»Ja, Herr!«, erwiderte der Reisige, half Kaspar auf und verließ zusammen mit ihm den Raum.

Als die Tür des Kapitelsaales ins Schloss fiel, machte sich lähmendes Entsetzen breit. Angelus – Haupt einer Verschwörung! Alkuin konnte es immer noch nicht richtig begreifen. Ein Glück, dass er überhaupt noch am Leben war!

Er hätte froh sein müssen, war es aber nicht. Solange er nicht wusste, wo sich Laetitia befand, konnte er sich über die Entlarvung der beiden Hauptschuldigen nicht so recht freuen. Was war mit dem Mädchen geschehen und wohin hatte man sie gebracht? Oder war sie vielleicht schon tot? Als ihm bewusst wurde, wie ungeheuerlich dieser Gedanke war, schlug er entsetzt die Hand vor den Mund. Alles durfte passieren, nur das nicht.

Alkuin war so sehr in seine Gedanken vertieft, dass er vom Fortgang des Verhörs so gut wie nichts mitbekam. Das sollte sich jedoch schlagartig ändern, als Angelus urplötzlich laut zu lachen begann.

Alkuin konnte es kaum fassen. »Bei allem nötigen Respekt, Vogt«, schüttelte sich der Novize vor Lachen, »aber was sich dieser ... dieser Riese mit dem Gehirn einer Ameise ausgedacht hat, kann man doch wohl schwerlich für bare Münze nehmen – findet Ihr nicht auch?«

Berengar schwieg einen Moment, und Alkuin konnte förmlich spüren, dass der Vogt am liebsten sein Schwert gezückt und die Angelegenheit ein für allemal bereinigt hätte. Doch es kam nicht dazu. Wie immer, wenn es richtig brenzlig wurde, schritt prompt Bruder Hilpert ein.

Als Alkuin den Meister näher betrachtete, erschrak er zutiefst. Die letzten vier Tage hatten tiefe Spuren in seinem Gesicht hinterlassen. Der Inquisitor war bleich wie der Tod und sah müde und übernächtigt aus. »Spar dir deine Worte!«, entgegnete er in einem Ton, der in Alkuins Ohren wie Donnergrollen klang. »Jedermann hier im Saal ist in der Lage, dein widerwärtiges Spiel zu durchschauen.«

»Wirklich?«

»Ob du es nun glaubst oder nicht.« Hilperts Ton nahm an Schärfe zu. Alkuin hielt den Atem an. »Irgendwelche Einwände, damit ich mir und unseren Zuhörern langatmige Ausflüchte erspare?«

»Wenn es Euch Freude bereitet – warum nicht?«

»Du elender Hunds...«

»Berengar – bitte!« Der Inquisitor fiel Berengar in den Arm und schob ihn rasch zur Seite. »Freude?!«, wiederholte er resigniert. »Nein – ich kann wirklich nicht behaupten, dass es mir Freude bereitet, einen Teufel in Menschengestalt vor mir zu haben. Ein Mitglied unseres Ordens, das vor nichts zurückzuschrecken scheint, nicht einmal davor, die eigenen Mitschüler zu Sklaven zu degradieren und auf geradezu erbarmungslose Art und Weise zu töten. Gib dir keine Mühe, ich weiß, was du mir entgegenhalten wirst: Einmal angenommen, du seiest derjenige, wofür wir dich halten – nie hast du selbst mit Hand angelegt, wenn es darum ging, deine Widersacher aus dem Weg zu räumen. Und wer weiß – womöglich hast du sogar recht. Der Mord an Lukas? Ein Kinderspiel. Besonders dann, wenn es Leute gibt, die einem als Handlanger zur Verfügung stehen.« Bruder Hilpert stieß einen leisen Seufzer aus, holte tief Luft und sprach: »Wie gesagt – womöglich hast du sogar recht. Es war und ist nicht leicht, dir deine Untaten zu beweisen. Nicht einmal den Versuch, mir nach dem Leben zu trachten und bei dieser Gelegenheit einen deiner Mitschüler aus dem Weg zu räumen. Dein Pech allerdings, dass er vom Fenster des Dormitoriums beobachtet hat, wie du dich mit deinen Jüngern, die sich mittlerweile alle in unserem Gewahrsam befinden, auf den Weg in die Kirche gemacht hast. Dein Pech aber auch, dass dein Vetter Zacharias einer Leidenschaft frönte, mit der er vermutlich zum ersten Mal während seiner Reise nach Cîteaux in Berührung kam. Gemeint sind die Duftwässerchen, derer man sich in Frankreich bisweilen bedient, besonders dann, wenn man sich zu den oberen Ständen zählt. Eine lässliche Sünde – vor allem, wenn man bedenkt, in welche Abgründe der menschlichen Seele wir in der letzten halben Stunde geblickt haben. Eine

Sünde jedoch, die Bruder Zacharias letztendlich zum Verhängnis werden sollte. Denn just von diesem Moment an, als mir deine Helfershelfer den Garaus machen wollten, kam ich ihm auf die Spur. Das Blutwunder, die fünf Särge – nicht schlecht. Dein Pech, dass Bruder Wilfried rechtzeitig zur Stelle war.« Der Inquisitor lächelte. »Wie gesagt, dir deine Schandtaten zu beweisen ist nicht leicht. Das gilt natürlich auch für den Brand, den du gelegt hast, um von eurem schändlichen Tun abzulenken. Das gilt – Gott seis geklagt – leider auch für den Versuch, Alkuin und Bruder Wilfried während der vergangenen Nacht aus dem Weg zu ...«

»Verzeiht, Bruder Hilpert, aber ich muss Euch dringend sprechen!« Ohne sich um die missbilligenden Blicke des Vogtes und um die seiner Mitbrüder zu kümmern, bahnte sich Bruder Wilfried einen Weg durch die dichtgedrängten Reihen. Seinem Blick nach zu urteilen musste etwas Außergewöhnliches passiert sein, sonst wäre er nicht so aufgebracht gewesen.

»Nur die Ruhe, Bruder!«, redete Bruder Hilpert auf den Stallmeister ein. »Was ist geschehen?«

Bruder Wilfried sah sich vorsichtig um, trat bis auf wenige Zoll an den Inquisitor heran und flüsterte ihm etwas ins Ohr. Alkuin konnte es beim besten Willen nicht verstehen, aber das brauchte er auch nicht. Denn kaum hatte sich der Stallmeister der Abtei wieder entfernt, war der letzte Rest an Farbe aus Bruder Hilperts Gesicht verschwunden. Es musste eine ausgesprochen schlechte Nachricht gewesen sein, denn der Inquisitor seufzte, schloss die Augen und fuhr mit den Händen über die ergrauten Schläfen.

»Schlechte Nachrichten?«, warf Angelus höhnisch ein.

Einen Moment lang sah es so aus, als habe der Inquisitor die Frage nicht richtig verstanden, aber dann hob er langsam den Kopf und wandte sich dem Novizen zu. Alkuin bekam einen Riesenschreck, denn noch nie hatte er Bruder Hilpert so wütend erlebt wie in diesem Moment. Aus seinen Augen schossen Blitze, während die Zornesader an seiner Stirn deutlich anzuschwellen begann. »Ich denke, es ist jetzt an der Zeit, dieses unwürdige Spiel zu beenden!«, sprach er, als er Angelus direkt gegenüberstand. Dann öffnete er die Fläche seiner Hand, streckte sie aus und sprach: »Wenn Ihr jetzt wohl so gut sein wollt, Vogt!«

Wie auf Verabredung zog dieser eine Pergamentrolle aus seinem Wams, erbrach das Siegel und legte sie dem Inquisitor in die Hand. Während Hilpert das Dokument überflog, wandte er sich dem Publikum zu: »Wie euch, versammelte Brüder, mit Sicherheit aufgefallen ist, befinden sich nicht alle Mitglieder unseres Konvents in diesem Saal. Wenn man einmal von den vier Handlangern des Angeklagten absieht, die sich allesamt in sicherem Gewahrsam befinden, sind es zwei Personen, die wir vermissen: Valentin, einen der Novizen, und Bruder Joseph, seinen von uns allen überaus geschätzten Lehrer. Bevor ich euch über ihren Verbleib in Kenntnis setze, zunächst eine Frage: Ist irgendjemandem im Saal die Schrift auf diesem Pergamentbogen bekannt?« Damit alle besser sehen konnten, hob er das Pergament in die Höhe und hielt es den Mönchen auf den Bänken in der ersten Reihe vors Gesicht. Für den Bruchteil eines Augenblicks war es mucksmäuschenstill. Doch dann, als einige der Anwesenden bereits leise zu tuscheln begannen, ergriff plötzlich der Kantor das Wort: »Ich glaube, ich weiß, wer das geschrieben hat!«, quäkte er und wurde feuerrot im Gesicht.

»Soso ... und wer?«, mimte Hilpert den Ahnungslosen.

Bruder Adalbert, ausgerechnet jetzt von einem nervösen Zucken seiner Wange geplagt, sah sich beifallheischend um, räusperte sich und verkündete mit kindlichem Stolz: »Es ist Bruder Josephs Schrift – das weiß ich gewiss!«

»Und woher wisst Ihr das so genau, Bruder?«

»Weil wir beide vor seiner Ernennung zum Novizenmeister als Kopisten tätig waren. Wenn man tagaus, tagein der gleichen Tätigkeit nachgeht, lernt man sich eben ganz gut kennen und ...«

»So gut, dass man die Schrift seines Kollegen auf Anhieb erkennt – wenn es das ist, was Ihr sagen wolltet!«

Der Kantor, unerwarteter Weise in seinem Redeschwall gebremst, rümpfte beleidigt die Nase, wagte es aber nicht, sich mit dem allmächtigen Inquisitor anzulegen. Er hatte nun einmal den Mut eines Hasen, und so senkte er den Blick, nickte devot und schwieg.

»Mit eurer Erlaubnis, Brüder, werde ich das Schriftstück nun verlesen«, fuhr Hilpert fort und wandte sich wieder dem Angeklagten zu. »Irgendwelche Einwände?«

Angelus funkelte den Inquisitor bösartig an, sagte aber nichts.

»Da dem nicht so ist, hier nun Bruder Josephs Brief«, fuhr dieser fort, kniff die Augen zusammen und funkelte Angelus über den Rand des Pergamentbogens hinweg an. »*An Bruder Hilpert, Inquisitor vom Orden der Zisterzienser*‹ – so weit die Anrede. ›*Da mir die Häscher bereits dicht auf den Fersen sind und ich mir nicht mehr anders zu helfen weiß, möchte ich mich Euch, hochverehrter Bruder, in der Stunde höchster Not anvertrauen, in der Gewissheit, dass Eure Widersacher auch die meinigen sind und da nur Ihr imstande seid, sie ihrer gerechten Strafe zuzuführen. Ich habe Schuld auf mich geladen, schwere, unauslöschliche Schuld, bin aber guten Mutes, in Euch einen gnädigen Richter zu finden. Auch wenn mir niemand, nicht einmal Ihr, je vergeben kann, hoffe ich inständig, ein wenig von dem wieder gut zu machen, was durch mein Zaudern und meine Pflichtvergessenheit aus dem Lot geraten ist. Ich habe gesündigt, Bruder, und das in einer Weise, wie man es nie und nimmer gutheißen kann. Volle 36 Jahre lang – fast während der gesamten Zeit, da ich Mitglied dieses Konvents gewesen bin. Kaum erwachsen, haben sich mein und der Weg einer Frau gekreuzt, der ich seitdem in Liebe verbunden bin. Meinetwegen hat sie auf alles verzichtet und ein Leben in Armut gefristet, zuerst bei ihren Eltern, dann in einer Köhlerhütte, die sich auf einer Lichtung unweit des Klosters befindet. Wann immer es mir möglich war, waren wir zusammen – in Liebe verbunden, bis in den Tod.*

Es kam, was kommen musste. Wie genau man mir auf die Schliche kam, vermag ich nicht zu sagen, aber dass ich in die Fallstricke meiner eigenen Schüler geriet, machte die Angelegenheit besonders schlimm. Dass irgendetwas im Gange war, ahnte ich schon seit Längerem, wenngleich mir erst jetzt, da ich diese Zeilen niederschreibe, bewusst wird, wie verrucht und verderbt sie alle miteinander sind.

Angefangen mit Ungehorsam, frivolen Scherzen und Zweideutigkeiten, wurde mir mit einem Schlag klar, dass meine Schüler über alles im Bilde sind. Die Konsequenzen für mich waren furchtbar, musste ich ihnen doch bei allem, was sie taten und ausheckten, zu Willen sein. Einmal in ihrer Hand, ist es mir bis zum heutigen Tage nicht gelungen, mich aus ihren Fängen zu befreien. Und als sei dies noch nicht genug, wurde Benedicta, die Frau, der neben der Muttergottes meine ganze Liebe gilt, von einem tückischen Fieber aufs Lager geworfen, der Grund, warum ich seit mehr als einer Woche keine einzige Nacht mehr in diesen Mauern zugebracht habe.

Was ich damit angerichtet habe, ist mir erst jetzt, da es fast zu spät ist, vollständig klar. Ich, nur ich allein bin daran schuld, dass sich die Vipernbrut, die sich um Angelus, ihren Verführer, schart, ungehemmt ausbreiten und nach Belieben schalten und walten konnte. Ich allein bin daran schuld, dass sie sich dem, dessen Name mir nicht über die Lippen will, mit Haut und Haaren verschrieben. Ich allein bin schuld daran, dass bis zum heutigen Tage so viel Blut geflossen ist.

Darum hört, was ich Euch, verehrter Bruder, nunmehr in aller Eile zu berichten habe: Am Mittwochabend, kurz vor dem Zubettgehen, bin ich durch Zufall Zeuge eines Gespräches zwischen Angelus und Wieland geworden, das diese just in dem Moment, als sie meiner ansichtig wurden, sofort unterbrachen. Von dem, worüber die beiden gesprochen haben, bekam ich zunächst so gut wie nichts mit. Ein Wort aber habe ich genau verstanden, und zwar Verräter. Wer damit gemeint war, konnte ich allenfalls erahnen, aber als ich kurz nach Mitternacht auf dem Rückweg von meiner Geliebten den Klosterwald durchquerte, wurde mir auf schreckliche Weise bewusst, wen die beiden damit meinten. Keine Viertelstunde Weges mehr von hier entfernt, entdeckte ich plötzlich ein Licht, und als ich mich der einsamen Waldlichtung näherte, von der es kam, gefror mir das Blut in den Adern.

Es war ein Anblick, der mir seitdem nicht mehr aus dem Kopf gegangen ist. Lukas, den Angelus und Wieland als Verräter tituliert hatten, hing mit erschlafften Gliedern an einem Ast, während seine langen dunklen Haare beinahe das feuchte Gras berührten. Nur Gott allein weiß, warum ich in diesem Moment nicht dazwischenging – die schwerste aller Sünden, welche auf meiner Seele lasten! Eines jedoch weiß ich gewiss: Das Grauen, das mich in jenem Moment erfasste, war so stark, dass ich mich nicht mehr von der Stelle rührte. Und so musste ich tatenlos zusehen, was unmittelbar vor meinen Augen geschah. Selbst jetzt noch, Tage später, zittern mir die Hände, wenn ich daran denke, wie Bruder Zacharias das Zeichen des Bösen in die Brust des Toten ritzte, wie Wieland, höhnisch lachend, eine Silbermünze in den Rachen des unglücklichen Novizen steckte. Mit einer Schilderung dessen, was danach geschah, mag ich Euch, verehrter Bruder, indes nicht behelligen, fehlen mir doch immer noch die Worte und der Mut, dies in allen Einzelheiten zu tun. Einstweilen nur so viel: Alles, was sich in jener Nacht auf der einsamen Waldlichtung abgespielt hat, geschah auf Befehl von Angelus, dem seine Mitschüler in geradezu sklavischer Weise zu Diensten waren. Ein Blick von ihm, und sein Wille geschah. Er, er ganz allein ist der Hohepriester des Todes, Abgesandter des Bösen, Vorbote des gefallenen Engels, dessen Name ich nicht auszusprechen wage.

Darum, Bruder Hilpert, seid auf der Hut, denn groß ist die Macht der Abtrünnigen, und ihr Arm reicht weit. Hütet Euch vor den Fallstricken des Bösen, auch wenn sie Euch, wie im

Falle von Angelus, in Gestalt fast noch knabenhafter Unschuld gegenübertreten mögen. Seid auf der Hut vor Bruder Zacharias, einem Meuchelmörder, der seinesgleichen sucht. Gebt Acht auf Euch, Bruder, auf dass Ihr alle, die sich wider Euch verschworen, in die Schranken weist! Was mich betrifft, bin ich mir sicher, dass ich die Morgenröte des kommenden Tages nicht mehr erleben werde, und so lege ich diesen Brief in die Hände der Geliebten, auf dass sie oder Bruder Friedhelm, getreuer Gefährte in der Not, ihn Euch beizeiten aushändigen möge.

Lebt wohl, Bruder – und Gott sei mit Euch!‹«

Bruder Hilpert rollte den Brief zusammen, drückte ihn Berengar in die Hand und sah Angelus mit in die Höhe gezogenen Brauen an. »Weißt du«, sprach er gedehnt, »weißt du, was mich bei der ganzen Angelegenheit am meisten interessiert?«

Obwohl ihm klar sein musste, dass er in der Falle saß, gab der Novize immer noch nicht auf. »Offen gestanden – nein!«, entgegnete er in derart hochfahrendem Ton, dass sich der Vogt nur mit Mühe beherrschen konnte. »Aber ich bin mir sicher, Ihr werdet es mir gleich ...«

»Was mich am meisten interessiert«, ließ ihn Bruder Hilpert überhaupt nicht zu Wort kommen, »ist die Frage, was du und deine Komplizen eigentlich im Schilde geführt habt. Für den Fall, dass euch niemand in die Quere gekommen wäre.«

»Tut mir leid, aber ich kann Euch nicht ...«

»Jemand von deinem oder dem Schlage deines Vetters mordet nämlich nicht einfach drauflos. Er hat ein Ziel vor Augen – und den Weg, auf dem er es erreichen will. Anders ausgedrückt: Um in dieser Abtei nach Belieben schalten und walten zu können, musstet ihr nicht nur den Abt, Bruder Prior oder mich unschädlich machen, sondern einen Großteil der hier anwesenden Brüder mit dazu. Stellt sich die Frage, wie dies zu bewerkstelligen ist.«

»So, wie ich Euch kenne, habt Ihr auch gleich die passende Antwort parat.«

»Es sei denn, du legst endlich ein Geständnis ab.«

Der Novize zögerte, blaffte dann aber: »Ich wüsste nicht, wieso.«

»Warum hat Bruder Zacharias aus dem Laboratorium von Bruder Robert eine komplette Phiole mit Arsen gestohlen, wo doch eine Fingerspitze genügt hätte, um Vater Abt zu vergiften?«

»Ich habe nicht die geringste Ahnung, wovon Ihr sprecht.«

»Und ob.« Kaum hatte Bruder Hilpert geendet, als ihm der Vogt auch schon eine winzige, zwischen Daumen und Zeigefinger kaum sichtbare Phiole reichte. »Worum es sich bei diesem Requisit handelt, muss ich dir nicht erst erklären, oder?«, machte Berengar aus seiner Genugtuung denn auch kaum einen Hehl.

»Aus Bruder Roberts Giftküche!«, fuhr der Inquisitor mit Blick auf das Publikum fort. »Randvoll mit Arsen. Das heißt, wenigstens fast. Seine Herkunft? Ich denke, da sollten wir Bruder Zacharias fragen.« Aller Augen waren jetzt auf den Secretarius gerichtet. Doch selbst wenn irgendjemand im Saal eine Antwort erwartet hätte, wurde er enttäuscht. Das Kinn auf die Fläche seiner rechten Hand gestützt, hielt der Secretarius den Blick gesenkt und schwieg. »Macht nichts!«, fuhr Bruder Hilpert achselzuckend fort. »Um den Fundort des Corpus Delicti zu erraten, bedarf es ohnehin keiner großen Fantasie. Es stammt nämlich aus der Zelle von Bruder Zacharias. Genauer gesagt aus einer Mauerritze. Reichlich dilettantisch – wenn die Bemerkung gestattet ist.«

»Wozu das Ganze, wenn man fragen darf?«

»Wozu? Ich will es dir sagen.« Mit einem Blick, der zwischen Verachtung und kurzzeitigem Mitleid schwankte, wandte sich Bruder Hilpert wieder dem Novizen zu. »Um es kurz zu machen: Wie würde dir die Vorstellung gefallen, das Leben sämtlicher Mitglieder dieses Konvents auf einen Schlag auslöschen zu können? Ich denke sehr. Und weißt du was? Im Grunde wäre es die leichteste Sache auf der Welt. Weit einfacher jedenfalls, als einen Bruder nach dem anderen zu ermorden.«

»Ach ja?«
»Worauf du dich verlassen kannst. Aber du hast recht – wozu das Ganze! Zumal ich dir wirklich nichts Neues zu bieten habe. Auf die Idee, Arsen in die Zisterne zu schütten, bist du nämlich längst von selbst gekommen. Spätestens dann, als nicht mehr alles lief wie geplant. Als die Idee, den Bursarius als eine Art Strohmann zu missbrauchen, nicht mehr realisierbar war. Mit anderen Worten: Als dir klar wurde, dass euer ursprünglicher Plan nicht mehr funktionieren würde, das heißt, als der Bursarius unerwarteterweise starb und sich Lukas euren verbrecherischen Plänen widersetzte, seid ihr auf die Idee verfallen, euch sämtlicher Widersacher auf einen Schlag zu entledigen. Und zwar spätestens in dem Moment, als der Mordanschlag auf mich und Alkuin beziehungsweise Bruder Wilfried fehlgeschlagen war. Woher das Gift nehmen? Nichts leichter als das! Um Abt Johannes zu beseitigen, habt Ihr, Bruder Zacharias, aus Bruder Roberts Laboratorium eine Messerspitze Arsen gestohlen – ohne dass dies vom Infirmarius bemerkt worden wäre. Nichts leichter, als nach dem Tode von Bruder Robert, als sich kein Mensch mehr um sein Labor kümmerte, gleich die ganze Phiole zu stehlen – ein im wahrsten Sinne des Wortes todsicherer Plan. Alles, was für euch noch zu tun übrig blieb, war, sämtliche Mitwisser rechtzeitig zu warnen, das Gift in die Zisterne zu schütten und den Dingen einfach ihren Lauf zu lassen. Wie gesagt: ein Plan, bei dem wirklich nichts schief gehen konnte. Dies war denn auch der Grund, warum ihr euch mit dem Versteck der Phiole nicht sonderlich viel Mühe gegeben habt. Ihr wart euch eurer Sache sicher, absolut sicher. Am morgigen Palmsonntag sollte der, dessen Name ich hier nicht aussprechen mag, Einzug halten in diese Abtei. Für den zu erwartenden Fall, dass der plötzliche Tod so vieler Brüder nicht unbemerkt geblieben wäre, hattet ihr eine – durchaus plausible – Erklärung parat: Eine plötzliche Epidemie, der sämtliche Brüder mit Ausnahme der Novizen zum Opfer gefallen sind, und zwar aus dem einfa-

chen Grund, weil sie ihre Mahlzeiten getrennt von den übrigen Ordensbrüdern zu sich nehmen. Wer hätte euch aufhalten sollen? Bruder Joseph, der sich möglicherweise mit dem Gedanken trug, mir seine Geheimnisse zu offenbaren, habt ihr exekutiert – auf höchst grausame Art und Weise, wie es euch anscheinend zur Gewohnheit geworden ist.« Bruder Hilpert pausierte, verschränkte die Arme vor der Brust und sah den Novizen herausfordernd an: »Hat sich alles so abgespielt, wie ich es soeben geschildert habe – ja oder nein?! Keine Ausflüchte mehr, sonst ...«

»Ja, ja, ja!«, brach es urplötzlich aus dem Novizen hervor, während er jegliche Kontrolle über sich verlor. Das Gesicht zu einer wutentbrannten Fratze verzerrt, schrie er seinen Hass auf die Welt förmlich aus sich heraus: »Ihr habt recht – genauso ist es gewesen, ganz genau! Ihr und der hochwohlgeborene Herr Vogt kommt Euch jetzt wohl sehr schlau vor, was? Mich und meinen Vetter zur Strecke zu bringen – Kompliment! Hilpert von Maulbronn, Zierde des Zisterzienserordens, ach, was sage ich: Zierde der gelehrten Welt! Aber eines kann ich Euch sagen: Der Tag wird kommen, an dem Ihr Eure gerechte Strafe bekommen werdet, mein Herr und Meister ist mächtiger als Ihr, weit mächtiger, als Ihr und diese armseligen Kreaturen um mich herum es sich überhaupt vorstellen können! Warum ich das getan habe, wolltet Ihr wissen? Ganz einfach: Weil mich alle, mit denen ich zu tun gehabt habe, nur immerzu betrogen haben – angefangen mit meiner ach so keuschen Frau Mutter, der nichts Besseres eingefallen ist, als sich mit diesem ... mit diesem ...« Genauso schnell, wie der Wutausbruch des Novizen gekommen war, ebbte er wieder ab, und außer seinem erregten Keuchen war zunächst nichts zu hören. Die blonden Haare fielen ihm ins Gesicht, und er murmelte Worte, die niemand verstand. Er sah wie ein Tier aus, ein junges, tödlich getroffenes Tier. Doch dann, von einem Augenblick auf den anderen, ging ein Ruck durch seinen Körper. Angelus ballte die Rechte zur Faust, wirbelte herum und wandte sich dem bischöflichen Secretarius zu. »Mit diesem ... diesem ...«, murmelte er, den Zeigefinger anklagend nach vorn gestreckt. Kaum mehr Herr seiner selbst, zitterte er am ganzen Körper, während ihm der Speichel in langen Fäden aus den Mundwinkeln rann.

Einen Moment lang schien die Zeit stillzustehen. Hilpert wollte dem Novizen Einhalt gebieten, blieb aber wie festgewurzelt stehen. Er wollte sich umdrehen, Berengar zu Hilfe rufen – vergebens. Was er auch tat oder tun wollte, sein Körper gehorchte ihm nicht mehr. Panik ergriff ihn, doch ihm war, als halte ihn jemand fest. Er konnte nicht rufen, nicht schreien, nicht drohen. Obwohl er das, was gleich geschehen würde, in aller Deutlichkeit vor sich sah, konnte er nichts mehr daran ändern. Er konnte nur zuschauen.

Das also war das Ende. Und er, Hilpert, nichts weiter als ein hilfloser Statist.

Gleichsam die Ruhe selbst, hatte sich von Helfenstein von seinem Sitz erhoben. Woher die schussbereite Armbrust kam, die er plötzlich in Händen hielt, war sämtlichen Anwesenden hinterher ein Rätsel. Genau genommen spielte es jedoch keine Rolle mehr.

Es war zu spät, endgültig zu spät.

Ein Aufschrei ging durch den Saal, aber niemand hatte den Mut, dem Wahnsinn Einhalt zu gebieten.

Das Drama nahm seinen Lauf.

Obwohl er die Absichten des Mannes, der sein leiblicher Vater war, klar durchschaute, blieb Angelus nicht stehen, sondern setzte seinen Weg unbeirrt fort. »Du bist an allem schuld!«, sprach er gepresst, während sein Zeigefinger anklagend auf von Helfenstein gerichtet war. Der wiederum schien einen Moment lang zu zögern, doch plötzlich krümmte sich der Zeigefinger seiner rechten Hand – und der Bolzen schnellte nach vorn. »Du hast es nicht anders gewollt!«, murmelte er, Worte, die kaum einer der Anwesenden mehr verstand.

Als das Geschoss die Kehle des Jünglings durchschlug, ging ein zweiter, ungleich lauterer, Aufschrei durch den Saal. Fast gleichzeitig schoss eine dunkelrote Fontäne aus dem Hals des Novizen hervor, der sich ein, zwei Mal um die eigene Achse drehte, ins Taumeln geriet und mit einem unterdrückten Röcheln zusammenbrach.

Erst jetzt, da Angelus mit dem Tode rang, begannen sich die Anwesenden aus ihrer Erstarrung zu lösen. Bruder Hilpert war als Erster zur Stelle. Ohne sich um die Umstehenden zu kümmern, die das Geschehen mit angehaltenem Atem verfolgten, kniete er neben dem Sterbenden nieder, schob den Arm unter seine Achsel und zog ihn langsam zu sich empor. »Wo ist Laetitia? Was habt ihr mit ihr gemacht?«, beschwor er ihn, aber die einzige Antwort war ein heftiges, mit tierischen Lauten durchsetztes Keuchen, eine Kakofonie des Todes, die ihm den Schweiß aus sämtlichen Poren trieb.

Kurz bevor er starb, öffnete Angelus noch einmal die Augen. Er schien etwas sagen zu wollen, aber außer ein paar abgehackten Silben konnte der Inquisitor nichts verstehen. Erst als er ihm von den Lippen ablas, begann Bruder Hilpert allmählich zu begreifen.

In seiner Not suchte er in den Augen der Umstehenden nach Rat, doch was er als Antwort erhielt, war nacktes Entsetzen, mitunter sogar blanker Hass. Und so wandte sich Hilpert wieder dem sterbenden Widersacher zu, über dessen ebenmäßige Züge soeben ein knabenhaftes Lächeln glitt. Die hasserfüllte Fratze war verschwunden, der Vorbote des Leibhaftigen ebenso. Was blieb, waren die schmerzverzerrte Miene eines Jünglings, der am Ende seines Irrweges angekommen war.

Hilpert von Maulbronn hatte verstanden. Über und über mit Blut beschmiert, ließ er Angelus so sanft wie möglich zurück auf die Steinfliesen des Kapitelsaales gleiten, nahm seinen Rosenkranz zur Hand und erteilte dem Sterbenden die Absolution.

Doch kaum war dies geschehen, zerriss ein Schrei die atemlose Stille. Woher und von wem er kam, konnte er beim besten Willen nicht sagen, und im Grunde war es bedeutungslos. Viel alarmierender hingegen war die Nachricht, welche die Stimme in den Saal hinein schrie: »Zu Hilfe, Brüder, zu Hilfe!«, skandierte sie. »Zu Hilfe, Brüder: Bruder Zacharias ist verschwunden!«

Es gab nichts, was Laetitia gegen die Berührungen des Mannes tun konnte, und selbst wenn, hätte sie wahrscheinlich den Kürzeren gezogen. Im Gegensatz zu seinem ersten Besuch, bei dem er sie zum Mord an Bruder Hilpert hatte anstiften wollen, sprach der Mann kein einziges Wort. Und trotzdem war sie sich sicher, dass sie es mit ihm und niemandem sonst zu tun hatte. Es war seine Art, sich zu bewegen, die ihn verriet, der tastende, fast lautlose Gang. Und natürlich der schwache, kaum wahrnehmbare Geruch, der das unterirdische Verlies durchzog. Lavendel. Obwohl ihre fünf Sinne so gut wie nicht mehr funktionierten, konnte sie es ganz deutlich riechen. Ein Irrtum war nahezu ausgeschlossen.

Natürlich wusste er, dass von ihr keine Gegenwehr zu erwarten war. Dafür sorgten allein schon die Fesseln, die sie trug. Möglicherweise war es aber genau das, was ihn anzog, und während Laetitia den Kopf bald in die eine, bald in die andere Richtung drehte, um sich den Mann vom Leib zu halten, hatte sie fast schon keine Hoffnung auf Rettung mehr.

Als sie sich zum wiederholten Mal fragte, was ihr Peiniger im Schilde führte, riss er ihr plötzlich die Kapuze vom Kopf. Trotz der Fackel, welche wild tanzende Schatten an die Wände ihres Gefängnisses warf, konnte sie zunächst kaum etwas sehen, dafür aber umso mehr riechen. Lavendel. Selbst der Geruch von Moder und die von den Felswänden tropfende Feuchtigkeit kamen gegen diesen Duft nicht an. Laetitia riss die Augen auf und versuchte die Finsternis ringsum zu durchdringen.

Der Zisterziensermönch mit dem stechenden Blick war alles

andere als ein hässlicher Mann. Ausdrucksstarke Augen, dichte Brauen, volle Lippen – dazu ein weicher, freundlich lächelnder Mund: Den Mann, der ihr und Bruder Hilpert nach dem Leben trachtete, hatte sie sich wahrhaftig anders vorgestellt. Wäre die zwar samtweiche, aber ebenso unbarmherzige wie hinterlistige Stimme nicht gewesen, hätte sie geglaubt, ihre Sinne spielten ihr einen Streich.

Und erst dieses Lächeln! Je länger es anhielt, desto mehr wurde Laetitia von würgender Angst gepackt. Sie wollte etwas sagen, doch der Versuch schlug auf klägliche Weise fehl. Außer heiserem Krächzen brachte sie nichts zustande. Fast wäre sie in Tränen ausgebrochen, doch dann biss sie die Zähne zusammen und überspielte ihr Furcht.

»Wie ich sehe, hast du nichts von deiner Starrköpfigkeit verloren.« Sobald der Ordensbruder sein Schweigen brach, wurde Laetitia klar, dass er etwas im Schilde führte. »Aber keine Bange – ich werde dir die Flausen schon austreiben!«

Die Stimme des Mannes verhieß nichts Gutes. Sie hörte sich hart, ja geradezu metallisch an. Laetitia schauderte. Obwohl sie sich dagegen wehrte, lief es ihr eiskalt den Rücken hinunter.

»Warum denn so schweigsam, schönes Kind?« Als sie den Handrücken des Mannes auf ihrer Wange spürte, wurde Laetitia starr vor Schreck. Sie wollte sich wehren, aber ihre Kräfte ließen sie endgültig im Stich. »Hast du etwa Angst vor mir?«

»Nehmt Eure dreckigen Finger weg!« In einem Tonfall, den sie sich nie und nimmer zugetraut hätte, ließ Laetitia ihrer Wut freien Lauf und reckte dem Mönch das Kinn entgegen. Die Geste verfehlte ihre Wirkung nicht. Für den Bruchteil eines Augenblicks war im Gesicht des Mannes so etwas wie Verblüffung zu sehen, dann aber glätteten sich seine Züge und das zynische Lächeln kehrte zurück.

»Aber, aber – wer wird denn so ungezogen sein?«

Als sie den Atem des Mannes roch, wurde Laetitia speiübel. Dann wandte sie sich ruckartig ab. »Meinetwegen tut, was Ihr wollt. Aber wenn schon, dann bitte schnell.«

Das Lächeln des Mannes gefror zu Eis. »So etwas wie Angst scheinst du anscheinend nicht zu kennen!«, grollte er, während seine Hand Laetitias Hals wie morsches Holz zusammenzupressen begann. Das Blut stieg ihr in den Kopf, und sie bekam kaum noch Luft. Laetitia wollte schreien, aber es gelang ihr nicht. Der Griff des Ordensbruders verfestigte sich immer mehr. »Warte nur«, zischte er und riss ihren Kopf zu sich herum. »Warte nur – ich werde dir deinen Hochmut schon ...«

»Das werdet Ihr nicht!«

Als sie die Stimme hörte, die von irgendwoher aus der Dunkelheit kam, wusste Laetitia nicht, ob sie lachen oder weinen sollte. Sie wusste nur eines: Dies hier war die Stimme von jemandem, den sie kannte. Die Stimme von Bruder Hilperts jungem Gefährten. Endlich. Sie war nicht mehr allein.

Leider hatte sie sich zu früh gefreut. Bevor sie überhaupt reagieren oder Alkuin warnen konnte, war es schon passiert. Der Mönch drehte sich blitzschnell um, riss einen Dolch unter seinem Umhang hervor und schleuderte ihn in die Richtung, aus der die Stimme kam.

Bevor sie ohnmächtig wurde, hörte Laetitia einen Schrei. Kurz darauf schwanden ihr die Sinne und ein undurchdringlicher Schleier senkte sich vor ihren Augen herab.

༄

Als Bruder Hilpert den Mönchsfriedhof erreichte, fackelte er nicht lange, packte die Klinke und stieß das Tor so heftig auf, dass es laut krachend gegen die Mauer schlug. Dann fuhr er herum und winkte Berengar zu sich heran. »Wir müssen auf der Hut sein!«, keuchte er. »Der Kerl ist zu allem ...«

Am Blick des Vogtes, der an ihm vorbei in Richtung auf ein unbekanntes Ziel starrte, konnte Hilpert erkennen, das irgendetwas nicht stimmte. Er brauchte dem Blick des Freundes gar nicht erst zu folgen, denn Berengars aschfahles Gesicht, seine schweißbedeckte Stirn und die waffenstarrenden Kriegsknechte, die hinter der Mauer in Deckung gingen, sagten mehr als viele Worte.

»Bleibt stehen! Oder ich bringe das Mädchen um!« Die Stimme von Bruder Zacharias im Ohr, die weithin hörbar über den Friedhof schallte, machte sich Hoffnungslosigkeit in ihm breit, und die Versuchung, endgültig vor den Mächten des Bösen zu kapitulieren, war wieder einmal groß, so groß wie nie zuvor. Doch wie so oft in den letzten Tagen nahm er all seine Kraft zusammen, straffte sich und bot seinem Widersacher die Stirn.

Kaum hatte er den Friedhof betreten, erklang die Stimme des Secretarius zum zweiten Mal. Sie hörte sich rau und heiser an, wenngleich sie erkennen ließ, dass er zum Äußersten entschlossen war: »Kommt nicht näher!«, hallte es über die Gräber hinweg, auf denen der Schnee bereits am Schmelzen war. »Oder ich schneide der Metze die Kehle durch! Hört Ihr? Ich meine es ernst!«

Laetitia. Als Faustpfand eines Wahnsinnigen. Wenn es etwas gab, das Hilpert hatte vermeiden wollen – dann dies! Der Inquisitor warf Berengar einen nervösen Blick zu. Doch der Vogt, offenbar genauso ratlos wie er, zuckte die Achseln. »Keine Chance, ihn zu erwischen!«, flüsterte er ihm mit Blick auf einen der Armbrustschützen zu. »Wir sind einfach nicht nahe genug dran!«

»Ich sehe, Ihr habt verstanden, Bruder. Und damit es ja keine Missverständnisse gibt: Wenn Ihr tut, was ich sage, wird dem Mädchen kein Haar gekrümmt.« Um zu zeigen, dass er es ernst meinte, schlang der Secretarius den linken Arm um Laetitias Leib, nahm seinen blutverschmierten Dolch und hielt ihn dem Mädchen an die Kehle. Laetitia schloss die Augen, und obwohl sie am ganzen Körper zitterte, gab sie keinen Ton von sich.

»Was habt Ihr vor, Bruder?«

»Höre ich richtig – oder habt Ihr mich eben tatsächlich Bruder genannt? Ausgerechnet Ihr, Hilpert, der es sich zur Aufgabe gemacht hat, mich zur Strecke zu bringen?«

»Gebt auf, Bruder!«, antwortete der Inquisitor mit fester Stimme. »Was immer Ihr vorhabt – Ihr werdet nicht weit kommen.«

»So, meint Ihr!«, höhnte der Secretarius, während sich sein Griff um Laetitias Körper spürbar zu verfestigen begann. Das Mädchen widersetzte sich, war ihm jedoch kräftemäßig nicht gewachsen. »Wenn Ihr Euch da einmal nicht irrt!«

»Wohl kaum!«, tat Hilpert so, als sei er die Zuversicht in Person. Im Grunde jedoch wusste er keinen Rat, und ein Blick hinüber zu Berengar überzeugte ihn, dass es dem Freund nicht anders erging.

Der Secretarius durfte nicht entkommen. Auf gar keinen Fall. Hilperts Atem ging rascher, und es fiel ihm schwer, sich zu konzentrieren. Wenn ihm nicht bald etwas einfiel, würden er und Berengar den Kürzeren ziehen.

»Wenn Ihr glaubt, mit mir leichtes Spiel zu haben, so irrt Ihr, Hilpert von Maulbronn!«, meldete sich der Secretarius erneut zu Wort. Das Gesicht zu einer wutentbrannten Fratze verzerrt, presste er Laetitia mit aller Kraft an sich und geiferte: »Ihr werdet jetzt den Weg freigeben, diesem Toren von einem Vogt samt seiner tölpelhaften Schar den Befehl zum Rückzug geben, mir ein Pferd zur Verfügung stellen, mit dem ich ... mit dem ich ... mit dem ...«

Urplötzlich geriet die Rede des Secretarius ins Stocken. Der Griff um Laetitia lockerte sich, fast gleichzeitig fiel ihm der Dolch aus der Hand. Während sich sein Blick in der Ferne verlor, ging ein gewaltiger Ruck durch seinen Körper, gerade so, als sei er von einem todbringenden Geschoss getroffen.

Bruder Hilpert wirbelte herum, aber ein Blick auf die Gesichter der Kriegsknechte überzeugte ihn, dass sie genauso überrascht waren wie er. Der Inquisitor, immer noch unschlüssig, ging ein paar Schritte auf seinen Widersacher zu, doch war seine Vorsicht fehl am Platz. Bruder Zacharias hatte jegliche Kontrolle über sich und seinen Körper verloren.

Fasziniert von dem bizarren Spektakel, verlangsamte der Inquisitor seinen Schritt. Bruder Zacharias taumelte bald nach links, bald nach rechts, während sich sein Blick auf groteske Weise zu verformen begann. Der einst so ansehnliche Mann war zu einem völlig willenlosen Geschöpf verkommen, hilfloser als ein tollwütiger Hund. Kaum war ihm Laetitia endgültig entglitten, trat Schaum aus seinem Mund, während ein paar weiße Augenhöhlen ziellos durch die Gegend irrten.

Das Ende von Bruder Zacharias kam schnell, schneller als es irgendeiner der Anwesenden, die sich langsam an den sich in Krämpfen windenden Secretarius heranpirschten, vermutet hätte. Nachdem er sich mehrfach um die eigene Achse gedreht hatte, stieß er einen Schrei aus, der Bruder Hilpert an ein tödlich getroffenes Tier erinnerte. Dann stürzte er wie ein gefällter Baum zu Boden.

Das Leben von Bruder Zacharias war ausgelöscht.

Weder der Inquisitor noch Berengar noch irgendeiner der Kriegsknechte sprach ein Wort. Auf dem Mönchsfriedhof war wieder Ruhe eingekehrt, nur der Wind, Vorbote des nahenden Frühlings, fuhr durch die Zweige der Bäume, die sich wie im Takt hin und her bewegten.

Bruder Hilpert war der Erste, der das Wort ergriff, und während er ein rasches Dankgebet sprach, trat eine weitere Gestalt aus dem Eingang zum unterirdischen Stollen hervor.

Die Hand auf seine blutende Schulter gepresst, war Alkuin zunächst überhaupt nicht an dem toten Secretarius interessiert, sondern eilte mit Riesenschritten auf Laetitia zu und schloss sie in die Arme.

Bruder Hilpert bemerkte die beiden als Erster, tippte Berengar auf die Schulter und bedeutete dem Vogt, ihm zu folgen. Nachdem einer der Armbrustschützen seinen Mantel über dem Leichnam des Secretarius ausgebreitet hatte, traten auch die übrigen Reisigen den Rückzug an.

Ganz mit sich selbst beschäftigt, bekamen Alkuin und Laetitia von all dem nichts mit und hielten sich selbst dann noch umschlungen, als das schmiedeeiserne Tor des Mönchsfriedhofs mit leisem Knarren ins Schloss gefallen war.

∽⚘∼

»Und was jetzt?«, fragte Berengar resigniert, als er Seite an Seite mit dem Inquisitor durch den verlassenen Kreuzgang der Abtei spazierte. »Ich frage mich wirklich, was das Verschwinden von diesem Helfenstein zu bedeuten hat.«

»Hm.« Ein gleichgültiges Brummen war alles, was sich der Inquisitor entlocken ließ, aber da der Vogt seinen Gesprächspartner inzwischen kannte, ließ er es bei seiner Frage bewenden und schaute in den Garten hinaus. Dort kündigte sich der Frühling an, und seit längerer Zeit schien zum ersten Mal die Sonne.

Nachdem sie den Kreuzgang umrundet hatten, trat Bruder Hilpert an eines der Fenster und blickte in den Garten hinaus. Die frische Luft tat ihm gut, und allmählich kehrten seine Lebensgeister zurück. »Was der Patron unseres Ordens wohl dazu sagen würde?«, sinnierte er, während er mit dem Kopf auf das Glasfenster zeigte, auf dem der Heilige Bernhard abgebildet war. Im Schein der Nachmittagssonne erstrahlte das Portrait in den mannigfaltigsten Farben, ein Anblick, der selbst Berengar nicht unbeeindruckt ließ.

»So viele Tote – und wozu?«

»Um Recht und Ordnung wiederherzustellen – wozu sonst!«, antwortete Berengar prompt.

»Was uns zweifelsohne gelungen ist.«

Hilpert hörte sich alles andere als zufrieden an, worauf Berengar mit deutlicher Missbilligung reagierte. »Eben!«, bekräftigte er. »Was also willst du mehr?«

»Es geht mir um die Toten, Berengar«, antwortete Hilpert und seufzte gequält. »Die vielen Toten. Ich glaube, ich muss dir nicht vorrechnen, wie viele es mittlerweile sind.«

»Elf, ich weiß«, entgegnete Berengar, trat neben den Freund und ließ die Hand auf seiner Schulter ruhen. »Wobei du dir allerdings nicht die geringsten Vorwürfe zu machen brauchst.«

»So, meinst du.« Hilpert warf dem Freund einen flüchtigen Seitenblick zu, wirkte aber nicht sonderlich überzeugt. »Ehrlich gesagt bin ich mir nicht einmal sicher, ob die Pforten der Hölle wirklich geschlossen sind.«

»Vielleicht nicht, aber wenn schon nicht für immer, dann wenigstens für den Augenblick!«, warf Berengar trocken ein.

Der Inquisitor blickte überrascht auf. »Sonderlich überzeugt von der Macht des Guten scheinst du ja nicht gerade zu sein!«, tadelte er den Vogt.

»Doch, bin ich!«, widersprach Berengar. »Aber als Inquisitor vom Orden der Zisterzienser sollte dir eigentlich klar sein, dass das Böse niemals vollständig ausgemerzt werden kann. Was nicht heißt, dass du nicht alles in deiner Macht Stehende getan hast, um diese Satansjünger in die Schranken zu weisen.«

»Trotzdem möchte ich, dass ihnen ein Begräbnis zuteil wird, wie es einem Christenmenschen geziemt. Schließlich waren wir einmal Brüder.«

Berengar wollte protestieren, behielt seine Einwände jedoch für sich. »Wie du meinst!«, gab er zähneknirschend klein bei, in der sicheren Erkenntnis, dass sich der Freund sein Vorhaben nicht ausreden lassen würde. »Du bist hier der Inquisitor, nicht ich!«

Hilpert lächelte verschmitzt. »Aber du bist mein Freund – ist das etwa nichts?«, fragte er.

Berengar, Vogt des Grafen von Wertheim, brachte vor lauter Verlegenheit kein Wort hervor. Und da ihm dies überhaupt nicht gefiel, versuchte er das Gespräch in andere Bahnen zu lenken. »Was glaubst du«, warf er eilig ein, »ob uns dieser Würzburger Hundsfott wohl in Ruhe lassen wird?«

»Und ob ich das glaube! Vor allem, wenn man bedenkt, was für ihn alles auf dem Spiel steht.«

»Und das wäre?«

»Seine Stellung bei Hofe, sein Ruf, Einfluss – und was für einen Mann seines Schlages sonst noch alles von Bedeutung sein mag.«

»Und der Bischof? Er muss ihm doch beichten, was hier so alles vorgefallen ist.«

»Was er zweifelsohne auch tun wird. Freilich nicht, ohne die eine oder andere Kleinigkeit unerwähnt zu lassen. Im ureigensten Interesse sozusagen.«

»Du glaubst doch nicht etwa, er wird ...«

»Und ob ich das glaube! Daran, dass er seine Vaterschaft verschweigen wird, hege ich nicht den geringsten Zweifel. In jedem Falle wird er die Ereignisse in einem für ihn günstigen Licht darstellen, da bin ich mir sicher. Was immer der Bischof daraufhin unternehmen mag: Ich sehe dem Ganzen mit großer Gelassenheit entgegen. Wichtig ist nur, dass wir hier vollendete Tatsachen schaffen – und das möglichst rasch. Mit anderen Worten: Wenn unsere zu Tode gekommenen Brüder zur letzten Ruhe gebettet sind, werden wir aus den Reihen der noch lebenden einen neuen Abt wählen. Wenn möglich, bereits am morgigen Tag. Mag der Bischof auch grollen: Wir werden ihm zeigen, wer der Herr im Hause ist!«

»Und du hast wirklich vor, sie allesamt auf dem Mönchsfriedhof beerdigen zu lassen?«

»Gewiss.«

»Bist du dir auch wirklich sicher, dass du das Richtige tust?«

»Das kann ich wahrlich nicht behaupten.«

»Und warum dann diese ... diese ...« Berengar rang nach Worten und schüttelte missbilligend den Kopf.

»... kuriose Idee, meinst du? Ganz einfach: Weil es keinen unter ihnen gibt, der nicht Schuld auf sich geladen hat. Die einen mehr, die anderen freilich weniger. Aber alle, angefangen bei unserem Vater Abt – die Heilige Jungfrau möge mir meine Worte verzeihen –, alle sind sie schuldig geworden. Schlimmer noch: Kein Einziger von ihnen hat sich auch nur annähernd so verhalten, wie es mit unseren Ordensregeln und

Idealen in Einklang zu bringen ist. Mord, Selbstmord, Bruch des Keuschheitsgelübdes, dazu Neid, Hass und derart ausgeklügelte Intrigen, dass sogar die Welschen vor Neid erblassen würden – wer bin ich, dass ich darüber entscheiden könnte, *wem* in dieser Schlangengrube überhaupt verziehen werden kann! Und da sich die Dinge nun einmal in der Weise entwickelt haben, wie wir beide sie erlebt haben, mag der, der unser aller Schritte lenkt, auch darüber entscheiden, wie mit unseren heimgegangenen Brüdern zu verfahren ist. Wenn die Zeit gekommen ist, werden sie sich im Angesicht unseres Herrn für ihre Taten zu rechtfertigen haben. Und wenn schon nicht ich, dann wird wenigstens Gottvater ein endgültiges Urteil über sie zu fällen wissen. Bis dahin mögen sie in ihren Gräbern ruhen – ob es den ehrwürdigen Fratres nun gefällt oder nicht.«

»Und die vier Novizen, die sich in unserem Gewahrsam befinden?«

»Du bist hier der Vogt, nicht ich!«, antwortete der Inquisitor. »Darüber mag allein der weltliche Arm entscheiden.«

78

Klosterpforte – Komplet (15.55 Uhr)

»Also dann – bis morgen!«, rief Hilpert Berengar zu. Im selben Moment preschte ein halbes Dutzend Kriegsknechte an ihnen vorbei, die dem Wagen mit den vier gefesselten Novizen das Geleit gaben. Kaspar, seine Mutter und die übrigen Zeugen aus dem Prozess trotteten gemächlich hinterher. »Und pass auf dich auf!«

»Wozu denn, ist doch alles vorbei!«, antwortete Berengar forsch, schwang sich in den Sattel und hob die Hand zum Gruß. »Und außerdem bist du ja immer noch in der Nähe! Was kann mir da schon groß passieren!«

»Dein Wort in Gottes Ohr!«, entgegnete der Inquisitor mit einem Lächeln, als der Vogt seinem Rappen die Sporen gab, sich an die Spitze seiner Reisigen setzte und das Tor der Abtei durchquerte. Selbst als die schwerbewaffnete Eskorte langsam am Horizont verschwand, stand er immer noch da und winkte dem Freund hinterher. Ein strahlend schöner Frühlingstag neigte sich seinem Ende zu. Hilpert schloss die Augen, wandte sich der Sonne zu und genoss es, wie ihre Strahlen sein bleiches Gesicht erwärmten.

Eine raue, ihm wohlbekannte Stimme riss ihn plötzlich aus seinen Träumen. Hilpert brauchte sich nicht umzudrehen. Er wusste genau, wer hinter ihm stand. Und er wusste, was jetzt gleich passieren würde.

»Du musst es dem Jungen sagen, Hilpert!«, insistierte Jakobus in unnachsichtigem Ton. »Sonst versündigst du dich!«

»Ich weiß!«, entgegnete Hilpert und seufzte gequält. »Wo steckt er eigentlich?«

Die Miene des Pförtners verfinsterte sich, und er machte sich gar nicht erst die Mühe, sein Missfallen zu verbergen. »Müsstest du das als sein Vater nicht am besten wissen?!«, fuhr er den Inquisitor an. Und fügte unwirsch hinzu: »Das Mädchen wollte unbedingt nach Hause. Weswegen er sich an Laetitias Fersen geheftet und sie begleitet hat. Bruder Wilfried ist mit von der Partie. Für alle Fälle.« Der Pförtner blickte überaus grimmig drein. »Bleibt zu hoffen, dass sie vor Einbruch der Nacht wieder zurück sein werden.«

Hilpert nickte dem Pförtner zu. »Dann habe ich ja noch ein bisschen Zeit!«, murmelte er, drehte sich um und wandte sich mit schleppendem Schritt der Abteikirche zu. Er war so sehr mit sich selbst beschäftigt, dass er Bruder Friedhelm erst bemerkte, als er unmittelbar vor ihm stand.

»Ich wäre dann jetzt so weit!«, sprach ihn der Wandermönch an, dem der Respekt vor dem Inquisitor deutlich anzumerken war.

Hilpert blieb abrupt stehen und hob den Blick. »Ach, Ihr seids, Bruder!«, rief er überrascht aus. Fast gleichzeitig hellte sich seine Miene auf, und er erinnerte sich, worüber er mit Bruder Friedhelm vor einer guten halben Stunde gesprochen hatte. »Wollt Ihr uns wirklich schon verlassen?«

»Wie gesagt – was getan werden muss, muss ganz einfach getan werden!«, antwortete der Wandermönch und kratzte sich am Kopf. »Je eher, desto besser. Was nicht etwa heißen soll, dass ich mit Eurer Entscheidung nicht einverstanden bin.«

»Das freut mich!«, entgegnete der Inquisitor in aufrichtigem Ton. »Bruder Joseph möge dort zur letzten Ruhe gebettet werden, wo er zu Lebzeiten am liebsten war. Ob es meinen Mitbrüdern nun gefällt oder nicht!«

Der Wandermönch nickte. »Wenn die Bemerkung erlaubt ist: Ihr habt eine äußerst weise Entscheidung getroffen!«, bekräftigte er. »Gott der Herr wird es Euch dereinst danken – dessen bin ich mir gewiss.«

»Amen!«, antwortete der Inquisitor, reichte dem Wandermönch die Hand und stieg die Stufen zur Kirche hinauf.

79

Mönchsfriedhof, etwa eine Stunde später

ALS DIE TOTEN begraben und die Mönche auf dem Weg in ihr Quartier waren, war Hilpert immer noch in sein Gebet vertieft. Obwohl er seine Knie kaum noch spürte, rührte er sich auch dann nicht von der Stelle, als das Licht des Tages langsam zu verblassen begann.

Der Ort, an dem er sich befand, übte eine eigenartige Faszination auf ihn aus. Normalerweise hielt er es auf Friedhöfen nicht lange aus, und er mied sie, wann immer er konnte. Nicht so am heutigen Tag. Die Holzkreuze in den frisch ausgehobenen Erdhaufen zogen ihn magisch an, und eigenartigerweise wirkte ihr Anblick beruhigend auf ihn.

Erst als sein Gebet beendet war, rappelte sich der Inquisitor auf, befreite seine Kukulle vom Schmutz und wandte sich zum Gehen. Doch wie so häufig zog ihn der Anblick der untergehenden Sonne derart in seinen Bann, dass er erst dann den Rückweg antrat, als sie schon längst hinter den Wipfeln der Bäume versunken war.

Keine 20 Schritte mehr vom Hospiz entfernt blieb Bruder Hilpert plötzlich stehen. Die schlanke Gestalt, die mit angezogenen Knien auf der Türschwelle saß, war ihm zwar bestens bekannt. Trotzdem hatte er das Gefühl, er sähe sie zum ersten Mal. Und so kam es, dass er seinen Weg erst dann fortsetzte, als die Gestalt seinen Namen rief.

»Bruder Hilpert – da seid Ihr ja endlich!«, rief ihm Alkuin zu, und ohne jede Vorwarnung sprang der Jüngling auf, lief auf ihn zu und fiel ihm um den Hals.

Hilpert war völlig perplex. Für den Bruchteil eines Augenblicks wie gelähmt, wusste er weder ein noch aus. Doch dann, als ihm bewusst wurde, wer da in seinen Armen lag, gab es auch für ihn kein Zögern mehr.

∞

»Bruder Jakobus meinte, Ihr wolltet mir etwas sagen«, sagte Alkuin, als er neben dem Inquisitor auf der Bank im Abteigarten saß.
»Soso.«
»Und was?«
»Jetzt hör mir einmal gut zu, Alkuin«, begann Hilpert, aber noch ehe er den Satz vollenden konnte, versagte ihm die Stimme. Vor lauter Verlegenheit wie gelähmt, schaute er stattdessen zum Himmel empor. Es war ein herrlicher Abend, der schönste seit Langem. Ein Hauch von Frühling lag in der Luft, und am Nachthimmel funkelten und glitzerten die Sterne. Anders als sonst hatte Bruder Hilpert jedoch keinen Blick dafür. Ganz auf sich und seine Gedanken konzentriert, stierte er vor sich hin und schien den Jüngling an seiner Seite vollkommen vergessen zu haben.
»Darf ich Euch etwas fragen, Bruder?«, machte Alkuin schließlich auf sich aufmerksam. Hilpert fuhr regelrecht zusammen, rang sich dann aber doch zu einem Lächeln durch. »Natürlich, mein ... natürlich, Alkuin – was immer du willst.« Der Inquisitor schien vom Grübeln genug zu haben und sah den Jüngling neben sich erwartungsvoll an.
»Die Brüder daheim sagen, Ihr seid nicht immer ein Mönch gewesen.«
»Nein, das bin ich nicht.«
»Und was«, ließ der Jüngling nicht locker, »was ... was habt Ihr gemacht, bevor Ihr ins Kloster gegangen seid?«
Immer noch unschlüssig, wandte Hilpert den Blick von Alkuin ab. Eine Antwort zu geben fiel ihm nicht leicht, und wenn er etwas vermeiden wollte, dann die Gefahr, den Jungen zu verletzen. »Nun, wie du vielleicht gehört hast, bin ich

das Kind vornehmer Eltern, Sohn eines begüterten Junkers, um es genauer zu sagen«, tastete er sich möglichst vorsichtig an eine Antwort heran.

»Habt Ihr Geschwister?«

»Einen jüngeren Bruder, aber der ist vor kurzem gestorben. Was bedeutet, dass meine Schwester und ihr Mann den Besitz meines Vaters erben werden.«

»Ich verstehe.« Alkuin schwieg eine Weile, holte tief Luft und fuhr mit unsicherer Stimme fort: »Und Ihr? Warum seid Ihr ins Kloster gegangen? Wo Ihr es doch so gut hättet haben können!«

»Ich hatte es satt, Alkuin. Regelrecht satt. Ich hatte es satt, so einfach in den Tag hineinzuleben. Das Leben in Saus und Braus, die Jagden, Bankette, die schönen ...« Urplötzlich geriet der Inquisitor ins Stocken.

»Was ist denn, Bruder?«

Der alles entscheidende Moment war gekommen. Der Moment, vor dem er sich wie vor kaum einer anderen Sache gefürchtet hatte. Dennoch: Alles Taktieren hatte jetzt keinen Sinn. Hilpert von Maulbronn, gefürchteter Inquisitor und Zierde der Wissenschaft, musste endlich Farbe bekennen. Und war entschlossen, genau dies zu tun.

»Die Frauen, Alkuin, die Frauen«, begann er, während sich sein Körper merklich straffte. »Ich denke, selbst dir ist mittlerweile bekannt, welch eigenartige Wirkung sie auf unsereinen ausüben.« Alkuin errötete, aber Hilpert tat so, als habe er es nicht bemerkt, und fuhr mit ernster Stimme fort: »Ich war fast 20, um einiges älter als du. Noch jung, und doch schon so alt. Eines Tages – ich kann mich daran erinnern, als ob es gestern gewesen wäre – bin ich auf der Kirchweih einem Mädchen begegnet. Ihr Vater war Schultheiß aus dem Nachbardorf, aber das habe ich erst viel später erfahren.«

»Ich verstehe.«

Trotz des eher ernsten Gesprächsthemas konnte sich Bruder Hilpert ein Lächeln nicht verkneifen. »Freut mich zu hören«, antwortete er, fuhr dann aber mit umso ernsterer Miene fort: »Sie war beileibe nicht die erste Frau in meinem Leben. Aber die Einzige, die mir je etwas bedeutet hat.«

»Aber ... aber warum habt Ihr sie dann nicht zur Frau genommen?«

Hilpert runzelte die Stirn. Dann fuhr er mit der Hand über die Schläfen und sprach: »Das genau ist der Punkt, Alkuin. Irgendwie – die Heilige Jungfrau allein weiß, auf welchem Weg – hat mein Vater Wind von der Sache bekommen. Wer weiß – womöglich hatte sogar mein Bruder die Hand im Spiel. Was sich daraufhin zugetragen hat, ist allerdings schnell erzählt: Mein Vater hat mich zur Rede gestellt. Und als ihm dämmerte, wie ernst es mir war, hat er mir verboten, das Mädchen wiederzusehen.«

»Und? Habt Ihr getan, was er von Euch verlangt hat?«

Bruder Hilpert senkte den Blick und stierte händeringend vor sich hin. »Ja, das habe ich!«, gab er nach längerem Zögern zu. »Nach ein paar Wochen allerdings habe ich es dann nicht mehr ausgehalten. Ich musste Maria wiedersehen.«

»Und dann?«

»Dann bin ich bei Nacht und Nebel ausgerissen und habe mich auf die Suche nach ihr gemacht. Als Erstes natürlich in ihrem Heimatdorf. Doch an wen ich mich auch wandte: Ich fand nicht die geringste Spur. Maria war und blieb verschwunden. Von einem auf den anderen Tag. Es war wie verhext. Die ganze Welt schien sich gegen mich verschworen zu haben. Selbst ihr Vater, Schultheiß jenes Dorfes, beteuerte, sie sei spurlos verschwunden. Einfach so. Ich war todunglücklich, wusste weder ein noch aus.«

»Ein schreckliches Erlebnis.«

»Und ob. Offen gestanden war ich kurz davor, den Verstand zu verlieren. Schlimmer noch: Ich begann allmählich zu resignieren. Und dann, nach wochenlanger Suche, kam es plötzlich über mich. Meiner selbst und der Welt überdrüssig, beschloss ich, mich aus ihr zurückzuziehen und Mönch zu werden. Das

Leben ohne Maria hatte einfach keinen Sinn mehr für mich. Und so ohne Weiteres wieder nach Hause? Undenkbar! Gott sei dank hat mir Bruder Jakobus, der später Pförtner dieses Klosters geworden ist, über das Schlimmste hinweggeholfen. Er wurde mein Beichtvater – und ist es noch.«

»Und Euer Vater?«

»Leicht nachvollziehbar, dass er außer sich war vor Zorn. Er drohte, schimpfte, verlegte sich mitunter sogar aufs Flehen: umsonst. Mein Entschluss stand fest.«

»Und Ihr habt es nicht bereut?«

»Wenn man einmal von den letzten paar Tagen absieht – nein!«

»Kann mir gut vorstellen, wie viel Kraft es Euch gekostet hat, diese …«

»Ich fürchte, du verstehst mich nicht, Alkuin.«

»Wieso?«

»Zugegeben: Es war nicht leicht, die Mächte des Bösen in die Schranken zu weisen.« Hilpert stieß einen lauten Seufzer aus. »Mit Gottes Hilfe und vereinten Kräften haben wir es dann ja geschafft. Obwohl mir die ganze Zeit über etwas ganz anderes auf der Seele lag. Etwas, das mir wesentlich bedeutsamer als die Jagd nach Statthaltern Satans erschien. Und immer noch erscheint.«

Alkuin sah den Inquisitor treuherzig an. »Und was ist das?«, fragte er.

»Willst du es wirklich wissen?«

»Aber selbstverständlich!«, bejahte der Jüngling ohne eine Spur von Argwohn in der Stimme.

»Dann sei es!«, machte Hilpert sich selber Mut und zog einen Brief hervor, den er offenbar seit Längerem bei sich trug. »Ein Brief, der mich vor exakt 10 Tagen erreicht hat!«, fügte er hinzu, während er ihn wie ein heiliges Relikt auseinanderzufalten begann. »Von Marias Vater. Exakt einen Tag vor seinem Tod verfasst.«

»Dann … dann ist sie also noch …«

»Nein, Alkuin, sie ist tot. Und das seit mehr als 15 Jahren.«
»Aber ... aber warum dann der Brief? Nach so langer Zeit?«
»Höre, und du wirst verstehen!«, entgegnete Hilpert, bevor er mit stockender, bald darauf aber schon fester Stimme zu lesen begann: »›An Bruder Hilpert, Bibliothekarius zu Maulbronn‹, ließ die Anrede noch nicht auf die nachhaltige Wirkung schließen, die der Inhalt des Briefes in sich barg. Bruder Hilpert räusperte sich, fuhr dann aber umgehend fort: ›Verzeiht mir, Bruder, wenn ich erst jetzt, dem Tode nahe, das Wort an Euch richte – aber bevor ich vor meinen Schöpfer trete, bereit, dessen Urteilsspruch klaglos hinzunehmen, möchte ich mein Gewissen erleichtern, auf dass er nicht so hart ausfallen möge, wie es meiner Missetaten wegen eigentlich der Fall sein müsste. Ich weiß, meine Reue kommt zu spät, viel zu spät, um den Kummer, den ich Euch bereitet habe und noch bereiten werde, ungeschehen zu machen. Wisset denn: Maria, meine einzige Tochter, ist bei der Geburt ihres Kindes, eines Knaben, welcher ihrer Verbindung mit Euch entsprang, gestorben. Sobald ich herausfand, dass ihr Leib fruchtbar war, brachte ich sie persönlich zu meiner Schwester in die Stadt – der Schande wegen, die sie über sich und mich gebracht hätte, sollte ihre Verbindung mit Euch im Dorf bekannt werden. Dort sollte sie denn auch bleiben, bis ihr Kind geboren und etwas Gras über das Gerede im Dorf gewachsen wäre, das Eure Suche nach ihr unweigerlich nach sich zog.*

Als wäre mir durch den frühen Tod meiner Frau ohnehin nicht schon genug Unheil widerfahren, ist meine Tochter bei der Geburt ihres Kindes, eines Knaben, im Kindbett gestorben. Gott möge mich meiner Sünden wegen strafen – aber ich brachte es einfach nicht fertig, mich des Knaben anzunehmen. Ich bin ein gläubiger Christ, müsst Ihr wissen, und das Sakrament der Ehe ist mir heilig. Meiner Schwester, die schon genug hungrige Mäuler zu stopfen hatte, konnte und wollte ich eine derartige Last nicht auf die Schultern laden, und so blieb mir nichts anderes übrig, als den Knaben vor die Pforte des Klos-

ters zu legen, in der Hoffnung, dass sich die Zisterzienser zu Maulbronn des Knaben annehmen mögen. Erst viel später, als bereits Jahre ins Land gegangen waren, erfuhr ich, dass auch Ihr, Bruder Hilpert, Mitglied des besagten Konvents geworden wart. Dies ist mir immer wie ein Fingerzeig des Herrn erschienen, und so möchte ich Euch jetzt, da meine Todesstunde naht, um der Liebe Christi willen bitten, Euch des Knaben anzunehmen, auf dass es ihm an nichts fehlen möge. Ich weiß, Bruder, welche Gefühle diese Nachricht in Euch wachrufen und welche Konsequenzen sie unweigerlich nach sich ziehen wird. Auch weiß ich, dass ich Euch um etwas bitte, wozu ich in meiner Verblendung nicht fähig war. Dennoch flehe ich Euch an: Sorgt für den Knaben, damit ich dereinst in Frieden ruhen kann. Möge Gott der Herr mit Euch sein auf all Euren Wegen!‹« An dieser Stelle des Briefes hielt Bruder Hilpert kurz inne und fixierte den Jüngling an seiner Seite mit einem eindringlichen Blick. Dann las er weiter, wobei seine Stimme merklich zu vibrieren begann: »*›Postskriptum: Da der Knabe am 19. Tag im Monat Mai des Jahres 1400 geboren ist, haben wir ihm den Namen des heiligen Alkuin gegeben. Dies habe ich auf einem zusammengerollten Stück Pergament vermerkt, das der Knabe am Leibe trug, als ich ihn der Obhut Eures Ordens überließ.‹*«

EPILOG

80

Palmsonntag 1416

»WAS MEINST DU – ob er wiederkommt?« Die Stimme des alten Pförtners hörte sich nicht gerade vielversprechend an.

»Ich denke schon«, antwortete Hilpert, als sich die Silhouette Alkuins im flirrenden Mittagslicht in nichts aufzulösen begann. »Er braucht eben etwas Zeit. Und hat ganz offensichtlich jemanden gefunden, dem er sich anvertrauen kann.«

»Wenn es auch ein …«, begann Jakobus, vollendete den Satz jedoch wohlweislich nicht.

Dies wäre auch nicht nötig gewesen. »Ganz recht, Bruder!«, erriet Hilpert die Gedanken des Pförtners, was dieser mit einem indignierten Stirnrunzeln quittierte. Er wusste nämlich genau, welche Antwort er gleich erhalten würde.

»Wenn es auch ein Bauernmädchen ist! Und ein hübsches noch dazu.«

»Ihr wollt ihn also sich selbst überlassen?«

»Nicht sich selbst, sondern Laetitia!«, warf Bruder Hilpert augenzwinkernd ein. »Wobei ich gestehen muss, dass mir der Gedanke daran nicht das geringste Kopfzerbrechen bereitet.«

»Wie hat er es eigentlich aufgenommen?«, machte Berengar, der Dritte im Bunde, aus seiner Neugier kaum einen Hehl. Was er vor nicht einmal einer halben Stunde erfahren hatte, setzte ihm immer noch ordentlich zu, obwohl er sich alle Mühe gab, dies vor den Gefährten zu verbergen.

»Jedenfalls nicht so, wie ich es mir vorgestellt habe«, räumte der Inquisitor ein. »Eher wie jemand, der das Gehörte erst einmal verdauen muss. Was ich im Übrigen durchaus verstehen kann.«

»Kein Wunder angesichts der Gefahr, in die du den Jungen gebracht hast!«, machte Jakobus aus seiner Meinung wiederum keinen Hehl. »Wie bist du überhaupt auf die Idee gekommen, ihn hierher mitzunehmen?!«

Die Antwort auf diese Frage fiel Bruder Hilpert sichtlich schwer. »Ich wollte ihn eben in meiner Nähe haben, selbst auf das Risiko hin, dass er ...«

»... dabei in Gefahr gerät?«

Der Inquisitor senkte den Blick. »Gut möglich, dass du recht hast!«, räumte er widerwillig ein. »Aber wenigstens ist ...«

»... am Ende alles gut gegangen!«, ergriff Berengar plötzlich für Hilpert Partei. »Und allein darauf kommt es doch wohl an, oder etwa nicht?«

Erleichtert über die unerwartete Schützenhilfe, wechselte Hilpert denn auch rasch das Thema. »Lasst uns ein Stück am Fluss entlanggehen!«, schlug er vor.

Bruder Jakobus willigte schweigend ein, nur Berengar blieb wie angewurzelt stehen. »Aber erst, wenn ich ein, zwei Schlucke getrunken habe!«, wandte er mit breitem Grinsen ein.

Für den Bruchteil eines Augenblicks sprach keiner der drei Männer ein Wort. Doch dann, nicht zuletzt aufgrund der Gefahr, die sie gemeinsam gemeistert hatten, brachen sie in schallendes Gelächter aus.

»Dann auf zu Bruder Wilfried!«, forderte Hilpert die beiden anderen auf. »Für drei durstige Wanderer hat er sicher etwas übrig!«

ENDE

*Weitere Titel finden Sie auf den
folgenden Seiten und im Internet:*

WWW.GMEINER-VERLAG.DE

Historische Romane von Uwe Klausner:

Bruder Hilpert und Berengar von Gamburg ermitteln:

1. Fall: Die Pforten der Hölle
ISBN 978-3-89977-729-1

2. Fall: Die Kiliansverschwörung
ISBN 978-3-89977-768-0

3. Fall: Pilger des Zorns
ISBN 978-3-8392-1019-2

4. Fall: Die Bräute des Satans
ISBN 978-3-8392-1072-7

5. Fall: Engel der Rache
ISBN 978-3-8392-1267-7

6. Fall: Die Fährte der Wölfe
ISBN 978-3-8392-1649-1

7. Fall: Die Krypta des Satans
ISBN 978-3-8392-2555-4

8. Fall: Die Stunde der Sühne
ISBN 978-3-8392-0255-5

9. Fall: Die Hüter der Gralsburg
ISBN 978-3-8392-0470-2

Aurelius Varro ermittelt:
1. Fall: Die Stunde der Gladiatoren
ISBN 978-3-8392-1464-0

2. Fall: Die Ehre der Prätorianer
ISBN 978-3-8392-2299-7

Sisis letzte Reise
ISBN 978-3-8392-2261-4

Sisis schwerste Stunden
ISBN 978-3-8392-0731-4

Die Tochter des Bildschnitzers
ISBN 978-3-8392-0773-4

Alle Bücher von Uwe Klausner finden Sie unter
www.gmeiner-verlag.de

GMEINER SPANNUNG

WWW.GMEINER-VERLAG.DE
Wir machen's spannend

Kommissar Tom Sydow ermittelt:

1. Fall: Walhalla-Code
ISBN 978-3-89977-808-3

2. Fall: Odessa-Komplott
ISBN 978-3-8392-1053-6

3. Fall: Bernstein-Connection
ISBN 978-3-8392-1113-7

4. Fall: Kennedy-Syndrom
ISBN 978-3-8392-1185-4

5. Fall: Eichmann-Syndikat
ISBN 978-3-8392-1300-1

6. Fall: Stasi-Konzern
ISBN 978-3-8392-1548-7

7. Fall: Walküre-Alarm
ISBN 978-3-8392-1622-4

8. Fall: Führerbefehl
ISBN 978-3-8392-1800-6

9. Fall: Blumenkinder
ISBN 978-3-8392-1977-5

10. Fall: Staatskomplott
ISBN 978-3-8392-2132-7

11. Fall: Stadtguerilla – Tage der Entscheidung
ISBN 978-3-8392-2496-0

12. Fall: Operation Werwolf – Blutweihe
ISBN 978-3-8392-2745-9

13. Fall: Operation Werwolf – Ehrensold
ISBN 978-3-8392-2848-7

14. Fall: Operation Werwolf – Fememord
ISBN 978-3-8392-0067-4

15. Fall: Operation Werwolf – Teufelspakt
ISBN 978-3-8392-0183-1

16. Fall: Operation Werwolf – Gnadenmord
ISBN 978-3-8392-0221-0

17. Fall: Operation Werwolf – Todesprotokoll
ISBN 978-3-8392-0294-4

GMEINER SPANNUNG

WWW.GMEINER-VERLAG.DE
Wir machen's spannend

Bruder Hilpert und Berengar von Gamburg ermitteln:

1. Fall: Die Pforten der Hölle
ISBN 978-3-89977-729-1

2. Fall: Die Kiliansverschwörung
ISBN 978-3-89977-768-0

3. Fall: Pilger des Zorns
ISBN 978-3-8392-1019-2

4. Fall: Die Bräute des Satans
ISBN 978-3-8392-1072-7

5. Fall: Engel der Rache
ISBN 978-3-8392-1267-7

6. Fall: Die Fährte der Wölfe
ISBN 978-3-8392-1649-1

7. Fall: Die Krypta des Satans
ISBN 978-3-8392-2555-4

8. Fall: Die Stunde der Sühne
ISBN 978-3-8392-0255-5

9. Fall: Die Hüter der Gralsburg
ISBN 978-3-8392-0470-2

Alle Bücher von Uwe Klausner finden Sie unter **www.gmeiner-verlag.de**

Silvia Stolzenburg
Das Pestmädchen
Historischer Roman
496 Seiten, 12,5 x 20,5 cm,
Broschur
ISBN 978-3-8392-0840-3

Augsburg, 1462: Das Totengeläut reißt nicht ab. Die Pest wütet in der Stadt und tötet Hunderte. Die junge Magd Lina pflegt im Heilig-Geist-Spital aufopferungsvoll die Kranken, bis sie sich selbst ansteckt. Mit der Hilfe des Wundarztes Ulrich, der sein Herz an Lina verloren hat, übersteht sie die Seuche als Einzige im Spital. Böse Zungen behaupten bald, sie sei mit dem Teufel im Bunde. Als ein reicher Jüngling ermordet wird, fällt der Verdacht auf sie. Lina muss ihre Unschuld beweisen, sonst droht ihr das Schwert des Henkers …

GMEINER SPANNUNG

WWW.GMEINER-VERLAG.DE
Wir machen's spannend

Rebecca Abe
Im Labyrinth der Fugger
Historischer Roman
480 Seiten, 12,5 x 20,5 cm,
Broschur
ISBN 978-3-8392-0787-1

Augsburg, Ende des 16. Jahrhunderts. Nach dem Tod des mächtigen Anton Fugger wird dessen Millionenvermögen gleichmäßig auf alle Nachkommen verteilt. Christoph Fugger, ein Egoist und Frauenfeind, will die Kinder seines Bruders Georg Fugger ins Kloster bringen lassen, um die Zahl der Erben zu dezimieren. Dazu verbündet er sich mit dem Jesuiten Petrus Canisius. Nur Georg Fuggers Tochter Anna ahnt, welch perfides Spiel der Augsburger Domprediger treibt …

GMEINER SPANNUNG

WWW.GMEINER-VERLAG.DE
Wir machen's spannend

Johanna von Wild
Der Zauber der Edelsteine
Historischer Roman
416 Seiten, 13,5 x 21 cm,
Premiumklappenbroschur
ISBN 978-3-8392-0765-9

Emilia, die Tochter eines Edelsteinschleifers, ist verliebt in den Lehrjungen Elias. Ihr von Geldnöten geplagter Vater jedoch verspricht seine Tochter Paul Gabler. Als Elias davon erfährt, verlässt er Waldkirch und begibt sich, wie auch Paul, auf die Walz. Während seine Wege ihn bis ins ferne Antwerpen führen, wo er bei einem jüdischen Diamantschleifer lernt, dreht sich in der Heimat alles um den Zusammenschluss der Steinschleiferbruderschaft mit den Freiburger Meistern. Nach einigen Schicksalsschlägen ehelicht Emilia schließlich Pauls Bruder. Doch dann kehren Elias und Paul zurück …

GMEINER SPANNUNG

WWW.GMEINER-VERLAG.DE
Wir machen's spannend

Zeitfracht Medien GmbH
Ferdinand-Jühlke-Straße 7,
99095 - DE, Erfurt
produktsicherheit@zeitfracht.de